KB247026

강미강 장편소설

1

배롱나무처럼 붉은색

배롱나무처럼 붉은색 1

초판 1쇄 찍은 날 | 2025년 12월 15일
초판 1쇄 펴낸 날 | 2022년 12월 30일

지은이 | 깅미강
펴낸이 | 서경석

편 집 | 배현아, 손다인

펴 낸 곳 | 도서출판 청어람

주소 | 서울 구로구 디지털로 272 한신IT타워 404호 (우) 08389
전화 | 02-6956-0531 팩스 | 02-6956-0532
E—mail | roramce@naver.com

ⓒ 강미강, 2025

ISBN 979-11-04-03384-1　04810
ISBN 979-11-04-03383-4　(SET)

강미강 장편소설

1

배롱나무처럼 붉은색

목차

서장

믿을 수 없이 좋은 기회

살면서 사람에게는 몇 번의 기회가 찾아온다고 한다. 과연 이제 막 간병의녀看病醫女가 된 신비에게도 요행히 천운이 내려온 모양이다.

"너에게 믿을 수 없이 좋은 기회를 주마."

떡하니 신비의 앞에 선 내의녀 자희가 말했다.

자희는 주로 왕실 높으신 분들의 진맥을 전담하는 유능한 의녀였다. 하도 특출한 통에 차비대령의녀差備待令醫女라 불리기까지 했다.

"너도 이제 초학의녀初學醫女 딱지를 뗐으니 서둘러 전문 기술을 익혀야 하지 않겠느냐?"

"꼭 서둘러야 할까요?"

신비는 떨떠름하게 되물었다.

"성적이 안 나오면 도로 관비로 돌려보낸대서 내리 삼 년을 공부만 했다고요. 용케 내의원(內醫院, 궁중 의약 부서)에 입성했으니 이제는 좀 쉬어도 되잖아요.”

돌이켜 볼수록 초학의녀 시절은 개똥밭이었다.

발단은 관아의 노비 중에서 그나마 머리가 굴러가게 생긴 아이만 뽑아 의녀를 시켜준다는 사탕발림이었다.

거기에 혹해 시작한 공부는 더럽게 어려웠다. 각종 시험도 가지가지였다. 응당 함께 발을 들인 동기 중 대다수가 불통不通을 때려 맞고 나가떨어졌다.

다행인지 불행인지, 신비는 버텨냈다. 어쩌면 확고한 목표가 있었던 덕분인지도 모르겠다.

“감히 어디서 쉬어?”

자희는 불평을 싹둑 잘라냈다.

“지금부터가 진짜이거늘!”

“솔직히 막상 해보니까 의녀 생활도 별로입니다.”

굴하지 않고 신비는 다시 투덜거렸다.

“다들 초학의녀만 끝내면 비단길이 펼쳐진다더니…. 궂은일만 훨씬 많습니다.”

“간병의녀로 지내는 동안 네 길을 찾아내지 못하면 어떻게 되는지 모르느냐?”

자희는 신비의 어깨를 쿡 찔렀다.

“다시 관비 신세로 강등이라고! 놀고 있을 틈이 없어.”

“뭐 어때요?”

신비는 무람없이 대꾸했다.

“어차피 관비 시절보다 나은 구석을 요만큼도 찾을 수가 없는데요.”

“떽! 시끄럽다!”

논리에서 밀리자 자희는 을러댔다.

“내가 특별히 너한테 의녀로서 안정적인 줄을 탈 만한…, 믿을 수 없이 좋은 기회를 주겠다니까.”

“약장수가 치는 대사 같습니다만.”

또 말대꾸했다가 신비는 등짝을 맞았다.

“너에게 세자저하의 간병을 맡길 것이다.”

이윽고 자희는 본인 장담처럼 믿을 수 없이 좋은 기회를 내밀었다.

“…왜요?”

신비는 의심스럽게 반문했다.

“그건 의관의 몫이잖아요. 어쩔 수 없이 의녀에게 맡기더라도, 내의녀 중에서도 가장 특출한 행수의녀行首義女가 전담하지 않습니까?”

“혈기 넘치는 동궁께서 와병 생활을 너무 답답해하시는 것 같아서 그렇다.”

어쩐지 자희는 슬쩍 눈을 피했다.

“좀 젊은 아이를 안전에 들이면 활력을 찾으실지도…?”

“동궁전이라면 궁녀들도 많잖아요.”

신비는 쉽게 혹하지 않았다.

“의녀 따위보다 신분도 좋고, 젊고, 예쁘기까지 할 텐데요.”

“남들은 이런 기회를 준다면 신나서 넙죽 절부터 올릴 터인데….”

자희가 눈을 치떴다.

“왜 너는 말대답이나 앞세우느냐?”

“애초에 의녀를 지망한 이유가 따로 있으니 그렇지요.”

신비가 삐죽였다.

“그게 뭔데?”

“비밀입니다.”

괜히 튕겼다가 신비는 또 등짝을 얻어맞았다.

“이유고 비밀이고, 내의녀로 선발된 다음에나 찾아라.”

자희는 썩 궁금해하지도 않았다.

“세자저하를 간병하는 소임은 간병의녀에서 내의녀로 발돋움하기에 더없이 좋은 기회다. 공연히 뻗대지 마라.”

“답이 정해졌는데 물어보는 시늉은 왜 하셨나이까?”

신비는 혀를 내둘렀다.

“난 기회를 주겠다고 했지, 물어보는 시늉도 한 적 없다.”

자희가 콧대를 높였다.

“자, 그만 좋알대고 얌전히 따라와라.”

그러더니 대뜸 동궁전으로 앞장섰다. 쇠뿔도 단김에 뺀다지만 너무 빠른 전개에 신비는 어안이 벙벙했다.

“세자저하는 어디가 미령하신데요?”

“얼마 전에 사고를 당해 두 다리가 부러지셨다. 오른팔도 편찮으시고….”

자희는 근심 어린 표정으로 말했다.

“고귀한 국본께서 궁중에서 사고를 당하셨다고요?”

참으로 괴상한 노릇이었다.

“나도 잘 모른다. 그저….”

꺼림칙한 낯으로 자희는 명확한 대답을 피했다.

“천지신명의 은혜로 뼈는 곧게 붙고 있지만…. 혼자서 거동을 못 하신다.”

“그러면 저는 옆에서 뭘 해야 하는데요?”

아무래도 동궁전에서도 가장 고되고 더러운 일에 당첨된 것 같다는 예감이 들었다.

“염려 마라. 궂은일은 무수리들이 할 테니까.”

무슨 생각을 하는지 알고 자희가 눈을 흘겼다.

"너의 주된 소임은 저하의 재활을 돕는 것이다."

그렇게 말해봤자 감도 안 잡힌다.

어영부영 동궁전에 이르렀다. 세자의 최측근으로 추정되는 환관이 있었다. 그가 입시를 고하였지만 아무런 반응도 돌아오지 않았다.

"그냥 들어가거라."

노상 겪는 일이라는 듯 내관이 자연스럽게 문을 열었다.

신비는 조심조심 발을 디뎠다. 거치적거린다는 이유로 병풍은 거둔 모양이었다. 내전 한가운데에 깔린 푹신한 금침이 바로 보였다. 머리맡에는 자리끼와 약봉지, 탕약이 놓여 있었다. 영락없는 병자의 침상이었다.

그리고 세자가 있었다.

순간 모든 소음이 멎고 공기가 스산해질 만큼 풍모가 남다른 사내였다.

살결은 얼음처럼 희고 맑았으며, 허리는 버들가지처럼 유려했다. 전체적인 자태가 꼭 연붉게 꽃을 피운 복숭아 가지처럼 아름다웠다.

반면, 화사한 용모에 비해 눈동자는 지나치게 고요했다. 동시에 처연한 구석이 있었다. 금방이라도 그 서글픈 침묵 속으로 상대를 빨아들일 것만 같았다.

국본의 안전이다. 신비는 넙죽 엎드렸다.

"필요 없다."

곧 세자가 꽃봉오리처럼 앙다문 입술을 열었다.

"나가라."

안타깝게도 제 얼굴처럼 아름다운 단어는 아니었다.

"이 아이가 저하를 간병하기 위해 새롭게 발탁된 의녀이옵니다."

개의치 않고 자희가 아뢰었다.

그 소개에 세자의 눈빛이 더욱 적대적으로 변한 것처럼 보인다면 기분 탓일까? 신비는 제 몸 구석구석으로 쏟아지는 날카로운 시선에 파르르 떨었다.

이게 정말 믿을 수 없이 좋은 기회일까?

글쎄, 어쩐지 초장부터 느낌이 영 아니올시다였다.

1부
의녀

문제의 그날은 귀찮은 징조와 함께 시작되었다.

대개 내의원 의녀들은 닭이 홰를 치기도 전부터 종종댄다. 그중에서도 이제 막 간병의 딱지를 단, 사환의녀 신비는 특히 바빴다.

먼저 환부에 쓸 천을 깨끗하게 세탁했다. 수사이(水賜伊, 무수리)에게 맡기면 대충 물에 넣었다 건져낸다는 이유로 그녀의 몫으로 떨어진 일이었다.

빨래를 끝내고 나서는 의관들과 내의녀들이 쓸 침구鍼灸를 정돈했다. 자주 사용하는 약재와 탕기 따위도 챙겼다.

시간이 지나는 줄도 모르고 허둥대니, 내의녀 자희가 불쑥 명했다.

"따라와라."

병자를 볼 시간이다. 신비는 쥐고 있던 잡동사니를 내던졌다.

오늘의 첫 상대는 대비전의 나인이었다.

"며칠째 기운이 통 없네."

나인은 신비와 또래였는데, 사뭇 인상이 예민해 보였다. 깡마른 체구와 울퉁불퉁 광대가 불거진 얼굴선 탓이었다.

"자꾸 가슴이 답답해지고 귀가 안 들려."

"식사는 어떻게 하십니까?"

내의녀 자희가 물었다.

"갈증이 나는데 물은 마시기가 싫네."

"증상이 나타난 지는 얼마나 되셨습니까?"

"한 보름 되었어."

"너무 오래 참으셨습니다, 항아님."

"의녀에게 진맥을 받으려면 순서를 한참 기다려야 한다기에 어쩔 수 없었지."

나인이 날카롭게 쏘아붙였다.

"…송구합니다."

제 잘못도 아닌데 자희는 익숙하게 사죄했다.

내의원은 이른바 삼의원(三醫院, 내의원·혜민서·활인서를 이르는 명칭) 중에서도 궁중을 도맡는다. 응당 임금과 왕실의 보필을 최우선 과제로 삼는다.

궁중에는 각종 역할을 짊어진 사람들이 숱하게 존재하건만, 약방의 도움을 얻기란 하늘의 별 따기와 같다. 의관과 의녀의 수가 늘 모자라기 때문이다.

한양 사람 중에서도 먹고살 만한 분들을 치료하는 혜민서惠民署나, 훨씬 환경이 열악하고 신분이 낮은 백성들을 상대하는 활인서活人署도 상황은 크게 다르지 않다.

"됐네."

강파른 인상답게 나인은 신경질적이었다.

"맥을 짚어보겠나이다, 항아님."

내의녀 자희가 공손하게 말했다. 그러더니 불쑥 신비에게 물었다.

"…이런 경우에는 어디를 먼저 살펴야겠느냐?"

"비기(脾氣, 소화기계)가 허할 때는 중초中焦를 짚어봐야 합니다."

신비는 어려움 없이 대답했다.

"삼초三焦 중에서 소화를 담당하기 때문입니다."

"그래, 옳다."

자희가 고개를 끄덕였다.

"하지만 그전에 병자의 낯빛을 먼저 살펴야 한다."

뜨끔해서 나인의 얼굴을 다시 보니 살짝 노랬다.

"그런 연후에 짚어보면….'

나인의 저고리 속으로 자희가 손을 넣었다.

"어딜 함부로 손을 대는가!"

대번에 나인은 움찔하며 쳐냈다.

"맥을 짚으려는 것뿐입니다, 항아님."

자희는 인내심 있게 설명했다. 뭐, 이해 못 할 반응은 아니다. 으레 여인들은 접촉에 익숙지 않다.

마지못해 나인이 경계심을 풀자, 자희는 그녀의 가슴팍과 양쪽 손목 맥후脈候까지 짚었다.

"축혈蓄血인 것 같습니다."

마침내 자희가 선언했다.

"항아님의 가슴에 어혈이 잔뜩 쌓여있다는 뜻입니다. 순환하지 못하고 정체되어 편찮아지셨을 겁니다."

"하면 어떡하라고?"

“생지황탕을 처방해드리겠습니다.”

다시금 자희가 신비를 향해 고개를 까딱였다.

“어떤 약재를 달여야 하지?”

“지황 뿌리와 대황, 복숭아씨, 잘게 썬 생쪽잎….”

신비는 줄줄 외웠다.

“이 아이가 대답한 대로 처방을 써드리겠습니다.”

다행히 틀리지 않았다. 냉큼 신비는 붓을 꺼내 처방전을 대신 적었다.

예민한 인상의 나인은 딱히 고맙다는 인사도 없이 나갔다. 오늘의 첫 환자는 그렇게 마무리되었다.

“…저 항아님이 누구인지 아느냐?”

다음 병자를 위해 뒷정리하며 자희가 물었다.

“모르겠는데요.”

신비는 갸우뚱했다.

“정가 이정이라고, 소문에는 세자저하의 정인이라던….”

말하다 말고 자희는 고개를 저었다.

“아니다. 소문에 혹하다니 나도 참 어쩔 수 없군.”

“사람 궁금하게…. 왜 이야기를 하다 마셔요?”

신비는 구시렁거렸다.

더 투덜거릴 짬도 없이 병자들이 줄을 섰다. 해가 중천에 뜰 때까지 정신이 없었다.

낮것(점심) 때에는 이미 탈진 상태였다. 신비는 가장 친한 의녀 만덕과 함께 둥글게 뭉친 조밥을 허겁지겁 먹었다.

“나 오늘 한 번도 안 혼났다?”

신비가 조밥을 간장에 찍으며 자랑했다.

“웬일이래.”

만덕은 신비가 튀긴 간장을 무심하게 닦았다.

감흥이 없을 만도 했다. 만덕은 초학의녀 시절부터 군계일학이었다. 우수한 성적으로 내의원 간병의녀가 되었고, 향후 행수의녀가 될 재목이랍시고 기대를 샀다.

다만 만덕은 의술 외에는 전혀 관심이 없었다. 심드렁하다 못해 냉정할 지경이었다. 그래서 노상 배척당했다. 용케 만덕의 쌀쌀맞음에 굴하지 않는 신비만이 벗이 되었다.

“열흘 지나고서 불시에 시재를 내릴 거라는 소문 들었어?”

신비는 조밥을 크게 한 입 먹었다.

“엄청 어려울 거래.”

“답을 맞히면 그만이지.”

만덕은 밥풀을 새 모이만큼 떼어먹었다.

“그래, 네 격려에 힘이 나는구나.”

신비는 혀를 내둘렀다.

“…밤에 같이 공부해. 내가 옆에서 봐줄게.”

일말의 사회성은 있는지, 만덕이 덧붙였다.

“됐고, 내의녀들 잘 따라다니다가 언제 시재를 보는지나 알아 와.”

신비는 성에 차지 않았다.

“시험 보는 날만 미리 알면 배 아픈 척하고 도망갈 수 있으니까.”

내의녀들은 훈육 차원에서 간병의녀들을 거느리고 다니는데, 실력이 출중한 만덕은 특히나 여기저기 자주 불려 다녔다.

“넌 연기력도 형편없잖아.”

만덕이 지적했다.

“아픈 사람을 매일 보면서도 아픈 사람 흉내를 전혀 못 낸다니….”

타박은 거기서 가로막혔다.

"모여 봐라."

내의녀 자희가 옹기종기 모인 의녀들을 향해 목소리를 높인 것이다.

"오후에는 어전에 입진入診할 것이다."

응당 신비와 만덕도 밥숟가락을 내던졌다.

"주상전하께서 지루하신지 좀 새로운 사람을 접하고 싶은 눈치셨다."

자희는 눈을 가늘게 뜨고 어린 의녀들을 둘러보았다.

"하여 간병의녀 한 명을 데리고 입시하려 한다."

전율이 흘렀다. 내의녀를 따라 상감마마를 알현한다니, 평생 두고 두고 자랑할 영광이다.

다들 군침을 꿀꺽 삼키는 와중에 유독 만덕의 눈이 반짝였다.

"…너."

그러나 놀랍게도 자희는 뺨에 밥풀을 묻히고 멀뚱히 선 신비를 지목했다.

"아이고, 대전에서 쓰실 침구는 이미 잘 준비해 놨습니다."

트집잡힌 전적이 많은 신비는 대뜸 항변부터 앞세웠다.

"그냥 가져가시면 된다고요."

"참 다행이구나."

자희는 못마땅한 표정이었다.

"한데 그런 말이 아니고, 신비 널 데리고 대전으로 가겠다는 뜻이다."

"왜요?"

신비는 떨떠름하게 되물었다. 좋은 일이라고 곧이곧대로 감격하기에는 여태 성가신 일을 많이 겪었다.

"전하께서 약방 명단을 보시다가 네 이름이 재미있다고 찍으셨다."

자희는 요만큼도 설레지 않는 신비에게 눈을 흘겼다.

"…찍으셨다고요?"

신비는 어이가 없었다. 임금님이라면 좀 진지해야 할 텐데 말이다.

"마침 여기서 너보다 별난 의녀는 또 없으니까 잘 됐지."

자희는 휙 돌아서더니 앞장서서 가버렸다.

"여기서 제일 출중한 의녀가 아니고요?"

어리둥절한 와중에도 신비는 자희의 등에 대고 투덜거렸다.

"빨리 따라가기나 해."

만덕은 아쉬움이나 시샘 따위를 전혀 내비치지 않았다. 대신 다른 의녀들의 질시 섞인 눈초리를 막으며 신비를 떠밀었다.

"좋은 기회니까 잘하고 와."

웬일로 격려까지 하는 걸 보니, 어지간히 미덥지 않은 모양이다.

"알았어. 갑자기 무슨 일이람…?"

신비는 간단히 짐을 챙기고 내달렸다. 앞장선 자희를 금방 따라잡았다.

"주상전하께서는 하해와 같이 너그러운 분이시다."

사람을 쳐다보지도 않고 자희가 말했다.

"친절하게 대해주신다고 하여 네 본분을 잊어서는 아니 된다."

"아, 예…."

"상감께서는 천하의 지존이시다. 너는 글씨와 손재주를 좀 익혔답시고 관비 신세나마 면한 천것이고."

이어서 그녀는 엄하게 통박했다.

"그 사이에는 하늘과 땅보다도 더한 질서가 있는 법."

"알았다니까요."

“어전에 나아가서는 분수를 지켜야 한다는 뜻이다.”

“제가 뭐 언제는 안 지켰습니까?”

잔소리가 싫어서 신비는 받아쳤다.

“내의원에 저처럼 공손한 의녀가 또 어디 있다고요?”

그랬다가 등짝만 얻어맞았다.

“공손한 의녀들이 다 얼어 죽었다더냐?”

자희 손이 어찌나 매운지 맞은 자리가 홧홧했다.

“넌 붙임성이 좋고, 힘든 상황이나 어려운 사람을 마주해도 포기하질 않지.”

“칭찬입니까?”

“만덕이처럼 무리에 못 섞이는 아이와도 친하게 지내는 점은 높이 산다.”

“칭찬이지요?”

괜히 촐싹댔다가 신비는 한 대 더 맞았다.

“칭찬은 무슨! 정도를 좀 지키라는 말이다.”

자희가 눈을 치떴다.

“진자리 마른자리 가리지 않고 붙어대니, 원….”

“어디든 붙으면 그만 아닙니까?”

“…잠깐만!”

잘 걷던 자희가 갑자기 멈췄다. 우스꽝스러운 자세로 아픈 등을 문지르며 따라가던 신비는 고대로 부딪힐 뻔했다.

“아, 또 뭡니까?”

자희의 시선은 한 곳에 붙박여 있었다.

“당장 엎드려라!”

더군다나 다짜고짜 신비를 주저앉혔다.

저만치서 붉게 칠한 여與가 느릿느릿 지나가는 중이었다. 그 뒤를 환관과 상궁, 나인들이 길게 따르고 있었다.

사방으로 탁 트인 가마인지라 올라탄 사람이 보였다. 수염 덥수룩한 아저씨들만 득실대는 궁중에서 쉽게 보기 힘든…, 젊은 사내였다.

얼핏 본 얼굴이 얼음처럼 희었다. 버들가지처럼 유려한 몸에 걸친 의복은 이와 반대될 만큼 검었다. 한데 자세히 보니, 그 검은 옷에 휘황찬란한 은사가 수놓여 있었다.

"…고개 숙이라니까!"

뒤통수를 꾹 누르는 자희의 조바심 섞인 손이 확신을 주었다.

그것은 영락없는 왕세자의 행차였다.

세자의 존재감이 바투 다가오자 묘했다. 순간적으로 모든 소음이 멎고 공기가 스산해진 것 같았다.

그 괴이한 영향력은 행렬이 지나간 뒤에도 잔여물처럼 진득하게 남았다.

"세자저하께서 부왕께 문후라도 여쭈셨나 보다."

동궁의 행차가 흔적도 없이 사라질 무렵에야 자희가 입을 열었다.

"…거동하시기가 무척 편찮으실 터인데."

"가마를 타고 가시는데 뭐 어때요?"

신비는 대수롭지 않게 여겼다.

"가마에 오르고 내리는 일조차 사소하지 않기에 걱정하는 것이다."

답답하다는 듯 자희가 혀를 찼다.

"지금 저하께서는 옥체 건강하신 대장부가 아니시니까."

"왜요?"

"넌 몰라도 된다."

자희는 손만 홱 내저었다.

"지체했으니 서두르기나 해라."

"좀 알려주시지, 치사합니다."

"어전에서 지각이라니 어불성설이지."

불평마저 잘라먹고서 자희는 성큼성큼 걸어갔다. 하여튼 말단 신세 서럽다.

곧 임금의 침전으로 들어갔다.

이미 누가 입진해 있었다. 약원 도제조와 어의, 잘생겼기로 박치수라는 이름을 날리는 젊은 의관까지는 용케 알아볼 만했다.

"…좋아, 세자의 용태가 더디게나마 호전되고 있다니 다행이다."

하물며 왕은 바로 그들에게 말을 건네는 중이었다.

"원체 젊고 건강한 덕에 탕약과 진맥을 물리치면서도 차도는 있나 보군."

"망극하옵니다."

약원 도제조가 쩔쩔맸다.

"그래도 어떻게든 세자를 달랠 방도를 찾도록."

왕이 날카롭게 명했다.

"아픈 아이를 어전까지 불러야지만 의관들이 들여다본다는 게 가당키나 하더냐?"

"소, 송구하옵니다."

"도대체 동궁전의 궁인들은 웃전도 똑바로 섬기지 않고 무얼 하는지, 원…."

그가 못마땅하게 중얼거렸다. 뭔가 문제가 있는 모양이다.

"됐다. 어쨌든 어의가 과인의 맥도 다 짚었으니…."

손바닥을 마주 비비던 왕이 시선을 이쪽으로 던졌다.

"…아, 차비대령의녀로군!"

환영 인사에는 허물이 없었다.

"의녀 자희가 성상을 뵈옵니다."

바짝 엎드리는 자희를 따라 신비도 엉거주춤 절을 올렸다.

"나머지는 의녀에게 맡기면 되겠지."

왕은 쾌활하게 손을 내저었다.

"경들은 이만 물러가도록."

"하오나 한낱 의녀를 너무…."

어의의 생각은 좀 다른 모양이었다.

"한낱 의녀가 아니고, 차비대령의녀라지 않나."

한데 왕은 어의가 미처 꺼내지도 못한 불만마저 싹둑 잘랐다.

어의는 못마땅한 듯 자희에게 눈을 흘겼다. 익숙한 푸대접인지 자희는 미동도 없었다. 이내 다들 왕의 보챔에 못 이겨 싹 쫓겨났다.

"하여튼 딱딱하단 말이지."

마침내 조용해지자 왕은 진저리쳤다.

"잔소리도 심하다. 그저께 밤에 팔뚝이 가려워서 잠을 설쳤다고 했다가, 아주 들들 볶였어."

"피부에 음허증이 있어 곧잘 혈기가 동하시니 염려할 만하지요."

자희는 능숙하게 왕의 왼팔을 걷었다. 옅은 피부 질환의 증상이 보였다.

"힘들어도 긁으시면 아니 되옵니다."

성마르게 긁은 자국을 바로 알아보았다.

"가려운 부위를 항시 건조하지 않게끔 다스리소서."

자희는 우락(牛酪, 소젖)을 묻힌 천을 환부에 대고 눌렀다.

"노상 바빠 죽겠는데 언제 그런 걸 다스리겠느냐."

왕은 껄껄 웃었다.

“아무래도 평생 자희 네가 대신해줘야 할 성싶구나.”

“망극하옵니다.”

자희는 임금의 친근한 태도에 우쭐하지 않았다. 도리어 불편한 기색이었다.

“…그런데 이쪽은 처음 보는 얼굴이군.”

문득 왕이 말했다.

수그리고도 신비는 지엄한 시선을 느꼈다. 호기심에 곁눈질하려고 슬쩍 눈을 요렇게 떴다. 상대가 눈치도 못 챌 만큼 잽싼 동작이었다.

한데 제 생각처럼 빠르지 못했던 모양이다. 아니면 황구소작의 사소한 동작마저 놓치지 않을 만큼 상대가 노련했거나.

망극하게도 신비는 왕과 눈이 제대로 마주쳤다.

왕은 제법 젊은 데다가 눈에 띄는 장신이었다. 잘 쳐줘서 호남은 되었다. 이에 의연한 기품과 정갈하게 기른 수염까지 더하니 실로 군왕의 관상이었다.

다만 그의 눈길은 말투와 달랐다. 너그러운 군주답지 않았다. 오히려 형형하기가 꼭 맹수와 같았다.

한데 신비는 오금이 저리는 대신, 추상같은 위엄으로 치레한 왕의 겉껍데기 속을 응시했다.

그러자 희한하게도 분명 그가 필사적으로 감추었을 어떤 감정, 몹시도 위태롭고 아슬아슬한 편린이 무심코 엿보였다.

“눈길을 주실 까닭이 없는 아랫것이옵니다.”

자희가 황급히 끼어들었다.

“내의녀의 뒤나 따르는 사환의녀입니다. 비천하여 처신이 능숙지 않사옵니다.”

바닥에 엎드리다시피 빌었다.

"부디 노여워 마소서."

"아니다."

왕은 온후하게 고개를 저었다.

"으레 한미한 자들은 눈이 탁하며, 지레 겁을 먹기 마련일진대…."

놀랍게도 용안에 미소가 비쳤다.

"이 아이는 눈빛이 살아있군. 재미있어."

칭찬인지 아닌지 헷갈렸다.

"간병의녀는 전문적인 소양을 길러내지 못하거든, 내의녀가 못 되고 관비 신세로 돌아가야 할 텐데."

왕이 새롭게 운을 뗐다.

"그래, 너는 어떠냐?"

흥미로운 대상을 탐구하듯 하문했다.

"특별한 소질이 있나?"

등받이에 느긋하게 기대며 왕이 재차 물었다.

"무엇을 잘하느냐?"

자희가 도와주려는 듯 입술을 달싹였지만, 가만히 있으라는 왕의 손짓에 가로막혔다.

"음, 소인은…."

궁리 끝에 신비가 아뢰었다.

"붙임성이 좋고 잘 포기하지 않사옵니다."

예상치 못한 대답이었는지 잠시 정적이 흘렀다. 글쎄, 더 정확히 말하자면 분위기가 썰렁해졌다.

옆에서 자희가 하필 그딴 시답잖은 소리를 하느냐는 듯 못마땅한 눈빛을 쏘았다. 금방 본인이 먼저 건넨 칭찬인데 어쩌겠느냔 말이다.

"붙임성이 좋고 잘 포기하지 않는다…?"

한참 만에 왕이 되뇌었다.

"…그걸 의녀로서 특기라고 할 수 있겠느냐?"

"병자에게 끊임없이 다가가 마음을 치유하는 것이야말로 인술仁術이라 사료되옵니다."

신비는 황급히 살을 붙였다.

"대개 병자들은 육신의 병 때문에 앓사옵니다. 하온데 육신보다 마음 탓에 앓아눕는 자들이 있으니, 이를 울화병이라 일컫사옵니다."

그녀는 눈을 내리깔았다.

"…소인의 어미도 가슴에 울화가 쌓여 시름시름 앓다가 세상을 떠났사옵니다."

어머니의 마지막 순간을 잊지 않았다.

아니, 어머니가 최후를 맞이한 모든 과정을 잊지 않으려고 항상 노력했다.

"하여 소인은 병자의 마음부터 어루만지는 사람이 되기로 결심했사옵니다."

"그래서 고된 의녀의 길을 지망하였고?"

왕은 속내를 짐작할 수 없는 표정으로 물었다.

"그러하옵니다."

물론 의녀가 되면 밑바닥 관비보다는 팔자가 나아진다는 사탕발림에 넘어간 게 더 큰 이유였지만 말이다.

그리고 다른 이유도 있었다.

신비에게는 절대 발설할 수 없는 비밀이 있다. 그것을 위해 한양으로 올라와야 했다. 비천한 관비가 속박된 땅을 벗어나 도성에 들어올 방도는 의녀가 되는 길뿐이었다.

"…자희를 칭찬해야겠구나."

왕이 대화를 이어갔다.

"색다른 사람을 데려오랬더니 기가 막히는군."

차마 상감마마께서 이름을 찍으셨지 않냐고 반박하지는 못하고, 자희는 어물거렸다.

"혹 아까 들어오면서 세자를 보았느냐?"

불쑥 왕이 물었다. 신비는 조심스레 끄덕였다.

"…요즘 세자에게 우환이 많지."

심란한 한탄이었다.

"나와 중전이 여러 차례 도와주겠다고 손을 내밀었지만…. 소용없었어."

점점 왕의 음성이 낮아졌다.

"…설마 세자는 내 짐작보다 제 어미를 많이 닮은 걸까?"

희한하게도 옆에서 자희가 크게 움찔했다.

"하여 그 아이에게는 지금까지와 다른 처방이 필요하다는 생각이 들었지."

시름 어린 시선이 신비에게 향했다.

"어쩌면…?"

하지만 필시 또 다른 물음이었을 어떤 낱말을, 왕은 입속으로 삼켜버렸다.

"어디, 가려운 데에 바를 고약도 달리 있느냐?"

그러고는 아무렇지 않게 화제를 돌렸다.

"근질근질하다고 또 긁었다가는 도제조의 숨이 먼저 넘어가게 생겼으니 말이다."

맨 처음 알현했을 때처럼 쾌활한 말투였다.

"물론이옵니다."

두말없이 자희는 바리바리 챙겨 온 함을 뒤적였다.

그러고 나서 꼭 나흘이 지났다. 신비로서는 내의원 밑바닥에서 구르느라 전부 까맣게 잊고도 남을 만큼 긴 시간이었다.

"너에게 믿을 수 없이 좋은 기회를 주마."

한데도 자희는 돌팔이 약장수 같은 제안을 들이밀었다. 상당히 찜찜하다고 느낀 신비는 벗어나려고 용을 썼지만 소용없었다. 그대로 동궁전으로 끌려갔다.

그리하여 이야기는 시작되었다.

"필요 없다."

모든 소음이 멎었다. 공기는 스산해졌다.

얼음처럼 희고 맑은 살결에 버들가지처럼 유려한 허리를 지닌 사내. 연붉게 꽃을 피운 복숭아 가지처럼 아름다운 남자.

동시에 화사한 용모와 달리 지나치게 고요한 눈동자와 처연한 자태를 지닌 사람.

"나가라."

세자가 신비의 인생에 난입한 것이다.

아니, 어쩌면 신비가 그의 인생에 끼어든 것일지도 모르겠다.

***

처음 세자에게 인사를 올렸을 때 느낀 석연찮음은 기우가 아니었다. 동궁에 드나든 지 정확히 열흘 만에 신비는 대강 사정을 파악했다.

"…탕약을 올리옵니다."

신비는 조용히 내실로 들어갔다.

동궁전의 궁인들은 문만 열어줄 뿐, 누구 하나 따라 들어오려고 하지 않았다. 오히려 행여 같이 가자고 할세라 황급히 문을 닫아버렸다. 보통 지엄한 웃전과 비천한 사람을 단둘만 남겨두지 않는 법인데 말이다.

오늘도 한바탕 실랑이를 각오하며 걸음을 내디뎠다.

세자는 고요한 정적 속에 있었다. 자리옷을 입고서 반쯤 몸을 일으킨 채 앉아 있었다.

그의 하얀 얼굴과 붉은 입술은 혈기를 잃고서도 청초한 분위기를 자아냈다. 용모는 와병 생활과 상관없이 빼어난 모양이었다.

제대로 일어서면 키도 무척 클 것 같았다. 병상에 누운 뒤로 여위어서 그렇지, 어깨도 넓고 체격이 꽤 좋은 사내였다.

그래, 세자의 겉껍데기는 후하게 칭송할 만했다.

"…번번이 말귀를 못 알아듣는구나."

하지만 생각지도 못한 부분에 심각한 하자가 있었다.

"필요 없으니 물리라 하였다."

오늘로 꼭 열 번째로 그는 탕약 그릇을 내동댕이쳤다.

국본의 간병이 비천한 의녀의 몫으로 떨어진 까닭은 명확했다. 세자의 성질머리가 지극히 더러운 탓이었다.

너무나 불경한 표현일까? 글쎄, 세자를 시중들다가 냅다 도망간 환관과 궁녀의 숫자를 헤아린다면 타당할 터였다.

"젓수셔야 하옵니다."

신비는 얼굴까지 튄 탕약을 무심하게 닦았다.

병자들은 으레 본인 몸이 아프면 상대의 감정까지는 배려하지 못할 때가 많다. 어차피 관비 출신이라 이 정도 홀대에는 익숙했다.

하물며 갓난아기 시절부터 어화둥둥 살아온 국본이라면야, 드러누워 패악을 부린대도 인정할 만했다.

"회복을 돕고 통증을 다스려 줄 약이옵니다."

역시나 열 번째로 신비는 똑같은 설명까지 덧붙였다.

"…썩 꺼져라."

유감스럽게도 세자는 이글이글 타오르는 눈빛으로 화답했다. 거기서 비친 감정은 분노였다. 신비로서는 도통 이해할 수 없는 감정이었다.

다만 또 한 가지, 신비가 이해할 수 있는 감정도 섞여 있었다.

바로 고통이었다.

"통증은 약으로 다스릴 수 있사옵니다."

연민 때문에라도 신비는 재차 권했다.

"참는 것만이 능사는 아니옵니다."

"…물러가라 하였다."

그래봤자 돌아온 대꾸는 또 야박했다.

어제까지는 을러대는 말씨에 전전긍긍하다가 물러났다. 그렇지만 오늘은 졸아들지 않고 세게 나가보기로 마음먹었다.

"소인이 저하를 도울 수 있도록 부디 허하소서."

신비는 다시 한번 대접에 탕기를 기울였다.

"약을 젓수셔야 낫사옵니다."

세자는 반드시 탕약을 마셔야만 한다. 가까이에서 본 그의 용태는 대강 전해 들은 것보다 참담하기 때문이다.

부러진 두 다리에 자연스레 뼈가 붙도록 부목을 댔으되 전혀 거동할 수 없었다.

게다가 오른손도 움직이지 못했다. 손가락 하나 구부리지 못하는 모습으로 보아선 꼭 마비라도 된 것 같았다.

세자는 도움의 손길 없이는 몸을 가눌 수도 없는 신세였다.

"나를 돕겠다고?"

세자가 신비를 빤히 응시했다. 그 눈빛에서 아까의 분노와 고통은 사라졌다. 대신 전혀 다른 감정이 자리를 차지했다.

"이 세상에서 날 도와줄 사람은 아무도 없다."

그의 눈동자는 서글프고 고요했다.

"어차피 난 혼자니까…."

비틀어진 입술에서 새어 나온 말끝은 흐렸다.

순간적으로 세자의 존재 자체마저 달라 보였다. 존귀한 국본이라는 본질이 사라졌다.

대신, 한 구석이 부서지는 바람에 아무리 물을 부어도 가득 채울 수 없는 항아리처럼 보였다. 궁휼한 초가삼간에 방치된 깨진 독보다 외로워 보이기도 했다.

"…한데 너 따위가 감히 날 돕겠다고?"

너무 대놓고 탐구한 탓일까, 세자도 신비의 시선을 알아차렸다. 무심코 그녀가 비친 의아함과 동정심을 대번에 꿰뚫어 보았다.

그는 전혀 달가워하지 않았다.

아니, 오히려 그를 더욱 노엽게 만들었다.

"썩 꺼지라 하였다."

아예 죽으라는 법은 없는지 세자의 왼손은 멀쩡했다. 덕분에 그는 신비가 내민 약대접을 홱 빼앗았다. 그러고는 그녀의 머리에 대고 천천히 기울였다.

더운 탕약이 신비의 정수리를 적시고 얼굴부터 목덜미, 옷깃 속까지 줄줄 타고 흘러내렸다.

"두 번 명하게 만든 벌이다."

툭 내던진 빈 그릇이 침전 저쪽으로 데굴데굴 굴러갔다.

더는 방도가 없다.

신비는 바닥에 쏟아진 탕약을 닦고 약그릇을 챙겨 물러났다. 그러는 동안 세자는 완고하게 고개를 돌렸다. 쳐다보지도 않았다.

"아이고, 오늘도 아니 받아주시더냐?"

물에 빠진 생쥐 꼴로 걸어 나오는 신비를 보고 동궁전 백 상궁이 부산을 떨었다.

"꼴이 말이 아니네!"

"편찮으신 분이니까 이해합니다."

병자가 부리는 짜증이라면 익숙하다. 그런데도 백 상궁은 거칠거칠한 천으로 고약한 탕약 냄새를 풍기는 신비의 얼굴을 닦아주었다.

"정말로 괜찮다고요, 마마님…."

과한 친절에 부담스러워서 신비는 몸을 요리조리 비틀었다.

"힘들어도 네가 좀 참고 견뎌다오."

백 상궁이 목소리를 낮추었다.

"어의 영감은 물론이요, 동궁전의 내시와 지밀나인들까지 진즉 두 손 두 발 다 들었다니까."

아무렴 이유가 있는 친절이었다.

"기어코 저하께서 너까지 뿌리치셨다가는…."

백 상궁은 한숨을 쉬었다.

"우리 동궁전 궁인들은 웃전을 제대로 섬기지 못한 죄로 곤장을 백 대쯤 맞을 것이야."

높으신 분들이 즐비한 구중궁궐에서는 궁녀 신세 역시 크게 나을 것이 없다.

“걱정하지 마세요.”

“뭐?”

“자꾸 저렇게 나오시면 오히려 오기가 생기거든요.”

세상 쌀쌀맞은 만덕이 입에서도 친구 소리가 나오게 만든 경력이 있다. 신비는 어떤 푸대접이든 견뎌낼 자신감이 넘쳤다.

다만 누군가를 공략하기 위해서는 정보가 필요한 법이다.

“한데 세자저하께서는 편찮으시기 전에도 원래 성격이 더러우셨…?”

대수롭지 않게 뱉었다가 신비는 황급히 고쳤다.

“흠흠! 아니, 성미가 좀 까다로운 편이셨습니까?”

“아니다. 본디 쾌활하고 활동적인 분이셨는데…. 옥체가 불편해지신 뒤로 말수가 줄고 투정을 곧잘 부리신단다.”

두 번 투정 부렸다가는 탕약을 사발째로 들이붓겠다.

“어쩌면 원래 그런 분이셨기에 지금과 같은 상황을 도무지 못 받아들이시는 걸지도 모르겠구나.”

백 상궁이 탄식했다.

“사고를 당하셨다고 들었습니다만…?”

“그래, 말을 타고 달리다가 낙마하셨다.”

“예, 다리가 부러지신 연유는 납득갑니다. 하온데….”

신비는 미간을 찡그렸다.

“오른쪽 옥수玉手는 왜 마비되셨습니까? 부러진 게 아니던데요. 마치 사람의 신경에 미치는 독에 당한….”

“어허! 궁중에서는 함부로 독을 입에 올리는 게 아니다!”

버럭 백 상궁이 말을 끊었다.

“아니, 그냥 비유하자면 그렇다고요….”

“궁중에서는 비유도 골라서 해야 하느니라!”

발작이라도 일으킬세라 신비는 입을 다물었다.

"…우리도 정확한 사정은 모른다."

한결 누그러진 백 상궁이 조심스레 말했다.

"세자저하께서는 본디 사내다운 기질이 강해 곧잘 말타기와 활쏘기를 즐기셨단다."

상당히 신중하게 고른 설명이었다.

"그날도 철성대군과 함께 말을 타러 나가셨다가 변을 당하셨지. 워낙 짐승을 잘 다루는 분인데 낙마하셨다니 궁중이 발칵 뒤집혔고."

"철성대군이 누구인데요?"

"세자저하의 아우님이시다."

백 상궁이 말했다.

"돌이켜보면 그날, 저하께서 기침하셨을 때부터 옥체가 좀 미령하다고 말씀하신 것도 같은데…."

그녀는 찜찜한 표정이었다.

"아무튼 사고 직후에는 훨씬 위중하셨다."

"지금보다 심하셨다고요?"

"부러진 두 다리는 그렇다 쳐도, 얼굴부터 상반신 전체까지 못 움직이셨어."

망설이던 백 상궁이 우물쭈물 덧붙였다.

"…마치 마비된 것처럼 말이다."

그러고는 삿된 언행을 씻어내려는 양 입을 문질러댔다.

"낙마에 손상되지 않은 상체가 그렇게 되셨다고요?"

"그래. 입을 크게 벌리지 못해 탕약도 어렵게 삼키셨지."

"그러다가 점차 호전되었고요?"

"며칠 기다려 보니 얼굴과 왼쪽 몸은 움직이시더라."

백 상궁은 한숨을 쉬었다.

"중요한 오른손에 차도가 없어 문제지만….."

국본이 하필 붓 쥐는 손을 못 쓴다니 걱정이 이만저만이 아닌 듯했다.

"…석연치 않은데요."

신비는 묘사를 하나하나 짚으며 갸우뚱했다. 단순히 낙마 사고로 인한 결과만은 아닌 것 같았다.

"궁중에서는 떠오르는 대로 뱉어선 아니 된다니까."

"그렇지만….."

"주상전하께서 동궁마마의 사고를 쉬쉬하신다."

암시하는 바가 명확한 언질이었다.

"호기심은 감추고 저하를 간병하는 데에만 집중해라."

백 상궁이 엄하게 쐐기를 박았다.

"약과 밥을 거부하시는 습관부터 고쳐내야 해. 알겠느냐?"

토를 달 수 없었다.

"최선을 다하겠습니다."

하릴없이 신비는 영문도 모르면서 약조부터 앞세워야 했다.

＊＊＊

새벽부터 장대비가 쏟아졌다. 신비는 처마 밑에서 약재를 달였다.

"단순히 낙마 때문이라기에는 이상하지?"

막 만덕에게 동궁전 백 상궁으로부터 들은 이야기를 전한 참이었다.

"말에서 떨어졌는데 왜 애꿎은 부위가 마비되냐고?"

비바람 때문에 자꾸 꺼지는 불씨를 살리려고 신비는 부채를 퍼덕였다.

"그것도 안면 근육부터 상반신 전체였다잖아?"

"뭐, 아주 이상한 일은 아닐 수도 있어."

마찬가지로 부채를 흔들어 대며 만덕은 궁리했다.

"저하께서는 가속이 붙은 상태에서 낙마하셨을 테니까."

"그러셨겠지?"

"신체에 충격이 심했을 거야. 그래서 일시적으로 마비 증세가 나타났는지도 몰라."

만덕의 추측을 들으니 또 충분히 가능한 일처럼 느껴졌다.

"단순히 재수가 옴 붙으셨던 걸까?"

신비가 중얼거렸다.

"혹시 만덕이 넌 동궁마마에 대해 주워들은 거 있어?"

"음, 글쎄? 궁중에 세자저하를 달갑게 여기지 않는 후궁들이 있다나."

큰 기대 없이 물었는데 의외의 대답이 돌아왔다.

물정에 어두운 신비도 궁중에 후궁이 넘쳐난다는 사실만은 알았다. 고귀한 첩지를 얹었다는 내명부 명단이 참으로 길었다. 임금께선 점잖은 생김새와 달리 정력가였다.

"동궁마마를 좀 무서워하는 눈치랬어."

"임금님의 후궁들이 세자저하를 무서워한다고?"

신비는 아리송했다.

"성질이 더러워서 무섭나?"

"몰라. 어쨌든…. 조정에서 조용한 걸 보면 그냥 사고겠지."

만덕이 일갈했다.

"정녕 동궁께서 음독하셨다면 나라 전체가 발칵 뒤집혔을 거야."

"하긴, 추국이 열렸겠지?"

"그래. 한데 조용하잖아. 피비린내라고는 풍기지도 않는걸."

만덕은 탕기를 덮은 천을 젖혔다.

"뭐, 흥미롭기는 하네."

약재가 충분히 달여졌다고 판단했는지 그녀는 불씨를 밟아 껐다.

"내가 직접 저하의 용태를 관찰할 수 있으면 좋을 텐데…."

만덕은 호기심으로 눈을 반짝였다.

"네가 잘 살펴보고 나한테 하나도 빠짐없이 말해줘."

"왜?"

"백 년 만에나 한번 볼 법한 특이한 사례일 수도 있잖아."

"…보통 사람들은 국본께서 다쳤다면 걱정부터 한대, 만덕아."

신비는 친구의 비인간성에 혀를 내둘렀다.

"나 말고도 걱정하는 사람이 태산처럼 쌓였을 텐데, 뭐."

그래봤자 만덕은 살천스러웠다.

"우리는 빨리 특기나 찾아야 해. 내의녀로 발돋움하려면 말이야."

"…이제 겨우 간병의녀가 되었는데 왜 다들 난리일까?"

신비는 진저리쳤다.

"초학의녀 시절의 생고생이 아직도 지울 수 없는 악몽처럼 달라붙어 있는데 말이야."

"아무것도 안 붙어 있는데?"

문자 그대로만 듣는 만덕은 무심하게 일갈했다.

"난 특이한 사례를 모은 의서를 쓰기로 했어."

그러고는 의기양양하게 어깨를 쫙 폈다.

"알아. 네가 이미 오백 번쯤 이야기했으니까."

신비는 질린 티를 감추지 않았다.

"내 책이 완성되면 내의녀가 뭐야, 행수의녀의 칭호까지도 직행할 거야.”

어차피 만덕은 원대한 야망에 취해 듣지도 않았다.

“신비 너도 허송세월하지 말고 서둘러.”

그녀가 옆구리를 쿡 찔렀다.

“내의원에서 빈둥거리면 시간이 쏜살같이 가버릴걸.”

“그래, 난 잔소리 중독증을 고치는 탕약 같은 거나 만들까?”

신비가 투덜거렸다.

“당장 만들어서 너한테 먼저 먹이고 싶은데.”

“세상에 그런 병은 없어.”

역시나 문자 그대로만 듣는 만덕이 진지하게 부정했다.

“그딴 허상에 골몰하다가 시간을 보내면….”

도로 잔소리가 쏟아졌다. 신비는 그냥 말을 말아야지 싶었다.

“자음건비탕滋陰健脾湯은 준비되었느냐?”

다다다 퍼붓는 만덕을 막아준 사람은 내의녀 자희였다.

“만덕이 네가 달였으니 완벽하겠지만, 어디 보자….”

직접 탕약을 확인하는 자희에게 신비가 뚱하게 한마디 던졌다.

“저도 같이 달였는데요.”

“넌 있으나 마나 한 곁다리니까.”

자희는 콧방귀를 뀌었다.

“좋아, 그럼 자음건비탕에 들어가는 약재를 한번 외워 봐라.”

가만히 있을 것을, 괜히 제 무덤만 판 꼴이었다.

“당귀와 천궁….”

“왜 그 두 가지가 필요하지?”

막 운을 뗐는데 자희가 재차 질문을 던졌다.

“피를 신선하게 일신해주기 때문입니다.”

“옳지. 거기에 병자의 기운을 왕성케 하려면 무엇을 첨가해야 하지?”

“복신과 원지, 감초와 백출이면 될 것 같습니다.”

신비는 머리를 팽팽 굴렸다.

“그렇게 달인 자음건비탕은 어떤 병자에게 처방하지?”

쉽게 봐주지 않는 자희가 또 물었다.

“기혈이 쇠하여 어지러움을 느끼는 사람에게 효험이 좋습니다.”

번듯하게 방어했다.

“그런데 왜 만덕이한테는 아니 물어보세요?”

또 질문을 던질세라 툭 쏘아붙이기까지 했다.

“쟤는 묻기도 전에 대답할걸.”

안 그래도 만덕은 답을 맞히고 싶어 들썩거렸다.

“신비 너만 좀 성실해지면 내의원에는 근심 걱정이 없을 것이니라.”

자희는 혀를 끌끌 찼다.

“자, 만덕이는 탕약을 챙겨서 따라오고….”

그녀는 익숙하게 지명했다.

“신비는 동궁전으로 갈 시각이지?”

“그렇지요.”

가서 또 한바탕 치를 각오로 신비는 끄덕였다.

“백기 들 생각은 아닌가 보네?”

자희가 짐작했다는 듯 말했다.

“제 인생에 포기란 없거든요.”

“그러시겠지.”

엷게 웃으며 자희는 만덕이만 데리고 총총 떠났다.

해가 중천에 뜰 즈음에는 퍼붓던 비도 잠잠해졌다. 오늘도 동궁전의 환대는 최고조였다.

"금방 주상전하께서 납셨다 돌아가셨다."

백 상궁이 싱글거렸다.

"부왕의 명에 못 이겨 세자저하께서 흰죽을 몇 숟갈 뜨셨지."

저렇게까지 기쁠 일일까? 함박웃음을 짓는 얼굴이 희대의 충신 같았다.

"이제 네가 약만 드시게 만들면 된다!"

그게 제일 어려운 부분인데 백 상궁은 낙관적이었다.

"알겠습니다. 고해주십시오."

만반의 준비를 마친 신비가 결연하게 말했다.

"음, 한데 너 그걸 들고 입시하게?"

동궁전 백 상궁은 신비가 든 팔각 쟁반을 미심쩍게 보았다.

내의원에서 제일 큰 탕기와 사발, 입가심할 편강片薑, 그리고 삿갓이 담겨 있었다.

"다 필요한 것들입니다."

신비는 길게 설명하지 않았다.

이내 동궁전 침전이 열렸다. 이제는 무거운 적막 속에 홀로 처량하게 있는 세자의 모습이 낯설지 않았다.

"어제 그런 꼴을 당하고도 또 얼굴을 들이밀다니…."

삽시간에 세자의 수려한 옥안에서 반감이 들끓었다.

"다른 궁녀들이라면 두렵고 자존심이 상해서라도 다시는 얼씬도 안 할 텐데."

"소인은 궁녀가 아니라서요."

신비는 어깨를 으쓱했다.

"두렵지도 않고 상할 자존심도 없사옵니다."

"…뭐?"

"지방 관아에서 관비로 지낼 때 별의별 일을 다 겪었거든요."

얼른 신비는 팔팔 끓여온 거대한 탕기를 내밀었다.

"오늘은 저하께서 아무리 쏟으셔도 모자람이 없을 만큼 달여왔사옵니다."

세자는 할 말을 잃은 표정이었다. 그가 당황해하는 틈에 무릎으로 기어 코앞까지 다가갔다.

"금방 죽을 좀 젓수셨다고 들었사옵니다."

신비는 하얀 김이 모락모락 오르는 탕약을 내밀었다.

"약까지 드시면 딱 좋겠나이다."

"…필요 없으니 치워라."

정신을 차린 세자가 성마르게 대꾸했다. 약그릇을 쳐내려고 또 왼손을 뻗었다. 예상한 대로였다.

"잠깐만요!"

신비가 빽 소리쳤다. 기세에 놀라 세자가 주춤 멈췄다. 그 틈에 얼른 신비는 챙겨 온 삿갓을 머리에 얹었다.

"자, 이제 되었사옵니다."

그러고는 도로 세자에게 탕약을 들이밀었다.

세자는 약그릇을 받지 않았다. 쳐내지도 않았다. 시선만 분주했다.

본디 비를 피할 때 쓰는 삿갓과 그것을 썼으니 얼마든지 탕약을 쏟아부어 보라는 듯 의기양양한 신비의 표정을 차례로 오갔다.

"…하!"

그리고 시선의 끝에서 세자는 웃어버렸다. 하도 어이가 없어서 저도 모르게 피식 터진 것이다.

“지금 웃으셨지요?”

신비는 기회를 냉큼 붙잡았다.

“…안 웃었다.”

흠칫하더니 세자가 얼굴을 발갛게 붉혔다.

“웃으셨잖아요. 소인이 다 봤사옵니다.”

“그런 적 없다니까!”

다시금 그는 새침을 떨었다.

“오죽하면 소인이 삿갓을 다 챙겨왔겠사옵니까?”

굴하지 않고 신비는 너스레를 떨었다.

“어제 탕약 뒤집어쓴 의복을 두드려 빠느라 얼마나 고생했는데요.”

“그러게 물러가라 명했을 때 얌전히 따랐으면…!”

언뜻 세자의 얼굴에서 일말의 죄책감이 비쳤다. 아랫것에게 야멸치게 망신을 주고선 내심 혼자 후회하고 있었던 모양이다.

“소인은 죽는 날까지 어제의 수모를 잊지 못할 것이옵니다.”

파고들 틈새를 찾은 신비는 막 던지기 시작했다.

“성심을 다해 끓여온 탕약이 바닥에 버려지던 그 서러움을….”

“…아까는 관비로 지낼 때 산전수전 다 겪어서 신경도 안 쓴다며?”

세자는 쉽게 논리의 허점을 잡아냈다.

“아, 저하의 웃으시는 옥안을 보고 설움이 한결 가신 것도 같은데요.”

황급히 신비는 말을 돌렸다.

“웃은 적 없다니까!”

의외로 단순한지 세자는 대번에 미끼를 물었다.

“에이, 도성궁원都城宮苑보다도 절경인지라 소인의 눈이 멀어버릴 뻔했나이다.”

신비는 만취한 고을 아저씨처럼 작정하고 느물거렸다.

"넌 눈보다는 머리에 더 심각한 문제가 있어 보이는데."

안타깝게도 세자는 아첨에 혹하지도 않고 질색했다. 외모에 대한 찬양이라면 평소에도 차고 넘치게 듣기 때문인지도 모르겠다.

"생각해 보니까…, 그냥 오늘도 탕약을 쏟아버리소서."

부끄러움을 느끼는 역치가 평균보다 한참 높은 신비는 한발 더 나아갔다.

"그러면 소인은 내일 또 기전산하畿甸山河 뺨치도록 찬란하게 후광이 비치는 저하의 웃음을 다시 볼 수 있겠지요?"

아예 스스로 탕약을 들이부을 기세로 약그릇에 손을 뻗었다. 그러자 세자는 엉겁결에 빼앗기지 않으려고 붙잡았다.

"아, 시원하게 쏟아버리시라니까요?"

역할이 완벽하게 바뀌었다. 약그릇을 바닥에 내던지려는 쪽은 신비였고, 그걸 막으려고 버티는 쪽은 세자였다.

"이런 정신 나간 것을 보았나!"

세자가 아연실색했다. 어처구니없게도 실랑이가 길어졌다.

"도대체 내가 왜 이런 고약한 노릇을…?"

문득 그가 완전히 질렸다는 표정을 짓더니 신비를 힘으로 확 밀쳤다. 그러고는 단숨에 탕약을 들이켰다.

"봐라, 이제 쏟을 것조차 없어졌다."

그가 빈 그릇을 내보였다.

"됐지? 물러가라. 당장 나가."

가능한 한 괴상한 의녀로부터 멀어지고 싶은 양 세자는 불편한 몸을 뒤척였다.

"잘하셨사옵니다!"

환자가 말을 잘 들을 때 제일 기쁜 신비가 외쳤다.

"이제 통증이 가라앉고 부러진 뼈도 더 빠르게 붙을…."

"나가라고."

"입가심하시라고 편강도 챙겨왔는데요."

"너만 없으면 저절로 입가심이 될 것 같으니까 좀 나가."

기쁘거나 말거나, 세자는 야박하게 일갈했다.

어쨌든 목표는 달성했으므로 신비는 큰절을 올렸다. 진저리를 친 사람치고, 세자는 전날처럼 고개를 돌리지 않았다. 오히려 히죽거리는 신비의 얼굴이 장지문 너머로 사라질 때까지 물끄러미 응시했다.

그게 좋은 징조인지 아닌지는 오직 하늘만이 아실 터였다.

***

오늘도 정신없는 아침이 지나갈 즈음, 내의원에 뜻밖의 방문이 있었다.

"의녀 신비가 누구냐?"

말쑥하게 차려입은 환관이 나타났다. 내시 나부랭이는 아니었다. 차려입은 때깔이 남다르고, 수행하는 사람까지 거느렸다. 꽤 지위가 높을 성싶었다.

다른 의녀들도 같은 생각을 하는 눈치였다. 흘끔대는 시선이 신비를 향해 쏟아졌다.

"여기 있사옵니다만…?"

신비는 모시풀 천을 쥐어짜며 나섰다.

"나는 대전의 상선(尙膳, 내시부 종2품의 관직)이다."

놀라 자빠질 뻔했다. 임금의 일거수일투족을 보좌하며 어명을 전하러 나돌아다니는 내관이라면야, 삼정승조차 함부로 대할 수 없는 존재다.

"네가 어제 동궁께 탕약을 올렸다면서?"

"아, 예에…."

"저하께서 자진하여 약을 젓수신 일은 처음이었다."

대전 내관이 엄숙하게 말했다.

"항상 상감께서 억지로 권해야만 마지못해 입술을 축이셨는데…."

아무래도 세자는 사고를 당하고서 한결같이 뻗댔던 모양이다.

어쩐지, 어제 신비가 깨끗하게 비운 약그릇을 보여주자 동궁전 백 상궁도 좋아서 숨이 넘어갈 지경이더랬다.

"주상전하께서 무척 기뻐하셨다."

대전 내관이 이어갔다.

"정작 탕약을 올려야 할 궁인들보다 대견하다고 크게 치하하셨지."

그가 고개를 까딱였다. 어린 내시가 뒤에서 보자기를 내밀었다.

"상감마마께서 하사하시는 것이다."

엉겁결에 신비는 흙바닥에 넙죽 엎드려 절부터 올렸다.

"…앞으로도 네가 지밀나인들보다 쓸모 있기를 바라신다."

칭찬은 경고로 탈바꿈하였다. 능히 읽을 만한 행간이었다.

"결코 전하를 실망시켜선 아니 될 것이다."

그러고선 대전 내관은 돌아서서 저벅저벅 떠났다.

이제 세자에게 탕약을 먹이는 것은 생존의 문제가 된 셈이었다. 왜 일은 잘 해낼수록 더 많아지고 책임도 커지는지 모르겠다.

"임금님께서 뭘 주셨으려나?"

행간이라곤 아예 읽을 줄 모르는 만덕이 팔자 편하게 옆구리를 쿡 찔렀다.

“빨리 풀어봐!”

다른 의녀들도 덩달아 성화를 부렸다.

등쌀에 못 이겨 비단 보자기의 매듭을 끌렀다. 속에는 오동나무를 깎은 함이 있었다. 딸깍 뚜껑을 열자 붓이 나왔다.

“에이, 뭐야…. 노리개나 향낭처럼 예쁘고 비싼 게 아니네.”

의녀들은 김빠진 소리를 냈다.

“글쎄, 그딴 것보다 훨씬 값어치 있어 보이는데.”

만덕은 눈을 가늘게 뜨고서 붓촉을 만져보았다.

“…분명 어전에만 진상하는 최고급품이야.”

“글씨 따위야 아무렇게나 끼적이면 그만이지!”

다른 의녀들은 입술을 삐죽였다.

“글은 나라의 근간인데, 한낱 천것에게 그걸 쓸 도구를 주셨다니까.”

만덕이 신랄하게 반박했다.

“얼마나 큰 의미인지 정말 멍청해서 모르는 거야?”

어쩜 저렇게 자청하여 적을 만드는 발언만 골라서 하는지 신기했다.

“그래, 만덕이 너 또 혼자 잘났지.”

아니나 다를까, 다른 의녀들은 눈을 흘겼다.

“맞아. 난 워낙 탁월하니까.”

만덕이 어깨를 으쓱했다. 덕분에 다른 의녀들은 복장이 터져 죽지나 않으면 다행이었다.

옆에서 입씨름을 벌이든 말든, 신비는 상관없었다. 붓에 함께 끼워진 작은 쪽지를 발견한 탓이었다.

묵직하게 적힌 필체가 보였다.

"다른 이의 마음을 어루만지는 인술이 과연 무엇일지 기대하겠다…."

쓰인 대로 읽는 것조차 망극할 임금의 말씀이었다.

영 느낌이 싸했다. 그때는 상황을 모면하고자 되는 대로 막 던진 감이 없잖아 있었다. 모르긴 몰라도, 앞으로는 뱉은 말을 책임져야 할 마당인 듯했다.

마침 멀리서 금루사령禁漏使令이 시간을 알리는 소리가 들렸다. 어느새 또 세자에게 탕약을 올릴 시각이었다.

"나는 다녀올게."

입씨름이 한창 진행 중인 의녀들에게 말했지만 아무도 들어주지 않았다. 다들 합심하여 만덕을 비난하느라 바빴다.

"시끄럽다. 조용히 해라."

결국 내의녀 자희가 나섰다.

"신비가 하던 일은 만덕이가 대신 마무리 짓도록."

"예, 알겠습니다."

만덕은 귀찮은 말씨름을 끝낸대도 아무 불만 없었다.

"하오면 다녀오겠습니다!"

이제 겨우 탕약 한 사발 먹였는데 세자가 지각을 빌미로 트집이라도 잡으면, 전날의 노력도 물거품이 된다.

신비는 팔목에 삿갓을 대롱대롱 매달고 내달렸다.

"…비도 안 오는데 그건 왜 챙겨가는 것이야?"

등 뒤로 영문을 모르는 자희의 타박이 따라붙었지만 못 들은 척했다.

이윽고 동궁전까지 한걸음에 달려갔다.

"어의 영감께서 처방을 살짝 바꾸셨다면서 직접 달여 놓고 가셨다."

도착하자마자 백 상궁은 부랴부랴 탕약 소반부터 내밀었다.

"저하께 올리려고까지 했지만, 역시나 물리치시는 바람에 실패했고."

"어제 몸소 효험을 느끼셨을 텐데…."

또 한바탕 치르려나 싶어 신비는 심란해졌다.

"너 오늘도 저하를 달랠 수 있겠느냐?"

백 상궁도 불안한 표정을 지었다.

"지밀방에서 동궁마마를 똑바로 보필하지 못한답시고 주상전하께서 쭉 벼르신단다. 도로 원점으로 돌아갔다가는…."

어질어질한지 백 상궁은 침을 꼴깍 삼켰다.

"노력하겠습니다."

영 부담스러워도 신비는 약조했다.

처지가 곤궁한 쪽이 비단 동궁전 지밀방뿐만은 아니었다. 이미 신비도 선물을 빙자한 왕의 기대와 경고를 받들었다.

영락없이 덫에 걸린 꼴이었다.

"세자저하, 의녀가 입시를 청하옵니다."

내시가 침전을 향해 고했다. 기다려도 돌아오는 대꾸는 없었다.

"그냥 들어가라."

신비가 한 걸음 내딛자마자 등 뒤로 문이 닫혔다. 오늘도 행여 같이 들어가자고 할세라 몸을 사리는 분위기였다.

잘 되었다. 신비는 삿갓을 머리에 썼다. 공연히 궁녀들이 곁에 있으면 무슨 법도에 어긋나는 짓이냐고 꾸짖기나 할 터였다.

"…또 너로구나."

이윽고 신비를 발견한 세자가 눈을 가늘게 떴다.

그는 맥없이 금침에 누워있었다. 틀어 올린 상투는 흐트러져 잔머리가 삐져나왔고, 하얀 자리옷은 매듭이 반쯤 풀려 맨 가슴팍이 반쯤 보였다.

"여인이 볼꼴이 아닌데 부끄러워하지도 않는군."

시선을 느낀 세자가 힐난하듯 말했다.

"그보다 심한 꼴도 자주 보는데요, 뭐."

물 좋다는 내의원에도 기상천외한 환자가 얼마나 자주 출몰하는지 알면 기절할 것이다.

"하긴, 의녀를 괜히 천한 사람 중에서 선발하는 게 아니지."

세자가 툭 쏘아붙였다.

"노상 더러운 피와 질병을 가까이하며, 외간 사내마저도 쉬이 접하기 마련이니…."

"추잡한 계집이라고 말씀하고 싶으신 것이옵니까?"

아무렇지 않게 신비는 세간의 편견을 꼬집었다.

세상은 참 요지경이다. 기껏 머리 아프게 공부해서 가족마저 외면한 환자를 돌봐주는 존재가 바로 의녀다. 한데 고마워하기는커녕 불순한 딱지나 붙이고 싶어 안달이란 말이다.

사람들은 의녀를 천시했다. 역겨운 병자를 접하는 데다가, 계집으로서 정숙할 줄 모르고 사내를 가까이한다는 이유에서였다.

실제로 의녀들은 관기(官妓, 관아의 기생)처럼 연회와 술자리에 동원되기도 했다. 임금께서 옳지 못한 풍습이라며 금지해도 소용없었다. 관습은 언제나 법보다 강했다.

"글쎄요."

물론 신비는 그러한 천대를 비웃었다.

"어디 한 군데 아프기라도 할라치면, 그 추잡한 계집에게 좀 도와 달라고 다들 얼마나 사정사정하는지 모르시지요?"

이중잣대라고 여겼기 때문이다.

"…정녕 재미있군."

당돌한 주장에 세자의 눈이 붉게 번뜩였다.

"그래도 이 추잡한 계집이 차마 국본께서 사정사정하시는 모습을 볼 순 없어, 먼저 탕약을 올린다지 않사옵니까."

신비는 못 들은 척 너스레를 떨었다.

"좋게 여기시고 쭉 들이켜시면 되옵니다."

세자의 안전에서 오래 끌기에 좋은 화제는 아니다. 최대한 가볍게 돌려야 신상에 이로울 터였다. 하여 단호하게 탕약을 내밀었다.

"…한 가지는 일러둬야겠군."

약그릇을 받지 않고 물끄러미 응시만 하던 세자가 말했다.

"난 너를 성가시다고 생각하고 있다."

"성가시다니요?"

"괴롭혀서 쫓아내려고 벌써 몇 번을 시도했는데 도통 소용이 없으니까 말이야."

"괴롭히셨다고요?"

신비는 본의 아니게 자꾸 추임새를 넣었다.

"면전에 탕약을 들이부었고, 밀치기도 했고…."

세자는 매무새가 흐트러진 제 모습을 가리켰다.

"여인에게 보여선 안 될 꼴까지 이렇게 마련했잖아."

"겨우 그 정도로요?"

가까스로 신비는 헛웃음을 참았다.

"아랫것을 괴롭히시려면 더 악랄하게…."

저라면 어떻게 했을지 머리를 굴렸다. 관비 시절에 당해본 우여곡절이 많았다. 창의력을 더해 응용하기 딱 좋은 기억들이었다.

"감히 끼어들지 마라."

세자는 손을 휙 내저었다. 그나마 움직일 수 있는 왼손이었다.

"…그렇지만 너를 추잡한 계집이라고 생각지는 않는다."

"어째서이옵니까?"

"훨씬 추잡한 사람들을 많이 봤거든."

속삭임에 가깝도록 세자의 음성이 잦아들었다.

"한낱 의녀 따위는 감히 견줄 수도 없을 만큼 추악하지."

세자의 시선이 창 너머로 보이는 구중궁궐을 훑었다. 꼭 아름다운 기왓장과 견고한 돌벽 뒤로 감춰진 위선을 헤아리는 것만 같았다.

아니, 비웃는 건가?

필시 그것은 의녀를 향한 세간의 천대를 비웃는 신비의 태도와 비슷했다. 다만 방식이 약간 다를 뿐이다.

그의 방식은 훨씬 조용하고 처연했다. 대놓고 노골적으로 찌르는 신비의 방법과는 판이했다.

"혹 그것이 저하께서 지극히 편찮으신데도 곡기와 약을 마다하시는 연유와 관련이 있사옵니까?"

의구심이 든 순간 그녀는 훅 들어갔다.

"…마냥 얼빠진 줄 알았더니 의외로 제법이구나."

정곡을 찔렸는지 세자는 잠깐 얼굴이 굳었다.

"희한해."

하지만 금세 평정을 되찾았다. 평생 왕실 한복판에서 스스로 감정을 다스리는 법을 배운 사내다웠다.

"아무리 봐도 평범한 의녀 같지는 않단 말이지."

세자가 중얼거렸다.

"하물며 어제 너는 감히 나를 놀리면서 도성궁원都城宮苑과 기전산하畿甸山河를 입에 올렸다.”

“그게 뭐 어때서요?”

“기름지고 풍요로운 경기 천 리의 땅. 그 안팎의 산하는 천하의 요새지로다.”

마치 노랫말을 흥얼거리듯 그가 말했다.

“성벽은 높다랗기가 천 길의 철옹성이며 구름이 감싼 궁궐은 오색으로 찬연하도다.”

세자는 붉은 입술을 꾹 다물었다가 다시 뗐다.

“건국 당시에 도읍을 찬양하기 위해 지어진 팔경시八景詩에 속한 구절이지.”

그가 말했다.

“정치적으로 껄끄러운 사정 탓에 사대부 중에도 아예 모르는 이가 많은 시조인데….”

동시에 눈빛은 점점 오묘해졌다.

“한데 넌 바로 그 한시漢詩에서 도성궁원과 기전산하를 인용했다.”

무엇을 의심하는지 명백한 시선이었다.

“관비 출신의 의녀에게 가능한 일이 아닐진대…?”

“아니옵니다. 관비 출신의 의녀이기에 가능한 일이 맞사옵니다.”

신비는 태평하게 대꾸했다.

“천하고 무식한 계집애들이 의관 나리를 돕는 의녀가 되겠다고 나서면, 나라에서 얼마나 공부시키는지 아시옵니까?”

아니, 학을 뗐다.

“《정속편正俗篇》과 《산서算書》부터 시작하여 방대한 분량을 단기간에 때려 넣는다고요.”

그걸로 부족해 아예 몸서리까지 쳤다.

“눈물 없이는 들을 수 없는 소인의 초학의 시절에 대해 알고 싶으시
옵니까?”

“…됐다.”

예상과 전혀 다른 반응에 세자는 김이 샌 눈치였다.

“어찌 마다하시옵니까?”

신비는 쉽게 놔주지 않았다.

“간병의만 되면 형편이 나아진다는 말만 철석같이 믿고, 아침부터
밤까지 별 괴상한 글자를 통으로 외웠다니까요.”

이야기하다 보니 정말로 억울해졌다.

“거짓된 유혹으로 얼룩진 그때 그 시절을 낱낱이 말씀드릴 수 있….”

“아, 됐다니까.”

허튼소리가 길어지자 세자는 짜증을 냈다.

“숨기는 구석이라도 있나 싶었는데…. 그냥 촉새가 따로 없군.”

“촉새라니요!”

“그리고 네가 공부해봤자 태어날 때부터 국본이었던 나보다 많이 했
겠느냐?”

그가 쏘아붙였다.

“음, 물론 그럴 리는 없겠지요.”

마지못해 신비는 인정했다.

임금조차 아침부터 밤까지 공부와 일을 반복하는데, 왕세자라고 사
정이 다를 까닭이 없다.

그의 일과는 필시 왕실 어르신들을 찾아다니며 효심을 뽐내는 시간
만 빼놓고, 죄다 글공부로 범벅일 터였다.

“그래. 정작 놀지도 못 하고 억울한 쪽은 나니까 투정하지 마라.”

세자가 툴툴거렸다.

"몸져누운 동안에는 공부를 아니 하셔도 될 테니 좋으시겠습니다."

신비는 은근히 시샘했다.

"아예 움직이지를 못하는 마당에, 서연(書筵, 왕세자의 공부 시간) 좀 빠진다고 퍽이나 좋겠구나."

세자는 새침하게 또 쏘아붙였다.

"이야기가 나와서 말이다. 넌 나한테 탕약을 먹이려면 일단 좀 일으켜 앉혀야 한다는 사실부터 배워라."

새삼 신비는 그가 쭉 누워있었다는 사실을 깨닫고 흠칫했다.

"혼자 일어나지도 못하는 사람한테 도대체 어떻게 마시라고 사발부터 들이대는지, 참⋯."

뒤늦게 그녀가 세자를 일으키는 동안, 그는 혀를 끌끌 찼다.

"정작 중요한 부분은 생각도 못 했으면서, 삿갓은 또 잘도 챙겨 썼네."

불만스럽게 그가 신비를 눈으로 흘겼다.

"방구석도 좁아서 답답한데 정녕 꼴 보기 싫다."

"소인의 잘못이 아니옵니다."

적반하장도 유분수라, 신비는 항변했다.

"저하께서 탕약을 집어 던지시니까 쓰는 것이옵지요."

"내가 언제 집어 던졌⋯."

세자는 반박하려다가 양심을 챙겼다.

"됐으니까 좀 벗어라. 탕약을 또 들이붓지는 아니할 테니까."

"정말이시옵니까?"

"아, 그렇다니까."

신비는 불신에 찬 얼굴로 슬금슬금 삿갓을 벗었다.

"표정 봐라."

세자는 혀를 내둘렀다.

"어느 안전이라고 저렇게 불경한지 모르겠군."

"저하께서 말문을 열어주셔서 참으로 감읍하옵니다만…."

잔소리를 못 견디는 신비가 받아쳤다.

"조용히 계실 때랑 지금이랑 어쩐지 느낌이 많이 다르신데요."

무슨 이중인격 수준으로 말이다.

"솔직히 아뢰자면 소인은 저하께서 조용하실 때가 더 좋았…."

"시끄럽다."

어차피 세자는 들어주지도 않았다.

"탕약이나 내놔라."

그러고는 맡겨놓은 양 약그릇을 빼앗았다.

"빨리 마시고 치워버려야 네가 내 앞에서 사라질 것 아니냐."

투덜거리는 말투와 달리, 쭉 들이켜는 동작에서는 전혀 다른 조급함이 느껴졌다. 신비는 그 이유를 정확히 이해했다.

"막상 약을 정량만큼 젓수시니까 통증도 가라앉고 좋으셨지요?"

히죽거리자 세자는 낯을 발갛게 붉혔다.

"고집부리지 마시고 진즉 드시지, 왜 여태 사서 고생하셨나이까?"

적절한 때에 안 멈추고 신비가 또 깐족거렸다.

"나가."

세자는 단숨에 비운 대접을 집어던지다시피 내밀었다.

"사실상 어제 처음으로 약을 젓수셨다니까 다들 어쩔 줄을 모르시던데요."

"나가라고."

"어의 영감께서는 신나서 처방도 새로 쓰시고…."

굴하지 않고 신비는 계속 떠들었다.

"주상전하께서는 소인한테 멋진 붓도 하사하시고….”
"아바마마께서 뭐?”
문득 세자가 날카롭게 되물었다.
"붓을 내리며 치하하셨다니까요.”
"정녕 그걸 온전한 칭찬으로 받아들이는 건 아니겠지?”
그의 음성이 낮아졌다.
"네가 금방 내게 보여준 분별력이라면, 아바마마의 진정한 의도를 놓칠 리 없을 텐데.”
"예, 알고 있사옵니다.”
세자가 가라앉을수록 그녀는 쾌활해졌다.
"앞으로도 저하께 탕약을 사발째 올려야 한다는 뜻이지요.”
뒤탈을 만들지 않기에 적합한 처신이었다.
"저하께서 부디 약을 꼬박꼬박 받아주시면 망극하겠나이다.”
신비가 말했다.
"소인의 목이 날아가지 않도록요.”
찰나의 침묵 속에서 두 사람의 눈이 마주쳤다.
"평범한 의녀라…?”
골몰하는 시선으로 세자가 속삭였다.
"…너 이름이 무엇이냐?”
"신비라 하옵니다.”
긍정적인 신호인지는 모르겠으되 신비는 즉시 아뢰었다.
들고도 세자는 묵묵부답이었다. 하찮은 이름에 담긴 속뜻을 궁리하는 눈치였다. 신비가 느끼기에는 쓸데없는 고민이었다.
"그냥 신씨愼氏 성의 관비官婢라서 신비愼婢라고 불리다가, 아예 이름으로 굳어졌을 뿐이옵니다.”

물론 스스로 그 이름의 함의를 온전히 받아들였을 때, 그녀에게는 새로운 인생이 펼쳐졌다. 그 전의 인생과는 비교도 할 수 없을 만큼 질곡의 길이었다.

그래도 그 길을 따라온 끝에 여기까지 이르렀다.

"지엄하신 세자저하께 감히 이름을 아뢰어 망극하옵니다."

신비는 그의 하얗고 고운 얼굴을 물끄러미 응시했다. 감히 바라볼 수 없는 옥안인 줄 알지만, 도저히 눈을 뗄 수 없었다.

"망극한 표정이 아닌데."

오늘 정곡을 찌른 사람이 신비뿐만은 아닌 모양이다. 세자 역시 감춘답시고 감춘 그녀의 겉가죽 너머를 들여다보았다.

"워낙 못 배운 천것이라서요."

신비는 쉽고 편한 핑계를 댔다.

"성가시고 못 배운 천출이지만 추잡한 계집 취급은 참지 않는다…?"

세자가 옅게 미소 지었다.

의도한 것은 아니겠지만 그 바람에 또 세상이 멈췄다.

침전 바깥의 소음과 창 너머의 풀벌레 소리가 온데간데없이 사라졌다. 두 사람을 둘러싼 공기 자체가 서늘해지고, 온몸의 솜털이 바짝 일어섰다.

비단 세자의 출중한 용모에서만 비롯된 느낌은 아니었다. 그의 존재 자체로부터 빚어낸 특유의 박력이었다.

"좋다, 평범한 의녀라는 너에게 묻고 싶은 게 있다."

제 영향력을 너무나 잘 아는 사내답게 세자는 여유로웠다.

"나는 오른손을 움직일 수 없어 왼손을 써야 한다."

"그러시겠지요."

"네가 주는 탕약도 왼손으로밖에 마실 수 없지."

"예, 보았사옵니다."

당연한 소리는 왜 하나 떨떠름했다.

"한데 《예기禮記》에서 이르기를, 자식이 혼자 밥을 먹는 나이에 이르거든 오른손을 쓰도록 가르치라 하였다."

"아, 그것은….'

나라의 풍습상 오른손을 바른손이라 이른다. 모든 예의범절도 이를 중심으로 이루어져 있다.

그냥 사대부도 아닌, 국본으로서는 꽤 곤란할 만했다.

"병상에 누운 내가 이 난제를 어떻게 해결해 낼지, 다음에 올 때까지 답을 찾아와라."

"소인이 왜요?"

불경하게 되물었다가 흠칫 눈치를 보고 질문을 바꿨다.

"…다음에 온다고 해봤자 내일이잖사옵니까?"

시험이라면 약방에서 치르는 것만으로도 지긋지긋해 질색했다.

"그래, 내일이지."

세자가 다시 미소 지었지만, 아까처럼 곱게 보이지만은 않았다.

"알아들었으면 나가라."

그마저도 야박하게 매듭지어졌기 때문인지도 모르겠다.

***

저가 오른손을 못 쓰는 걸 왜 남더러 해결하라는지 모르겠다. 한데 막상 다음날이 되자 불평할 새도 없었다.

내의원에서 기습적으로 시재를 본 탓이다.

"…각기脚氣와 토사곽란 증상에 공통으로 처방할 수 있는 약재는?"

신비는 명자나무 열매 하나만 띡 적었다.

"…해산이 예정일보다 늦어지는 임부를 어떤 방도로 돕겠는가?"

분만을 촉진하는 효험이 있는 꽈리의 과실을 달여 먹인다. 신비는 딱 그렇게만 썼다.

이 정도면 탁월하지도 못나지도 않게 적당하다.

"아, 시작했으니 하나 알려줘야겠지."

설렁설렁 다음 문제로 넘어가려는데, 시재를 감독하던 내의녀 자희가 말했다.

"오늘 시재에서 장원壯元을 받는 의녀는 치하하는 뜻으로…."

다들 군침을 흘리는데 신비는 기대도 안 했다.

"이따가 나와 함께 후궁의 안전에 맥후脈候를 짚으러 갈 것이다."

일등의 대가로 일을 시키겠다니 하여튼 가혹하다.

"반면, 전체에서 십등十等이하의 점수를 받은 의녀들은…."

안타깝게도 자희의 선포는 끝나지 않았다.

"내일부터 닷새는 혜민서에서, 또 그다음 닷새는 활인서에서 실습할 것이다."

붓을 놀리던 의녀들이 모두 입만 떡 벌렸다.

혜민서와 활인서는 일이 고되기로 악명 높다. 적은 인력으로 수많은 백성을 상대해야 하니 당연한 노릇이었다.

혜민서에선 내가 누군지 아느냐며 고래고래 악쓰는 병자가 곧잘 들러붙고, 활인서에는 가난하고 위중한 환자가 밀물처럼 밀려든다는 차이점만 있을 뿐이라나.

하여 초학의 시절, 모든 의녀의 꿈은 내의원에 발탁되는 것이었다. 나라님의 지척이니 가장 영예롭고 물이 좋을 거라고 상상한 탓이다.

막상 입성하고 보니 그렇게까지 꿈과 환상의 나라는 또 아니었지만 말이다.

"보람찬 경험이 되겠지?"

자희는 저승사자처럼 웃었다.

이러면 이야기가 좀 달라진다.

신비는 다시 첫 번째 문제로 돌아갔다. 혜민서나 활인서에 끌려가 호되게 구르느니 시험을 열심히 보는 편이 낫다.

대충 끼적이고 넘긴 답안을 다시 빼곡히 채웠다. 각기와 토사곽란의 근원까지 파고들어 끝장낼 기세로 첫 문장부터 고쳤다. 그러고는 맹렬히 다음 문제로 넘어갔다.

"자, 시간 끝났다."

이윽고 자희가 부채를 탁 던졌다.

"붓 내려놔라."

필사적으로 먹물을 찍는 어린 의녀들로부터 답지를 빼앗았다.

"얘, 만덕아, 어땠니?"

"어려웠던 거 맞지?"

내의녀들이 채점하는 동안, 간병의녀들은 만덕을 둘러싸고 호들갑을 떨었다.

그 모습을 보니 옛날 생각이 났다. 전에는 만덕을 따르는 아이들이 많았다. 일등을 놓치지 않는 우수한 지능에 특유의 냉소적인 태도가 맞물려 심금을 울렸던 모양이다.

하지만 만덕의 매정한 본성은 금세 만천하에 드러났다. 정 붙이기가 어찌나 어려웠던지, 벗 혹은 추종자를 자처하던 아이들이 전부 떨어져 나갔다.

"쉽던데."

아니나 다를까, 오늘도 만덕은 심드렁했다.

"어렵다고 느끼면 바보 아니야?"

잘난 척이 아니고 실제로 잘났으니 망정이지, 까딱했다간 돌팔매질을 당했을 터였다.

"그래도 신비가 바닥은 깔아주겠지?"

의녀들은 애써 만덕을 무시하며 화살을 돌렸다.

"아까 곁눈질로 보니까 한 줄 달랑 쓰는 것 같던데."

"너만 믿을게, 신비야."

신비는 어처구니가 없었다.

"왜 이래, 얘들아. 설마 나만 활인서에 보내려고?"

자신만만하게 책 보따리를 뒤적였다.

"오늘은 바닥 근처에도 안 갈 거야. 왜냐하면….'"

그러고는 비장의 무기를 꺼냈다.

"시험 보기 직전에 만덕이의 필기서를 슬쩍했기 때문이지."

의학교수와 의녀훈도관의 가르침이라면 한 마디도 빠짐없이 적혀 있었다. 깨알 같은 글씨로 주석까지 싹 달아놨다.

"보이지? 난 무조건 십등 안에 들어."

"어쩐지 찾아도 없더라."

만덕이 눈썹을 추켜세웠다.

"넌 필요 없잖아."

신비는 뻔뻔하게 대꾸했다.

"이미 다 외웠을 테니까."

"근데 만덕이 필기를 봐봤자 뱁새가 황새 따라가는 꼴 아니야?"

노상 필기를 빌리려고 아양을 떨다가 퇴짜만 맞던 의녀가 심술궂게 말했다.

"넌 뱁새잖아, 신비야."

“맞아. 십등은커녕 가랑이만 찢어졌을걸.”

동기들 사이에 자신을 깔보는 분위기가 있다는 건 알고 있다. 기분이 나쁘지는 않았다.

아니, 오히려 좋았다. 각고의 노력 끝에 유도한 결과였기 때문이다.

주변의 의심을 피하고 환심을 사기에 자기비하적인 언동보다 효과가 확실한 것은 없다.

“그건 가랑이 나름이지.”

신비는 덥석 기회를 잡았다.

“내 가랑이로 말할 것 같으면….”

영양가 없는 말장난에 맞춰 다리를 쫙 찢어 보이려는데, 갑자기 가로막혔다.

“…신비는 뱁새가 아니야.”

어지간해서는 잡담을 무시하는 만덕이 끼어든 탓이다.

“너희들이야말로 뱁새겠지.”

그녀는 투미한 의녀들을 훑었다.

“진짜 황새를 눈앞에 두고 알아보지도 못하니까.”

멸시 섞인 시선이었다.

“찢어질 가랑이조차 없는 뱁새라고.”

편들어주는 것은 참 고마운데, 어쩜 저렇게 사방으로 척지는 발언만 골라서 하는지 놀라울 지경이었다. 싸움이 붙을 수도 있었다.

“조용히 해라.”

마침 다행히도 내의녀 자희가 도로 앞으로 나섰다.

“잠깐만 내버려 둬도 떠들썩해지니, 원!”

채점이 다 끝났다는 뜻이었다. 어린 의녀들은 허둥지둥 제 자리를 찾아갔다. 소란이 가라앉아 고요해졌다.

"게다가 여태 배운 게 이다지도 없다니 참으로 놀랍다."

침묵 속에서 잔소리만 폭우처럼 퍼붓기 시작했다. 자희는 점수를 매긴 답안지를 흔들며 혀를 찼다.

"이따위 수준으로 내의원에 발붙였다니 용하다고."

사실 시재 치를 때마다 매번 똑같은 전개였다.

"만점자는 딱 한 명이었다."

마침내 기나긴 잔소리가 끝나자 결과가 나왔다.

"보나 마나 만덕이겠지, 뭐."

"좋겠다. 고귀한 후궁 마마님 안전에 따라갈 수 있다잖아."

"됐어. 우리는 활인서행만 면하면 그만이야."

어린 의녀들은 속닥거렸다.

"이번 장원은⋯."

조용히 하라며 자희는 또 눈을 부릅떴다.

"⋯신비다."

정적이 흘렀다.

"만덕이가 아니고요?"

누군가의 어리벙벙한 음성이 침묵을 깼다.

"세상에, 정말로 신비가 일등이야?"

"답안지 바뀐 거 아닐까?"

"해가 서쪽에서 뜨겠네⋯."

일제히 실없는 반응이 터져 나왔다.

"일단 아원(亞元, 차석)인 만덕이 먼저 앞으로 나와라."

아랑곳하지 않고 자희는 쐐기를 박았다. 만점이 아니라는 현실이 확실시되자 만덕의 뚱한 얼굴에 균열이 일었다.

"대관절 제가 무엇을 틀렸습니까?"

만덕은 정녕 궁금하다는 듯 물었다.

"마지막 문제다."

자희가 채점한 답지를 흔들었다.

"병자가 지나치게 긴장하고 두려워할 때는 어찌 대응해야 하는지 묻는 문제였지."

그러더니 그녀는 한숨을 쉬었다.

"만덕이 네 답은 '집중하는 데에 거슬리니까 조용히 하도록 재갈을 물린다.'였고."

하여튼 성격 알 만하다. 신비는 혀를 내둘렀다. 다른 의녀들 사이에서도 숨죽인 웃음이 터졌다.

"그게 왜 틀렸습니까?"

만덕은 인정하지 않았다.

"긴장하고 두려워할수록 정확한 진맥으로 안심시켜야 할 텐데요."

"…그래서 병자한테 재갈을 물리겠다?"

"예, 정확히 진맥하려면 집중해야 하니까요."

제 딴에는 논리가 공고했다.

"저는 집중하려면 주변이 조용해야 합니다."

"…어디서부터 어떻게 지적해야 할지도 모르겠군."

자희는 질린 표정이었다.

"마지막 문제는 바보들한테 하나라도 맞히라고 거저 준 문제였다."

토를 달기 전에 자희가 일갈했다.

"그걸 틀렸으니 깊이 반성해라."

안타깝게도 만덕의 표정은 반성 근처에도 못 갔다.

"의녀에게는 의술보다 인성이 더 필요한 때가 많은 법이니라."

자희는 매몰차게 만덕을 쫓아버렸다.

“자, 신비가 장원이다. 속히 앞으로 나와라.”

모두의 시선이 꽂혔다. 쏟아지는 관심 중에서도 호기심이 가장 두려웠다. 사소한 호기심은 때때로 진실을 꿰뚫는 칼날이 되곤 한다.

신비가 한 걸음 디딜 때마다 바다가 갈라지듯 길이 열렸다.

“하긴, 평소 행실이 좀 그렇지, 신비가 원래 머리는 좋잖아.”

불쑥 의녀 한 사람이 무릎을 쳤다.

“맞아. 쟤는 괜히 일 더 시킬까 봐 모르는 척 잔머리 굴리는 티가 나.”

이제 두 사람이 말했다.

“참! 초학의 삼 년 끝낼 때도 장원은 신비였어. 줄곧 일등만 하던 만덕이가 아원이라고 다들 놀랐었지.”

자연스레 세 사람으로 늘어났다.

“그랬지. 덕분에 내의원에 들어왔잖아.”

이내 곧 다수의 깨달음으로 번졌다.

“한데 쟤는 평소에는 왜 그 모양이야?”

실수했다. 신비는 입술을 깨물었다.

눈에 띄지 않는 일이 제일 중요하다. 남들보다 탁월한 것은 위험하다. 지나치게 못난 것도 마찬가지다. 하여 그 사이에서 적정선을 지키는 게 필생의 과제였다.

비록 오늘은 선을 넘어버렸지만 말이다.

“잘했다.”

내의녀 자희가 신비의 답지를 건넸다.

“특히 향약鄕藥에 대해 잘 이해하고 있더구나.”

“오늘의 공로는 만덕이에게 돌리겠나이다.”

신비는 다시 한번 비장의 무기를 꺼냈다.

"몰래 슬쩍한 필기가 족집게였거든요."

의아한 분위기를 누그러뜨리는 데에 도움이 되었다.

"…참 이상하지."

그런데 자희는 속지 않았다.

"넌 시재를 치를 때마다 중하위권에서 맴돌아."

어린 의녀들보다 구체적인 의심을 지니고 있었다.

"아무리 좋은 상을 걸어도 썩 노력하지 않지."

자희가 눈을 가늘게 떴다.

"하지만 장래를 결정짓는 시험이나, 벌칙이 걸린 시재 때는 꼭 월등하게 좋은 점수를 따낸단 말이야."

신비는 너스레로 무마했다.

"발등에 불이 떨어지면 벼락치기라도 해야지요."

"오늘은 상벌이 있다고 미리 알려주지 않았는데?"

"제가 워낙 실전에 강하거든요."

얼른 답지를 낚아채고 줄행랑쳤다.

신비는 만덕이 옆으로 갔다. 모두 답지를 나눠 받고 점수를 확인할 때까지는 기다려야 했다.

"잘 썼다. 빌려줘서 고마워, 만덕아."

신비는 뻔뻔하게 필기서를 돌려주었다.

"엄밀히 따져서 내가 빌려준 적은 없지만…."

만덕은 어깨를 으쓱했다.

"뭐, 어차피 나한테는 필요 없었으니까."

어째 그녀는 씁쓸한 시선으로 제 필기를 훑어보았다. 골머리 썩혀가며 열심히 공부한 덕분에 일등이 되었다는 흔적들이었다.

"…사실 신비 너한테도 필요 없었을 텐데?"

그 시선이 돌연 날카롭게 변한 것은 이상했다.

"나는 끽해야 노력해서 황새가 되었겠지만, 신비 너는 타고나기를…."

만덕은 끝맺음 없이 입을 다물었다.

"여태 너한테 아무것도 묻지 않았고 앞으로도 묻지 않을 거야."

한참 만에 그녀가 다시 운을 뗐다.

"그냥 난 네가 뱁새가 아니라는 것만 알게."

여느 때처럼 메마른 얼굴이었지만 희미하게 낯선 감정이 묻어났다.

그래서 신비도 아무것도 묻지 않았다. 아마 앞으로도 묻지 않을 터였다. 만덕이 짐작하는 것들을 똑바로 응시할 자신조차 없었다.

비밀은 물밑에 조용히 가라앉아 있어야만 하기 때문이다.

적어도 아직은 그랬다.

***

약속대로 신비는 상을 받았다. 내의녀 자희를 따라 웬 후궁을 진맥하러 가게 된 것이다.

"누가 보면 도살장에 끌려가는 줄 알겠구나."

자희가 말했다.

"상이랍시고 일을 시키는 곳은 내의원밖에 없을 것이옵니다."

신비는 대놓고 투덜거렸다.

"누가 너더러 장원을 차지하라더냐?"

괘씸하답시고 자희는 눈을 흘겼다.

"다른 아이들 같았으면 바닥에 넙죽 엎어진 채로 기어서 따라왔을 것이다."

"지금이라도 기어볼까요?"

꾸중 듣기는 또 싫어서 천연덕스럽게 너스레를 떨었다.

"…말이나 못 하면!"

자희는 혀를 끌끌 찼다.

"어, 그런데 여기는 뭔가 좀 이상한데요?"

문득 신비는 사뭇 기묘한 광경을 발견했다.

낯선 전각이었다. 비빈들의 권역으로부터 외따로 떨어져 있었다. 다른 후궁들의 처소와 다르게 훨씬 볕이 덜 드는 음지였다.

또한 입구서부터 유난히 복숭아나무가 줄지었다. 무성한 나뭇잎 아래 으슥한 그늘을 응시하자 원초적인 두려움마저 엄습했다.

"원래 궁중에는 복숭아나무를 안 심잖아요?"

자희가 걸음을 멈췄다.

"…감빈궁에 대해 미리 알려둘 것이 있다."

"지금 뵈러 가는 분이요?"

감빈 남씨鑑嬪南氏는 임금님의 수많은 후궁 중 한 명이다. 특별히 사랑받지는 않지만, 딱히 팽개쳐진 신세도 아니었다.

다만 다른 후궁들은 옹주라도 하나씩 낳은 데에 비해, 감빈 남씨만은 단 한 명도 생산하지 못했다는 점에서 특이했다.

"감빈께서는 환후가 깊으시다."

망설이다가 자희는 운을 뗐다.

"어떤 병을 앓으시는데요?"

"허황한 생각에 사로잡혀 골몰하신달까."

애매하기 짝이 없는 설명에 신비는 갸우뚱했다.

"무슨 생각인데요?"

"스스로 귀신을 부릴 줄 안다고 믿으신다."

범상치 않은 주장이었다.

“지난 몇 년 동안 사방팔방으로 치료법을 모색하였지만…. 끝내 뾰족한 수를 못 찾았다.”

자희는 조용히 덧붙였다.

“행여 감빈께서 이상한 말씀을 하시더라도 바로잡으려 하지 마라. 자극하면 쉽게 이성을 잃으신다.”

“하면 적당히 장단을 맞출까요?”

“그래, 그러는 편이 낫다.”

노파심으로 자희가 첨언했다.

“다만 너무 부추겨서도 안 된다. 곧잘 선을 넘으시니까.”

직접 봐야 알 것 같아서 신비는 멀거니 끄덕였다.

마중 나온 상궁을 따라 긴 복도를 걸었다. 굳게 닫힌 내실 문 안쪽에서 대화하는 소리가 들렸다. 뭔가를 묻고, 킥킥거리고, 성내고, 속사포처럼 재잘댔다.

한데 희한하게도 그 모든 대화에서는 한 사람의 목소리만 들렸다. 혼자서 묻고 대답하고, 웃고 화내고…. 오락가락하는 듯했다.

“오늘따라 자가의 용태가 유독 좋지 못하시네.”

상궁이 눈을 내리깔았다.

“잘 살펴보시게나.”

자희는 묵묵히 끄덕였다.

“…의녀가 왔느냐?”

인기척을 느꼈는지 옅은 미성이 돌아왔다. 콧노래처럼 경쾌한 티가 나되 잘 벼려진 칼처럼 자분자분했다.

“속히 들여라.”

자희와 신비는 문간에 넙죽 엎드렸다.

“매번 나 같은 후궁에게까지 약방의 의녀를 보내주시다니, 성은이 망극하구나.”

원칙적으로 내의원에서는 성상과 왕실의 어른들, 정궁正宮께만 정기적인 문후를 여쭌다. 순전히 임금님의 마음 씀씀이로 덩달아 살펴준다면야 후궁 입장으로선 감읍할 노릇이었다.

한데 고맙다는 말씨 속에 빈정거림이 느껴졌다면⋯, 착각일까?

“처음 보는 아이도 데려왔네?”

“내의녀를 따라다니는 사환의녀이옵니다.”

자희가 간결하게 아뢰었다.

“가까이 와서 고개를 들어보렴.”

뒤통수에 후궁의 음성이 또렷하게 내려앉았다. 신비는 마지못해 고개를 들었다.

다래로 올린 머리카락 사이로 보이는 얼굴이 뽀얬다. 감빈 남씨는 꽤 나이가 어렸다.

“뭐랄까, 기운이 상당히 독특하구나.”

마찬가지로 신비를 응시하던 감빈이 눈알을 굴렸다.

“붉게 꽃피운 배롱나무 같달까⋯?”

딱히 질문은 아닌 것 같았다. 잘근잘근 씹는 입술에서는 기묘한 초조함만 묻어났다.

“미안하구나.”

이내 감빈이 배시시 웃었다.

“내 본디 이상한 말을 곧잘 한단다.”

“천부당만부당하시옵니다.”

신비는 손사래 쳤다.

“어찌 이상한 말을 잘하느냐고 묻지 않을 테냐?”

“감히 흉언을 아뢰오리까.”

공손하게 처신하자고 마음먹는데, 돌연 감빈 남씨의 눈빛이 탁해졌다.

"…마당의 복숭아나무를 보았느냐?"

"예, 소일거리로 심어두신 정도는 아니던걸요."

음침하게 줄지어 서 있던 형상을 떠올리며 신비가 말했다.

"좀 많긴 하지."

감빈이 어깨를 으쓱했다.

"보니까 무슨 생각이 들더냐?"

"복숭아를 즐겨 드시나 보다 싶었나이다."

"너 참 재미있는 아이구나."

농으로 던진 말도 아닌데, 박장대소가 돌아왔다. 구중궁궐에 갇혀 어지간히 즐거운 일도 없이 사는 모양이다.

"…그 주변을 서성이는 것들은 못 보았나 보네."

한데 웃음이 이지러지면서 그녀의 음성도 확 가라앉았다.

"서성이다니요?"

"본디 복숭아나무는 집에 심어선 안 된다고 하지 않느냐."

"아, 예, 풍습이 그렇다고 아옵니다."

"복숭아나무는 영험하여 귀신을 쫓지. 급기야 제삿밥 드시러 온 조상님까지 쫓아버릴세라 금하는 것이다."

감빈이 말했다.

"그렇지만 여기서는 아니 심을 수가 없어. 음기를 달랠 방도가 마땅치 않거든."

속삭임은 더욱 어둡게 내려앉았다.

"궐에서 내가 하는 일이 그런 것이다."

"그런 것이라니요?"

"…이상한 일. 귀신을 쫓는 일."

장난인지 진심인지 분간이 안 갔다.

"근래 자가의 보경(寶經, 월경) 주기가 일정치 않으셨다고 전해 들었나이다."

난처한데 자희가 구색 좋게 끼어들었다.

"한번 진맥해 보겠사옵니다."

"달거리 따위야 거르면 뭐 어떻다고."

관심이 돌아간 감빈 남씨가 입술을 삐죽였다.

"편하고 좋던데. 주변에서 회임 아니냐고 호들갑 떠는 것만 빼면."

순간 치뜬 눈에서 분노가 엿보였다.

"…회임은 절대 아닌 줄 빤히 알면서 짜증 나게."

"규칙적인 보경은 여인의 건강을 가늠하는 척도이옵니다."

자희는 못 들은 척 차분하게 달랬다.

"혹 체후體候가 평안치 못하시다면 큰일이지요."

"알았다."

감빈은 마지못해 왼팔을 내밀었다. 마음을 바꿀세라 자희는 덥석 붙잡고 소매를 걷었다. 그러고는 능숙하게 맥박을 헤아렸다.

"딱히 느껴지는 것은 없사온데…?"

한참을 짚다가 자희는 갸우뚱했다. 감빈의 아랫배와 골반을 만져보고도 영 신통찮은 표정이었다.

"환절기에 기력이 쇠한 까닭일 수도 있겠사옵니다."

마침내 자희가 결론을 내렸다.

"일단 간단한 처방을 올리고 예후를 지켜보겠나이다."

"그래라."

감빈은 관심 없다는 듯 손만 홱 저었다.

"이처럼 월경에서 이상 징후가 보일 때는 어떤 약재를 써야 하지?"

불쑥 자희가 신비에게 질문을 던졌다.

“어, 음, 가물치와 뽕나무의 뿌리, 백당나무의 잎을 푹 고아서 마시면….”

“그건 달거리로 인해 통증이 심할 때 주로 내리는 처방이다.”

기습을 당했더니 틀렸나 보다.

“아! 꼭두서니와 익모초, 밤, 대추를 끓여 낸 국물을 공복에 마시면 좋사옵니다.”

신비는 얼른 고쳤다.

“그, 그런데 병자의 예후를 살피며 매번 배합을 맞춰야 합니다.”

마뜩잖은 반응을 보고 잽싸게 덧붙였다.

“개중에 여인에게 처방하기 전에 반드시 확인해야 하는 약재도 있을 텐데?”

그래도 자희는 썩 흡족한 눈치가 아니었다.

“예에, 특히 익모초가 그렇습니다.”

용케 신비는 그녀가 원하는 답을 짚어냈다.

“익모초는 임신 전과 임신 중, 해산 이후에 따라 각기 작용하는 효과가 판이합니다. 하여 각별하게 신경 써서 처방해야 합니다.”

“어떻게 다르지?”

“홀몸일 때 처방하면 회임을 돕지만, 회임 중에 복용하면 자호(子壺, 자궁)를 수축시켜 자칫 유산할 수 있습니다.”

달달 외운 지식을 꺼내느라 신비는 정신이 혼미했다.

“옳다.”

자희는 이쯤 해서 봐준다는 표정이었다.

“앞으로 달포 동안 네가 감빈자가의 예후와 합궁 일정을 살피고 약을 올려라.”

"진심이셔요?"

후궁의 약을 달이는 일은 아무나 맡는 중책이 아니다.

"물론 나한테 꼭 검사는 받아야지."

자희는 기껏 베푼 호의에 생색을 냈다.

"저는 세자저하의 간병도 전담하고 있는데요."

어차피 신비로서는 달가운 호의도 아니었다.

"이미 분수에 철철 넘친다고요."

"애초에 네가 분수를 잘 지키는 부류는 아닐 텐데."

자희가 콧방귀를 뀌었다.

"하여튼 주어진 것에 감사할 줄도 모르고 요리조리 도망가려고 안달을…."

한바탕 또 욕이나 얻어먹을 김새였다.

"…세자저하?"

그런데 감빈 남씨의 의아한 음성이 가로막았다.

"네가 세자저하를 간병한다고?"

심지어 그녀의 낯빛은 순식간에 새파랗게 질려 있었다.

"동궁전은 가까이하지 않는 편이 좋단다."

감빈 남씨가 초조하게 창밖을 흘끔거렸다.

"…기운이 너무 불온하거든."

손톱을 물어뜯으며 연신 그녀가 속삭였다.

"우리 집안은 예로부터 암암리에 신기가 있다고 소문이 났지. 실제로 고조할아버지의 천첩賤妾은 박수무당을 낳기도 했고."

자못 놀라운 배경이었다.

"양반 체면에 비천한 재주가 핏줄에 흐른다고 인정할 순 없어 쉬쉬했지만…, 나도 희미하게나마 보고 듣고 느낄 수 있단다."

“무얼요?”

“남들이 못 보는 것. 못 듣는 것. 못 느끼는 것.”

“이상한 것들이요?”

“그래. 이상한 것들이지.”

감빈이 어둡게 미소 지었다.

“그래서 나도 이상한 말을 하는 사람이고.”

적당히 또 장단을 맞춰주려는 신비 대신 자희가 일갈했다.

“당치 않으시옵니다. 자가께서는 거처를 오방색五方色의 무구巫具로 장식하실만한 분이 아니시지요.”

병자를 너무 부추기면 안 된다는 경고였다.

“그래, 그건 신을 받은 국무당의 역할이니까.”

의외로 감빈이 선선히 인정했다.

“…난 뭐랄까, 한쪽 발만 살짝 담근 셈이지.”

신비는 알쏭달쏭했다. 하지만 정서적으로 불안하다는 후궁의 망상을 부추기지 않기로 마음먹었다. 귀찮은 사연에 휘말려봤자 좋을 구석도 없다.

“세자저하께는 겨우 탕약 한 사발 올렸을 뿐이옵니다.”

최대한 대수롭지 않게 굴었다.

“가까이하고 어쩌고 할 일도 없으니 심려치 마소서.”

“다른 궁녀들은 그마저도 못하던데?”

감빈이 샐쭉하게 반박했다.

“동궁마마께서는 심지어 정 나인이 올린 탕약마저도 내치셨으니까.”

“그게 누구인데요?”

“정가 이정이라고, 대비전의 궁인이다.”

의미심장하게 감빈이 말했다.

"세자저하의 정인이라는 소문이 돌더라."

"정말이시옵니까?"

신비는 입을 떡 벌렸다. 줄곧 접한 세자의 성마른 태도로 보건대, 누구를 좋아하고 아끼는 행위와는 동떨어져 보였으니 말이다.

"왜, 너도 저하의 아름다운 용모에 홀렸느냐?"

섬뜩한 안색을 한결 거두며 감빈이 장난스레 물었다.

"용모야 아름다우셔도 알맹이는 영…?"

무심코 성질이 심하게 더럽다는 진심을 뱉으려다가 신비는 용케 삼켰다.

"원래는 그러지 않으셨단다."

말 안 해도 알겠다는 듯 감빈이 웃었다.

"요즘에야 워낙 상황이 힘드셔서…."

곧 일말의 웃음과 장난기마저 싹 가셨다.

"세자저하는 반드시 멀리하여라."

감빈이 부르르 온몸을 떨었다.

"…분명 좋지 못한 일이 생길 테니까."

그러다가 갑자기 그녀는 눈을 부릅떴다.

"네 칠성줄은 너무나 흐리고 미약하구나."

"그건 또 무엇이온데요?"

"글쎄, 사람이 감고 태어나는 기운이랄까."

"신기와 비슷한 것이옵니까?"

"어쩌면. 칠성줄이 세고 뚜렷할수록 조상님의 입김이 강해 귀찮은 일에 곧잘 시달리지."

딴에는 자세하게 설명하는 것 같은데, 듣는 입장에서는 오리무중이었다.

"한데 넌 칠성줄이 미약한 데에 비해 기운은 너무 맑아."

감빈이 말했다.

"잡스러운 영靈이 들끓게 생겼어. 자칫하면 하는 일마다 안 풀려 박복해지겠지."

대뜸 악담이나 들었다.

"뭐, 괜찮다. 다행히 대궐에는 강한 신이 많거든."

전혀 못 따라잡고 있는 상대방을 아랑곳하지 않고 감빈이 덧붙였다.

"우선 성상께서 지존신至尊神이시고, 종묘와 사직에 깃든 혼백들 또한 그러하지."

"예에?"

"궁궐을 집이라 부르며 성상을 가장으로 섬기는 한, 감히 잡귀 따위가 설칠 순 없다는 뜻이니라."

모르긴 몰라도 그 말씀에는 오류가 있었다.

일단 신비는 궁궐을 딱히 집이라고 여기지 않았다.

대개 의녀들은 궁녀와 달리, 뛰어난 내의녀 몇 사람을 제외하고는 궐 밖에 살며 새벽마다 등청登廳했다.

신비도 마찬가지였다. 혜민서 너머 허름한 기슭에서 만덕과 함께 살았다.

혼인하여 따로 지아비를 맞이한 의녀도 많으니, 신비로서도 임금보다는 다른 사내를 가장으로 섬길 가능성이 더 컸다.

아니, 설령 궁궐을 집이라 이르고 임금을 지아비라 섬길 수 있을지언정, 신비는 전혀 그러고 싶은 마음이 없었다.

"…다만 한 가지."

자못 반항적인 생각에 몰두하는데 감빈이 말했다.

"그 만인지상의 신께서 널 탐하신다면 이야기가 또 달라지겠지."

불길한 암시였다.

"망측한 말씀을 다 하시옵니다."

놓아두면 안 되겠다 싶었는지, 자희가 목소리를 높였다.

"이 아이는 근본 없이 비천한 계집이옵니다. 행여 자가의 말씀에 혹해 그릇된 마음을 품을까 두렵사옵니다."

거친 힐난이었지만 신비는 이해했다. 감히 후궁더러 헛소리 그만하라고 핀잔을 줄 수는 없으니, 어린 의녀를 핑계로 에둘러 일축하는 셈이다.

"난 범인凡人과 같은 기준으로 사람의 귀천을 볼 수 없어."

감빈 남씨는 기분 상한 눈치가 아니었다. 오히려 입가에 야릇한 미소를 걸쳤다.

"주상전하께서도 같은 생각이실 테지."

하물며 가장 뚱딴지같은 소리를 내밀었다.

"…맨 처음 네게 세자저하의 간병을 맡기신 분이 상감마마 아니시더냐?"

"아, 예, 아마도…?"

갈피를 못 잡고 신비는 갸우뚱했다.

"필시 너한테서 내가 본 것과 같은 것을 보셨을 거야."

언뜻 감빈의 눈동자에서 낯선 감정이 비쳤다.

"뭐, 어차피 궁중에서는 모두가 주상전하께서 부리는 장기 말이니까."

희한하게도 혐오감처럼 보였다.

의구심을 풀기 위한 질문을 던지려 했다. 한데 옆에서 자희가 조용히 막았다. 정신 나간 환자를 부추겨서는 안 된다는 경고의 의미가 역력했다.

"자가께오서는 연치年齒가 어찌 되시옵니까?"

하릴없이 신비는 안전한 쪽으로 말을 돌렸다.

"탕약를 달일 때 참고하려고요."

연령을 고려해 약재를 배합해야 하는 탓이다.

"상감마마의 후궁이 되기에는 좀 어려 보이시는데…."

접때 뵌 임금의 용안을 떠올렸다. 흰 수염 풍성하니 노숙한 모습은 아니었지만, 그래도 중년은 중년이었다.

반면 눈앞의 이 후궁은 그에 비하면 너무 어리다. 머릿속에 두 사람을 붙여서 그려보면 아저씨 옆에 어린 처녀가 선 꼴이다.

"아, 공연한 말씀을 아뢰었사옵니다."

옆에서 자희가 옆구리를 세게 찌르는 바람에 신비는 황급히 수습했다.

"하긴, 간택 당시 난 열세 살이었지. 다른 규수들에 비해 살짝 빨랐긴 하네."

감빈은 개의치 않았다.

"전하께서 연배가 한참 높으시긴 해. 양갓집 규수들은 재취 자리에 들어가지 않는 한, 으레 또래를 지아비로 얻는데 말이야."

도리어 그녀는 곰곰이 생각에 잠겼다.

"동궁마마만 해도 나와 너덧 살 차이밖에 나지 않아 가끔씩 거북하기는 해."

과연 서모(庶母, 부친의 첩실) 입장에선 껄끄러운 상황이다.

"저기, 궐 밖의 친지들이 그립지 않으십니까?"

신비는 조심스레 물었다.

"딱히 그렇지는 않은데."

한데 돌아오는 반응은 또 범상치 않았다.

"우리 아버지께선 종친댁 첩과 통하다가 걸려 정배(定配, 귀양살이 보냄)나 되시던 분이셨어."

부모의 치부를 밝히는 태도마저 너무나 심드렁했다.

"어머니께선 나보단 아우들을 더 좋아하셨고."

모르는 사람이라면 위화감을 느낄 만한 상황이었다.

멀쩡하니 왕후도 있고 왕세자도 있는 마당에, 굳이 어린 후궁을 사가에서 간택까지 해서 들여올 필요가 있었을까? 임금이 여색을 탐하거든 손 뻗어 주시기만 기다리는 궁녀들도 많을 텐데 말이다.

"…그러는 너는?"

감빈이 느긋하게 물었다.

"궐밖에 두고 온 식솔이 그리워서 그런 걸 묻느냐?"

"쇤네의 식솔이야 오래전에 인연이 끊어졌습니다만…."

신비는 본색이 드러나지 않도록 눈을 내리깔았다.

"예, 항상 그립지요."

과연 눈꺼풀은 분노와 슬픔을 가려주었다.

"역시 여느 궁인이나 비자들과는 어딘가 달라."

감빈이 입꼬리를 올리며 웃었다.

"…넌 정녕 몸을 사려야 할 거야."

비록 웃음 끝에는 동궁전이 있는 방향을 흘끔거리는 초조한 시선이 따라붙었지만.

"이만 물러가 탕약을 달여 올리겠사옵니다."

황급히 자희가 마무리를 지었다. 엉겁결에 신비도 따라 일어섰다.

"궁방을 오갈 때 제일 왼쪽에 심어진 복숭아나무는 건드리지 마렴."

꾸벅 인사 올리는데, 감빈은 오묘한 발언으로 맞받았다.

"지나가는 궁인들의 발목을 거는 질 나쁜 녀석이 얼쩡대거든."

"철딱서니 없는 소환(小宦, 어린 내시)이라도 돌아다닌답니까?"

신비가 얼빠지게 되물었다.

"…산 것이 아니다."

감빈은 싸늘하게 고개를 저었다.

"한낱 복숭아나무 가지로 쫓아내기엔 너무 독한 놈이지. 원귀冤鬼라 한번 달라붙으면 떼어내기도 쉽지 않을 것이야."

솔깃할 뻔한 신비와 달리 자희는 한숨만 쉬었다.

"물러가옵니다. 부디 자가께오서는 체후를 조섭하소서."

그러고는 얼른 신비의 등을 떠밀었다.

"그래, 난 목욕재계하고 치성이나 올려야겠다."

흥얼거리는 감빈의 콧노래를 마지막으로 문이 닫혔다.

"자가의 말씀은 신경 쓰지 마라."

완전히 후궁의 안전을 벗어나자 자희가 말했다.

"몹시 편찮으신 분이다."

그녀는 혀를 끌끌 찼다.

"평소 하시는 말씀의 태반이 이치에 닿지 않는 것들이지."

완고한 자희의 등을 따라가는 동안, 신비는 커다란 복숭아나무를 멀거니 응시했다.

아까 감빈 남씨가 말한 것처럼 제일 왼쪽에 심어진 한 그루였다. 밑동 주위로 굴러다니는 낙엽 하나 보이지 않았다.

그렇지만….

신비는 마른침을 삼켰다. 거뭇한 그늘을 드리우는 나무 사이에 의도적으로 존재를 감추려는 의도인지 검게 칠한 지붕과 처마. 흔한 현판(懸板, 건물의 이름 등을 알리는 간판) 하나 걸지 않아 민둥한 벽. 지붕을 떠받치는 기둥 중앙에 글씨를 붉게 휘갈긴 부적까지….

영 꺼림칙한 기분이 들었다.

싱숭생숭한 기분에 잠겨있을 겨를이 없었다.

헐레벌떡 약을 달여 동궁전으로 달렸다. 허파가 튀어나올 지경으로 뛰었는데도 기어이 지각하고 말았다.

해가 진 세자궁은 낮에 보던 것과는 풍경이 사뭇 달랐다. 북적이던 소음이 싹 멎었다. 환관과 궁녀도 최소 인원만 남았다.

"왜 이리 늦었느냐?"

응당 백 상궁의 비난이 반겨주었다.

"허, 허헉, 송구합니다!"

바빴다는 변명은 씨알도 안 먹힐 터였다.

"진즉 세자저하께 저녁상을 올렸는데 숟갈을 들지 아니하신다."

백 상궁이 눈을 치떴다.

"널 기다려야 하신다면서 말이야."

"…저요?"

신비는 떨떠름하게 되물었다.

"그래, 너한테 들어야 할 대답이 있으시다나 뭐라나….'

감빈 남씨의 해괴한 언행을 상대하느라 까맣게 잊었던 세자의 수수께끼를 떠올렸다.

오른손을 움직일 수 없어 왼손으로 밥을 먹어야 하는데, 예의범절을 배운 어엿한 국본이라면 오른손을 써야 한다는 유학의 도리를 어떻게 풀어야 하겠느냐는 질문이었다.

"다행히 아주 늦지는 않았어."

백 상궁이 초조하게 말했다.

"아직 대비마마의 궁인이 당도하지 않았으니까."

"대비전의 궁인은 왜요?"

"자전께서 저녁마다 세자저하께서 끼니를 거르지 않으셨는지 확인하려고 나인을 보내시거든."

백 상궁은 못마땅한 기색이었다.

"매일 우리가 얼마나 꾸중을 듣는지 짐작할 만하지?"

그런데 순간 그녀의 얼굴이 하얗게 질렸다. 어스름을 타고 홀연히 나타난 웬 나인을 발견한 탓이었다.

"송구하옵니다만….."

궁녀 한 명이 사박사박 돌문을 넘었다.

"대비마마를 대신하여 세자저하께 문후 여쭈고자 합니다."

미인도 추녀도 아니고 평범했다. 다만 살가죽 아래 뼈가 선연히 보일 만큼 깡말랐으며, 눈빛은 자못 예민했다.

"저하를 간병하는 의녀가 약간 늦었다."

당혹스러운 기색으로 백 상궁이 신비를 가리켰다.

"마침 방문이 겹쳤으니 함께 들도록 해라."

"저기, 잠깐만요!"

신비는 펄쩍 뛰었다.

"저는 일단 궁리를 먼저 해보고….."

뒤늦게나마 머리를 굴려보려는데 백 상궁은 자비심을 보이지 않았다.

"뭉그적거릴 시간 없다니까!"

야멸치게 신비의 등만 떠밀었다.

"…이 아이가 세자저하께 처음으로 탕약을 올렸다던 그 의녀라고요?"

소란스러운 와중에 대비전의 궁녀가 속삭였다.

엉겁결에 신비는 그녀와 시선이 마주쳤다. 모종의 신경질에 사로잡혔던 그 궁녀의 눈빛은 곧 호기심을 넘어 경계심으로 변모했다.

한데 어딘지 모르게 익숙했다. 면식이 있는 것 같다.

기억을 더듬다가 깨달았다. 일전에 내의원으로 진맥을 받으러 온 사람이다. 분명 자희가 축혈이라 판단하여 생지황탕을 처방했었다.

"세자저하!"

환관이 철옹성같이 닫힌 문을 향해 고했다.

"대비전 나인과 의녀가 입시를 청하옵니다."

오늘도 대답은 돌아오지 않을 거라고 신비는 철석같이 믿었다.

"…들라 하라."

한데 놀랍게도 호의적인 반응이 돌아왔다. 틀림없는 세자의 목소리였다.

"저하께서 네가 올 때만은 항시 반응을 보이시는구나."

환관이 물끄러미 대비전 나인을 응시했다.

맞다. 세자의 정인이라는 소문이 돈다는 궁녀가 있댔다.

아니나 다를까, 저만치서 어린 나인 두 명이 서로를 팔꿈치로 쿡쿡 찔렀다. 대비전 나인을 위아래로 샅샅이 훑으며 소곤거렸다.

온 궁방에 도는 세자의 정인이 어쩌고 하는 소문을 방증하는 셈이었다.

하긴, 아까 지엄한 후궁의 입에서까지 정가 이정이라는 이름이 나올 정도였다. 어지간히 주목받는 모양이다.

"망극할 따름입니다."

지나친 관심을 애써 무시하며 이정은 인사치레했다.

"됐으니까 빨리 들어가서 망극해 해라."

겸손하든 말든, 꼬리에 불이 붙은 동궁전 백 상궁은 또 등만 떠밀었다.

침전이 열렸다.

세자는 비교적 멀쩡한 모습으로 앉아 있었다. 옷매무새도 단정했고, 야무지게 틀어 올린 상투에서는 머리카락 한 올 삐져나오지 않았다. 억지로라도 단장한 모양새였다.

정녕 은애하는 마음 탓일까?

신비는 곁눈질로 세자와 이정을 번갈아 보았다.

솔직히 잘 어울리는 한 쌍이라고 이르기는 힘들었다.

푸석하고 깡마른 이정은 말갛고 처연하기가 한 송이 물망초 같은 세자의 곁에 가져다 댈 것이 못 되었다.

"…오늘은 삿갓을 아니 썼군."

세자가 중얼거렸다.

"예?"

누구에게랄 것 없는 그의 말투 때문인지, 이정은 저한테 하는 말인 줄 알고 갸우뚱했다.

"아무것도 아니다."

세자는 겸연쩍은 표정을 지었다.

"실없는 소리였다. 나답지 않게…."

반성하듯 읊조리더니 목청을 가다듬었다.

"오늘도 이정이 네가 왔구나."

허물없이 이름을 부르는 말투가 다정한 것도 같았다.

"대비마마께서 노심초사하시옵니다."

"…그래?"

세자는 무미건조하게 중얼거렸다.

겸허한 국본이라면 바닥을 데굴데굴 구르며 할머니께 걱정을 끼친

죽일 놈이랍시고 울어야 마땅하지 않을까? 저건 이 나라에서 찬미하는 효자 근처에도 못 갈 반응이다.

저런 모습에 익숙한지, 이정은 아무렇지 않게 본론을 꺼냈다.

"금일은 진지와 약을 젓수셨사옵니까?"

"아직 들지 않았다."

"망극하오나 저하, 번번이 물리치시면 쾌차하실 수가….."

이정은 익숙하게 세자를 달래려 했다.

"싫어서 물리친 게 아니다."

한데 세자는 그녀의 말을 끊었다.

"오히려 밥과 약을 기다리다가 지쳐버렸어."

"…예?"

"무엄하게도 이 의녀가 지각했거든."

"한낱 의녀를 기다리느라 끼니를 놓치셨다니요?"

이정은 그가 변명한다고 여기는 눈치였다.

"그래, 내 힘으로는 도저히 풀 수 없는 난제가 있어서 말이다."

순식간에 세자의 관심이 이정을 떠났다.

"자, 답을 찾아왔느냐?"

대신, 이대로 쥐 죽은 듯 있으면 까먹고 넘어가지 않을까 눈알만 굴리던 신비에게 괴괴한 눈빛을 쏘아대기 시작했다.

"나와 이 의녀가 내기를 벌였거든."

세자가 나름대로 설명했지만, 이정은 더욱 혼란스러운 눈치였다.

"소인이 언제 저하와 내기를 벌였사옵니까?"

반면 신비는 기겁했다.

"일방적으로 질문만 던지고 내쫓으셨으면서….."

"좋다, 그럼 내기를 하자."

철면피로 타고났는지 세자는 뻔뻔했다.

"네가 내 마음에 드는 대답을 올린다면…."

그가 잠시 고민하더니 선언했다.

"앞으로 군말 없이 약방에서 주는 탕약을 들고, 얌전히 진맥도 받으마."

마치 내의원이 얼마나 사면초가에 몰렸는지 잘 안다는 듯한 태도였다.

"소인이 저하의 마음에 드는 대답을 못 올리면요?"

신비는 덥석 미끼를 물기보다는 함정부터 살폈다.

"아바마마께 내의원 전체를 벌하여달라고 주청 올릴 것이다."

"정녕 너무하시옵니다."

신비는 혀를 내둘렀다.

"오매불망 동궁께서 탕약 젓수시기만 기원하며 별짓을 다 하는 약원이 불쌍하지도 않으시옵니까?"

"별짓을 다 한다니?"

"저하께 탕약 한 사발 올리는 데에 성공했다는 이유만으로, 소인처럼 경험도 없는 햇병아리에게 온갖 기대를 걸고 으쌰으쌰 하고 있사온데요."

"그렇지."

세자의 얼굴에 재미있다는 기색이 떠올랐다.

"절박하기가 괘씸할 지경이긴 하지."

하지만 표정과 달리 뱉는 말은 영 곱지 않았다.

"됐으니까 어서 답이나 내놔봐라."

아무래도 내기 따위 하기 싫다는 앙탈이 통할 것 같지 않았다.

솔직히 신비는 세자의 저의를 전혀 파악할 수 없었다.

굳이 떠보고 시험하듯이 내민 수수께끼의 진위가 분명 호의만은 아닐 터였다.

다만 그녀는 궁중의 섭리를 이미 짐작했다. 그것은 궐 밖의 생리와 크게 다르지 않을 수밖에 없었다.

밑바닥으로 굴러떨어진 관비를 멸시하던 양인들. 시답잖은 의녀 따위가 더 잘 아는 기색을 보일 때마다 언짢아하는 의관들. 똑같이 멸시당하는 신세면서도 그 속에서 위아래를 나누는 의녀들….

그 모든 갈등과 의문 속에서 해답은 늘 한 가지였다.

가장 단순한 답이야말로 언제나 가장 안전했다.

설령 정답이 아닐지라도 말이다.

"본디 오른손을 쓰셔야 하는데 다쳐서 움직일 수가 없으시고…."

신비가 운을 뗐다.

"대신 왼손이라도 쓰셔야 하는데 그건 바른손이 아니라서 곤란하시다면…."

특히나 상대의 의도가 어렵고 복잡한 지금, 가장 간결하고 단순한 답은 빤했다.

"두 손 다 쓰지 마소서."

"…뭐?"

"소인이 저하의 오른손이 되어 드리겠사옵니다."

허풍 떨며 약을 팔 때는 최대한 당당해야 잘 먹힌다. 그래서 스스로 되지도 않는 소리라고 생각하면서도 신비는 기세를 높였다.

"대신 밥숟갈을 떠서 입에 넣어드리겠사옵니다."

식어버린 저녁상의 금수저를 가리켰다.

"탕약 그릇도 친히 받지 마소서."

이어서 신비는 챙겨온 약사발을 또 가리켰다.

"소인이 대신 마시게 해드리겠사옵니다."

상당히 호기롭게 덧붙이기까지 했다.

"혹 저하께서 누워서 젓수시고 싶으시다면 깔때기라도 구해와 부어 드릴 테니까, 정녕 옥수 하나 까딱이지 마소서."

신비는 의기양양하게 끝맺었다.

"이러면 저하의 고민은 완벽하게 해결되지 않겠사옵니까?"

아까보다 훨씬 묵직한 침묵이 흘렀다.

세자는 속을 짚을 수 없는 표정이었다. 꼭 언짢음과 무표정 사이에서 표류하는 것만 같았다.

이에 비해 이정은 당혹스러운 눈치였다. 세자와 의녀 사이의 사연을 종잡을 수 없어 손 놓고 관망할 뿐이었다.

"…정신이 아주 단단히 나갔군."

침묵이 가시방석으로 변할 무렵, 놀랍게도 세자는 웃고 있었다.

"내가 비천한 사람들과 어울려 본 적이 없어 잘 모르겠지만…."

웃음 사이로 세자가 말했다.

"진실로 평범한 의녀라면 감히 국본의 오른손이 되겠다고 자처하지는 않을 텐데."

그의 눈에서 흥미가 넘실거렸다. 그러고는 함의가 명백한 질문을 던졌다.

"애초에 그게 얼마나 위험한 발언인지 이해하는 것이냐?"

"어어, 위험하다니요?"

"내 오른손을 대신하여 밥과 약을 먹이고 글을 써 주겠다면서?"

"아니옵니다! 소인은 글까지 대신 써드리겠다고 아뢴 적은 없사온데요."

신비는 손사래 쳤다.

"글씨는 본디 하시던 대로 내시한테 대필시키시고요…."

기겁하여 만류했다.

"기껏해야 진지와 약이나 대신 먹여드리겠다는 뜻이옵니다. 그런 오른손이라면 뭐 얼마나 위험하겠나이까?"

그의 암시를 알면서도 신비는 선소리를 방패로 비껴갔다.

"설마 소인이 생선 살의 가시도 발라내지 않고 저하께 올리겠나이까?"

"옳아, 이제야 너와 대화할 때면 느껴지던 위화감의 정체를 알겠군."

세자는 순순히 말려들지 않았다.

"…넌 일부러 멍청한 시늉을 하고 있다."

그가 눈을 가늘게 떴다.

"잘 알아들었으면서 못 알아듣는 척, 훤히 다 알면서 아무것도 모르는 척…."

신비는 동요하지 않으려고 입술을 깨물었다.

"진정 투미한 족속이라면 못 알아들었으면서 이해한 척, 모르면서 아는 척으로 포장하기 마련일진대."

하지만 세자의 시선은 깨문 입술마저도 집요하게 따라왔다.

"왜 반대로 행동하는 거지?"

그리고 마침내 핵심에 도달했다.

"…무엇을 숨기기 위해서?"

"에이, 무엇이든 숨겨야지요."

빠져나가기 위해 신비는 어쭙잖게 시도했다.

"잘하고 많이 알수록 귀찮은 일만 늘어나니까요."

"뭐?"

"만덕이만 봐도 그렇사옵니다. 군계일학이랍시고 여기저기 불려 다니는 통에 성가시니까요."

"만덕이?"

"음, 소인과 친한 의녀이옵니다."

이야기가 원래 궤도에서 벗어날수록 이득이다.

"초학의녀 시절부터 시재만 보면 만점이라고, 유망주로 꼽히는 아이랍니다."

신비는 재잘댈 의향이 충분했다.

"어쩌다가 소인과 친해졌냐면 사연이 긴데…."

"관심 없다."

세자는 일언지하로 잘라냈다.

"네 구구절절한 사연 따위 내가 들어 봤자 어디다 쓰겠느냐."

"그건 그렇지요."

콧대 한번 더럽게 높다.

"하온데 저하께서도 이미 잘 아시지 않으시옵니까?"

장황하게 떠들어 관심을 돌릴 수 없다면 허를 찔러보기로 했다.

"잘할수록 오히려 귀찮은 일이 생긴다는 불편한 진실 말이옵니다."

"하긴, 겸손하고 성실한 국본일 때에는 그 정도로 부족하답시고 사방에서 회초리질을 해댔어."

세자가 묘한 표정을 지었다.

"한데 육신이 망가진 뒤로 아예 드러누워 패악을 부렸더니 희한하게도…."

이내 그는 싸늘하게 미소 지었다.

"오히려 어화둥둥 달래주지 못해 안달이더군."

한쪽 입가만 차갑게 비틀려 올라갔다.

"뭐, 그마저도 오래가지는 않을 테지만…."

그러더니 자조적인 말투로 흩어졌다.

"한데 설마 내 면전에서 그러한 사실을 아무렇지 않게 짚을 줄은 몰랐는데."

이윽고 세자는 자기 자신을 향한 감정에서 빠져나왔다.

"…아주 재미있어."

어째 신비는 잔머리를 굴릴수록 수렁에 빠지는 기분이었다.

"시장하다."

성에 안 찼는지 그가 불쑥 또 주문했다.

"내 오른손이 되어주겠다면서 넋 놓고 구경할 참이냐?"

그가 숟가락을 향해 고개를 까딱였다.

뭐가 되었든 스스로 판 무덤이다. 이게 제대로 돌아가는 상황인지 확신은 없었지만, 신비는 밥을 조금 떠서 국에 적셨다.

"…세자저하!"

필시 셋 중에서 제일 허우적댔을 법한 이정이 나지막이 외쳤다.

"지밀나인은커녕 비천한 의녀이옵니다."

감히 국본의 숟갈 근처에도 얼씬해선 안 될 상것이라는 만류였다. 어쩌면 무엇을 물어야 할지 모르기 때문에 취한 멸시인지도 모르겠다.

"그렇지."

세자는 흔들리지 않았다.

"바로 그 비천한 의녀가 내 오른손을 자처한다는 점이 재미있거든."

그에게는 의외로 독선적인 구석이 있는 것도 같았다.

차라리 빨리 자리를 파하는 게 낫겠다. 신비는 얼른 뜬 숟갈을 세자의 입에 가져다 댔다. 이내 붉은 입술이 오물거렸다.

공연히 괴란쩍었다. 아무렇지 않게 응시하기가 어려웠다.

신비는 시선을 아래로 내렸다. 그러자 뭇 여인보다도 어여쁜 용모와 달리, 제법 사내답게 툭 튀어나온 목울대가 보였다. 손끝으로 어루만 지면 오얏(李, 자두)처럼 단단할 것 같다.

"탕약도 다오."

여태 물리치던 사람치고, 세자는 밥그릇을 깨끗하게 비웠다.

"음, 약도 젓수시게요?"

여태 그토록 먹이고 싶었건만 막상 그가 먼저 원하자 떨떠름했다.

어쩌면 자신이 올린 대답이 마음에 들었다는 뜻일까?

"그래."

정답이라고 쐐기를 박듯 세자는 고개를 끄덕였다.

애초에 원치 않은 내기였지만 선택권은 없다. 퇴로 또한 마찬가지 다.

신비는 탕약을 한 숟갈씩 떠서 그의 입술로 흘려 넣었다.

참을성 있게 한 대접을 비우고 입가까지 닦아주었다.

그러자 희한하게 꼭 모종의 계약이라도 맺은 듯한 기분이 들었다.

"자, 가서 본 대로 할마마마께 고하거라."

세자가 이정에게 말했다.

"내가 밥과 약을 모두 잘 먹었더라고 말이다."

그녀가 목격한 것이 그게 전부는 아니었다. 그 사실은 세자도 알고, 이정도 알고, 신비도 알았다.

하지만 셋 중 누구도 스스로 아는 바를 입에 담지 않았다.

"대비마마께서 기뻐하실 것이옵니다."

대신, 지극히 피상적인 예의만 차렸다.

"부디 편안히 침수 드소서."

이정은 절을 올렸다.

"하오시면 소인도 이만 물러가…."

얼씨구나 신비도 엉거주춤 몸을 일으켰다.

"넌 남아라."

곧장 세자가 말했다.

"약까지 다 젓수셨는데 굳이 소인이 필요하실까요?"

눈에 띄게 움찔하는 이정과 달리, 신비는 마냥 부루퉁했다.

"언제는 안으로 들라 명하지도 않았는데 쳐들어와서는 달라붙으려고 안달이더니…."

세자가 눈을 치떴다.

"약만 먹이면 끝이더냐?"

"하오면 또 무슨 용무가 있겠사옵니까?"

"아픈 사람이 기껏 앉아 있는데 눕혀놓고는 가야 할 것 아니냐."

"정 눕고 싶으시면 내시더러 시키시지…."

누가 일을 시키면 말대답부터 앞세우는 습관이 있어 큰일이다. 빠져나갈 구멍을 찾던 신비는 세자의 표정을 보고 얼른 말을 고쳤다.

"어이쿠, 물론이지요, 저하!"

냉큼 그를 부축하는 척했다.

"엎드려 절도 받고 내 팔자가 아주 상팔자구나."

세자는 비꼬았다.

"저하…."

이정에게는 그런 그의 모습이 심히 낯설었던 모양이다. 차마 돌아서서 나가지 못하고, 도로 불러 앉혀주기를 기다리는 사람처럼 비스듬히 서 있었다.

"지체하지 말고 어서 가라."

하지만 세자는 눈을 피했다.

"밤이 늦었다. 걸음을 주의하여라."

분명 다정한 작별 인사였지만…, 어딘지 부족한 느낌이 들었다.

마지못해 이정은 나갔다. 장지문이 모종의 미련처럼 천천히 닫히며 그녀의 뒷모습을 가렸다.

"다리 아래에 베개를 놓아드릴까요?"

금침 위로 그를 눕히다가 신비가 물었다. 다리를 가슴보다 높게 두면 부기가 완화되어 덜 불편하리라는 생각이 들었다.

"네 이름이 신비라 하였지?"

한데 세자는 싹 무시하고 뚱딴지같은 소리나 던졌다.

"예, 소인의 이름이 바뀌지는 않았거든요."

어차피 신비도 대답을 기다리지 않고 뚱뚱한 베개로 세자의 다리를 받쳤다. 무람없는 대답은 덤이었다.

"…내 이름은 무엇인지 아느냐?"

영 시원찮은 반응에도 세자는 굴하지 않았다.

"무슨 재간으로 존귀한 휘자諱字를 알겠사옵니까?"

뜬금없는 하문에 신비는 기가 찼다.

"이운李沄이다."

그래도 세자는 혼자 진지했다.

"조정에서 삼정승과 논의야 하셨겠지만…, 결국에는 아바마마께서 지어주신 이름이지."

"아, 예에…."

"굽이굽이 흐르는 물처럼 마음이 큰 사내가 되라는 뜻에서 말이다."

"음, 좋으시겠네요."

갑자기 잘난 제 이름을 왜 자랑하는지 모르겠다.

"…한데 난 그걸 내 이름이라고 여기지 않아."

문득 세자의 말투에 날이 섰다.

“그저 나랏일에 사용할 칭호일 뿐이지.”

눈빛에서 반항심과 치기까지 일렁거렸다.

“진짜 이름은 따로 있거든.”

“원래 선비들은 이름을 여러 가지 쓴다고 알고 있습니다만…?”

멀뚱히 듣기도 좀 그래서 신비가 꾸역꾸역 대꾸했다.

“맞아. 귀찮을 만큼 거창한 글자로 지은 것이 여러 가지 있지.”

세자가 끄덕였다.

“그래도 언제나 내 마음속의 진짜 이름은….”

촛농이 녹아 흐르는 소리까지 들릴 만큼 고요해졌다.

“…너를 정녕 내 오른손이라 여기는 날이라도 오면 알려주마.”

털어놓으려다가 마지막 순간에 주저했다는 느낌이 강했다.

“설마 그럴 날이 올 것 같지는 않지만.”

희한하게도 그는 스스로 그런 말을 했다는 사실 자체에 회의적인 기색이었다.

“그러실 거면 이야기는 왜 꺼내셨나이까?”

신비는 어이가 없었다.

“뜬구름만 잡다가 끝나는 것도 아니고….”

“너한테도 진짜 이름이 따로 있을 것 같아서.”

세자가 무람없는 투정을 싹둑 잘랐다.

“본디 신씨 성의 관비라는 뜻으로 신비라 불리다가 이름으로 굳어졌다면서?”

“뭐, 그렇사옵니다.”

“하면 신비라 불리기 전의 이름은 무엇이지?”

명백히 허를 찔렸다.

그건 실로 단순한 의문이었다. 하지만 지금까지 그토록 사소한 단서를 대번에 붙들고 성큼 다가온 이는 없었다.

"그래, 대답하지 않을 것 같았다."

세자가 미소 지었다. 의표를 찔려 말문이 막힌 그녀의 침묵까지도 셈한 것이다.

"으레 천민들에게는 성씨가 없는 경우가 많은데…."

그는 한 걸음 더 나아갔다.

"너는 처음부터 신씨 성의 관비였다고 말한 점을 감안하면 특히나 그렇지."

다른 사람들 같았으면 아무런 의미도 못 찾았을 작은 조각들을, 설마 그가 주워다 맞춰보리라고는 상상도 못 했다.

세자는 예상보다 영리했다.

"재미있게도 또 다른 내기가 되겠구나."

"내기라니요?"

"누가 먼저 상대방의 진짜 이름을 알아내는지를 두고 겨루는 것이지."

"소인은 별로 그러고 싶지 않은데요."

신비는 뚱하게 대꾸했다.

"별로 궁금하지도 않고…."

"무엄하다."

얼른 그녀는 말을 바꿨다.

"애초에 소인의 진짜 이름 따위에는 아무런 의미도 없사온데…."

"하면 시원하게 말할 수 있겠구나."

신비는 꽁하니 입을 다물었다.

"그것 보아라."

승리감으로 세자는 의기양양 웃었다.

"아무래도 새로운 내기에서는 내가 앞서 나가는 것 같구나."

비록 자처하여 다가가 끌어당겼으나, 그가 예상보다 빠르게 바투 다가올수록 초조했다.

그의 서늘한 한기, 거기서 빚어낸 희뿌연 미소에 사로잡힐 것만 같았다.

하여 솔직히 신비는 약간 불안해졌다.

***

"…무슨 생각을 그렇게 골똘히 해?"

만덕이 물었다. 함께 면보를 삶으려고 물을 끓이는 중이었다.

"아무것도 아니야."

신비는 움찔했다.

"이걸 언제 다 깨끗하게 두드리나 속 터져서…."

호들갑스럽게 산더미처럼 쌓인 면보를 가리켰다. 탕약을 달이느라 갈색으로 물이 들어 더러워진 것들이었다.

"너 며칠째 넋이 나가 있잖아."

얼버무렸지만 만덕은 쉽게 말려들지 않았다.

"아닌데."

"아니기는. 동궁전에서 무슨 일 있었어?"

그렇다. 접때 세자와 있었던 일을 도통 떨쳐낼 수가 없다.

세자가 꺼낸 '진짜 이름'이라는 내기는…, 애써 묻어두었던 과거 전체를 관통하는 주제다. 결국에는 과거를 현재로 끌고 와야 할 순간이 오겠지만, 아직은 확신이 없다.

"저녁 늦게 동궁전에 다녀온 뒤로 쭉 그렇잖아?"

만덕이 지적했다.

“아니야. 저하께서는 그냥 평소처럼 성질머리가 더러우셨어.”

신비는 어깨를 으쓱했다.

“정말 그뿐이야?”

“그렇다니까.”

그래도 만덕이 의심의 눈초리를 거두지 않았다.

“마, 만덕이 넌 요즘 재미있는 이야기 들은 거 없어?”

얼른 신비는 관심을 돌릴 만한 미끼를 던졌다.

“내의녀들 따라다니면 주워듣는 게 많잖아.”

“뭐, 시답잖은 귀신 타령은 좀 들었지.”

만덕이 콧방귀를 뀌었다. 미끼를 문 셈이다.

“알잖아. 항아님들이 측간에서 뭐가 나오네 하면 물동이 긷는 무수
리들한테까지 소문 쫙 퍼지는 거.”

“그 바람에 다들 약방 오른쪽 측간에는 얼씬도 못 하잖아.”

신비가 맞장구쳤다.

“그리고….”

만덕이 미간을 찡그렸다.

“약방 도제조와 성수청(星宿廳, 국가의 무속을 주관하던 부서) 국무당이
대판 설전을 벌였다는 이야기도 들었어.”

“왜?”

“주상전하께서 가볍게 열병을 앓으셨잖아.”

만덕이 말했다.

“당연히 약원에서는 시침과 약으로 다스리자는데, 그쪽에서는 찬물
로 목욕재계하고 치성을 드려야 한다고 우겨대니까….”

단어 선택만 봐도 만덕이 어느 편인지는 자명했다.

"국무당의 기도가 효과가 있으면 얼마나 좋을까?"

신비는 실없는 농담을 던졌다.

"하면 우리 일도 절반으로 줄어들 텐데."

"쓸모가 없어지면 관비로 돌아가야 하는데?"

농담이 전혀 통하지 않는 만덕이 눈을 흘겼다.

"그래, 열심히 일하자. 노동의 가치를 잊지 않을게."

신비는 망해버린 농담을 매듭지었다.

저녁 무렵에 이르자, 신비는 먼저 일어서야 했다. 여기저기 탕약 올리 곳이 많았다.

"웬일로 성실하네."

괘씸하게도 만덕은 배웅하면서도 미덥지 않은 표정이었다.

"난 안에서만 새는 바가지가 될 거야."

신비가 의기양양하게 말했다.

"밖에서까지는 새지 않을 거라고."

"…그냥 안에서나 밖에서나 안 새는 바가지일 수는 없는 거야?"

집게로 면보를 건져 쭉 짜면서 만덕은 중얼거렸다.

약재를 달였다. 허둥지둥 자희한테 검사받고서 감빈방에 올렸다. 처음 만난 날 이후로 감빈 남씨는 석연찮은 눈빛을 쏘아댈지언정 딱히 말을 붙이지는 않았다. 약을 주면 얌전히 마셨다. 그것만으로도 감사한 노릇이었다.

그러고 나서 신비는 바로 동궁전으로 갔다.

요 며칠 세자의 앙탈이 줄었다. 밥과 약을 먹이는 일이 전처럼 힘들지는 않았다. 약조한 대로 퍼주는 족족 받아먹는 셈이다.

"너, 내일이 무슨 날인지 알지?"

거기까지는 좋았는데, 깨끗이 비운 약대접을 치우기가 무섭게 세자가 잔망스러운 하문을 던졌다.

"모르겠는데요."

"정말 모르느냐? 주상전하께서도 제례祭禮를 지내러 거둥하신다고 그저께부터 궐내가 소란스러웠는데."

세자는 얼빠진 신비의 표정에 혀를 찼다.

"감히 성상의 행행行幸까지 아오리까."

동궁전 수발을 드느라 오늘 날짜마저 까먹은 참이다.

"하긴, 한식날이면 손에 꼽는 명절인데도 예전 같지 않지."

세자가 중얼거렸다.

"아, 귀신이 꼼짝 못 한다는 날이요?"

비로소 신비는 알아들었다. 그러고 보니 어릴 때는 한식날마다 삼삼오오 모여 야제(野祭, 한식날 길가나 들에서 잡신에게 지내는 제사)도 지내고 떠들썩했던 것 같다.

"그래. 조정에서 음사淫祀랍시고 갖가지 신사(神祀, 귀신에게 지내는 제사)와 더불어 금한 까닭에 심심해졌지."

세자는 아쉬운 표정이었다.

"유학 빼고는 죄다 이단이라는데 버틸 재간이 있으랴."

빈정거리는 말투 속에는 뼈가 있는 것 같았다.

"원래 같으면 나도 새벽에 어마마마께 하례賀禮를 올려야 할 텐데…."

문득 세자는 씁쓸한 낯을 지었다.

"어마마마라…?"

성장하면서 줄곧 불렀을 호칭이 불편한 듯한 기색이었다.

"너 혹시 어마마마를…. 중전마마를 뵌 적 있느냐?"

그러다가 불쑥 화살을 돌렸다.

"없사온데요."

일단 신비는 곧이곧대로 답했다.

"마마께서는 슬하의 아들 두 놈이 다 성치 않아 근심이 크시다."

어째 세자는 냉소적으로 말했다.

"음, 왕실에 저하 말고 또 편찮은 분이 계시옵니까?"

갸우뚱하면서도 신비는 공손하게 여쭈었다.

"자식 된 입장에서 민망하지만, 성총이 여러 후궁에게 향해 있어 중전마마께선 꽤 오랫동안 쓸쓸하게 지내셨다."

세자가 응했다.

"철성대군峙成大君은 그 쓸쓸한 와중에 얻으신 자식이건만…."

"어디서 들어본 이름인데…?"

사사로이 대군과 아는 사이도 아닌데 희한했다. 불쑥 신비는 떠올렸다.

"아! 저하께서 낙마하시던 날 함께 말을 타러 갔던 분이지요?"

"그래. 내 아우요, 왕실의 유이唯二한 적자다."

세자가 끄덕였다.

"한데 바로 그 철성대군이 미쳤다는 사실을 모르는 이가 없지."

"…미쳤다고요?"

"그래, 완전히 미친놈이다."

대수롭지 않게 그는 피식 웃었다.

"네가 철성대군을 한 번이라도 본다면 절대 못 잊을걸."

"어째서요?"

"행색이 아주 특이하거든."

직접 봐야 안다는 양 세자는 어깨를 으쓱했다.

"아무튼 요즘 중전마마께선 후궁들과 눈만 마주쳐도 자식에 대해하소연하신다더라."

그의 얼굴에 그늘이 드리워졌다.

"…좁은 궐 바닥에서 평생 같이 살려면 비위는 맞춰드려야겠지."

"음, 효심이 대견하시옵니다."

영문을 몰라도 신비는 온건하게 맞받았다.

"날 대신해 심부름 좀 해다오."

세자가 새카맣게 옻칠을 한 반닫이에 손을 쑥 집어넣었다. 그의 손
이 휘적휘적 헤매더니 곱게 접힌 비단 꾸러미를 꺼냈다.

끌러보니 종잇장이 정갈하게 접혀 있었다.

"명절 때 궁방에 붙일 만한 부적이다."

속지에 붉은색으로 글씨를 쓴 흔적이 비쳤다.

"중전마마께 바치고 싶어서, 특별히 아바마마 몰래 절에 내시를 보
내 얻어 왔다고 아뢰어라."

점점 세자의 표정이 묘해졌다.

"철성대군에게 하사하셔도 좋고, 원하는 대로 하시라고."

선물하면서도 뿌듯하기는커녕 서글퍼 보였다.

"…어차피 한식날 지나고 나면 곧 또 수릿날이니까."

세자가 낮게 중얼거렸다.

"수릿날이요?"

"결국 이렇게라도 잘 보이고 싶은 업둥이인 게지."

"누가 업둥이인데요?"

엄한 사람 앞에 두고 혼잣말이라 귀를 쫑긋 세웠다. 하지만 연거푸
말꼬리를 잡아도 세자는 대답하지 않았다.

대신 딴소리만 했다.

"내일 오시午時에 삼빈三嬪께서 중궁전 뜰에서 하례 올릴 것이다."

구중궁궐에는 빈(嬪, 내명부 정일품 후궁)으로 봉작 받은 여인이 딱 세 명 있다. 하여 이를 삼빈三嬪이라 특별하게 일컫는다.

요즘 탕약을 올리는 감빈 남씨鑑嬪南氏를 비롯해, 지빈 정씨止嬪鄭氏와 수빈 엄씨水嬪嚴氏가 그 주인공일 것이다.

"그때 중궁전 상궁에게 전하면 될 거다."

세자는 용무 다 끝났다는 듯 어깨를 으쓱했다. 유감스럽게도 신비의 입장과는 달랐다.

"아니, 한데 왜 소인에게 이런 명을…?"

"하면 아픈 내가 직접 하랴?"

"환관과 궁녀가 있지 않사옵니까?"

더러운 신분 앞에 무릎을 꿇기 전에 항변했다.

"왜 지나가는 불쌍한 의녀에게 시키셔요?"

"…동궁전 궁인에게 시키면 곧장 대전으로 달려가 고자질할 테니까."

뜻밖에도 세자는 진지하게 대꾸했다.

"그건 별로 좋은 그림이 아니라서."

언뜻 드러난 그의 연약한 감정에 신비는 당황했다. 까불대지도 못하고 머뭇거렸다.

"차라리 네가 동궁전 궁인들보다는 믿을 만하다."

기세를 탄 세자가 쐐기를 박았다.

"거리낌 없이 내 오른손이 되어주겠다고 들러붙었잖으냐."

"설마 그럴 날이 올 것 같지는 않으시다면서요?"

"글쎄, 내 예감이 틀릴 수도 있으니까."

세자가 속삭였다. 희한하게도 마치 틀렸으면 좋겠다는 소망처럼 들렸다.

종전의 불안감이 신비를 또 덮쳤다. 비록 자처하여 다가가 끌어당겼으나, 그가 예상보다 빠르게 바투 다가올수록 역시나 초조하다.

"알겠사옵니다."

그럼에도 불구하고 신비는 받아들였다.

"새로운 내기인지 뭔지에서는 저하께서 앞서 나가신다고 하셨지요?"

도저히 거절하지 못할 만큼 약한 마음 때문이었다. 혹은 모종의 동정심일지도 모르겠다. 그가 동정심만은 원치 않는 눈치라서 내색하지 않더라도 말이다.

"그걸 왜 해야 하는지는 아직도 모르겠사옵니다만…. 이걸로 소인에게 빚을 지셨다는 것도 좀 승패에 반영하소서."

굳었던 세자의 옥안에 한 줄기 미소가 피었다.

"그래, 또 다른 내기가 있었지."

"비천한 여의女醫에게 모양 빠지게 내기를 운운하시는 분은 저하뿐일 것이옵니다."

신비가 투덜거렸다.

"왕세자에게 기세등등하게 빚을 운운하는 여의도 너 하나뿐일 것 같은데."

세자는 손쉽게 받아쳤다.

솔직히 틀린 말씀은 아니었다. 아니, 마지못해 신비가 부적인지 나발인지를 품에 쑤셔 넣고 절을 올린 뒤 물러날 만큼은 옳았다.

***

참으로 성가신 인생이다.

하긴, 의술을 펼치라고 뽑은 의녀에게 잡스러운 심부름을 시키는 게 비단 세자만은 아니었다. 나라조차도 그랬다.

대개 의녀는 시체를 검시하거나 부녀자가 벌인 범죄 수사 따위에 동원되었다. 여자 죄수의 몸을 검사하고, 귀부인의 규방을 뒤지거나 체포하는 일에도 곧잘 투입되었다. 간혹 왕실 여인의 묘소에 가서 제문을 읽을 때도 있다나.

하지만 잡일 중에서도 제일 악질은 역시 술자리에 끌려갈 때이다.

"별짓을 다 한다, 정말."

신비는 새삼스레 한탄했다.

됐다. 당장은 눈앞의 일에나 집중하기로 했다.

다음날은 과연 명절이라 궁중 전체가 분주했다.

넓디넓은 궁중에서 길을 물어 중궁전 권역까지는 찾아냈다. 한데 내전 마당은 썰렁했다. 하례를 올린다던 후궁은커녕 개미 새끼도 보이지 않았다.

"뭐야, 오시에 가면 된다더니…?"

해의 위치를 다시 가늠했다. 실수는 아니었다.

뭐가 되었던 허탕이다. 주변을 둘러보았다. 중궁전 궁녀 한 명이라도 찾아서 세자의 미심쩍은 효심으로 가득한 선물을 맡겼으면 싶었다.

"…누구?"

그런데 인기척은 등 뒤에서 훅 다가왔다.

"와, 내가 수상한 사람을 찾았네."

웬 사내였다.

대강 신비와 또래로 보였다. 크지도 작지도 않은 체구에, 딱히 잘생기지도 못생기지도 않은 용모의 소유자였다.

한데도 마냥 평범하게 볼 순 없었다.

그의 행색 때문이었다.

연보라색 철릭 차림에 삐딱하니 짝다리를 짚었다. 목덜미에는 오색

구슬을 비뚤게 엮은 목걸이를 주렁주렁 달고 있었다.

이미 궁궐에서 흔히 볼 법한 모습이 아닌데, 더 특이한 구석은 따로 있었다.

바로 그의 눈이었다.

얼빠진 양반처럼 보이는 눈빛 아래 날카로운 눈매가 있었다. 동공이 작아 흰자가 많이 보이는 삼백안이었다. 멍한 척해도 인상이 강했다.

거기다가 희한하게도 오른쪽 눈꺼풀이 벌겋게 부어 있었다.

"어린 나인인가?"

그가 물었다.

"음, 아니야. 궁녀처럼 보이지는 않는걸."

"수상한 사람은 아니고요!"

신비는 황급히 변명했다.

"동궁전에서 심부름을 왔습니다!"

"…세자저하께서 보낸 사람이라고?"

순간 사내의 멍한 표정이 살짝 흔들렸다.

"아니, 세자저하께서 궁녀에게 뭘 시키셨다고?"

심지어 믿기지 않는다는 듯 고쳐 물었다.

"혹 네가 정가 이정이라는 대비전 나인이냐?"

그가 신비를 위아래로 훑었다.

"아무리 봐도 궁녀는 아닌데. 이상하네?"

"음, 저는 정가 이정도 아니고, 나인도 아닌데요."

어벙하게 신비는 대답했다.

"역시 아니지?"

사내는 천진난만하게 맞장구쳤다.

“그래도 그게 누구인지는 아나 보네?”

“뭐, 안다면 압니다만….”

“너도 동궁마마의 정인이라는 소문을 들었어?”

마치 사내는 그게 핵심이라는 듯 말했다.

무심코 신비는 코앞에서 목격했던 세자와 이정 사이의 묘한 기류를 돌이켜보았다.

소문이 돌 정도의 뜨거운 열정은 느껴지지 않았지만…, 분명 뭔가 있긴 있었다.

다만 자신과는 아무런 상관도 없는 일이다.

“아니, 아무튼! 전 요즘 세자저하를 간병하는 의녀입니다.”

신비는 정신을 차렸다.

“저하의 명으로 심부름을 왔는데 궁인을 찾을 수 없어 난처한 참이고요.”

“무슨 심부름?”

“이걸 중전마마께 올리고 싶으시다던데요.”

꾸러미를 흔들어 보였다.

“뭔데?”

사내가 태연자약하게 손을 뻗었다.

“이보십시오! 세자저하의 심부름이라니까요.”

얼른 밀쳐냈다.

“그리고 보니까 댁은 누구신데 중궁전을 얼쩡거리십니까?”

“넌 내가 누군지 몰라?”

괴이하게도 사내는 놀란 표정이었다. 네가 뭔데 내가 알아야 하느냐는 반문이 터지려는데, 상대가 선수 쳤다.

“중궁전 내시다.”

“…내전에도 내시가 있다고요?”

미심쩍지만 궁정 물정에 어두운 신비는 솔깃했다.

“그럼, 원하면 보여줄 수도 있어.”

뭘 보여준다는 뜻인지 의아해하다가 흠칫했다.

“아, 됐습니다! 바지저고리는 벗지 마세요!”

신비는 손사래 쳤다.

“확신을 주겠다는데 어찌 물리쳐?”

“왜 그쪽이 내시라는 걸 확신까지 해야 하는데요?”

“내시가 아닐 수도 있잖아.”

그가 철릭 밑단을 마치 치맛자락처럼 펄럭이며 빙그르르 돌았다.

“사실은 공주라든가.”

까칠하게 수염이 돋은 턱으로 저러고 있으니 미친 사람 같았다.

“정녕 공주라도 되십니까?”

신분상 남의 비위를 맞추는 습관이 있는 신비는 엉겁결에 장단을
맞췄다.

“그럴 리가.”

한데 사내는 갑자기 정색했다.

“너 좀 바보로구나.”

미친 사람한테서 어리석다는 소리를 들으니 기분이 영 별로였다.

“그건 똑똑한 나한테 맡기고 돌아가렴, 바보야.”

천연덕스럽게 그가 신비의 보따리를 낚아챘다.

“중전마마께서는 후궁들을 이끌고 다음 의례를 치르러 가셨으니까,
돌아오시면 곱게 전해드리마.”

영 미덥지 않아서 신비는 머뭇거렸다.

“진짜 중궁전 내시 맞으십니까?”

“그렇다니까. 어디 보자….”

아니나 다를까, 그는 무엄하게도 세자의 보따리를 대뜸 풀어 헤쳤다.

“아니, 미쳤습니까!”

신비는 기겁했다.

“이건…?”

내용물을 확인한 사내는 얼어붙었다.

멍한 기운이 싹 달아난 그의 인상은 아까와 딴판이었다. 한쪽 눈만 벌겋게 부었음에도 우스꽝스럽지 않고 날카로웠다.

“저하께서 뭐라 말씀하시며 주시더냐?”

“철성대군에게 하시하시든가 중전마마 편하신 대로 쓰시라고….”

박력에 밀려 무심코 대답했다.

“중전마마께서 수릿날에 부적이 필요하신가 보던데요?”

사내는 반응이 없었다. 불편한 침묵이 흘렀다.

문득 꾹 다문 그의 입매가 세자와 닮았다는 생각이 들었다. 비록 세자의 입술만큼 반듯하니 잘생기지야 않았지만, 비슷한 구석이 있었다.

“…아이고, 여기 계셨사옵니까!”

좀 당황스러운 참에 멀찍이서 누가 알은척했다. 노숙한 상궁이었다.

“중전마마께서 찾으시옵니다. 슬슬 함께 상감마마를 배알하러 가실 차례라고….”

덕분에 침묵은 깨졌다. 사내가 얼른 꾸러미를 도로 묶었다.

“알았네. 바로 갈 테니 좀 저리 가 있게.”

그는 상궁을 손짓으로 훠이훠이 내쫓았다.

“진짜로 중궁전 내시가 맞는 것 같지?”

다시 신비를 돌아보며 사내가 말했다. 도로 태평하고 멍해진 인상에서 종전의 괴악한 날카로움은 찾을 수 없었다.

"아, 예, 뭐…."

의외로 한가락 하는 내시 같아서 신비는 우물쭈물 끄덕였다.

"내가 대신 중전마마께 올릴 테니 안심하고 돌아가거라."

사내는 세자의 꾸러미를 조심히 품에 넣었다.

"저기, 잠시만요!"

신비는 그를 붙잡았다.

"아까부터 신경 쓰여서 미치겠거든요."

사내의 오른쪽 눈꺼풀을 가리켰다.

"부어 있는 거 아십니까?"

"아, 그럼. 실수로 복숭아를 접해서 그래."

사내는 대수롭지 않게 문질렀다.

"한식날이라고 화전花煎이며 과일을 잔뜩 먹었는데, 복숭아정과도 있었나 보더라고."

"평소 체질에 안 맞으셔요?"

"한 점이라도 들어가면 몸이 간지럽다가 얼굴까지 붓던데."

사내가 말했다.

"오늘은 깨닫자마자 뱉었는데도 요 모양이 되었어."

신비는 허리춤의 주머니를 뒤적였다. 옷고름의 침주머니와 함께, 의녀라면 항상 지니고 다니는 것들이다.

"마침 유근피(楡根皮, 느릅나무 껍질)가 조금 있습니다. 접때 화분증(花粉症, 꽃가루 알레르기) 병자한테는 효험이 꽤 있었거든요."

한 주먹 꺼내서 사내에게 건넸다.

그는 물끄러미 신비의 얼굴을 바라보았다. 뜻밖의 선의만으로도 상대방을 능히 파악한 듯한 눈빛이었다.

"약방으로 오시면 방풍이나 천궁을 내어드릴 수도 있습니다. 아니면 오가피五加皮나 포도근(葡萄根, 머루나무 뿌리)도 괜찮을…?"

"옳아, 넌 정가 이정이가 아니고…."

모처럼 잘난 척 좀 해보려는데 사내가 잘라먹었다.

"그 의녀로구나."

사내의 눈빛은 다른 감정으로 변이한 것 같았다.

"네 이야기도 주워들었지. 궁녀 정가 이정이에 대한 소문과는 달랐어."

"무슨 이야기요?"

"나는 호기심이 많아."

아랑곳하지 않고 사내는 저 할 말만 했다.

"살얼음판에서 춤추는 데에 가끔 도움이 되거든."

"요즘 날씨에 어디 살얼음이 얼어요?"

"이미 네 발밑에도 있는 것 같은데."

사내는 의미심장하게 웃었다.

"세자저하께서 하필 널 시키셨잖아."

아까 빼앗다시피 한 심부름 꾸러미를 새삼스레 흔들어 보였다.

"중전마마께 은근히 죄책감을 심는 막중한 역할을."

"…무슨 죄책감을 심어요?"

신비는 어리둥절했다.

"차차 알게 될 거다."

사내가 말했다.

"그런 느낌이 들어. 그러니까 한 가지 알려줄게."

바짝 그가 다가오더니 속삭였다.

"세자저하께서도 못 드셔. 복숭아."

“…예에?”

“어릴 때 한번 젓수셨다가 잠깐 숨통이 막힌 뒤로 손도 안 대셔.”

사내는 천연덕스럽게 말했다.

“저하와 나만의 비밀이지. 아무도 몰라.”

“내국(內局, 내의원) 관리들도요?”

“동궁께서는 복숭아를 싫어해서 안 드시는 줄로만 알걸. 심지어 아지(阿只, 왕의 자녀가 보모상궁을 이르는 말)마저도.”

뒤늦게 입술에 가져다 댄 검지는 태평했다.

“저하께서 알리기를 원치 않으시니까.”

“한데 어떻게 내시가 세자저하랑 비밀까지 나눠요?”

신비는 의심스러워 눈을 가늘게 떴다.

“난 특별한 내시야.”

사내가 빙글거렸다.

“평생 동궁마마의 그늘에 엎드려야 하거든.”

서늘함을 감춘 웃음이었다.

“그러니까 나중에 또 보자.”

대화를 제대로 매듭짓지도 않은 채, 그는 훌쩍 달려가 버렸다.

“…저건 도대체 어디서 굴러온 미친놈이야?”

혼자 남은 신비는 어처구니가 없었다.

“아니, 잠깐만…. 근데 내시도 수염이 나던가?”

뒤늦게서야 거뭇했던 턱주가리에 의구심이 생겼다.

에이, 모르겠다. 어쨌든 심부름은 마쳤으니까 성가신 일 하나 덜어 낸 셈이다. 꺼림칙한 기분을 애써 지우며 신비는 지엄한 내전을 벗어났다.

***

해가 저물자 또 여기저기 약을 바칠 시간이었다.

웬 미친놈을 상대한 것만으로도 충분히 지쳤지만, 신비는 허둥지둥 감빈방으로 갔다.

"오늘도 탕약을 가져왔느냐?"

감빈 남씨는 엎드려 절하는 신비를 곁눈질했다. 종일 명절 의례를 치렀는지, 그녀는 무겁고 치렁치렁한 예복을 입고 있었다.

한데 대수롭지 않은 관심에서 비롯된 그녀의 시선은 곧 눈살을 찌푸리는 못마땅함으로 탈바꿈하였다.

"피곤해 죽겠는데 꼭 이래야겠느냐?"

"예?"

생게망게한 힐난이 내리치자 신비는 어리둥절했다.

감빈 남씨는 대답 대신 벽에 걸려있던 복숭아 가지를 집어 들었다. 그러곤 신비의 왼쪽 어깨를 탁 때렸다.

"아야! 갑자기 왜 그러세요?"

"그러게 어느 안전이라고 별 잡스러운 놈을 달고 오느냐."

신비는 멀뚱히 아무것도 없는 어깨를 문질렀다.

"소인이 뭘 달고 왔는데요?"

"네 눈에는 보이지 않을 만한 것."

감빈은 허공을 노려보더니 손끝을 탁 튕겼다. 무언가를 쫓아내는 시늉이었다. 여전히 신비의 시야에는 아무것도 없었다.

"고약하게 들러붙을 뻔했다."

이윽고 그녀는 중얼거렸다.

"…내가 훨씬 강하기에 망정이지."

어이가 없어서 말문이 막혔는데 감빈이 쏘아붙였다.

"일전에 말했지. 너는 영이 지나치게 맑다고."

"아, 예, 뭐…."

팔자가 박복해질 만큼 맑다나 뭐라나 하는 악담이라면 들었던 것도 같다.

"허투루 듣지 마라."

속이 훤히 보인다는 양 감빈이 눈을 치떴다.

"성가신 것들이 꼬이게 생겼다니까."

"관비 출신에다가 괴상한 심부름까지 도맡는 의녀 나부랭이인데요. 잡귀잡신雜鬼雜神이 꼬여봤자 얼마나 더 밑바닥을 치겠사옵니까?"

신비는 대놓고 투덜거렸다.

"…관비 출신에다가 밑바닥이라면서 아직도 잘 모르느냐?"

감빈이 씁쓸하게 웃었다.

"정작 귀신보다는 산 사람이 훨씬 지독하다는 것을."

"귀신 이야기가 아니었나이까?"

신비는 감을 못 잡았다.

"보이지 않는 것 때문에 팔자가 꼬이면 산 사람마저 널 괴롭힌다는 뜻이다."

감빈이 말했다.

"특히나 밑 빠진 독이나 다름없는 이들이 너 같은 사람을 보면…."

그녀의 눈동자야말로 우물처럼 깊고 어두웠다.

"불빛을 찾은 나방처럼 앞뒤 재지 않고 들러붙을 텐데."

병환이 도지는 걸까 신비는 문득 걱정이 들었다.

"나방은 타죽을 걸 알면서도 불길에 달려들 수밖에 없어. 훤한 빛은 허무한 일생의 자극이요, 어두운 길의 여로를 잡아줄 붙박이별이니까.”

아픈 후궁을 부추겨선 안 된다고 들었다. 이쯤 해서 신비는 적당히 넘어가기로 했다.

“그 비유에서는 소인이 불빛이지요?”

좋은 방법은 실없는 농담이었다.

“나방이 아니라요?”

멍청한 척을 곁들일수록 효과는 곱절이 된다.

그런데 감빈 남씨는 대답 대신, 갑자기 복숭아 가지로 다시금 신비의 어깨를 때렸다.

“아야! 또 뭐가 있사옵니까?”

“아니. 이건 그저 괘씸하여 친 매다.”

감빈이 깔깔 웃었다. 비록 신비는 속으로 참을 인忍을 새겨야 했지만, 다행히 분위기만은 바뀌었다.

“다래나 좀 내려다오.”

실컷 웃은 감빈이 묵직한 얹은머리를 가리켰다. 어깨가 뻐근한 모양이었다.

“감히 손을 댈 수 있겠나이까?”

신비는 난색을 지었다. 주위에 시중들 사람이 없는 게 문제였다. 상궁과 나인은 죄다 나가고 없었다.

“해가 지면 주상전하께서 납실 예정이라 준비하는 게지.”

감빈이 말했다.

“귀찮아.”

무척 냉랭한 어투였다.

“후궁도 사람인데 힘들고 피곤하면 상감마마라고 달갑겠느냐.”

그녀는 연신 부루퉁했다.

“전하께서도 딱히 내켜서 납시는 것도 아니고.”

“어째서요?”

“관상감에서는 꼭 오늘 같은 날에만 내 합궁을 잡거든.”

순간 감빈의 눈에서 분노 비슷한 감정이 일렁였다.

“…액땜이랄까.”

왕실에서 통용되는 사연이 있겠거니 짐작할 만했다.

“한데 난 도저히 더는 못 버티겠다.”

감빈 남씨가 고개를 까딱였다.

“네 손이라도 빌려야겠어.”

하릴없이 뭣도 모르면서 더듬더듬 후궁의 육중한 가체에 손을 댔다.

오밀조밀하게 땋고 틀고 묶은 모양새가 참 대단했다. 게다가 화려하게 장식한 댕기와 떨잠, 비녀 따위는 생눈으로도 값비싼 보화임을 알 수 있었다.

“보기 좋은 떡이지.”

감빈 남씨는 콧방귀를 뀌었다.

“후궁들끼리 경쟁한답시고 자꾸 더 크고 화려하게 얹다가 이 지경까지 왔단다.”

“치장으로 겨룬다고요?”

“친정에 위세가 있어야 값비싼 치장도 할 수 있으니 실상 자존심 싸움인 게지.”

일리 있는 설명이었다.

“평생 틀어박혀 살면서 누구 집안이 더 잘나가는지, 누구 자식이 더 총명한지, 누가 더 총애받는지를 빼고 나면…. 남는 게 있을까?”

후궁의 머리칼이 등허리로 검게 물결쳤다.

“…그래, 바로 그게 문제야. 평생 궁중에 틀어박혀 사는 것.”

감빈 남씨가 중얼거렸다.

"무시무시한 사내와 폐쇄된 공간에 갇힌 기분을 아느냐?"

"예?"

"전에는 다른 여자의 목이 날아갔지. 하나 다음에는 내 차례일 수도 있어."

혼잣말이었다.

"다른 후궁들도 그걸 알아."

비록 혼잣말치고는 너무 섬뜩했지만 말이다.

"그래서 다 같이 이 좁은 바닥에서 미쳐가는 거야. 공범이 된 채로."

발작적으로 터트린 웃음을 동반하였기에 더욱 그랬다.

"머리를 땋아 비녀로 꽂아드리겠사옵니다."

오늘따라 유난히 후궁의 용태가 안 좋음을 파악한 신비가 달랬다.

"이따가 전하를 맞이하신다면서요?"

"…그래. 옷도 벗겨다오."

다행히 감빈은 한결 진정했다.

낯설고 복잡한 소례복이었다. 그래도 용을 쓰자 한 겹씩 풀어낼 수 있었다. 속적삼만 남자 신비는 한숨 돌렸다.

"참 희고 깨끗하옵니다."

옛날에도 이런 속적삼을 본 적이 있다. 본디 무척 희고 깨끗한 옷가지였다. 하지만 결국 피에 젖어 검붉게 물든 기억이었다.

그렇지만…, 지금 여기서 과거를 떠올리진 말자고 신비는 스스로 다독였다.

"그게 뭐?"

감빈 남씨는 상대의 석연찮은 태도를 귀신같이 알아차렸다.

"아, 이토록 때깔을 하얗게 내려면 품이 많이 들 것 같아서요."

얼버무리다 보니 그럴듯해졌다.

"게다가 단추매듭 대신 고름을 달아놓은 것도 신기하네요."

여염에서 흔히 쓰는 옷고름이라기에는 재질이 가느다랗고 얇았다. 정교한 방식으로 마름질을 쳤다.

"뭐, 으레 적삼에는 간단하게 단추매듭만 달지."

감빈 남씨가 차갑게 웃었다.

"하지만 우리 후궁들은 적삼도 고름으로 묶어."

비밀을 알려주는 양 목소리를 낮추었다.

"상감마마께서 옷고름을 야릇하게 풀어 내리는 걸 좋아하시거든."

전혀 생각도 못 한 비밀이기는 했다.

"단추매듭이나 똑딱이는 건 재미가 없으시대. 성상의 취향에 제일 처음 맞춰드리기로 한 후궁이 누구였는지는 몰라도 아주 유행이 되었어."

보란 듯이 감빈이 옷고름을 흔들어 댔다. 킬킬거리는 웃음이 따라 붙었지만 허무했다.

"외인外人에게 할 만한 소리는 아니네."

자조적으로 감빈이 중얼거렸다.

"한데 놀랍구나."

"뭐가요?"

"다른 궁인들은 아무 생각 없이 보고 지나치는 것을, 너는 눈여겨보니까 말이다."

"아, 별것도 아닌데요."

신비는 뒷덜미를 문질렀다.

"한 가지는 확실히 알겠다."

"무엇을요?"

"네가 뭔가 감추고 있다는 것."

뜻밖에도 감빈 남씨는 훅 찔러 들어왔다.

"왜 내 속적삼에 반응했는지는 모르겠지만…?"

신비는 깜짝 놀랐다.

"분명 찰나에 너한테서 어둡고 불쾌한 기운이 느껴졌어."

감빈은 단정하게 땋은 신비의 머리칼을 손으로 쓸어내렸다. 희뿌연 그녀의 분위기에 걸맞게 차가운 손이었다.

천천히 내려오던 찬 손이 뒷덜미에 닿았을 땐 움찔했다.

"…나는 그럴 줄 몰랐어."

문득 그녀가 은근하고 질척이는 목소리를 냈다.

"아니, 정녕 그러실 줄 몰랐어."

"또 뭐가요?"

맥락을 잃은 신비가 어리둥절해서 되물었다.

순간 감빈의 손이 신비의 뒷덜미를 콱 붙잡았다. 고운 섬섬옥수가 올가미처럼 거친 손아귀로 변모하였다.

"아야! 아프옵니다."

신비가 항변했지만 감빈에게는 들리지 않았다.

그녀의 눈빛이 이상해졌다. 비록 정상인 같지는 않아도 또렷하기야 했는데…. 갑자기 공허하게 텅 비어버렸다.

"괜찮으시옵니까?"

신비가 조심스레 물었으나 대답이 돌아오지 않았다.

그마저도 오래 가지 않았다. 생기를 잃은 감빈의 눈이 냅다 희번덕거리며 뒤집혔다. 검은자가 넘어가고 흰자가 발광하였다.

"잘못했사옵니다…."

감빈의 입술에서 낯선 말투가 새어 나왔다.

"소첩은 정녕 그러실 줄 몰랐사옵니다…."

섬뜩하도록 처량한 애원이었다.

"제발, 제발 용서하소서…."

까뒤집힌 눈으로 허공을 응시하며 그녀는 연신 빌었다.

그러다가 문득 신비의 뒷덜미를 붙든 손아귀의 힘이 풀렸다. 덕분에 고통이야 덜었지만, 썩 좋은 징조는 아니었다.

아니나 다를까, 감빈의 몸뚱이가 기우뚱 무너졌다. 신비가 붙들려고 했지만 의외로 무거운 체중을 떠받칠 수 없었다.

감빈은 방바닥에 쓰러진 채로 발작했다.

"세자저하…, 세자저하만은…."

경기를 일으키는 와중에 그녀의 메마른 입술 사이로 의아한 낱말이 흘러나왔다.

감빈 남씨의 헛소리에 귀를 기울일 여력이 없었다. 경풍驚風부터 다스려야 한다.

꽉 졸라맨 가슴가리개를 더듬었다. 겉옷 맵시를 살리려면 가슴이 작을수록 유리한지라, 반가의 부인들 사이에는 고름을 단단하게 묶는 풍습이 있다. 이대로는 숨을 쉴 수 없다.

"끼기기긱…."

점점 감빈은 불온한 소음을 내기 시작했다.

"허억, 끼이이기기긱…."

헐떡이는 숨소리와 섞여 오금이 저렸다. 그렇지만 우선 가슴팍에 꽉 묶인 매듭을 풀고 호흡을 유도하려고 신비는 용을 썼다.

"자가, 주상전하께서 납셨으니 서둘러…."

줄곧 기척도 없던 바깥에서 감빈방 지밀상궁의 목소리가 들려왔다.

"아이고, 감빈께서 또!"

대뜸 목격한 광경에 상궁은 아연실색했지만, 크게 당황하지는 않았다. 앞서 몇 차례 비슷한 소동을 겪었다는 방증이었다.

"의관이 필요하다!"

아니나 다를까, 상궁은 익숙하게 대응했다.

"너, 당장 비켜라!"

그러고는 신비를 감빈으로부터 거칠게 떼어냈다.

"내의원에 가서 얼른 사람이나 불러와! 의녀 따위 말고 진짜 의술을 펼치는 의관이 필요하니까!"

"잠깐만요, 제가 할 수 있습니…!"

처치를 지체할 상황이 아니기에 신비는 강경하게 버텼다.

"…무슨 일이냐?"

경황없는 와중에도 귓가에 꽂히는 옥음을 알아들었다.

실랑이를 벌이던 신비와 상궁이 동시에 뒤를 돌아봤다. 검은 익선관과 붉은 곤룡포가 보였다.

마중 나오지 않는 후궁을 기다리다 못한 임금이었다.

"감빈의 용태가 또 안 좋은가 보구나."

황망한 광경을 목격한 왕이 말했다.

한데 찌푸린 용안에서 비친 표정은 염려와 동정이 아니었다.

차라리 뭐랄까, 꺼림칙한 불쾌감으로 선뜻 문지방을 못 넘고 망설이는 그의 발과 상통할 만한 감정이었다.

"의관을 불러오겠사옵니다, 전하."

상궁이 침착하게 말했다.

"송구하오나 그럴 틈이 없사옵니다!"

반면에 신비는 마음이 급했다.

“소인이 도울 수 있사오니 윤허해 주시면….”

“말도 안 되는 소리!”

상궁이 일갈했다.

“지금까지 쭉 주렴 너머에서 의관이 진맥했었는데 아무런 탈이 없었다고!”

“그때는 미미한 경기라서 괜찮았을지 몰라도 지금은 아닙니다.”

지지 않고 신비가 받아쳤다.

이러는 동안에도 심각해지는 상황이 보였기 때문이다. 감빈의 가슴팍은 오르락내리락 광포하게 요동쳤고, 얼굴은 점점 자줏빛으로 변했다.

“끼이이익….”

짐승처럼 내뱉는 섬뜩한 신음도 힘을 잃어갔다.

그러더니 이내 조용해졌다. 감빈의 모든 움직임이 멎었다. 아무런 소리도 내지 않았다. 그런데도 풍랑을 맞은 배처럼 요동칠 때보다 더 불길했다.

“의녀는 감빈을 살펴보아라.”

마침내 왕이 명했다.

재차 상궁이 만류하려 했지만, 신비는 잽싸게 움직였다. 손가락으로 감빈의 목덜미를 짚었다. 다행히 맥박이 뛰었다.

신비는 후궁의 가슴을 옭아맨 모든 매듭을 풀었다. 그리고는 상체를 안아서 일으켜 앉혔다. 하악下顎을 움직여 스스로 막고 있는 숨통부터 틔워야 한다.

악물린 아래턱을 밀었다. 다행히 병자의 몸에서 힘이 빠진 덕분에 수월했다.

동시에 입술을 벌리고, 손가락 끝에 힘을 주어 두부頭部의 맥을 눌렀다.

초학의 시절에 배운 간단한 처치이지만 효험은 좋다. 자줏빛으로 물든 낯빛이 분홍색으로 바뀌더니, 점점 희게 가라앉았다.

"간단하군."

큰맘 먹고 조심스레 문지방을 넘어온 왕이 말했다.

"신체의 문제가 아니었던 것 같사옵니다."

병자의 안색을 살피며 신비는 중얼거렸다.

"마음에서부터 비롯된 발작이었기에 금방 가라앉았을지도…."

어쨌든 안정세라서 한숨 돌렸다.

"음, 소인이 보기에는 그랬사옵니다."

어전임을 깨닫고 얼른 겸손을 차렸다.

"가라앉았다니 다행이구나."

왕이 온정적으로 대꾸했다.

"…혹 감빈이 무슨 말을 하더냐?"

그러고는 불쑥 하문했다.

들은 대로 고할까? 하지만 아까 언뜻 본 왕의 미묘한 태도가 마음에 걸렸다. 발작하는 병자를 대하는 사람들의 태도야 으레 부정적이라지만….

금방 왕이 보인 불쾌감에는 걸리는 구석이 있었다. 솔직히 지금 그의 온정적인 태도마저도 다소 찜찜했다.

"종잡을 수 없는 헛소리만 하셨나이다. 특기할 말씀은 없으셨사옵니다."

결국 신비는 함구했다.

"…그래?"

왕은 무표정했다.

신비는 상궁을 도와 축 늘어진 감빈 남씨를 금침에 눕혔다. 이불을 가슴팍까지 덮어준 뒤 맥박과 호흡을 다시 확인했다. 고르고 안정적이었다.

"처음 입궐하였을 때부터 괴짜였지만…."

탕약을 어떻게 처방할지 속으로 고민하는데, 왕이 천천히 감빈의 머리맡에 앉았다. 그러고는 어수로 그녀의 이마를 쓸었다.

무의식중에도 감빈은 왕의 손끝이 닿자 움찔했다.

"점점 더 상태가 안 좋아져서 걱정이다."

왕은 아랑곳하지 않았다. 매만지는 손길을 거두지 않았다.

"감빈께서 어떤 병환을 앓으신다고 들었사옵니다만…?"

"너도 대강 짐작하지 않느냐?"

뜻밖에도 왕은 헛웃음을 쳤다.

"왕실의 체면치레를 위해 이 사람의 기이한 언동을 얼버무리고 있다는 걸 말이다."

직설적인 발언은 덤이었다.

"사실 이 사람은 아주 건강해."

"하오나 곧잘 경기를 일으키시는 것 같던데…."

"노상 병자를 보는 네 눈에도 그게 평범한 발작 같더냐?"

아까 감빈 남씨가 무너지던 찰나를, 그리고 몸부림치는 사이로 내뱉던 기이한 소음을 떠올렸다.

전혀 아니었다.

"그나마 다행이라면…."

옥음이 어스레한 땅거미처럼 낮게 내려앉았다.

"이미 한번 온전치 못한 여자를 상대한 경험이 있어서 이번에는 더 능숙하게 숨긴달까."

어전에 득시글한 사람들을 병풍처럼 대하는 데 익숙하여 저지른 말실수 같았다. 뱉어놓고도 아차 싶었는지 왕이 불편한 표정을 지었다.

이럴 때 어떻게 해야 하는지 신비는 잘 알았다.

아무것도 못 들은 척 고개를 숙이면 된다.

"이제 보니, 넌 그때 그 의녀 아니냐?"

그러한 처신에 고무되었는지 왕이 뒤늦게나마 신비의 얼굴을 알아보았다.

"세자와는 사이좋게 지내느냐?"

용안에는 사람 좋은 미소가 만개하였다.

"그렇다더라고 동궁전 승언색承言色이 고하기는 하더구나."

"소인이 감히…. 다만 하해와 같은 성은에 편안히 지내옵니다."

이 정도면 착한 거짓말이다.

"인상이 범상치 않더라니 이렇게 또 만나는군."

왕이 말했다.

"다행히 처신하는 법을 잘 아는구나.

칭찬이었다. 희한하게도 그는 흡족한 눈치였다.

"…세자의 곁에는 그런 사람이 필요해. 역시 내 눈은 애초에 틀리지 않았어."

까닭 모르게 신비는 가슴이 덜컥 떨어졌다.

"내 곁에 그렇지 못한 사람을 두었던 시절이 있었단 말이지."

언뜻 그의 말투가 예민해졌다.

"난 세자를 걱정한다."

아비로서 하는 말씀이 아닌 것 같았다.

"정확히는 그 아이 몸의 반쪽을 이루는 피를 염려하지."

눈앞에 보이는 것은 명백히 군왕의 용안이었다. 금방이라도 잔혹하게 돌변할 것만 같은 아집이 느껴졌다.

"네가 어떤 사람인지 보여다오."

왕은 그녀가 의문에 골몰할 틈을 주지 않았다.

"과인이 원하는 것은 그뿐이다."

"…어찌 비천한 의녀에 대해 알고 싶어 하시옵니까?"

무람없는 줄 알면서도 신비는 여쭙고 말았다.

"글쎄, 세자는 장차 나와는 다른 임금이 되었으면 싶어서랄까?"

왕이 미소 지었다.

"하긴, 어렵겠지. 임금인 나조차 진짜 내가 어떤 사람인지 모르는데."

그가 임금이라는 막강한 지위를 떼놓고도 매력적인 사람임은 분명했다. 특유의 성실한 기품에서부터 우러나는 매력이다.

하지만 신비는 그 이면을 놓치지 않았다. 사소한 순간마다 왕에게서는 그늘이 보였다. 단순히 어두운 느낌 정도가 아니다.

독선적인 분노로 돌변할 수도 있는 위험함이었다.

"…뭐가 되었든 난 오늘 밤을 반드시 여기서 보내야 해."

왕은 어수로 피로한 눈가를 문질렀다.

"감빈의 용태도 안정되었고 과인은 몹시 곤하다. 다들 물러가라."

신비는 아쉬움 없이 줄행랑쳤다.

"넌 오늘 아주 위험한 행동을 했다."

안타깝게도 약방에서 한바탕 더 치러야 했다.

투미한 의녀가 단독으로 병자를 돌보는 게 얼마나 위험한 행동인지 아느냐며 의관에게 첫 번째로 깨지고 나니, 이어서 내의녀 자희 차례였다.

"의관을, 하다못해 내의녀라도 부르지 않고….”

노기에 찬 음성이 내리꽂혔다.

"어찌 햇병아리 혼자서 후궁을 상대할 마음을 먹었느냐?"

"정녕 약방에 기별을 넣을 틈이 없었다니까요.”

신비는 항변했다.

"감빈께서는 위중하셨으나 간단한 처치로 소생할 수 있으셨습니다.”

대놓고 기세까지 높였다.

"의술을 펼치는 이는 병자를 살리기 위한 최선의 결정을 내려야 한다고 가르쳐주지 않으셨습니까?"

"그래, 그렇게 가르쳤지.”

자희가 말했다.

"하지만 넌 아직 앞으로 네가 내릴 수많은 결정의 무게를 못 배웠다.”

맹렬한 일침이었다.

"기도를 확보하는 간단한 조처만으로 자가의 용태가 나아지지 않았으면 어쩔 생각이었느냐? 그다음 준비도 했느냐?"

허를 찔린 신비는 말문이 막혔다.

"눈앞의 상황에만 골몰하다가 큰일 난다. 의기양양한 네 첫 처방이 통하지 않았다면 넌 곧장 당황해서 전부 그르쳤겠지.”

자희가 일갈했다.

"하나의 결정 뒤에 따라올 수많은 다른 결정을 대비할 만큼 배웠을 때, 비로소 의술을 베푼답시고 자처할 수 있는 것이다.”

도무지 반박할 수 없었다.

"원래 같았으면 곤장을 스무 대쯤 때렸겠지만….”

자희는 한풀 기가 꺾인 신비의 가슴팍을 쿡 찔렀다.

“이번에는 그냥 넘어가라고 어의녀께서 말씀하셨다.”

“왜요?”

매타작을 피했다니 기분이야 좋지만 좀 의심스러웠다.

“네 배짱을 가상하게 여기시는 것 같았다.”

“정말요?”

신비는 입을 헤 벌렸다. 평소 어의녀는 의녀의 본분은 조용히 의관 나리를 보조하는 것이라는 둥 염불을 외곤 했다.

“다른 의녀들도 지금 네 입장을 이미 다 거쳐봤으니까.”

자희가 혀를 끌끌 찼다.

“제대로 해냈으니 망정이지, 행여 그르쳤으면 뼈도 못 추렸을걸.”

“어쨌든 높으신 분을 혼자 힘으로 살린 공로가 인정되었다는 뜻이 잖아요?”

안도한 신비는 실없이 까불었다.

“시끄럽다. 더 늦기 전에 동궁전에나 다녀와라.”

자희는 등짝 한 대 때리고 싶은 욕구를 꾹 참는 눈치였다.

＊＊＊

아직도 한식날 하루가 끝나지 않았다니 죽을 맛이다.

“허, 허헉, 세자저하께 고해주십시오!”

저만치서부터 뛴 덕분에 간신히 지각만은 면했다.

“오늘은 좀 늦어도 되는데.”

문간을 지키던 동궁전 백 상궁이 말했다.

“철성대군께서 이제야 동궁마마께 하례를 올리러 오셨거든.”

“이 시간에 하례를 올린다고요?”

명절 의례는 주로 이른 아침에 치른다. 누가 낫 들고 쫓아오는 것도 아닌데, 세간의 풍습은 항상 좀 급하다.

"철성대군께서는 워낙 특이한…, 흠! 범상치 않은 분이시니까."

백 상궁은 할 말이 많은데 사리는 낌새였다.

"그렇다면 대기하겠습니다."

뭐가 되었든 숨 돌릴 짬이 생겨서 신비는 기뻤다.

"…혹시 바깥에 그 의녀가 왔느냐?"

한데 불쑥 내실에서 세자의 목소리가 들렸다.

"아, 예에, 세자저하."

당황스럽기로는 매한가지인 백 상궁이 대꾸했다.

"…안으로 들여라."

심지어 한 발짝 더 나아가는 명령이 떨어졌다.

백 상궁과 신비는 얼떨떨한 동병상련을 나누었다. 하지만 웃전을 기다리게 할 순 없다. 속히 문이 열렸다.

"의녀 신비가 세자저하를 뵈옵니다."

세자의 관옥같이 잘생긴 용모에 묻은 피로가 보였다. 아마도 명절이라서 체면상 뿌리치지 못해, 하례 올리는 신료들이며 종친 등 각종 손님을 종일 맞이한 모양이었다.

"자, 벌써 의녀가 들 시간이다."

세자는 마지막 객客에게 명했다.

"밤이 깊었다니까. 철성대군 너는 이제 좀 가라."

"왜 아우를 쫓아내지 못해 안달이시옵니까?"

고개를 푹 숙인 신비의 귀에 놀랍게도 맹한 반박이 들렸다.

"아직 아뢰고 싶은 이야기가 많사온데요."

"…줄곧 혼자 떠들어 놓고 아직도 할 말이 많다고?"

세자는 질린 기색이었다.

"예, 내일 새벽에 북쪽으로 가면 귀인을 만나실 거라는 점괘도 아직 알려드리지 않았는걸요."

"야, 이 미친 녀석아!"

세자는 허물없이 성을 냈다.

"내 몰골을 봐라. 북쪽이고 어디고 갈 겨를이나 있겠느냐?"

오른손과 두 다리를 움직일 수만 있었다면, 그는 그것으로 상대를 쥐어패고도 남았을 기세였다.

비로소 신비는 왜 세자가 자청하여 저를 안으로 들였는지 깨달았다. 핑계 삼아 성가신 마지막 손님을 쫓아내고 싶었던 것이다.

"부축을 받으시면 되지요."

그러거나 말거나, 철성대군인지 뭔지 하는 사내는 또 무람없이 주장했다.

"부축씩이나 받으면서 따를 만큼 네 점괘가 용하지도 않을 텐데."

세자가 투덜거렸다.

"아니, 언제 한 번 맞은 적이 있기는 하더냐?"

"허, 안타깝사옵니다."

상대는 태연하게 받아쳤다.

"믿음이 없는 사람은 하늘의 뜻을 엿보지 못하는 법이옵니다."

"맞지도 않을 점괘는 치지도 마라."

뜬구름 잡는 소리에 세자는 짜증을 냈다.

"그렇지만 어제 점괘를 쳤더니 오늘 꼭 점괘를 치라는 점괘가 나왔는걸요."

도통 말이 안 통하자 세자의 미간이 위험스럽게 씰룩거렸다.

"어어, 식기 전에 속히 탕약을 젓수소서."

이쯤 끼어들어서 도와주는 게 옳다. 신비는 탕약 그릇을 내밀었다.

한데 동시에 그녀는 까무러칠 뻔했다.

고개를 들었다가 무심코 본 철성대군의 얼굴은…, 중궁전에서 실랑이를 벌였던 내시의 낯짝과 똑같았다.

"흐응, 역시 그 의녀로구나."

철성대군이 노래하듯 속삭였다. 날카로운 눈매와 삼백안, 그리고 뾰족한 턱에 비하면 이질적인 말투였다.

"…아는 사이인가?"

세자는 묘한 기류를 놓치지 않았다. 입술에 댄 약그릇을 기울이지 않고 멈추었다.

"음, 아는 사이라면 아는 사이려나요?"

철성대군이 멀거니 대답했다.

"중궁전에서 잠깐 마주쳤사옵니다."

"중궁전에서?"

"이 의녀가 혼자 기웃거리던데요."

"…기웃거렸다고?"

세자는 아우의 맹한 말투를 재차 날카롭게 받아들였다. 자칫 오해를 살 법한 발언이기는 했다.

"저하께서 심부름을 시키셨잖사옵니까!"

황급히 신비는 끼어들었다.

"말씀하신 대로 오시에 갔더니 중궁전이 텅 비어 당황하던 차에 도움을 받았을 뿐이옵니다."

"그래, 내가 시각을 착각했다."

일단 세자는 인정했다.

"오시가 아니고 사시巳時라는 걸 뒤늦게 떠올렸어."

그렇다면야 납득이 간다.

"욕봤겠구나. 한데 이 녀석한테서 어떤 도움을 받았다는 말이냐?"

세자는 눈을 가늘게 떴다.

"음, 중궁전 내시라면서…, 대신 마마께 전해드리겠다고…."

완전히 속았음을 깨달은 신비의 목소리가 기어들었다.

"철성대군이 내시라는 말을 믿었다고?"

아니나 다를까, 세자는 비웃었다.

"멍청한 시늉을 할 뿐, 영민한 줄 알았더니만…. 진짜 바보였군."

"아니, 작정하고 속이면 당할 수밖에 없지요!"

"저 행색을 봐라."

억울해서 따졌지만 세자는 손쉽게 일갈했다.

"어느 한구석이라도 내시처럼 생겼는지."

과연 할 말이 없었다.

"이 아우의 행색이 뭐가 어때서요?"

철성대군은 천연덕스럽게 주렁주렁 매달린 제 목걸이를 쓰다듬었다.

"평범하잖사옵니까. 내시처럼."

"됐다, 이 녀석아."

세자는 딱딱거렸다.

"애꿎은 의녀는 왜 속였느냐?"

"재미있을 것 같아서요."

히죽거리는 철성대군을 한 대 때릴 수만 있다면 소원이 없겠다.

"…그래, 재미를 충분히 본 연후에, 이 의녀에게서 강탈한 내 보따리는 얌전히 어마마마께 올렸느냐?"

하문하는 세자의 음성이 은근해졌다.

"당연하지요."

"혹 그 안에 든 것도 보았느냐?"

"에이, 감히 그럴 리가요."

거짓말이었다. 신비는 보따리를 열어 내용물을 확인한 뒤 얼어붙었던 철성대군을 기억했다. 하지만 진실을 지적할 순 없었다.

태평한 척 대꾸하는 철성대군의 얼굴에서 까닭 모를 초조함이 느껴졌기 때문이다.

"…그렇단 말이지?"

세자의 얼굴에서 온기가 완전히 사라졌다.

"부적이었다."

음성도 낮게 가라앉았다.

"올 수릿날에 쓸 만한 걸 구했거든."

철성대군의 목젖이 조용히 꿈틀거렸다. 마른침을 삼키는 것 같았다.

"지난 수릿날 어마마마께서 네게 부적을 주셨지. 그걸 물에 빠뜨려 망가뜨리지 않았느냐. 이후로 쭉 마음에 걸리더구나."

분명 호의를 베푸는데도 날 선 분위기였다.

"이제 어마마마께서 다시 너한테 하사하실 수 있으시겠지."

"…역시 우리 형님, 세자저하밖에 없사옵니다!"

철성대군이 너스레를 떨었다. 괴상하게도 약간 절박해 보였다. 행여 불편한 침묵이라도 펼쳐질세라 선수 치는 느낌이었다.

"은혜에 감읍할 따름이옵니다!"

절하는 시늉까지 하는데, 철성대군의 포갠 손이 눈에 띄게 떨렸다.

시선을 느꼈는지, 그는 떨리는 손을 소매에 아예 감추었다.

"하온데 저하께옵서 이 의녀와 친밀해 보이시는데요?"

그리고는 화살을 홱 돌렸다.

꿔다놓은 보릿자루처럼 있던 신비는 화들짝 놀랐다.

"그런 엄청난 심부름까지 맡기셨으니까요."

"조선 팔도에 친밀해 보일 것이 그렇게도 없더냐?"

세자는 핀잔을 줬다.

"이 미욱한 아우가 어떤 인연인지 한번 알아볼까요?"

"제발 부탁인데 아무것도 하지 마라."

질색했지만 철성대군은 이미 하늘을 헤아리고 있었다. 아니, 정확히는 하늘을 가린 천장을 눈으로 더듬었다.

"천을天乙과 화개華蓋가 서로 스치우니, 이를 저하의 생시와 함께 보건대…."

"보이지도 않는 하늘에서 별을 찾는 재주가 있다니 실로 놀랍다."

저지하는 데에 실패한 세자는 체념했다.

"들리옵니다! 하늘과 땅의 조상께서 속삭이는 목소리가 들려옵니다!"

갑자기 철성대군이 극적으로 귀를 잡고 껑충 뛰었다.

"예사 인연이 아니옵니다. 옥오지애(屋烏之愛, 지극한 사랑)의 연이옵니다."

"…오늘도 미친 정도가 심각하군."

대꾸할 가치가 없는지 세자는 화를 내지도 않았다.

"하오나 멀리서 반짝이는 팔곡八穀이 이를 질투하여 방해하니, 자칫 애별리고(愛別離苦, 사랑하는 이와 헤어짐)의 인연이 될 수도 있사옵니다."

철성대군이 열성적으로 덧붙였다.

"아니, 무슨 망극한 말씀을…?"

공연히 아무 죄도 없는 신비가 대신 사죄하였다. 밑바닥 신세는 원래 그런 것이라지만 매우 짜증스러웠다.

"됐다. 항상 있는 일이다."

세자는 대수롭지 않게 고개를 저었다.

"내 아우는 노상 미래를 예언하겠다면서 기행을 벌이거든."

적당히 미친놈은 아닌 모양이다.

"아, 한 가지 드릴 말씀이 더 있사옵니다."

철성대군은 전혀 개의치 않았다.

"또 하늘과 땅의 조상께서 뭐라 하시더냐?"

"아니옵니다. 아바마마께서 하신 말씀이시옵니다."

세자의 옥안이 굳었다.

"앓아누운 지 시일이 꽤 되어 동궁이 짓는 아름다운 시 또한 오랫동안 접하지 못했다."

철성대군은 부왕을 흉내 냈다.

"마침 한식날이니 이를 주제로 한 소절 지어 신시申時까지 내관에게 전해주면, 선정전宣政殿에서 신료들과 더불어 즐기겠다."

그러더니 문득 그는 갸우뚱했다.

"…하온데 시각이?"

당연히 신시는 옛날옛적에 지나고도 남았다.

"그걸 왜 이제 전하느냐?"

화딱지가 나는지 세자가 울컥했다.

"아바마마께서는 또 왜 하필 너한테 전언을…!"

"관옥같이 아름다운 저하의 풍모에 눈이 멀고 마음이 번민하여 까먹고 말았사옵니다."

그래봤자 인내심을 시험당하는 형의 고난 따위 관심 없다는 듯 철성대군은 태평했다.

"사모하옵니다. 용서하소서."

"징그러우니까 그런 속마음은 너 혼자 간직해라."

얼빠진 아첨에 세자는 진저리를 쳤다.

"나가."

"거참, 또 쫓아내시옵니까?"

"오냐, 그러니까 좀 나가라, 이 지겨운 녀석아."

기어이 세자가 그나마 성한 왼손으로 벼루를 내던지는 시늉까지 할 때야 철성대군은 어슬렁어슬렁 물러났다.

"동복아우랍시고 딱 하나 있는 게 저래서야…."

구부정하게 절하고 떠나는 철성대군을 보며 세자는 혀를 끌끌 찼다.

"…내일 아침 일찍 아바마마께 내시를 보내 사죄해야겠군."

"그래도 형님의 기운을 북돋으려고 일부러 더 저러시는 것 아닐까요?"

애써 신비는 좋게 포장했다.

"아마 주상전하께서도 그런 의도로 일부러 시를 지어달라 청하셨을 텐데…."

"아니다."

세자는 매몰차게 잘라냈다.

"아바마마께서는 그러실 만하지. 하나 저 녀석은 그냥 광인이라 저렇다."

솔직히 반박의 여지가 없어 보이기는 했다.

"…물론 그래서 마음에 들 때도 있는 건 사실이지만."

순간 세자의 입가에 싸늘한 미소가 걸렸다.

"자, 그럼 소상히 말해봐라."

그가 불편한 몸을 고쳐 앉았다.

"내 미친 아우와 중궁전에서 또 무슨 이야기를 했지?"

과연 빠져나갈 구멍이 없는 하문이었다.

"딱히 다른 이야기는 없었사온데요."

반쯤 솔직하게 가기로 했다.

"철성대군께서는 그냥 내시라면서 중전마마께 대신 전해드리겠다고 만 소인을 속이셨사옵니다."

일단 아까의 구색 좋은 이야기는 고수했다.

"저 녀석이 너한테 정가 이정이라는 이름을 묻지 않더냐?"

문득 세자가 날카롭게 물었다.

"아, 예…. 그랬던 것 같기도…?"

"철성대군 같은 미친놈도 소문에 혹해 움직일 정도라면…."

그러자 그는 미소 지었다.

"지금쯤 다른 사람들은 궁금해서 미칠 지경이겠군."

물론 썩 긍정적인 감정으로 보이지는 않았다.

"음, 그 항아님이 정말로 세자저하와 그렇고 그런…?"

호기심을 풀어보려다가, 국본을 상대로 표현이 너무 저속했나 싶었다.

"천인들은 남녀 간의 연정을 그런 식으로 이르나?"

"애매하게 돌려 말하는 것이지요, 뭐."

양반님네들 평소 언행도 엄청 고급스럽진 않다는 사실을 아는 신비 가 퉁명스럽게 말했다.

"…나와 이정이가 그렇고 그런 사이는 맞다."

불쑥 세자가 의미심장하게 대답했다.

사실 신비는 적잖이 놀랐다. 지금 그의 모습은 평소와 달랐다.

여태 신비의 시야에 비친 세자는 사뭇 오만하고 예민하며, 어딘지 서늘한 구석까지 있는 사내였다.

한데 한낱 궁인의 이름을 다정하게 일컬었다. 그의 얼굴은 부드럽게 무르녹고, 음성은 잔질게 흩어졌다. 짧은 순간이나마 피폐한 육신에 생명력이 깃들었다.

어쩌면 낙마로 박살 날 줄 몰랐던 시절의 단면이 드러났는지도 모르겠다.

"다만 왕실 어른들이나 투미한 궁인들이 생각하는 의미와는 다를 거다."

한데 첨언은 다소 혼란스러웠다.

"여러 가지 사연도 소문을 타면 한 가지로 뭉뚱그려지기 마련이니까."

여태 그에게 돋쳤던 가시가 한풀 꺾였다. 그래도 마냥 붉은 장미라고 이를 순 없었다.

아무리 봐도 세자는 사랑에 빠진 사내처럼 느껴지지 않았다.

"무슨 말씀이신지 잘 모르겠사옵니다."

신비는 직설적으로 대꾸했다. 스스로 멍청하게 느껴질 때는 곧장 인정하는 편이 낫다.

"그렇겠지."

세자는 어깨를 으쓱했다.

"너더러 알아들으라고 한 말이 아니니까."

"예에?"

어처구니가 없어서 턱이 떨어졌는데도 세자는 개의치 않았다.

"철성대군이 또 다른 이야기는 아니 하더냐?"

그는 손쉽게 말을 돌렸다. 여기서 하문할 권리를 지닌 사람은 오직 자신뿐임을 잘 아는 듯했다.

"음, 눈이 벌겋게 부어 계시기에 여쭈었더니, 실수로 복숭아를 드셨다가 그렇게 되었다고 하시던데요."

신비는 더러운 신분의 차이에 굴복했다.

"마침 쓸 만한 약재가 조금 있어 나눠드렸고요."

"그래, 철성대군은 복숭아를 못 먹지."

세자가 끄덕였다.

"소주방(燒廚房, 궁중에서 음식을 만들던 부서)에서 아무리 조심해봤자, 그 녀석은 어디서 혼자 주워 먹고 곧잘 탈을 일으킨단 말이야. 어마마마께 자주 심려를 끼친다고."

천천히 그는 등받이에 기댔다.

"…한데 가끔 나는 철성대군을 두고 헷갈린다."

"헷갈리신다니요?"

"내 아우가 정말 미친놈인지, 아니면 미친 척을 하는 놈인지…."

세자의 궁리는 약간 섬뜩했다.

"심신에 무슨 득이 된다고 일부러 미친 척을 하시겠사옵니까?"

신비는 신중하게 말을 골랐다.

"득이 될 일이야 많지."

세자는 싸늘하게 웃었다.

"철성대군의 위로는 적장자인 내가 있고, 아래로는 내로라하는 외척을 등에 업은 이복아우들이 즐비하니까…."

위험한 수를 헤아리듯 그의 눈빛이 흐려졌다.

"진실이 어느 쪽이든 간에 내 아우는 잘 해내고 있는 셈이지."

굳이 진실을 원하지도 않는다는 듯한 말투였다.

세자는 아우가 광인이기를 바란다. 그래서 아까처럼 철성대군이 여러 차례 선을 넘고 무람없이 굴어도 너그럽게 받아주는 것이다.

반드시 못 알아듣는 척해야 한다.

그래서 신비는 대꾸하지 않았다. 대신, 세자가 아까 마시려다 만 탕약 대접만 물끄러미 응시했다.

“또 일부러 멍청하게 구는군.”

대번에 세자는 꿰뚫어 보았다.

“뭐, 혓바닥을 짧게 간수 하는 점은 칭찬할 만한데.”

그가 냉소적으로 치하하는 시늉을 했다.

“아, 깜빡 잊을 뻔했다.”

다행인지 불행인지, 그의 관심도 거의 식어버린 탕약으로 옮겨갔다.

“네가 내 오른손이라면서?”

얌전히 신비는 은수저를 먼저 탕약 그릇에 넣었다.

사실 기미는 세자가 철성대군과 떠들 때 이미 마쳤다. 그래도 다시금 확신시켜 주는 편이 좋겠다는 생각이 들었다.

“그래, 독은 확실히 안 들었구나.”

당연히 세자는 의도를 쉽게 파악했다.

약을 수저로 떴다. 약그릇에서 그의 입술까지 향하는 거리가 천 리도 넘을 듯 멀게 느껴졌다.

한 숟갈. 수저가 문처럼 굳게 닫힌 그의 입술에 닿았다.

두 숟갈. 천천히 벌어지는 검은 공간 사이로 숨어있던 혀가 보였다.

세 숟갈. 주르륵 흐르는 액液과 함께 빈 숟갈이 입 안 점막을 훑고 미끄러졌다.

네 숟갈. 실수로 흘린 한 줄기가 그의 고운 턱선을 타고 목덜미로, 가슴팍으로, 떨어지더니 자취를 감추었다.

그리고….

“…성가신 오른손이다.”

흘린 탕약을 닦기 위해 신비가 바투 다가가자 세자가 속삭였다.

탕약 줄기가 타고 흐른 그의 가슴팍으로 면포를 쥔 손을 밀어 넣은

게 실수였다.

세자는 유일하게 움직일 수 있는 왼손으로 신비의 팔을 붙잡았다.

"감히 왕세자의 오른손이 어떤 의미인지는 알고 자처했느냐?"

그가 일전의 물음을 변형했다.

사실 둘 중에서 움직일 수 없는 쪽은 세자였다. 그는 부러진 두 다리와 마비된 오른손에 속절없이 갇혀 있었다.

그런데도 어째서인지, 신비는 저야말로 단단히 속박되었다는 기이한 느낌에 숨이 막혔다.

"오른손이 어떤 일을 하는지에 따라 달라지겠지요."

그의 은유를 이상한 방향으로 이끌고 싶지 않았다. 이미 두 사람뿐인 공간의 기류는 미묘해졌으니 말이다.

"소인은 단지 약 숟갈을 대신 떠드리는 오른손일 뿐이옵니다."

"억지로 날 복종시키면서 말이지?"

하지만 의도하지 않게 더욱 잘못된 방향을 짚은 것 같았다.

신비는 그를 느꼈다. 꿍꿍이를 품은 채 진득하게 달라붙는 시선. 한쪽 입꼬리가 나른하게 올라간 붉은 입술. 앞섶이 흐트러진 채 꿈틀거리는 가슴팍….

"난 남에게 굴종하는 데에 익숙하지 않아."

세자가 속삭였다.

"한데 내 새로운 오른손이 부리는 억지는 받아주게 되는군."

슬슬 신비는 그의 시험에서 벗어나고 싶었다. 명백하게도 지금까지 다른 사람들이 자신에게 가한 시재와는 전혀 다른 종류였기 때문이다.

"하오시면 마저 젓수시지요?"

그녀는 탕약에 젖은 세자의 가슴팍을 거친 천으로 휙 문지르며 잡힌 손을 빼냈다.

"드셔야 할 탕약이 한참 남았거든요."

비록 몇 숟갈까지 셌는지는 까먹었지만, 맹렬한 기세로 넘쳐흐를 만큼 한 숟갈을 또 떴다.

"빨리 쾌차하시어 저하의 원래 오른손을 좀 쓰시라고요."

마구 들이대는 숟가락 세례에 세자의 위험스러운 시험도 끝나고 말았다.

"막 재미있어지는 참에 산통을 깨는구나."

정신없이 입술로 흘러드는 약을 삼키면서 그가 투덜거렸다.

"살살 좀 떠넣어라. 내 앞니를 죄 부러뜨릴 참이냐?"

"저하께 딴소리하실 틈을 드리면 아니 될 것 같아서요."

신비는 아랑곳하지 않았다.

"그 딴소리가 너한테는 아무런 감흥도 없다니 놀랍구나."

세자는 놀란 눈치였다.

"다른 궁인들 같았으면 진즉 정신이 혼미해졌을 터인데…."

"항아님들이야 평생 궐에 갇혀 살며, 사내라고는 털끝 하나 못 보니 해롱거리겠지요."

신비는 콧방귀를 뀌었다.

"소인은 의녀의 업을 진 추잡한 계집이라서 평소에도 사내라면 차고 넘치게 봅니다. 하여 아무렇지도 않사옵니다."

다분히 자조 섞인 냉소까지 덧붙였다.

"…그러지 마라."

한데 문득 세자가 고개를 저었다.

"일전에도 말했을 텐데. 난 정말 추잡한 사람들을 많이 접해서 오히려 너와 같은 의녀는 전혀 그렇게 여기지 않는다고."

그의 표정은 진지했다.

"가장 밑바닥에 서 있다고 해서, 널 지켜줄 사람이 등 뒤에 아무도 없다고 해서…."

점점 음성도 가라앉았다.

"너 자신마저 자꾸 스스로 깎아내리면 아니 된다. 행여 그게 장난이나 면피免避할 속셈에서 기인한 언사라도 말이다."

신비는 말문이 막혔다.

"오히려 천하에 기댈 곳은 오직 자기 자신뿐임을 깨닫고 수신修身해야 마땅해."

상당히 그의 내실이 단단하게 느껴질 뻔했다.

"…그렇게 살아남아야만 해."

하나 마냥 견실하게 들리지는 않았다. 의녀를 향한 조언에서 시작했지만, 종국에는 그 자신을 다독이는 위로로 끝났다는 기분이 들었기 때문이다.

"탕약을 다 올렸으니 입가심도 바치겠나이다."

신비는 허둥지둥 말을 돌렸다. 정과를 내밀었다. 대추를 꿀에 쟁여 만들었다. 철성대군이 먹고 탈이 난 복숭아정과처럼 말이다.

"아, 그러고 보니까…."

그 바람에 퍼뜩 떠올랐다.

"철성대군께서 저하께서도 복숭아를 못 드신다고 하시던데요?"

순간 대추를 받아 물던 세자의 턱이 단단하게 굳었다.

긴장감을 나타내는 모종의 신호였다.

"약방에서도 저하의 체질을 여태 모르고 있다면서요?"

안타깝게도 신비는 그걸 놓쳤다.

"그러다가 자칫 큰일 나옵니다."

도리어 대놓고 화제를 이어 나갔다.

"제철인 여름이 오면 음식상 양념에 복숭아를 곧잘 넣을 텐데요."

상식적인 선에서 조언했다.

"속히 알리셔야 차후에 행여 생길 불미스러운 실책을 예방하지 않겠사옵니까?"

"철성대군 그 미친 녀석이…!"

그런데 세자의 반응은 비상식적이었다.

"잘 들어라."

덥석 그가 또 신비의 손목을 붙잡았다.

아까보다 악력이 훨씬 강했다. 방금까지는 장난이었다면 지금은 진심이었다. 그렇게 느낄 수밖에 없는 힘의 차이가 느껴졌다.

오른손을 아예 못 쓰는 상태라고 과소평가했던 걸까? 아니면 그가 버들가지처럼 희고 낭창한 팔을 지녔기에 예상치 못했던 걸까?

붙잡힌 손아귀가 꼭 집요하게 구속하는 밧줄 같았다. 속박된 손목을 절대 빼낼 수 없을 것만 같았다.

"다들 내가 복숭아를 치 떨리게 싫어해서 안 먹는 줄로만 안다. 밥상을 몇 번 엎었더니 권하지도 않더군."

세자가 속삭였다.

"몸에 받지 않아 못 먹는다는 사실은…, 오직 나와 철성대군, 그리고 너만 알고 있다. 심지어 아바마마와 어의도 모른다고."

다만 속삭임이라고 해서 위협이 아닐 순 없다.

"행여 바깥에 이야기가 새어나가거든 경을 칠 것이다."

세자가 눈을 번뜩였다.

"…나는 용서하는 법을 모르니까."

눈동자가 평소처럼 아름답지 않고 무섭게만 느껴졌다.

"알겠느냐?"

“어째서요?”

하지만 신비는 겁먹지 않았다.

“도인(桃仁, 복숭아씨)은 약재로도 흔히 쓰입니다. 내의원에서 저하의 체질을 모르고 처방을 잘못할 수도 있다는 뜻이옵니다.”

“처방문은 미리 확인하니까 그럴 일 없다.”

“만에 하나의 경우라면 큰일 나옵니다!”

“철성대군과 다르게 나한테는 씨앗과 과육은 상관없다. 털 달린 껍질이 문제….”

의외의 반격에 세자가 설명하려다가 입술을 깨물었다.

“내가 알아서 한다.”

곧 그는 야멸치게 일갈했다.

“난 남들이 잘났답시고 나한테 이래라저래라 시키도록 내버려 두지 않을 것이다.”

“예?”

“시키는 대로 한다는 것은 스스로 무거운 족쇄를 차는 것과 진배없다. 그야말로 아무 선택도 하지 않음으로써 나쁜 선택을 하게 되는 셈이라고.”

신비는 어리둥절했다.

“…순종이란 특히 제왕에겐 어울리지 않는 덕목이란 말이지.”

이야기는 전혀 다른 방향으로 떠내려가는 중이었다.

“난 무엇이든 내 의지대로 관철하는 편이 좋다.”

세자가 말했다.

“설령 대간(臺諫, 주로 왕에게 간언을 올리던 관리들)이라 할지라도, 위를 가벼이 여겨 능멸하는 습속에 물들도록 좌시하진 않을 것이야.”

수선화처럼 낭창한 겉모습과 달리 제법 사내다운 뚝심과 까닭 모를 독선이 묻어났다. 다소 다른 방향으로 부왕을 닮은 것도 같다.

"아, 예, 마음대로 하소서. 누가 뭐라고 했사옵니까?"

신비는 멀뚱히 대꾸했다.

"근데 적어도 잘못 먹으면 죽을 수도 있으니까 조심하라는 간언은 좀 들으셔야 할 텐데요?"

"그러니까 내가 알아서 가려 먹을 수 있다지 않느냐."

세자가 답답하다는 듯 말했다.

"굳이 내 약점을 외인과 공유해야 할 필요는 없다."

약점이라는 낱말을 들었을 때야 신비는 그가 무엇을 두려워하는지 이해했다.

세자가 당한 미심쩍은 사고며, 당장 부축 없이는 먹거나 움직이기도 어려운 육신까지 미루어보건대…, 응당 이해할 만했다. 비록 정확한 속사정이야 모르더라도 말이다.

"결코 발설하지 않겠사옵니다."

신비는 입을 꾹 다물고 꿰매는 시늉까지 했다.

"하오니 염려치 마소서."

천연덕스러운 태도에 세자는 잠시 말문이 막힌 눈치였다.

피식하는 옅은 웃음과 함께 그의 언짢음은 풀어져 내렸다.

"…아무리 봐도 평범한 의녀는 아니야."

덕분에 그의 서늘한 그늘이 한결 걷힌 것 같대도 착각은 아닐 터였다.

세자 자신마저도 그렇게 생각하는 것 같았다. 희고 깨끗한 그의 얼굴에 멋쩍음이 비쳤다. 언뜻 감도는 홍조와 못마땅하게 깨문 입술로 짐작할 수 있었다.

잠시 침묵이 감돌았다. 그 바람에 꽉 잡은 채 잊어버린 신비의 손목을 깨달았는지, 그가 황급히 놓았다.

비로소 속박되어 있던 팔목이 풀려 피가 돌았다. 다만 시원한 해방 감과 별도로 신비의 속은 여전히 울렁거렸다.

"누워야겠다."

다분히 의도적으로 세자는 관심을 돌렸다.

신비는 약그릇이 담긴 소반을 치웠다. 세자가 입을 헹구도록 물을 건넸다. 적신 천으로 옥안을 닦아주기도 했다.

그러고는 저보다 덩치가 한참 더 큰 세자의 뒷덜미를 조심히 잡고 금침 위로 눕혔다.

세자는 신비의 손을 쳐내지 않았다. 성내는 법을 잊은 짐승처럼 얌 전히 따랐다.

더 정확히는, 전적으로 어미에게 의존해야만 하는 연약한 새끼 짐 승 같달까.

"잠이 오지 않을 것 같다."

아픈 두 다리와 오른손마저 가까스로 이불 속에 밀어 넣은 세자가 청했다.

"책이나 좀 읽어다오."

"직접 읽으시지, 왜 소인더러….."

"나더러 왼손만으로 어떻게 책장을 넘기란 말이냐?"

"아예 불가능한 일은 아닐 것 같사온데요."

떠오르는 대로 뱉는 신비에게 세자는 혀를 내둘렀다.

"…내의원에서는 원래 아랫사람을 이토록 시건방지게 가르친다더 냐?"

"아, 아니, 저하의 대필代筆이며 대독代讀은 본디 내시가 행하지 않 사옵니까?"

매타작을 면하려고 그녀는 황급히 수습했다.

"내관들은 내가 읽고 쓰는 족족 아바마마께 고해바치니 편하질 못하다."

세자가 불만스럽게 중얼거렸다.

"하오면 상궁이나 나인에게라도…?"

"궁인들은 배움이 짧아 아는 글자가 적다. 한문을 제대로 못 읽어."

"소인은 천인이라 더 짧은데요."

"차라리 너 같은 의녀는 약방문藥方文과 약재의 개량 따위를 이해하기 위해 글자를 많이 배웠을 텐데?"

날카로운 지적이었다.

"접때 눈물 나게 공부했다는 초학의 시절을 운운하지 않았던가?"

"설마요. 그런 적 없사온데요."

신비는 뻔뻔하게 오리발을 내밀었다.

"먼저 내 오른손이 되겠다고 자처한 쪽은 너다."

세자는 아랑곳하지 않고 책 한 권을 신비의 무릎에 툭 던졌다.

"읽어라."

피곤해 죽겠지만 시키는 대로 해야지 별수 없었다.

신비는 천근만근 묵직한 눈꺼풀을 억지로 깜빡였다. 노란 호롱불 아래 책장을 비췄다. 다행히 쉽게 읽을 만한 시시껄렁한 책이었다.

"…잠깐만."

막상 첫 줄을 낭독하려니까 세자가 막아섰다.

"혹시 지금 들었느냐?"

"뭘요?"

세자는 대답 대신, 누워서 휘휘 주변을 돌아보았다.

덩달아 귀를 기울였지만 조용했다. 닫힌 창을 훑는 바람 소리에 고양이 울음소리나마 희미하게 섞였을 뿐이다.

“야밤에 고양이가 마실 나왔나 본데요.”

신비는 아무렇지 않게 치부했다.

“주로 사람이 없을 때 돌아다니는 짐승이지요.”

“…그런가?”

설득되면서도 세자는 불편한 표정이었다.

“몸을 다친 뒤로 괜히 불안한 때가 있다.”

“어째서이옵니까?”

“…무슨 일이 벌어져도 난 움직일 수 없으니까.”

세자가 속삭였다.

“더군다나 시중들어준다는 핑계로 궁인들은 아무렇지도 않게 내 영역을 침범하지.”

생각에 잠겨 그가 눈을 내리깔았다.

“잡동사니의 위치를 바꾸고, 버린 물건을 멀쩡하게 되돌려 놓고, 불을 껐는데 잠깐 있으면 도로 켜버리고….”

분한 듯 그가 입술을 깨물었다.

“내가 어엿한 장정이라는 걸 다들 잊은 것 같다. 커다랗고 짐짝 같은 아기로 취급하고 멋대로 대하잖아.”

“그렇지 않사옵니다.”

신비는 무람없이 대꾸했다.

“아기는 무슨, 진짜 아기라면 귀엽기라도 하지요.”

“뭐라?”

“동궁전 궁인들은 저하가 무서워서 죄다 줄행랑을 쳤잖사옵니까. 소인은 여기 올 때마다 민망해 죽겠사옵니다.”

“민망하다고?”

“어떻게든 소인에게 저하를 떠넘기고 숨어서 벌벌 떠는 꼴을 봐야 하니까요.”

신비가 투덜거렸다.

“그 불쌍한 모습을 사특한 의도라도 되는 양 곡해하신다니…. 약방에다가 총명탕聰明湯이나 지어달라고 말씀하소서.”

“지금 나더러 멍청하다는 뜻이냐?”

“글쎄요, 배배 꼬이셨다는 뜻이라면 맞사옵니다만.”

신비는 무람없이 받아쳤다.

“좀 받아줬더니 아주 막 나가는군.”

세자는 눈을 흘겼다.

“…혹 무서우시옵니까?”

누그러진 그의 태도를 보고서야 신비는 한결 진지하게 물었다.

“아니, 운신이 편치 못한 신세라서 무서워해야 할 이유가 있으시옵니까?”

“어쩌면.”

세자가 나지막이 속삭였다.

“…내가 망해서 나자빠지길 바라는 사람들은 항상 있으니까.”

그는 눈을 감았다. 아직 잠이 든 것 같지는 않았다. 그냥 더 말하고 싶지 않은 눈치였다. 어차피 신비도 말을 붙일 엄두가 안 났다.

두 사람은 창 너머의 소음에 귀를 기울였다.

바람 소리. 횃불이 타들어 가는 소리. 수풀 사이에서 짐승이 살금살금 돌아다니는 소리….

진실로 어둠 일색의 밤이었다.

이윽고 그는 정말로 잠들었다. 막상 책을 읽어주기도 전에 말이다. 고른 숨소리와 안정적으로 오르락내리락 움직이는 가슴팍이 보였다.

신비는 가만히 고민했다.

세자의 모든 말과 행동에는 의도가 있는 것 같다. 몹시도 헤아리기 어렵지만 분명 그렇다. 표면 그대로 받아들이기에는 영 꺼림칙하다.

잠깐 더 동궁전의 어둠을 응시하다가 호롱불을 껐다. 책을 고이 그의 머리맡에 두고 조용히 물러났다.

당장은 그게 최선이었다.

***

아침부터 내의원에선 희한한 광경이 펼쳐졌다.

발을 디디자마자 분위기가 심상치 않았다. 죄다 모여 있었다. 전날 숙직을 서서 오늘은 휴일이어야 마땅한 의녀들까지도 말이다. 심지어 하나같이 긴장한 얼굴이었다.

"뭐야, 무슨 일이야?"

신비가 만덕의 옆구리를 쿡 찔렀다.

"몰라."

만덕은 고개를 저었다.

"다들 모였는가?"

정적을 깬 사람은 어의녀였다.

"간밤에 변이 있었다. 허 숙원께서 졸하셨어."

삽시간에 약방 전체가 술렁였다.

"평소에 병을 앓으셨던 게 아니다. 갑자기…."

조용히 하라며 어의녀가 덧붙였다. 하지만 불에 기름을 끼얹은 꼴이었다.

"근데 허 숙원이라면…?"

신비도 슬쩍 만덕의 옆구리를 또 찔렀다.

“난 왕실에 그런 후궁이 있는지 여태 몰랐어.”

만덕이 목소리를 낮췄다.

“아마 다른 사람들도 다 몰랐을 거야.”

“왜?”

“주상전하께서는 후궁을 많이 거느리시잖아.”

만덕이 말했다.

“개중에는 하룻밤 승은으로 끝난 채 잊힌 분들도 많아.”

“허 숙원도 그런 후궁이셨다고?”

“그러니까 다들 모르겠지.”

만덕이 어깨를 으쓱했다.

둘이서만 떠드는 게 아니라서 혼날 일은 없었다. 제각기 묻고 대답하느라 바쁜 의녀들 때문에 어의녀는 쉬이 본론으로 들어가지 못했다.

“설마 후궁께서 궐에서 자결하셨습니까?”

소란 사이로 내의녀 자희가 조심스레 목소리를 높였다.

평생 궁궐에서 수절하며 일하다가 지친 궁녀의 자살소동은 안타깝지만 심심찮게 있는 일이다. 하지만 후궁의 경우라면 이야기가 완전히 다를 터였다.

“아직은 확신할 수 없다.”

어의녀가 엄숙하게 대답했다.

“상궁 나인들은 현장에 접근도 못 하고 있거든.”

“어째서입니까?”

“시신을 접하고 살피는 것은 삿된 일이라지.”

카랑카랑하던 어의녀의 목소리가 가라앉았다.

“그것도 부모께서 주신 신체를 스스로 해한 것으로 의심되는 상황에서라면…."

뭔가 예상한 듯 자희가 눈썹을 추켜세웠다.

"그래, 지금부터 우리가 수사해야 한다."

어의녀가 끄덕였다.

으레 의녀는 의관을 도와 의술만 펼치지는 않는다.

사내가 함부로 들어갈 수 없는 규방을 대신 담당하기도 한다. 주로 여성 죄인의 몸을 수색하고 체포하거나, 사망한 여인의 사인死因을 조사하는 식이다.

"포청의 다모(茶母, 관아에서 차와 술을 대접하고 사건 수사 등을 돕던 노비)가 왔습니까?"

만덕이 눈을 반짝 빛냈다.

흥미를 보일 만도 했다. 지금까지 갖가지 실습을 다 했지만, 검시檢屍는 아직 체험하지 못했으니 말이다.

"아니, 다모는 부르지 않았다."

어의녀가 고개를 저었다.

"…주상전하께서 조용히 처리하고 싶어 하시거든."

묵직한 한 마디였다.

"세간에서 그릇된 흥미로 입방아를 찧어 왕실의 위엄이 실추될까 저어하신다."

어의녀는 잠시 고민에 잠겼다.

"시신의 조사는 차비대령의녀인 자희가 전담하도록."

심사숙고 끝에 이루어진 지명이었다.

"검시를 거들 사환의녀도 두 명 정도 데려가라."

말이 떨어지기가 무섭게 어린 의녀들이 죄다 뒷걸음질 쳤다.

아무렴, 시체를 살피는 일은 의녀가 도맡는 갖가지 비위 상하는 일

중에서도 가장 기피할 만했다.

이 와중에 만덕만 가슴을 쫙 펴며 앞으로 나섰다. 신비가 기겁하며 뒤로 잡아끌었지만, 그녀는 굴하지 않았다.

"바보같이 빼면 안 돼."

더군다나 만덕은 쏘아붙이기까지 했다.

"뭐든 많이 겪고 배울수록 후일에 도움이 된다니까."

태도가 어찌나 의연한지 하마터면 신비도 설득될 뻔했다.

"만덕이를 데려가겠습니다."

눈을 마주치지 않으려고 애쓰는 어린 의녀들을 한심하게 둘러보던 자희가 이내 말했다.

"그리고…."

어차피 자희는 처음부터 가장 뛰어난 만덕을 지목할 심산이었을 터였다. 이외에는 딱히 생각이 없었는지, 하필 재수 없게 만덕이 옆에 선 신비를 가리켰다.

"그냥 신비도 데려가지요."

"…왜 제 이름 앞에는 그냥을 붙이시는데요?"

신비가 투덜거렸지만, 자희는 못 들은 척했다.

"좋아, 하면 나머지 의녀들은 감찰상궁 마마님을 돕도록."

어의녀가 다시 화제를 끌어왔다.

"항아님들을 일일이 찾아다니며 탐문을 해야 하거든."

후궁이 사망한 정황을 짜맞추기 위한 단서가 필요한 모양이다.

"사소한 부분이라도 놓치지 마라."

집합은 엄격한 충고로 마무리되었다.

"항상 귀찮고 더러운 일만 우리 차지라니까…."

"쉿! 망자亡者를 두고 그런 소리 하면 못써…."

주변의 의녀들은 나지막이 서로 속닥이며 삼삼오오 흩어졌다.

후궁의 시신은 허름한 전각에 있었다. 자결이 의심될 만큼 삿된 변고라, 꺼림칙한 마음에 일대를 아예 비워버린 듯싶었다.

망자의 곁을 지킬 나인조차 없는 내실에 발을 디뎠다. 막상 죽은 사람을 본다니 신비는 공연한 두려움부터 앞섰다.

"…이분이 허 숙원이신가 보구나."

자희가 가리켰다.

흰 천으로 덮인 얼굴은 보이지 않았지만, 이불 밖으로 삐져나온 팔다리가 맥없이 늘어졌다.

자희는 시신의 옆에 꿇어앉더니 눈을 감고 제문祭文 비슷하게 뭔가 중얼거렸다. 그러고 나서야 흰 천을 걷었다.

제일 처음 눈에 들어온 것은 공포에 질린 표정이었다.

핏기가 사라지고 사후경직이 일어난 낯빛과 합쳐지니, 차마 섬뜩하여 똑바로 마주보기 어려울 정도였다.

"정녕 처음 뵙는 옥안입니다."

만덕은 전혀 동요하지 않았다.

"나 역시 그렇구나."

자희는 씁쓸하게 맞장구쳤다.

"망자의 사인을 유추할 때도 안색을 먼저 봐야 한다."

다만 그녀는 감정을 본분에 앞세우지 않았다.

"경우에 따라 낯빛이 달라지거든."

자희는 침착하게 설명했다.

"이를테면, 자연히 죽었을 때와 음독으로 사망했을 때는 확연히 차이가 나기 마련이지."

죽은 후궁의 눈꺼풀을 뒤집어 눈을 살폈다. 옅은 시취屍臭도 맡았다.

더 나아가 옷깃을 치우고 목이 졸린 자국은 없는지, 소매를 걷어 손목에 상해를 가한 흔적이 없는지까지 면밀하게 보았다.

"…딱히 눈에 띄는 자상은 없구나."

한참 만에 자희는 눈살을 찌푸렸다.

"한데 입가에 거품기가 있어."

"음독일까요?"

만덕이 잽싸게 물었다. 자희는 대답 대신 시신의 경직된 입술을 벌렸다. 혀의 색깔을 확인하려는 의도였겠지만….

"이게 뭐지?"

그녀는 전혀 다른 것을 찾아냈다.

"입 속에 웬 덩어리가 있는데."

조심스럽게 끄집어내서 보니 음식물이었다.

"곶감 같은데요?"

징그러워서 실눈을 뜨고 보던 신비가 제일 먼저 알아차렸다.

"의복을 전부 거두고 면밀하게 살펴봐야 할 성싶다."

자희가 말했다.

"하오면 시신을 약방으로 옮길까요?"

"그래야겠다."

"마침 들것도 챙겨왔으니 서두르시지요!"

제일 의욕 넘치는 만덕이 재촉했다.

"자, 만덕이 너는 시신의 머리 쪽을 잡고, 신비는 다리나 잡아라."

셋이서 낑낑거리며 망자를 눕힌 들것을 옮겼다.

"…저 이제 정말 토할 것 같아요."

신비는 속이 메스꺼워 중얼거렸다.

"감히 그러기만 해봐라."

자희에게서 위로를 기대하기란 가당치도 않았다.

"네 토사물까지 치울 정신은 없느니라."

일말의 동정심도 보이지 않았다.

"똑바로 잡기나 해라."

대신 자희는 투덜거렸다. 사람 구실을 똑바로 못 하는 신비의 머리에 꿀밤부터 먹이지 않은 게 기적이었다.

"들것이 자꾸 기울어지잖아."

"이게 원래 비뚤어져서 그렇겠지요!"

일단 반박하고 보는 습관이 있는 신비는 들것으로 탓을 돌렸다. 어쨌든 어렵고 어렵게 문지방을 넘어 바깥으로 나왔다.

그런데 뜻밖의 인기척이 있었다.

감빈 남씨가 무시무시한 표정으로 마당에 서서 텅 빈 전각을 바라보고 있었다.

"…허 숙원을 어디로 데려가는 길이냐?"

인사치레를 시큰둥하게 받은 감빈이 다짜고짜 물었다.

"약방에서 면밀하게 살피어 사인을 확정하려 합니다."

"공연히 수고롭구나."

공손한 자희의 대답에도 감빈은 고개를 설레설레 저었다.

"허 숙원은 스스로 생을 끝냈어."

죽음의 냄새를 맡듯 그녀의 코가 씰룩였다.

"기어이 도망친 셈이지."

부패하지 않은 시체에서 벌써 썩은 내가 진동해 못 견디겠다는 듯이.

"시신을 보지도 않고 어찌 아시옵니까?"

만덕이 뚱하게 반박하는데 자희가 발을 콱 밟았다. 편찮으신 분을 자극하지 말고 내버려 두라는 뜻이었다.

"난 마지막으로 허 숙원의 영을 달래기 위해 왔다."

비장하게 염주를 꺼내며 감빈 남씨는 덧붙였다.

"함께 오자고 강하게 권했지만 지빈과 수빈은 끝내 꺼리더라."

감빈은 흰 천으로 덮은 시신을 근심 어린 시선으로 훑었다.

"정녕 고여서 썩어버린 물웅덩이만 남기고 떠났구나."

당연하게도 망자는 답이 없었다.

"저기, 평소에 자가께서는 허 숙원 마마님과 사이가 가까우셨나이
까?"

신비가 조심스레 접근했다.

"아니, 전혀."

비록 냉정하기 짝이 없는 대답만 얻어냈지만 말이다.

"나와 허 숙원 사이의 공통점이라고 해봤자….."

감빈이 웃음을 터트렸다.

"총애 못 받는 후궁이라는 정도나 꼽을 수 있겠지."

어떻게 반응해야 할지 몰라 의녀들은 땅바닥만 보았다.

"참, 하나 더 있다."

감빈이 손뼉을 짝 쳤다.

"우리는 세자저하를 뵐 때마다 똑같은 생각을 했단다."

불온할 정도로 명랑한 말투였다.

"아무리 봐도 동궁께서는 모후를 너무 닮으셨다고 말이야."

거기서 그치지 않고 감빈 남씨는 킬킬거렸다.

"무서울 만큼 닮으셨다니까."

정말 즐거워서 터트린 웃음이라기보다는 약한 발작처럼 느껴졌다.

영문을 몰라 아예 어리둥절한 만덕이야 그렇다 쳐도, 자희의 반응

은 두드러졌다. 눈을 크게 뜨더니 입술을 깨문 채로 완전히 굳어버렸다.

"한데 그러고 보니 너….."

가까스로 웃음을 뚝 그친 감빈 남씨가 신비를 물끄러미 보았다.

"내가 너한테 신세를 졌다던데?"

"당치 않으시옵니다."

"사실 난 그날 다래를 내리던 이후부터는 아예 기억이 안 나지만….."

감빈이 미간을 찡그렸다.

"네가 내 목숨을 구했다더구나."

"의녀로서 제 몫을 했을 뿐이옵니다."

신비는 겸손을 차렸다.

"아닐걸."

감빈이 미소 지었다.

"다른 의녀였다면 감히 혼자서 후궁을 살리겠다는 생각조차 하지 않았을 거야."

뼈가 있는 말씀이었다.

"그래서 널 지빈방에 추천했단다."

신비의 멍한 표정을 보고 감빈은 눈썹을 추켜세웠다.

"궁중에 지빈 정씨止嬪鄭氏라는 후궁이 있다는 건 알지?"

"아, 물론이지요!"

그렇게까지 물정에 어둡지는 않답시고 신비는 화답했다.

"회임하여 만삭에 이른 지빈을 위해 주상전하께서 호산청(護産廳, 후궁의 출산을 담당하는 기관)을 설치하셨거든."

감빈이 말했다.

"한데 해산날을 코앞에 두고, 믿을 만한 의녀가 병에 걸려 해산방을 지킬 수 없게 되었다더구나.”

“아아, 대강 들었사옵니다.”

후궁 중 하나가 해산을 목전에 두었다고 한동안 내의원이 분주했다.

임금께서 거느리시는 첩의 숫자가 많아 아기씨도 빈번하게 태어나는지라, 솔직히 관심을 기울이지는 않았다.

뭐, 감히 왕실의 해산에 관심을 가지고 말고 할 연차도 아니지만.

“전하께서 원하는 의녀를 골라 호산청을 충원하라고 윤허하셨다던데.”

감빈이 말했다.

“한데 지빈이 딱히 믿을 만한 사람이 없다기에, 내가 널 추천했다.”

비로소 신비는 정황을 이해했다.

“곧 지빈방으로부터 기별이 올 거다.”

“어어, 망극하옵니…?”

일단 좋은 게 좋다고 꺼낸 신비의 대답은 끝을 맺지 못했다.

“송구하오나 이 아이는 겨우 간병의녀일 뿐이옵니다.”

자희가 무뚝뚝하게 끼어든 탓이었다.

“그토록 중한 책임을 맡기에는 한참 부족하옵니다.”

“애초에 호산청에서 의녀가 맡을 중한 책임이란 게 있나?”

감빈은 코웃음 쳤다.

“음식과 땔감 따위 물자는 조정에서 배정하고, 시침과 투약 처방은 의관이 담당하지. 하물며 실질적인 해산 과정은 산파와 유모가 담당할 테니….”

그녀는 손가락을 하나씩 꼽았다.

“의녀에게 남는 몫은 간병과 심부름, 허드렛일 정도 아니더냐?”

궁중에서 아이를 낳아본 적도 없으면서 감빈 남씨는 싹 꿰고 있었다.

"하오나…."

반만 알고 하시는 말씀이라는 양 자희는 반박하려 했다.

"왜 이래."

감빈은 듣지 않았다.

"어차피 이 바닥은 인맥과 뒷배로 굴러간다는 거 빤히 알면서."

물론 그렇다. 하지만 저토록 직설적으로 수면 위로 끌어올릴 만한 이면은 아니다.

"내 목숨값에 대한 보은이라고 여기렴."

감빈은 신비를 물끄러미 보았다.

"빚은 얼른 갚지 않고 두면 눈덩이처럼 불어나서 말이야."

그러고는 대화 끝났다는 듯 손을 휙 내저었다.

"…망자 앞에서 새로 태어날 생자를 이야기하는 것은 안 좋은데."

그녀의 시선이 도로 흰 천에 덮인 들것으로 향했다.

얼마 전까지도 살아 숨 쉬며 한집에 살았건만, 앞으로는 홀로 침묵할 시신에 대한 감정은 복잡해 보였다.

"가라. 가서 너희들이 할 일을 해."

마침내 감빈 남씨는 그 감정마저 떨쳤다.

"…이제 여기에는 내가 할 일만 남았어."

손가락으로 염주를 헤아리는 표정이 또 비장했다. 입술로는 알아듣기 어려운 주문 따위를 쉴 새 없이 중얼거렸다.

"도대체 저분은 여기서 뭘 하신다는 겁니까?"

들것을 도로 들며 만덕이 어이없다는 듯 물었다. 딴에는 후궁 안전이라고 용케 조용히 듣고만 있었나 보다.

"좀 제정신이 아니신 것 같은데요."

"편찮으신 분이다. 내버려 두어라."

자희는 조용히 고개를 저었다.

"억지로 막으려다가 또 경기를 일으키시는 것보다는 나아."

신비와 만덕은 토를 달지 않았다. 이해할 수 없는 후궁을 내버려 둔 채 물러났다. 그저 의문과 미심쩍음으로 범벅이 되어 약방으로 돌아갔다.

"자, 속히 이것부터 마셔라."

시신을 안쪽 방에 내려놓자마자 자희는 이 빠진 그릇을 내밀었다.

"무슨 약입니까?"

짙은 색깔의 탕약이었다. 미심쩍어서 냄새를 맡아봤더니 끔찍했다. 맛은 얼마나 더 끔찍할지 능히 짐작할 만했다.

"흔히 귀신을 쫓는 약이라고 이르지."

자희가 말했다.

"궁중에서 시신을 접한 사람은 반드시 이것을 마시고 목욕재계해야 한다."

"어째서요?"

"주상전하께 액운이 미쳐선 아니 되니까."

그보다 충분한 이유도 더 없을 터였다.

"설마 약방에서도 이런 허무맹랑한 풍습을 따를 줄은 몰랐습니다."

곧 죽어도 입 속의 혀처럼 굴 줄 모르는 만덕이 쏘아붙였다.

"만덕이 너도 맹탕이구나."

놀랍게도 자희는 웃었다.

"의술을 배운 사람일수록 오히려 더 이런 일을 믿기 마련이지."

그 웃음은 곧 자조적인 한탄으로 매듭지어졌다.

"제아무리 뛰어난 의술로도 구할 수 없는 병자가 얼마나 많은지….
너도 차츰 알게 될 게다."

당장 동조하지는 않을지언정 만덕은 입을 다물었다.

"섣달그믐마다 궁중에선 나례(儺禮, 묵은해의 액과 귀를 쫓는 궁중 행사)
를 벌인단다. 특히 방상시(方相氏, 주한시대로부터 유래한 신)가 악귀를 쫓
는 연극도 하지."

자희가 덧붙였다.

"그 비슷한 치레라고 생각하면 된다."

섣달그믐의 나례라면….

무심코 신비는 어릴 적에 구경했던 기억을 떠올렸다.

나례가 열리던 밤은 불빛이 많아 낮처럼 훤했다. 하얀 눈이 소복이
쌓여 날씨는 무척 추웠지만 다들 흥겹고 떠들썩한 덕분에 덩달아 신
났던 것 같다.

그때는 신비도 천진난만하게 술래잡기했었다.

…이제는 먼지처럼 부스러진, 부질없는 추억에 불과하지만 말이다.

"자, 알아들었으면 시원하게 쭉 들이켜라."

만덕이 먼저 한 대접을 비웠다. 가장 특출한 의녀 외길만 걷다가 핀
잔을 들었는데도 뻗대지는 않았다.

"…더 마셨다간 당장 제가 원한을 품고 죽어서 잡귀가 될 것 같은데
요."

따라 마신 신비는 진저리를 쳤다. 비위 상할 재료를 넣어 달인 돌팔
이 약이 분명했다.

"귀한 약이라고 남들은 어떻게든 한 방울만이라도 마셔보고 싶어
안달인데, 너는 이번에도 참 반응이 괘씸하구나."

자희가 혀를 끌끌 찼다.

이윽고 어의녀와 자희를 비롯한 내의녀들은 힘들게 옮겨온 시신을 정밀하게 조사하느라 바빴다.

만덕은 어떻게든 검시에 참여하려고 기웃거렸지만, 신비는 슬쩍 빠져나왔다. 꺼림칙해서 찬물로 씻고 싶었다.

어차피 세자의 용태를 살필 시각이기도 했다. 물만 얼른 끼얹고 허둥댔더니 그럭저럭 늦지 않고 동궁전에 당도했다.

아니, 오히려 평소보다 살짝 이르게 도착해 근처에서 빈둥대다가 들어갈까 고민할 지경이었다.

한데 가만 보니 동궁전 낌새가 이상했다.

"…오늘은 저하께서 정녕 아무도 들이지 말라시는구나."

평소 같으면 반색하며 맞이할 동궁전 백 상궁이 고개를 저었다.

"너까지 콕 집어서 말씀하셨어. 혼자 있고 싶으니 돌려보내라고."

"무슨 일이라도 있으십니까?"

엊그제 탕약을 올리고 헤어질 때만 해도 세자에게는 딱히 언짢은 기색이 없었다. 마지못한 척 약을 받았으며, 그냥 평소만큼 성격이 더러웠다.

"갑작스레 허 숙원께서 졸하셨다는 전언을 듣고 몹시 슬퍼하신다."

백 상궁이 흘끔 굳게 닫힌 문을 곁눈질했다.

"저하와 허 숙원 마마님 사이가 가깝다고 느껴본 바 없어서 좀 희한한데…"

그녀는 갸웃거렸다.

"어째서인지 저하께서는 크게 속상한 눈치셔."

거기다 대고 저가 허 숙원의 시신과 씨름하다 왔다고 말하는 것도 이상할 터였다.

"음, 탕약만이라도 두고 갈까요?"

정녕 물러날 때를 잘 파악하는 신비는 쉽게 수긍했다.

"그래라. 어차피 젓수지 아니하실 것 같지만…."

백 상궁이 끄덕였다.

조용히 걸음을 되돌리며 신비는 연신 뒤를 돌아보았다. 처음 이곳에 발을 디뎠을 때처럼 굳게 닫힌 문이 신경 쓰였다.

부디 영원히 닫혀버린 것만 아니기를 바랄 따름이었다.

***

예고한 대로 지빈 정씨止嬪鄭氏는 만삭의 후궁이었다. 해산일이 얼마 남지 않아 배는 보름달처럼 부풀었고, 손과 발도 퉁퉁 부어 있었다.

"감빈께서 널 무척 칭찬하시더라."

신비를 향한 후궁의 시선은 사뭇 날카로웠다.

"딱히 다른 사람을 후하게 평하는 분이 아니신데 말이야."

"망극하옵니다."

"나도 당장 내일모레면 산고를 치를 입장이라 사람을 직접 가려 뽑을 여유가 없어."

초조한 기색으로 그녀는 둥근 배를 쓰다듬었다.

"하필 내의녀 금희가 이때 붉은 발진 증상을 보였다니, 참…."

원래 담당했던 의녀와 퍽 친한 사이였던 모양이다.

비록 그 의녀의 붉은 발진은 천연두 따위가 아닌 것으로 판명되었지만, 부정이 탈세라 해산방에서 아예 물렸다고 들었다.

"…지금 나한테 제일 필요한 것은 믿을 만한 의녀다."

지빈이 착잡한 표정을 지었다.

"감빈께서 너는 물불 가리지 않고 후궁의 목숨부터 구하는 의녀라 이르셨다.”

갈망 어린 후궁의 눈동자가 신비를 똑바로 향했다.

“그 이야기가 내 마음을 움직였단다.”

그녀는 두려워하고 있었다.

“…구중궁궐에서 후궁의 안위부터 신경 쓰는 사람은 찾아보기가 어렵거든.”

응당 여인에게 출산은 목숨을 거는 행위다. 규방의 부인들이 그 과정에서 숱하게 죽어 나간다. 혹독한 난산을 다 견디고도 허망하게 생을 마감하는 경우 또한 많다.

“나도 참 방정을 떤다.”

너무 솔직하게 굴었다고 판단했는지 지빈은 한 걸음 물러섰다.

“애를 처음 낳는 새색시도 아니면서, 원….”

“몇 번을 겪었든, 염려하시는 마음은 당연지사이옵지요.”

신비는 드레지게 화답했다.

“해산방에서는 자가를 최우선으로 보살피겠다고 약조하겠나이다. 미천한 몸이라 다른 것까지 약속드릴 수는 없더라도요.”

비로소 지빈 정씨의 굳은 얼굴이 한결 풀어졌다.

“자가의 용태에 대해서는 얼추 전해 들었사온데….”

신비는 작은 서첩을 펼쳤다. 내의녀 자희가 노파심에 이러쿵저러쿵 늘어놓은 이야기를 전부 적었다.

“잉태하신 내내 체후가 무척 순조로우셨다고 들었사옵니다.”

“특별한 일은 없었다.”

“근래 간헐적으로 배앓이하시거나, 속곳에 이슬이 비친 적도 없으시지요?”

“그래.”

"태동은 어떠시옵니까?"

"얌전한 편인데 때때로 깜짝 놀랄 만큼 세게 배를 찰 때도 있다."

"초산初産이 아니시며, 진즉 군(君, 임금의 서자) 아기씨를 두 분 생산하셨다고 들었사옵니다."

연신 작은 붓으로 끼적이며 물었다.

"그때도 순탄하셨는지요?"

"너무 오래전이라 잘 기억이 안 나는데."

지빈은 겸연쩍게 웃었다.

"괜찮사옵니다. 그때의 일지를 찾아서 확인하겠나이다."

신비는 최대한 빨리 약방 서고에 들르자고 마음먹었다.

"안안군安安君과 봉양군鳳陽君은 내 나이 스물이 되기 전에 낳았다."

지빈이 중얼거렸다.

"한데 그 뒤로 십 년도 더 흘렀어."

자조적인 음성이었다.

"주상전하께서 한동안 날 잊으셨거든."

후궁으로 지낸 세월 내내 총애받았던 것은 아닌 모양이다.

"그래도 떠올리고 다시 찾아주신 덕분에 세 번째로 잉태하는 성은을 입었다."

지빈이 말했다.

"…반드시 건강한 용종을 생산해야 해."

"필시 그리하실 것이옵니다."

신비는 당장 필요한 대답을 돌려주었다.

"산전의 모든 징후가 평안하오니, 진실로 걱정을 덜어내셔도 좋사옵니다."

"그래, 그렇겠지."

문득 지빈은 낯선 표정을 지었다.

"의녀는 궁녀와 달리 혼인도 하고 자식도 얻는다던데."

그러더니 불쑥 물었다.

"…너 혹시 아이를 낳아봤느냐?"

"아니옵니다. 독신이라서요."

신비는 손사래 쳤다.

"그렇다면 경험이 없어 모르겠구나."

지빈이 실망한 티를 냈다.

"임부妊婦에게는 예감 같은 게 있단다."

주저하면서 그녀는 운을 뗐다. 설명하기가 어려운 눈치였다.

"자식과 탯줄로 연결된 어미만이 느낄 수 있는 기운이랄까."

"요사이 무얼 느끼시는데요?"

신비는 맥락을 잘 쫓아갔다.

"…불길함."

과연 선뜻 꺼내놓기에 좋은 감정은 아니었다.

"입맛도 돋고, 살도 잘 붙고, 뱃속의 태동도 힘찬데, 어딘지 모르게
…?"

기대감과 만족감으로 충만했던 낯빛은 순식간에 허물어졌다.

"자꾸만 꿈을 꿔. 다 지나간 옛날 일이 끊임없이 반복되는 그런 악
몽."

지빈의 목소리가 기어들었다.

"밤마다 자꾸 창 너머로 무슨 소리가 들리는 것 같고…."

앞니에 꽉 눌린 그녀의 아랫입술에서 핏기가 사라졌다.

"고양이가 어슬렁거리는 소리겠지요."

당황해서 신비는 달랬다.

"동궁전에도 가끔 기웃거려서 놀란다니까요."

"…네가 세자궁 사정을 어찌 아느냐?"

지빈 정씨의 낯이 창백해졌다.

"의녀니까 알지요. 요즘 저하께서 편찮으시지 않사옵니까."

반응이 영 괴악해서 신비는 어리둥절했다.

"…우습지."

잠시 침묵한 끝에 지빈이 도로 말문을 열었다.

"뭇 용렬한 사람들은 세자저하의 불운을 후궁의 탓으로 돌리거든."

아마도 속말을 신중하게 골라낸 것 같았다.

"후궁들이 불손하여 저하를 음해한다고 말이다."

처음 듣는 소문이다. 그래도 추문을 즐기는 사람들이 쉽게 빚어낼 만한 이야기였다.

"하지만 절대 그렇지 않아."

희번덕대는 지빈의 눈빛이 심상치 않았다.

"성상의 어전에서 그 정도 배짱을 부릴 후궁이 과연 있겠느냐고."

그녀는 창 너머를 넘겨보았다. 불안감을 토로할 때 세자의 시선에서는 멸시와 환멸이 묻어났다면, 지빈 정씨의 눈빛에는 오로지 두려움 뿐이었다.

"넙죽 엎드려 겁을 먹기로는 여기도 동궁전과 피차일반이거늘…."

곧 그녀는 황급히 손사래 쳤다.

"신경 쓰지 마라!"

한껏 낮아졌던 목소리는 반대로 높게 격양되었다.

"해산을 목전에 두고 공연히 사위스러운 소리를…."

마치 자기 자신을 설득하고 싶은 듯했다.

"본디 해산이 임박할수록 임부의 기분은 오르락내리락한다던데요."

일단 달래기로 했다.

“그러다 보면 아기씨의 안위를 염려하다 못해 의심하게 되겠지요.”

신비는 차분하게 덧붙였다.

“부정적인 생각에만 골몰하시면 잘될 일도 그르치기 마련이옵니다. 부디 체후를 조섭하는 데에만 집중하소서.”

지빈은 애써 의연하게 고개를 끄덕였다.

“호산청이 설치된 이래, 아침마다 의관 나리께서 문후를 여쭈는 것으로 아옵니다.”

신비가 말했다.

“이와 별개로 아침저녁으로 자주 들러 자가의 용태를 살피겠사옵니다.”

“고맙다.”

어째 지빈 정씨는 덥석 손이라도 잡고 싶은 눈치였다. 하지만 붙들고 매달리기에는 너무나 비천한 손이라고 여기는 듯했다.

아무렴, 노상 더러운 피와 질병을 접하는 의녀의 손이었다. 고귀한 용종을 품은 후궁이 접하기에는 실로 추잡했다.

“몸조리에만 전념하소서.”

눈치껏 신비는 먼저 거리를 조절했다.

“…자가!”

슬슬 작별을 고하고 물러날 틈을 찾는데, 바깥에서 궁인의 목소리가 들렸다.

“자전께옵서 납시셨사옵니다!”

예상치 못한 상황에 당황한 음성이었다.

응당 그러한 기색은 지빈 정씨에게까지 전염되었다. 만삭의 후궁은 기습을 당한 양 허둥댔다.

"대, 대비마마께서 갑자기?"

무거운 몸을 일으키려고 버둥대기에 행여 자빠질세라 신비가 얼른 붙들었다.

"괜찮다. 그냥 편히 앉아라."

장지문이 열리고 노회한 음성이 들렸다.

성성한 정수리 위에 정석대로 묵직하게 다래를 얹은 여인이었다.

마른 체구에 자세가 반듯했다. 넓은 어깨를 직각으로 꼿꼿하게 세운 탓인지, 위압적인 풍모를 자아냈다. 상대를 내려다보는 고압적인 시선도 한몫하는 것 같았다.

"마마께서 친히 행차하시다니…."

지빈 정씨는 거대한 바위에 짓눌리듯 졸아들었다.

"소첩, 감히 몸 둘 바를 모르겠사옵니다."

신비도 도산대비桃山大妃에 대해서는 익히 들었다.

구중궁궐에서는 호랑이보다 무섭기로 명성이 자자했다. 궁인들은 멀리서 도산대비가 어슬렁대는 기색만 보여도 줄행랑쳤다.

아침마다 입진하여 문후를 여쭈는 의관과 의녀들의 사정도 크게 다르지 않았다.

내의녀 자희도 먼젓번에 자전의 안전이라 긴장하여 진맥하는 손이 미끄러질 뻔했답시고, 십 년은 늙어버린 표정을 지었다.

오죽하면 성상께서는 이립(而立, 서른)도 훌쩍 넘기셨는데, 아직도 잘못할 때마다 모후께서 회초리를 드신다는 소문마저 떠돌았다.

"해산이 코앞으로 다가오지 않았느냐."

그리고 도산대비는 그러한 제 악명을 즐기는 눈치였다. 그렇지 않고서야 바람 빠진 꼴로 찌그러진 후궁을 저토록 무표정하게 응시할 수 없다.

"염려하는 마음에 직접 살피고자 왔다."

"마, 마, 망극하옵니다."

까무러치지나 않으면 다행으로 지빈이 대답했다.

"본래 호산청에 배속되었던 의녀가 부정을 타 바뀌었다고 들었는데
…."

문득 도산대비의 시선이 신비에게 향했다.

"…그래서 너는 누구냐?"

단순한 하문을 잘 벼른 칼날보다도 날카롭게 꽂는 재주가 있었다.

신비는 비밀에다가 비밀이 아닌 것까지 더해 토설하고 싶은 충동에
휩싸이고 말았다.

"의녀 신비라 하옵니다."

곧장 신비는 바닥에 엎드렸다.

"이름이 낯익은데."

도산대비는 먼지 티끌을 죄다 털어내고 싶은 표정이었다.

"아, 그 의녀로구나."

하물며 그녀는 이미 알고 있었다.

"주상께서 세자를 간병하라고 붙였다는 허릅숭이."

어떻게 아셨냐는 물음은 의미가 없었다.

"비천한 아랫것에게 내 손자를 맡기려면 대강 알아는 놔야지."

친히 의문을 풀어주었기 때문이다.

"이름은 신비. 전의감 생도 시절 성적은 중상中上. 호기심이 많고 영
리하지만, 티 나게 잔머리 굴리고 게으름을 피우는 습관이 있음."

그건 초학의 때 의학교수醫學敎授와 의녀훈도관醫女訓導官이 매긴 점수
였다.

"시재와 임상에 강해 최종적으론 장원의 성적으로 내의원에 입직."

아무나 알아낼 만한 정보는 아니었다.

"능청스러운 구석이 있어 병자들이 선호함."

줄줄 읊던 도산대비가 잠깐 숨을 골랐다.

"어의녀로부터 정확히 이렇게 들었다. 한데 이것만으로는 판단이 서질 않더구나."

다시금 날카로운 시선이 붙박였다.

"…어딘가 모순이 느껴졌거든."

신비는 마른침만 꼴깍 삼켰다.

"더군다나 내 궁인인 이정이는 세자가 너를 대하는 모습을 보고서는…."

도산대비가 고개를 갸웃했다. 그녀의 명으로 밤마다 동궁전에 문후를 여쭌다는 궁녀가 낱낱이 고해바친 모양이다.

"특이하다더구나."

이어서 그녀는 차갑게 웃었다. 물론 저 싸늘한 입매를 웃음이라고 해석할 수 있다면 말이다.

"그밖에 달리 묘사할 낱말을 찾지 못하던데."

아무렴 지엄하오신 국본께서 의녀 나부랭이와 내기를 벌이는 꼴을 예쁘게 포장하기란 어려웠겠다.

"수신이 어렵답시고 지독하게 까탈 부리는 세자의 마음을 사로잡더니만, 이제는 후궁의 해산방 자리까지 꿰찼다…?"

도산대비는 단서를 맞춰보는 듯한 기색이었다.

"해산방에 결원이 생겼는데 감빈께서 천거해 주셨을 뿐이옵니다!"

잠자코 눈치만 살피던 지빈 정씨가 펄쩍 뛰었다. 행여 누가 불미스러운 야합이라 트집이라도 잡을세라 두려운 낯이었다.

"그래, 들어서 안다."

도산대비가 매몰차게 일갈했다.

"또한 너한테 하문하지 않았다."

지빈은 급속도로 다시 쪼그라들었다.

"요즘 왕실이 참 내 뜻대로 굴러가지를 않아."

도산대비가 눈썹을 추켜세웠다.

"아픈 아이에게 벌을 줄 수 없음을 알고 세자는 앙탈을 부리지…."

끌끌 차는 혀는 덤이었다.

"너 같은 햇병아리가 이리저리 활개를 치고 다니도록 윤허하시는 주상의 성심은 모르겠지…."

마음 같아서는 진즉 아들과 손자 둘 다 잡도리하고도 남았을 기세였다.

"줄곧 잠자리가 사나워서 말이다."

미간에는 깊게 고랑이 파였다.

"…하여 너는 누구냐고 물었다."

그녀는 본래의 질문으로 돌아갔다.

"네 입으로 직접 듣고 싶다."

이미 알 만큼 알고 계신 것 같은데 공연한 하문이었다. 얼굴에 대고 무엇이냐고 존재론적인 질문을 던져봤자 딱히 할 말도 없었다.

하지만 으레 떠드는 선소리로 무마할 상대가 아니었다.

"소인은…."

낭패당한 신비는 아예 허를 찌르기로 했다.

"세자저하의 오른손이옵니다."

"…세자의 뭐?"

처음으로 도산대비의 추상같은 위엄에 균열이 생겼다.

"오른손을 못 움직이시는데 차마 왼손으로 수저를 잡을 순 없다 하셨나이다.”

신비는 태연하게 밀어붙였다.

“하여 소인은 저하를 대신해 밥과 약을 뜨는 오른손이 되기로 하였사옵니다.”

눈을 내리깔았으나 상대를 당당히 마주하는 태도를 고수했다.

“그뿐이옵니다.”

정적이 내려앉았다.

“…더욱 모르겠군.”

한참 만에 도산대비가 운을 뗐다.

“내가 전혀 감을 못 잡는 경우는 흔치 않을진대….”

가벼운 한숨 끝에 아까보다는 훨씬 온정적인 미소가 따랐다.

“자희가 왜 너를 두고 총명한 의녀라고 아뢰었는지 알겠구나.”

이번에는 신비가 입을 떡 벌릴 차례였다. 내의녀 자희가 밖에 나가 제 칭찬을 하며 돌아다니리라고는 죽었다 깨나도 상상해 본 바 없다.

“네가 어디서 굴러든 하룻강아지든 간에….”

이내 도산대비가 무시무시하게 덧붙였다.

“내 항상 지켜보고 있음을 명심하고 처신을 똑바로 하여라. 알겠느냐?”

“유념하겠사옵니다, 마마.”

신비는 오금이 저려서 죽을 지경으로 대답했다.

“좋아.”

마지막으로 도산대비는 찬찬히 신비의 머리부터 발끝까지, 전신을 굽어보았다.

“물러가거라.”

들던 중 반가운 말씀이었다.

일단 내의원에 가서 한숨 돌렸다. 호산청 일기를 기록하게끔 지빈 정씨와의 대화를 의관에게 알렸다.

다듬고 덜어냈는데도, 지빈 정씨의 불안감은 고대로 전해졌다.

그나마 후궁의 출산을 담당하는 의관 박치수가 다른 관료들보다 젊고 사려 깊은 사람이라서 다행이었다.

"지나치게 근심하시면 오히려 복중 아기씨께 해로울 터인데….."

의관 박치수는 시름에 잠겼다. 덕분에 햇볕에 그은 피부와 높은 콧대가 도드라졌다.

뭇 의녀들이 잘생겼답시고 종종 훔쳐보는 얼굴이었다. 벌써 주부(主簿, 종6품 관직)의 벼슬을 달았을 만큼 전도유망한 기세에도 잘 어울렸다.

"모든 징후가 온후하다고 똑바로 말씀 올린 게냐?"

"당연하지요. 아무래도 몸소 잉태한 입장은 좀 다르신가 봅니다."

신비는 만삭의 후궁을 변호해야 할 것만 같았다.

"해산방에서는 예측할 수 없는 일이 곧잘 벌어지잖아요."

"그래도 병자의 의견은 잘 가려들어야 한다."

박치수가 신중하게 말했다.

"때로는 통증과 걱정에 사로잡혀 잘못된 방향으로 이끌곤 하거든."

일리 있는 지적이라는 생각은 들었다.

"모쪼록 의술을 행하는 쪽에서 중심을 잘 잡아야 해. 알겠느냐?"

오늘따라 다짐을 받아내는 사람이 많다.

"명심하겠사옵니다."

그래봤자 밑바닥 신세라 토 달지 않고 얌전히 수긍했다.

"우리가 아기씨의 생산을 책임진다니, 하해와 같은 성은을 입은 것이다."

치수는 후궁의 해산을 자신만의 몫이라고 단언하지 않았다. 우리의 일이라고 지칭했다. 콧대 높은 의관치고 남다른 언사였다.

"함께 잘 해내 보자."

그가 미소 지었다. 곡선을 그리는 입술 사이로 하얀 이가 드러나는 멋진 웃음이었다. 다른 처녀들이 왜 그를 선망하는지 알 것 같았다.

"하면 난 서계(書啓, 어명의 결과를 고함)부터 해야겠다."

신비는 붓을 찾는 의관 박치수에게 꾸벅 인사하고 돌아섰다.

바로 약방 서고로 갔다. 약조한 대로 지빈 정씨가 과거에 출산할 때의 기록을 찾아보는데, 누가 또 귀찮게 굴 조짐이 보였다.

"의녀 신비가 어디 있느냐?"

동궁전 백 상궁이었다.

"옳아, 거기 있었구나!"

내의원에서 마주칠 만한 상대는 아니었다.

"얼른 동궁전으로 가자꾸나."

신비를 발견한 백 상궁이 한달음에 달려들었다.

"왜요? 아직 탕약 올릴 시각이 아닌데요."

창 너머로 보이는 해를 가늠하니 일렀다.

"저하의 용태가 심상치 않아서 그런다."

백 상궁은 쩔쩔맸다.

"새벽에 기침하셨을 때부터 통증이 무척 심해 보이셨어."

"심해 보였다니요?"

"죽어도 아프답시고 곧이곧대로 투정하실 분이 아니시잖느냐."

백 상궁이 발을 동동 굴렀다.

"삐질삐질 흘리는 식은땀에 일그러진 미간까지…, 그냥 저하를 보면 짐작할 수밖에 없어."

"결국 어제 탕약은 아예 젓수지 아니하셨습니까?"

갑자기 숙원 허씨가 졸하였다는 소식에 침통하답시고 세자는 문안을 뿌리쳤다. 그가 약을 챙겨 먹었을 거라고는 기대하지 않았다.

"입도 안 대셨다."

과연 백 상궁은 고개를 저었다.

"저하의 통증을 감안하여 어의 영감께서 탕제를 좀 세게 처방하고 계십니다."

신비가 말했다.

"그것을 요즘 꼬박꼬박 챙겨 드시다가 갑자기 뚝 끊으셨으니…. 약효가 떨어지자마자 전보다 통증을 더 심하게 느끼실 만도 하지요."

잠시 신비는 고민에 잠겼다.

"일단 의관 나리께 여쭙고 바로 탕약을 달여 올리겠나이다."

"그래, 뭐가 되었든 서둘러라!"

닦달 속에서 신비는 준비를 마쳤다. 곧장 동궁전으로 갔다.

"의녀 신비가 세자저하를 뵈옵니다."

대답 없는 문을 열고 들어가 곁눈질하니, 정녕 세자의 안색이 좋지 않았다.

숨어있던 이불 속에서 얼굴을 빼꼼 내미는 것만으로도 체력을 전부 소진한 것 같았다.

"…나가라."

사람 얼굴 보자마자 그가 매정하게 일갈했다.

꼭 맨 처음 만나고 계속해서 내쫓겼을 때와 같았다. 수선화처럼 처연한 동시에 황소처럼 성난 그의 표정에서 썩 아름답지 않은 추억을 돌이켰다.

"탕약을 젓수셔야 하옵니다."

아랑곳하지 않고 신비는 약그릇을 들이밀었다.

"꼬박꼬박 챙겨 드시다가 어제 갑자기 끊으셨잖아요. 그래서 예전보다 통증을 견디기 힘드실 것이옵니다."

"…나가라고."

"백 상궁 마마님이 하도 잡아끄는 바람에 삿갓을 못 챙겨왔사옵니다."

"뭐?"

"오랜만에 또 탕약이라도 던지실까 싶어서요."

신비는 능청스럽게 대꾸했다.

"하긴, 한동안 잠잠하셨으니 이쯤 해서 성격 보여주실 때도 되었지요."

"지금 나를 우롱하느냐?"

벌컥 세자가 성을 냈지만 못 들은 척했다.

"우롱이라니요? 삿갓이 없으니 약사발을 쏟아붓는 것만은 좀 자제해주십사 간곡히 청하는 중이온데요."

세자는 고통 속에서도 얼빠진 표정이었다.

"저하께서는 소인이 불쌍하지도 않으시옵니까?"

"지금 내 꼴을 보고도 널 갸륵하게 여기라고?"

"예."

"하! 굳이 우리 둘 중에서 불쌍한 쪽을 따지자면 나다."

"그럴 리가요?"

일부러 신비는 도발했다.

"온종일 이리저리 불려 다니며 뒤치다꺼리나 하는 소인이 더 불쌍하지요."

이왕 불손할 작정이라면 아예 막 나가는 편이 낫다.

"저하께서는 편하게 누워계셨잖아요?"

“내가 편하게 누워있었다고?”

세자는 뒷덜미를 잡고 넘어가기 직전이었다.

“이런 고약한…!”

“설마 말싸움에서 질 것 같으니까 신분을 앞세워 불쌍한 의녀를 윽박지르실 심산은 아니시겠지요?”

잽싸게 신비는 공격당할 여지를 원천 봉쇄했다.

“됐다!”

세자는 꽁하게 말을 바꿨다.

“누가 더 불행한지 따위로 입씨름할 겨를도 없어.”

그는 이성을 잃지 않으려고 애썼다.

“나가.”

“소인을 서둘러 내치실 방법은 탕약을 젓수시는 것뿐이옵니다.”

이성이라면야 신비도 뒤지지 않았다. 물론 거기에 고집까지 한 숟갈 더해서 망부석이라 불려도 될 지경이었다.

“약그릇을 비우시기 전까지는 못 나갑니다.”

팽팽한 눈싸움이 벌어졌다. 당연히 눈을 부릅뜬 세자에 비해 공손한 척 눈꺼풀을 내리깐 신비가 훨씬 유리했다.

“…정녕 못 당하겠군.”

마침내 세자는 백기를 들었다.

“넌 절대 포기하지 않는구나. 그렇지?”

질렸다는 표정 사이로 그가 옅게 웃었다. 꼭 줄기에 우수수 돋아난 가시가 한풀 꺾이고 꽃봉오리만 남은 것 같았다.

늦여름 달게 익은 복숭아처럼 향긋하게 퍼지는 세자의 미소가 좋았다. 비단 그의 아름다운 풍모를 돋보여 주기 때문만은 아니었다.

글쎄, 여러 가지를 유추할 수 있어서 좋았다.

활기찼을 본래 그의 일상을. 상한 육신과 통증 때문에 잃어버렸을 명랑함을. 고귀한 존재로 태어나 자기 확신으로 충만했을 자신감을.

그가 되찾기를 바랄 만한 것들의 향연이었다.

"예, 소인은 포기하는 법을 도통 모르옵니다."

신비가 말했다.

"하오니 저하께서도 포기하지 마소서."

다시 약그릇을 내밀었다.

"나아지실 수 있사옵니다."

세자는 탕약의 고요한 수면을 물끄러미 응시했다. 스스로 맞닥뜨린 형벌에서 과연 벗어날 수 있을지 괴로운 눈치였다.

"소인을 믿으소서."

신비는 그의 의문에 굴하지 않았다.

"저하 자신을 믿으실 수 없다면 차라리 소인이라도 믿으시라고요."

"…나 자신보다 너를 믿으라고?"

세자는 귀를 의심하듯 물었다.

"그게 바로 의술을 베푸는 자의 사명이니까요."

신비가 말했다.

"소인은 무슨 일이 있어도 병자의 손을 잡고 이끌 것이옵니다. 설령 기약 없는 가시밭길을 걸어야 할지라도요."

잠시 정적이 흘렀다.

세자는 신뢰와 불신의 미궁에서 오락가락했다. 무방비한 위험에 노출된 연약한 구석을 타인에게 온전히 의탁한다는 의미를 헤아리는 것 같았다.

그리고 마침내 세자는 보일 듯 말 듯 끄덕였다.

신비는 기쁜 티를 내지 않았다. 의기양양하게 굴지도 않았다. 그저 무릎으로 기어 세자에게 다가갔다.

하얗게 삶은 천을 그의 턱에 댔다. 한 숟갈씩 탕약을 떠 천천히 그의 입술로 흘려 넣었다.

"금방 효험이 있으시지요?"

약대접을 싹 비우고 절인 대추를 물렸다.

"그래, 훨씬 낫다."

앙탈이 한풀 꺾인 세자는 수긍했다.

"…근자에 졸하셨다는 허 숙원 마마님과는 사이가 가까우셨사옵니까?"

누그러진 분위기를 타고 신비가 물었다.

"아니, 전혀."

세자는 냉랭하게 부정했다.

"하오면 왜 비보를 접하자마자 스스로 해하셨나이까?"

신비는 어리둥절했다.

"끼니와 약을 물리칠 만큼 침통하셨잖아요."

"…전혀 사이가 가깝지 않았기에 오히려 더욱 참담했으니까."

세자는 그 이상 설명하고 싶지 않은 눈치였다.

제발 좀 믿어달라는 종용에 약 숟갈이야 떴지만, 아직 속내를 전부 털어놓을 정도는 아닌 모양이다.

"씻고 싶다."

아니나 다를까, 세자는 말을 돌렸다.

"아까까지 열이 올라서 땀을 흘렸다."

그는 흥건한 옷깃을 매만졌다.

"내시와 유모를 불러와라."

"번거로우실 테니 소인이 하겠사옵니다."

까탈 부리는 병자의 환심을 사기에 좋은 기회라는 계산속이 없잖아 있었다.

"물동이와 면포가 마침 여기 있으니까요."

하여 신비는 선뜻 나섰다.

침전에는 몸을 닦을 백저포白苧布 와 미색의 비단, 쑥과 호두를 달인 물이 있었다.

세자의 기분이 나아지거든 세욕 시중을 들려고 환관이 미리 준비한 모양이다.

병상에서 행하는 세욕이 쉬운 일은 아니다. 몸을 전혀 못 움직이는 병자일수록 어려움은 곱절이 된다.

직접 물을 끼얹으며 씻어주는 것보다는 면포에 물을 묻혀 꼼꼼하게 닦아내는 편이 낫다. 병자를 안심시키고 체온을 유지하는 데에 이롭다.

"네가 하겠다고?"

한데 반응이 영 신통찮았다.

"사내의 맨몸을 어루만지면 부끄럽지 않겠느냐?"

세자는 눈썹을 추켜세웠다.

"아무리 천인이라도 너 또한 여인이다."

"저하께서는 국본이시나 사내가 아니시옵니다."

신비는 천연덕스럽게 맞받았다.

"병자를 사내로 보지 말라고 배웠거든요."

"하면 이제는 내가 의녀를 여인으로 보지 말라 배울 차례더냐?"

그는 금방 요점을 짚었다.

"당연하지요."

씩씩하게 세자의 하얀 옷깃을 내리고 고름을 풀었다.

"궁중에서는 고개만 돌려도 눈에 밟히는 것이 궁녀일 텐데요."

그의 속살은 옷깃보다도 더 희었다.

"굳이 의녀까지 여인으로 보려면 피곤하시겠나이다."

반면, 넓게 벌어진 어깨뼈와 움푹 고랑을 만드는 쇄골은 지극히 단단했다.

"…궁중에 아무리 여인이 숱해도 너와 같은 여자는 없다."

물에 젖은 면포가 목덜미를 쓸자 세자가 속삭였다.

"한데도 내가 너 같은 의녀를 여인으로 여기지 않을 수 있겠느냐?"

적신 천에서 뚝뚝 흐르는 물이 그의 가슴팍을 타고 흘렀다. 일전에 실수로 탕약을 흘렸을 때보다 요염하게 줄기를 만들며 아래로 끝없이 내려갔다.

"희귀하다고 해서 특별한 것은 아니옵니다."

어디까지 내려갈지 두려워 신비는 물줄기를 놓아두지 못했다. 흐르는 물줄기를 천으로 훔쳐 닦아버렸다.

"그렇지만 대개 희귀한 것들은 결국 특별해지기 마련이지."

세자가 뒤척이는 바람에 물줄기가 새롭게 또 생겨버렸다. 모른 척 열심히 닦아내도 소용이 없을 것처럼 여러 갈래로 세차게 흘러내렸다.

단단한 가슴부터 굵게 형상을 드러내는 갈비뼈를 지났다.

허리춤에 걸린 바지 위로 얼핏 두드러진 골반에 이르기까지 실로 거침없었다.

이토록 살얼음 같은 분위기는 처음이다. 한 발짝이라도 잘못 디디면 소생할 수 없는 심연으로 풍덩 빠질 것만 같다.

"번번이 소인이 아뢰는 말씀을 고치시옵니다."

그렇다면 아예 불편한 얼음판 자체를 깨버릴 요량으로 신비는 투덜거렸다.

"말장난에 재미라도 붙이셨사옵니까?"

"골방에서는 달리 붙일 재미도 없는데 잘 되었지."

세자는 태연자약하게 받아쳤다.

"탕약을 드신 덕분에 살맛 나시나 보옵니다."

신비는 혀를 내둘렀다.

"아까까지는 앙칼지게 뿌리치시더니, 이제는 먼저 치대시잖아요."

"한껏 물리쳐도 끊임없이 들러붙은 네 업보나 탓해라."

"업보라니 너무…. 어, 잠깐만요."

지지 않고 받아치려다 말고, 신비는 세자의 오른쪽 팔뚝을 더듬었다.

"감히 어디를 주무르느냐."

"주무르다니요!"

저렴한 표현에 신비는 발끈했다.

"맥을 짚어보는 중이옵니다."

"맥을 짚는다고? 네가?"

세자는 가당찮다는 표정이었다. 의녀 나부랭이가 반박해봤자 씨알도 안 먹힐 터였다. 그래서 신비는 못 들은 척 저 할 말만 했다.

"힘이 꽤 들어있사옵니다."

"전혀 주고 있지 않은데."

그는 움직이지 않는 오른손을 미심쩍게 보았다.

"차도를 보이는 것이옵니다. 당장이야 와병 생활 때문에 신체가 움직이는 법을 잊었지만요."

신비는 환하게 웃었다.

"슬슬 본격적으로 재활 훈련을 하셔도 되겠습니다."

"오른손을 다시 쓰기 위해서 말이지?"

"처음에야 힘들어도 차츰 효험이 나타날 것이옵니다."

희망찬 호언장담에도 세자는 음울한 표정을 지었다.

"…과연 내 육신이 호전되는 게 좋은 일일까?"

불쑥 내뱉는 말씀은 더더욱 기이했다.

"그래봤자 무슨 의미가 있을지…."

"고통이 사라지고 친히 거동도 할 수 있으실 텐데, 당연히 좋은 일이지요!"

신비는 상식적으로 반박했다.

"소인이 곁에서 물심양면 도와드리겠다니까요."

"그래, 그렇겠지."

곧 세자는 순순히 수긍했다.

"…아무것도 아니다."

입씨름을 벌이려 들지 않는 태도가 오히려 불길하게 느껴진다니 의아했다.

"너는 참 넉살도 좋다."

심지어 세자는 또 말을 돌렸다.

"매정하게 홀대하여도 꿋꿋하게 엉겨 붙잖아."

새삼스러운 평가였다.

"사소한 일마다 한을 품고 이를 갈아 봤자 졸렬한 사람이나 될 텐데요, 뭐."

"그래서 밟혀도 죽지 않는 잡초가 되었느냐?"

"예, 소인이 얼마나 질긴지 알면 깜짝 놀라실 것이옵니다."

"거기서 더 질겼다간 잡초 수준이 아닐 것 같은데."

세자가 피식 웃었다. 역시나 어떤 형태로든 그의 웃음은 좋았다.

"만덕이라고 소인의 친우가 있사온데요."

신나게 세자의 귀를 씻어주며 분위기를 이어갔다.

"전에도 그 이름을 입에 올렸지."

용케 세자는 기억했다.

"관심 없다니까."

"그래도 지금 하는 이야기와 관련이 있는걸요."

탐탁잖은 반응에 굴하지 않고 신비는 떠들어댔다.

"처음 만났을 때는 그 애도 저하처럼 가시 박힌 꽃가지와 같았사옵니다. 한데 소인이 잡초처럼 질기게 엉겨 붙은 덕분에⋯."

"관심 없다고."

덥석 세자가 제 귀를 만지는 신비의 손을 붙잡았다.

"내가 관심 있는 사람은 오로지⋯."

하지만 그는 말을 끝맺지 못했다.

희고 매끈한 세자의 옥안에서 언뜻 홍조가 보였다.

그 붉은 열기는 금방 신비가 매만지던 귓불에까지 옮겨붙었다.

무언가 뱉으려다가 적절하지 않음을 깨닫고 달싹이기만 하는 입술의 붉은빛과는 약간 달랐다.

"⋯희귀하다고만 여기다가 특별해진 것이 있으셨사옵니까?"

손목이 잡힌 채로 무심코 신비는 물었다.

"지금까지는 없었다."

마찬가지로 엉겁결에 세자도 대답했다.

눈이 마주쳤다. 우물처럼 깊고 고요한 그의 눈빛에서 현재가 보였다.

고통스럽고 혼란했다. 동시에 보이는 과거는 미심쩍은 비밀에 휩싸여 있었다.

하지만 미래는 보이지 않았다. 도저히 아직은 알 수 없었다.

지금 보이는 현재와 과거가 날실과 씨실처럼 끝없이 교차하고 나서야만 살짝 엿볼 수 있을 터였다.

"저하의 말씀이 옳사옵니다."

이번 눈싸움에서는 신비가 먼저 한 수 접었다.

"유모를 불러 씻으시는 편이 낫겠나이다."

"…그래."

그리고 세자는 그녀가 패배하도록 놓아두었다. 원한다면 승패를 가
늠할 수 없는 승부로 계속 끌고 갈 수도 있을 텐데 말이다.

그가 신비의 손목을 놓았다. 덕분에 식어버린 면포를 쭉 짜고 개킬
수 있었다. 서먹하게 인사 올리고 물러가는 내내 세자는 그녀를 쳐다
보지 않았다.

약방으로 돌아가는 길에는 유난히 싱숭생숭했다.

***

일부러 신비는 종종대며 하루를 보냈다.

해산이 임박한 지빈 정씨에게 아침 문후를 두 번이나 여쭸다.

약방에서는 잔꾀를 덜 부리고 열심히 일했다. 내의녀 자희가 무슨
사고를 치고 숨기려는 속셈이냐며 추궁할 지경이었다.

그런데도 또 세자를 배알할 시각이 다가오니 걱정이 앞섰다.

어제 두 사람 사이에 있었던 묘한 기류를 정확히 무엇이라 일컬어야
할지는 모르겠지만…. 아무 일도 없었다는 듯 마주하기에는 괴란쩍었다.

속절없이 세자를 떠올렸다.

미미하지만 붉었던 그의 뺨과 귀를. 이와는 약간 다르게 붉은 입술
로 뱉으려다가 말고 삼키던 서툰 낱말을.

역시 평소처럼 대하기란 쉽지 않겠다.

"웬일로 밥숟갈을 끼적여?"

함께 조밥을 먹던 만덕이 눈썹을 추켜세웠다.

"원래 걸신들린 양 네 몫을 다 먹고 내 것까지 빼앗아 먹잖아."

"내가 언제?"

솔직히 사실이지만 신비는 냅다 부정했다.

"어제저녁이랑 그저께 아침에도, 그리고 그끄저께…."

문자 그대로만 듣는 만덕은 밥그릇을 침탈당한 역사를 좔좔 읊어댔다.

"어이쿠, 그런데 있잖아!"

신비는 황급히 가로막았다.

"만덕이 너 소달구지에 한쪽 다리가 끼는 바람에 크게 다친 병자를 돌본 적 있지?"

"그랬을걸."

확 바뀐 화제에도 만덕은 적응했다.

"보통 그런 경우에는 깊은 실의에 빠질 수밖에 없잖아."

"뭐, 그렇겠지?"

"다시 일어서게끔 돕는 게 쉬운 일이 아니었을 텐데."

"음, 그랬나?"

만덕은 연신 시큰둥했다.

"옆에서 어떻게 병자의 기운을 북돋웠는지 기억은 나?"

지푸라기라도 잡는 심정으로 물었다.

"다친 걸 고쳐줬으면 그만이지, 내가 병자의 기운까지 신경 써야 해?"

그래봤자 만덕이 썩 사려 깊은 의녀는 아니라는 현실만 재확인했다.

"아, 그러고 보니…?"

다만 용케 한 구석 짚이는 눈치였다.

"그때 그 아저씨, 나한테 엄청 화를 냈었어."

"왜?"

"아픈 사람 옆에서 너무 딱딱하고 인정머리가 없다나 뭐라나…?"

짐작이 갔다. 동정심과 연민, 공감이라면 죽 쒈 만큼도 없는 만덕이 각종 해괴한 언행으로 환자의 속을 박박 긁는 사건은 요즘도 자주 일어난다.

"아무튼 내 꼴을 더 보기 싫어서라도 빨리 낫고 싶다는 둥 구시렁대더니…."

"어떤 의미에선 넌 참 대단한 의녀다."

신비가 혀를 내둘렀다.

"첫 목련이 피기 전까지 다시 걷겠다며 장담했어."

어차피 만덕은 듣지도 않았다.

"그러더니 봄이 오니까 정말로 걸어 나가던데."

감흥 없다는 듯 그녀는 어깨를 으쓱했다.

"그 뒤로 다시는 본 적 없어. 그 아저씨는 소원성취한 셈이지."

"구체적인 목표를 정하는 게 도움이 되었다는 거네?"

신비는 참담한 이야기에서 애써 교훈을 찾았다.

"몰라. 나한테는 아무런 도움도 안 되었는데."

"너 말고 병자한테 말이야."

"하면 그게 나랑 무슨 상관이야?"

만덕은 뚱하게 되물었다. 참으로 상태가 심각했다.

"난 절대 아프지 말아야지."

신비가 중얼거렸다.

"행여 몸겨누웠다가 만덕이 네가 내 의녀로 배정되면 어떡해."

상상할수록 끔찍했다.

"나처럼 우수한 의녀를 만난다면 천운으로 여겨야지."

만덕이 딱딱거렸다. 뭐라고 그녀가 이어서 종알거렸지만 신비는 한 귀로 듣고 흘렸다.

대신, 만덕의 냉담한 경험에서 얻은 영감을 활용하려고 골몰했다.

신비는 배롱나무를 선택했다.

늦여름이 되면 꽃을 피우는 나무인데, 백일홍百日紅이라고도 불린다.

궁궐에서는 유독 찾아보기 쉽다. 이래저래 담긴 의미가 좋고, 군자가 사랑하는 식물이라서 많이 심었나 보다.

물론 약방 뒤뜰에도 있다. 여인의 오줌소태나 어린아이의 기침에 효험이 있어 약재로도 쓰이기 때문이다.

아직 꽃이 피지 않은 작은 가지를 하나 얻었다.

"입시를 고해주시지요."

배롱나무 화분을 안고 신비는 세자궁에 나섰다.

"아, 잠깐만 기다려라."

한데 동궁전 백 상궁의 반응이 평소와 달랐다. 잠깐 내시와 속닥이더니만, 매우 조심스러운 태도로 안쪽 장지문을 열고 들어갔다가 한참 만에 나왔다.

"주상전하께서 탕약을 들이라 하신다."

실수로 동궁전이 아니라 대전으로 왔나 헷갈려서 애꿎게 현판懸板을 돌아봤다.

"동궁마마의 용태를 보러 친림하셨거든."

"정말 들어가도 괜찮겠습니까?"

“마침 잘 되었다며 얼른 입시 하라신다.”

“어, 잠깐만요….”

야심 찬 계획에 차질이 생길세라 신비는 망설였다.

“그냥 하던 대로 하면 된다. 예의만 잘 지키고.”

바로 그게 문제였다. 하던 대로 하는 것과 예의 바른 의녀라는 두 개념이 동궁전에서는 사이좋게 양립할 수 없으니까 말이다.

그래도 하릴없이 신비는 화분을 껴안은 채 동궁전 문간에 섰다.

“의녀 신비가 세자저하를…, 음, 아니, 주상전하를 뵈옵니다.”

눈치껏 침전 사정을 살폈다.

세자는 병석에 앉아 있었다. 아픈 몸을 최대한 곧추세웠는지 표정이 불편했다.

그의 흰 자리옷에는 얼룩 한 점 없었고, 틀어 올린 상투에도 잔머리 한 가닥이 보이질 않았다.

성격 더러운 세자도 지엄한 어전에서는 어쩔 도리가 없는 모양이다.

“아, 그 의녀로군.”

유쾌하게 알은체한 쪽은 왕이었다. 요즘 들어서 자신을 저렇게 칭하며 말을 붙여오는 사람이 많은 것 같다.

“네 덕분에 요즘 세자가 밥과 약을 꼬박꼬박 잘 챙긴다던데.”

왕이 껄껄 웃었다.

“과인이 아비로서 큰 빚을 졌다.”

호남자의 용안에 어울리는 웃음이었다.

“당치 않으시옵니다.”

엉거주춤한 자세로 화분을 내려놓고 신비는 넙죽 엎드렸다.

“그건 배롱나무 아니냐?”

응당 왕의 시선은 신비가 챙겨온 풀떼기에 향했다.

"아, 예에⋯."

이런 계획이 전혀 아니었지만, 방도가 없었다.

"실은 감히 소인이 세자저하께 내기를 걸고자 가져왔사옵니다."

기어코 신비는 저질렀다.

"⋯내기?"

부왕의 무게에 짓눌려 질식이라도 하는 양 굳어있던 세자가 눈을 휘둥그레 떴다.

"미미하지만 차도를 보이신다고 아뢰지 않았사옵니까."

"네가 날 더듬었을 때 말이냐?"

남의 오해를 살 법한 발언이었다.

"⋯소인이 저하의 맥후를 짚었을 때 말씀이옵니다."

신비는 애써 도끼눈을 감췄다.

"아무튼 속히 재활에 힘을 쓰셔야 예후가 좋사옵니다."

"나는⋯."

세자는 마뜩잖은 표정을 지었다.

"부디 주저하지 말고 시도해 보소서."

얼른 신비는 설득을 이어갔다.

"골방에서 불쌍한 의녀나 괴롭히며 평생 지내실 요량이시옵니까?"

"내가 언제 졸렬한 소인배처럼 의녀를 괴롭혔다고!"

흘끔 부왕의 눈치를 보며 세자가 펄쩍 뛰었다.

"어제 소인의 눈앞에서 의복을 거두고 속살을 보이시며 그러셨잖아요."

신비는 똑같이 남의 오해를 살 법한 발언으로 앙갚음했다.

"네가 먼저 세욕 시중을 들어주겠다며 내 옷가지를 벗기지 않았느냐!"

안타깝게도 세자는 태연하게 대응하지 못했다.

"정녕 너처럼 고약한 아랫것은 처음이다!"

"예, 예, 어쨌든요."

무람없이 신비는 잘라먹었다.

"배롱나무가 꽃 피우기 전까지 저하께서 오른손의 손가락 하나를 움직이신다면 이기시는 것이옵니다."

기왕 저질렀으니 밀어붙일 수밖에 없다.

"저하께서 이기신다면, 소인의 비밀 한 가지를 가르쳐드리겠사옵니다."

일전에 그가 물었던 '진짜 이름'을 알려주겠다는 회유였다. 세자의 눈이 반짝 빛났다.

"…내가 사람 하나는 잘 골랐구나."

잠자코 지켜보던 왕이 껄껄 웃음을 터트렸다.

"이토록 내 아들이 활기찬 모습은 오랜만에 본다."

왕의 눈가에는 촉촉한 물기가 어려 있었다.

"너와 있으면 세자가 평범한 사내처럼 느껴지는구나."

문득 그가 낮게 중얼거렸다.

"…내 평생 소원한 대로 말이야."

무슨 뜻인지 모르겠다. 어쩔 줄도 모르겠다.

"망극하옵니다."

하여 신비는 일단 수그렸다.

"내기를 받아들이면 어떻겠느냐?"

왕이 세자에게로 관심을 돌렸다.

"재미있을 것 같은데."

"하오나 아바마마…."

구미가 당긴 얼굴인데도 세자는 뻗댔다.

"끝내 세자가 손가락 하나를 까딱 못 해낸다면 내기에서 지는 것이냐?"

왕은 아들의 항변을 귓등으로 흘렸다.

"음, 그렇다면 반대로 세자가 너에게 비밀 한 가지를 알려주면 되겠구나."

심지어 대수롭지 않게 결정까지 내렸다.

"아바마마!"

세자의 턱이 땅바닥에 떨어질 지경이었다.

"예, 그리하시면 되겠사옵니다."

뭐가 되었든 신비는 쇠뿔도 단김에 빼기로 했다.

"지엄하오신 동궁께도 비밀 한 가지쯤은 있으시겠지요."

그가 먼저 미끼로 던졌던 '진짜 이름'을 알려달라는 뜻이었다.

솔직히 신비 입장에서는 딱히 궁금하지도 않지만 별수 없다.

좋게 꾸며서 공정한 내기지, 실상은 하바리 의녀가 지체 높은 병자를 구슬리는 접대니까 말이다.

"좋다."

아들 대신 왕이 손바닥을 마주 비비며 대답했다.

"잘되었구나."

비록 세자가 심은 불씨를 신비가 무턱대고 당겼으되 이는 곧 어명이 되었다. 이제 세자는 수긍할 수밖에 없었다.

"…배롱나무는 으레 여름에 꽃을 피우지."

못마땅한 눈초리로 세자가 신비를 노려보았다.

"예, 십 리 바깥에서도 알아볼 만큼 붉은색일 것이옵니다."

신비는 아랑곳하지 않고 그의 복장을 터트렸다. 우리 둘 사이에 먼저 내기라는 낱말을 운운한 쪽은 댁이라고 친절하게 짚어주는 셈이었다.

"조만간 내기가 결판나겠구나."

다시금 왕이 끼어들었다. 속으로 늦여름까지 시일을 헤아리는 눈치였다.

"결과가 나오면 이 아비한테도 꼭 알려다오."

그러고는 재미있어 죽겠다는 표정으로 묘한 기류를 즐겼다.

이윽고 신비는 작은 배롱나무 화분을 볕이 잘 드는 창가에 두었다. 따사로운 햇살이 녹색 줄기와 잎사귀를 훑었다.

덕분에 세자의 침전에도 한결 생기가 감돌았다. 배롱나무는 푸른 생명력으로 동궁전이 자칫 맞이할 뻔한 고요한 사멸을 밀어냈다.

"훨씬 낫지요?"

배롱나무의 자리를 정한 신비가 돌아섰다. 왕과 세자, 두 사내는 그녀를 물끄러미 바라보고 있었다. 어쩐지 간지러운 느낌이 들었다.

"그러고 보니 과인이 또 한 가지 들었는데….."

왕이 묘한 용안으로 새롭게 운을 띄웠다.

"네가 지빈의 해산방에 들어갔다면서?"

전혀 방향이 다른 이야기였다.

"황감하게도 그러하옵니다."

"지빈이 웬 의녀 하나를 호산청 빈자리에 올려 달라고 청하기에 윤허하였는데, 나중에 보니 네 이름이더구나."

왕이 무표정하게 물었다.

"…원래 지빈과 연고가 있었느냐?"

"아니옵니다. 감빈께서 지빈궁에 소인을 천거하신 것으로 아옵니다."

"그래, 네가 위독한 감빈을 살린 적도 있지."

다행히 무표정했던 용안에서 미소가 피어올랐다.

"어전에서 주눅 들지도 않고서 말이다."

칭찬인 것 같았다.

"…사실 그날 본 네 배짱이 인상 깊었다."

문득 왕이 석연찮은 표정을 지었다.

"그래서 말이다, 지금 나한테 침을 좀 놔주면 어떻겠느냐?"

"예?"

"녹두병菉豆餠을 먹었는데 속이 영 더부룩하단 말이지."

대수롭지 않은 말투였다.

"나이 들수록 기름을 못 받아들이는지, 원….""

가벼운 푸념 끝에 그가 덧붙였다.

"의녀들은 항시 침주머니를 달고 다니지 않더냐?"

무의식적으로 신비는 제 옷고름에 대롱대롱 매달린 침주머니를 움켜쥐었다. 그러고는 그대로 굳어버렸다.

"…왜 저러지?"

괴상한 자세에다가 묵묵부답인 신비를 보고 왕이 세자에게 물었다.

"아바마마께서 너무나 망극한 어명을 내리시는 통에 넋이 나간 것 같사옵니다만."

세자는 정확히 이해했다.

"송구하오나 전하, 소인이 어찌 감히…."

덕분에 신비가 다소간 정신을 차리기는 했다. 다만 하도 당혹스러워서 말도 제대로 안 나왔다.

"한낱 의녀가 어찌 상감마마께 시침施鍼하겠사옵니까?"

"너는 감빈도 살려내지 않았느냐?"

"그야 의관이 문턱을 넘어설 수 없는 후정後庭의 사연이었으며…."

신비는 허둥거렸다.

"위중하셨을지언정 간단한 처치로 구명할 수 있는 상황이었나이다."

반박할수록 어처구니는 더더욱 없어졌다.

"옥체가 미령하시거든 어의 영감을 찾으셔야지요, 전하!"

"어의를 부르면 약원 도제조도 눈을 희번덕대며 달려들 테고, 하면 기록한답시고 사관史官까지 들러붙을 것이고…."

왕은 혀를 내둘렀다.

"상상만 해도 피곤하다."

임금 노릇이야 원래 주변을 옭아매는 온갖 종류 인간들과의 씨름 아니던가?

종묘와 사직을 쥐뿔도 모른다만 신비는 상식적으로 생각했다.

"괜찮다. 여기에는 우리 셋밖에 없는데, 뭘."

"여기에 셋밖에 없으니 더욱 문제가 될 것이옵니다!"

신비는 절박하게 내뺐다.

"정 싫으시다면 소인이 약방으로 가 조용히 처방받아 오겠나이다. 탕제를 젓수시면 속이 가라앉으실 것이옵니다."

"탕약도 싫은데."

놀랍게도 왕은 또 투정을 부렸다.

"노상 어쩜 그렇게 역겨운 맛으로만 골라 달여오는지, 참…."

"옥체에 좋은 약은 원래 입에 쓴 법이옵니다."

"그러니까 싫다고."

이제 보니 세자의 안하무인은 부왕으로부터 물려받은 게 틀림없다.

"자, 한번 따끔 놓고 끝내면 간단하겠지."

왕은 전혀 물러설 생각이 없어 보였다.

"실은 송구하오나 전하…."

결국 최후의 수단을 꺼냈다. 신비는 바른 대로 토설했다.

"…소인은 아직 혼자서 사람의 몸에 침을 놓아본 바가 없사옵니다."

"어째서냐?"

"햇병아리라서 수련을 더 거쳐야 한다고…."

도전하겠다고 보채도 내의녀 자희는 눈만 부릅뜰 뿐, 절대 허락하지 않았다. 그녀가 시침하는 모습을 옆에서 지켜보는 게 고작이었다.

"내 앞에서 그토록 잘난 체했으면서."

불쑥 세자가 끼어들었다.

"침도 못 놓는 허릅숭이였구나."

꼭 평소 언행처럼 밉살스러운 소리였다.

"저하께서 오죽 뻗대시면 내의원에서도 이런 햇병아리를 들이밀었겠냐고요."

물에 빠져도 입만 동동 뜰 신비는 굴하지 않고 받아쳤다.

두 사람은 또 한바탕 입씨름을 벌이려다가 멈추었다. 지켜보는 왕의 표정이 심상치 않았기 때문이다.

왕의 눈길은 모종의 시험과 같았다.

상대가 지금 얼마나 해낼 수 있는지 궁금해했다. 과연 앞으로 어디까지 해낼 수 있을지도 알고 싶어 했다.

다만 그러한 시선이 비단 신비뿐 아니라, 눈에 넣어도 안 아플 아들에게까지 동일하게 향한다는 점만이 의문이었다.

"…모든 일에는 처음이 있기 마련이지."

마침내 왕이 말했다.

"인생에서 반드시 거쳐야만 할 단계일 테고."

최종적인 어명이었다. 더는 반박할 수 없었다.

"어명을 받잡겠사옵니다."

떨리는 손을 부여잡고 신비는 머릿속을 뒤적였다.

요긴한 혈자리가 몇 가지 떠올랐다. 손목의 신문혈. 팔의 곡지혈. 가슴의 전중혈. 정강이의 족삼리혈….

개중에서도 어디를 눌러야 할까?

마음이 향한 쪽은 족삼리혈이었다. 이런저런 근사한 이유를 늘어놓아 설명할 수도 있겠지만, 솔직히 제일 무난한 선택지였기 때문이다.

"소인이 전하의 바짓단을 걷도록 허하소서."

이윽고 왕의 맨 무릎이 보였다. 내의녀 자희가 노상 하는 그대로 따라 했다.

무릎뼈 끝을 짚은 뒤 손가락 세 마디를 내려 위치를 가늠했다. 오목하게 들어간 자리가 만져졌다.

우선 혈자리를 지압했다. 망설임을 감추기 위해서라도 손끝으로 꾹꾹 누르는 시간이 길어졌다.

그러다가 신비는 마음먹고 침을 꽂았다.

"괜찮으시옵니까?"

저질러놓고도 확신이 없어 초조하게 여쭈었다.

"아프지도 않고 아무런 느낌 없다."

왕은 온화하게 웃었다.

"자신 없다고 내빼더니 아주 잘하는구나."

덕분에 한시름 덜어낸 기분으로 신비는 침을 뽑았다.

그런데 바로 그때, 왕이 푹 고꾸라졌다.

원체 키가 큰 사내라서 그런지 몹시도 요란스러웠다. 흡사 높다랗게 쌓은 짚단이 풀썩 무너지는 꼴이었다.

“…주, 주상전하?”

신비는 뽑아낸 침을 쥔 채로 얼어붙었다.

“괜찮으시옵니까?”

죽었다.

틀림없이 죽었다!

처음으로 침을 놓는 바람에 사람을 죽여버렸다!

하물며 그냥 사람도 아니고, 만인지상의 지존을 죽였다. 큰일 났다. 대역죄인의 사지를 찢어 죽이는 형벌을 뭐라고 하더라?

맞다, 능지처참이다.

미치겠네. 도망갈까?

임금님은 제 손으로 죽였으니 됐고, 목격자인 세자의 머리를 때려 기절시킨 다음에, 창문을 뛰어넘어 뒤도 돌아보지 말고 달릴까?

산속으로 들어가서 머리를 박박 밀고 숨어 지내면 안 들키지 않을까?

“걱정하지 마라.”

앞서 나가는 걱정에 졸도하기 직전인데, 세자가 무심하게 말했다.

“그냥 엄살 부리시는 거다. 본디 아바마마께서는 바늘을 무서워하시거든.”

“…엄살이라니 너무하는구나.”

과연 왕이 멋쩍게 고개를 들었다.

“바늘만 접하면 정신이 혼미해지는 병에 걸렸다니까.”

“세상에 그런 엄청난 병증이…?”

덩달아 정신이 혼미해진 신비는 하마터면 믿어버릴 뻔했다.

“있을 리가 있겠느냐.”

세자가 혀를 끌끌 찼다.

“이래서 의관한테 시침을 맡기기는 껄끄럽다니까.”

침을 치우자마자 기력을 회복한 왕이 말했다.

"과인이 뾰족한 끝을 보고 휘청거리기라도 했다가는, 대경실색하며 뛰쳐나가 댓돌에 머리를 찧으며 죽여달라고 울부짖거든."

심지어 왕은 아까처럼 껄껄 웃기까지 했다.

"게다가 조정에 내 위엄이 실추될 만한 이야기까지 퍼져나가고…."

하지만 웃음 속에 무척 불쾌한 감정도 숨어있었다.

"아무튼 잘했다."

이어서 왕은 따뜻하게 미소 지었다.

"어때, 막상 해보니까 어렵지 않지?"

임금을 시해했답시고 심장이 떨어질 뻔했는데 쉽다고 평하기는 좀 그랬다.

"첫 시침을 임금에게 했으니 다음부터는 전혀 두렵지 않을 테고."

그렇지만 그의 격려에는 인간적인 구석이 있었다. 다정했다. 동시에 믿음직스러웠다. 기대고 싶은 마음마저 들었다.

임금이라는 감투를 제쳐놓고도 형용하기 어려운 매력이 있는 사내였다.

하여 신비는 왕을 좋은 사람이라고 생각해 버렸다.

전혀 그러고 싶지 않았는데도 말이다.

"세자 너도 할 수 있다."

이어서 왕이 아들을 응시했다.

"첫발만 잘 내디디면…, 그다음부터는 두렵지 않을 것이야."

용안에서 간곡한 기운이 어른거렸다.

"소자는 처음보다 그다음이 더 어려울 때도 있음을 알고 있사옵니다."

세자는 외면했다.

"가을에는 네가 오른손으로 붓을 잡는 모습을 보고 싶구나."

굴하지 않고 왕은 힘주어 말했다.

"아까 이 의녀와 한 내기, 잊지 말거라."

더 이상 아들의 비관적인 태도를 받아들일 수 없다는 듯 그가 박차고 일어섰다.

부왕이 훌쩍 떠나는데도 세자는 잡지 않았다. 어차피 두 다리가 부러진 통에 따라 나가 배웅할 수도 없다.

"저렇게 애쓰시는데 말씀이라도 살갑게 좀 하시지요?"

탕약을 떠먹이며 신비는 짐짓 세자를 탓하였다.

"…과연 아바마마께서는 무엇을 애쓰시는 걸까?"

그는 뚱딴지처럼 맞받았다.

"아까 낮 수라상을 올릴 시각에 날 대신해 시좌하라고 내시를 보냈더니, 상감께서는 금일 음식상을 받지 않으셨다며 돌아왔다."

"하오나 아까 전하께서는 녹두병을 드셨다고…?"

"거짓말하신 거다."

세자가 어둡게 말했다.

"속이 불편하실 리가 없으신데 굳이 너한테 침을 놔달라고 청하셨어. 뾰족한 바늘이라면 진실로 질색하시는데도 말이야."

"저하를 격려할 만한 계기를 만들고자 그러셨겠지요."

"글쎄, 과연 그뿐일까?"

회의적인 대꾸가 돌아왔다.

"…아바마마의 성심에는 항상 알 수 없는 무언가가 더 있지."

어떻게 대꾸하든 적절하지 않을 것 같았다. 당장 상황을 모면하기 위해 신비는 너스레를 떨기로 했다.

"성심에 무엇이 더 있든, 소인과 약조하신 내기는 유효한 것이옵니다.”

“안다.”

다행히 세자는 약간 질려 보이지만 웃음 비슷한 것을 내비쳤다.

“네가 잘 포기하지 않는 의녀라는 것만은 확실하니까.”

어제처럼 달고 향긋한 미소였다. 그래서 또 어제처럼 분위기가 미묘
해질지도 모르겠다는 생각이 들었다.

때문에 신비는 세자가 약대접을 깨끗하게 비우자마자 줄행랑쳤다.

역시나 부러진 두 다리 때문에 그가 제 뒤를 따라잡을 수 없다는 사
실에 감사하면서.

***

해산일이 목전으로 다가오자 지빈 정씨는 가벼운 증상을 호소했다.

신비는 의관 박치수와 함께 문안하였다. 사내로서 감히 후궁을 대
면할 수 없는 치수는 닫힌 문밖에서 인사를 올렸다.

“…오늘 아침에는 화반곽탕(和飯藿湯, 미역국)을 먹고 울렁거렸소.”

“해산이 다가올수록 극히 불편해지실 수 있사옵니다.”

치수는 곰곰이 생각하며 캐물었다.

“태동도 있으셨사옵니까?”

“평소와 크게 다르지 않았소.”

“미약한 복통이나 어지러움을 느끼지는 않으셨나이까?”

그가 장애물을 뚫고 들려오는 지빈의 이야기에 귀 기울이는 동안,
신비는 그녀의 모습을 샅샅이 살폈다.

얼굴이 부었고, 눈 밑에는 어두운 그늘이 짙었다. 만져보니 불룩한
복부도 아래로 처졌다.

만삭이라 불편해 밤잠을 못 이루는 모양이다.

"늦어도 모레면 산고産苦가 시작될 것이옵니다."

치수가 아뢰었다.

"복통이 약간이라도 느껴진다면 속히 알려주소서."

"알겠소."

지빈 정씨는 의관의 형상을 향해 의연히 끄덕였다.

문후를 마치자 후궁의 궁방에서 술을 내렸다. 의례적인 성의 표시였다.

치수가 가볍게 입술만 적시는 동안, 신비는 아까 본 지빈 정씨의 모습을 설명했다.

"…묘시에 백로(白露, 이슬)의 징후가 한 차례 있었습니다."

"그래, 순조롭게 진행되고 있구나."

치수는 끄덕였다.

"걱정할 부분은 없는 것 같다."

"하면 내일 새벽부터 지빈방에서 대기하는 것으로 하고요."

신비는 해의 높이를 가늠했다.

"저는 동궁전에 나아갈 시각이라 이만…."

"나도 함께 가자."

한데 치수가 붙들었다.

"세자저하께서 의관을 찾으시더구나."

"자발적으로 내의원에 기별을 넣으셨다고요?"

신비는 입을 떡 벌렸다. 밥이고 약이고 다 싫다며 뻗대던 분이 웬일인가 싶었다.

"혹 동궁께서 어디 심각하게 미령하시답니까?"

"그런 건 아닌 것 같았다."

치수가 미간을 찡그렸다.

"슬슬 마비된 오른손을 움직이는 연습을 하고 싶으시다던데."

정녕 세자가 두 사람 사이의 내기를 진지하게 받아들이고 있는 모양이다.

제 계획이 통했으니 신비는 의기양양해졌다.

아니, 어찌나 의기양양해졌는지 세자의 안전에서 새어 나오는 웃음을 참지도 못했다.

"…너는 왜 아침부터 히죽거리느냐?"

침전에 들어 절하는 신비를 보고 세자는 못마땅해했다.

"기분 나쁘다."

"웃는 얼굴에는 침도 못 뱉는다는데 너무하시옵니다."

여전히 보란 듯이 웃으며 신비가 받아쳤다.

"여기서 너무한 것이라곤 짜증 나게 실실거리는 네 얼굴뿐이다."

세자가 새침하게 일갈했다.

"실로 오랜만에 문후 여쭙사옵니다."

어리둥절하니 두 사람을 번갈아 보던 의관 박치수가 조심스레 끼어들었다.

내의원을 찬밥 취급하던 세자치고, 요상하게 기분이 좋아 보인다고 여기는 눈치였다.

"저하께서 활기를 제법 되찾으신 것 같아 다행이옵니다만…."

하물며 치수는 성질머리 더러운 양반이 좀 살 만해 보인다는 본심을 완곡하게 에둘렀다.

"흠! 전보다 많이 나아졌소."

세자는 얼른 점잖은 척 태세를 전환했다.

"오늘은 의관이 입진하였으니…."

그러고는 제 뒷덜미를 문질렀다.

"의녀는 탕약만 두고 물러가라."

"혼자서 탕제를 못 젓수신다면서요?"

왼손으로는 안 된다고 앙탈 부릴 때는 언제고 말이다.

"의관이 있으니 혼자가 아니지 않으냐."

"하면 왜 여태 의관을 안 부르셨사옵니까? 소인더러 오른손을 쓸 수가 없어서 왼손이 어쩌니저쩌니…, 신세 한탄이나 하셨으면서."

"뭐, 신세 한탄?"

하도 방자해서 세자는 눈을 치떴다.

"네가 먼저 오른손을 자처했으면서 참 시건방지다!"

"쾌차하실 때까지만 자처할 임시 오른손이라서 그렇사옵니다."

신비는 능구렁이처럼 넘겼다.

"아, 설마…?"

그러다가 문득 감을 잡았다.

"소인을 내보내시고 주부 나리와 둘이서만 몰래 재활 연습을 하시려고요?"

대번에 세자의 옥안이 벌게졌다.

"하오시면 그냥 그렇게 말씀을 하시지…."

건수를 잡은 신비는 대놓고 히죽거렸다.

"창가에 놓아둔 배롱나무를 보고 기운이 나신 게지요?"

이러다가 심히 뛰어난 의녀로 이름을 날릴까 걱정이다.

"나가."

떡 줄 생각도 없는 세자는 신비가 퍼마시는 김칫국을 엎었다.

"네 방자한 꼴을 계속 보다가는 없는 기운마저 사라질 판이다."

"아니, 소인 덕분에 오른손 좀 써보자고 의관까지 부르셨으면서…."

"나가라고."

결국 신비는 더러운 신분 앞에서 무력하게 내쫓겼다. 어쨌든 세자가
뜻한 대로 움직였으니 꽤 운이 좋은 하루였다.

그다음 날은 상황이 전혀 달랐다.

불운한 새벽이었다. 간밤에 비가 너무 많이 내렸다. 폭우에 산이 무
너지고 하천의 물이 넘쳤다. 백성들의 피해가 막심했다.

혜민서와 활인서의 인력만으로는 감당이 안 되었다. 임금께서 급히
내의원의 의관과 의녀들까지 여염으로 내려보내셨다.

축 가라앉은 분위기 속에서 부디 만백성을 구원해 주십사 기원하는
속삭임만 들렸다.

신비는 다른 의녀들을 궐문까지 배웅하였을 뿐, 따라가지는 못했다.

지빈 정씨의 해산이 시작된 탓이었다.

"징조가 나쁘다."

후궁은 겁에 질려 있었다. 복통을 느끼고 잠에서 깼다고 했다. 축
축하고 불쾌한 기분에 이불을 들췄더니, 양수도 이미 터져 있었다고.

"이토록 나쁠 수가 없어."

지빈 정씨의 유모부터 산파, 나인들이 달라붙어 달래도 소용이 없
었다.

"우리 아기씨 탄강하시는 날에 나라가 재액을 맞다니…."

그녀는 점점 통증이 심해지는 복부를 문질렀다.

"자꾸 걱정하시면 해롭다니까요."

신비는 꺼림칙한 분위기를 덜어내려고 애썼다. 산파가 먼저 살펴보
겠다고 지빈 정씨의 다리 사이를 지키고 있어서 차례를 기다리는 중이
었다.

"…이게 다 그 여자 때문이야."

지빈 정씨는 듣지 않았다. 어두운 망상에 사로잡혀 있었다.

"내 꿈에까지 나왔다고."

조급하게 배를 문지르는 손은 사시나무처럼 덜덜 떨렸다.

"폐비의 원혼이 궁중을 떠돌고 있어…."

말이 끝나기도 전에 해산방의 분위기가 싸늘해졌다.

신비를 제외한 모두가 가슴 철렁한 눈길을 주고받았다. 심지어 산도産道를 확인하던 산파마저도 고개를 들었다.

해산방에 사람이 빼곡하게 들어찼는데도 적막함만 느껴졌다. 침묵은 보이지 않는 가시가 되어 서로를 찔렀다.

"뭐가 떠돌아다닌다고요?"

신비가 조용히 되물었다.

지빈 정씨는 아까보다 겁먹은 표정으로 도리도리 고개만 저었다. 퉁퉁 부은 두 손으로 횡설수설하던 입을 틀어막았다.

"아!"

하지만 곧 틀어막은 손가락 사이로 비명이 새어 나왔다.

"저도 좀 볼게요."

조급해진 신비는 산파를 슬쩍 밀쳤다. 바깥에서 의관이 오매불망 소식만 기다리고 있을 터였다.

걷어 올린 지빈 정씨의 치맛자락 아래를 보았다. 언뜻 초록색이 비쳤다. 어떤 냄새까지 맡았다. 신비는 싫은 가능성을 떠올렸다.

"…왜 그러느냐?"

지빈 정씨가 신비의 표정을 보고 물었다.

"뭐가 잘못되었느냐?"

"아니옵니다. 그저 양수의 양을 가늠해 보았사옵니다."

신비는 대수롭지 않은 척 대답했다.

"초산이 아니신지라 진행이 빠를 겁니다. 서둘러 의관에게 상황을 전하고 오겠나이다."

지빈 정씨는 고통스러운 신음으로 대답을 대신했다.

신비는 뛰어나갔다. 바깥에서 의관 박치수가 초조하게 양손을 비비며 기다리고 있었다. 허둥지둥 그에게 금방 본 대로 소상히 묘사했다.

"…양수가 오염되었나 본데."

과연 치수는 신비의 짐작에 확신으로 화답했다.

"아기씨께서 태중에서 배변하시는 것 같지요?"

"그래, 극도로 긴장하신 모양이다."

그가 미간을 찡그렸다.

"태내에서 벌써 그러시면 안 되는데…."

"농통(弄痛, 해산이 제대로 진행되지 않음)을 걱정해야 할까요?"

신비는 마지못해 물었다.

생도 시절에 아기를 받아본 적이 있다. 출산은 대개 축복이요, 환희였다.

그러나 슬프게 끝날 때도 많았다. 대체로 갓난아기들은 연약하기 때문이다. 백일을 거쳐 돌까지 넘기는 축복은 아무나 누릴 수 없다.

"괜찮다. 미리 겁먹을 필요 없어."

이내 치수가 의연하게 말했다.

"들어가서 산모를 안심시켜라. 모체의 불안이 아기씨께도 옮겨가니까."

신비는 끄덕였다.

"산통 주기가 벌써 빨라지고 있습니다."

"그럴 것 같았다. 산파에게 전해라. 아기씨의 머리가 보이더라도 급하게 힘주어 밀어내시면 안 된다고."

치수가 연이어 주문했다.

"탯줄이 목에 감겨있지 않는지부터 꼭 확인해야 해."

신비는 잠깐 고민했다.

"본격적으로 산고가 시작되기 전에 불수산(佛手散, 순산과 진통 완화를
돕는 약)을 올릴까요?"

"그래, 못 드시더라도 일단 서너 첩을 마련해라."

더 지체하지 않고 움직였다.

신비가 해산방에 다시 들어갔을 때, 지빈 정씨는 엎드려서 바닥을
기고 있었다. 통증이 심해서 참을 수 없는 모양이었다.

"역시 뭔가 잘못되었지?"

돌아온 신비를 발견하고 그녀가 홱 눈을 치켜떴다. 내미는 약탕도
보는 둥 마는 둥 닦달만 앞세웠다.

"나는 다 알아. 느낄 수 있어."

잇새로 새어 나오는 비명이 고통 때문만은 아닌 것 같았다.

"며칠째 그 여자가 보였어. 죽은 아기를 안고서 꿈에 찾아와 너도
한번 겪어 보라면서 날 빤히 쳐다봤어…."

지빈 정씨가 줄줄 눈물을 흘렸다. 극도의 공포에 사로잡혀 버둥거
리면서 연신 어깨 너머를 살피는 모습이 기괴했다.

"주상전하를 원망하면서, 우리를 저주하면서…."

이윽고 그녀의 중얼거림은 찢어지는 비명으로 변모하였다.

신비는 마음을 다잡았다.

무력한 상황에서 도움만 갈망하는 눈앞의 병자에게 이미 약조하였
다.

환자가 원하는 것과 필요한 바를 깨닫겠다고. 후궁의 안위부터 신경 쓰겠다고.

하여 일단은 전부 잊기로 했다. 이 해산방을 휘감은 미묘한 감정들을. 그리고 평소에 자신을 강렬하게 지배하는 목적과 기억을.

"고통을 밀어내지 마소서."

신비는 지빈 정씨를 새우처럼 구부려 앉히고 뒤에서 단단하게 받쳤다.

"진통은 통제할 수 없사옵니다. 다만 분명 몸이 보내는 신호는 있을 것이옵니다."

"못 하겠다, 못 하겠어…."

"그 신호를 따라가셔야 하옵니다."

지빈 정씨는 도리질 치며 신비의 팔목을 콱 부여잡았다. 무척 아팠다. 그래도 신비는 빼내지 않았다. 산모에게는 고통을 함께 견딜 상대가 절실했다.

"그래야만 자가께 이롭사옵니다."

"…나한테?"

매몰된 고통에서 순간 빠져나온 듯 지빈이 낯선 표정을 지었다.

"예, 같이 해낼 수 있사옵니다."

출산 경험이 있는 후궁이라서 다행이었다. 그녀는 수월하게 통증의 장단과 고저를 찾아냈다. 고통에 오므라든 발가락이 펴졌다.

신비가 고르게 숨을 내뱉어 시범을 보였다. 그러자 산모도 덩달아 진통의 간격에 맞춰 호흡하기 시작했다.

"…산도가 완전히 열렸사옵니다!"

이윽고 산파가 외쳤다.

다음부터는 일사천리였다. 고통과 수축. 비명과 얕은 호흡. 정신이 하나도 없었다. 그렇지만 명확한 목적지가 길을 안내했다.

비로소 태어난 아기씨는 자줏빛이었다.

그리고 딸이었다.

환성이 터졌다. 산파가 갓난쟁이를 지빈 정씨의 가슴에 얹었다.

산모와 아기를 따라 엉엉 우는 나인도 있었다. 상궁 한 명이 잽싸게 뛰쳐나갔다. 아마도 대전에 득녀 소식을 알리려는 모양이었다.

"…고맙다."

마찬가지로 의관에게 상황을 전하려고 일어서는데, 지빈이 신비를 붙잡았다.

"옛날에 해산할 때는 아기씨만 기다리는 사람들 사이에서 나 혼자 해내야 한다는 느낌이었어. 그게 너무 싫고 두려웠지."

후궁의 뺨이 눈물에 젖어 번들거렸다.

"한데 오늘은 네 덕분에 혼자가 아니라는 기분이 들었다."

산파를 비롯해 다른 궁인들에게 들리지 않도록 그녀는 목소리를 낮추었다.

"아기씨를 위해서가 아니라, 나를 위해서…라고 말해주는 사람은 처음이었다."

말하면서도 지빈은 흘끔 주변 눈치를 살폈다.

"고맙다."

"당치 않으시옵니다. 해야 할 일을 했을 뿐이옵니다."

신비는 고개를 숙였다.

지빈 정씨의 인사는 진심에서 우러나왔을 터였다. 적어도 감정이 극한으로 북받친 지금은 그렇다.

그러나 감정은 결국 가라앉고 진심은 사라진다.

하물며 그녀는 결코 끝까지 함께할 수 있는 사람이 아니다.

설령 진정으로 그럴 심산이더라도, 신비가 죽을힘을 다해 기어 올라온 밑바닥을 들여다본다면 생각이 달라질 것이다.

정녕 거기에 무엇이 도사리는지 안다면 말이다.

"…한참 기다렸다!"

오매불망 서성거리던 의관 박치수는 실신 직전이었다.

"아기씨 용태는 어떠하더냐?"

"평안하십니다."

신비는 해산방에서의 일을 대강 고했다.

"눈을 뜨셨고 젖을 빨려는 기색도 있었습니다."

"잘 되었구나!"

"다만 포의(胞衣, 태반과 태막)가 즉시 내려오지 않아 더 기다려야 할 성싶사옵니다."

"흔한 일이지."

치수는 큰 염려 없이 끄덕였다.

"우선 화반곽탕과 궁귀탕芎歸湯을 올리고 계속 지켜보자."

그러고는 당장 서계(書啓, 어명의 결과를 고함)해야 한다며 달려가 버렸다.

신비도 다시 해산방으로 돌아왔다. 미역국과 오로惡露를 잘 내려보내는 효험이 있는 탕약을 올렸는데, 지빈 정씨는 기세 좋게 세 그릇을 뚝딱 비웠다.

덕분에 얼마 지나지 않아 포의가 깨끗이 내려왔다.

잠들었던 아기씨도 곧 깨어났다. 눈꺼풀을 내리깔며 곁눈질하기에 손가락으로 유즙乳汁을 떠먹였다. 달게 빠는 입술이 의젓했다. 걱정할 구석이 없었다.

"잠시 외문을 열겠사옵니다."

한창 아기를 돌보는데, 상궁이 신비의 품에 안겨 있던 아기를 데려갔다.

"…중전마마께서 납셨사옵니다."

다행히 지빈 정씨는 기진맥진하다가 기운을 많이 차린 상태였다. 귀한 손님을 맞으려고 옷매무새를 다듬었다.

비천한 사람이 감히 성모(聖母, 왕후)의 안전에 함부로 설 순 없다. 신비는 눈치껏 물러났다.

이대로 내의원으로 돌아가야 옳겠지만….

충동적으로 신비는 결정 내렸다. 방을 가리는 용도로 쳐둔 병풍 뒤, 좁은 틈으로 가서 몰래 꿇어앉았다.

귀를 기울이자 생경한 음성이 들렸다.

"고생했네."

병풍 틈 사이를 들여다보았다. 생전 처음 보는 여인이 지빈 정씨 앞에 막 모습을 드러낸 참이었다.

"순산했다고 들었네."

익히 아는 구중궁궐의 안주인, 중전 문씨였다.

딱히 기억에 남을 만한 인상은 아니었다. 체격은 보통이고 생김새도 평범했다.

아니, 오히려 평범보다 약간 떨어지는 축에 속했다. 천의무봉天衣無縫과도 같은 봉황의 복색조차 빛을 발하지 못했다.

무심코 신비는 세자를 떠올렸다. 과연 중전 문씨는 달이 숨고 꽃이 부끄러워할 정도로 용모가 뛰어난 세자와는 어디 하나 닮은 구석이 없었다.

"아직 체후가 불편한 줄 알지만…."

중궁이 멋쩍게 운을 뗐다.

"주상전하께서 좀 들여다보라 명하시어 걸음을 재촉하였네."

새로 자식을 맞이했는데 친림하지는 않을 심산인가 보다.

"나라가 뒤숭숭하지 않은가."

중궁은 민망스레 덧붙였다.

"전하께서는 조정에서 신료들과 더불어 근심하고 계신다네."

"예, 어차피 왕자 아기씨도 아니고…."

주제를 잘 파악하며 지빈 정씨는 눈을 내리깔았다.

"며칠 지나면 친히 납시어 용종을 보시겠지."

중궁은 마지못한 기색으로 아기를 흘끔거렸다. 아기를 안아보려는
시늉조차 하지 않았다. 분위기는 가시방석에 앉은 양 어색했다.

"아, 그리고…."

용케 중궁은 암울한 침묵을 깰 만한 주제를 하나 더 찾아냈다.

"자네는 내일 상례喪禮에 참석하지 말고 푹 쉬게."

그녀가 말했다.

"다른 후궁들이 나를 잘 돕겠지."

"상례라니요?"

지빈은 금시초문이었다.

"얼마 전에 허 숙원이 졸하지 않았나."

중궁이 목소리를 낮추었다. 그 바람에 신비는 더 잘 듣기 위해 병풍
에 바짝 귀를 붙였다.

"전하께서 간소하게 장사 지낼 것을 명하셨네."

"…허 숙원은 용종을 생산한 적이 없고, 품계도 낮은 후궁이기는 했
지요."

지빈 정씨가 중얼거렸다.

"하오나 죽음은 미심쩍었나이다."

그러더니 자못 용감하게 덧붙였다.

"시신에서 석연찮은 증후를 발견하여 의녀들이 조사한다고 들었사옵니다만…?"

"스스로 음독하여 목숨을 끊은 것으로 결론지었네."

중전 문씨가 입술을 깨물었다.

"…독을 바른 곶감을 먹고 숨을 거두었다는군."

"고, 곶감에 독이라고요?"

삽시간에 지빈 정씨의 얼굴이 창백하게 질렸다. 소스라치게 놀란 꼴이었다.

"왜 하필 곶감을…?"

"글쎄."

중전 문씨는 허하게 웃었다.

"알 수 없지. 망자는 말이 없으니까."

지빈은 혼란에 빠진 채 다시 입을 열었다.

"…정녕 자결이었을까요?"

"한동안 허 숙원은 지극히 외롭고 우울하게 지냈다더군."

미심쩍은 반문에도 중궁은 차분하게 대꾸했다.

"종종 돌조각을 쥐고서 피가 나도록 몸을 마구 긁었다던데."

"자해했다는 말씀이시옵니까, 마마?"

"그렇네. 감찰부에서 숙원방의 궁인들을 탐문하다가, 가끔씩 허 숙원이 자해하는 모습을 목격했다는 증언을 얻었네."

먼지 떨어지는 소리마저 들릴 정도로 분위기가 가라앉았다.

"궁인들이 전하기로는…, 허 숙원은 항상 스스로 죄인이라고 칭했다더군."

신비는 두 사람 사이에 오가는 기묘한 시선을 보았다. 기저에 두려움이 깔려있었다. 결코 외인은 공유할 수 없는 감정이었다.

이윽고 지빈 정씨가 날카롭게 물었다.

"…세자저하께서도 아시옵니까?"

적절하지 않은 선택이었던 모양이다. 중궁이 눈에 띄게 움찔했다.

"동궁께서 괴이하게 여겨 단서를 추적하신다면 탈이 날 것이옵니다. 저하께서 어느 분의 아들인지 아시지 않습…."

"당연히 알지. 세자는 내 아들이니까."

중궁이 말허리를 끊었다.

"자네도 전하께서 왕실에 천명하신 뜻을 잘 알 텐데."

온후하던 옥안에 노기가 비쳤다.

"후일에 후회할 언사는 삼가시게."

"…송구하옵니다."

"어차피 세자는 병석에서 조섭하느라 바쁘지. 한낱 후정의 사연에 귀 기울일 틈도 없으니 염려 말고."

다만 덧붙임은 동병상련의 위로처럼 들렸다.

"아무튼 허 숙원은 우울감을 못 견디고 자결한 것으로 끝났네."

그마저도 서둘러 끝맺고 싶어 했다.

"부모께서 주신 신체를 스스로 해한 대죄를 지었으니, 상례를 치르고 나면 아무도 허 숙원에 대해 입방아를 찧지 않을 테고."

비록 한 인생의 종말을 묘사하기에는 지극히 냉정한 방식이었지만 말이다.

"…주상전하께서 그걸 원하신다네."

그 냉정함의 진실한 주인까지도 지목하였다.

"아, 세자가 국본으로서 선물을 전하더군."

마지막으로 그녀는 싸리나무를 엮은 바구니를 내밀었다. 복숭아나무 가지가 담겨 있었다.

"종실을 번창케 한 공로를 흠앙한다니까 받으시게."

제철을 맞이한 꽃가지였다. 연붉게 만개하여 무척 화려했다. 곧 때가 되어 복숭아 열매도 영글 거라고 예고하는 모양새였다.

"세자의 운신이 편치 않아 내가 대신 받아왔네."

"황감하옵니다."

지빈 정씨가 고개를 주억거렸다.

"하면 몸조리 잘하시게나."

홀연히 떠나는 중궁을 배웅하고서, 지빈 정씨는 갓난아기를 꼭 끌어안았다. 하지만 시선은 세자가 보냈다는 복숭아나무의 꽃가지에 붙박여 있었다.

"…과연 진심일까?"

선물의 진정한 의미를 이해하고 싶다는 안달이 묻어났다.

"어디까지 알고 계실까?"

마치 그 꽃가지가 단순히 복숭아 열매만 예고하는 것 같지 않다는 듯한 말투였다.

그녀는 악몽에 대해 말하며 비명을 지를 때보다 더 두려워 보였다.

"…아무리 봐도 동궁께서는 모후를 너무 많이 닮았어."

그러더니 메마른 두 손에 얼굴을 파묻었다. 불편한 자세 때문에 갓난아기가 터트린 울음소리가 옅은 흐느낌을 가려주었다.

거기까지만 보고 신비는 기척 없이 병풍 뒤에서 빠져나왔다.

***

며칠 동안 신비는 단조로운 일과를 수행했다. 의관과 내의녀의 뒤

를 졸졸 따라다니고, 지빈 정씨와 갓 태어난 아기씨를 살피고, 동궁전
에 틀어박힌 세자를 간병했다.

"…저하께서 몹시 미령하시다."

한데 아침나절을 동궁전에서 보내고 온 의관 박치수가 불쑥 선언했
다.

"간밤에 미열이 있으셨는데, 새벽부터는 펄펄 끓으시는구나."

"어제까지만 해도 별고 없으셨는데요?"

"내 생각에는 아마…."

치수가 미간을 찡그렸다.

"재활 치료 때문인 것 같다."

"오른쪽 옥수를 움직이시는 연습이요?"

"그래. 그게…, 뜻대로 잘 되질 않았거든."

씁쓸한 표정으로 치수가 덧붙였다.

"저하께서는 충실히 따라주셨어. 괴로워도 투정 부리지 않으셨지."

노상 툴툴대는 세자가 의젓했다니 신비는 좀 믿기지 않았다.

"한데도 터럭 한 올도 꿈쩍하지 않아 몹시 상심하셨다."

"무리하시어 육신이 병나셨나 봅니다."

"충분히 가능한 일이지."

치수가 말했다.

"오늘 밤에는 저하의 곁을 떠나지 말고 지켜라."

"제가요?"

중병을 앓는 국본을 단독으로 살핀다는 것은 퍽 무거운 책임이다.
애초에 한낱 의녀의 몫으로 떨어질 만한 일도 아니다.

"병자에게는 익숙한 상대가 옆에 있는 게 큰 도움이 된다."

치수는 결연하게 화답했다.

"…접때 보니까 저하께서 널 편하게 대하시던데."

비록 호의적인 말투였으되 칭찬은 아니었다. 오히려 경고였다.

하긴, 궁중에 드나드는 여자는 남의 눈에 띄어 좋을 일이 별로 없다. 왕업을 이을 원량과 한 맥락에서 엮인다면 특히나 두드러질 터였다.

"비천한 의녀라고 너무 막 대하셔서 탈이지요."

일부러 신비는 못 알아들은 척 너스레를 떨었다. 치수는 옅은 미소조차 짓지 않았다.

"나도 약방에서 직숙直宿하며 반각마다 들여다볼 요량이니 염려 말고."

그래도 곧 묵묵히 넘어갔다.

"저녁에는 속미음粟米飮만 젓수시게 해라."

"알겠습니다."

"백호탕白虎湯을 처방할 생각인데…. 아, 마통차馬通茶도 올리도록 하고."

신비는 군말 없이 따랐다.

사실 그녀는 약간 죄책감을 느꼈다. 세자에게 슬슬 오른손을 다시 움직이는 연습을 해보라고 밀어붙인 장본인이 자신이었으니 말이다.

"…웬일이야?"

착실하게 말똥을 걸러 차를 끓이는 신비를 발견한 만덕은 눈을 크게 떴다.

"마통차를 만드는 중이야."

신비는 부루퉁하게 대답했다.

망아지한테 좋은 풀을 먹여 얻은 마분馬糞은 잘 마르면 냄새가 없다.

그걸 우려 마시면 눈이 밝아지고 더위를 이겨낼 힘이 생긴다.

효험이 좋은 덕에 왕실에서는 초여름이 시작될 즈음, 아예 날을 정해 두루 나눠 마실 정도이다.

물론 의미와 효능이 아무리 좋아도, 만드는 과정이 영 아니올시다 싶다는 점은 부인하기 어렵다.

"그건 나도 보면 알아."

만덕이 딱딱거렸다.

"넌 원래 마통차 근처에도 안 가려고 잔머리를 굴리잖아."

"업보를 치르는 중이랄까."

"뭐?"

"왜 좋은 뜻으로 한 일에 업보가 생겼는지는 모르겠지만 말이야."

참으로 불합리한 인생이 아닐 수 없다.

"아무렴, 그러시겠지."

괘씸하게도 만덕은 소상한 영문도 모르면서 고소해했다.

"그렇긴 뭐가 그래?"

신비는 만덕을 향해 말똥을 던졌다. 만덕은 빽 소리 지르며 피하다가 나동그라졌다. 그 꼴을 보고 킬킬거리던 신비가 불쑥 말했다.

"참, 나 오늘 퇴청 못 해."

"왜?"

만덕은 엉덩이를 탁탁 털며 눈을 흘겼다.

"넌 오늘 숙직 당번도 아니잖아?"

"동궁께서 편찮으시니까 밤새도록 지켜보래."

"왜 도제조나 어의, 하다못해 내의녀도 아니고 네가 그래야 해?"

금방 그녀는 불만스럽게 쏘아붙였다.

"아니, 동궁전의 궁인들은 손 놓고 논대?"

"저하께서 워낙 까탈을 부리시니까 그렇지, 뭐."

신비는 어깨를 으쓱했다.

"아무튼 오늘 밤에는 집에 못 들어가니까 대문 잘 걸어 잠그고 자."

미주알고주알 털어놓기가 껄끄러워서 얼른 선수까지 쳤다.

"괜찮지?"

"내의원에 속한 뒤로 항상 번갈아 가며 직숙하는데, 새삼스럽게 왜 이래."

괜히 쑥스러운지 만덕은 툴툴댔다.

"아무래도 상관없어. 신경 쓰지 마."

"다행이네."

신비는 웃었다.

"그럼 할 일 없으면 나랑 같이 말똥이나 골라낼래?"

권유인 척했으되 실상 강요였다.

"아주 즐겁겠지?"

신비는 만덕의 발목을 붙잡고 늘어졌다.

역시 만덕은 비위가 강했다. 주섬주섬 골라내는 신비가 답답하답시고 밀치더니, 저 혼자 손을 재게 놀렸다.

덕분에 편하게 달인 백호탕과 마통차를 챙겨 동궁전으로 향했다.

동궁전의 분위기는 극히 침울했다. 주인의 병상으로부터 뻗어 나온 암운이 짙었다.

세자는 억지로 죽을 조금 먹고 잠든 모양이었다.

굳게 감은 눈꺼풀만 움찔거렸다. 붉게 상기된 뺨과 송골송골 땀이 맺힌 이마로 보건대, 정녕 열이 심했다.

그리고 머리맡에 익숙한 궁녀가 앉아 있었다. 동궁마마의 정인이라나 뭐라나 소문만 무성한 그 대비전 나인, 이정이었다.

"자전께서 몹시 걱정하신다."

이정은 가타부타 인사치레하지 않았다. 이불 아래로 삐져나온 세자의 옥수를 잡아도 될까 궁리하는 눈치였다.

"저하께서 꼭 약을 젓수시는 모습까지 확인하고 오라고 날 보내셨어."

"하면 바로 올리겠습니다."

신비는 탕약 소반을 내려놓았다.

"아니다. 간신히 눈을 붙이셨으니 기다리자."

이정은 황급히 만류했다.

"낮에 드신 탕제의 효험이 다할 때가 되었습니다."

신비는 미리 시간을 헤아려 왔다.

"지금 젓수셔야 약효가 이어져 열이 떨어질 것입니다."

"그렇지만…."

영 내키지 않는 표정으로 이정이 다시금 말문을 열었으나 끝맺을 순 없었다.

"…마마."

잠든 세자로부터 일종의 흐느낌이 새어 나온 탓이었다.

"…어마마마…."

메마른 입술을 비집고 나오는 낱말은 너무나도 명확했다.

"어마마마, 어마마마…, 소자는…."

열에 들떠 연신 중얼거리는데 몹시 애처로웠다.

"…소자는 원망스럽사옵니다, 어마마마…."

감은 눈꺼풀에서 눈물 한 방울이 흘렀다. 상기된 뺨을 타고 툭 떨어져 베갯잇을 적시고, 잔진 흔적을 남겼다.

"어마마마…."

어린아이처럼 연약한 세자의 모습도 생경했지만, 이를 함께 목격한 이정의 반응도 만만치 않았다. 그녀는 겨울철에 내놓은 물동이처럼 얼어붙었다.

"…저하께 어서 약을 올려라."

그러더니 주춤거리며 몸을 일으켰다.

"나는 대비전으로 가서, 고해야겠다."

어쩐지 이정은 몹시 황망해 보였다.

"무엇을요?"

신비가 불쑥 물었다.

"건방진 것!"

한데 이정은 그 단순한 질문에 폐부라도 찔린 것처럼 반응했다.

"비천한 의녀 주제에 감히 자전의 일을 여쭙다니 무엄하다!"

바락 성을 내놓고도 그녀는 과했음을 깨닫는 눈치였다.

"당연히 저하께서 눈을 붙이셨고, 탕제도 받으셨다고 아뢰려는 것 이지."

가까스로 덧붙인 변명마저 궁했다.

"아무튼 어서 약을 올려라. 괴로워하시는 모습은 더 못 보겠다."

마지막으로 세자를 물끄러미 보고서 이정은 속히 물러났다.

뭐가 되었든, 신비로서는 더 급한 일에 집중해야 할 시점이었다.

"세자저하."

그의 고요한 어깨를 흔들었다.

"송구하옵니다만 잠깐 일어나소서."

깊은 잠 속을 방황하는 세자는 쉽게 깨지 않았다.

"속히 약을 젓수셔야 하옵니다."

한 번 더 세게 흔들자 그가 반짝 눈을 떴다.

"설마 어마…?"

생전 처음 보는 사람처럼 상대를 응시했다.

"…아, 너로구나."

이내 그는 정신을 차리고 이마를 짚었다.

"한바탕 꿈을 꾸었다. 잠결에 다른 사람으로 착각할 뻔했어."

남의 잠꼬대에 말을 얹기도 영 괴란쩍어 신비는 그냥 모르는 척했다.

"탕제를 드시면 훨씬 나아지실 것이옵니다."

익숙하게 한 숟갈씩 떠서 세자의 입술에 흘려 넣었다. 그는 고분고분했다. 반항하거나 입씨름을 벌일 기력마저 없는 모양이었다.

"…아까 이정이가 내 곁에 있지 않았더냐?"

다만 열 숟갈째 삼키고서는 조용히 하문하였다.

"예, 정 씨 항아님이라면 소인이 탕약 올리는 모습까지 보고 대비전으로 돌아갔습니다."

"그랬구나."

세자는 눈을 내리깔았다.

"…이정이를 보며 잠들어서 그런 꿈을 꾸었나 보군."

"무슨 꿈을 꾸셨는데요?"

"너한테 알려줄 까닭은 없지."

역시 아직 신뢰를 얻은 단계는 아닌 모양이다.

줄곧 세자는 무심코 먼저 운을 떼더라도 절대 결정적인 속내는 털어놓지 않았다.

탕약을 퍼부으며 썩 물러가라 내쫓는 지경에서 한 걸음씩 힘겹게 가까워졌다.

때로는 세자 쪽에서 시험과 족쇄를 번갈아 제시할 때도 있었다. 그것도 신비가 먼저 내민 손인데도 불안하게 와닿을 만큼, 급하고 가깝게 말이다.

그럼에도 불구하고, 그의 마음은 완전히 열리지 않았다. 병자의 온전한 신뢰 없이는 치료 과정이 순탄치 않을 터였다.

"너를 믿으라고 했지?"

불쑥 세자가 이어갔다.

"나를 믿을 수 없다면 차라리 너를 믿으라고 말이야."

"병자들은 스스로 확신하기 어렵다는 것을 잘 아옵니다."

설득할 틈을 발견한 신비는 파고들었다.

"특히 저하처럼 운신이 편치 못한 병자라면 더욱 그러실 테지요."

"…정녕 넌 항상 날 병자로만 대하는구나."

문득 세자가 중얼거렸다.

"전혀 날 세자로 대하지 않아."

"저하께서 그걸 좋아하시는 것 같아서요."

"뭐?"

"소인이 시건방지게 굴 때마다 펄쩍 뛰며 기뻐하시잖아요."

"그게 기뻐서 펄쩍 뛰는 꼴로 보였다면, 네 안목에는 심각한 문제가 있는 것이다."

세자가 눈을 치켜떴다.

"에이, 지금도 이렇게 좋아하시면서?"

"열이 오른 사람은 나인데, 왜 네가 제정신이 아닌 게냐?"

투덜거리다가 세자는 잠시 조용해졌다.

"…다치기 전에도 내 운신은 편치 못했어."

천천히 붉은 입술이 다시 열렸다.

"동궁이라는 덫에 사지가 걸린 탓에 넙죽 엎드려 상上의 처분만 바라보았지."

그의 눈꺼풀이 파르르 떨렸다.

"한데 망가진 육신에 정말로 사지가 묶여버리니 오히려 해방된 기분이 들더구나."

요즘 세자는 아프다는 핑계로 앞뒤 재지 않고 뻗대는 중이니 그럴 만도 했다.

천하의 지존이신 임금부터 무시무시하다는 도산대비까지, 죄다 벙쪄서는 안달복달했다.

"이제 보니까 거기에는 네 지분도 꽤 큰 것 같구나."

그가 또 복숭아향처럼 달게 웃었다.

그리고 신비는 또 그 웃음을 좋아하고 말았다.

"…하지만 그게 널 믿어야 할 이유는 아니지."

물론 세자가 또 익숙하게 고삐를 쥐고 물러서기 전까지는.

"하오시면 소인이 저하의 환심을 살 만한 이야기를 하나 아뢰어볼까요."

흩어진 웃음의 잔상만 남은 그의 얼굴이 아쉬웠다.

"저하께서는 투도보리投桃報李라는 말을 아시옵니까?"

"《시경詩經》에서 이르기를…."

뜻밖의 물음에 세자는 의아했다.

"복숭아를 받으면 오얏(李, 자두)을 보내어 보답함이 마땅하다 하였으니, 내가 먼저 은혜를 베풀면 상대도 본받아 행한다는 뜻이다."

"예, 그렇사옵니다."

새삼스레 신비도 그 의미를 곱씹었다.

"소인은 그 말이 무척 좋사옵니다."

"어째서?"

"옛날에는 어리고 외로운 관비였거든요. 부모는 돌아가셨고 형제는 죽었는지 살았는지 모르니, 의탁할 구석이 없었나이다."

신비가 말했다.

"하온데 그런 소인에게 꿋꿋이 살아가라며 복숭아를 주신 은인이 계셨사옵니다."

케케묵은 기억의 한 조각이 떠올랐다.

"그때부터 항상 오얏으로 갚는 사람이 되고자 노력하고 있사옵니다."

빛이 바랬을지언정 먼지로 부스러지지는 않을 추억이기도 했다.

"하여 의녀가 되기로 마음먹었고요."

이야기의 온전한 함의를 그가 이해할 수 있으면 좋으련만….

신비는 너무 큰 기대를 걸지는 않았다. 지금까지 그래왔듯이 한 걸음씩 그의 마음에 다가가는 편이 낫다.

"…정확히 어떤 은혜를 입었기에?"

다행히 세자는 호기심을 보였다.

"말 그대로 복숭아를 받았는데요?"

신비는 어벙하게 대꾸했다.

"사흘 내리 조밥 한 덩이로 끼니를 때우다가 단내를 맡았으니 눈이 뒤집혀 먹어 치웠지요."

"나는 또 비유인 줄 알고…."

세자는 어이가 없어 보였다.

"너는 참 하찮구나."

"하찮다니요!"

"이맘때면 발에 차이는 게 복숭아인데, 뭐 얼마나 대단하겠느냐."

"허기진 코흘리개한테 그보다 큰 은혜가 어디 있다고요!"

"그래, 너한테는 하찮은 감동이 어울린다."

세자는 손을 홱 내저었다. 성한 저 왼손마저 분지르고 싶었다.

"그래서 넌 누구한테 오얏을 주게?"

음험한 그녀의 속을 전혀 모르고 세자는 물었다.

"오얏으로 갚겠다는 것이야말로 비유적으로 아뢴 표현이옵니다."

신비는 샐쭉하게 대꾸했다.

"정녕 누구한테 오얏을 주겠다는 뜻이 아닌데요."

"내 환심을 사겠다며?"

세자는 재미있다는 표정이었다.

"하면 진짜 오얏이라도 앞섶에서 꺼내 내 입에 쑤셔 넣어야지 않겠느냐?"

"소인은 저하께서 옥수를 온전하게 움직이시고, 두 다리로 혼자 걷도록 만들 것이옵니다."

신비가 말했다.

"그게 저하의 입에 쑤셔 넣을 오얏이 될 테니 각오하소서."

말해놓고도 참 막 나간다 싶어서 그녀는 슬쩍 웃었다.

"부디 소인을 믿으시라고요."

그리고 예상한 대로, 세자 역시 이 거침 없는 장담에 덩달아 피식 미소 지었다.

"각오하라고 협박하는 동시에 믿으라고 청하는 사람은 처음이다."

더 나아가 주변이 환해질 만큼 크게 웃었다.

"아주 건방지고 불경하며 또한 괘씸하구나."

"하오나 그래서 또 웃으셨지 않사옵니까?"

신비는 확신을 얻었다.

"저하께서는 소인이 허물없이 대하는 것을 좋아하신다니까요."

"이런 기분이 바로 아바마마께서 말씀하시던 평범한 사내의 느낌이라면…"

문득 세자가 중얼거렸다. 선연한 웃음도 점점 옅게 잦아들었다.

"과연 나쁘지 않군."

다행히 긍정적인 감상이 돌아왔다.

"…아까 여자가 우는 꿈을 꾸었다."

그의 마음을 조금 더 여는 데 성공한 모양이다. 솔직하게 알려주기 싫다며 걸어 잠근 걸쇠가 풀렸다. 콧대 높은 내평이 빼꼼 고개를 내밀었다.

"흰옷을 입은 여인이 교태전 현판을 떼다가 품에 안고 목 놓아 통곡하니, 눈물은 곧 피눈물이 되어 사방을 적시더구나."

한데 그의 태도는 좀 이상했다.

자못 섬뜩한 흉몽을 논하면서도 세자는 전혀 겁을 먹지 않았다. 옥음에서는 은근히 사람을 떠보는 티가 났다.

사소할 수도 있었을 잡담에 묘한 수작질을 깔아놓은 것만 같았다.

말려들고 싶지 않았다. 신비는 신중하게 반응을 고민했다.

"그 여인이 정 씨 항아님이었사옵니까?"

일단 가장 합리적인 질문을 골랐다.

"…아니, 이정이의 얼굴을 통해 연상되는 사람이었지."

어째 세자는 쓸쓸하게 말했다.

"그게 누구…?"

신비는 연이어 물으려다가 입을 다물었다. 뒤늦게 세자가 잠결에 흘린 눈물 자국을 깨닫고 소매로 문지른 탓이었다.

"거동을 못 해 남의 손길이나 타는 걸로도 모자라서…. 참 장부답지 아니한 꼴이군."

속절없는 자책과 함께 그는 얼굴을 붉혔다.

"오른손을 다시 쓰는 연습이 너무 고되셨사옵니까?"

아픈 사람 배려하는 마음으로 신비는 화제를 돌렸다.

"그래, 마음처럼 되지 않던데."

태연한 척하는 세자의 낯에 좌절감이 숨어있었다.

그의 좌절은 뜨거웠다. 차갑게 에둘러도 비집고 나오는 열화가 느껴졌다.

거기에 대고 부채질할 수도 있다. 그의 불구덩이가 모든 것을 집어삼키도록 말이다.

하지만 그것은 신비가 원하는 바가 아니었다.

불꽃은 너무 위험하다. 차라리 화르르 타오르고 남은 재가 나을 터였다.

전부 소진한 허망한 가루는 황량한 텃밭을 가꿀 거름이라도 될 테니 말이다.

"자세가 불편해 보이시옵니다."

신비는 베개를 잡아 누워있는 세자의 목덜미에 받쳤다. 자력으로 자세를 바꾸기 어려워 그의 사지는 뻣뻣했다.

"그래, 한결 낫다."

과연 세자의 불씨도 한결 잦아들었다.

"차후에 기후가 평안해지시거든 하고 싶은 일이 있으시옵니까?"

안심하지 않고 신비는 계속해서 잔잔하게 물었다.

"말과 사냥개를 끌고 산을 달리고 싶다."

"낙마하시는 바람에 작금의 신세가 되셨다고 들었는데도요?"

"사내에게는 해로운 줄 알면서도 끝없이 탐하는 대상이 있기 마련이지."

세자는 뻣뻣하게 턱을 까딱였다.

"…그리고 춤도 추고 싶다."

"춤이요?"

신비는 잘못 들은 줄 알았다.

"그래, 내가 특히 처용무處容舞라면 한 가락 추거든."

"섣달그믐의 나례 때 추는 귀신 쫓는 꿈 말씀이셔요?"

믿기지 않아 재차 확인했다.

"춤사위 한바탕 덩실덩실하여 할마마마를 울린 적도 있다니까."

심지어 그는 콧대까지 높였다.

"거짓부렁이지요?"

증거가 없답시고 막 던지는 허풍이 분명하다.

"호랑이처럼 무섭다는 도산대비마마를…. 에이, 말도 안 됩니다."

"동궁의 안전에서 거짓부렁이라니!"

세자는 눈을 치떴다.

"한 치의 거짓도 없는 진실이다. 나중에 자전께 한번 여쭤봐라."

"하찮은 의녀가 대비마마를 배알할 은혜를 누리겠사옵니까?"

"하면 넌 그냥 믿어야지, 달리 도리가 없겠구나."

신비는 어처구니가 없어서 웃었다.

"예, 예, 대비마마를 감동으로 울리실 만큼 잘 추시는 것으로 치겠나이다."

엎드려 절 받기나 다름없는데도 세자는 흡족한 눈치였다. 대장부가 글솜씨도 아니고, 무용으로 저토록 뽐내다니 꼭 천진한 아이 같았다.

"…즐거운 일만 생각하며 재활에 전념하소서, 저하."

비로소 신비는 본심을 꺼냈다.

"그렇다면 악몽을 꾼 밤에도 희망은 있는 셈 아니겠습니까?"

"참으로 낙관적인 관점이군."

세자는 쓸쓸하게 웃었다.

"역시나 멍청한 척하는 관점이기도 하고."

"어인 말씀이시온지…?"

"대놓고 노골적인 내 꿈 이야기를 듣고도 되묻기는커녕, 넌 슬쩍 비틀어 말을 돌렸잖아."

세자가 지적했다.

"내가 뱉은 경솔한 이야기를 이어가는 척했으되 실상 겉만 핥을 뿐, 알맹이는 피하는 심보지."

"무슨 말씀이신지 모르겠는데요."

신비는 흔들림 없이 대꾸했다.

"정녕 소인은 저하의 승마와 춤추기를 응원할 뿐이옵니다."

"아, 꿋꿋이 살아가라는 격려인가?"

세자가 비꼬듯 되짚었다.

"뭐, 바보로 보이고 싶다면 그렇게 해라."

그렇지만 성을 내지는 않았다.

"어차피 난 똑똑한 사람보다 멍청이를 더 좋아하니까."

"알고 있사옵니다."

불쑥 신비는 대답했다.

"줄곧 소인은 저하께서 선호하시는 방향으로 움직이고 있지 않사옵니까."

그것이 이 관계의 본질이었다.

무엄한 척하지만 실상 열심히 장단을 맞추는 의녀.

무력한 척하지만 사실은 원한다면 언제든 의녀의 두 다리야말로 부러뜨려 주저앉힐 수 있는 세자.

그는 한없이 높다. 그녀는 한없이 낮다.

단지 그가 허락해주었을 뿐이다.

다가오라고. 먼저 손을 내밀라고. 무람없이 굴며 옆에서 얼쩡대달라고. 웃게 만들어달라고. 토라져서 밀쳐내도 매달려달라고. 비밀을 숨기고 의뭉스레 구는 것마저 내기로 즐기게 해달라고.

두 사람의 눈이 마주쳤다.

눈싸움처럼 오래도록 서로 눈을 못 뗐다.

"난 도통 모르겠다."

세자는 보다 혼란스럽게 이 관계를 응시했다.

"뭔가 감추는 듯 굴면서 깜짝 놀랄 만큼 직설적이고, 멍청하다가 의표를 찌르고, 샅샅이 캐묻다가도 잽싸게 발을 빼버리고…."

놀랍게도 그는 신비의 태도를 정확히 이해하고 있었다.

"넌 도대체 무엇이냐?"

그렇기에 정녕 궁금하다는 듯 물었다.

"병자의 환심을 사려고 애쓰는 의녀지요."

신비는 이불을 끌어당겨 그의 턱 밑까지 덮어주었다.

"내 환심을 사서 어디에다 쓰려고?"

"병자의 신뢰 없이는 치료도 불통不通이니까 그렇지요."

"그래봤자 쾌차할 때까지만 임시로 오른손을 자처하겠다면서?"

세자는 일전의 능청을 기억했다.

"내가 다 나으면 어찌할 테냐?"

"어쩌기는요, 환심을 살 또 다른 병자를 찾아가야지요."

신비는 어깨를 으쓱했다.

"…나 말고 다른 환자?"

문득 세자가 미간을 찡그렸다.

"속이 아주 시원하시겠지요?"

그래도 신비는 대수롭지 않게 여겼다.

"하오니 빨리 쾌차하시라고요."

침전을 밝히는 한 줄기 등불마저 입김으로 훅 꺼버렸다.

"그래, 네가 없어지면 살 만하겠다."

세자는 눈을 꾹 감았다. 입술을 깨물고 침묵했다.

마음대로 움직일 수만 있었더라면 그가 아예 얼굴을 가리며 돌아누웠으리라는 괴이한 느낌이 들었다.

***

왕실의 출산을 성공적으로 마친 호산청은 권초제捲草祭를 끝으로 물러났다. 신비도 제자리로 돌아간다는 안도감에 한숨 돌렸다.

한데 갑자기 갓 태어난 아기씨가 아팠다. 얼굴에 푸른 기가 비치며, 먹은 젖을 삼키지 못하고 토했다.

"태열胎熱인 것 같았습니다."

아기를 한참 진맥하고 나온 신비가 말했다.

사색이 된 지빈 정씨를 달래느라 오래 걸렸다. 태내에서 받은 열에 의한 병증이라고 일러주었더니 그녀는 경악하며 발만 동동 굴렀다.

"태열의 독을 풀려면 우황(牛黃, 소의 쓸개에서 얻는 덩어리)이 좋다."

보고받은 의관 박치수가 말했다.

"증상이 미미하니 일단 조금만 써보자."

"녹두알 크기면 될까요?"

"그래, 유즙에 섞으면 아기씨께서 삼키시기 수월할 것이다."

"저녁부터 올리겠습니다."

잽싸게 서첩에 처방을 적은 뒤 다시 치수의 뒤를 따랐다. 이에 못지않게 긴요한 다음 일정도 챙겨야 했다.

“손가락 끝에 힘을 줘보소서, 저하.”

바로 세자의 재활 치료 일정이었다.

줄곧 썩 신통한 효험을 못 보자 세자는 다소 열의를 잃었다. 치수를 졸래졸래 쫓아온 신비를 보고도 새침을 떨지 않을 정도로 말이다.

“전혀 되지 않소.”

오늘도 미동조차 없는 오른손을 붙잡고 씨름했다.

“무리하지 마소서.”

치수는 세자의 마비된 손을 압박하듯 감은 천을 거두었다. 바다 건너에서 편측 마비 환자를 치료할 때 요긴하게 쓴다는 도구였다.

“다른 방법을 써보겠사옵니다.”

그가 세자의 오른손에 시침했다. 손등과 손바닥 움푹한 곳, 그리고 팔오금에 침을 꽂았다.

그러고 나서 물러나자 신비의 차례가 왔다.

조심스럽게 그의 손을 잡았다. 희고 매끈한 동시에 커다랗고 힘줄이 툭 불거졌다. 무심코 신비는 떠올렸다.

그 손아귀에서 빚어내는 악력이 얼마나 강했는지를. 또한 그것을 집요하게 구속하는 밧줄처럼 느꼈음을.

다만 세자의 손은 따뜻하지 않았다. 경직된 송장처럼 차가웠다.

신비는 굴하지 않았다. 손끝으로 문질러 뭉친 근육을 풀었다. 쓰지 않아 점점 굳어가는 손가락의 마디와 관절을 부드럽게 매만졌다.

그러자 점점 세자의 흰 옥안이 상기되었다.

“이런 손장난이 정녕 쓸모가 있겠느냐?”

괜히 그가 툭 쏘아붙였다.

좌절한 병자라서 그렇다기에는 미묘한 반응이었다.

만약 오른손을 움직일 수만 있었다면 진즉 움츠리고 내뺐을 양 아슬아슬한 감정이었다.

"좀 잠자코 따라주시옵소서."

신비가 쏘아붙였다.

"대장부가 이토록 참을성이 없어서야 쓰겠나이까?"

"허! 조용히 입 다물라는 뜻이냐?"

잘 알아들었으면서 세자는 꼭 확인 사살을 원했다.

"뭐 하나 할 때마다 군소리가 많으시잖아요."

"군소리라고!"

속절없이 그는 또 펄쩍 뛰었다.

"이토록 방자한 것을 보았나!"

"이토록 방자한 것을 보고 또 좋아서 폴짝폴짝 뛰고 계시온데요, 뭐."

신비는 눈 하나 깜짝 안 했다.

"저하의 응석을 받들다가는 끝이 없을 것 같아 불손해지기로 마음먹었으니 감내하소서."

"스스로 불손한 줄은 아느냐?"

세자는 얼굴이 벌게졌다.

"아니, 네 불손함조차 내 잘못이라고?"

"그럼요. 소인이 맹랑할 때마다 너무 좋아하시니까 자꾸 장단을 맞춰드리게 되잖아요."

하도 뻔뻔하여 그의 말문이 막혔다.

"보소서, 얌전히 참으시니까 차도가 있잖아요."

신비는 제 두 손에 담긴 그의 커다란 옥수를 흔들어 댔다.

"열이 올라 따뜻해졌사옵니다."

"화가 나서 열이 뻗친 게 차도겠느냐?"

"그 열이나, 저 열이나, 온기가 돌았다는 점에선 같사온데요."

한 마디도 지지 않고 맞받았다.

"그만해라."

저러다가 세자가 화병으로 죽을까 봐 걱정되는지, 사색이 된 치수가 끼어들었다.

"국본의 안전에서 무엄하다."

신비는 얼른 입을 다물었다.

"…내 말은 귓등으로도 안 듣더니!"

한데 세자는 오히려 심기 불편한 표정을 지었다. 심지어 불쌍하게 가시방석에 앉았을 뿐인 치수에게 심술궂은 눈빛까지 쏘아댔다.

"비록 불손하오나 이 의녀의 말은 옳사옵니다."

정말로 신비가 잠잠해졌다는 확신이 들자 치수가 말했다.

"안마하여 피를 순환시킨 덕에 저하의 옥수가 제법 따뜻해졌사옵니다."

"그런 게 무슨 소용이라고."

세자가 퉁명스럽게 말했다.

"온기가 돌수록 관절이 굳지 않을 텐데, 어찌 무용無用이라 이르겠사옵니까."

차마 올곧은 의관의 얼굴에 대고 투덜거릴 순 없었던 모양이다. 세자는 희망에 고무된 모습까지는 무리여도, 고개만은 묵묵히 끄덕였다.

"잘했다."

치수가 신비에게 말했다.

"무척 능숙하구나. 강약을 조절하며 매만지는 섬세함은 나를 앞서겠어."

깜짝 놀라서 신비는 얼굴만 붉혔다.

"왜 그러느냐?"

"…아, 아니옵니다! 의녀를 칭찬하는 의관 나리는 처음이라서요."

사려 깊은 치수의 시선 앞에서 공연히 손만 꼼지락거렸다.

"허구한 날 시키는 대로 똑바로 못 한다는 둥 구박데기 신세인걸요. 아니면 주제도 모르고 나댄답시고 핀잔이나 당하고요."

"의관은 생사에 대한 막중한 책임감 때문에 거칠어질 때가 더러 있다."

치수는 씁쓸하게 대꾸했다.

"비록 터놓고 말은 못 해도…, 다른 의관들도 속으로는 의녀들을 대 견스레 여길 것이다."

빈말이라도 기분은 좋았다.

"…못 봐주겠군."

세자가 뚱하게 끼어들었다.

"공염불을 좀 들었기로서니 헤벌쭉하기는…."

그의 못마땅한 시선은 신비의 발그레한 뺨에 붙박여 있었다.

"꼴 보기 싫다."

"누가 봐주시라고 청하더이까?"

모처럼 좋은 분위기에 찬물을 끼얹는 그에게 신비는 입술을 삐죽였다.

"뭐라고!"

세자는 또 펄쩍 뛰었다.

"아이고, 저하께서 또 좋아서 뛰고 난리 나셨네."

연신 뭐라고 구시렁대는 것을 싹 무시한 채 그녀는 세자의 손을 잡아당겼다.

"다시 내밀어 보소서. 한 번 더 안마하게요."

막상 붙잡으니 그는 내빼지 않았다. 도리어 신비의 관심을 잃은 의관을 곁눈질로 흘끔대며 흡족한 표정을 지었다.

"신은 이만 물러나겠사옵니다."

영문을 몰라 어리둥절하면서도 치수는 공손하게 아뢰었다.

"금일 살펴본 저하의 안위를 서계하겠나이다. 또한 지빈궁의 아기씨께 처방할 우황도 빚고요."

순간 세자의 표정이 미묘하게 변했다.

"그래, 갓 태어난 용종이 아프다면서?"

이지러지는 하문의 끝은 어째 서늘했다.

"으레 갓난아기들은 변을 당하곤 한다던데…."

단순한 걱정치고는 감정의 발산이 얕았다. 기다란 속눈썹으로 숨긴 눈빛은 괴괴할 따름이었다.

"아기는 출생 직후에 유난히 연약합니다만, 잔병치레하면서도 잘 장성하는 경우가 더 많사옵니다. 심려치 마소서."

"…왜 어떤 아기는 죽고, 어떤 아기는 살아남지?"

놀랍게도 세자는 의관의 드레진 위로에 반문했다.

"운명을 굽어살피는 하늘의 뜻은 실로 종잡을 수 없는가?"

"망극하오나 알아듣지 못하였사옵니다."

"…아무것도 아니오."

곧잘 그랬던 것처럼, 세자는 또 기껏 드러낸 본심을 내뺐다. 결국 찜찜한 채로 의관 박치수는 뒷걸음질 쳤다.

"괜찮으시옵니까?"

둘만 남자 영 심란한 세자의 표정을 보고 신비가 조심스레 물었다.

"방자하기 짝이 없는 널 상대하는 중인데 괜찮을 리가 있겠느냐?"

그는 부루퉁하게 대꾸했다.

“넌 저 의관이 그리도 좋으냐?”

하물며 대중없이 쏘아붙였다.

“내 속살을 보고도 목석처럼 굴 땐 언제고….”

“예에?”

“의관의 실없는 소리에는 헤벌쭉한 꼴이라니. 처녀애 흉내를 내려고 용을 쓰더구나.”

깔보인 듯싶어 울컥했다.

“예, 박치수 주부 나리라면 아주 좋아 죽겠사옵니다.”

“뭐…?”

“왜 아니 좋겠사옵니까?”

예상치 못한 전개에 그가 어버버하는 사이 쏘아붙였다.

“젊은 나이에 뛰어나다고 인정받으셨지, 밑바닥 의녀도 점잖게 대해 주시지, 인품마저 성실하고 뚝심 있다고 칭찬 일색이지….”

보란 듯이 손가락을 하나씩 꼽았다.

“그리고 무엇보다 용모가 출중하시잖아요.”

꼽다 남은 마지막 손가락을 세자의 면전에 들이댔다.

“궐 밖에선 양인 처녀들이 주부 나리와 혼인하고 싶어서 줄을 섰답니다.”

“아니, 잠깐만….”

혼미한 정신을 부여잡은 세자가 시답잖게 반박했다.

“용모라면 나도 어디 가서 빠지지 않는다!”

뭐, 박치수가 제아무리 잘생겼던들 세자에게 들이댈 수준은 아니었다. 동궁의 풍모는 감히 줄을 서고 싶다고 나설 수조차 없는 경지였다.

“여기서 왜 저하의 옥안이 눈치 없이 끼어든답니까?”

도저히 반박하기는 어려워 신비는 투덜거렸다.

“너도 다른 양인 여인들처럼 줄이라도 서고 싶은 것이냐?”

세자는 물고 늘어졌다.

“그럴 리가요.”

신비는 헛웃음 쳤다.

“소인은 양인이 아니옵니다. 관비 신세나마 면한 밑바닥 천것이라고요.”

자조적인 주제 파악이었다.

“연정은 사치이옵니다.”

그 끝에서 일부러 의연하게 선언했다.

“…평생 누구도 연모하지 않겠다는 뜻이냐?”

언뜻 세자의 낯이 굳었다.

“소인에게는 이루고 싶은 일이 있어 그 외의 사연에 골몰할 겨를은 없사옵니다.”

“이루고 싶은 일이라니?”

“…저하의 병을 고치고 무사히 성군이 되시는 모습을 지켜보는 것이지요.”

신비가 웃음기 없이 말했다.

“입바른 소리로 날 현혹하여 빠져나가려 하는구나.”

세자는 거짓말이라고 생각하는 눈치였다.

“믿기 싫으시면 어쩔 수 없고요.”

신비는 어깨만 으쓱했다.

“…억지로라도 연모하게 만들겠다면?”

그러자 세자는 저가 원하는 방향으로 다시 이끌었다.

“하면 그 외의 사연에도 골몰할 테냐?”

그는 제 손바닥에 엎은 그녀의 손을 보았다. 움직이지 못하는 그에게 그녀가 다가간 꼴이었다.

하지만 역시나 표면 아래 진실은 달랐다.

그녀에게 다가오라고 그가 허락했기에 가능한 일이었다.

"억지를 쓴다고 될 일이 있고, 아니 될 일이 있을 텐데요."

신비는 또 다른 진실을 보았다. 그가 아무리 허락해도 그녀가 응하지 않을 만한 것들이 있었다.

태산의 정상에 오를 만큼 한없이 높은 그가, 천하의 가장 밑바닥에 엎드릴 한없이 낮은 그녀에게, 아무리 명령하고 윽박질러도 통하지 않을 만한 것이기도 했다.

"하물며 누가 소인을 억지로 연모하게 만들겠나이까?"

세자가 똑같은 진실을 응시하기 전에 서둘러 말했다.

"설마 소인을 믿지 못하겠다는 세자저하께서요?"

그는 침묵했다. 더 나아가지 않았다. 억지를 쓰지 않았다. 명령하지 않았다. 윽박지르지 않았다.

적어도 아직은 그랬다.

덕분에 신비는 그의 손을 문지르던 제 손을 거둬들였다. 애매한 열기와 아스라한 접촉의 감각만 남긴 채로 물러섰다.

그리고 세자는 붙잡지 않았다. 단순히 오른손을 움직일 수 없기 때문만은 아닌 것 같았다.

＊＊＊

밤사이 갓 태어난 아기씨가 악수惡水를 너덧 번이나 토했다는 기별이 당도했다. 마침 약방에서 직숙하던 신비가 달려가려고 했으나 가로막혔다.

"아니, 너 말고."

지빈 정씨의 상궁은 엄격한 표정으로 밀어냈다.

"네 뜻대로 우황을 썼지만, 전혀 차도가 없지 않더냐."

그건 의관 박치수의 처방이었다고 지적하기에 좋은 시점은 아니었다.

"다시 아기씨를 진맥하고 처방을 새로….."

상궁은 신비가 말을 끝맺기도 전에 잘랐다.

"지빈께선 출중한 내의녀에게 아기씨를 맡기고 싶어 하신다."

아픈 자식을 믿고 맡기는 문제다. 출산 과정에서 제 목숨을 의탁할 상대와는 또 다른 결정일 터였다.

내의녀 자희가 대신 아기씨를 전담하게 되었다. 신비는 그나마 간병의로서 뒤를 따라가 진맥을 지켜볼 기회나마 얻었다.

아기씨의 조그만 복부에서는 부글거리는 소리가 들렸다. 젖을 빨아도 영락없이 토하고 물리쳤다.

자희는 젖을 물리는 유모에게는 전씨백출산錢氏白朮散을, 아기씨에게는 감초탕을 처방하였다.

그렇지만 마찬가지로 썩 효험이 없었다.

아니, 오히려 사흘 새 더 악화하였다.

이제 아기씨의 얼굴에서는 아예 시퍼런 빛이 감돌았다. 젖도 전혀 못 빨았다. 몸에서는 한기마저 돌았다.

처방을 새로 내렸다. 인삼을 썼다. 달여서 유즙과 섞어 먹였다.

"약이 남지 않았느냐?"

인삼 달인 물을 조금 떠넣다 말고 숟갈을 내려놓는 자희에게 지빈 정씨가 채근하였다.

"마저 다 올리지 않고!"

"인삼은 갓난아기에게 원체 강한 약이라 신중해야 하옵니다."

자희는 침착했다.

"또한 억지로 삼키게 했다간 역효과가 날 테니 일단 지켜보고서…."

"아기씨의 용태가 위중하지 않으냐!"

이성을 잃은 지빈은 바락 고함쳤다.

"어쩜 하나같이 무능해!"

지빈 정씨는 자희를 밀쳤다. 꼬물거리는 어린 자식을 품에 안고 울먹였다.

"…기어코 그 여자가 우리 아기씨를 잡아가려는 게야."

대성통곡 사이로 겁에 질린 속삭임이 새어 나왔다.

"살아서도 요사스럽더니 죽어서까지 정녕…."

음성을 낮출 생각조차 없는 모양이었다. 지빈 정씨의 원망 섞인 한탄이 온 궁방에 울려 퍼졌다.

괴이하게도 모두가 못 들은 척했다. 상궁은 눈을 감았다. 나인들은 고개를 돌렸다. 유모는 사색이 되어 땅바닥에 머리를 처박았다.

"…일단 물러가자."

그리고 자희는 회피를 선택했다.

"반각 뒤에 다시 와서 아기씨를 살피는 편이 낫겠다."

약방으로 돌아가는 길은 패잔병의 여로와 같았다.

"…아기들은 원래 구하기가 어렵지."

앞서 걷던 자희가 중얼거렸다.

"아무래도 마음의 준비를 하셔야 할 성싶은데…."

사위스러운 예감이었다.

"하지만 어떤 말씀을 아뢰어도 지금 지빈 자가의 귀에는 닿지 않을 터."

신비는 숨을 골랐다.

지금까지 얼추 알면서 모른 척한 사연이 있다. 다른 사람들처럼 입 다무는 편이 목숨을 아끼는 데에 유리하다는 것은 알지만….

어차피 한 번은 짚고 넘어가야 할 문제다.

"일전에도 지빈께서 희한한 말씀을 하시던데요."

조심스레 운을 띄웠다.

"해만(解娩, 출산)하시던 날까지도 불길하다 이르시며, 아까처럼 어떤 여인이 두렵다는 말씀을 계속 입에 올리셨습니다."

신비는 흘끔 눈치를 살폈다.

"혹시 짚이는 바가 있으신지…?"

대번에 자희의 낯은 하얗게 질렸다.

"왕실을 섬길 때는 보고도 못 본 척, 듣고도 못 들은 척을 해야 한다."

그러고는 대답을 피하고 싶은 듯 고개를 저었다. 여기서 물러설 수도 있겠지만, 신비는 한 번만 더 떠보기로 했다.

"세자저하께서도 이따금 웬 여인이 나오는 흉몽을 꾸었니, 석연찮은 말씀을 하시던데…."

"…그래, 너는 세자저하까지 지척에서 모시는 중이지."

자희의 입술이 망설임으로 들썩였다.

"지금부터 듣는 이야기는 반드시 네 속으로만 삼켜야 한다."

철옹성 같던 말문이 열렸다.

"행여 궁금하답시고 여기저기 들쑤실까 알려주는 것이다. 또한 저하의 안전에서 멋모르고 실수할까 염려해서 그렇고."

"맹세하겠습니다."

이런 순간에는 진중할 필요가 있다.

"지금의 중전마마께서는 세자저하의 생모가 아니시다."

결심을 굳힌 자희는 본론으로 치고 들어갔다.

"본디 중궁이셨으나 크나큰 죄를 짓고 폐서인廢庶人되어 출궁한 분이 계셨어."

"죄를 지었다고요…?"

"그래, 세자저하께서는 폐비의 소생이시다."

위험스러운 진실이 묵직하게 내려앉았다.

"어쩌다가 폐위되셨습니까?"

신비는 신중하게 말을 골랐다.

"칠거지악七去之惡을 범하셨다."

초조한 낯으로 자희가 덧붙였다.

"후궁들을 투기하여 괴롭히는 것으로 모자라 주상전하를 원망하셨다. 실로 용서받기 어려운 대죄였지."

"다들 그렇게 알고 있습니까?"

속내를 감추려고 신비는 조심스레 물었다.

"…세자저하께서도요?"

"저하께서는 아무것도 모르신다."

자희가 고개를 저었다.

"생모가 따로 계신다는 사실조차 모르셔. 저하께서는 그저 지금의 중전마마를 친모로 아신다."

"그게 어떻게 가능합니까?"

"동궁께서 사리를 분별하지 못하는 어린아이셨을 때 벌어진 일이니까."

신비는 가슴이 덜컥 내려앉았다.

"…앞으로도 절대 아시게 해서는 안 된다."

"그렇지만 정녕 여태 한 마디도 새지 않았을까요?"

“폐비께서는 사가에서 진즉 졸하셨다.”

자희는 저어하듯 시선을 피했다.

“주상전하께선 궁중에 사실상 금언령을 내리셨고. 폐비에 대해서는 일언반구도 할 수 없어.”

“어째서요?”

“세자저하를 보호하시려는 조처겠지.”

“적장자의 정통성을 지키기 위해서요?”

무심코 신비는 건조하게 물었다.

“아비로서 아들의 마음을 다치게 하고 싶지 않으셨겠지.”

반대로 자희는 인간적으로 해석했다.

“아무튼 그래서 지빈께서도 자꾸 망극한 말씀을 하시는 거다.”

“왜요?”

“옛날에 지빈께서 한창 주상전하의 총애를 받으실 적에⋯. 폐비께서 이를 몹시 질투하여 못살게 굴었다고 들었어.”

심란해진 신비는 말문이 막혔다.

“절대 이 이야기를 발설해선 안 된다.”

다시금 자희는 다짐시켰다.

“아무한테도. 절친하다는 만덕이에게도 말이야.”

신비는 끄덕였다.

“다만 혹 저하께서 작은 의혹이라도 품으신다면 관심을 돌리시게끔 만들어라.”

“제가요?”

“요즘 넌 동궁전에 노상 붙어 앉아 저하를 간병하지 않더냐?”

자희는 한숨을 푹 쉬었다.

“나도 너 같은 촉새한테 이런 약조를 시키고 싶지 않거늘.”

"제가 무슨 촉새입니까?"

진지할 분량을 채운 신비는 촐싹거리며 반박했다.

"제 입이 얼마나 천금같이 무거운데요."

"그게 천금이면 하늘 아래 비밀이 남아나질 않겠구나."

자희는 코웃음 쳤다.

"저기, 하온데…."

마지막으로 신비는 하나 더 확인하고 싶은 부분이 있었다.

"폐비께서는 사제私第에 내쳐진 뒤 어쩌다 돌아가셨다더이까?"

자희는 혀로 입술을 축였다.

"…근심에 시달리다가 파리해지셨고, 그대로 끝내 졸하셨다더구나."

아까보다 훨씬 불안한 표정으로 그녀가 덧붙였다.

"명나라 황제가 혹 폐비에 관해 묻거든, 그리 대답하라고 주상전하께서 말씀하셨다더라. 하니 그렇게 알면 된다."

끝으로 갈수록 점점 낮아지는 목소리와 함께 자희는 돌아섰다. 더는 묻지 말라는 뜻이었다.

차마 신비는 완고한 그 등을 따를 엄두가 안 났다.

그대로 이틀이 지났다.

아기씨의 찬 몸에 열이 약간 올랐다. 하지만 한숨 돌리기도 전에 도로 악화하여 용태가 위중해졌다.

처방을 바꾸었다. 생강과 모과를 달여 올렸다. 무용지물이었다. 가까스로 끌어올린 열기만 떨어졌다. 다시 조그마한 몸에서 한기가 감돌았다.

"…주상전하께서 주변을 물리고 홀로 아기씨를 돌보시겠다는군."

무력하게 병상에서 물러난 의관 박치수가 말했다.

"더 이상 손쓸 방도가 없다고 믿으신다네."

"마음의 준비를 하시나 봅니다."

내의녀 자희는 한숨을 푹 쉬었다.

"큰일입니다. 전하께서는 자식에 대한 애착이 유달리 강하신데⋯."

"아비라면 당연하지."

덤덤한 치수의 대꾸에 자희는 고개를 저었다.

"궁중에 후궁이 얼마나 빼곡히 들어앉았는지 잘 아시면서요. 하룻밤 승은으로 끝난 궁인들도 많지요."

직설적인 자희의 표현에 치수는 뺨을 붉혔다.

"한데 다음날이면 기억도 못 할 인연으로 얻은 왕손 하나하나는 성상께서 어찌나 지극정성으로 챙기시는지⋯."

속된 말로 여성 편력이 심해 여자는 노상 갈아치워도, 왕의 핏줄을 물려받은 자식들은 귀하게 아낀다는 뜻이다.

"전하께서 세자저하를 극진하게 여기시는 모습만 봐도 그렇지 않습니까."

생각에 잠긴 자희가 무심코 말을 뱉었다.

"임인년에 그런 일까지 있었는데, 동궁에 대한 사랑만은 거두지 않으시고⋯."

"무슨 일이 있었는데요?"

분위기를 타고 신비가 슬쩍 떠보았다.

그게 실수였다. 자희와 치수는 어린 의녀가 같이 있다는 사실을 비로소 깨달았다는 듯 아차 싶은 표정을 지었다.

"지금 잡담이나 할 때가 아니니라."

자희는 부자연스럽게 말을 돌렸다.

"줄곧 혼자 떠드셨으면서 사람 억울하게…."

"시끄럽다."

하여튼 졸자卒者 신세는 처량하다.

"아무튼 의관과 의녀도 물러가 기원제에 참석하라는 어명일세."

치수가 황급히 말했다. 함께 가자는 듯 손을 내뻗었다. 자희는 옷고름으로 눈가를 문지르며 따랐다.

얌전히 따라가야 옳지만…, 신비는 잠시 고민했다.

이대로 주제 파악하고 조용히 기도나 올리는 게 정답임은 안다. 하지만 때로는 정답을 알면서 오답을 선택해야 하는 경우가 있기 마련이다.

결국 신비는 눈치껏 뒤로 빠졌다.

지빈방으로 갔다.

궁인들 대부분이 물러난 궁방이 초상집처럼 적막했다. 막아 세우는 사람마저 없어 다행이었다.

조심스레 닫힌 문을 열었다. 문지방을 넘자 왕이 보였다. 침전 중앙에서 아기를 품에 안고 앉아 있었다.

태산처럼 큰 풍채에 안긴 아기가 몹시 작아 보였다. 포대기 사이로 얼핏 보이는 얼굴에선 푸른 기가 역력했다.

"…전부 물러가라 했을 텐데."

돌아보지도 않고 왕은 기척을 느꼈다.

"망극하옵니다만, 주상전하…."

즉각 신비는 무릎을 꿇고 엎드렸다.

"소인이 아기씨를 진맥할 수 있도록 윤허하여 주시옵소서."

덕분에 왕의 관심을 끌었다. 붉은 곤룡포 자락이 흐트러지더니 왕이 고개를 돌렸다. 바닥에 이마를 댄 아랫것의 얼굴을 용케 알아보았다.

"아, 그 의녀로군."

감히 올려다볼 수 없는 용안에 어떤 기색이 비쳤는지는 모를 노릇이었다.

"왜 아기를 살피고 싶어 하지?"

왕이 하문했다.

"이미 모두가 포기했다. 의관과 의녀부터…, 아비인 나까지도."

다정하게 아기를 어르는 손길과 달리 태도는 자조적이었다.

"소인은 포기하는 법을 모르기 때문이옵니다."

신비가 아뢰었다.

"비천한 계집이라 끝까지 구질구질하게 매달릴 줄만 아옵니다."

"포기할 줄 모른다…?"

고요하던 용안에 동요가 일었다.

"하긴, 그러니 너무나도 쉽게 포기하려던 세자마저 붙잡았겠지."

잠시 침묵이 내려앉았다.

"과인은 열성조의 복록으로 자식을 스물여덟이나 얻었다."

이윽고 왕이 다시 운을 띄웠다.

"…하지만 많이 얻은 만큼 많이 잃었지."

그가 눈을 감고 숫자를 헤아렸다.

"하나, 둘, 셋, 넷…."

죽은 자식을 세보는 것 같았다. 사뭇 오싹했다.

"아무리 겪어도 무뎌지지는 않더군."

끝내 뺨을 타고 용루 한 방울이 굴러떨어졌다.

"좌절한 임금에게 희망을 불어넣는 것."

그가 나지막하게 말했다.

"그래 놓고 도로 임금의 희망을 앗아갈 수도 있다는 것."

신비를 응시하는 눈씨가 사뭇 매서워졌다.

"…그게 얼마나 위험한 일인지 알고 청하는 게냐?"

"예, 너무나 잘 알기에 두렵사옵니다."

그래도 주저하지 않았다.

"하오나 소인은 겨우 그 정도로 포기할 순 없사옵니다."

마침내 왕도 고무되었다.

"하면 살펴보아라."

그가 포대기에 싸인 아기를 내밀었다.

"어린 자식이다. 지푸라기를 잡아서라도 살리고 싶다."

신비는 조그마한 존재를 넘겨받았다.

아기씨의 얼굴이 파랬다. 눈은 황적색이었다. 젖을 못 빨 만큼 오므라진 입술 사이로 간간이 헐떡임이 들렸다. 입가에는 하얀 거품이 눌어붙었다.

억지로 작은 입을 벌렸다. 안쪽 잇몸에 좁쌀같이 하얀 점이 보였다. 눈에 잘 띄지 않는 위치였다.

"역시 촬구撮口이옵니다."

신비가 말했다.

"생후 일 납(臘, 약 21일) 안에 주로 발병하는 위중한 병증이옵니다."

옷고름에 매단 침 주머니를 뒤적거렸다.

"태열이 심비(心脾, 심장과 비장)까지 미친 탓이옵니다. 이 병에 걸리면 열에 아홉은 목숨을 잃습니다."

"우황이 태열에 좋다며 줄곧 처방하였는데?"

"예, 우황으로 효험을 보는 경우가 많나이다."

신비가 끄덕였다.

"다만 체질상 그것만으로는 부족한 아기들도 있기 마련이지요."

"하면 어찌해야겠느냐?"

“소인은 민간에서 쓰는 치료법을 압니다.”

신비는 날카로운 침으로 아기 입 속의 하얀 점을 따서 피를 냈다.

하룻강아지 의녀 주제에 시도하자고 제안하기에는 어려운 방도였다. 주청해봤자 받아들여지지도 않았을 터였다.

왕이 소스라치게 놀라 손을 뻗었다. 하지만 자식의 오므라진 입술이 한결 풀어지자 아무 말도 하지 않았다.

“관비로 지낼 적에 봤사옵니다. 이런 식으로 고을 의원이 수령守令의 자식을 살려내는 것을요.”

필요한 약재는 챙겨왔다.

붕어를 태워 만든 가루를 물에 탔다. 그것을 벌어진 아기의 입에 조금 흘려 넣었다. 박하즙과 먹즙을 적셔 입 속도 문질렀다.

하얀 거품을 재차 토하기에, 백강잠白殭蠶 가루를 꿀에 개어 오므라진 입술에 붙였다.

그리고 머리카락으로 아기의 손가락을 싸매고 비볐다.

이제 할 수 있는 처치는 다 끝났다.

열이 오르도록 연신 아기의 손가락을 비볐다. 주먹을 쥐고 조그마한 손바닥과 발바닥도 연신 두들겼다. 혈기가 온전하게 순환하도록 계속했다.

바깥에서 종 치는 소리가 들렸다. 꼭 스물여덟 번이었다. 벌써 인정(人定, 밤 10시경 통행금지 시간)이었다.

오늘따라 종소리가 냉골의 한기처럼 듣는 이의 뼛속까지 파고들었다.

“아기는 죄가 없습니다….”

신비는 갓난쟁이의 손과 발을 연신 두들기며 속삭였다.

“어린 아기는 죄가 없으니 제발….”

진심으로 하늘과 원혼에게 연신 빌었다.

시간이 얼마나 지났을까? 아기 혈색이 좀 좋아지는가 싶더니 빽 울음을 터트렸다.

작은 칭얼거림에서 시작해 온 궁궐이 떠나가도록 우렁차게 울려 퍼졌다. 방 안에 내려앉은 불길한 기운마저 뒤덮어 버렸다.

"아이가 우는구나!"

왕은 그 의미를 천천히 소화했다.

"며칠째 울지도 못하고 앓기만 했는데…."

"유모를 들이소서."

신비는 조급했다.

"젖을 물려야 하옵니다. 이제는 분명 삼키실 것이옵니다."

잠시 넋이 나갔던 왕이 자리를 박찼다.

"여봐라! 밖에 있느냐!"

삽시간에 소동이 벌어졌다. 허둥지둥 뛰어든 유모가 가슴팍을 헤쳤다. 아기가 처음에는 낯설다는 듯 거부했지만, 마침내 젖을 물고서 세차게 빨았다.

"이제 괜찮사옵니다."

저도 모르게 신비는 눈물을 흘렸다.

"금방 나아지실 것이옵니다."

황급하게 소매로 닦았지만, 자국이 남아버렸다.

"네가 살렸구나."

왕도 마찬가지로 울고 있었다.

"네가 내 자식을 살렸어."

굳이 닦아낼 까닭이 없었기에 그의 눈물은 길게 흘러내렸다.

의관도 다시 입진했다. 배부르게 젖을 먹고 잠든 아기씨를 진맥했다. 과연 고비를 넘겼다고 아뢰었다.

신이 난 왕은 쉴 새 없이 주문했다.

"자전께 손녀가 무사하다고 아뢰어라. 중궁전에도 기별을 넣고⋯."

더 이상 신비가 있을 자리는 없었다. 묘한 허탈감이 들었다.

분명 선한 일을 행했는데 혀끝에 남는 맛이 쓰다니 참 희한한 곡절
이었다.

"대관절 어찌 아기씨를 소생시켰느냐?"

약방으로 돌아가는 길에 의관 박치수가 물었다.

"한양에서는 접해본 바 없는 처방이라던데?"

감탄과 호기심이 반반씩 섞인 표정이었다.

"장단(長湍, 오늘날 경기도 파주) 관아에서 천역에 종사할 적에 고을 의
원이 처치하는 모습을 보았거든요."

신비는 적당히 설명했다.

"⋯그렇게 의원이 수령의 자식을 살려냈습니다."

"신통하구나."

이팝나무의 꽃이 핀 길에 접어들었다. 새카만 여름의 밤을 하얗게
수놓고 있었다. 대궐 처마 아래 걸린 달과 흐드러지게 어울렸다.

"한데 그때 마침 제 아우도 몹시 아팠거든요."

먹먹한 감정에 휩쓸렸을까, 무심코 신비는 제 이야기를 꺼냈다.

"갓난아기였는데 갑자기 부모와 떨어진 탓에 그랬을 겁니다. 수령의
자식과 증상이 비슷했어요."

"저런⋯."

"그래서 수령의 자식을 살리고 나오는 의원에게, 제 아우도 한 번만
봐달라고 매달렸지만⋯."

신비는 쓸쓸하게 웃었다.

"안 된다고 뿌리치더이다."

"용렬한 놈이구나."

불쑥 치수가 분개했다.

"의원이 병자의 귀천을 가리다니!"

입바른 소리 같지는 않았다. 선량한 진심이 보였다.

"하면 네 아우는…?"

"죽었습니다."

신비는 진실을 회피하지 않았다.

"의술을 배우던 첫날, 결코 그런 의녀는 되지 않겠다고 마음먹었습니다."

오히려 굳은 결심으로 승화하였다.

"하여 오늘 아기씨를 살렸나 봅니다."

아까 문질러 닦아버린 눈물이 다시 샘솟았다.

흘려보내려고 했는데 그러지 못했다. 치수가 조용한 눈물을 무시하지 않았기 때문이다.

그가 머뭇거리며 신비의 어깨를 토닥였다. 동작이 무척 어색했다.

한데도 희한하게 위안이 되었다.

"남녀가 유별하다지 않습니까?"

마음이 간지러워서 너스레를 떨었다.

"그렇지. 하지만 나는 양반은 아니다."

필시 여느 문반文班보다도 고결한 마음을 지녔을 테지만, 그는 양반과 상민의 사이에 있었다.

"너 또한 양반이 아니지."

"근처에도 못 가지요."

“그러니까 우리는 같은 길을 걷는 사이일 뿐이다.”

치수는 능청마저도 견실하게 받아들였다.

“유별해야 할 까닭이 없지…, 어?”

문득 그가 멈췄다. 시선이 붙박인 쪽으로 따라가 보니 웬 괴이한 광경이 보였다.

세자였다.

침전에 지박령처럼 붙어있어야 할 그가 밖에 나와 있었다. 더군다나 그는 혼자가 아니었다. 궁녀와 독대하는 중이었다.

“이런, 곤란해졌군.”

치수가 중얼거렸다.

“도산대비전의 궁인입니다.”

신비는 예민하고 메마른 인상을 알아보았다. 분명 이정이라는 나인이었다.

“그렇겠지. 동궁께서 사사로이 웃전의 궁인을 가까이하신다고 소문이 돌았었는데….”

“불편한 몸으로 어떻게 침전 밖으로 나오셨을까요?”

“내시에게 업혀 나오셨을 거다.”

치수가 어두운 나무 그늘에 숨어있는 환관을 가리켰다.

“아무튼 못 본 척 피해 가자.”

민망한 낯으로 치수가 주변을 휘휘 돌아보았다.

두 사람은 허리를 숙이고 조심조심 걸음을 옮겼다. 흙길을 벗어나 수풀 사이로 몸을 숨겼다.

“…바깥에 너무 오래 나와계셨나이다.”

조용히 세자의 지적을 지나치려는 찰나, 대화 소리가 선연히 들려왔다.

"그만 침전으로 돌아가시지요."

이정은 연신 권유하는 중이었다.

"아직은 싫다."

세자는 따르지 않았다.

"조금만 더 이정이 너와 함께 있고 싶다."

오히려 절박하게 그녀를 붙잡았다.

"조금만 더…, 네 얼굴을 보고 싶다."

특출한 구석 하나 없는 이정의 낯을 샅샅이 훑는 눈길은 애처로웠다.

"지금 내 곁에는 네 얼굴이 있어야 한다."

고집스럽게도 세자는 재차 선언했다.

어쩐지 신비는 가슴 한구석이 시큰거렸다.

그의 약하고 여린 모습은 제 독점이 아니었던가? 고작 다른 사람과 공유해야만 하는 형상에 그토록 이끌렸던가?

장단을 맞춰주던 그의 모든 응석이 떠올랐다.

어쩔 수 없이 세자가 원하는 대로 해준다고 여겼지만, 사실은 그녀 스스로 원했던 돌봄은 아니었을까?

억지로라도 연모하게 만들면 어떻겠냐던 그의 물음마저 떠올랐다. 비록 그 물음의 본색조차 미혹 어린 안개처럼 흐렸지만.

"들키지 않아서 다행이다."

불편한 영역을 벗어나자 치수가 한숨 돌렸다. 성큼성큼 앞장서는 그의 등을 따라가다가 괜한 미련이 남아 신비는 뒤를 돌아보았다.

더 이상 세자와 궁인은 보이지 않았다. 오직 비밀스러운 만남을 감추듯 이팝나무 꽃잎만 달빛을 받아 희게 빛날 뿐이었다.

하여 신비는 생각했다. 세자가 말하지 않는 것에 대해서. 세자가 이미 말한 것에 대해서.

그리고 자신이 아직 말할 수 없는 것에 대해서.

***

“의녀 신비의 공로를 치하하여 백정주 두 필과 백목 석 필을 하사하라.”

날이 밝자마자 떨어진 어명은 후했다.

“도대체 어떻게 한 거야?”

부러워서라도 의녀들은 호들갑을 떨었다.

“뭐, 그냥.”

겸손을 차리느니 차라리 능청을 떠는 편이 낫다. 실없는 사람일수록 적을 만들지 않는 법이다.

“이 몸의 성공 신화로 말할 것 같으면 일찍이 두각을 드러내기가….”

손짓발짓을 섞으며 한바탕 뽐낸 뒤에야 신비는 세자의 탕약을 달였다.

“저기, 너는 별다른 이야기 못 들었느냐?”

팔팔 끓는 탕기에 부채질하는데, 불쑥 의관 박치수가 다가왔다.

“동궁께서 나한테는 오늘 입진하지 말라 명하셨다.”

“새로운 재활 처방을 써보기로 하셨잖아요?”

신비는 의아했다.

“그렇지. 아무래도 저하께서 또 내의원을 물리치시려나 본데….”

“한동안 안 뻗대고 잘 따라오시다가 또 왜 그러실까요?”

문득 짚이는 구석이 있었다.

“아, 혹시 간밤에 궁녀가 승은을 입었다던가…?”

성치 않은 몸까지 이끌며 궁인을 접하던 모습이 떠올랐다. 공연히 또 지난밤의 낯설고 불편한 감정이 스멀스멀 올라왔다.

"수신제가에 정진하셔야 할 국본이시다."

치수는 엄히 일갈했다.

"절대 있어서는 아니 될 일이야. 누구보다도 동궁께서 잘 아실 거다."

"편찮으신 뒤로 아예 다 내려놓으셨다고 들었는데요."

"물론 요사이 까탈을 부리시기야 한다지만…."

치수는 굳게 부정했다.

"아무리 그래도 절대 넘어선 아니 될 선이라는 게 있지."

묵직한 함의였다.

"탄강하신 순간부터 적장자이신 저하께서 그걸 모르실 리 없어."

절대 세자가 그럴 리 없다. 그 굳건한 장담에 물색없게도 신비의 마음은 한결 풀어졌다.

"아무튼 가서 저하의 기색을 좀 살펴봐라."

"제가요?"

"동궁께서 널 편하게 여기시는 것 같으니까."

머뭇거리며 치수가 덧붙였다.

"편히 대해주신다고 너무 불손해선 안 된다. 접때도 보니까 넌 너무…."

시건방지더라는 표현을 구색 좋게 해보려고 고민하는 낯이었다.

"압니다. 알고서 일부러 더 그러는 것인데요."

신비는 어깨를 으쓱했다.

"저하께서는 아랫것이 골리고 약 올리는 데에 전혀 개의치 않으십니다."

무심코 꺼낸 말을 고쳤다.

“아니, 오히려 내심 즐거워하십니다.”

“어째서?”

“모순적이어서 재미있는 여흥이거든요.”

그녀는 어깨를 으쓱했다.

“저하께서는 너그럽게 받아 주는 입장이니까요. 수틀리면 언제든
벌을 줄 수 있다는 천성적인 권위에서 마음의 여유가 생기셨겠지요.”

“뭐?”

“저는 저하의 안전에서 아슬아슬하게 줄을 타는 셈이지요. 마지못
한 척 받아주느냐, 아예 줄을 끊어버리느냐. 그 결정권은 오롯이 저하
께서만 쥐고 계시고요.”

세자의 피학적인 일면.

동시에 얼마든지 가학적으로 돌아설 수 있는 그의 권위.

바로 그 간극을 간질이면서 여태 세자에게 다가섰다. 다른 궁녀나
의관들은 해낼 수 없었기에 매몰차게 내쳐지기만 했으리라.

설명할수록 도리어 어려운 관념으로 번지는데도 신비는 정확히 이
해했다.

“역시 별생각 없이 명랑하다기에는 넌 좀 이상했다.”

치수는 당혹스러운 낯이었다.

“저는 마주하는 관계마다 걸맞은 처신을 항상 궁리한답니다.”

하여 지금까지 살아남았다.

“다른 의녀들 앞에서 싱겁게 구는 까닭도 그래서겠지?”

비로소 짚인다는 듯 치수가 물었다. 신비는 대답하지 않았다. 덕분
에 침묵은 긍정이 되었다.

“너한테 다 뜻이 있다지만…. 조심해라.”

치수는 굳은 얼굴을 풀지 않았다.

"대개 병자의 마음은 갈대와 같다. 사소한 계기로도 역정을 내실 수 있어."

동의할 만한 일침이었다.

"예, 절대로 넙죽 엎드려야 할 때를 놓치지 않겠습니다."

그래서 신비는 얌전히 약조했다.

날씨가 좋았다. 더위 너머로 여남은 서늘한 바람이 살갗에 닿았다. 동궁전으로 향하는 길목에 핀 여름꽃들도 살랑거리는 바람에 나부꼈다.

"…저하께서 오늘은 탕약을 들이지 말라 하신다."

다만 막상 당도한 동궁전 분위기는 썰렁했다. 여름은커녕 봄도 제대로 맞이하지 못한 듯 음울한 기운만 자욱했다.

"처음 있는 일도 아니니 그냥 들어가겠습니다."

"글쎄, 정녕 저하의 눈치가 심상치 않은데…."

동궁전 백 상궁은 난색이었다.

의욕적이던 세자의 태도가 급변한 것이 간밤의 외출과 관련이 있는지 궁금했다. 그렇지만 대놓고 물어볼 수도 없었다.

직설적으로 찔러봤자 대답하지 않을 게 빤하기 때문이다. 도리어 천것이 웃전의 사정에 참견을 얹는답시고 매질이나 당할 공산이 컸다.

"알아서 설득해 보겠습니다."

또 쉽지 않은 하루가 되겠거니 신비는 각오를 다졌다.

겹겹이 닫은 문이 불길한 소리를 내며 미끄러졌다. 깊숙한 침전은 신비가 처음 이곳에 발을 디뎠을 때와 같았다.

"…들이지 말라 하였을 텐데."

안타깝게도 세자의 태도 역시 처음으로 돌아가 있었다. 날카롭게 날이 섰다.

"불과 며칠 전까지만 해도 저하께서는 고열로 앓으셨사옵니다."

신비는 평정을 잃지 않았다.

"아직 기력이 회복되지 않으셨나이다. 자의적으로 약을 물리치시면 저번처럼 반동이 세게 옵니다."

탕약을 내밀었지만, 그는 받지 않았다.

"앞으로는 아예 올리지 마라."

힘겹게 앉은 자세 그대로 터럭 한 올조차 움직임이 없었다.

"어제까지만 해도 의연하시다가 왜 또 그러시옵니까?"

신비는 답답해서 물었다.

"…간밤에 아기 울음소리가 들리더구나."

침묵 끝에 그가 말했다. 지빈방의 아기씨를 이르는 모양이었다.

"네가 내 이복누이를 살렸다면서?"

적중이었다.

"난 도통 하늘의 뜻을 모르겠다."

기대어 앉은 자세가 불편한지 세자가 꼼지락거렸다. 하지만 겨우 그 정도에도 품이 많이 들었다. 그의 얼굴은 통증으로 일그러졌다.

"…왜 어떤 아기는 죽고, 어떤 아기는 살아남는 걸까?"

아니, 어쩌면 통증 탓만은 아닐는지도 모르겠다.

"망극하오나 헤아리지 못하였사옵니다."

물색없는 하문에 신비가 되물었다.

세자는 고개를 돌렸다. 습관처럼 다시금 물러서는 것이다. 먼저 꺼 낸 화제를 삼켰다. 다가가고자 하는 신비를 밀치고 마음의 문을 걸어 잠갔다.

"…아무것도 아니다."

"아무것도 아닌 게 아닌 것 같사옵니다."

이번만은 쉬이 물러서지 않았다.

"번번이 저하께서는 의중을 말씀하시려다가 피하시옵니다."

어떻게든 비집고 싶었다.

"털어놓으셔야 하옵니다. 마음의 짐을 덜어야 몸의 병도 낫사옵니다."

내친김에 신비는 밀고 들어갔다.

"소인을 믿으소서."

"너를 믿으라고?"

하지만 그가 다시금 밀쳐냈다.

"너 역시도 속내를 감추는 쪽 아니더냐?"

힐난이 매서웠다.

"번번이 선소리로 어물쩍 넘어가기나 하면서 누구한테 입바른 소리를 하느냐?"

솔직히 틀린 지적은 아니었다.

"비천한 의녀가 어떻게 팔경시八景詩를 인용할 것이며, 《시경》의 대아편大雅篇을 읽었지?"

마찬가지로 일리가 있는 의혹이었다. 나름대로 유연하게 넘겼다고 생각했지만, 그는 잊지 않고 곱씹었나 보다.

"어물쩍 넘어가지 않은 것도 있지 않사옵니까."

요행히 신비는 차분하게 대꾸했다.

"소인이 의녀가 되기로 한 까닭만은 진실이옵니다."

"…투도보리라 하였지?"

세자의 낮은 차가웠다.

"네가 의녀가 된 이유."

"예, 하여 저하를 돕고자 하는 마음 역시 진실이옵니다."

이상했다. 그가 슬픈데도 울지 못하는 사람처럼 느껴졌다. 가슴 속의 불꽃으로 눈물이란 눈물은 진즉 태워버린 사람처럼 느껴지기도 했다.

"난 널 믿을 수 없다."

세자는 웃었다. 눈물 대신 미소로 울고 있었다.

"아무리 밀쳐도 번번이 다가오며 내 마음을 허물려는 네 의도는 투과득경投瓜得瓊으로 느껴질 지경이니까."

한낱 모과를 선물했는데 값비싼 구슬로 보답받는다는 뜻이다.

사소한 호의를 건네고 분에 넘치는 답례를 받는다니, 구색 좋은 표면 아래 상대방의 저의를 의심할 수밖에 없는 함의가 있다.

"나가."

세자가 말했다.

"앞으로 탕약은 물론이요, 동궁전에 발을 붙이지도 마라."

그는 웃음을 허락한 의녀를 외면하고, 헤아릴 수 없는 하늘마저 외면했다.

그저 혼자 남고 싶어 했다. 불구의 육신과 명쾌하게 못 뱉는 수수께끼 속으로 매몰되려 했다.

지금이 바로 넙죽 엎드려야 할 때다.

본능적으로 신비는 깨달았다.

세자의 눈빛에선 피학적인 욕구가 아예 사라졌다. 맹랑하게 다가오라는 허락도 보이지 않았다. 여태 어렵사리 간질인 간극은 사라지다시피 좁아졌다.

이 순간의 그는 영락없는 가학자이자 권위자요, 왕세자 그 자체였다.

"약을 젓수셔야 하옵니다."

그렇지만 곤궁에 처할 줄 알면서도 신비는 버텼다. 그가 속한 어둠에 맞설 빛이 되고 싶다는 어리석은 용기를 냈다.

"소인을 서둘러 내치실 방법은 탕약을 젓수시는 것뿐이옵니다."

일전에는 유효했던 항전이었다.

"그래, 너는 포기할 줄 모르는 사람이지."

세자도 똑같은 순간을 반추했다.

"백 상궁 밖에 있느냐!"

하지만 이번에는 그녀의 투지를 완벽하게 꺾었다.

"의녀 신비를 끌어내라!"

허락하지 않았다. 당해주지 않았다.

"반상의 질서를 문란히 여기며, 상전에게 불손한 죄를 엄히 신칙하라!"

태어나는 순간부터 서 있던 높다란 자리에서 밑바닥을 굽어볼 뿐이었다.

"소인을 믿으셔야 하옵니다!"

부디 그가 선 정상까지 미약한 제 목소리가 닿기를 바라며 신비는 간청했다.

하지만 이내 나인 두 명이 신비의 양 팔을 붙잡아 일으켰다. 황망한 명령에 우왕좌왕하면서도 감히 주인의 뜻에 반발하지 못했다.

"소인은 절대로 포기하지 않사옵니다!"

끌려가면서도 신비는 외쳤다.

그러나 세자는 듣지 않았다. 대답하지 않았다. 때문에 그녀의 다짐 역시 매정하게 닫힌 문과 함께 이지러졌다.

＊＊＊

"덧나지는 않겠네."

신비의 속바지를 걷고 만덕이 상흔을 살폈다.

"회초리를 맞았으니 망정이지, 곤장이었으면 죽어났을걸."

살살 약을 발라주는 손길에는 웬일로 연민까지 묻어났다.

"내가 원래 맷집이 세."

신비는 태연하게 대꾸했다.

"동궁전 궁인한테 인정머리가 있더라고. 된통 깨지는 게 불쌍하다
면서 몇 대 안 때리더라."

처치가 끝나자마자 옷매무새를 고치며 몸을 일으켰다.

"가야겠다."

"어디를?"

"세자저하께 탕제를 올릴 시각이야."

"제정신이야?"

버럭 만덕이 성질을 냈다.

"그 괄시를 당하고 또 동궁전으로 기어가겠다고?"

타당한 비난이었다. 그렇지만 신비는 물러설 수 없었다.

지빈방의 아기씨를 살린 날. 세자가 이정이라는 나인과 독대하던
밤.

바로 그날이 기점이었다.

하필 그때 이후로 세자의 심경에 변화가 있었다. 공들여서 반쯤 열
어놓은 마음의 문을 도로 꽁꽁 잠갔다.

이유를 알고 싶었다.

"한 방울도 남김없이 약대접을 비우시는 모습을 볼 거야."

매타작당한 자리에 찌르르 통증이 올라왔다. 그래도 씩씩하게 일어

섰다.

"왜 그렇게까지 해야 하는데?"

부축 반 비난 반으로 만덕이 신비의 팔을 붙잡았다.

"방구석에서 누워 사시겠다잖아!"

그녀가 이토록 성을 내는 모습은 처음이다.

"그냥 그러시라고 내버려 둬!"

저 냉랭한 성격에 타인을 위해 분통을 터트리는 게 쉬운 일은 아닐 텐데 말이다.

"애초에 내시나 궁녀의 소임을 네가 떠맡았을 뿐이잖아."

"안 돼."

마음 씀씀이야 고맙지만, 신비는 고집스레 반박했다.

"난 포기하는 법을 몰라."

결심을 가장 단순한 형태로 표현했다.

"밥도 약도 죄다 거부하면서 혼자 죽겠다고 버티시는 꼴을 보니…. 오기가 생겨서라도 저하를 낫게 만들어야겠다고."

직선적인 뚝심에 만덕은 맥이 턱 빠진 것 같았다.

"내가 미쳐, 정말….."

"걱정하지 마. 결국에는 내가 이길 거니까."

승기를 잡은 신비는 잽싸게 장담했다.

"알아."

놀랍게도 만덕은 핀잔주지 않았다.

"우리가 여기까지 같이 온 이유도 신비 네가 포기할 줄 모르는 찰거머리여서잖아."

문득 그녀는 눈을 내리깔았다.

"…내 이름이 왜 만덕인지 기억하지?"

신비는 차마 아는 척할 수 없었다.

"난 어릴 때부터 고생해서 피부가 좋은 날이 없었어. 한데 그 까닭으로 또 괴롭힘을 당했지."

만덕이 제 이마와 뺨을 뒤덮은 부스럼을 가리켰다. 벌겋게 성난 여드름의 일종이었다.

특히 달거리 때가 되면, 고름이 꽉 찼다가 터질 정도로 예후가 좋지 못했다.

"화농化膿으로 우둘투둘해진 내 낯가죽을 두고 얼굴에 덕이 많은 만덕萬德이라며 조롱당하던 게 이름으로 영영 굳어졌고."

세월이 흘러도 지워지지 않을 모멸감이었다.

"관아의 의녀 양성 과정에 선발되면서 그런 삶은 청산했어. 그리고 신비 너를 만났지."

과연 처음 만났을 때 만덕의 상태는 썩 좋지 않았다. 어려서 겪은 학대 때문이었다. 상처 입어 약한 짐승임을 들키지 않으려고 끊임없이 엄니를 드러냈었다.

"아무리 뿌리쳐도 넌 포기하지 않고 들러붙었어."

"뭐, 그랬지."

"…신비 넌 꼭 어둠 속에서 발견한 한 줄기 빛처럼 환한 사람이었어."

이례적으로 만덕이 옅게 미소 지었다.

"맞은 쪽은 나인데 왜 네 머리가 이상해진 거야?"

영 평소답지 않아서 신비는 경악했다.

"됐거든."

민망해졌는지 만덕은 씩씩거렸다.

"기껏 사람이 좋게 이야기하는데 초 치지 마."

"알았어. 내가 그렇게 좋다니 잠자코 들어줄게. 더 칭찬해 봐."

우쭐거렸다가 신비는 등짝을 맞았다.

"야, 중병 환자를 때리면 어떡해…."

"네가 저 우울한 고집쟁이 동궁마마한테까지 빛이 되어주겠다면 내가 말릴 순 없겠지."

만덕은 죽는시늉을 싹 무시했다.

"그렇지만 난 절대 관비 신세로는 안 돌아갈 거야."

"그럴 일 없잖아."

신비는 혀를 내둘렀다.

"성적도 일등이고, 무슨 의서도 엮겠다며?"

"신비 너도 나랑 끝까지 함께 가는 거야."

너스레를 떨어도 만덕은 그저 진지했다.

"…알았지?"

절박하게 요구하는 약속마저 장난스럽게 넘길 순 없었다.

"넌 정녕 병자를 그냥 병자로만 대한다는 거 알아."

만덕이 말했다.

"하지만 이번만은 그냥 병자가 아니라, 동궁마마라는 걸 잊지 마."

"뭐가 다른데?"

"원한다면 언제든 널 모욕하고, 매질하고, 관비로 돌려보낼 수도 있는 분이라고."

과연 종아리에 남은 매 자국이 선연했다.

"어쩌면 그 이상까지 가능할지도…."

"그 이상이라니?"

"글쎄."

만덕은 두루뭉술하게 굴었다.

"저하께서는 그냥 병자가 아니고 동궁이시며 또한…, 사내니까."

"뭐?"

"이러니저러니 해도, 여태 네가 찰거머리처럼 들러붙도록 허락하셨잖아."

그녀도 신비와 비슷하게 관계를 고찰했다.

"또한 네가 저하의 마음을 찰떡같이 알아주지 못해 삐쳤다는 식으로 매를 내리셨고."

더 나아가 새로운 시각까지 제시했다.

"…내가 볼 때 저하께선 뭔가 화가 나셨어. 한데 네가 눈치껏 그걸 알아주지 않으니까 더 화가 나셨고."

"말씀을 안 하시는데 내가 어떻게 알아?"

"아마 체면상 대놓고 입에 담으실 수 없는 문제겠지."

만덕이 말했다.

"말을 안 해도 상대가 마음을 알아주길 원하는 건…. 보통 여자들이 그러지 않나?"

신비는 투덜거렸다.

"왜 키도 남들 머리통 하나보다 더 큰 사내대장부가…?"

웬만한 여인보다 곱상하게 생겼더라도 말이다.

"아니, 보통 애들이 그러지."

만덕은 고개를 저었다.

"몸만 컸지 내면은 전혀 자라지 못한 어린애."

"저하를 애처럼 대하란 뜻이야?"

"그래. 내가 볼 때 정답은 거기에 있는 것 같거든."

어리둥절해 죽겠는데 만덕은 혼란을 가중시켰다.

"장차 천하의 지존이 될 사내가 어린애와 같다면…."

그녀는 잠시 말을 끌었다.

"…정녕 위험할 거야."

"나한테?"

싸한 징조를 덩달아 굼뜨게 읽으며 신비가 반문했다.

"그래, 너한테."

발라주던 고약을 도로 챙기며 만덕은 덧붙였다.

"한군데 망가진 사람일수록 너무 환한 빛에 속절없이 끌리기 마련이니까."

진즉 망가져 본 입장이라 잘 안다는 예언이었다.

동시에 마치 신비의 빛이 너무 환해 걱정이라는 염려이기도 했다.

한 시진 뒤, 신비는 기어코 마음먹은 바를 실천했다.

"정말 뭐가 뭔지 하나도 모르겠지만….'

우뚝 선 동궁전을 정면으로 마주했다.

"어디 누가 이기나 한번 붙어보자고요, 저하."

어제 꺾인 투지를 도로 활활 불태웠다.

"아이고, 의녀 신비가 왔구나!"

비장한 각오를 다잡으며 진격하는데, 동궁전 백 상궁이 반색하며 달려들었다.

"어제 살살 때려서 살 만하지?"

"아, 예에…. 뭐, 그렇지요."

본인이 처맞았으면 절대 살살이라고는 못할 텐데 말이다.

"마침 때를 잘 맞추었다."

"왜요?"

"중전마마께서 들어 계시거든!"

백 상궁이 환하게 웃었다.

"지금 탕약을 올리면 저하께서 절대 물리치지 못하실걸."

과연 그보다 더 든든한 지원군도 없을 터였다.

"고해 주십시오."

신비는 탕약을 세자의 잘난 얼굴에 문대버릴 기세로 전진했다.

내실에는 세 사람이 있었다.

한 명은 부왕을 맞이할 때만큼이나 예를 갖추느라 불편한 자세로 앉은 세자였다.

다른 한 명은 일전에 몰래 훔쳐봤던 풍모 그대로 납신 중전 문씨였다.

그리고 마지막 한 명은….

"북쪽으로 가셔야 귀인을 만날 수 있다고 아뢰었는데 왜 무시하셨어요?"

광인이라고 명성이 자자한 철성대군이었다.

"그때도 내 꼴을 보고도 그런 소리가 나오냐고 물었을 텐데."

오늘도 세자는 잔뜩 질려버린 기색으로 아우를 상대하는 중이었다.

"이 몰골로 북쪽이든 남쪽이든 가겠느냐 말이다."

"내시한테 업어달라고 하시면 되지요."

철성대군은 콧노래를 흥얼거렸다.

"하오면 점괘를 새로 봐볼까요?"

"어마마마!"

저 화상을 좀 말려달라는 듯 세자가 중전 문씨를 보았다.

"제발 얌전히 굴어라, 철성대군."

중전 문씨가 작은아들의 어깨에 손을 얹었다.

"편찮으신 형님께 자꾸 실없는 말씀을 아뢰지 마."

"하오면 대신 저 의녀에게 점괘를 봐줄까요?"

덕분에 세 사람의 눈길이 동시에 쏠렸다. 신비는 얼른 문간에서 엎드렸다.

"정녕 성가신 노릇이로군…."

세자가 아연실색하여 중얼거렸다. 그토록 괄시당하고도 또 얼굴을 들이밀 줄이야 꿈에도 상상 못 했나 보다.

"탕약을 올리옵니다."

아무렴 사람 한참 쉽게 보셨다고 신비는 콧김을 뿜었다.

"너 혹시 하늘과 땅의 조상님과 접하여 미래를 알고 싶지 않으냐?"

막 승부수를 던진 참에 불쑥 철성대군이 끼어들었다.

"얼굴에 복이 많아 보이는구나."

"…예에?"

"한데 화가 끼었다. 요즘 들어 하는 일마다 안 풀리고 삶이 고단하지 않더냐?"

복이 많으면서 화가 낀다는 게 도대체 무슨 말인지 모르겠다.

"자, 이걸 봐보렴."

철성대군은 가슴팍을 들추더니 알록달록한 구슬을 꿰어 만든 목걸이를 보여주었다.

"여기서 힘이 나온단다. 아주 신묘한 힘이."

선심 써서 알려준다는 표정이었다.

"덕분에 나는 남의 생각을 읽고 미래를 예측하는 재주를 얻게 되었지."

"아, 그러시구나…. 멋지옵니다."

얼떨떨한 나머지 신비는 전의를 상실했다. 처음으로 높으신 분 장단을 맞춰주는 밑바닥 신세가 처량하게 느껴졌다.

"자, 춤을 추자!"

그걸로는 모자랐는지, 철성대군이 벌떡 일어섰다.

"춤을 바쳐서 조상님으로부터 앞날을 구하는 거다."

철성대군이 팔다리를 들썩거렸다.

"내가 춤을 추는 동안 넌 남쪽을 향해 아홉 번 절을 올려라."

절은커녕 휘적거리는 몸뚱이를 피하고만 싶었다.

"아홉은 상서로운 숫자란다. 내가 맨 처음 조상님의 목소리를 들은
달이 구월이었지."

저대로 두면 정말로 덩실덩실 한 판 당길 기세였다.

"…어마마마."

참다못한 세자가 말려보시라고 또 재촉했다.

"애꿎은 의녀는 가만히 두어라, 철성대군."

이런 자식이 부끄러운지 중전 문씨는 낯이 벌게졌다.

"자꾸 이러면 앞으로는 떼를 써도 동궁전에 아니 데려올 것이야."

억지로 작은아들을 앉힌 중궁이 명했다.

"자, 의녀는 세자에게 탕약을 올려라."

그리하여 다시, 불꽃 튀는 승부를 재개할 시간이었다.

군소리를 얹을 듯 세자가 입술을 달싹였지만 이내 굴복하였다. 이
나라에서 자식이 부모의 뜻을 어기기란 쉽지 않다.

천군만마를 등에 업은 신비는 의기양양하게 탕약을 내밀었다.

"금일은 약재를 진하게 달였나이다."

너도 한번 당해 보랍시고 굳이 안 해도 될 말까지 일부러 덧붙였다.

"작일에 복용하지 아니하셨으니까요."

"왜 어제 탕약을 들지 않았지?"

아니나 다를까, 중전 문씨가 득달같이 미끼를 물었다.

"한동안 약을 잘 챙긴다더니 또 물리쳤느냐?"

"약효가 돌면 머리가 잘 돌지 않아 저어하였을 뿐이옵니다."

세자는 궁색하게 변명했다.

"꾀부리지 말고 얼른 나아야지!"

그래도 중전 문씨는 질책했다.

"주상전하께서 얼마나 걱정하시는지 안다면!"

"…물론 잘 알고 있사옵니다."

석연찮은 음성으로 세자는 화답하였다.

뭐가 되었든, 한풀 꺾인 그의 모습이 쌤통이었다. 고소한 티를 내지 않으려고 노력하며 신비는 은수저를 잡았다. 기미를 마친 뒤 한 숟갈씩 떠먹일 생각이었다.

"됐다."

한데 세자가 성마르게 약대접을 잡아챘다. 움직일 수 있는 왼손을 썼다. 더 이상 오른손을 대신할 의녀가 필요하지 않답시고 고집을 부렸다.

그 바람에 그릇을 쥐고 있던 신비와 손가락이 맞닿았다.

사소한 접촉인데도 뜨겁기가 열화와 같았다. 미끄러지는 살갗에서 그대로 스쳐지는 게 아쉽다는 미련마저 느껴졌다.

마치 누군가가 자신을 붙잡아주기를 바라는 양 잔진 기운이었다.

하지만 세자는 기어코 불꽃을 찰나로 봉했다.

피차일반 천 년처럼 느리게 느꼈을 접촉일진대, 없었던 일처럼 모른 척했다. 신비를 곁눈질로라도 바라보지 않고 벌컥벌컥 탕약만 들이켰다.

하여 모순은 더욱 짙어졌다.

정녕 만덕의 짐작대로 뭔가 화가 난 걸까?

희고 고운 그의 얼굴에서 언뜻 보이는 감정이 물색없는 억지처럼 보이기는 했다. 다만 온전히 헤아릴 수 없다는 게 문제였다.

"가만, 그러고 보니…?"

반면 중전 문씨는 신비를 탐색했다.

"네가 감빈과 지빈궁의 용종을 구했다던 그 의녀겠구나."

좁은 궐 바닥에서는 소문이 빠른 법이다.

"당치 않사옵니다."

신비는 겸손을 차렸으나 이미 중전의 옥안에는 화색이 돌았다.

"이따가 약방에 기별을 넣으려 했는데 번거롭지 않고 잘 되었구나."

"어인 말씀이시온지…?"

"철성대군도 좀 봐다오."

중전 문씨가 작은아들을 가리켰다.

"팔뚝에 부스럼이 생겼거든."

"망극하오나 소인은 일개 의녀이옵니다."

왕자의 병증을 살펴보라니 신비는 화들짝 놀랐다.

"그렇다고 실력이 부족하지는 않겠지."

의외로 중전 문씨는 물고 늘어졌다.

"주상전하께서 입이 마르도록 널 칭찬하셨거늘."

"…상감마마께서요?"

"그래. 의관과 차비대령의녀마저 못한 일을 해냈다고 말이야."

아무래도 자식 살려낸 값을 후하게 쳐주는 것 같다.

"지나친 겸손도 무례임을 잊지 마라."

중전 문씨가 너그럽게 덧붙였다.

"그건 도리어 널 높게 쳐주시는 주상전하께 누를 끼치는 언동이니라."

하긴, 겉으로 보기에 의녀 신비라는 이름값은 꽤 번드르르했다. 세자에다가 임금의 후궁들까지 돌봤으니 말이다.

어쩌다가 이토록 물 좋은 곳에서 놀게 되었는지 모르겠다.

"하면 감히 환부를 좀 살펴보겠나이다."

마지못해 철성대군의 소매를 걷었다.

"어허, 자꾸 만지면 흉 진다니까."

중전 문씨가 팔뚝을 벅벅 긁는 철성대군을 나무랐다.

"봐라. 어제보다 더 심해졌지 않으냐."

존귀한 곤전이라도 일단은 어머니인가 보다. 중전 문씨는 부스럼이 오른 아들의 살갗을 친히 어루만졌다. 환부가 무척 흉한데, 옮을까 꺼리는 기색조차 일절 없었다.

신비는 철성대군이 중전을 쏙 빼닮았다는 사실을 깨달았다.

검은자가 작은 삼백안과 끝이 뭉툭한 코, 살짝 내려간 입매까지…. 거푸집에 찍어낸 수준이었다.

세자와 중전 문씨가 전혀 닮지 않았다는 감상과는 정반대였다.

하긴, 친모가 아니니까 그럴 수밖에.

일전에 내의녀 자희가 그랬다. 세자는 폐비의 자식일뿐더러 아무것도 모른 채 현재 중궁전의 슬하에서 친자식처럼 길러졌다고 했다.

의녀가 그렇게 말할 정도면, 나라의 녹을 꽤 먹은 사람들 대부분이 비슷하게 알면서 함구하는 중일 터였다.

…세자는 정녕 아무것도 모를까?

의구심에 세자를 봤다.

놀랍게도 그의 얼굴은 완전히 일그러져 있었다.

세자는 철성대군의 부스럼과 이를 매만지는 중전 문씨를, 몹시도 서슬 퍼렇게 바라보았다.

영락없는 분노였다. 한데 분노 속에 감추어진 또 다른 감정도 있었다.

바로 슬픔이었다.

"자, 어떤 병인지 알겠느냐?"

중전 문씨는 무디게 보챘다. 친아들만 걱정하느라 바빴다.

"벌레에 물리신 것 같사옵니다."

신비는 침착하게 집중했다.

"검푸르고 지네처럼 생긴 놈이었을 겁니다. 요즘 계절이면 좀먹은 벽 사이에 숨어있다가 사람을 쏘거든요."

"겨우 벌레라고?"

"망극하오나 무시할 만한 벌레는 아니옵니다."

"어째서?"

"고약한 독성이 있어 심하면 부스럼이 온몸으로 번질 수 있사옵니다. 대군께서는 운이 좋으셨나이다."

중전 문씨는 경악했다.

"아니, 하면 어찌해야겠느냐?"

"증상이 미미하니 괜찮사옵니다."

팔뚝의 한 부분에만 부스럼이 일었을 뿐, 다른 부위는 멀쩡했다.

"이 정도라면 오골계의 깃을 태워 재를 만든 뒤, 달걀흰자에 섞어 밤낮으로 바르는 것으로 충분하옵니다."

잠시 고민하고서 신비는 덧붙였다.

"혹 차도가 더디시거든, 콩잎을 비벼 환부에 사나흘 붙이소서."

"당장 나인에게 시켜야겠다!"

중전 문씨가 벌떡 일어서더니 멀뚱히 앉은 아들을 닦달했다.

"가자니까, 철성대군!"

철성대군은 뭉그적대며 세자를 흘끔거렸다. 필시 모종의 신호였을 터였다.

"흠! 세자가 탕약 먹는 모습을 보아서 이 어미도 한시름 놓았다."

흠칫한 중전이 뒤늦게나마 덧붙였으니 말이다.

"이만 가볼 테니 잘 조섭하여라."

"살펴 가소서."

축 가라앉은 음성으로 세자가 답했다.

"…어마마마."

호칭을 덧붙이는 모습은 흡사 형벌에 처한 죄수와 같았다.

치맛바람을 휘날리며 중전 문씨는 앞장섰다. 춤을 추겠답시고 활개 치던 아까와 달리, 철성대군은 조용히 세자에게 절을 올렸다. 광인치고 태도가 공손했다.

그렇지만 결국에는 세자를 두고 모후의 뒤를 따랐다.

세자는 혼자 남았다.

"…중전마마께서도 어쩌실 수 없다는 건 알아."

더 깊은 심연에 빠진 것처럼 그는 중얼거렸다.

"응당 두 아들에게 향하는 마음은 다를 수밖에."

더 이상 중전 문씨를 어마마마라 이르지도 않았다.

"어쩌실 수 없다는 건 알지만…."

세자는 성한 왼손으로 얼굴을 가렸다.

손상된 육체에 갇힌 탓에 혈기 왕성한 사내라는 제 본모습을 너무 많이 잃었다. 그리고 충분히 비관하였다.

하여 더 이상의 수치는 감당하기 어렵다는 듯 연약한 낯빛만이라도 감춰버리는 것 같았다.

자존심을 지키는 방법이었다.

"그렇지만 중전마마께선 내 다리는 한 번도 들여다보지 않으셨어."

물기 어린 목소리만 나지막이 울렸다.

“부러져서 못 걷고, 아무리 아파해도, 단 한 번도….”

그마저도 점점 이지러졌다.

“단 한 번도, 나한테는 저토록 다정하신 적이 없으셨는데….”

하나의 감정이 침전물처럼 가라앉자 또 다른 감정이 불쑥 비쳤다.

“어마마마가 원망스럽다.”

세자의 눈에 핏발이 섰다.

“날 절대 사랑받을 수 없는 곳에 홀로 두고 가시다니….”

사실 원망이라기보다는 간곡한 애원처럼 느껴졌다.

“왜 나는 어둠이어야만 하지?”

세자는 쫓겨난 생모를 기억하고 있다.

신비는 강렬하게 확신했다.

어둠이라는 비관적인 한 마디에 모든 게 이해되었다.

후궁과 그 아들들이 난립하는 시국에 제구실 못 하는 국본이라는 중압감. 다른 사람의 도움 없이는 아무것도 할 수 없다는 무력감. 취약한 처지를 든든하게 지켜줄 존재만 갈구하는 불안함.

진실로 그는 어둠 속에서 혼자였다.

또한 비로소 신비는 제 무심함도 깨달았다.

세자를 그저 병자로만 대한다. 그것은 구색이야 좋을지언정 옳은 처방은 아니었다.

만덕은 단순히 병자라고 뭉뚱그려 무시할 수 없는 그의 본질을 지적했다.

혈맥을 타고 흐르는 존귀한 피야말로 그의 정체성이었다. 심지어 그가 앓는 육신과 마음의 병조차 이와 유리될 수 없을 터였다.

그는 사내였다. 그리고 왕세자였다.

“세자저하….”

신비는 조심스레 접근했다.

“나가.”

하지만 세자는 오늘도 허락하지 않았다.

“다시는 동궁전에 들지 말라 명했을 텐데.”

그는 언뜻 비친 연약한 속내를 다시 필사적으로 감추는 중이었다.

“감히 나를 능멸하느냐?”

“아니옵니다.”

“하면 또 엄하게 신칙해야 알아듣겠느냐?”

“이미 해보셨는데 소용이 없지 않사옵니까?”

그래서 신비는 오늘도 대신 버텼다.

“저하께서 무슨 짓을 하셔도 소인은 다음 날 탕약을 들고 다시 올 것이옵니다. 그다음 날도, 그다음에 다음 날까지도요.”

정녕 그가 붙잡아줄 존재를 원한다면 그렇게 해줄 용의가 있다.

“소인은 절대로 저하를 포기하지 않사옵니다.”

“…어째서?”

미약한 물음이 수면의 잔가지처럼 흩어졌다.

“저하께서 소인의 인생에 나타나셨으니까요.”

이번에도 신비는 가장 단순한 답을 선택했다.

“아니다.”

이번에도 세자는 그녀의 답을 어렵게 고쳤다.

“네가 내 인생에 나타났지.”

천천히 그가 얼굴을 가린 손을 치웠다.

그의 표정이 온전히 보였다.

아름답지만 서늘한 인상. 별처럼 반짝이면서도 깊은 우수에 젖은 눈동자. 눈물이 메마른 뺨. 울상 짓는 법을 몰라 미소로만 우는 입매….

"하지만 내 인생에 위선자는 이미 많다."

역시나 이번에도 세자는 웃었다. 다만 무심코 신비가 좋다고 느꼈던 미소는 아니었다. 지독하게 씁쓸했다.

"더는 필요 없을 만큼."

종국에는 필사적으로 결핍을 감추는 어린애로 이어졌다.

"그러니까 나가."

끝내 유치한 명령과 함께 그는 고개를 돌려버렸다.

***

그날 밤, 신비는 숙직이었다. 해시亥時 늦게까지 자질구레하게 붓을 끼적이다가 철퍼덕 엎드리고 말았다.

"그래, 차라리 그냥 자."

마침 함께 밤새던 만덕이 혀를 끌끌 찼다.

"병든 닭처럼 꾸벅거리니까 나까지 의욕 떨어진다고."

"야박하다, 야박해."

신비는 혀를 내둘렀다.

"난 정말로 병든 닭이란 말이야."

"누가 동궁전 가서 깐족대다가 회초리나 처맞고 오래?"

하여튼 입씨름을 벌여봤자 꽝이다.

"눈 좀 붙일 테니까 누구 오면 잽싸게 깨워주기다. 알았지?"

그래도 비빌 언덕은 만덕뿐이었다.

"언제는 안 그랬나."

퉁명스러우면서도 그녀는 엎드린 신비의 어깨에 모포(毛布, 담요)를 둘러주었다.

한데 작정하고 눈을 감으니 또 잠이 안 왔다.

얄궂은 상념만 꼬리에 꼬리를 물었다. 온갖 잡스러운 생각의 가지는 번번이 세자에게로 이어졌다. 도리가 없어 그대로 두고 온 게 자꾸만 마음에 걸렸다.

괜찮다. 내일 가서 또 설득하면 된다.

세자가 아무리 야멸치게 콧대를 높이더라도, 옆에서 계속 바짓가랑이 붙들고 늘어지면 백기를 들 터였다.

하물며 정녕 그가 폐비 되어 쫓겨났다는 생모를 기억한다면…. 서로 이야기할 거리가 많을 것이다. 물꼬만 한번 제대로 튼다면 말이다.

한참 뒤척인 끝에 어렵사리 신비는 잠들었다.

그런데 누군가가 어깨를 흔드는 바람에 깜빡 든 잠에서 깨어났다.

“…일어나!”

절박한 손짓이었다.

“큰일 났단 말이야!”

“저 안 잤는데요, 나리!”

반사적으로 변명을 앞세우며 신비는 벌떡 일어났다.

“생각하느라 잠깐 엎드렸을 뿐이라고요!”

한데 도끼눈을 뜬 의관은 보이지 않았다. 신비를 깨운 사람은 만덕이었다.

“정신 차려!”

그리고 만덕의 낯은 벌겋게 상기되어 있었다.

“궐에 불이 났다니까!”

으레 목재로 지어지는 궁궐에선 한번 불씨가 붙으면 야단난다. 바람이라도 불었다간 급속도로 옮겨붙기 때문이다. 일단 화재가 시작되면 진압하기 어렵다.

"어디서?"

팔자 좋게 엎어져 자던 약방까지 화마가 범할세라 잠이 싹 달아났다.

"…동궁전에서."

한데 만덕은 훨씬 끔찍한 상황을 내밀었다.

"동궁전에 불이 났대."

"세자께서는 거동을 못 하시잖아?"

철렁 심장이 내려앉았다.

"피신할 수 없으실 텐데…."

창백한 낯으로 보아선 만덕도 같은 생각이었다.

두 의녀는 매캐하게 치솟은 연기를 따라갔다. 불길이 흉흉해 동궁전은 대낮처럼 환했다.

이미 모두가 모여 있었다. 곡소리가 새카만 밤을 울렸다.

"세자!"

목놓아 통곡하는 사람이 있었다.

"제발 누가 세자를 구해다오!"

바로 왕이었다.

상투에선 잔머리가 삐져나왔고, 흐트러진 옷매무새에 맨가슴까지 비쳤다. 곧잘 실없는 말씀을 하시면서도 근엄했던 용안은 눈물로 범벅이었다.

"내 아들이다. 소중한 맏아들이라고…."

그는 쾅쾅 가슴을 두드렸다.

"네 이놈! 목숨을 구하겠다고 혼자 도망 나왔느냐!"

그러더니 엎드린 채 벌벌 떠는 환관의 멱살을 잡았다.

"다시 들어가서 네 주인을 모셔 와라, 어서!"

"제발 살려주시옵소서, 전하, 제발…."

어명이라도 산 채로 타죽을 게 두려워 받들지 못했다.

"좋다, 아무도 못 들어가겠다면 내가 가겠다."

왕이 환관을 내동댕이쳤다.

"과인이 친히 자식을 구하겠노라."

불길에 뛰어들려는 임금을 다들 앞다투어 막았다. 거칠게 뿌리쳤으되 끝내 왕은 머릿수에 굴복하고 말았다.

"내 아들!"

붙잡힌 채로 엉엉 울며 대답 없는 자식을 찾았다.

"세자는 움직일 수가 없단 말이다…!"

구슬픈 왕의 통곡에 궁인들도 함께 울었다.

넘실거리는 눈물바다에서 신비는 상황을 살폈다.

화마는 흉포했다. 급히 멸화군滅火軍을 소집했지만, 아직 당도하지 않았다.

발을 동동 구르면서도 다들 체념한 것 같았다. 세자는 구할 수 없으리라는 비통한 전망만 넘실거렸다.

몸이 성한 장정도 휩쓸릴 화재다. 운신이 편치 못한 병자를 무슨 수로 살리겠냐는 회의감도 당연했다.

하여 신비는 찰나에 결단을 내렸다.

모두가 포기하더라도 자신만은 그리하지 않기로.

신비는 내시한테서 물동이를 빼앗아 제 몸에 끼얹었다. 그러고는 늘 지니는 면포로 코와 입을 가렸다. 굴러다니는 멍석도 챙겼다.

그러고는 곧장 불타는 동궁전으로 뛰어 들어갔다.

"신비야, 안 돼…!"

등 뒤로 만덕의 외침만이 아련하게 흩어졌다.

일단 저지른 이상 퇴로는 없다. 자욱한 연기를 뚫고 들어갔다. 눈이 매워 앞이 잘 보이지 않았다. 기침을 콜록거리느라 정신도 없었다.

천만다행으로 침전이 있는 전각까지는 불이 붙지 않았다. 그렇지만 시간문제일 터였다.

안도감은 잠시, 신비의 마음은 조급해졌다.

"…세자저하!"

안쪽의 익숙한 문을 발로 걷어찼다.

불벼락과 아우성을 알면서도 세자는 가만히 누워있었다. 천천히 다가올 고통스러운 죽음을 기다리는 중이었다. 발버둥조차 칠 수 없는 몸뚱이를 한탄하기도 지친 모양이다.

언젠가 신비가 창가에 놓아둔 배롱나무 화분만 하염없이 바라볼 뿐이었다.

"넌 정말 사람 말을 들어 먹지를 않는구나."

원치 않은 구원자를 발견한 세자의 동공이 흔들렸다.

"나가라고 몇 번을 말했느냐."

그러나 도피하듯 곧 눈을 감았다.

"제발 날 내버려 두란 말이다."

흰 뺨에 그늘을 드리우는 속눈썹만 얕게 떨렸다.

"나가. 나가서 네 목숨이나 구해라. 아직 늦지 않았다."

슬슬 신비는 화가 났다.

"저하야말로 정녕 사람 말을 듣지를 않으십니다!"

버럭 내지른 호통에 놀라 세자가 번쩍 눈을 떴다.

"소인은 절대 포기 안 한다고 몇 번을 말씀드렸나이까!"

둘러업을 순 없다. 세자는 신비보다 키가 한참 크다. 버들가지처럼 낭창할지언정 사내라서 골격도 크고 묵직하다.

그래서 챙겨온 멍석을 깔았다. 힘껏 세자를 굴려서 그 위로 올렸다. 그가 고통스럽게 신음했지만 어쩔 수 없었다.

"저하를 구할 것이옵니다!"

적신 면포로 그의 코와 입을 가린 뒤, 멍석의 끄트머리를 붙잡고 끌었다.

"이래서는 둘 다 죽을 뿐이다."

쌀가마니처럼 질질 끌리면서 세자가 목소리를 높였다.

"날 버려라."

버려지는 것에 익숙하다는 듯한 말투였다. 평생 그 이상은 기대한 적도 없다는 듯한 말투이기도 했다.

"함께 죽었으면 죽었지, 소인이 저하를 버릴 일은 없사옵니다."

신비는 일갈했다.

죽을힘을 다해서 무력한 병자를 끌었다. 불타지 않은 자리를 골라 계속 전진했다.

바깥에서 힘을 쓰는지, 불길이 번지는 속도가 아까보다 느렸다. 그나마 다행이었다.

"아파도 참으세요, 저하."

턱을 넘을 때 주의를 줄 여력까지 있었다.

"산 채로 타죽는 것보다는 덜 고통스러우실 테니까요."

그때였다.

세자를 들여다보느라 정작 제 위험은 감지하지 못했다. 저쪽에서 불에 탄 대들보가 무너졌다. 둔탁한 어떤 것이 어깨를 쳤다.

"…아!"

신비는 넘어졌다. 그 바람에 옷자락에 불이 붙었다. 얼른 퍼덕거려서 꺼야 했다.

하지만 질질 짤 여유가 없었다. 신비는 다시 멍석과 세자의 옷깃을 움켜쥐고 당겼다.

힘이 빠진 다리로 헛발질을 치면서도 계속 전진했다.

"…도대체 왜?"

울고 다치면서도 기를 쓰고 멈추지 않는 그녀에게 세자가 물었다.

"왜 나를 위해 이렇게까지 하느냐?"

애처로운 하문이었다.

"소인은 원래 이런 사람이옵니다."

신비는 눈에 묻은 검댕을 문질렀다.

"원래 이런 사람이라서 이렇게까지 하는 것을, 도대체 무슨 수로 설명하겠나이까?"

붉게 물든 세자의 눈시울에서는 금방 눈물이 샘솟을 것 같았고, 핏기가 하얗게 가시도록 깨문 입술은 파르르 떨렸다.

"하오니 저하께서도 그냥 소인을 믿으소서."

다시금 신비는 단순한 답을 내밀었다.

"나는…."

이번만은 세자도 어렵게 고칠 방도를 모르겠는지 말끝만 흐렸다.

의연한 선언과 달리, 신비는 점점 진이 빠졌다. 팔다리가 덜덜 떨렸다. 붙잡아 당기는 손아귀의 힘이 풀어졌다.

찰나에 부모님의 최후가 떠올랐다.

끝까지 포기하지 않았던 아버지. 너무나 쉽게 포기해 버린 어머니. 양쪽 모두에게 이유는 타당했다.

하여 신비는 두 분 다 원망하지 않았다. 다만 자신은 아버지의 신념을 더 닮았을 뿐이다.

왜냐하면 선의의 복숭아를 받았기 때문이다.

오얏으로 보답하기 전까지는 포기할 수 없다.

"절대로…, 포기하면 안 돼…."

무너지는 육신을 억지로 버티며 신비는 숨을 몰아쉬었다.

한 걸음만 더. 그리고 또 한 걸음만 더.

차곡차곡 인내를 쌓았다. 이는 다행히 결실로 돌아왔다. 바깥에서 불길을 제법 잡았는지, 탈출할 만한 틈새가 보였다.

명백히 소생할 구멍이었다.

"세자저하!"

과연 반색하는 아우성이 가까워졌다.

"동궁마마를 구해라!"

세자를 끌고 나오는 신비의 주변으로 군졸과 내시, 궁녀들이 뒤섞여 모여들었다. 그들은 두 사람을 둥글게 둘러싸고 대신 불길과 싸워 주었다.

다행이었다. 신비에게는 더 이상 버틸 힘이 없었으니 말이다.

"그거 보십시오."

살았다. 안도감이 휘몰아친 순간 그녀는 무너졌다.

"소인을 믿으시라 하지 않았습니까."

이제는 세자가 대신 버텼다. 엎드려서 팔꿈치로 기었다. 부러진 다리를 흙바닥에 끌었다. 불길이 미치지 못하도록 그녀의 작은 몸을 감싸 안았다.

"…너는 진실로 성가신 사람이다."

그가 손을 뻗어 신비의 뺨에 튄 불씨를 털어냈다.

"설마…?"

흐릿한 의식에도 신비는 알아보았다. 그 손이 이제껏 죽도록 애써도 움직이지 않던 오른손이라는 사실을.

뒤늦게 세자도 깨달았다.

"네가 기어코 움직이게 만들었나 보다."

줄곧 마비되어 있던 기다란 손가락이 움찔거렸다. 꼭 저주가 풀린 것처럼.

"배롱나무가 어제 첫 꽃을 피웠다."

희고 고운 그의 뺨을 타고 눈물이 넘쳐흘렀다.

"그러니 내가 너한테 졌다."

눈물을 흘려서 터트리는 방법 또한 세자는 참 어렵게 되찾았다.

"내 이름은….."

의식을 잃어가는 신비의 귓가에 그가 속삭였다.

"내 진짜 이름은….."

어린애처럼 비밀을 불어넣었다.

"…무작금이다."

마침내 신비는 깊은 잠 속으로 빠져들었다.

2부
세자

무작금은 어린 날의 기억을 붙잡으려고 항상 애썼다. 그것은 아귀 힘을 살짝만 풀어도 손가락 사이로 흩어져버리는 안개였다.

그 희뿌연 잔상 속에는 어미가 있었다.

무작금과 꼭 닮은 사람이었다. 연붉게 꽃을 피운 복숭아 가지처럼 아름다웠다.

어미의 살결은 눈 내린 새벽처럼 희고 맑았다. 팔다리는 버들가지처럼 가냘팠다.

"네 이름이 왜 무작금(無作金, 무작쇠)인지 아느냐, 원자?"

어린 그를 안고서 토닥이며 어미가 물었다.

"튼튼하게 자라나기를 바라서란다."

더운 계절에조차 어미의 손발은 얼음장처럼 차가웠다. 그래도 무작금은 그 품이 좋았다.

"넌 태어날 때부터 병치레가 잦았으니까."

핏줄이 귀할수록 초명草名은 비천하게 짓는 천명위복賤名爲福의 풍습이 있다.

그래야 온갖 악운이며 호환마마(虎患媽媽, 천연두)를 피하고 장수한다고 믿기 때문이다.

"하여 제발 네 아명兒名만은 생모인 내가 짓게 해달라고 주상전하께 사정했지."

얼어붙은 손끝이 무작금의 뺨을 쓸었다.

"앞으로 무슨 일이 벌어지더라도…."

이어서 어미의 목소리가 사시나무처럼 떨렸다.

"다른 사람들이 나를 어떻게 말하더라도…."

심지어 점점 내려앉더니 속삭임으로 변모하였다.

"부디 이 어미를 기억해다오."

위태로운 소원이 두 사람만의 순간으로 지나가자 그녀는 더 이상 말이 없었다. 무작금은 고요하고 서글픈 그 침묵마저도 너무 좋았다.

한데 어미는 하루아침에 사라졌다.

그 순간이 실은 작별이었다는 진실조차 알려주지 않고서.

"어마마마께서는 어디 계시느냐?"

사가에서 피접을 마치고 막 돌아온 참이었다.

무작금은 몸이 아파 정승의 사저에서 보살핌을 받았다. 이제 환궁해도 괜찮겠다는 결정이 떨어지자마자 한달음에 달려왔는데….

중궁전은 텅 비어있었다.

"어마마마께서는 어디 계시느냐?"

우스운 혀짤배기소리였기 때문일까? 아무도 대답하지 않았다.

수다쟁이 유모부터 잔소리를 일삼는 내시, 요렇게 눈치만 보는 궁인들까지…. 죄다 눈을 내리깔고 입을 꾹 다물었다.

"묻지 않느냐!"

답답해서 다그쳐도 묵묵부답이었다.

어리둥절한 의문 속에서 시일이 지났다. 혹시 오늘은 어미가 돌아왔을까 싶어 매일 중궁전을 기웃거렸다.

과연 그러기를 한참 만에, 중궁전에 인기척이 있었다.

반가워서 달려갔으나 어미가 아니었다.

다른 여인이었다. 복숭아 가지처럼 아름답기는커녕 땔감으로도 못 쓸 시든 나무처럼 생겼다.

살결이 희지도 않고, 버들가지처럼 가냘프지도 않았다. 중궁전에 어울리는 사람조차 아니었다.

"이리 오너라, 원자."

한데도 그 여인은 어설프게 두 팔을 벌렸다.

"네가 찾던 어미가 여기 있다."

스스로 말하면서도 불편한 낯이었다.

"아니다. 어마마마."

무작금은 주춤주춤 물러섰다.

"어마마마께서는 어디 계시느냐?"

자못 절망적인 심정으로 물었다.

그래봤자 또 허공에 대고 묻는 꼴이었다. 아무도 대답하지 않았다.

구중궁궐에 사람이 그리 많은데 정적만 감돌았다. 하물며 어미와 함께 있을 때처럼 기분 좋은 침묵도 아니었다.

"진짜 어마마마를 모셔 와라!"

꾹 억눌렀던 분통이 터졌다.

무작금은 바닥에 주저앉아 엉엉 울었다. 제 앞에 진짜 어미를 데려

올 때까지 멈추지 않을 작정이었다.

"뚝 그치지 못하겠느냐, 원자!"

하지만 막상 궁인들이 헐레벌떡 대령한 사람은 도산대비였다.

무작금은 늘 할머니를 제일 무서워했다.

아니, 정확히 말하면 어미가 강강한 시어머니를 몹시 무서워했고, 무작금은 거기서 공포를 배웠다.

"네 어미는 여기 있지 않으냐."

태산처럼 선 도산대비는 아까 그 여인을 가리켰다.

하릴없이 다시 그녀를 보았다. 물끄러미 와닿는 어린 시선에 그녀는 멋쩍게 웃었다.

싫으면서 싫지 않은 척. 원하지 않으면서 원하는 척. 찰나에 무작금은 위선을 깨달았다.

아니다. 역시 어미가 아니다.

"어마마마가 아니옵니다."

무작금은 용기를 쥐어짰다.

"소손의 어미는 어디에 있사옵니까?"

무시무시한 조모에게 도전했다.

"할마마마께서 숨기셨사옵니까?"

마찰음이 튀었다. 도산대비가 손수 백 상궁의 따귀를 때렸다. 원자를 체벌할 수 없어 그 아랫사람을 대신 벌하는 것이다.

감히 맞은 자리를 부여잡지도 못하는 백 상궁을 보고 무작금은 입을 다물었다.

"딱 한 번만 말할 테니 잘 들어라."

도산대비가 후려친 손을 거둬들였다.

"네 어미는 더 이상 없다."

엄정한 선언만 내렸다.

"감히 하해와 같은 주상의 성총을 저버렸으니까."

급기야 벌컥 성을 냈다.

"그리하여 아들인 너까지 버렸느니라."

무작금의 가슴이 덜컥 내려앉았다.

"…대비마마!"

아까 그 낯선 여자가 우물쭈물하며 나섰다.

"차근차근 설명해 주어야 원자도 받아들이지 않겠사옵니까?"

도산대비는 이마를 짚었다.

"아직 어린아이다. 유모의 품에서 세월을 보내고 나면…. 어차피 아무것도 기억하지 못할 것이야."

"하오나 당장 어쩔 줄을 몰라서 이렇게…."

"이게 원자를 위하는 길이다."

도산대비는 낯선 여자의 측은지심을 싹둑 잘랐다.

"원자는 여염의 사내애가 아니다."

대신, 방향이 전혀 달라 보이는 또 다른 걱정을 내밀었다.

"장차 보위를 이을 국본이지."

도산대비가 결론을 내렸다.

"당장은 힘들어도 결국에는 이해할 것이니라."

그 끝에서 내려다보는 시선이 차가웠다.

"네 어미는 여기 있다."

재차 그 낯선 여자를 또 가리켰다.

"도대체 왜…?"

답답해 죽겠는데 무작정 틀어막히는 입에 무작금은 질식할 지경이었다.

“어마마마라고 불러 보아라.”

그래도 도산대비는 무시했다. 그의 작은 등을 낯선 여자에게로 밀기만 했다.

“어서!”

코앞까지 바싹 떠밀렸다. 여인의 낮은 콧등에 앉은 주근깨와 모공이 보였다. 어미와는 전혀 달라 역한 체취도 맡았다.

더는 가까이 다가가고 싶지 않았다.

“…어마마마.”

마지못해 무작금은 중얼거렸다.

“옳지.”

그의 굴복은 도산대비를 만족시켰다.

“네 어미는 여기 있으니, 다시는 어리광 부리지 마라.”

비로소 떠미는 힘에서 풀려난 무작금은 황급히 뒷걸음질 쳤다.

하지만 아무리 뒷걸음질 쳐도 요지경 속에서 헤매는 기분이었다.

구중궁궐 전체가 미쳐버린 모양이었다. 멀쩡한 어미의 자리에 다른 여자를 갈아 끼워 넣고는 아무 일도 없었던 척했다.

원자 아기씨께서 장성하면 전부 잊을 테니까, 당장 지금만 모면하자고 뜻을 맞춘 것 같았다.

무작금은 덩달아 미칠 지경이었다.

“진짜 어마마마는 어디 계시느냐?”

때로는 생모보다도 더 어미 같은 유모에게 조용히 물었다. 진실을 알려만 준다면 둘만의 비밀로 삼겠다고 어른스러운 회유까지 내밀었다.

“중전마마라면…, 아침에도 중궁전에서 뵙고 오셨잖아요?”

그렇지만 유모마저도 그 낯선 여자처럼 위선적인 미소로 화답했다.

참다못한 무작금은 대전으로 갔다.

아비는 이 지경에 이르도록 침묵만 지키는 중이었다. 부조리한 상황 한복판에서 혼란스러운 아들을 구경만 했다.

껄끄러운 역할을 전부 여자들에게 맡겨놓고, 한 발 뒤로 빠져 정리되기만 기다렸다.

"어마마마께서는 어디 계시옵니까?"

무턱대고 묻는 어린 아들을 바라보는 부왕의 용안은 자애로웠다.

"어찌 그리 묻느냐?"

왕이 커다란 손을 뻗어 무작금의 머리를 쓰다듬었다. 온정적인 손길에 서운한 마음이 녹아내렸다.

"어마마마가 사라졌는데 다들 모른 척하옵니다."

무작금은 눈물을 뚝뚝 흘렸다.

"차라리 속 시원하게 알려주면 좋을 텐데 이대로는 답답하기만 해서…."

그러나 울먹임은 오래 이어지지 못했다.

"이제 와 깨닫다니 새삼스럽지만…."

가만히 듣던 왕이 딱 한 마디를 뱉은 탓이다.

"넌 내 아들이지만 네 어미를 더 닮았구나."

무작정 갈아 끼운 가짜 어미를 이르는 게 아니었다. 처음부터 존재하지도 않았던 양 순식간에 사라진 진짜 어미를 가리키고 있었다.

바로 거기서 무작금은 경고를 읽었다. 부왕의 양가적인 감정을 짚어냈다.

사랑이면서 혐오였다.

껄끄러운 그 속내는 부왕의 눈에서 일렁였고, 호흡에서 묻어났다.

아비가 지닌 감정의 추가 부정적인 쪽으로 쏠리면 큰일이 날 것 같았다.

흐르던 눈물이 쏙 들어갔다.

"그래, 네 어미는 어디에 있지?"

더 이상 아들이 울지 않자 왕은 조용히 하문하였다.

정녕 무서워해야 할 대상은 도산대비가 아니었다. 앞장서서 으르렁거리는 암호랑이의 뒤에는 더 큰 위험이 도사렸다.

굳이 전면에 나서야 할 까닭이 없기에 절대적인 권력이었다.

"…중궁전에 계시옵니다."

하여 무작금은 쉽게 정답을 찾았다.

"아침에도 문후 여쭈었사옵니다."

"옳지."

아들의 굴복은 왕을 만족시켰다.

"그래야지."

더는 단순히 아버지와 아들의 관계가 아니었다. 군주와 후계자의 관계였다.

그래서 회유와 순종의 단계를 거쳐, 명령과 굴종의 질서에 정착했다.

어디로 간지 모를 생모는 나를 지켜주지 못한다.

어미는 나를 버렸다.

혼란과 공포 속에서 무작금은 결론을 내렸다. 어린 마음에 내린 그 결론이 올바른지 아닌지는 상관없었다. 당장 중요한 것은 외톨이라는 그의 처지였다.

이후로 무작금은 결코 울지 아니하였다.

눈물 흘리는 방법마저 아예 잊을 때까지.

다들 원하는 대로 아무것도 기억 못 하는 어린아이 행세에 몰두했다. 원자가 망령된 의문에서 벗어났다고 안심시켰다.

그리하여 비로소 안전해졌다.

"과인은 왕세자를 세워 명분을 바로하고 국운을 안온케 이어가고자 한다."

착한 원자에게는 세자 책봉이라는 훌륭한 보상이 주어졌다.

사정전思政殿에서 책문을 읽었다. 금보金寶와 옥책玉冊이 내려왔다.

동시에 운焞이라는 휘자를 받들었다. 장차 임금의 이름이 될 글자였다.

"굽이굽이 흐르는 물처럼 마음이 큰 사내가 되어라."

훗날에는 피휘避諱하느라 아무도 거론하지 않을 명名이었다.

부왕께서는 비천한 아명을, 자식이 건강하길 소망하며 어미가 지어준 간곡한 이름을, 깨끗이 지우셨을 뿐이다.

"조심스럽게 조종祖宗의 빛나는 발자취를 따라갈지어다."

왕이 말했다.

"깊은 못을 건너고 살얼음을 밟듯이⋯."

무심코 무작금은 어미의 차가운 품을 떠올렸다. 주변의 공기마저 내려앉아 버린 양 스산한 침묵을 돌이켰다.

그러나 이제 어미는 진실로 깊은 못이요, 얇게 언 살얼음이었다. 실수로 발을 잘못 디디지 않기 위해 전부 잊은 척해야만 했다.

"성은이 망극하옵니다."

하지만 정녕 잊지는 아니하였다.

***

잊은 척하다 보면 진실로 잊기 마련이다.

무작금은 어린아이였다. 붙잡으려 애썼던 기억에 점점 소홀해졌다. 손가락 사이의 안개처럼 흘러가도록 내버려 두었다.

세자 노릇도 제법 마음에 들었다.

모두가 장차 대업을 이을 국본이랍시고 경외하였다. 철부지 소년이
혹할 만한 찬사가 넘실거렸다.

무작금은 황홀한 거품 속에 있는 기분이었다. 절대 그 거품이 방울
방울 터지지 않기를 바랐다.

한데 안타깝게도, 기어이 거품은 흐물흐물 녹아버렸다. 한 구석이
흐무러지자 잇따라 모든 거품이 급속도로 무너졌다.

범인은 철성대군이었다.

그리고 공범은 부왕이었다.

"글월을 제법 잘 외는구나."

무작금이 아우와 함께 어전에 나아간 날이었다.

자식들의 소양을 친히 살피는 임금께서 이것저것 하문하시면, 두
아들은 열심히 아뢰었다.

"학문에 몰두하는 자세가 착실하단 말이지."

똑같이 잘 대답해도 철성대군만 칭찬하는 부왕의 모습이 거슬렸다.

"어디, 덕德에 대해서도 말해 보아라."

"도道를 행하여 마음에 얻음이 있을 때 덕이라 하였사옵니다."

신나서 뽐내는 철성대군의 모습도 거슬렸다.

"《주역周易》에서는 옛 성현의 언행을 많이 앎을 덕이라 하였고, 《대
학大學》에서 이르는 명덕明德 또한 모두 얻는 것을 가리키옵니다."

안 그래도 철성대군은 여러모로 다른 아우들과 달랐다.

낯선 여자였던 중전 문씨가 낳은 적자인데다가 바닥이나 긁는 후궁
소생들에 비해 확연히 총명했다.

부왕을 연상시키는 구석도 많았다. 용모와 별개로 말투와 생각, 걸
음걸이까지도.

"그래, 벌써 경서를 많이 읽었구나."

물론 왕도 같은 생각이었다.

"철성대군 너는 이 아비를 참 많이 닮았다."

무작금은 마른침을 삼켰다.

나보다는 네 어미를 더 닮았다던 부왕의 옛 말씀이 뇌리를 스쳤다. 꽤 오래 잊고 지냈는데도 말이다.

얄궂게 그때의 공포감까지 스멀스멀 올라왔다.

"적자가 하나 더 있어서 든든하다니까."

왕의 안심은 사특한 뱀처럼 무작금의 가슴에 불안의 똬리를 틀었다.

"동복아우이니 서로 의지하며 사이좋게 지내거라, 세자."

철성대군이 자신과 같은 배에서 태어나지 않았음을 무작금은 잘 알았다. 하지만 이미 굴종은 습관이 되었다.

"유념하겠사옵니다, 아바마마."

"형제가 많아야 외롭지 않은 법이지."

아무것도 모르는 왕은 껄껄 웃었다.

"아우가 이토록 의젓하니 우리 세자는 진실로 외롭지 않겠어."

아니, 정녕 아무것도 모르실까?

무작금은 초조하게 부왕의 웃음을 응시했다.

툭툭. 툭. 여태 그를 둘러싼 황홀한 거품이 꺼져가기 시작했다. 방울방울 맺혔던 형체를 알아보기 어렵게 사그라졌다.

거품이 사라지고 나니 또 외톨이였다.

궁중에는 후궁이 많았다. 후궁들이 각기 낳은 자식은 더 많았다. 이복아우들에게는 당연하게 있는 어미가 자신에게는 없었다.

필연적으로 다른 형제들과 공유해야 하는 부왕과 조모의 사랑은 가변적이다.

업어 키운 유모의 사랑은 비천하여 든든한 울타리가 되어줄 순 없었다.

사실 세상 어느 애정도 스스로 육신을 헐어 자식을 창조한 어미의 절대적인 사랑과는 동일선상에 둘 수 없다.

그런데 생모는 나를 버렸다.

무작금은 어린 마음에 내린 결론을 다시 꺼냈다.

그래서 외로웠다. 하지만 원망하면서도 또 갈구했다. 자신을 버린 어미마저 없으면 진실로 혼자일 것만 같았다.

입술을 깨물며 어전에서 물러나는데, 속도 모르는 철성대군이 다가왔다.

"형님…. 아니, 세자저하! 이따가 제기차기라도 하시겠습니까?"

아우의 얼굴은 선의로 가득했다.

"너는 글을 읽어야 하지 않겠느냐?"

그런데도 무작금은 쏘아붙였다. 초조함과 두려움이 시기심까지 낳은 탓이었다.

"나중에 또 나 대신 칭찬을 들으려면 말이다."

"…예?"

철성대군의 동공이 흔들렸다. 그 역시 왕실의 혈통이다. 위험한 신호를 본능적으로 읽을 줄 안다.

"어디, 내 모자도 한번 써보겠느냐?"

무작금은 제 머리에 얹은 관(冠)을 툭툭 쳤다.

"너한테도 어울리겠다고 생각하고 있지?"

"아, 아니옵니다!"

철성대군은 손사래 쳤다.

"왜? 네 어마마마께서도 그리 생각하실 텐데."

무심코 내뱉은 본심으로부터 피학적인 쾌감을 느꼈다. 자기 자신을 괴롭히면서도 일종의 해방감이 들었달까.

"당치 않으시옵니다. 중궁전께서는 저하의 어마마마이시옵니다."

철성대군은 시선을 피했다.

과연 아우도 왕실에서 필사적으로 감추는 비밀을 알까?

아주 모르지는 않을 터였다. 틀어막을수록 진실은 틈을 비집고라도 드러나기 마련이다.

그래, 이참에 비집고 나오도록 아예 제대로 벌려봐야겠다.

"난 할 일이 있다."

무작금은 철성대군의 어깨를 툭 쳤다. 생각보다 힘이 세게 들어갔는지 철성대군은 휘청거렸다.

"살펴 가거라, 아우야."

뒤도 안 돌아보고 떠나는 무작금과 달리, 철성대군은 뿌리박힌 나무처럼 그대로 서서 감정 상한 형님을 지켜보았다.

무작금은 어디부터 뒤지면 될지 잘 알았다. 사실 항상 생각하고 있었지만, 실행할 마음을 먹지 않았을 뿐이다.

중궁전의 위선적인 미소. 대비전의 부릅뜬 눈. 성상의 양가적인 감정…. 그 세 가지가 견고한 올가미처럼 그를 옥죄었으니까.

하지만 지금은 거품이 사그라졌다.

그는 잃을 게 없는 외톨이였다.

무작금은 혼궁(魂宮, 삼년상 동안 신위를 모시던 전각)으로 갔다.

얼마 전에 대왕대비께서 승하하셨다. 덕분에 증조할머니의 애책문(哀冊文, 왕과 왕후의 승하를 애도하는 글)을 비롯한 글월이 버젓이 궁중에 있었다.

적당히 효성스러운 이유를 내밀며 주변을 물렸다. 그리고 대왕대비를 추모하는 기록 하나하나를 샅샅이 뒤졌다.

과연 거기에 마지못해 남겼을 기록이 있었다.

"…성모聖母의 손자이신 성상께는 여러 자식이 있어, 계묘년에 이르자 그중에서 맏아들을 동궁으로 삼으셨으니…."

고인의 가계를 설명하는 단락이었다. 장황하게 뻗어 내려온 가지에서 비로소 무작금은 제 존재를 찾았다.

"폐廢 중전 곡산 연씨의 소생이다."

그것이 바로 생모가 남긴 단출한 이름이었다.

"폐비 연씨…?"

무작금은 몹시도 낯설게 따라 읽었다.

"폐비의 아들!"

그리고 제 존재를 다시 정의하였다. 이질적이었다. 대강 짐작하고 있었는데도 충격적이었다.

"왜 아바마마께서는 내 어미를 폐하셨을까?"

무작금은 핵심적인 의문을 마주했다.

하나 더는 단서가 없었다. 단지 그 아래로 중전 문씨의 소생인 철성대군에서부터 이복아우들이 쭉 적혀 있을 뿐이었다.

불쑥 또 다른 의문이 떠올랐다.

"…폐서인된 어미는 궐 밖에 아직 살아 계실까?"

아니, 희망 한 줄기가 피어올랐다.

"어미도 나를 못 잊어 그리워하시는가?"

뜻밖의 간곡한 기대감은 곧 눈물로 번졌다.

"어마마마…."

속절없이 무작금은 어린 시절처럼 그 존재를 찾아 헤맸다.

문득 바깥에서 인기척을 느꼈다. 무작금은 황급히 소매로 눈물을 닦았다. 뒤적이던 글월을 서둘러 치웠으나 전부 숨기지는 못했다.

"세자!"

기별 없이 열린 문 사이에는 도산대비가 서 있었다.

"여기서 혼자 무얼 하느냐?"

의심스러운 시선이 질주하였다. 흐트러진 책문과 나뒹구는 종잇장까지 이르렀다.

도산대비도 거기에 무엇이 적혀 있는지 알 터였다.

아니나 다를까, 노숙한 옥안이 창백하게 질렸다.

"대왕대비전이 그리워 잠시 들렀사옵니다."

무작금은 얼버무렸다.

"곡을 하다 보니 주변을 좀 어질렀나이다."

눈물 젖은 뺨이 뜻하지 않게 도움을 주었다.

"…정말 그뿐이더냐?"

에둘러 물을 만큼 잔질지는 못한 할머니였다.

"어찌 그뿐이 아니겠사옵니까."

그러나 애초에 손자에게 입 다물고 모르는 척하는 법을 가르친 사람 또한 조모였다. 무작금은 흔들림 없이 대꾸하였다.

"할마마마께서는 어인 연유로 납시셨는지요?"

역으로 화살을 돌렸다.

"…중전이 널 걱정하며 찾기에 혹시 싶어서 와 봤다."

"어마마마께서 소자를요?"

그 낯선 여자를 향한 표현에 익숙해진 지 오래인데, 어째서인지 갑자기 또 껄끄러웠다. 입 안 가득 모래를 머금은 양 불쾌했다.

"낮에 너와 철성대군 사이에 무슨 일이 있었던 것 같다던데…?"

떠보듯 도산대비가 눈썹을 추켜세웠다.

“그럴 리가요.”

대놓고 무작금은 부인했다.

“아우가 글공부를 성실히 하는 모습에 안도하며 헤어졌을 뿐인데요.”

어차피 도산대비든, 중전 문씨든 있는 그대로 털어놓으랍시고 닦달하지도 못할 터였다. 그들에게는 묻고 싶어도 적당히 하문할 방도가 없다.

왕실에는 폐비를 거론하지 않고서는 도저히 꺼낼 도리가 없는 주제만 산처럼 쌓였을 뿐이다.

“세자….”

다만 도산대비는 경고하는 낯을 보였다.

“말씀하소서, 마마.”

무작금은 개의치 않았다. 오히려 한번 해보시라고 멍석을 깔아드렸다.

“…됐다. 궁인들에게 깨끗이 치우라고 일러야겠구나.”

과연 도산대비는 한 발짝 물러섰다. 조모를 상대로 승리하는 경우는 많지 않다. 무작금은 슬쩍 의기양양해졌다.

“하오시면 소손은 이만 물러가겠사옵니다.”

승리감에 취해 그는 돌아섰다.

다만 어디에도 온전한 승리는 없었다. 잊은 척하면서도 잊을 수 없었던 어미의 흔적 하나를 찾았지만, 무작금은 여전히 미궁 속에 있었다.

외롭고 두려우며 또한 고독한 어둠 속에서 아주 미약한 빛 한 줄기나마 발견했을 뿐이다.

“…궐 밖의 어미도 나를 못 잊어 그리워하시는가?”

그래도 무작금은 그 미약한 희망에 골몰하였다.

금방 부질없이 부서질 기망冀望인 줄도 모르고서 말이다.

＊＊＊

며칠이 지났다.

저녁 문후를 여쭙고자 대비전을 찾았는데, 웬일로 도산대비가 없었다. 늘 손자 맞이할 시각을 맞춰 기다리시는 분인데 희한했다.

"자전께선 금방 환궁하실 터이니 잠시 기다려 주소서."

차와 다과를 내오던 나인이 말했다.

"알았다."

무작금은 검푸른 혜鞋를 벗은 발만 꼼지락거렸다. 비가 많이 오는 날이었다. 신발 밑창 한구석이 뚫렸는지 버선이 축축했다.

"망극하옵니다만, 소인이 소문을 들었사옵니다."

한데 놀랍게도 상차림을 마친 나인이 물러나지 않고 말을 붙였다.

"…뭐?"

그는 눈썹을 추켜세웠다. 무심히 넘긴 상대의 얼굴을 다시 봤다.

무작금 또래의 어린 궁녀였다. 아마 도산대비의 수양딸 노릇을 위해 입궁했을 터였다. 여러모로 시달리며 자란 까닭인지, 깡마른 체구에 인상은 강팍했다.

막상 왕세자의 시선을 정면에서 받자, 궁녀는 광대가 툭 불거진 마른 얼굴을 붉혔다.

"저하께옵서…."

그녀는 숨을 크게 들이쉬더니 대뜸 내뱉었다.

"폐모廢母에 대해 캐물으신다면서요?"

무작금은 허를 찔렸다.

솔직히 사실이기는 했다. 폐비 연씨라는 금지된 존재. 그 단출한 흔적을 일단 발견하고 나니 전처럼 모른 척할 수가 없었다.

휘하의 궁인들을 닦달하였다. 그러나 모두 옛날처럼 입을 다물었다. 달래고 꾸짖고 매를 때려도 모르쇠로 일관하였다.

궁인들은 더 크고 무서운 권력을 두려워했다. 지존께서 엄정히 내리셨을 무언의 금언령이 궁궐 안팎을 지배하고 있었다.

"…내 성질머리치고 꽤 조용히 하는 소일거리였는데?"

무작금은 평정을 가장했다.

"궁인들 사이에선 발 없는 말이 천 리를 가는 법이지요."

나인이 침을 꿀꺽 삼켰다.

"웃전들까지 알아차리시기 전에 그만두소서."

"네가 뭔데 나한테 충고하느냐?"

괘씸하기도 전에 희한해서 물었다.

"도산대비전 지밀방의 정가 이정이라 하옵니다."

침착하게 통성명을 앞세우던 그녀는 다시금 의표를 찔렀다.

"…소인이 알려드릴 수 있사옵니다."

"알려준다고?"

"예, 어쩌다 곤전께서 폐서인이 되셨는지를요."

무작금은 귀를 의심했다.

덥석 물기에는 너무 좋은 미끼였다. 생전 처음 보는 궁녀가 그토록 애타게 답을 찾던 난제를 풀어주겠다니, 반갑기는커녕 구린내만 진동했다.

"왜, 아등바등하는 내가 불쌍해서?"

그는 미소 지었다. 아름다운 겉가죽 속에 숨겨둔 결핍이 불쑥 치솟았다.

“아니면 할마마마께서 날 구워삶으라고 시키시더냐?”

서슬 퍼런 눈씨에 이정이 입술을 달싹였다.

“미리 준비한 핑계가 있사오나, 어차피 통하지 않을 테니 바른대로 고하겠나이다.”

이내 조곤조곤 아뢰었다.

“예, 대비께서 소인더러 저하를 좀 달래보라고 시키셨사옵니다.”

“…뭐?”

“저하의 요즘 행실이 주상전하의 귀에까지 들어갈까 염려하시거든요.”

무작금은 말문이 막혔다.

“여기서 듣고 잊으소서.”

이정이 어둡게 말했다.

“그리고 절대 주상전하든, 대비마마든…. 어느 분의 앞에서도 티를 내지 마소서.”

알아도 모르는 척하라.

그것은 기억하면서도 잊은 척하라는 불문율과 다를 바가 없었다. 무작금에게는 불합리한 만큼 익숙한 수수께끼이기도 했다.

곤쟁이를 주고 잉어를 낚으려는 덫인가?

빤히 보이는데도 사람 마음이 참 어쩔 수 없다. 노골적인 회유인 줄 알면서 못 본 척 지나치기가 어려웠다.

“…좋다.”

무작금은 모정을 갈구하는 가슴 속 어린아이에게 패배하고 말았다.

“내 생모에 대해 알려주면 더는 궁중을 들쑤시지 않으마.”

“더 이상 수소문하지 않으시겠다 약조하시는 것이옵니다.”

재차 장담을 받아내는 요구가 당돌했다. 하지만 이미 덫에 걸린 무작금은 끄덕였다.

“…저하의 모후께서는 후궁들을 투기하여 부덕한 행실을 일삼으시다 폐출되셨사옵니다.”

비로소 이정이 답을 내밀었다.

“투기하다가 쫓겨나셨다고?”

문두부터 당혹스러웠다.

“천하에 투기하는 부인이 한둘이 아닐진대, 그깟 연유로 왕후를 폐한다고?”

전혀 투기하지 않는 부인은 지아비를 진심으로 사모하지 않는 것이니, 세간에서는 이 또한 사대부 부인의 미덕에 어긋난다고 가르치기도 한다.

여인네 입장에서야 이래도 문제고 저래도 트집이라, 뭐 어쩌라는 건지 모를 만도 하지만…. 일단은 그랬다.

“정도가 지나쳤다고 들었사옵니다.”

이정이 대답했다.

“소상한 사연은 모르오나…, 상감마마를 원망하는 불충까지 저지르셨다고요.”

임금은 한 여인의 지아비이기 전에 지존이다. 애초에 원망의 대상이 될 수 없는 존재다. 그것은 곧 반역이자 역심이기 때문이다.

“하물며 사가로 내쳐진 뒤에도 폐비는 뉘우칠 줄 모르고 주상전하를 원망한다는 정황이 뚜렷하였사옵니다.”

“…정황?”

“옷감으로 새 옷을 지어 입고, 분을 발라 얼굴을 꾸몄으며, 언젠가 환궁하는 날 모두에게 복수하겠답시고 이를 갈았다고요.”

“그건 너무….”

가엾은 여자를 음해하려는 악질적인 험담처럼 들렸다.

하지만 입을 조심해야 한다. 어떤 상황에서든 성상에 맞서 역심을 품은 자를 두둔하는 말을 해서는 안 된다.

장차 이어받을 권력을 사이에 둔 국본이라는 미묘한 입장에서는 더 더욱 그렇다.

"아무튼 그러다가 졸하시어 마지막 배소였던 장단(長湍, 오늘날 경기도 파주)에 묻히셨다고 들었나이다."

한참 만에야 무작금은 그 의미를 이해했다.

"어, 어떻게 돌아가셨다더냐?"

"명나라 황제가 묻거든, 폐비는 근심에 시달리다가 파리해져 졸하였다고 답하라고…. 주상전하께서 명하신 적이 있다 하옵니다."

이정이 시선을 피했다.

"…그래, 정녕 이미 세상에 아니 계시구나."

잠시나마 품었던 희망이 산산조각으로 흩어졌다.

"궐 밖에서 나를 그리워하며 기다리시는 게 아니었어."

다시 버려진 기분이었다. 우는 법이라도 진즉 잊어서 다행이었다. 아니었으면 강이라도 능히 이룰 만큼 눈물을 흘렸을 터였다.

"생모의 허물이 명백하니 조용히 덮고 잊으소서."

이정은 그의 눈물 없는 울음을 이해하지 못했다.

"투기심이 지나친 것만으로도 국모의 자질이 없사온데, 이를 구실로 상감마마를 원망하기까지 했사옵니다. 진실로 죄인이옵니다."

당장 그가 듣고 싶은 말은 그런 게 아니라는 사실도 몰랐다.

"생모의 존재는 장차 저하께 누가 될 뿐입니다."

심지어 이정은 무작금이 외면하고 싶었던 부분까지 꼬집었다.

이제 그는 완벽하게 이해했다. 왜 왕과 도산대비를 비롯한 모든 사람이 폐비의 존재를 아예 지워버렸는지를.

성상의 적장자인 그에게 폐서인의 아들이라는 꼬리표를 붙이지 않으려는 뜻이었다.

종친 사저의 차남으로서 어쩌다 보니 보위에 오르신 부왕께서는, 후계자에게만은 티끌만큼의 흠결도 없는 정통성을 보장하고 싶으셨던 것이다.

그래서 어미는 하루아침에 사라졌다. 계모가 갈아 끼워졌다. 어린 시절의 기억에는 입마개가 씌워졌다.

성은이 망극하다고 감읍해야 할까? 하지만 물정 모르는 어린아이에게 베풀기에는 잔인한 보호가 아니었을까?

"…한데 할마마마께서는 왜 하필 너에게 이런 일을 시키셨느냐?"

상처받은 속을 감추기 위해 화제를 돌렸다.

"소인이 적합한 사람이기 때문이지요."

이정의 목소리가 낮게 내려앉았다.

"연치 때문인지 대비마마께선 간혹 밤에 침수를 못 드시옵니다. 그리고 그런 밤이면 약주를 몇 잔 드시지요."

과연 상상할 만했다.

"한데 저번 날 밤에는 평소보다 취기가 많이 오르셨는지…."

불쑥 그녀는 또 미끼를 던졌다.

"시중드는 소인을 보시고 폐비가 생각난다고 하셨나이다."

아무것도 의도하지 않은 척 스스럼없는 말투 속에 은근한 유도가 숨어있었다.

"볼수록 생김새가 닮았다고요."

대수롭지 않게 매듭지은 결말마저도 원하는 방향이 있었다.

"…네가 내 어마마마를 닮았다고?"

무작금은 또 어쩔 수 없이 걸려들었다.

새삼스레 이정의 얼굴을 훑어보았다. 이목구비야 잘 쳐주어도 평범한 수준이었다.

특유의 분위기 정도나 매력으로 꼽을 만했다. 깡마른 체구와 신중한 태도에서 칼끝처럼 날카로운 예민함이 묻어났다.

다만 희미한 기억 속의 어미와는 닮지 않았다.

억지로 흩어진 잔상을 긁어모았다.

어미는 얼굴이 희었다. 미소는 붉게 번졌다. 존재만으로도 공간을 지배해버리는 분위기가 있었다. 누구와도 비교가 안 될 만큼 아름다웠다.

그렇지만….

무작금은 이정의 말을 믿고 싶은 마음에 압도되었다.

진짜 어미가 돌아올 수 없는 곳으로 떠났다면, 어미와 닮은 존재라도 있기를 바랐다.

그래야만 외톨이가 아닐 테니까.

"폐모는 잊으소서."

그의 동요를 가만히 응시하던 이정이 속삭였다.

"…대신 소인이 저하의 곁에 있겠사옵니다."

노골적인 회유라서 달콤했다.

"생모가 그리운 날에는 소인에게 기대어 이 얼굴을 보소서."

동시에 노골적인 회유라서 위험했다.

"…오늘은 대신 문후를 여쭐 내시를 남겨두고 가봐야겠다."

반쯤 덫에 걸렸으면서도 무작금은 가까스로 자리를 피했다. 속절없는 유혹의 공간으로부터 달아났다.

바깥의 비바람은 더욱 거세졌다. 세찬 빗줄기에 내시가 쥔 길잡이 등불이 자꾸만 꺼졌다.

"잠시만 기다리소서, 저하!"

전전긍긍하던 환관은 비 가리개가 붙은 튼튼한 등불을 가져오겠다며 곁을 비웠다.

덕분에 홀로 적막한 고독을 마주하고 말았다.

"어마마마…."

홀로 속삭이며 무작금은 어둠을 응시했다.

"소자는 원망스럽사옵니다, 어마마마…."

생모는 왜 죄를 지어서 쫓겨났을까? 그 바람에 자신은 영영 버림받았다. 보호막도 없이 내동댕이쳐졌다.

정녕 아들을 사랑했다면 질투하지 말지. 다른 여자들처럼 꾹 참고 속으로 삭이지.

옹졸한 책망이 울컥 솟아났다. 스스로도 부당한 감정임을 알았다.

그러나 부왕을 원망할 순 없다. 천하에 임금을 원망하는 신하는 있을 수 없을뿐더러, 아비를 원망하는 자식은 사지를 찢어 죽일 불효자라고 배웠다.

하여 임금으로부터 죄인이라 공언된 어미를 대신 원망할 수밖에 없다. 버림당함으로써 자신을 버린 어미를 원망했다.

폭주한 감정의 끝은 공허함이었다. 허무한 동시에 각인과도 같이 강렬한 감정이었다.

무작금은 제 가슴에 뚫린 구멍을 움켜쥐고 흐르지 않는 눈물만 흘렸다.

"하늘에서만은 소자를 잊지 못해 그리워해 주시겠습니까?"

끝없는 어둠만 펼쳐진 허공을 바라보며 물었다. 그러자 그 자신조차 빛줄기 하나 들지 않는 어둠이 되어버렸다.

***

이튿날에야 비는 이지러졌다. 맑게 갠 하늘의 볕이 찬란했다.

하지만 무작금의 마음은 그대로 어둠이었다.

그는 계속해서 지난밤의 폭로를 곱씹었다. 이정이라는 나인의 말을 진실로 믿어도 될까?

궁인을 부려 덫을 놓았으면서, 앞에서는 여전히 침묵을 고수하는 도산대비 때문에 혼란은 가중되었다. 문후 여쭐 때마다 마주치는 조모의 시선에는 동요가 없었다.

다시, 무작금은 답답해서 미칠 지경이었다.

그렇지만 결국 이정이 속삭인 낱말들의 진위에 대한 의심을 거두었다. 진실이든 아니든 상관없다는 무력감이 들었다.

어차피 어미는 죄를 짓고 폐서인이 되었고, 다시는 돌아올 수 없는 죽음으로 떠나버렸다.

하여 궁중에 어미의 얼굴을 닮은 나인이 존재한다는 말이라도 믿고 싶었다.

"아니, 제발 그 나인이…."

부끄러운 본심마저 속삭였다.

"진실로 내 어미를 닮았으면 좋겠는데…."

유약하게 변질한 소망과 함께 무작금의 소년 시절은 끝났다.

그는 과거를 묻었다. 앞만 보고 살았다.

달리다가 숨이 턱 밑까지 차올라 죽을 지경일 때에는 이정을 찾았다.

태연자약한 덫이요, 회유인 줄 알면서도 어쩔 수 없었다. 그녀의 얼굴에서 어미의 흔적을 찾느라 애쓰는 것만이 유일한 위안이었다.

그러기를 몇 년 거듭하여, 그는 청년이 되었다.

키가 많이 컸다. 유별난 장신인 부왕의 신장까지 따라잡았다.

어깨가 넓어지고, 손과 발도 커졌다. 힘까지 꽤 세져서 익위사(翊衛司, 세자의 호위와 보필을 담당하던 부서)의 관료와 겨루어도 뒤지지 않았다.

검은 머리가 무르익고서부터 가장 재미를 붙인 취미는 승마였다. 말안장에 걸터앉아 질주하면 사사로운 마음이 사라졌다.

오늘도 무작금은 말을 탔다.

괜히 누가 알은척하고 잔소리할세라, 미복微服을 잽싸게 환복할 요량으로 옥천교玉川橋를 지나는 길목이었다.

"말을 타다 오십니까?"

그런데 철성대군과 마주쳤다.

"저하께서는 재주도 좋으시옵니다."

철성대군은 돌다리 아래 졸졸 흐르는 금천에 발을 담그고 서 있었다. 벗지 않은 그의 비단신은 물에 흠뻑 젖어 있었다.

"저는 꿈틀거리는 게 겁나서 말 등에는 별로 오르고 싶지 않던데."

잡담에 곁들인 눈빛은 멍했다.

"어릴 때는 곧잘 타지 않았더냐?"

무작금은 부왕을 닮아 글도 잘 외고 말도 잘 탔던 어린 시절의 철성대군을 기억했다.

"음, 그랬던가요?"

한데 지금의 철성대군은 얼빠지게 콧노래만 흥얼거렸다.

"너는 물에 빠진 생쥐 꼴로 무얼 하느냐?"

생뚱맞게 끊어진 대화를 무작금이 이어갔다.

"물고기를 잡으려고요."

철성대군이 맨손으로 첨벙거렸다.

"점괘를 보려면 하늘과 땅의 조상님께 제물을 바쳐야 하거든요."

"…또 헛소리를 하는구나."

유난히 부왕을 닮아 총명하다고 이름났던 철성대군은 온데간데없었다. 물동이를 나르는 무수리마저 광인이라 손가락질할 만큼 기행을 일삼은 지도 벌써 몇 해째다.

처음에는 모두가 걱정했다. 특히 중전 문씨는 아들의 변화를 받아들이지 못했다. 열병을 심하게 앓고서 이렇게 되었답시고 약방을 들들 볶았다.

하지만 각종 처방이 전부 무효했다.

철성대군은 낫지 않았다.

얄궂게도 덕분에 무작금은 비로소 아우가 좋아졌다.

무작금은 폐비의 아들일지언정 금상의 명실상부한 적장자다. 생모의 존재마저 철저히 지워진 만큼, 다른 왕자들이 그 절대적인 명분에 도전할 순 없다.

다만 그렇다고 해서 아주 안심할 계제는 또 아니다. 부왕께는 후궁도 많고 자식도 많아 하여튼 탈도 많다.

솔직히 유일하게 적자인 아우가 미친놈이라서 다소간 안심이었다.

철성대군은 더 이상 총명하지 않고, 부왕을 가장 닮은 자식도 아니다.

왕비를 폐한 부왕께서 혹 세자까지 폐하고 싶어지는 날이 오더라도…. 대신 보위에 올릴 적자가 없는 셈이다.

철성대군은 결코 자신을 밀어내거나 대체할 수 없다.

"애꿎은 물고기는 내버려 두어라."

하여 무작금은 아우에게 호의를 베풀 아량까지 생겼다.

"나중에 말이나 함께 타러 가자."

"예에, 예, 망극하고요."

철성대군은 무람없이 손을 내저었다.

"아, 맞다. 갑자기 생각났는데…."

그의 눈빛이 더욱 멍해졌다.

"슬슬 아바마마께서 세자빈을 책봉해야겠다고 하시던데요?"

뚱딴지같은 소리까지 이어졌다.

"…그래?"

뜻밖의 소식이었다. 무작금은 썩 달갑지 않았다.

이미 부왕께서 거느리시는 후궁들만으로도 궁중이 소란스러운데, 또 다른 여자까지 보태야 할 까닭을 모르겠다.

"하긴, 저하께서 심하게 과년하시기는 하지요."

철성대군은 어깨를 으쓱했다.

"보통은 더 이른 나이에 처를 맞이하니까요."

"아마 옛날에 한 번 아바마마께서 세자빈 책봉을 추진하시려던 적이 있었을걸."

문득 무작금은 떠올렸다.

"언제요?"

"아주 어릴 때였을 텐데…."

금시초문이라는 철성대군의 반응에도 일리가 있다. 정작 말을 꺼낸 무작금조차 기억이 바래 잘 떠오르지 않았다.

"언제였더라?"

무작금은 곰곰이 생각했다.

"분명히 아바마마께서 점찍어 둔 규수가 있었어. 되도록 열두 살 넘기 전에 가례를 올리면 좋겠다나 뭐라나 말씀하셨던 것 같은데…."

"한데 왜 안 올리셨어요?"

"모른다. 조정에서 논의가 오가다가 흐지부지되었겠지."

그는 심드렁하게 대꾸했다.

"형님께서 장가를 가셔야 줄줄이 딸린 아우들도 총각 신세를 면할 텐데요."

철성대군이 팔을 휘적거렸다.

"하면 네가 아바마마께 아뢰어보든가."

무작금이 쏘아붙였다.

"그럴까요?"

아우가 정상이 아니라는 점을 깜박한 게 화근이었다.

"당장 가서 소자를 늙혀 죽이지 마시라 주청해야겠사옵니다."

"아니, 잠깐만…. 그냥 해본 소리다!"

필사적으로 막았지만 이미 구미가 당긴 철성대군을 말리기란 쉽지 않았다. 옥신각신 실랑이를 벌이다가 무작금도 풍덩 물에 빠져버렸다.

"…널 상대하면 항상 이런 식이지."

홀랑 젖은 옷깃을 쭉 짜며 무작금이 투덜거렸다.

"시원하고 좋은데요, 뭘."

철성대군은 천연덕스럽게 옷자락을 휙 털었다. 그 바람에 옷감 안쪽에서 뭔가 떨어졌다. 물살에 떠내려갈세라 무작금이 주웠다.

"이건 부적이냐?"

영 심상치 않은 물건이었다.

"또 하늘과…, 무슨 조상님 타령을 하려고 만들었지?"

"아니옵니다. 어마마마께서 주셨는데요."

철성대군이 말했다.

"수릿날마다 재액을 피하라며 쑥잎과 함께 하사하시잖아요."

그는 대수롭지 않게 덧붙였다.

“세자저하께서도 받으셨으면서요, 뭘.”

“…아니, 난 받은 적 없다.”

“예에?”

“나 모르게 매년 너한테만 챙겨주셨나 본데.”

순간 철성대군의 낯빛이 어색해졌다.

“다, 당연히 슬하의 자식들 모두에게 하사하셨을 줄로만….”

황급히 수습하려다가 그는 아차 싶은 표정으로 삼켰다.

“하긴, 어마마마께서는 저만 잘하면 왕실에 걱정이 없겠다고 잔소리하시니까요!”

스스로 비하하는 변명으로 궤도를 돌렸으나 궁색했다.

“저하에 비하면 너무나 용렬하다고….”

철성대군의 목소리는 허공에 떠도는 메아리처럼 잦아들었다.

“잘 지니고 다녀라.”

무작금은 젖은 부적을 철성대군에게 내밀었다.

“네 어마마마께 걱정 끼치지 말고.”

“중궁전께서는 저하의 어마마마이기도 하시옵니다.”

마지못해 건네받으며 철성대군이 중얼거렸다. 눈 가리고 아웅 하는 행위에 불과했다.

“저하….”

위로할 말을 찾는 양 철성대군이 입술을 달싹였지만 무의미했다.

가장 핵심적인 부분이 금언령에 묶였는데, 뭘 어떻게 위로하겠느냔 말이다.

“난 가서 옷이나 갈아입어야겠다.”

끝내 무작금은 아우를 뒤로한 채 돌아섰다.

그래, 소년 시절은 끝났고 세월이 많이 흘렀다.

무작금은 키가 크고 힘도 세졌다. 한때 태산의 암호랑이처럼 우러러봤던 도산대비까지 내려 볼 정도로 말이다.

하지만 가슴 속의 유약한 어린아이는 그대로였다.

한순간 사라진 어머니를 그리워하고, 어머니를 닮은 궁녀라는 장난감에 혹하는 어린아이.

안타깝게도 그 미성숙한 자아를 성장시킬 시기를 놓쳐버렸다.

아버지인 왕은 자애롭지만 이따금 위협과 불안감의 씨앗을 뿌렸다. 할머니인 도산대비는 여전히 손자의 입을 틀어막을 만큼 엄정했다.

그리고 어머니인 척하는 중전 문씨는….

그녀에게 생모에 준하는 사랑을 요구하기란 가혹하다는 것을 잘 안다.

친자식인 철성대군과 같은 선상에 놓아 달라면 염치가 없는 일일 터였다.

이미 중전 문씨는 많이 노력했다. 감사한 부분도 많았다. 아무리 위선적인 미소만 짓는다지만, 위선도 결국에는 선이다. 세상에는 그마저도 못하는 사람이 훨씬 많다.

하지만 오늘처럼 사소한 차별을 느낄 때면 속절없이 서운함이 앞서고 만다.

차라리 대놓고 구박했다면 마음 편하게 원망했을 텐데….

"정신 차려."

무작금은 스스로 꾸짖었다.

"처음 있는 일도 아니고…."

그럼에도 불구하고 유치한 감정이 스멀스멀 올라왔다.

"그깟 부적, 나한테도 하나 주셨으면 좋았을 텐데…."

슬프지만 그 유치한 감정은 이미 무작금의 정체성이 되어버렸다.

"…치사하시다, 정말."

속절없이 그는 또 가슴 속에 숨겨둔 어린아이가 되어 투정하고 말았다.

***

무슨 정신으로 부랴부랴 환복하고 석강夕講까지 마쳤는지 모르겠다. 평소보다 늦게 일과를 마치고 동궁전으로 돌아가는데, 희미한 소리가 들렸다.

여자들 목소리였다.

주변을 돌아보았다. 후원 으슥한 응달. 가장 후미진 자리. 어둠과 돌담 그늘에 가렸지만 분명 여인 두 명이 있었다.

"…수빈궁이로군."

개중에서도 한 명, 수빈 엄씨는 능히 알아보았다.

궁중의 삼빈三嬪 중 한 명으로, 좀 불쾌한 사람이다.

언동이 괴악한 감빈 남씨나 살살 눈치 보며 잇속을 챙기는 지빈 정씨와는 다른 의미로 고약하달까.

"또 한 명은 누구더냐?"

다만 수빈 엄씨 앞에 고개를 숙인 다른 여자는 도무지 알아볼 수 없었다. 볼품없는 다래(얹은머리)를 얹고 검소한 비녀를 꽂았으며, 허름한 당의를 입었다.

"저분은…?"

뒤를 따르던 백 상궁은 한참 궁리했다.

"아마도 허씨 성의 숙원 마마님인 것 같사옵니다."

"허 숙원?"

생소하여 무작금은 갸우뚱했다.

두 후궁 사이의 분위기가 심상치 않았다. 뭐, 부왕의 후궁들끼리 벌이는 마찰이라 해봤자 특이한 사건은 아니다.

대궐도 사람 사는 곳이다. 좁은 바닥에서 부대끼다가 말썽이 종종 일어난다.

"못 본 척하자."

먼저 용포를 떨쳤지만 이내 다시 멈춰 서고 말았다. 수빈 엄씨가 숙원 허씨의 뺨을 철썩 때렸기 때문이다.

"수빈께서 또 아랫사람을 잡도리하는가 보군."

무작금은 혀를 끌끌 찼다.

"귀찮게, 정말⋯."

못 본 척 지나치려던 생각을 고쳐먹었다. 내버려 뒀다가 힘없는 후궁이 험한 꼴이라도 당하면, 나중에 마음만 불편해질 터였다.

"너희들은 여기 있어라."

후정의 일이라 내시를 앞세울 순 없다. 그렇다고 백 상궁을 시키자니, 궁인이 보는 앞에서 망신당했답시고 숙원 허씨의 꼴이 더 참담할 수도 있다.

친히 나설 밖에 도리가 없었다.

한데 다행인지 불행인지, 무작금이 충분히 다가가기도 전에 상황이 끝났다.

기세등등하게 퉁바리를 놓던 수빈 엄씨가 홱 돌아선 것이다. 고개를 푹 숙인 숙원 허씨를 놓아둔 채 성큼성큼 떠나버렸다. 세자를 발견하지도 못했다.

"⋯괜찮으십니까?"

기왕 내디딘 걸음이라, 무작금은 홀로 남은 숙원 허씨에게 조심스레 다가갔다. 일단은 서모(庶母, 아버지의 첩실)이니 예의를 차렸다.

"세, 세, 세자…저하!"

그를 알아본 숙원 허씨의 낯이 대번에 창백하게 질렸다.

가까이서 보니 어린 후궁은 아니었다. 거뭇하고 투박한 인상에 노숙한 세월의 흔적이 남았다.

그렇다면 꽤 오랫동안 궁궐에서 지낸 사람일 텐데…. 아무리 봐도 면식이 없다.

"욕을 보신 듯싶어 여쭙니다."

무작금은 벌겋게 부푼 그녀의 뺨을 가리켰다.

"제가 중궁전에 나아가 고해…."

"아, 아니옵니다! 그러지 마소서!"

숙원 허씨가 손사래 쳤다. 겁에 질린 눈치였다.

"아무 일도 없었사옵니다, 저하."

왕세자가 나서주겠다는데 참 희한했다.

"내명부의 일이라지만 이토록 공공연하게 모욕을 당하셨…."

무작금은 멈칫했다. 숙원 허씨의 발치에 괴상한 물건들이 놓여 있었다.

홀수로 과일을 담은 놋그릇 세 개. 나무를 엉성하게 깎아 만든 위패位牌. 주홍색 불꽃을 피운 촛대까지….

"제사를 지내고 계셨습니까?"

"아, 아니, 그런 것이 아니옵니다!"

숙원 허씨가 펄쩍 뛰었다.

"대관절 구중궁궐의 후궁이 누구의 제사를…."

황급히 숙원 허씨가 가렸지만 허사였다. 이미 무작금은 위패에 적힌 조잡한 글씨를 읽었다.

"망실亡室 폐비 곡산 연씨 신위…?"

분명하게 읽고도 그는 눈을 의심했다.

"…숙원께서 어째서 내 생모의 제사를 지내는 것입니까?"

"기, 기억하고 계셨사옵니까?"

숙원 허씨는 물음으로 화답했다.

"어릴 때 일이라 동궁께선 생모를 잊으셨을 거라고…."

"결코 잊은 적 없습니다."

무작금이 거칠게 대꾸했다. 막상 진실을 내뱉어 형상을 빚으니 묘한 쾌감마저 느껴졌다.

"다른 사람들처럼 잊은 시늉만 했을 뿐이지요."

사납게 위패를 가리켰다.

"…설마 오늘이 내 생모께서 졸하신 기일입니까?"

딱히 특별한 구석 없이 지나간 하루에 간담이 서늘할 지경이었다.

"그런 것은 아니옵니다."

마지못해 숙원 허씨는 가로저었다.

"다만…."

"바른대로 고하지 않으면 아바마마께 여쭙겠습니다."

윽박지르자 그녀는 숨넘어가도록 기겁했다.

"금일은 대군께서 졸하신 날이옵니다."

"대군이라니?"

왕실의 적자는 오직 자신과 철성대군뿐이다.

"폐비께서 생산하신 둘째 아드님…."

한데 숙원 허씨는 그 당연한 인식을 부정했다.

"세자저하의 아우 되시는 분이 계셨나이다."

"나한테 동복아우가 있었다고?"

날카로운 칼에 푹 찔린 기분이었다.

위선적인 가족의 울타리에서 무작금이 평생 소망한 진짜 피붙이였다. 비록 그가 미처 알기 전에 말라붙은 핏줄이라도 말이다.

"폐비의 차남께서는 어린 나이에 졸하셨사옵니다."

더는 물러설 곳이 없자 숙원 허씨가 대놓고 아뢰었다.

"그때가 기해년 오늘이었사옵니다."

무작금은 쉽게 셈을 헤아렸다.

"기해년이라면, 내 생모께서 폐출되신 해가 아닙니까?"

"맞사옵니다. 폐비께서 출궁하시고 며칠 지나지 않아 왕자께서도 졸하셨나이다."

"병을 앓았습니까?"

"천명이었사옵니다."

숙원 허씨가 말했다.

"아기들은 연약하니까요."

"어미를 잃은 어린 짐승은 죽는 법이지."

무작금은 다르게 해석했다.

"나는 용케도 살아남았군."

만약 지금 자신의 곁에 형제가 있었다면 모든 게 달라졌을까?

설령 어미가 내쳐졌던들 형님이 있었으면 의지가 되었을 터였다. 아우가 있었다면 함께 헤쳐 나갈 용기를 얻었을 터였다.

속절없이 이복아우들이 떠올랐다. 각기 다른 어미들의 치마폭 뒤에 숨어 요롱게 눈치만 보는 녀석들이다.

"이후로 자꾸 밤마다 무슨 소리가 들리는 것 같사옵니다."

숙원 허씨가 제 머리를 감싸 쥐었다. 아니, 귀를 틀어막았다.

아무 소리도 들리지 않았다. 하지만 폐쇄된 공간에 평생 갇힌 사람들끼리라면 상상으로라도 소음을 빚어낼 만하다.

"폐비의 원혼이 구천을 떠돌며 내는 통곡일까 두려웠사옵니다."

숙원 허씨가 속삭였다.

"하여 소첩은 폐비와 대군의 넋을 달래고 싶어서…."

"발각되었다가는 기군망상欺君罔上의 죄를 치를 것까지 감수하면서요?"

무작금은 회의적으로 물었다.

"단지 숙원께서 동정심이 철철 넘치는 사람이기 때문입니까?"

"아니옵니다."

숙원 허씨 역시 회의적으로 답했다.

"소첩은 본디 중궁전의 본방나인이었기 때문이옵니다."

"…내 어미를 사가에서부터 따르던 종복이었단 말입니까?"

"감히 후궁 첩지를 받기 전까지는요."

숙원 허씨가 말했다.

"소첩은 폐비의 은혜를 기억하옵니다."

불길한 자책마저 덧붙였다.

"…그 은혜를 어떻게 저버렸는지까지도요."

"저버리다니?"

숙원 허씨는 어디까지 고백해도 괜찮을까 고민하는 눈치였다.

"마마께서 폐출되실 적에 가만히 지켜만 보았사옵니다."

그러더니 이내 온건한 답을 골랐다.

"한 번쯤은 마마의 편에 섰어야 했사온데…."

이상하게도 그게 전부가 아니리라는 직감이 들었다.

"내 생모는 어째서 폐위되었습니까?"

무작금은 날카롭게 물었다.

"아무리 그래도 그렇지, 슬하에 젖먹이 아들을 둔 부인을 쫓아낼 수 있답니까?"

정리할수록 피가 식었다.

"폐출되고 불과 며칠 뒤에 아우가 죽었다면, 내 어미는 갓난쟁이 자식의 임종도 옆에서 지키지 못한 것 아닙니까?"

눈앞에 놓인 단서가 몹시도 박정하기 때문이다.

"망극하오나 폐비의 죄상은 극악하기가 이를 데 없었나이다."

숙원 허씨가 마른침을 삼켰다.

"성상의 총애를 받는 지빈과 수빈을 투기하시어…."

"겨우 투기하는 정도로 왕후를 쫓아낸답니까?"

참을성 없이 말허리를 잘랐다.

"폐비께서는 후궁들을 모함하셨나이다. 지빈과 수빈이 중궁전과 원자를 해치려 한다는 익명서를 꾸며 투척하였지요."

굴하지 않고 그녀는 이어갔다. 대비전 나인 이정보다 소상한 내막을 알려주었다.

"나중에 자작극임을 아신 주상전하께서 몹시 노하셨사옵니다."

"세상에…."

"뿐만 아니라, 폐비께서는 곶감과 독약을 한 주머니에 넣어 숨겼다가 발각되기까지 하셨사옵니다."

무작금은 말문이 막혔다.

"궁중에서 사사로이 비상을 소지함은 곧…."

임금에게 위해를 가하려는 시도로 치부하여도 무방한 대죄다.

"설마 상감마마를 해하려는 역심은 아니었겠지만…. 투기가 지나쳐 어느 후궁을 해코지할 작정이셨겠지요."

숙원 허씨는 확신 없이 중얼거렸다.

“게다가….”

아직도 죄상이 남았나 보다.

“주상전하를 몹시 원망하여 궐 안에 말뚝을 박고 저주하였으니….”

과연 가장 끔찍한 대목이었다.

“…그만, 충분히 알아들었습니다.”

무작금은 더 듣고 싶지 않았다. 남아있는 고결한 환상마저 잃을 것 같았다.

“금방 수빈께서는 소첩을 꾸짖느라 손을 올려붙이신 것이옵니다.”

숙원 허씨가 말했다.

“주상전하와 왕실을 위해서라면 그대로 영영 잊히도록 두어야 한다고요.”

스스로 차린 초라한 제사상을 응시했다.

“폐비께서는 국본의 생모이기에 죄상을 낱낱이 밝히지 않고 폐위에 그친 것임을 알면서 웬 해괴한 짓거리냐며….”

그러고는 고개를 내저었다.

“수빈의 꾸중이 옳사옵니다.”

맞아서 벌겋게 부푼 얼굴에 수치심이 비쳤다.

“진즉 내던진 알량한 양심 때문에 이깟 위선적인 놀음이나 벌이다니….”

마침내 그녀는 다시 무작금을 응시했다.

“하오니 저하께서도 잊으소서.”

“숙원의 말이 전부 사실이라면….”

실로 쐐기를 박는 충고였다.

“…내 어미는 진실로 죄인이로군.”

아들을 사랑한다면 투기하지 말고 참았어야 했다. 도저히 못 참고 투기하려거든 똑똑하게나 해야 했다.

그러나 어미는 내쳐질 짓만 골라서 했고, 발각되었고, 버림받았다.

하여 나도 버림받았다. 혼자가 되었다.

버림당함으로써 나를 버린 어미.

그는 그 끔찍한 정의를 되새겼다.

"더는 기억하지 마소서."

숙원 허씨가 재차 덧붙였다.

"…이미 다들 저하께서 폐비를 너무 닮았다고 두려워하고 있으니까
요."

폐부를 찌르는 일침이었다.

***

삼경三更이 지나도록 뒤척였다. 나오지 않는 눈물로 새벽을 적셨다.

깜빡 눈을 붙였을 때는 악몽에 시달렸다. 죄인이라 낙인찍힌 어미
가 나왔다. 홀로 바닥에 내동댕이쳐져 울다가 죽는 아우가 나왔다. 끔
찍했다.

"기침하셨사옵니까, 저하?"

수탉이 울기도 전에 내시가 깨우러 왔다. 그러고는 식은땀에 흥건하
게 젖은 무작금을 보고 깜짝 놀랐다.

"귀가 아픈데…?"

문득 무작금은 오른쪽 귀를 잡았다.

"왜 그러시옵니까?"

면포로 그의 땀을 두드려 닦던 내시가 멈췄다.

"아니다. 잠을 잘못 자서 배겼나 보다."

금방 대수롭지 않은 일로 치부하고 넘겼다.

한데 얼굴을 씻고 의복을 갖출 즈음에는 통증이 더 심해졌다. 급기야 아침상을 받을 즈음 일이 터졌다.

숟갈을 입에 넣을 때 뭔가 이상해서 봤더니, 오른쪽 입술이 전혀 움직이지 않았다. 왼쪽 입가만 간신히 오므라졌다.

냉큼 내의원에서 의관을 대령했다.

"…요사이 크게 마음 쓰시는 일이라도 있으신지요?"

의관 박치수가 진맥했다.

"귀의 통증은 간혹 안면마비의 전조 증상으로 나타나옵니다."

"안면마비?"

"예, 기혈이 막히는 울체(鬱滯, 일종의 스트레스) 때문에 주로 생기는 병증이옵니다."

"좀 울적하기로서니 무슨 마비란 말이오?"

"마음의 병은 쉬이 신체까지 잠식하는 법이지요."

치수가 근심하며 이리저리 짚었다.

"다행히 아직 옥안 전체에 탈이 나지는 않으셨사옵니다."

"평생 이렇게 살아야 한다는 뜻이오?"

"아니옵니다. 울체가 뚫리면 자연히 낫사옵니다."

챙겨온 침구를 꺼내며 치수가 말했다.

"일단 침을 놓겠사옵니다."

"그래, 바늘로 뚫어버리면 낫겠군."

"미력한 도움 정도는 될 것이옵니다만…. 저하의 마음이 평온해지지 않으면 결국 어떤 처방도 유효하지 않을 것이옵니다."

무작금이 원하는 것은 속 시원한 해법이었다.

"하면 어쩌라는 말이오?"

"한동안 쉬셔야 하옵니다."

안타깝게도 치수가 내놓은 답은 썩 시원하지 않았다.

"왕세자는 쉴 수 없소."

"반드시 쉬셔야만 낫사옵니다."

"서연(書筵, 왕세자의 공부 시간)을 뺐다간 대간臺諫이 벌떼처럼 일어날 텐데?"

"저하께서 편찮으시다는데 감히 누가 토를 달겠사옵니까?"

치수가 재차 장담했다.

"신臣이 주상전하께 잘 아뢰어 보겠나이다."

그러고는 무작금의 얼굴에서 경혈을 짚었다.

"지금은 안면의 오른쪽만 굳었습니다만….."

이윽고 꽂은 바늘을 거두며 치수가 말했다.

"혹 다른 부위까지 이상한 느낌이 드신다면 속히 알려주소서."

"번질 수도 있다는 거요?"

"저하께서 인지하시는 수준보다 울체가 깊다면 능히 악화할 수 있 사옵니다."

비록 불길한 예고를 남겼다만, 치수는 약조만은 지켰다. 왕에게 세자의 용태가 몹시 미령하다고 아뢴 것이다.

왕은 본디 옥체를 갈아 모범을 보이기로 유명하지만, 자식에게는 한 없이 약했다.

당장 서연을 중지시켰다. 안 그래도 더운 날씨에 공부시켰다가 우리 아들 쓰러지겠답시고 걱정하던 참이었다나.

"진즉 꾀병이나 부리지 그러셨어요?"

병문안 온 철성대군이 말했다.

"이렇게 쉽게 서연을 빼먹으실 수 있는데."

“그러게나 말이다.”

실없이 무작금은 맞장구쳤다.

“기왕 쉬는 김에 같이 말 타고 뒷산이라도 돌아볼까요?”

“넌 꿈틀거리는 게 무서워 말 안장에는 앉기도 싫다며?”

“에이, 그래도 나중에 같이 타기로 약조했잖아요.”

철성대군이 어깨를 으쓱했다.

“물론 아무도 모르게 슬쩍 빠져나가야겠지만요. 저하께서 꾀병을 부려 서연을 빠졌다고 여길 테니까요.”

일전의 실책을 보상하기 위해 철성대군이 최선을 다한다는 느낌이 들었다. 그런 정성이라면 갸륵했다.

사실 무작금에게는 철성대군이 진실로 미친놈인지, 아니면 모종의 이유로 그런 척만 하는 놈인지는 별로 중요하지 않았다. 차라리 미친 척을 하는 쪽이면 좋겠다는 생각까지 들었다.

그토록 제 환심을 사기 위해 발버둥 친다는 것은 곧 애정일 테니까. 아니면 두려움이거나.

솔직히 무작금은 어느 쪽이든 나쁘지 않았다.

아니, 어느 쪽이든 좋았다.

“후회하지 마라.”

마구간으로 앞장서며 무작금이 말했다. 철성대군은 어깨만 으쓱했다.

말을 골랐다. 무작금은 하얀 놈의 등에 능숙하게 탔다. 철성대군은 얼룩덜룩한 녀석의 안장에 가까스로 기어올랐다.

산책처럼 느리게 시작한 승마는 인적이 드문 산그늘에 이르자 점점 거칠어졌다.

“천천히 가소서, 저하!”

어느새 그는 아우를 한참 제치고 앞서 달렸다.

폭풍처럼 질주하였다. 가속이 붙은 바람이 좋았다. 지나치게 복잡한 머릿속을 쓸어주었다.

간밤의 기억도, 아련하다고 믿었던 어미의 추억도…. 깨끗이 지워줄 것만 같았다.

"이랴!"

하여 무작금은 말을 보챘다. 분노와 슬픔으로 더욱 달렸다.

"…위험하다니까요, 저하!"

어렵사리 쫓아오는 철성대군의 목소리마저 흐려졌다.

그때였다.

오른쪽 얼굴에서 감각이 없어졌다. 아예 굳어 버린 것 같았다. 괴악한 이질감이 빠르게 몸 전체로 퍼져나갔다.

급기야 고삐를 쥔 손에서 통제력을 잃었다. 무작금은 오른손을 움직이려 애썼다. 검지와 중지, 약지를 꼼지락거렸다. 그러나 무거운 돌덩이처럼만 느껴졌다.

길잡이를 상실한 배는 뒤집히기 마련이다. 기수의 동요를 감지한 말이 흥분했다.

문자 그대로 고삐가 풀린 꼴이었다. 의도하지 않은 속력이 더 붙어 버렸다.

그는 서서히 다가오는 종말을 느꼈다.

"세자저하!"

마침내 하늘과 땅이 뒤집혔다. 거인의 손에 잡혀 내동댕이쳐진 것처럼 튕겨 나갔다. 그러자 곧 시야가 검게 변했다.

남은 것은 어둠뿐이었다.

"목숨을 구하신 것만으로 천운이옵니다."

어의가 말했다.

사실이었다. 두 다리가 부러졌다. 만약 목이나 허리가 부러졌다면 즉사했을 터였다. 희고 매끄럽던 피부에 남은 피투성이 상흔마저 이를 여실히 증명했다.

"어쩌자고 그토록 위험하게 말을 탔느냐?"

용루로 얼룩진 왕이 나무랐다. 무작금은 사죄하려고 입을 벌렸다. 아니, 벌리려고 애썼지만 아무 일도 일어나지 않았다.

"왜 세자가 말을 못 하는가?"

왕은 벙긋대지도 않는 아들의 입술을 알아차렸다.

"…안면이 마비되신 것 같사옵니다."

어의가 초조하게 무작금의 맥을 짚었다.

얼굴만 못 움직이는 게 아니었다. 상반신 전체에 미동이 없었다. 두 다리가 부러진 마당에 참으로 곤란한 꼴이었다.

"땅에 부딪히실 때의 충격 탓일 수 있나이다."

"낙마하시기 전에도 저하께서는 옥안 편측의 마비를 호소하셨사옵니다."

의관 박치수가 어의를 거들었다.

"이미 울체가 극심한 신체에 낙마의 충격이 겹쳐 증상이 깊어진 것으로 사료 되옵니다."

"하면 어찌해야 하는가?"

왕이 전전긍긍 하문하였으나 신통한 해답이 나오지 않았다. 쉬면서 몸과 마음의 병을 고쳐야 한다는 둥 의관들은 뜬구름만 잡았다.

정녕 무작금은 쉬게 되었다.

아니, 사실상 골방에 갇히고 말았다.

누워서 간신히 벌린 입술 틈새로 흘려주는 탕약을 삼켰다. 적신 천으로 씻겨주는 손길을 견뎠다.

이 모든 과정의 동반자는 극심한 통증뿐이었다.

때때로 골방에 손님이 들었지만 달갑지 않았다.

"에구머니나, 어서 가려라!"

아들의 상흔을 살펴보시라고 상궁이 덮은 이불을 걷었을 때, 중전 문씨는 정확히 그렇게 반응했다. 그의 다친 자국과 고통이 역겨워서 견딜 수 없다는 표정이었다.

친자식이 다쳤어도 그렇게 혐오스럽다고 느꼈을까?

무작금은 이미 답을 알면서도 궁금했다.

이복아우들의 병문안도 크게 다르지 않았다. 어느 후궁의 소생인지, 얼굴과 이름마저 헷갈리는 동생들이 줄줄이 찾아와 건넨 위로는 지극히 형식적이었다.

"저하의 옥안이 너무 상하셨습니다."

심지어 다 들리는 줄도 모르고 저들끼리 바깥에서 떠들었다.

"기생오라비 같아도 무척 수려하셨는데….."

"저대로 영영 못 움직이시면 어떡합니까?"

무작금은 누구의 목소리인지 알았다. 지빈 정씨의 소생인 안안군과 봉양군이었다.

"적장자라도 저런 서리병아리를 국본으로 두는 것은 좀…?"

그것은 그가 억지로 외면하였던 가슴 속 불안감과도 상통하는 의문이었다.

"…나는 정녕 혼자로군."

무작금은 골방에서 제 앞에 펼쳐진 어둠을 외롭게 마주했다. 부동의 육신에 갇혀 절망감만 핥았다.

그 자신이 이미 어둠이라는 사실마저 잊었다가 다시 깨달을 때까지 계속해서 곱씹었다.

이대로 영영 빛 한 줄기 들지 않으리라 믿었다.

***

병상에 누운 이래 자포자기로 살았다. 글공부는 물론이요, 문안 인사까지 팽개쳤다.

진맥하겠다는 약방의 의관은 내쳐버렸다. 병문안을 오는 객은 뿌리쳤다. 환관과 궁녀에게는 고집을 부렸다.

이복동생들의 말마따나 존엄한 국본의 자격을 잃은 서리병아리였다.

아무래도 상관없었다.

그러자 희한한 일이 벌어졌다. 줄곧 무작금을 짓누르던 각종 압박감이 사라진 것이다.

부왕께서는 전전긍긍하셨고, 조모의 엄정함은 한 풀 꺾였다. 트집잡기를 일삼던 조정도 세자의 쾌차를 빈다며 조용해졌다.

"…무조건 참거나 당해주지 않아도 되는가 보군."

덕분에 무작금은 한 가지 깨달았다.

"대하기 힘든 사람일수록 상대방은 맞서 싸우지 않고 오히려 수그리잖아?"

후일 잘 응용할 만한 교훈이었다.

괴이하게도 마음이 평온해지는 순간이었다.

그러자 의관 박치수의 충고대로 차도가 보였다. 면부面部와 상반신의 마비가 풀렸다. 골반과 꼬리뼈도 제법 나아 침상에서 일어나 앉았다. 왼손으로는 물건을 쥐거나 끼적일 수도 있게 되었다.

하지만 제일 중요한 오른손이 그대로여서 문제였다. 명색이 국본인데 바르다는 손으로 붓을 못 잡다니 치명적이었다.

게다가 두 다리는 부러진 뼈가 붙는다 해도 예후를 예측하기 어려웠다.

"네 간병을 전담할 사람을 붙여야겠다."

응당 부왕도 같은 생각이었다.

"차도가 보일 때 확 나아야지."

무작금은 대답하지 않았다.

"정녕 내시와 궁녀는 싫으냐?"

묵묵부답에도 굴하지 않고 왕은 재차 물었다.

"왜 그들이 올리는 밥과 약을 번번이 물리치느냐?"

"…소자는 저사(儲嗣, 왕세자)이며 사내이옵니다."

뭉개진 자존심 때문에 이를 악물었다.

"돌봄을 바라는 아기가 아니옵니다."

본디 무작금이 길을 나서면 감탄이 쏟아졌다. 바닥에 엎드려 흘끔대는 눈길에서는 경외감이 흘렀고, 감히 이 얼굴을 우러러보는 시선에서는 침묵의 찬사가 넘실거렸다.

한데 이제는 동정심만 남았다. 옆에서 환관과 궁인이 짓는 갸륵한 표정이 싫었다.

그 본질은 교묘한 멸시였다.

동시에 안도감이었다.

속내가 빤히 보였다. 적어도 나는 저렇게 불쌍한 신세가 아니라서 다행이라고, 다들 생각하고 있었다.

"너무 부정적인 생각에만 골몰하는구나."

아들의 마음을 꿰뚫어 본 왕이 말했다.

"과연 소자가 부정적인 걸까요?"

냉소적으로 반문하였다.

"좋다. 하면 환관이나 궁인이 아닌 자가 널 돌보면 어떻겠느냐?"

"의관이라고 다르오리까. 싫사옵니다."

"의관을 이르는 게 아니다."

"환관과 궁인과 의관이 아니라면…. 궁중에 또 어떤 사람이 있사옵니까?"

"글쎄, 차차 알려주마."

부왕은 알쏭달쏭한 미소만 머금었다.

며칠이 지났다. 수수께끼가 풀렸다.

"이 아이가 저하를 간병하기 위해 새롭게 발탁된 의녀이옵니다."

어명으로 대령한 이는 웬 천인이었다.

정녕 부왕께서 일컬으신 대로 환관이나 궁인은 아니었다.

의녀라면 왕세자의 입장으로선 무척 생소한 존재였다. 여태 세자궁의 병석에는 의관들만 드나들었다.

부왕께서는 어의녀를 비롯해 뭇 이름난 의녀들을 편하게 생각하신다지만…. 본디 천인들은 지엄한 안전에 나설 수 없기 때문이다.

그녀는 무작금으로서는 처음 접하는 천민이었다. 가만히 들여다보니 생김새가 양반과 크게 다르지 않았다.

눈코입이 반듯하게 달렸고, 몸뚱이도 멀쩡하게 굼닐거렸다.

그러니 아무런 감흥도 없어야 할 텐데….

이상했다. 왠지 모를 낯익음이랄까? 잊어버린 기억이 망각의 물밑에서 유영하는 것만 같았다.

가슴이 아렸다. 기이한 그 느낌은 정체를 미처 파악하기도 전에, 포근한 듯 감싸오다가 싸하게 흩어졌다.

몹시 거슬렸다.

"…필요 없으니 나가라 하였다."

무작금은 호기심을 완강한 고집으로 매듭지었다.

"입에 쓴 약이 아니옵니다."

한데 그 의녀는 고분고분 내쫓기지 않았다.

"오웅계(烏雄鷄, 검은 수탉)의 살코기와 연복자(燕覆子, 으름덩굴 열매)를 푹 고아 내린 국물인데요."

오히려 촉새처럼 좋알거렸다.

"둘 다 맛이 좋은데 부러진 다리에도 효험이 좋다니까요."

묻지도 않은 약효를 설명하는 눈빛이 반짝였다.

"나가."

무작금은 야멸치게 고개를 돌렸다.

"젓수지 않으시면 이 귀한 약재들이 버려질…."

이쯤 했는데도 그 의녀는 개의치 않았다. 그러다가 진실로 성난 무작금의 눈을 보고는 비로소 입을 다물었다.

"어이쿠, 저하께서 아니 젓수셔도 누군가가 뚝딱 마시겠지요!"

아니, 능청스레 선소리를 뱉었다.

"하기야 슬쩍해서 몸보신할 수 있다면 죄다 달려들 것이옵니다."

"금일은 첫인사를 올렸사오니 이만 물러가겠나이다."

차비대령의녀 자희가 그 의녀의 옆구리를 팔꿈치로 찌르며 끼어들었다.

"하오나 명일부터는 부디 물리치지 마소서."

자희가 바닥에 이마를 대며 간청하였다.

이내 두 의녀는 물러났다. 하지만 떠나는 순간까지 그 의녀는 고개를 완전히 숙이지 않고 흘끔댔다.

그 시선에는 익숙한 동정심이 없었다. 갸륵함도, 멸시도, 안도감도 없었다. 처음에는 호기심 어린 눈빛이라고 생각했다.

한데 곱씹어 보니 아니었다. 해괴하게도 호승심에 가까웠다. 더군다나 그 속에는 까닭 모를 반가움도 섞인 것 같았다.

"…실로 희한하군."

무작금은 그 의녀가 떠난 자리를 보며 홀로 중얼거렸다.

그리고 그 의녀는 떠난 자리가 무색하도록 다음날에도, 그 다음날에도 계속 찾아왔다.

거절은 통하지 않았다. 필요 없으니 나가라는 명령은 무시당했다.

"…번번이 말귀를 못 알아듣는구나."

급기야 무작금은 탕약 그릇을 바닥에 내동댕이쳤다.

그래도 그 의녀는 한결같았다.

얼굴까지 튄 탕약을 무심하게 닦으며 이런 취급에는 익숙하다는 표정을 지었다. 그러면서 약효가 어쩌고, 통증을 줄여주고 저쩌고, 실없는 설명을 조잘댔다.

끝까지 무작금의 반응이 신통찮으면 눈치를 살살 보다가 물러갔다.

"썩 꺼져라."

한데 꼭 열 번째로 약그릇을 집어 던졌을 무렵, 그 의녀의 반응이 달라졌다.

"고통은 약으로 다스릴 수 있사옵니다."

처음으로 그 의녀의 눈에서 무작금이 익히 아는 감정이 드러났다.

"참는 것만이 능사는 아니옵니다."

바로 동정심이었다.

"…물러가라 하였다."

값싼 위선이 미치도록 싫었다. 비참함과 분노가 뒤섞여 용렬한 울화로 번졌다.

하지만 그 의녀는 겁먹지 않았다. 도망가지도 않았다.

도리어 왕세자에게 맞설 승부욕으로 활활 낯을 태웠다. 결코 패배하지 않겠다는 의지만이 결연했다.

“소인이 저하를 도울 수 있도록 부디 허하소서.”

그 의녀는 다시 대접에 탕기를 기울였다.

“약을 젓수셔야 낫사옵니다.”

“나를 돕겠다고?”

무작금은 딱 한 부분에만 꽂혔다.

그 의녀의 눈에조차 그는 혼자서는 아무것도 못 하는 무력한 아기처럼 보이는 모양이었다. 왕세자는커녕 사내도 못 되는 그런 불쌍한 아기.

하물며 돕겠다는 그 위선마저 공허했다.

밥과 약을 먹여주고, 드러누운 몸을 닦아주고, 칭얼대는 소리를 들어주고 나면…. 충분히 도왔답시고 자족할 심산인가?

무작금에게 필요한 도움은 그런 게 아니었다. 차라리 굶주림과 더러움 속에서 혼자 죽어버리는 편이 낫다.

사실 그에게 필요한 것은 진실이었다.

틀어막힌 모성을 향한 갈구. 자신을 둘러싼 위선적인 미소 아래 숨겨진 본심. 왕실이라는 허울 좋은 울타리가 아닌 진짜 가족….

제 인생에서 무언가 하나라도 진짜인 것, 평범한 사람다운 것을 준다면…. 그것이야말로 도움이었다.

“이 세상에서 날 도와줄 사람은 아무도 없다.”

물론 허황한 꿈이라는 걸 알았다.

“어차피 난 혼자니까….”

버려진 어린아이. 스스로 그렇게 정의하기에 허황한 꿈이었다.

“…한데 너 따위가 감히 날 돕겠다고?”

다시 그 의녀의 동정심을 응시하였다.

전혀 달갑지 않았다.

아니, 오히려 몹시 노여웠다.

“썩 꺼지라 하였다.”

그는 약대접을 홱 빼앗았다. 그 의녀의 머리에 대고 천천히 기울였다. 더운 탕약이 기만적인 얼굴부터 목덜미, 옷 속으로 줄줄 흘렀다.

“두 번 명하게 만든 벌이다.”

놀랍게도 그 의녀의 얼굴에는 미동이 없었다. 그저 데굴데굴 굴러간 약그릇을 조용히 주웠다. 바닥에 쏟아진 탕약을 닦았다. 그러고는 절을 올리고 물러갔다.

무작금은 고개를 돌렸다. 끝까지 그녀의 뒷모습을 외면했다.

하지만 왠지 또 이상하게 가슴이 아렸다.

＊＊＊

그 의녀가 다시는 제 앞에 나타나지 않으리라 믿었다.

자존심은 세자에게만 있는 감정이 아니다. 상전을 대신하여 매를 맞는 내시에게도 있고, 궂은일을 도맡는 궁녀에게도 있다.

그렇다면 비천한 의녀에게도 분명 자존심이 있을 터였다.

“애초에 고분고분 말을 들었으면….”

공연히 혼자서 중얼거렸다. 그 알량한 자존심이 한 사람의 자아에 얼마나 지대한 영향력을 행사하는지 잘 알기에 다소 죄책감이 들었다.

한데 무작금의 예상은 빗나갔다.

얄궂게도 그 의녀는 다시 제 앞에 나타났다.

"소인은 두렵지도 않고 상할 자존심도 없사옵니다."

심지어 또 탕약을 쏟아보라는 듯 생뚱맞게도 삿갓을 썼다.

무작금은 삿갓 아래 그 의녀의 눈빛을 보았다. 넉살 좋은 장난기가 보였다. 또 그 아래를 들여다보았다. 그러자 본질이 드러났다.

활활 타오르는 승부욕. 절대 포기하지 않겠다는 집념. 그리고 반드시 병자를 고치겠다는 올곧은 선의….

처음 그 의녀를 마주했을 때처럼 생경했다.

더 이상 동정심은 아니었다.

그래서 무작금은 피식 웃어버렸다. 불구의 육신에 갇힌 이래, 두 번 다시는 웃지 못할 거라고 단정했는데도 말이다.

웃음을 끌어낸 것만으로 그 의녀는 끝내지 않았다.

망신을 주고, 희롱하고, 고집을 부려도 소용없었다. 아무리 밀쳐도 굴하지 않았다. 특유의 절대 포기하지 않겠답시고 반짝이는 눈빛으로 자꾸만 거리를 좁혔다.

심지어 거리를 좁히는 방식이 공손하지도 않았다.

망신을 줬더니 역으로 상대를 놀렸다. 희롱을 했는데 희롱인 줄 알아차리지도 못했다. 고집을 부려봤자 싹 무시했다.

더 나아가 연신 내미는 답은 단순하였다.

그 의녀는 어느 질문을 받든 어렵게 궁리하지 않았다. 덜 자란 어린 아이라도 이해할 만큼 명쾌하게 응했다.

그 바람에 결코 정답이 아닌데도 마음에 들어버렸다.

점점 그 의녀는 진짜처럼 느껴졌다. 끊임없이 밀쳐도 아랑곳하지 않고 다시 다가오리라는 믿음은 위안으로 번졌다.

하여 그 의녀가 거리를 좁히도록 허락했다.

"그래도 언제나 내 마음속의 진짜 이름은…."

그러다 보니 스스로 불꽃을 만난 나방이라는 생각마저 들었다.

"…너를 정녕 내 오른손이라 여기는 날이라도 오면 알려주마."

불꽃에 뛰어든 나방은 타죽을 수밖에 없음을 알기에 고삐를 늦출 순 있었다.

"설마 그럴 날이 올 것 같지는 않지만."

그 의녀를 향한 의구심을 잊지 않은 덕분이기도 했다.

"너한테도 진짜 이름이 따로 있을 것 같아서."

무작금은 어쩌다가 마주한 단서를 허투루 넘기지 않았다. 그것을 소중하게 주워 모아 반격할 칼처럼 쥐고 그 의녀에게 들이밀었다.

멍청한 시늉으로 일관하는 그녀의 인두겁을 베어 가르도록 날카롭게 벼른 칼은 아직 아니었다.

하지만 조만간 그렇게 되리라 믿어 의심치 않았다.

"신비라 불리기 전의 이름은 무엇이지?"

이 하문에만은 그 의녀의 특기인 단순한 답이 돌아오지 않기에 더욱 확신이 생겼다.

원하지 않는다는 내기를 그 의녀에게 억지로 강요한 다음 날이었다.

"부탁할 게 있다."

무작금은 철성대군을 병석으로 불렀다.

"신비라는 의녀가 내 간병을 전담하는데, 뒷조사를 좀 해다오."

"…어어, 제가요?"

"다들 너를 미친놈이라고 여기잖느냐."

철성대군은 멍한 표정으로 화답했다.

"너라면 어딜 가서 무얼 캐묻든 간에 상대가 대수롭지 않게 넘겨버릴 테니까."

광인의 행동에는 의문을 제기하지 않는 법이다.

"그리고 너라면 나 대신 귀찮은 일을 해줄 용의가 충분할 테니까. 그렇지?"

"어째서요?"

철성대군이 삼백안을 데굴데굴 굴렸다.

"왜 한낱 의녀한테 그렇게까지 신경 쓰시는데요?"

비록 그가 의도한 바는 아니었겠지만, 지극히 의표를 찌르는 의문이었다. 광인답지 않았다.

동시에 무작금으로서는 결코 솔직하게 대답할 수 없는 질문이기도 했다.

"골방에 갇힌 신세니 겨우 그런 여흥이라도 찾아야지, 어쩌겠느냐."

무작금은 얼버무렸다.

어벙한 얼굴로 마지못해 명을 받든 것치고, 며칠 뒤 철성대군은 꽤 충실한 대답으로 돌아왔다.

"그 의녀의 이름은 신비."

빼곡하게 적힌 종잇장을 철성대군이 주섬주섬 펼쳤다.

"전의감 시절 평균 성적은 중상中上이었으며, 능청스러운 구석이 있어 병자들이 유독 선호했답니다."

"고작 중상中上의 점수로 내의원을 드나든다고?"

"음, 시재와 임상에 능한 덕에 마지막에 장원으로 결정 났다는데요."

철성대군은 종잇장을 휙 넘겼다.

"뭐라더라? 생도 시절부터 그 의녀한테 좀 이상한 구석이 있더랍니다."

"이상하다니?"

"옛날부터 시재를 대충 보는 티가 났대요. 일부러 적당히 낮은 점수를 받으려는 것 같았다나."

"뭐?"

"그러면서 결정적으로 중요한 시험에서는 어김없이 일등을 도맡다 보니, 괴이하게 여기는 사람들이 더러 있었대요."

과연 희한한 노릇이었다.

"한데 그 의녀의 평소 행실이 워낙 실없어서 약방에서도 벼락치기를 잘하는가보다 넘겼다나요."

"…출신에 대해서도 알아보았느냐?"

무작금은 아픈 몸으로도 아우에게 바싹 당겨 앉았다.

"의녀가 되기 전의 기록 말이다."

"원래 장단(長湍, 오늘날 경기도 파주) 관아 소속 관비였는데, 유난히 총명하여 의녀 양성 과정에 선발되었답니다."

"관비가 되기 전에는?"

조바심이 나서 물었다.

"어쩐지 그 의녀는 태어날 때부터 천인은 아니었던 것 같은 느낌이었다."

"음, 그렇사옵니까?"

철성대군이 고개를 갸웃했다.

"관비가 되기 전의 기록은 없었사옵니다."

"아무것도?"

"예, 수소문했는데 허사였사옵니다."

그가 손가락으로 종잇장의 한 단락을 짚었다.

"기해년에 장단 관아에 배속된 노奴와 비婢가 총 열두 명이었는데, 그중에서 신비가 가장 영민하여 의술을 가르쳤다. 이후 배소配所를 떠나 한양에 새로이 배속되었다."

철성대군이 으쓱했다.

"이게 다입니다."

"배소라는 표현은 사뭇 신경 쓰인다."

가만히 듣던 무작금이 중얼거렸다.

"원래 관비가 묶인 땅도 유배지라고 이르던가?"

미심쩍은 느낌을 정확히 설명하기 어려웠다.

"관비가 되기 전의 이름이나 생년도 전혀 못 찾았느냐?"

"진짜 아무것도 없다니까요."

철성대군이 굳게 확언했다.

"신씨 성의 관비라 하여 신비로 불리다가 그대로 이름으로 굳어졌다고 들었다."

무작금이 되짚었다.

"본디 천인에게는 성씨가 없을진대…."

"꼭 그렇지도 않을걸요?"

철성대군이 반박했다.

"성씨가 있는 천인도 꽤 많사옵니다. 양반처럼 호적에 본관까지 올린다던데요."

기껏 찾은 단서가 무용지물이었다. 영락없이 원점으로 돌아온 무작금은 샐쭉해졌다.

"한데 너 말이다. 그냥 좀 알아보라고 했지, 누가 직접 그 의녀와 접하라고 했더냐."

“접하다니요?”

“한식날 만났다면서. 이정이에 대해서 물었다던데.”

철성대군은 자못 날카로운 형님의 눈초리에도 눈썹 하나 꿈쩍 안 했다.

“아, 말을 붙일 구실이 있어야 하니까요. 마침 저하와 정 나인이 어떤 사이인지 궁금하기도 하고요.”

“그러니까 굳이 그 의녀에게 말을 왜 붙이냐고.”

무작금은 눈을 치떴다.

“…더군다나 복숭아를 못 먹는 내 체질에 대해서도 떠들었다던데.”

약간 위협이 섞인 힐난이었다.

“아무에게도 발설하지 않겠다고 나와 약조하지 않았더냐?”

애초에 철성대군에게 약점을 알려줄 생각도 아니었다. 하필 어려서 둘이 함께 있을 때 복숭아를 먹다가 탈을 일으켜 어쩔 수 없이 들켰을 뿐이다.

응당 철성대군은 알아들었다. 무람없는 태도를 한결 거두더니, 광인치고 진지한 표정으로 무작금의 눈치를 슥 살폈다.

“왠지 그 의녀라면 알려줘도 되겠다 싶어서요.”

정적 끝에 철성대군이 말했다.

“아니, 알려줘야만 할 것 같은 기분이었달까요.”

“무슨 뜻이냐?”

“잊으셨사옵니까?”

어리둥절한 무작금 앞에서 철성대군은 손가락으로 허공에 별자리를 그렸다. 진짜 하늘도, 진짜 별도 아닌 것을 맨손으로 표현했다.

“옥오지애의 인연.”

먼 거리를 사이에 두고 보이지 않는 점을 찍었다. 그리고 두 개의 점을 직선으로 주욱 이었다가 손을 홱 내저어 애초에 없었던 일처럼 날려버렸다.

"또한 애별리고의 인연."

무슨 생뚱맞은 소리인가 싶다가 불쑥 떠올랐다. 언젠가 철성대군이 보이지 않는 하늘에서 별의 기운을 읽어주겠다며 내뱉은 헛소리였다.

"나가."

즉시 무작금은 완벽한 시간 낭비라고 판단했다.

"기껏 시키신 대로 열심히 조사해 왔는데 쫓아내시옵니까?"

"그래, 이 지긋지긋한 녀석아. 나가."

철성대군은 무작금이 집어 던진 벼루를 슬쩍 피하며 덧붙였다.

"염려 마소서. 그 의녀 말고 다른 사람한테는 절대 저하의 비밀을 발설하지 않을 테니까요."

그러고는 혀를 쏙 내밀며 한 번 더 날아온 벼루를 피해 도망쳤다.

***

오늘도 약 먹을 시각이 되자 그 의녀가 나타났다. 입시하라고 허하지도 않았는데 당당하게 밀고 들어와 고약한 홍화차紅花茶를 들이밀었다.

한데 그녀의 몰골이 시원찮았다. 밤잠을 못 이룬 듯 면부面部가 붓고 까칠했다. 약차를 떠 물려주는 손길조차 흐물거렸다.

"왜 얼굴이 국수처럼 퉁퉁 불어 터졌느냐?"

참지 못한 무작금이 물었다.

"불어 터진 국수가 뭡니까, 진짜…."

신비는 혀를 끌끌 찼다.

“아랫사람 안색이 안 좋으면 걱정부터 하셔야지요.”

“지금 걱정해서 묻지 않느냐.”

무작금은 뻔뻔하게 대꾸했다.

“걱정은커녕 시비 거시는 것 같사온데요.”

“대답이나 해라.”

구시렁거림을 단칼에 잘랐다.

“초학의녀 시절에 함께 수련하던 벗이 있었사옵니다.”

신비가 말문을 열었다.

“한데 그 아이는 시재에서 불통을 연속으로 세 번 맞는 바람에 간병의녀가 못 되었나이다. 대신 다모가 되었지요.”

“관아에서 차와 식사를 준비하고, 궂은 심부름을 도맡는 천인 말이지?”

“잘 아시네요.”

의외라는 표정이었다.

“명색이 국본인데 어찌 모르겠느냐.”

“명색이 국본이시니까 모르시리라 여겼거든요.”

신비는 어깨를 으쓱했다.

“저하께서 계신 곳은 너무 높으니, 한낱 천비가 엎드린 밑바닥이 보이겠나이까.”

“높은 곳에서 밑바닥까지 굽어살피는 시야를 배우는 게 국본의 소임이다.”

“예, 그러시다면 다행이고요.”

한결 위안이 된다는 듯 짓는 미소야말로 어쩐지 다행이었다.

“아무튼 의녀 대신 다모가 된 그 아이가….”

한데 그녀의 미소는 또 금방 꺾였다.

“그마저도 게을리하는 바람에 관비로 되돌아가게 되었답니다.”

신비가 한숨을 쉬었다.

“그 아이가 고향으로 떠나기 전에 인사하겠답시고 잠깐 들렀거든요. 한데 공연히 마음이 서글퍼져서….”

말끝을 흐리는 모습이 쓸쓸했다.

“너도 고향이 그리우냐?”

오로지 한 곳에서만 나고 자란 무작금에게는 낯선 감정이었다.

“그럼요. 항상 마음에 품고 있지요.”

신비는 눈을 내리깔았다.

“두고 온 것들이 많으니까요.”

“두고 오다니?”

“글쎄, 과거의 자신이랄까요.”

두루뭉술한 대답이었다.

“과거의 너는 어떤 사람이었는데?”

“어리석었지요.”

어깨를 으쓱하는 모습이 사뭇 자조적이었다.

“포기하지 않고 신념을 지키며 열심히 살면 누군가는 알아줄 거라고 믿었거든요.”

“지금은 아니냐?”

“잘 모르겠사옵니다.”

허탈하면서 복잡한 미소가 뒤따랐다.

“원래 그런 사람이라서 자꾸 그런 식으로 살게 되는 것 같기는 하옵니다.”

말장난 같아서 무작금은 영 이해가 안 갔다.

“네 고향은 어디더냐?”

하여 이해할 만한 하문이나 던졌다. 철성대군이 조사한 바를 토대
로 떠볼 심산이었다.

"딱히 없사옵니다."

그런데 그녀의 대답이 희한했다.

"관비로 지내던 곳이 있을 거 아니냐?"

"지냈다고 해서 꼭 고향은 아니지요."

"어째서?"

"글쎄요. 멀다기에는 가깝고, 가깝다기에는 먼 곳이랄까요."

"너 오늘따라 유난히 뜬구름처럼 구는구나."

연속된 실없는 대화에 무작금이 눈을 가늘게 떴다.

"저하께서 그렇게 들으시니까 그렇게 느껴지시는 것뿐이옵니다."

"허어, 또 그런다!"

"식기 전에 얼른 약차나 젓수소서."

신비는 숟갈을 들이밀었다. 너스레를 섞었으나 관심을 돌리는 꼴이
었다.

"홍화차는 역해서 싫다니까…."

그는 입을 틀어막는 숟갈을 피하려고 애썼다.

"참으소서. 부러진 뼈를 낫게 하는 효험이 있다니까요."

그러나 무자비한 권유 앞에서는 소용없었다.

"…잠시 들어가겠사옵니다, 세자저하!"

한창 실랑이를 벌이는데 웬일로 백 상궁이 끼어들었다.

"밖에 수빈께서 와 계십니다."

"뭐?"

더욱이 백 상궁은 해괴한 손님을 고하였다.

"세자저하께 문후를 여쭙고 싶으시다며…."

교활하고 잇속에 빠른 수빈 엄씨가 까닭 없이 인사하러 올 리 없다.

"병문안하고 싶으신가 봅니다."

"내가 하루 이틀 약두구리였던 것도 아닌데?"

거친 표현이 튀어나오자 백 상궁은 물론, 신비까지 움찔했다.

"속된 말씀을 삼가소서."

잔뼈 굵은 백 상궁이 꾸짖었다.

"일단 안으로 모셔라."

서모를 바깥에 오래 세워둘 순 없다. 마지못해 무작금이 가납했다.

"그간 평온하셨는지요?"

수빈 엄씨가 모습을 드러냈다. 주름과 잡티를 가리려고 분을 두껍게 발라 부자연스러운 얼굴이었다.

"갑자기 걸음하시어 놀랐습니다."

숟갈을 치우고 엎드리는 신비를 힐끔거리며 무작금이 응했다.

"오랫동안 저하께 문후 여쭙지 않은 것 같아서요."

수빈 엄씨가 한 손을 가슴팍에 댔다.

"몹시 불경한 노릇이라 마음에 걸렸사옵니다."

어쩌면 일전에 숙원 허씨의 뺨을 때리던 광경을 세자가 목격했음을 뒤늦게 알고 아첨하려는 심산일지도 모른다.

"공연한 말씀입니다."

무작금은 예의를 차렸다.

"환후로 곧잘 입맛을 잃으신다기에….“

수빈 엄씨의 궁인이 소반을 내왔다. 층층이 쌓인 복숭아였다. 아직 초여름이라 맛이 덜 들었을 텐데 과실이 몹시 탐스러웠다.

"별미를 좀 챙겨왔나이다."

낭패다. 참으로 곤란한 아첨이었다.

권하는 상대가 궁인이라면야 엎어버릴 수 있지만….

부왕의 후궁, 그것도 엄연한 빈嬪을 상대로는 그럴 수 없다. 아픈 아이의 생떼라고 용서받을 범주조차 아니다.

내놓고 거절할 수도 없다. 서모를 홀대함은 그 첩을 거느리는 임금을 능멸하는 셈이다. 곧 죽어도 예의상 맛은 봐야 한다.

"달고 맛이 좋사옵니다. 어서 젓수소서."

냉큼 수빈 엄씨가 무작금을 향해 복숭아를 떠밀었다.

하릴없이 견뎌보기로 했다. 목구멍이 붓고 온몸이 가려워도 딱 한 입이라면 괜찮을 터였다. 약점이 드러나지 않을 것이다.

"감히 외람되옵니다만…."

그때였다.

"복숭아는 성질이 따뜻한 과육이라 분명 몸에 좋사옵니다."

잠자코 있던 신비가 끼어들었다.

"다만 저하께서 주로 복용하시는 탕제에 혈을 자양하는 장어가 들어가옵니다. 이는 복숭아와 궁합이 썩 좋지 않나이다."

공손하지만 단호한 말씨였다.

"도리어 약효를 해치고 설사병이 일어날까 저어되오니 부디 거두시기를 청하옵니다."

"아, 미처 몰랐사옵니다."

수빈 엄씨가 화들짝 놀랐다.

"의녀의 말이 그렇다면야…."

복숭아 위로 보자기가 도로 덮였다.

"정성만 고맙게 받겠습니다."

무작금은 안도감으로 한숨 돌렸다.

복숭아야 치웠지만 수빈 엄씨는 한동안 아양을 떨었다. 역시나 숙원 허씨와의 사건 때문에 제 발이 저렸던 모양이다.

삼빈 중 한 명으로서 행실이 좋지 못한 후궁을 꾸짖는다는 둥 어쩐다는 둥 잘 버무린 핑계를 한참 떠들었다.

더불어 세자가 숙원 허씨가 홀로 챙기던 기일을 알아냈는지, 알아냈다면 어떻게 받아들였는지, 그걸 떠보고 싶은 눈치였다.

수빈 엄씨는 말을 돌려가며 계속 시도했다. 하지만 대놓고 묻지 못하니 무작금도 굳이 대답할 이유가 없었다.

"…하오면 소첩은 이만 물러가겠사옵니다."

끝끝내 큰 소득이 없어 수빈 엄씨는 포기하였다.

"잘 조섭하소서."

마침내 그녀는 미심쩍은 시선만 남기고 떠났다.

아무 일 없었다는 듯 신비가 다시 다가왔다. 숟갈을 쥐고 남은 홍화차를 떠먹였다. 그사이 차게 식어 냄새가 더욱 역했다.

홍화차를 비우자 그녀는 다른 약대접도 내왔다.

"…정녕 내 약에 장어가 들었느냐?"

불쑥 무작금이 물었다.

"글쎄요."

신비는 어깨를 으쓱했다.

"그래도 후궁이 약방에 가서 동궁전의 처방문을 캐물을 순 없을 테고, 박치수 주부 나리가 발설할 사람도 아니니…."

장난스러운 미소가 따라붙었다.

"걱정하지 마소서."

그러면서 그녀는 숟갈로 약을 떴다.

"뭐, 복숭아와 장어를 함께 먹으면 설사가 나기 쉽다는 부분만은 진실이고요."

익숙한 넉살이었다. 다 알면서도 모르는 척, 자못 영민하면서도 멍청한 척…. 도무지 정체를 알 수 없는 그 의녀의 너스레였다.

"…고맙다."

유치한 일면에도 불구하고 무작금은 정당하게 사례할 줄 알았다.

"뭐가요?"

한데 신비는 그마저도 받지 않았다.

"무슨 말씀이신지 도통 모르겠네."

그녀는 그의 약점을 결코 발설하지 않겠다고 약조했다. 입을 꾹 다물고 꿰매는 시늉까지 했다. 그리고 오늘 그를 도와줬다.

"빨리 장어가 들어갔는지 안 들어갔는지 아무도 모를 탕약이나 젓 수시라니까요."

덕분에 그 의녀가 떠먹이는 탕약을 달게 마셨다.

마치 어미 새가 물어온 먹이를 받아먹는 아기 새처럼 말이다.

아기 새가 된 기분은 나쁘지 않았다. 그 의녀는 조심스럽게 지푸라기를 물어왔다. 그러고는 천천히 다가와 둥지를 꾸며주었다.

동궁전에 생긴 둥지는 참 생경하고도 아늑했다.

그의 고집으로 바깥세상과 유리되었기 때문일까? 허락하든 말든 문간을 밀고 들어오는 그 의녀와 그 의녀가 물고 오는 온갖 사연만이 때로는 세상의 전부처럼 느껴졌다.

저녁에 탕약을 마시고 누워서 천장만 헤아리다가 깜빡 잠들었다. 육신이 손상된 이래 지겹도록 반복한 단조로운 일상이었다.

그래도 둥지 속에서 잠든 덕분에, 무작금은 다치고 나서 처음으로 다디단 꿈을 꾸었다.

"…서둘러 기침하소서, 저하."

불쑥 어깨를 짚는 손에 무작금은 단잠에서 깼다.

"왕실에 상사喪事가 났사옵니다."

"갑자기 누가 죽었다고?"

햇살도 채 깃들지 않은 새벽이었다. 급히 왼손으로 눈을 비볐다. 그러자 곤혹스러운 백 상궁의 얼굴이 또렷하게 보였다.

"간밤에 후정에서 불미스러운 일이 벌어졌나이다."

그녀의 입술은 사위스럽게 우므러졌다.

"의녀들이 시신을 검시하고 나서야 정확히 알 듯싶사옵니다만….."

"검시라니, 설마…?"

"예, 아무래도 허 숙원 마마님께서 궐 안에서 자결하신 듯하옵니다."

"허 숙원이라면….."

수빈 엄씨에게 따귀를 맞아 홱 돌아가던 얼굴이 떠올랐다.

그 이전까지는 전혀 모르는 사람이었다. 하지만 그 이후부터는 너무나 강렬하게 뇌리에 남은 사람이기도 했다.

숙원 허씨가 혼자서 몰래 지내던 제사와 조용히 귀띔한 어미에 대한 충격적인 진실을 곱씹었다.

그날 밤의 전율이 어떻게 자신을 벼랑 끝으로 밀고, 또 어떻게 달리는 말에서 떨어뜨려 산송장으로 만들었는지까지도.

"얼핏 시신을 본 궁인이 전하기를 음독하신 것 같다고….."

백 상궁이 마른침을 삼켰다. 뱉는 것만으로도 삿된 일이었다.

"얼른 씻고 용포를 착의하소서."

침전 바깥이 벌써 분주했다. 급히 세자를 단장시키려고 유모와 내시가 소란스럽게 움직이는 모양이었다.

"불편하시더라도 대전에서 주상전하께 예를 갖추셔야지요."

"…내시의 등에 업혀야겠군."

장남 된 도리로 집안의 관혼상제를 넘길 순 없다. 무작금은 고통스러운 신음을 삼키며 몸을 일으켰다.

"저기, 하온데 저하…."

백 상궁이 문밖을 오가는 그림자를 흘끔거렸다. 다른 환관이나 궁인이 엿들을까 초조한 기색이었다.

"실은 간밤에 허 숙원방으로부터 동궁전에 기별이 있었사옵니다."

"왜 고하지 않았느냐?"

"저하께서 약에 취해 깊게 주무시는지라 감히 깨울 수 없었나이다."

백 상궁이 전전긍긍 변명했다.

"간밤이라면, 설마 자결하시기 전에 나한테 연통을 넣으셨다는 뜻이냐?"

"아무래도 그런 것 같사옵니다."

영문을 몰라도 심상찮았다.

"허 숙원께서 문후 여쭙고 저하의 쾌차를 기원하고 싶다는 전갈이었습니다."

백 상궁은 뒷덜미를 긁었다.

"몸소 모범을 보이신 수빈을 흠앙하여 따른다나…?"

객쩍은 핑계처럼 들렸다. 필시 숙원 허씨에게는 동궁전과 접촉할 이유가 따로 있었을 터였다.

"이미 침수 드셨다고 전하자 숙원방의 궁인은 돌아갔사옵니다."

백 상궁이 이어갔다.

"하온데 반각 뒤에 다시 와서는, 세자저하의 쾌유를 비는 마음만이라도 진상하겠다며 이것을 주었사옵니다."

그녀는 초록색 소매에 숨겨둔 물건을 꺼냈다.

"붓꽂이로구나."

오동나무를 길쭉하게 깎은 필통이었다. 뚜껑을 빼보니 붓 꽂는 구멍이 딱 두 개였다. 단봉필 두 자루가 꽂혀 있었다.

솔직히 왕세자에게 바칠 때깔은 아니었다. 낡고 초라한 데다가 이음새도 부실했다.

"도대체 왜…?"

무작금은 해괴한 선물을 손에 쥐고 갸우뚱했다.

"주상전하께 아뢸까요?"

마찬가지로 어리둥절할 테지만 백 상궁은 용케 현실적인 질문을 던졌다.

"감찰부와 의녀들이 허 숙원 마마님의 행적을 조사할 텐데요."

"됐다."

반사적으로 무작금은 고개를 저었다.

"수빈께서 병문안을 온 모습을 본받았을 뿐이라지 않더냐. 안 그래도 근심하실 아바마마께 공연히 아뢸 까닭이 없다."

백 상궁은 그의 변명을 경고하는 눈초리로 응시하였다.

"네 주인은 나다."

무작금이 사납게 일갈했다.

"때때로 동궁의 궁인들은 그 빤한 사실을 잊는구나."

과연 백 상궁에게는 면목이 없었다. 그녀 역시 유모와 다를 바 없었다.

원자 시절부터 그를 업어서 키웠건만, 아무에게도 발설하지 아니할 테니까 제발 생모에 대해 알려달라는 애원을 줄곧 모른 척하였다.

"…소인은 나가서 채비를 마치겠사옵니다."

백 상궁은 꼬리를 내렸다. 무작금의 고집스러운 표정과 미심쩍은 붓꽂이를 차례로 훑었지만, 끝내 군말 없이 물러나고 말았다.

　일단 무작금은 해야 할 일부터 마쳤다.

　이래저래 의례가 있었다. 몸이 성치 않아 거의 내시가 대신하였다. 무작금은 한 걸음 뒤에 앉아 지켜보았다.

　부왕께서는 조용하고도 간소하게 넘기고 싶은 눈치셨다.

　그럴 만도 했다. 부모가 주신 신체를 스스로 해하다니 크나큰 대죄였다. 왕실의 위엄이 실추되고 조정에서 꼬투리나 잡힐 터였다.

　"허 숙원께서는 어떤 분이셨사옵니까?"

　예의상 무작금이 고인에 대해 물었을 때 돌아온 대답마저 시원찮았다.

　"글쎄. 나도 잘 모르는 사람이라서."

　첩의 생전 모습을 회고하기에는 지극히 냉정했다. 비록 수많은 후궁 중 하나에 불과하더라도 말이다.

　"내 말을 아주 잘 듣긴 했었지, 옛날에 한 번쯤은…."

　심지어 첩을 향한 추억은 거기서 끝났다.

　왕손을 생산한 바 없고, 총애받은 적도 없으며, 하다못해 그런 후궁이 존재했는지 아는 사람조차 몇 없는 외로운 죽음이었다.

　결국 추모 역시 쓸쓸하게 마무리되었다.

　처소로 되돌아온 무작금은 힘겹게 용포를 벗었다. 곧 있으면 그 의녀가 밥과 약을 챙겨 돌진해 올 터였다. 지쳤어도 웃음이 났다.

　하지만 스스로 미소 짓는 까닭을 궁리하기도 전에, 서안에 올려둔 붓꽂이가 다시금 눈에 들어왔다.

　왜 숙원 허씨는 하필 자결하기 직전에, 또 하필 동궁전으로, 이런 것을 보냈을까?

　끊어진 의문이 소생했다. 무작금은 허름한 붓꽂이를 쥐고 천천히 살펴보았다. 필통의 겉면에서는 특이점을 찾을 수 없었다.

붓꽂이에 꽂힌 두 개의 붓 중 하나를 꺼냈다. 허섭스레기였다. 듬성듬성한 붓털이 볼품없었다. 글씨를 쓸 만한 물건은 아니었다.

툭.

한데 바로 그때였다. 붓이 뽑혀 빈 구멍에서 뭔가가 떨어졌다. 바닥과 마찰하여 빙그르르 도는 궤적을 손으로 턱 잡고 보니….

"지환(指環, 가락지)이잖아?"

등잔불에 비춰보니 빛이 영롱하였다. 더군다나 무작금이 가장 좋아하는 색깔이라 무척 아름다웠다.

붓꽂이에 남은 다른 붓도 뽑았다. 텅 빈 붓꽂이를 탈탈 흔드니, 과연 그쪽 구멍에서도 뭔가가 툭 떨어졌다.

돌돌 말린 종잇장이었다. 붓꽂이 구멍에 밀어 넣기 위해 억지로 꾸겨 접었나 보다. 왼손만으로 펼쳐보려니 여간 귀찮은 게 아니었다.

"감히 동궁마마께 글월을 올립니다…?"

무작금은 첫 문장부터 읽어내렸다. 심각한 악필이었다. 눈물로 먹물이 번지기도 했다. 숙원 허씨의 글씨인 것 같았다.

<후궁 첩지를 받든 이래 줄곧 소첩은 밤잠을 못 이루었사옵니다. 평생의 신의와 맞바꾼 성은이 고통스러웠기 때문이지요.

하물며 소첩은 주제넘게도 폐비에 대해 아뢰었습니다. 저하께서 이를 골몰하시다가 크게 다치신 것 같아 숨을 쉴 수조차 없는 지경에 이르렀나이다.

소첩은 죄인이옵니다. 하오나 속죄할 방도를 모른다는 변명으로 더러운 목숨을 부지했나이다.

늦었지만 이제라도 바로잡으려 합니다.

폐비께 이 목숨을 바쳐 용서를 빌겠나이다.

동봉한 지환은 출궁하시기 직전에 폐비께서 소첩에게 맡기신 것이옵니다. 반드시 원자 아기씨께 전하겠다고 약조하였사오나, 두려운 마음에 여태 감추었나이다.

팔열지옥에서나마 저하의 만수무강을 빌겠사옵니다. 부디 쾌차하시고 수신하시어 훗날 훌륭한 임금이 되소서.

그리하여 폐비의 한을 씻어주시고, 이 비루한 양심의 짐을 덜어주소서.)

글씨는 거기서 뚝 끊어졌다.

무작금은 당황하여 쪽지를 재차 읽었다. 이해할 수 없는 문장투성이였다. 숙원 허씨가 토로한 고통은 수수께끼일 따름이었다.

다만 어쩐지 눈시울이 뜨거워졌다. 의문 속에 짐작이 있었다. 스스로 명징하게 구체화할 수 없는 어떤 예감 같은 것이었다.

"어마마마…."

무작금은 지환을 손으로 꼭 쥐었다. 버림받음으로써 자신을 버린 어미이건만, 부디 잊지 말아 달라고 떠나는 걸음에 증표를 남겨주었다.

"어미도 나를 두고 떠나기가 싫으셨는가?"

흐르지 않는 눈물로 무작금은 통곡하였다.

그 오랜 세월이 흘렀음에도, 그는 여전히 입이 틀어막힌 어린아이였다.

무작금은 이불 속에 숨었다. 그에게 허락된 유일한 도피처였다.

서글퍼서 아무것도 할 수 없었다. 착한 국본답게 침묵을 지킬수록 눈덩이처럼 불어나는 의혹에 깔려 죽을 지경이기도 했다.

적어도 고독은 자의적으로 다스릴 수 있는 동반자였다. 평생 타의에 틀어막힌 입을 스스로 틀어막을 때는 묘한 쾌감마저 느껴졌다.

그런데 그 의녀는 그가 숨어든 이불을 확 걷어버렸다.

"소인을 서둘러 내치실 방법은 탕약을 젓수시는 것뿐이옵니다."

아무리 내쫓아도 그녀는 요지부동이었다.

"약그릇을 비우시기 전까지는 못 나갑니다."

포기하는 법을 모른다면서 끝까지 버텼다.

"소인을 믿으소서."

더군다나 맹목적으로 졸랐다.

"저하 자신을 믿으실 수 없다면 차라리 소인이라도 믿으시라고요."

"…나 자신보다 너를 믿으라고?"

이토록 선의를 뒤집어쓴 도발은 처음이었다.

빛 좋은 개살구일지도 몰랐다. 그런데도 무작금은 혹했다. 다가오도록 허락하였다. 숙원 허씨 때문에 한 구석이 허물어진 둥지를 고치도록 내버려 두었다.

그 의녀는 그의 연약한 속살을 매만졌다.

다쳐서 망가진 구석을 보고도 역겹다며 눈을 돌리지 않았다. 불쌍하다는 둥 동정하지도 않았다. 오히려 정복해야 할 과제처럼 악착같이 들러붙었다.

덕분에 무작금은 몸을 씻어주는 그녀의 손길이 좋았다. 미지근한 물에 적신 면포가 맨살을 스칠 때마다 소름이 돋았다.

예측할 수 없기에 새로웠다. 속을 짚을 수 없기에 색달랐다. 멍청한 시늉 아래 허점을 짚는 안목이 있기에 두려웠다.

날카로운 눈썰미가 있으면서도 적절하게 입을 다물고 능청을 떨기에 모순이었다.

그 의녀는 그런 존재였다.

"저하께서는 국본이시나 사내가 아니시옵니다."

동시에 신비는 또 다른 수수께끼를 내밀었다.

"병자를 사내로 보지 말라고 배웠거든요."

무작금은 못마땅했다.

"…궁중에 아무리 여인이 숱해도 너와 같은 여자는 없다."

도저히 그는 그 의녀를 여자가 아닌 다른 어떤 것으로 인식할 수 없었다. 아니, 궁중에 널린 병풍 같은 존재가 아닌, 자색이 빼어난 한 사람으로 느꼈다.

처음에는 대수롭지 않게 여기고 넘겼던 용모마저 달리 보였다.

함초롬하니 뽀얀 얼굴에는 애티인지 순수함인지 분간하기 어려운 인상이 아른거렸다. 어린 갈매기 날개처럼 솟은 눈썹에선 굳센 고집이 느껴졌다.

물기 어린 눈동자와 시원하게 트인 쌍꺼풀은 그윽했다. 짧게 똑 떨어지는 콧대와 도톰한 입술은 아름다움의 혼란에서 중심을 잡는 양 단아하였다.

그 의녀는 전혀 천한 사람처럼 보이지 않았다.

"희귀하다고 해서 특별한 것은 아니옵니다."

다시금 신비는 부정했다.

"그렇지만 대개 희귀한 것들은 결국 특별해지기 마련이지."

무작금은 고집을 부렸다.

분위기가 급속도로 경색되었다. 마주 앉은 자리가 불편했다. 맨살을 쓸던 그녀의 손길이 긴장하였다. 아무렇지 않은 척 시중을 받는 무작금의 가슴은 깊게 고동쳤다.

귀를 간질이는 손길은 특히나 참기 힘들었다. 저도 모르게 그녀의 손목을 잡아챘다.

멈추게 하고 싶었다.

동시에 절대 멈추지 않았으면 싶었다.

"…희귀하다고만 여기다가 특별해진 것이 있으셨사옵니까?"

그러자 신비가 물었다.

"지금까지는 없었다."

그리고 무작금은 대답했다.

서로 눈이 마주친 순간이 천 년처럼 길었다. 어쩌면 그녀의 맨살에도 마찬가지로 야릇하게 소름이 돋았을까?

하지만 의문을 풀기도 전에 그 의녀는 줄행랑쳤다. 몸이 성치 않은 세자는 뒤쫓아 올 수 없음을 안다는 듯 달아났다.

휑뎅그렁하게 남은 세욕 시중은 동궁전의 환관과 유모가 마무리하였다.

"창을 열어라."

미묘한 감정의 잔여를 맛보며 무작금이 주문했다.

"누워서 바깥이나 봐야겠다."

와병 생활의 유일한 취미였다.

열린 창으로 여름 바람이 불었다. 덥고 습했다. 여러모로 힘든 계절이지만 좋은 점도 있었다.

동궁전 뒤뜰에 잔뜩 심은 배롱나무가 개중 하나였다.

배롱나무는 주로 여름에 꽃을 피운다. 성질 급한 놈은 초여름부터 득달같이 개화한다.

세자궁에도 벌써 붉게 물든 가지가 드문드문 보였다. 늦여름에나 여물려고 맨둥맨둥한 다른 가지 사이에서 확 튀었다.

"올해도 향이 좋군."

무작금은 크게 숨을 들이쉬었다.

그는 유난히 배롱나무를 좋아한다. 화무십일홍花無十日紅의 다른 꽃나무와 달리, 배롱나무는 여름철 내내 피고 지기를 반복하면서 폭염을 버틴다.

비록 화려하지 않으나 쉽게 저버리지도 않는다. 과연 백일홍百日紅이라 불릴 만하다.

배롱나무가 개화하였을 때의 아름다운 자색 봉오리는 자미(紫薇, 백일홍)라 불린다. 변치 않는 절개를 빗대어 선비들이 칭송하였다.

또한 그 붉은 꽃은 제왕의 집을 상징하는 빛깔이기도 했다. 옥황상제가 기거한다는 북극성을 자미궁紫微宮이라 일컫는 이유와도 상통한다.

그래서 궁중에는 유난히 배롱나무를 많이 심었다.

"나의 집…."

무작금은 집이라 이르기에는 서먹한 왕실을 돌이켜보았다.

"나의 둥지…."

반면, 그 의녀가 조심스레 다가온 동궁전은 보다 집처럼 느껴졌다. 무작금의 유약한 갈망을 충족하기에 훨씬 제격이었다.

그는 다시 한번 크게 숨을 들이쉬었다.

붉은 꽃가지의 향이 유달리 좋았다.

그래서일까, 그 의녀가 내기를 벌이자며 천연덕스럽게 내민 배롱나무도 싫지 않았다.

"…배롱나무는 으레 여름에 꽃을 피우지."

"예, 십 리 바깥에서도 알아볼 만큼 붉은색일 것이옵니다."

그녀는 평소에 무작금이 무기력하게 내다보던 창가에 화분을 두었다. 막 옮겨심은 탓에 늦여름에나 꽃이 필 것 같았다.

겨우 그 정도만으로도 무작금은 힘이 났다.

적막한 고독 속으로 빨려 들어가던 마음이 그 의녀의 손길에 의해 붙잡힌 것만 같았다.

아무리 새침하게 뿌리쳐도 의젓하게 잡아주리라는 믿음은 든든한 위안이 되었다.

진실로 이 자줏빛 둥지만이 그의 유일한 집처럼 느껴졌다.

다만 유일한 집이라고 해서 영원하다는 의미는 아니었다.

"내가 다 나으면 어찌할 테냐?"

반쯤 치기 어린 심정으로 던진 물음에 그 의녀는 괘씸하게 응했다.

"어쩌기는요, 환심을 살 또 다른 병자를 찾아가야지요."

전혀 별스럽지 않은 듯 어깨나 으쓱하면서.

"…나 말고 다른 환자?"

공연히 입맛이 썼다. 그녀가 자신이 아닌 다른 사내를 포기하지 않겠답시고 버티는 광경은 상상하기도 싫었다.

설마 오직 자신만이 독점할 수 있는 호의가 아니었단 말인가?

"속이 아주 시원하시겠지요?"

하물며 신비는 사람 속을 모르다 못해 박박 긁었다.

그때부터 전혀 생각하지 못했던 점까지 거슬리기 시작했다. 그 의녀가 다른 사람, 특히 다른 의관을 대하는 모습이었다.

그녀는 뜻하지 않은 칭찬에 수줍게 얼굴을 붉혔다. 의관 나부랭이의 대단치도 않은 낯짝에 헤벌쭉 웃었다.

젊은 나이에 출세했고 인품도 뛰어나다는 둥 칭송을 마다하지 않았다. 감히 그보다 훨씬 잘난 왕세자에게는 핀잔을 서슴지 않으면서 말이다.

그리고 무엇보다 괘씸하게도, 그녀는 연정을 사치라 일컬었다.

"…평생 누구도 연모하지 않겠다는 뜻이냐?"

"소인에게는 이루고 싶은 일이 있어 그 외의 사연에 골몰할 겨를은 없사옵니다."

"이루고 싶은 일이라니?"

"…저하의 병을 고치고 무사히 보위에 오르시는 모습을 지켜보는 것이지요."

되지도 않을 헛소리인데 희한하게 그녀의 얼굴에는 웃음기가 없었다.

"…억지로라도 연모하게 만들겠다면?"

입바른 소리는 제쳐두고, 무작금은 어깃장을 놓았다.

"억지를 쓴다고 될 일이 있고, 아니 될 일이 있을 텐데요."

그 부분이 제일 이상했다.

무작금은 태산의 정상에 있었다. 그리고 그 의녀는 천하의 가장 밑바닥에 엎드려 있었다. 그런데도 꼭 입장이 전혀 반대인 것처럼 느껴졌다.

…아니, 어쩌면 전혀 이상한 부분이 아닐는지도 모르겠다.

사실 무작금이 있는 곳은 태산의 정상이 아니었다. 잘하면 정상으로 올려줄 수도 있다는 임금의 시험을 붙잡은 위태로운 벼랑이었다.

낙마한 뒤로는 그마저도 언제까지 버틸지 불확실한 절벽으로 변모하였다.

차라리 밑바닥에서나마 두 발을 온전히 땅에 붙이고, 스스로 의지로 설 수 있는 그 의녀의 처지가 나을지도 모를 터였다.

더 이상 무작금은 그녀에게 다가오라 허락할 여유가 없었다.

신비가 잡고 문지르던 제 손을 놓도록 내버려 두었다. 애매한 열기와 아스라한 접촉이 그대로 사라지도록 물러섰다.

붙잡지 않았다.

역시, 유일한 집인 이 붉은 둥지의 영원성은 장담할 수 없기 때문이었다.

***

무작금에게는 이복동생이 많았다. 한 명한테 익숙해질라치면 계속해서 한 명씩 또 태어났다.

언젠가부터는 숫자를 헤아리다가 그만두었다. 수많은 후궁 중 한 명이 용종을 생산했다는 소식을 들어도 무덤덤했다.

한데 이번에는 달랐다.

지빈 정씨가 딸을 낳았다. 자신에게 숨겨진 동복아우가 있었다는 진실을 알고 난 이후의 탄생이었다.

고까웠다. 내 어미는 품에 안은 갓난쟁이를 빼앗기고 쫓겨났다. 내 아우는 어미를 잃고 천덕꾸러기처럼 세상을 떠났다. 그리고 나는 혼자 강요된 침묵 속에 남았다.

내 가족은 처참하게 망가졌다.

내 집은 오직 위선으로 담벼락을 쌓았다.

그런데 어떻게 부왕의 후궁들은 태연자약하게 자식을 품에 안고 어르며, 장성하여 어른이 되는 모습까지 전부 지켜볼 수 있단 말인가?

그들의 가족은 안온하다.

그들의 집은 오직 진실로만 담벼락을 쌓았다.

"국본은 나인데…."

무작금은 불공평한 운명을 곱씹었다.

"왜 다른 사람들이 나보다 훨씬 행복하지?"

질시로 눈이 흐렸다. 눈물로 깨끗이 씻어낼 수 없어 더욱 탁했다.

그리고 얼마 지나지 않아 갓 태어난 지빈 정씨의 소생이 위독하다는 소식을 들었다.

솔직히 무작금은 양가적인 감정을 느꼈다. 어린 아기가 죽할 수도 있다니 가슴 아팠다. 하지만 동시에 남들도 자신처럼 불행해지기를 바라는 마음도 있었다.

이토록 이중적인 감정에 무작금은 다시금 불행해졌다. 죄책감을 느꼈다.

하물며 자기혐오는 지빈 정씨의 소생이 멀쩡하게 살아남았다는 소식에 더욱 짙어졌다.

후궁의 아기는 제 아우처럼 되지 않았다.

죽지 않았다. 그 존재가 깨끗하게 잊히지도 않았다.

무작금은 괴로웠다. 왜 어떤 아기는 죽고 어떤 아기는 살아남을까?

운명을 점찍는 하늘이 원망스러웠다. 축하하고 기뻐해야 하는데 도저히 그럴 수 없는 자신이 혐오스러웠다.

다친 육신에 갇혀 가슴만 쥐어뜯던 무작금은 내시의 등에 업혔다. 밤바람을 쐬고 싶었다.

"괜찮으시옵니까, 저하?"

은밀한 부름을 받잡고 대비전으로부터 한달음에 달려온 이정의 얼굴은 상기되어 있었다.

"무척 불편하실 텐데 어떻게 바깥 걸음을 하셨사옵니까?"

이정은 내시의 등에서 조심스럽게 내려오는 그를 부축했다. 아무리 업혔어도 고통스럽기 짝이 없는 외출이었다.

“네가 보고 싶었다.”

하지만 충분히 감수할 만한 고통이었다.

“네 얼굴이 보고 싶었다.”

고쳐 말하자 타당한 위안이 되었다.

무작금은 찬찬히 이정의 낯을 살폈다.

무던한 이목구비는 익숙했다. 깡마르다 못해 앙상하니 솟은 어깨는 안쓰럽기도 했다. 입조심하는 습관부터 철저히 익힌 덕분에 행색은 예민하고도 차분했다.

“소인도 먼발치에서 항상 저하를 그리워했나이다.”

이정이 낯을 붉히며 속삭였다. 그러나 무작금은 듣지 않았다.

저 얼굴에 정녕 어미의 모습이 깃들어 있을까? 몇 년을 거듭해 온 의문에만 골몰하느라 바빴다.

이정이 폐비를 닮았다는 말이 거짓이 아니라면 좋겠다.

무작금은 어리석은 소망을 담아 우련한 흔적을 찾았다. 실상 없는 줄 알면서도 안쓰러울 지경으로 애썼다.

믿고 싶다는 마음은 언제나 진실보다 강했다.

“소인은 언제나 저하께서 돌아보시는 곳에 있겠사옵니다.”

이정은 잘 정돈된 감정을 건넸다. 빛바랜 추억과 의혹에 쉬이 매몰되는 유약한 세자가 원할 만한 정답으로 골라서.

“…변함없이 한결같을 것이냐?”

절박한 무작금은 또 미끼를 물었다.

“결코 날 버리지 않을 수 있겠어?”

불변의 아늑한 집, 배롱나무처럼 붉은색을 향한 갈망이 넘실거렸다.

“내가 아무리 밀쳐도 날 포기하지 않을 테냐?”

무작금은 그저 믿고 싶었다.

"물론이옵니다."

흔들림 없이 이정은 약조하였다.

"소인이 저하의 잃어버린 어머니요, 행우한 집이 되어 드리겠사옵니다."

세자의 약한 구석이 어디인지 이번에도 정확히 알았다.

"…너에게 줄 것이 있다."

믿고 싶은 마음이 흘러넘쳐 시험으로 변했다.

"손을 내밀어 보아라."

그는 노란색 밀화지환(蜜花指環, 호박 가락지)을 꺼냈다.

"어마마마께서 주신 것이다."

하얀 무작금의 손가락 사이에서 영롱하게 빛나던 가락지가 이정의 덜덜 떨리는 손바닥으로 옮겨갔다.

"어마마마께서 주셨다니요?"

이정은 더 설명하기를 기다렸다. 하지만 무작금은 부응하지 않았다.

"감히 소인이 받잡을 수 없사옵니다."

묵묵부답에 이정은 일단 겸손부터 챙겼다.

"내게 믿음을 다오."

그는 이정의 메마른 손을 잡았다. 잃어버린 것을 전혀 다른 상대로부터 억지로 찾아내려는 비뚤어진 욕심처럼.

"소중히 여기며 항상 몸에 간직해야 한다."

힘겹게 상반신을 앞으로 뻗었다. 이정을 품으로 끌어당겨 안았다. 나무토막을 안은 것 같았다. 그의 가슴 속 박동마저 느릿하니 평온했다.

"망극하옵니다."

이정이 말했다. 뱀의 혀가 귓가에 닿는 느낌이었다.

그렇지만 적어도 제압할 수 있는 뱀이다. 어미를 닮았다고 주장하는 뱀이기도 하다.

하필 그때, 얄궂게도 그 의녀가 떠올랐다.

아무리 밀쳐도 찰거머리처럼 들러붙던 모습을. 감히 왕세자더러 유약한 자기 자신을 믿지 말고, 차라리 의녀인 저를 믿으라던 우격다짐을.

무작금은 그 의녀에게 화가 났다.

그녀는 희귀하다고 해서 특별해지는 것은 아니라고 했다. 볼 일 다 보면 다른 환자를 찾아 떠나 버리겠다고 했다.

하물며 지빈 정씨의 아기도 그대로 놓아두지 않았다. 기어코 살려 냈다.

그녀의 집요한 호승심은 오직 자신에게만 국한된 것이 아니었다. 포기를 모르는 불굴의 의지는 그가 없는 곳에서도 발휘되었다.

그리하여 무작금을 양가적인 감정의 극한까지 몰아세웠다. 축하하고 기뻐해야 하는데 그럴 수 없도록. 그런 자기 자신을 죽을 만큼 혐오하도록.

실로 미치도록 화가 났다.

더 이상 그 의녀가 다가오도록 허락하고 싶지 않았다.

“…바깥에 너무 오래 나와계셨나이다.”

이정이 말했다. 세자의 마음이 멀리 떠났음을 눈치챈 모양이다. 다른 존재에 골몰하는 관심을 되찾고 싶어 했다.

“그만 침전으로 돌아가시지요.”

“아직은 싫다.”

마침 무작금도 그 의녀를 향한 몰입을 치우고 싶었다.

“조금만 더 이정이 너와 함께 있고 싶다.”

분노 역시 잊고 싶었다.

“조금만 더, 네 얼굴을 보고 싶다.”

자신을 미궁 속에 떠밀고 사라진 어미가 그리웠다.

“지금 내 곁에는 네 얼굴이 있어야 한다.”

지금 그의 곁에는 어미가 있어야만 했다.

“소인은 저하의 편이옵니다.”

오직 무작금의 귀에만 들리게끔 이정이 속삭였다. 감히 왕세자의
어깨에 두 손을 얹을 수도 있을 만큼 담대했다.

“내게 믿음을 다오.”

다시는 버림받고 싶지 않다. 하여 재차 보챘다. 근원적인 허무함을
어떻게든 채울 선택이었다.

하여 연정의 밀어라기보다는 모종의 시험을 속삭였다.

이정에게. 그리고 어쩌면 자신에게.

다음날에도 무작금의 동요한 마음은 가라앉지 않았다. 내의원의
입진을 물리쳤다. 앞으로는 탕약도 올리지 마랍시고 어깃장을 놓았
다.

더는 그 의녀를 보고 싶지 않았다. 다가오도록 허락하고 싶지도 않
았다.

“어제까지만 해도 의연하시다가 왜 또 그러시옵니까?”

그런데도 신비는 또 밀고 들어왔다.

“아무것도 아닌 게 아닌 것 같사옵니다.”

심지어 지금까지보다 훨씬 세게 찔렀다. 적절한 시점에 눈치를 살살
보며 끊지 않았다. 쉬이 물러설 생각이 없는 듯했다.

"번번이 저하께서는 의중을 말씀하시려다가 피하시옵니다."

그녀는 여남은 틈을 비집고 들어오려고 애썼다.

"털어놓으셔야 하옵니다. 마음의 짐을 덜어야 몸의 병도 낫사옵니다."

반면에 무작금은 아예 틀어막으려고 버텼다.

"소인을 믿으소서."

참으로 그 의녀다운 회유에 그는 폭발했다.

"너를 믿으라고?"

처음으로 그의 어둠에 맞서는 그녀의 빛에 혹하지 않았다. 그것은 너무나 밝았다.

무작금의 속에 묻은 더러운 검댕과 뒤틀린 감정마저 전부 끄집어내고 밝힐 정도로.

그리하여 무작금 스스로 가장 두려운 부분을 마주할 수밖에 없게끔 강요했다.

"소인을 믿으셔야 하옵니다!"

강제로 끌려 나가는 동안에도 그녀는 빛의 부스러기를 남겼다.

"소인은 절대로 포기하지 않사옵니다!"

행여 한낱 부스러기에마저 눈이 멀어버릴세라 무작금은 고개를 돌렸다. 그 의녀가 완전히 사라지고 나서야 그는 끝까지 외면하지 못한 의문을 마주했다.

사실은 또 혹했기 때문에 오히려 더 거칠게 뿌리쳐야만 했던 것은 아닐까?

무작금은 창가에 놓인 배롱나무 화분을 바라보았다. 과연 그 의녀는 언제까지 포기하지 않을까? 이렇게까지 해도 또 자신을 붙잡아 줄까?

역시나 또다시, 믿고 싶다는 마음이었다.

그리고 그것은 언제나 진실보다 강했다.

***

설마 그 의녀가 그렇게 빨리 투지를 불태울 줄은 몰랐다.

그녀는 포기하지 않았다. 그렇게까지 했는데도 또 자신을 붙잡겠다고 밀고 들어왔다. 심지어 중궁의 안전임을 이용해 자신에게 소소한 앙갚음까지 했다.

"또 엄하게 신칙해야 알아듣겠느냐?"

마찬가지로 무작금도 버티며 앙탈을 부렸다.

"이미 해보셨는데 소용이 없지 않사옵니까?"

그래봤자 그 의녀의 고집은 쇠심줄같이 질겼다.

"아무리 매를 내리셔도 소인은 다음 날 탕약을 들고 다시 올 것이옵니다. 그다음 날도, 그다음에 다음 날까지도요."

어둠으로 열심히 뒤덮어도 끊임없이 빛을 뿜었다.

"소인은 절대로 저하를 포기하지 않사옵니다."

"…어째서?"

"저하께서 소인의 인생에 나타나셨으니까요."

"아니다."

정녕 틀린 대답이었다.

"네가 내 인생에 나타났지."

둘 사이에는 하늘과 땅 사이의 간격만큼이나 어마어마한 간극이 있었다.

그리고 그 간극은 몹시 두려웠다. 다가갈수록 멀어지고, 멀어질수록 다가가야만 하는 진실처럼 느껴졌다. 외면하고 회피하고 싶었다.

무작금은 이미 버림받은 아이였다. 차가운 어미의 품에 안겨 있다가 그보다 훨씬 냉정한 세상에 버려지는 고통을 잘 알았다.

하여 유치한 명령으로 다시금 그 의녀를 내쫓았다. 그러고는 습관처럼 창가에 놓인 배롱나무 화분을 바라보았다.

하지만 배롱나무에 겹쳐 보이는 그 의녀는 떨치려 해도 떨칠 수 없었다.

그러다가 문득 그는 발견했다.

신비가 가져온 배롱나무 가지에 붉은 꽃이 피었음을.

옮겨심은 가지라서 개화가 늦을 줄 알았는데 오산이었다.

무작금은 성한 왼손으로 자줏빛 꽃송이를 매만졌다. 촉촉하고 보드라웠다.

배롱나무 가지에서 꽃이 피기 전에 오른손을 움직이면 그가 이기는 내기라고 했다. 그러면 제 비밀을 하나 가르쳐주겠다고도 했다.

하지만 무작금의 오른손은 여전히 꼼짝하지 않았다.

"…결국 지고 말았나?"

그녀가 먼저 자신에게 다가왔다. 몇 차례 밀쳐도 포기하지 않고 계속 다가왔다.

그러자 호기심이 생겨 그가 슬쩍 다가섰다. 하지만 믿고 싶은 만큼 두려워져서 또 밀쳤다.

한데도 그녀는 적반하장이라고 여기지 않았다. 그가 밀치는 만큼, 아니, 오히려 그 이상으로 성큼 다가왔다.

그렇지만 동시에 무작금은 알았다.

밀어붙이듯 다가오면서도 그녀에게는 뒤에 남겨둔 것이 있다는 것을.

연정은 사치라는 둥, 동궁께서 나으시면 다른 환자를 찾아가겠다는 둥, 각종 발칙한 언행 뒤에 교묘히 숨은 진심이었다.

그 의녀는 달려들듯 다가오면서도, 달아나듯 뒤에 남아있었다.

마치 내키면 언제 저가 찰거머리처럼 들러붙었느냐 반문하며 홱 앵 돌아서 그를 버리고 떠날 것처럼.

어쩌면 그러한 점이야말로 진정 무작금을 화나게 하고, 생떼를 부리게끔 만들었는지도 모르겠다.

"…역시 잘 모르겠어."

무작금은 결코 풀리지 않을 수수께끼처럼 그녀를 골몰했다.

누워서 배롱나무를 바라보다가 잠들었다. 마음이 싱숭생숭하여 간신히 눈을 감았다. 한데 요란한 외침에 선잠마저 깨고 말았다.

"…불이야!"

어수선한 소란 속에서 한 단어를 알아들었다.

"세자저하, 동궁전에 불이 났사옵니다!"

이윽고 환관이 뛰어들었다. 덜커덩 열린 문 사이로 우왕좌왕 도망치는 궁인들이 보였다. 반면에 무작금은 침착했다.

"큰 화재더냐?"

어차피 못 움직이는 까닭에 침착할 수밖에 없었다.

"바깥 행랑에서부터 번지고 있나이다."

"백 상궁과 다른 궁인들은 어쩌고 있느냐?"

"백 상궁은 금일 휴번이라 자리를 비웠사옵고…."

내시가 전전긍긍했다. 아마도 뭇 궁인들은 아픈 세자를 돌아볼 여력도 없이, 제 목숨부터 챙기는 모양이다.

"불길이 거세옵니다. 속히 피신하셔야 하옵니다."

“이 몸으로 뚫고 나갈 수준의 불이냐?”

회의적으로 물었다.

비로소 내시도 세자는 위급한 불길 사이로 헐레벌떡 뛰쳐나갈 수 없음을 깨달았다. 수염 한 올 없는 멀끔한 얼굴에 절망감이 비쳤다.

“그래도…, 나가셔야 하옵니다.”

내시가 더듬더듬 무작금의 양팔을 붙잡았다. 부축하여 일으키려고 했지만 무의미한 짓이었다. 일으켜봤자 무작금은 설 수도, 걸을 수도 없었다.

멀리서 우지끈 무너지는 소리가 들렸다. 나무로 빚어진 대궐은 화마에 쉽게 굴복한다.

“어서 신臣의 등에 업히소서!”

내시가 엎드렸다.

“너보다 키도 크고 무게도 많이 나가는 장정을 업고 불길을 뚫을 수 있겠느냐?”

무작금은 환관의 덩치를 가늠했다.

“평소에도 신이 늘 저하를 업어 모시지 않았사옵니까?”

“불이 나지 않았을 때는 용케 가능했겠지.”

가늠할수록 희망이 보이지 않았다.

“업혔다가는 둘 다 죽는다. 너만이라도 구명해라.”

“그럴 수는 없사옵니다!”

“…나는 어찌 되든 별로 상관없다.”

무작금은 공허하게 웃었다.

“얼마 전에 처妻를 얻고 양자도 들였다면서?”

동시에 놀라울 정도로 온화하게 설득했다.

“안 그래도 내시의 처라며 놀림 받는 네 부인에게 과부 팔자까지 얹어줄 셈이냐?”

“저하….”

“널 아비로 섬기는 양자는 또 어쩌고?”

목이 꽉 멨다.

“바깥에서 좋은 사내가 되지 마라. 집안에서 좋은 가장이 되도록 해.”

사실 그것은 무작금의 소망이었다.

“너는 네 집을 지켜라.”

잃고 나서야 얼마나 소중한지 깨닫지 않기를 바랐다.

“…시, 신이 나가서 도움을 청하겠사옵니다.”

한 번 더 뭔가 무너지는 소리가 들리자 내시는 더듬더듬 일어섰다.

“장정을 모아와서 저하를 밖으로 모시겠사옵니다.”

무작금은 믿지 않았다. 모은다고 올 놈들이었으면 애초에 냅다 내빼지도 않았을 터였다.

“그래. 알았다.”

끝내 자신을 홀로 두고 떠나는 뒷모습에서 자학적인 안도감을 느꼈다.

곧 소음마저 멎었다. 불길이 타오르는 고요한 소리만 들렸다.

차라리 나았다. 언제나 무작금은 주변이 너무 시끄럽다고 생각했다.

“…이런 꼴로 영영 사느니 깔끔하게 끝내는 것도 나쁘지 않겠지.”

과연 그게 극락이 될지는 확신이 없었다.

“적어도 거기에 어마마마는 계시겠지, 뭐.”

초조한 심경으로 화마를 기다렸다. 무력하게 창 너머를 보았다. 침전까지는 아직 불이 제대로 붙지 않아 여느 때와 같은 풍경이 보였다.

창가에 놓인 배롱나무 화분도 그대로였다.

"이제 막 꽃이 피었는데 불타 죽게 된다니…."

무작금은 울지 못해서 웃었다.

"저가 내기에서 이겼답시고 의기양양한 꼴도 못 보겠군."

속절없이 그 의녀를 생각하느라 그랬다.

"…세자저하!"

아마 그 의녀도 자신을 생각했나 보다. 조막만 한 몸으로 불길까지 뚫고 기어코 쳐들어온 것으로 보아서는 말이다.

"넌 정말 사람 말을 들어 먹지를 않는구나."

이번에도 잡아주었다. 무작금은 기쁘면서도 슬펐다.

"나가라고 몇 번을 말했느냐."

자꾸만 모순적인 감정을 느끼게 만드는 저 의녀가 미웠다. 혼자 죽게 내버려 두지, 왜 또 쫓아왔는지 모르겠다. 억지로 틀어막은 마음이 또 허물어졌다.

"제발 날 내버려 두란 말이다."

"저하야말로 정녕 사람 말을 듣지를 않으십니다!"

그러자 처음으로 그녀가 화를 냈다.

"소인은 절대 포기 안 한다고 몇 번을 말씀드렸나이까!"

그 의녀는 무작금보다 키가 한참 작다. 산전수전 다 겪은 관비 출신이라고 으스대봤자 여인이라서 뼈도 잘고 힘도 약하다. 뾰족한 수가 없었다.

한데도 그녀는 길을 찾아냈다.

"날 버려라."

분명 믿고 싶은 마음은 진실보다 강하다. 하지만 무작금은 희망을 걸었다가 실망하여 얻는 절망도 잘 알았다.

어차피 버려질 신세라면 애초에 기대하고 싶지 않았다.

"함께 죽었으면 죽었지, 소인이 저하를 버릴 일은 없사옵니다."

그 의녀는 굴하지 않았다.

"…도대체 왜?"

울고 다치면서도 정녕 포기하지 않는 그녀에게 무작금이 물었다.

"왜 나를 위해 이렇게까지 하느냐?"

"소인은 원래 이런 사람이옵니다."

그러자 그 의녀는 주특기인 가장 단순한 답을 내밀었다.

"원래 이런 사람이라서 이렇게까지 하는 것을, 도대체 무슨 수로 설명하겠나이까?"

아니, 틀렸다. 무작금은 설명할 수 있다.

그녀는 빛이라서 그렇다.

천하의 밑바닥에서부터 슬금슬금 올라와 태산의 정상까지 밝히도록 환하다. 어둠을 섬멸하고 거기에 깃든 추악하고 비틀린 감정까지 직시하게끔 올곧다. 눈이 멀어버릴 줄 알면서도 갈구할 만큼 집요하다.

그리하여 그 의녀는 원래 그런 사람일 터였다.

"그거 보십시오."

끝끝내 장담한 대로 무작금을 구해낸 그 의녀가 말했다.

"소인을 믿으시라 하지 않았습니까."

기어코 그 사실을 받아들인 순간, 굳어있던 그의 오른손이 움직이기 시작했다.

잃어버린 것 때문에 마비되었으나, 새로이 얻은 것 덕분에 다시 생명을 얻었다.

"내가 너한테 졌다."

배롱나무는 꽃을 피웠다. 그의 오른손은 미약하게나마 움직였다. 그리고 어린 시절 이래 흘리는 법을 잊었던 눈물이 터졌다.

"내 진짜 이름은…."

하여 어린아이가 태양을 숭배하듯 신비에게 비밀을 속삭였다.

"…무작금이다."

그녀는 빛이었다.

그리고 그 빛은 배롱나무처럼 붉은색이었다.

3부
술래잡기 (1)

왕세자의 목숨을 구하는 혁혁한 공을 세웠건만, 신비가 정신 차리고서 제일 처음 맞닥뜨린 것이라곤 비난뿐이었다.

"내가 정말 너 때문에 못 살아!"

등짝을 후려치는 만덕의 손이 매웠다.

"도대체 왜 그렇게까지 하는데?"

"야, 병자를 때리면 어떡해?"

신비는 요리조리 몸을 비틀며 뺐다. 회초리 맞은 자리가 아물기도 전에 화상까지 입었다. 이보다 더 병자일 수가 없다.

"네가 그런다고 누가 알아주는 줄 알아?"

어차피 만덕은 듣지도 않았다.

"까딱했으면 개죽음이었잖아!"

"살았으니까 됐지, 뭐."

괜히 구시렁거렸다가 매나 벌었다.

"네가 정신을 잃고서 사흘 내리 끙끙 앓는 동안, 동궁전의 내시는 세자를 구한 공로로 품계가 오르고 비단도 하사받았다더라."

"저하를 구한 사람은….."

"그래, 너지!"

만덕이 일갈했다.

"바보같이 한 방향으로밖에 뛸 줄 몰라서, 시키지도 않은 짓을 하다가 죽을 뻔한 너!"

불난 데 부채질할까 봐 신비는 잠자코 있었다.

"근데 너는 올려줄 품계조차 없는…, 그냥 의녀잖아!"

과연 내버려만 둬도 만덕은 길길이 날뛰었다.

"음, 그래도 좋은 일 했잖아?"

왜 선행을 베풀고도 욕을 먹는지 모를 노릇이다.

"아무도 알아주지 않는데 어디가 좋은 일이야?"

"아니, 누군가는….."

"그러니까 누가?"

만덕이 말을 홱 잡아챘다.

"사내가 너 같은 밑바닥 계집을 인정해주는 방법이라곤, 불러서 하룻밤 함께 보내고 대단한 호의를 베푼 양 으쓱이는 것뿐이잖아!"

저러다가는 아예 불을 뿜을 것 같았다.

"세, 세자저하께서는 어떠셔?"

불이라면 질려버린 신비가 황급히 진화했다.

"이 모양 이 꼴로 또 무슨 동궁마마야?"

발을 쾅쾅 구르는 만덕의 반응으로 보아선 자충수였다.

"내의원 의관 나리들이 밤새 직숙하며 극진히 보살핀 덕분에 아주 멀쩡하시다더라.”

한참을 씩씩거리던 만덕이 못마땅하게 덧붙였다.

“그럼 됐어.”

신비는 어깨를 으쓱했다.

“난 그걸로 충분해.”

“얼씨구, 충신 나셨어!”

또 한 번 등짝으로 날아오는 손을 잽싸게 피했다. 헛방을 친 만덕을 보고 신비는 기가 살아서 까불었다.

“만덕이 네가 이렇게 뜨겁게 날 걱정해주는데 남의 인정이고 치사致 謝가 다 무슨 소용이야?”

“말이나 못 하면….”

하도 천연덕스러운 반응에 만덕은 허탈해진 눈치였다.

“얼른 이거나 먹어.”

한결 누그러진 만덕이 뽀얗게 우려낸 국물을 내밀었다.

“잘 먹어둬. 바로 움직여야 하니까.”

“왜?”

“네가 눈을 뜨는 즉시 대령하라는 어명이야.”

“상감마마께서 상을 주시려나?”

태평하게 신비는 입맛을 다셨다.

“그래, 목숨까지 걸었으니 뭐 하나라도 챙겨와라, 좀!”

만덕은 혀를 끌끌 찼다.

국물을 다 마신 신비는 대강 상황을 파악했다.

약방에 딸린 의녀들의 방에서 사흘이나 신세를 졌다. 보통 의녀 중에서도 가장 뛰어난 내의녀 서너 명만이 머무는 배타적인 공간인데 말이다.

몸 상태는 나쁘지 않았다. 불에 덴 자국이 어깻죽지에만 옅게 남았다. 한 사나흘 쉬면 아예 사라질 것이다.

기왕 신세 진 김에 검댕이 남은 얼굴을 씻고, 의복도 빌려 갈아입었다.

그러고는 어전으로 향했다.

막상 출발은 했는데 어디로 갈지 도통 몰랐다. 천한 의녀가 임금께서 정사를 보시는 신성한 영역에 발을 붙일 순 없을 테니 사정전思政殿은 아닐 것 같았다.

일단 쫄래쫄래 따라가고 보니 곧 앞서 걷던 만덕이 멈췄다.

"여기서부터는 너 혼자 가."

놀랍게도 향오문嚮五門이었다.

"임금님께서 머무시는 내전이잖아?"

신비는 멈칫했다. 왕의 개인적인 침전인 강녕전을 비롯한 어도御道가 이어질 터였다.

"맞아. 아무나 발을 붙일 수 없는 곳이지."

특히나 밑바닥 천것이라면 이쪽으로 고개를 돌리는 것조차 허용되지 않는다.

"한데 전하께서 너를 여기로 부르셨으니까."

만덕이 무겁게 선언했다.

"얼른 다녀와. 기다리고 있을게."

신비는 침을 꿀꺽 삼키고 혼자 향오문을 넘었다.

한 번쯤은 붙드는 사람이 있을 줄 알았는데, 미리 언질이 있었는지 환관과 상궁들은 신비가 쭈뼛대며 나아가도록 내버려 두었다.

막상 강녕전 앞문에 이르자 희한한 광경부터 보였다.

"아, 그 의녀로구나."

감빈 남씨였다. 모처럼 특유의 꿈 꾸는 듯, 짓궂은 듯 애매한 태도로 알은체했다.

한데 태연한 인사와 달리, 그녀는 의녀들의 손아귀에 양팔이 단단히 붙들려 있었다. 흡사 죄인과 같은 모습이었다.

사내가 드나들 수 없는 규방의 죄인은 으레 의녀들이 포박한다지만…. 설마 지엄한 후궁까지 상대할 줄은 몰랐다.

"그간 별고 없으셨는지요…?"

어리둥절한 와중에도 신비는 주억거렸다.

후궁의 왼쪽 팔을 붙든 사람은 내의녀 자희였다. 그녀는 자중하라는 듯 후궁을 향해 경고하는 시선을 보냈다.

"입 다물고 조용히 하라고?"

감빈 남씨는 콧방귀를 뀌었다.

"난 이제 두려울 게 없는데, 왜?"

의녀들 사이에 곤혹스러운 기류가 흘렀다.

"…주상전하께서 안으로 들라 하시옵니다."

다행히 금방 내려온 어명이 어색한 분위기를 깼다.

의녀들이 감빈 남씨의 팔을 풀어주었다. 그녀는 슬쩍 다래와 옷매무새를 매만졌다. 그러고는 꼿꼿하게 고개를 들고 심판에 응했다.

"너도 함께 들어가라."

큰방상궁이 신비에게 말했다.

"주상전하께서 두 사람을 동시에 보겠다고 하셨다."

"어어, 저는…."

운을 뗐으나 반박할 처지가 아니었다. 애초에 무엇을 반문하여야 하는지도 몰랐다. 하릴없이 신비는 감빈 남씨의 뒤꽁무니를 쫓았다.

왕은 내실에 있었다. 보료에 허리를 세우고 앉아 텅 빈 서안을 내려다보는 눈빛이 심상치 않았다. 묵직하게 내려앉은 곤룡포 옷자락과 상통할 법한 시선이었다.

또한 세자도 있었다.

그는 부왕의 아랫자리에 다소곳하게 예를 갖추었다. 꿇지 못한 무릎은 여전히 아파 보였으나, 공손하게 모은 두 손만은 전과 달랐다. 오른손이 왼손 위로 포개져 있었다.

정녕 움직이는 것이다.

이토록 사소한 발전에도 신비는 감개무량하였다.

"의관도 맥을 짚으며 신기한 눈치였다."

왕은 그녀의 시선을 놓치지 않았다.

"세자의 시름과 응어리가 풀리면서 마비 증세가 호전된 것 같다더구나."

"천우신조이옵니다."

깜짝 놀라서 더듬더듬 화답했다.

"그렇지만 온전히 움직이지는 못해 꾸준히 재활해야 한다더구나."

"오랫동안 쓰지 않으셨으니, 필시 회복에 공을 들이셔야 할 것이옵니다."

신비는 동조하였다.

"뜻밖에도 동궁전의 화재가 세자를 도왔는가?"

왕은 아들과 의녀를 번갈아 보며 까닭 모를 미소를 지었다.

"그렇지만 세자궁을 집어삼킨 불을 어찌 호사好事라 이르리오."

다만 그 미소는 금방 차갑게 식어버렸다.

"화재의 원인을 추적하던 중에 과인이 참담한 내막을 들었다."

이제 왕의 시선은 감빈 남씨에게 붙박였다.

"화재가 일어난 밤, 건춘문建春門 일대에서 직숙하던 궁인이 공초供招하기를…."

맹수처럼 험상궂은 눈길이었다.

"자네가 춘궁에서 배회하는 모습을 목격했다던데."

왕이 말했다.

"심지어 언뜻 보기에 자네가 석류황(石硫黃, 일종의 성냥)을 지닌 것 같았다더군."

응당 충격이 흘렀다. 제 귀로 듣고도 신비는 의심했다. 임금의 추궁에 깃든 함의는 너무나 위험스러웠다.

"…감빈 자네가 정녕 동궁전에 불을 질렀는가?"

곧이어 왕은 그 함의를 정확히 꼬집었다.

"국본을 해하는 행위가 사지를 찢고도 남을 대역죄인 줄 알면서도?"

"…세자저하를 해하려고 지른 불이 아니었사옵니다."

놀랍게도 감빈 남씨는 동요치 아니하였다.

"오히려 저하를 구명하기 위해 불을 피웠나이다."

태연자약한 변명에 왕이 노했다.

"감히 과인을 능멸하느냐!"

앞에 놓인 서안을 주먹으로 쾅 내리쳤다.

"지엄한 내명부 빈嬪으로서의 체모를 감안해 아직 조정에서 논하지 아니하였을 뿐이다. 속히 읍소하며 빌어도 모자랄 마당에…."

"아직도 논하지 아니하셨다고요?"

한데도 감빈 남씨는 겁먹지 않았다.

"조정에서 내자의 거취去取를 결정하는 일이라면 너무나도 잘 아실 텐데요?"

잠자코 듣던 세자가 움찔했다. 흘끔 부왕의 눈치를 살피는 시선에서는 두려움이 묻어났다.

"…병자라는 이유로 너그럽게 대하매 이 지경까지 이르렀는가?"

왕의 옥음이 낮아졌다. 차분해진 것 같았으나 실상 그 반대였다.

오히려 분통을 터트릴 때보다 훨씬 위험한 분노가 움텄다.

"예, 전하. 신첩은 정녕 병자이옵니다."

감빈 남씨가 사납게 외쳤다.

"임인년 이후로 줄곧 그러하였나이다."

분명 일전에 내의녀 자희도 꺼림칙한 태도로 임인년에 대해 입에 올렸다. 대놓고 말은 못 해도, 궁중에서는 동일한 기억을 공유하는 모양이다.

"…다만 허 숙원처럼 죽음으로써 속죄할 용기를 내지 못했을 뿐이옵니다."

하물며 감빈 남씨는 더욱 파장이 큰 한 마디를 덧붙였다.

격노한 용안에서 삽시간에 핏기가 가실 만큼 거대한 파동이었다.

침묵이 오래 흘렀다.

"그래, 허 숙원처럼 죽고 싶어서 동궁전에 불을 질렀다는 뜻인가?"

창백한 용안이 더없이 불길했으되 왕은 차분히 하문하였다.

"그렇지 않사옵니다."

감빈 남씨는 천천히 숨을 몰아쉬었다.

"정녕 세자저하의 안위를 지키고자 행한 일이었나이다."

"세자와 휘하의 궁인들을 태워 죽여서 도대체 무엇을 지킨다는 것인가?"

왕이 한탄했다.

"세자저하나 궁인들을 불태우려던 게 아니옵니다."

감빈 남씨가 거칠게 고갯짓했다.

"…동궁전을 잠식한 재액災厄이 너무나 강해 어쩔 수 없었사옵니다."

심지어 부들부들 몸까지 떨었다.

"줄곧 후정에서 부적을 쓰고 제례를 지냈으나 허사였사옵니다. 기운이 불온하기가 신첩의 신력으로는 다스릴 수 없을 지경이었나이다."

진실로 그녀는 두려워했다.

"조만간 큰일이 일어날 것이옵니다."

눈빛마저 뭍에 오른 생선처럼 죽어버렸다.

"신첩은 보입니다. 걸주(桀紂, 폭군으로 유명한 걸왕과 주왕)의 해가 떠오르는 여명이⋯."

"더는 방자한 언사를 가납치 않을 것이다!"

벌컥 왕이 역정을 냈다.

"신성한 화염으로도 나라의 음험한 액운을 쫓을 순 없었지만⋯."

역시나 감빈 남씨는 아랑곳하지 않고 저 할 말을 다 쏟았다.

"다행히 그때 한 줄기 빛 또한 비쳤사옵니다."

그녀는 왕으로부터 고개를 돌렸다.

"아직은 미약하나 후일에는 필시 어둠을 밝힐 것이옵니다."

대신, 꿰다 둔 보릿자루처럼 엎드린 신비를 응시했다.

"폭주한 태양 때문에 꽃잎이 떨어지더라도, 몇 번이고 다시 붉게 피어나는 배롱나무처럼⋯."

무아지경에 빠진 양 황홀경이 스쳤다.

당연히 신비는 감빈 남씨가 불을 질렀다고 인정한 부분 이후로는 하나도 이해가 안 갔다. 저에게 붙박인 시선만 영 물색없어 혼났다.

"허, 허헉⋯."

그러나 허황한 황홀경의 끝은 발작이었다.

"잘못했사옵니다, 잘못했사옵니다⋯."

감빈 남씨가 움츠리더니 바닥에 풀썩 쓰러졌다. 몸뚱이가 크게 요동치고, 안색이 삽시간에 무너졌다. 그리고 헛소리를 지껄였다.

"제발 용서해주시옵소서, 마마…."

입가에 보글보글 끓는 거품과 함께 까닭 모를 사죄가 샘솟았다. 어전으로 불러들여 질책하는 임금에게 용서를 비는 걸까?

글쎄, 아무리 봐도 그건 아닌 것 같았다.

"정신 차리소서!"

신비는 얼른 다가가 감빈 남씨가 혀를 깨물지 않도록 막았다.

일전에도 비슷한 일이 있어 처치가 익숙했다. 발작이 안전하게 잦아들도록 기다렸다. 호흡에 문제가 생기지 않도록 숨구멍만 확보했다.

다행히 그때보다 증세가 경미했다. 소름 끼치도록 숨넘어가는 소리를 내는 단계에 이르기 전에 발작은 멎었다.

"내의녀들더러 감빈을 도로 처소에 데려가라고 해라."

굳은 용안으로 지켜본 왕이 명했다.

"마땅히 처분을 내려야 옳거늘…."

의녀들이 감빈 남씨를 업어가자 그는 지끈거리는 이마를 짚었다.

"세자를 해치려 한 대역죄인이라도 애초에 용태가 저 모양이니, 원…."

"그 말씀이 옳사옵니다, 아바마마."

여태 가만히 있던 세자가 말문을 열었다.

"감빈궁께서는 숙환을 앓아 온전치 못하시옵니다. 정신이 착란하여 저지른 행위를 어찌 무턱대고 죄라고 이르겠사옵니까."

세자는 쓴웃음을 덧붙였다.

"심지어 나름대로 좋은 의도였다지 않사옵니까."

"…용서해주자는 뜻이냐?"

왕은 미심쩍게 여기는 눈치였다. 사실 신비도 자못 의아했다. 꼼짝없이 산 채로 타죽을 뻔한 앙심이 가벼울 리 없다.

하물며 일전에 세자는 용서하는 법을 모른다고까지 말했었다.

"무너졌던 국본의 위상을 바로잡을 기회니까요."

서슴잖은 대답이 돌아왔다.

"화염 속에서도 세자가 천신天神의 보우로 살아나, 마비되었던 오른손까지 되찾았다면…."

세자가 힘겹게 오른쪽 주먹을 쥐었다가 폈다.

"바깥에서 위신을 세우기에 좋지 않사옵니까?"

교묘하게 부왕의 약점을 찌르듯 덧붙였다.

"적어도 후궁이 임금을 업신여겨 구중궁궐에 불을 질렀다는 추문보다는 낫겠지요."

과연 그건 망신살이라고 왕도 동의하는 눈치였다.

"좋다. 이번 일은 불문에 부칠 것이다."

고민 끝에 결론이 났다.

"…어차피 감빈은 사가로 내칠 수도 없어. 처음부터 특별한 목적으로 간택된 사람이니까."

왕이 의미심장하게 중얼거렸다.

"다만, 빈嬪의 품계에서 강등하여 소의(昭儀, 내명부 정2품)로 삼으리라."

재차 선언이 이어졌다.

"처소로부터 백 보 바깥에 가시울타리를 둘러 가둘 것이고."

사실상 금족령이요, 위리안치(圍籬安置, 외인과 접하지 못하도록 가둠)인 셈이다.

"왕실에서는 여태 삼빈三嬪께서 갖추신 관저의 덕을 흠앙하였사오니 애석하옵니다만…."

세자는 덤덤하게 동조하였다.

"실로 신리에 합당한 용단이시옵니다."

"삼빈이라…. 그래, 세 갈래의 고인 물이었지."

왕이 말했다.

"감지수鑑止水의 뜻을 늘 가슴에 새기려 했으나, 고인 물은 결국 썩기 마련인가?"

신비는 어렵사리 행간을 읽었다.

감지수란 흐르는 물에는 얼굴을 비출 수 없으니, 고인 물에 얼굴을 비추어 늘 스스로 단속하라는 고사이다. 《장자莊子》 덕충부德充符 편에서 배웠다.

하긴, 삼빈三嬪을 가리키는 글자에는 위화감이 있다. 감(鑑, 거울)은 그렇다손 쳐도, 지(止, 멈춤)와 수(水, 물)는 후궁의 작호로 삼기에 적합하지 않다.

더 좋은 글자가 많다. 슬기와 복을 가리키는 '지'자도 있고, 빼어남과 편안함을 가리키는 '수'자도 있다.

한데도 굳이 미묘한 글자로 골랐다면…. 머릿속으로 감빈 남씨와 지빈 정씨, 그리고 수빈 엄씨를 합쳐 보았다.

그러자 감지수鑑止水가 되었다.

"아니, 사실은 고이기 전부터도 썩은 물이었는지 모르지."

왕의 중얼거림이 깨달음을 독려했다.

찰나에 용안에서 광포한 안광이 스쳤다. 지금까지 보아온 유한 모습에 어울리지 않았다. 애민 정신이 뛰어나며 글공부를 좋아하는 자애로운 임금님이라는 평판에도 걸맞지 않았다.

"되었다. 죄과는 충분히 가렸다."

뿐만 아니라, 왕은 대수롭지 않은 척 표정을 씻어냈다.

"이제는 상을 내릴 차례다."

따뜻한 미소가 따라붙어도 신비는 느낌이 싸했다.

"너는 세자를 구명하였다."

가까이 오라며 왕이 손짓했다.

"왕업王業을 이을 대계를 구한 셈이니라."

쭈뼛쭈뼛 신비는 더 높은 자리로 기어갔다.

"과인은 아비이자 임금으로서 너에게 크나큰 빚을 졌다."

"당치않으시옵니다."

막상 치켜세우니까 멋쩍었다.

"비록 세자를 두고 빠져나왔으나, 사람을 모아 불을 진압하려고 애 쓴 내시에게는 비단을 내리고 승차시켰다."

왕은 그녀의 겸손에 껄껄 웃었다.

"한데 의녀인 너에게는 올려줄 품계가 없구나."

"상을 받고자 행한 일이 아니옵니다."

"경력을 충분히 쌓지 않았는데 내의녀로 삼는 것도 적절하지는 않겠 고…."

동감이다. 준비되지 않은 햇병아리가 설쳤다가는 약방의 병자를 죄 다 잡고 말 것이다.

"으레 여자를 치하하는 방법이라면…."

문득 왕이 말을 끌었다.

"승은을 입혀 첩지를 주는 것이지."

신비는 쿵 내려앉은 가슴을 감추려고 애썼다. 다행히도 옆에서 듣 던 세자가 펄쩍 뛰는 바람에 그녀의 동요는 티도 나지 않았다.

"아바마마!"

"왜 그러느냐, 세자?"

왕은 사색이 된 세자에게 천연덕스럽게 대구했다.

"장성한 아들 앞에서 참 망측하시옵니다."

"어허, 아무리 그래도 아비가 임금인데 망측하다니!"

"장가도 못 든 아들더러 들으라고 하실 말씀이 아니니까 그렇지요."

"종묘와 사직을 섬길 자손을 널리 퍼트리는 것이야말로 임금의 책무이거늘."

"이미 널리 퍼졌사오니 게으름 좀 부리셔도 될 성싶사옵니다."

세자는 퉁명스레 넘쳐나는 이복동생을 꼬집었다.

"알았다, 알았어."

졌다는 듯 왕이 손을 내저었다.

"도끼눈 뜬 아들이 두려워 첩도 가까이 못 하겠다."

"정녕 두려워하시는 분이라면 애초에 첩이 그리 많을 리 없나이다."

세자가 투덜거렸다.

"어차피 이 아이에게는 승은을 내릴 수도 없다."

왕은 미소 지었다.

"물동이를 긷는 무수리만큼이나 비천한 의녀 아니냐."

다만 우호적인 발언을 동반하지는 아니하였다. 사실 처음부터 그 말씀을 하고 싶으셨다는 느낌마저 강렬히 들었다.

"세상이 왜 너를 천시하는지 아느냐?"

왕이 하문하였다.

"사내와 얼굴을 맞대어 내외를 모르고, 더러운 질병을 마주하며, 행하는 업의 특성상 절개를 지키기 어려운…. 추잡한 계집이기 때문이옵니다."

신비는 정확히 답을 알았다.

"그래, 의녀란 그렇다."

평생 노력해도 반례를 증명하지 못할 명제였다.

"지체 높은 사내가 가까이할수록 흠결일 뿐이지."

나라님의 판정까지 내려지니 더욱 공고해졌다.

"…소자는 그렇게 생각하지 않사옵니다."

그러나 그 순간, 세자는 감히 왕의 결론에 도전하였다.

"나라에서 먼저 의녀를 가려 뽑았사옵니다."

세자가 말했다.

"만백성이 생명을 구하는 업을 진 사람을 염원하였기 때문이옵니다."

왕은 끼어들지 않고 가만히 들었다.

"하온데 아플 때는 살려달라고 청안시靑眼視하다가, 몸이 성하면 돌변하여 추잡한 계집이라고 백안시白眼視한다면…."

놀랍게도 세자는 언젠가 신비가 아뢴 의견을 기억하고 변주했다.

"훗날 어느 여인이 의녀가 되어 민정에 헌신하겠사옵니까?"

잠시 생각을 정리하듯 그가 멈췄다.

"하물며 소자는 아무도 나서지 않을 때, 혼자서라도 포기하지 않은 의녀 덕분에 목숨을 구했사옵니다."

이어서 터진 의견도 같은 맥락이었다.

"세간의 그른 풍속이 의녀를 추잡하다 손가락질하여도, 그 은혜를 입은 소자는 결코 그렇게 생각해서는 아니 되옵니다."

잠시 망설이다가 세자는 결심했다.

"아비이자 임금으로서 빚을 졌다고 말씀하신 아바마마께서도 그리 생각하시면 아니 되옵니다."

임금을 상대로 자못 건방진 반박이었다.

"그래?"

놀랍게도 왕은 기분이 상한 눈치가 아니었다. 도리어 빙그레 웃었다.

"하면 이제는 아비더러 이 의녀에게 승은을 입히라는 뜻이냐?"

"아니, 그런 뜻은 아니고…!"

실없는 반문에 세자는 또 펄쩍 뛰었다.

"추잡한 계집이랍시고 천시하지 말라면서?"

"천시하지 마시라고 하였지, 누가 승은을 내리시라고 하였나이까?"

세자가 눈을 치떴다.

"하여튼 참 망측하시옵니다."

"허이, 또 명색이 임금인 아비더러 망측하단다."

이내 왕은 껄껄 웃었다.

"간만에 세자의 생기 넘치는 모습을 보니 좋구나."

"…두 번 생기 넘쳤다간 뒤로 넘어가겠나이다."

세자는 못마땅한 기색이었다.

"에이, 앓아누운 뒤로는 그 잘생긴 얼굴을 노상 죽상으로 구겼으면서."

새삼스레 왕은 아들의 낯을 뜯어보았다.

"…참 많이 닮았어."

가리키는 대상은 없었다. 그런데도 세자는 알아들었다.

신비도 대충 짐작했다. 왕의 눈동자에 세자의 용모를 통해 연상되는 그림자가 비쳤기 때문이다.

그것은 분명 폐비였다.

"어찌 되었든 다행이구나."

다행인지 불행인지, 왕은 무심하게 그 그림자를 지웠다.

"어려서부터 세자는 어느 하나에 진득하게 마음 써본 바 없어 걱정했거든."

대신, 낯선 근심이 빈자리를 채웠다.

"무엇을 격려하든 마지못해 응하는 시늉만 했지. 그마저도 금방 질리기 일쑤였고."

필시 제왕으로서의 재목을 헤아리는 시름이었다.

"…한데 너에게는 관심을 보이는구나."

고찰은 대번에 신비에게로까지 확장되었다.

"덕분에 국본과 사내를 떠나, 사람으로서 한 가지 배운 것도 같고…."

이윽고 왕은 온화한 미소로 매듭지었다.

"세자의 말이 옳다. 임금이자 아비로서 크게 빚진 주제에 너를 추잡한 계집이라고 생각해선 아니 되지."

"망극하옵니다."

정녕 나라님의 판정이 뒤집히자 신비는 공연히 목이 멨다.

"승은을 내려 치하하자니 망측하다고 세자가 결사반대라…."

왕은 장난스레 아들을 겁내는 척했다.

"대신 면천(免賤, 천역을 면함)해주면 어떻겠느냐?"

"…예에?"

"너를 양인으로 삼겠다는 뜻이다."

의심의 여지가 없게끔 왕은 덧붙였다.

"으레 의녀는 침술로써 공을 세운 경우에나 면천해준다던데요?"

의례상 그렇다. 하여 의녀들은 내의녀 중에서도 침의鍼醫로 발탁되기 위해 용쓰곤 한다.

"저사를 구했는데 무엇이 대수겠느냐."

왕이 껄껄 웃었다.

"좋은 혼처도 얻어주마."

꿀처럼 달콤한 보상이 이어졌다.

"앞으로는 고생하지 말고 시집가서 편히 살아라."

장밋빛 미래를 꿈꾸도록 만드는 회유이기도 했다.

신비는 의녀가 아닌 자신을 그려보았다. 그 상상 속에는 듬직한 지아비와 토끼 같은 자식들도 있었다. 손에는 침과 뜸 대신 주걱과 국자가 있었다. 또한 주위에는 피와 고름 대신 사랑과 웃음이 있었다.

분명 멸시당하지 않는 삶이리라. 혼자서 해내기 버거울 때는 지아비의 등 뒤로 숨을 수도 있을 터였다. 외로운 인생의 여로에 동반자도 생길 것이다.

이미 신비는 그 상상이 좋았다.

그렇지만….

"성은이 하해와 같나이다."

신비가 간청했다.

"하오나 소인은 이대로가 좋사옵니다."

"그게 무슨 뜻이냐?"

왕이 어리둥절해했다.

"설마 비천한 의녀 신세가 좋다는 말이냐?"

"그러하옵니다."

신비는 흔들림 없이 대꾸하였다.

"어린 시절, 의탁할 데 없는 관비였던 소인을 도와주신 분이 계셨사옵니다."

선연한 추억을 가능한 한 애매하게 뭉뚱그렸다.

"은인으로부터 복숭아를 받았으니 훗날 오얏으로 갚는 사람이 되고자 결심하였나이다. 그래서 의녀가 되었사옵구요."

"…투도보리投桃報李로구나."

현명한 임금이라서 바로 알아들었다.

"아직은 미처 갚지 못하였사옵니다."

설명을 줄일 수 있다면야 다행이다.

"앞으로도 의녀로 지내면서 마저 갚아나가고 싶사옵니다."

"대강 예상이야 했지만, 정녕 보통 그릇이 아니군."

왕은 탄복한 눈치였다. 지엄한 시선이 신비를 훑었다. 아까 세자를 바라보았을 때처럼 자못 새삼스러웠다.

"…참 많이 닮았어."

이번에도 가리키는 대상이 없었다. 왕의 눈동자에서 또 신비의 용모를 통해 연상되는 그림자가 비쳤다.

한데 이번 그림자는 누구의 질척한 흔적인지 도무지 알 수 없었다.

"네 뜻은 잘 알겠다."

다시금 왕은 무심하게 그림자를 지웠다.

"하나 단박에 거절하지 말고 잘 생각해보아라. 며칠 말미를 주마."

그가 제안했다.

"평생 두 번 오는 기회가 아니니라."

한데 마치 또 다른 시험처럼 느껴졌다.

"…사실 난 네 짝으로 내의원 주부 박치수를 생각하고 있느니라."

유혹적인 함정을 동반하였기 때문이다.

"치수는 문반에 오르지 못하고 잡과를 응시하여 의관이 되었지."

신비도 그가 서얼(庶孼, 첩의 자식) 태생이라고 들었다.

하긴, 접때 우리는 양반이 아니라고 선 긋던 치수의 표정이 좀 씁쓸했다.

"그대로 썩히기에는 아까운 인재라고 여겼는데, 다른 사람들 생각도 같더구나."

왕이 말했다.

"박치수가 양인 처녀들 사이에서 일등 신랑감으로 꼽힌다면서?"

"그렇사옵니다."

신비는 머쓱하게 덧붙였다.

"정녕 소인을 박치수 주부 나리와 짝지으신다면….."

제 입으로 하기 싫은 이야기를 꺼낼 차례였다.

"전하께옵서 아까운 재목이라 친히 일컬으신 사내의 인생에 오점을 남기시게 될 것이옵니다."

"어째서?"

"소인이 의녀이기 때문이옵니다."

신비는 허하게 웃고 말았다.

"설령 면천되어 양인이 된들, 고을에서 평생 출신성분의 딱지를 붙이고 살아야 할 텐데요."

면천이라는 밀어에 감춰진 비관적인 전망이었다.

"소인은 남의 인생에 천덕꾸러기 신세로 끼고 싶지 않사옵니다."

단호하게 일갈했다.

"특히나 그 상대가 박치수 주부 나리처럼 고결한 분이라면요."

신비의 거꾸러진 자존감에 왕이 누그러졌다.

"동고동락한 의관이라면 다 이해하지 않겠느냐?"

"동고동락하며 너무 많은 것을 목격한 의관이라서 오히려 이해하지 못할 공산이 크옵니다."

임금치고 순진한 발상에 신비는 조심스레 반박했다.

"…뭐, 네가 특이할 만큼 욕심이 없는 사람이라는 건 알겠다."

썩 설득되지 않은 듯 왕은 어깨를 으쓱했다.

"그래도 며칠 더 생각해보아라."

"망극하오나 전하, 정말로….."

"어명이다."

하릴없이 입을 다물었다.

“아바마마!”

한데 그녀가 조용해지기 무섭게 세자의 입이 열렸다.

“또 왜 그러느냐, 세자?”

왕은 아까보다 더 사색인 아들을 태평하게 보았다.

“이 의녀가 분수를 알고 사양하는데 왜 자꾸 권하시옵니까?”

세자의 낯이 붉으락푸르락했다.

“양인이든 사내든, 필요 없다지 않사옵니까! 그냥 의녀로 살도록 내버려 두소서.”

“네가 먼저 이 의녀의 은혜를 입었다면서 아비를 가르쳤잖으냐.”

왕은 재미있다는 듯 반박했다.

“하여 이 아비가 깊이 깨닫고 어떻게든 보답하겠다는데 왜 싫어하지?”

“아, 그야…!”

욱해서 따지려다가 세자는 스스로 판 무덤임을 깨닫고 말문이 막혔다.

“소, 소자가 싫은 것이 아니고…. 이 의녀가 싫어한다는 말씀이옵니다!”

그래도 악착같이 수습하려고 용을 썼다.

“싫다는 사람한테 억지로 쥐여주는 것은 상이 아니지 않사옵니까!”

“과인이 너에게 생떼를 썼느냐?”

불쑥 왕이 신비에게 화살을 돌렸다.

“아, 아니옵니다. 당치 않사옵니다.”

당연히 답은 정해져 있었다.

“봐라. 아니라는데, 뭘.”

왕은 뻔뻔하게 웃었다.

“그렇게 하문하시면 누가 어전에서 바른대로 고하겠사옵니까?”

약이 바짝 오른 세자는 길길이 날뛰었다.

"아, 모르옵니다!"

끝내 씩씩대다가 제풀에 못 이겨 자멸했지만.

"음, 이야기 끝난 건가?"

왕은 의기양양하게 웃었다.

"딱 사흘 말미를 주마."

그러고는 손가락 세 개를 꼽았다.

"잘 생각해보아라, 알았지?"

결국 신비는 영 내키지 않는 고민을 떠안고 말았다.

***

퇴청하여 집에 당도한 밤, 신비는 만덕에게 전부 털어놓았다.

"…해서 받아들이게?"

신중하게 왕의 제안을 곱씹어보고서야 만덕은 물었다.

"아니, 전혀 그럴 마음 없어."

"잘 생각했어."

괜히 또 등짝을 맞을까 걱정했는데, 의외로 만덕은 선선히 받아들였다.

"양인들에게도 나름의 힘든 삶이 있어. 면천되더라도 비단길만 걷지는 못할 거야."

앞선 신비의 전망과 마찬가지로 비관적이었다.

"잘 모르는 기회는 함부로 잡으면 안 돼. 우리는 천인의 설움만 아니까."

사실 그건 옳지 않은 고찰이었다. 신비는 천인 외의 신분이 겪는 고난도 알았다.

하지만 드러낼 순 없었다. 행여 속을 들킬세라 눈만 내리깔았다.

“…한데 주상전하께서 하필 동궁마마의 안전에서 그런 이야기를 꺼내셨단 말이지?”

다행히 만덕은 다른 궁리에 빠져 눈치채지 못했다.

“그게 왜?”

“이상할 건 없지만…. 굳이 그러셔야 했을까 싶다는 거지.”

만덕이 손가락을 탁 튕겼다.

“정녕 널 면천해주고 싶으셨으면 번거롭지 않게 조처하실 수도 있으셨을 텐데….”

“하긴, 그렇지.”

“왜 굳이 세자저하의 앞에서 구구절절 일을 벌이셨을까?”

고민에 잠긴 만덕의 시선이 허공을 맴돌았다.

“꼭 보란 듯이 말이야.”

“상감마마께서 좀 괴팍하시기는 해.”

신비는 대수롭지 않게 대답했다.

“…과연 성상의 거조를 괴팍하다는 낱말로 뭉뚱그려도 될까?”

의미심장하게 만덕은 중얼거렸다.

“아이고, 웬일로 이렇게 관심을 쏟으셔?”

신비는 너스레를 떨었다.

“원래 남의 일이라면 귀찮고 흥미 없다고 싹 무시하잖아.”

“네 일이잖아.”

반면 만덕은 진지하게 화답했다.

“당연히 내가 신경 써야지.”

덕분에 신비의 마음은 따뜻해졌다.

처음 만났을 때부터 어딘가 결핍된 만덕의 우정이 좋았다. 빈공간을 함께 채워갈 수 있어 특별하다고 믿었기 때문이다.

"난 시집 안 가고 너랑 평생 살게."

신비가 이불 깐 바닥에 벌러덩 누웠다.

"부디 나라에서 으뜸가는 의녀가 되어 날 먹여 살리렴."

"…어쩜 이렇게 뻔뻔한지."

만덕은 혀를 내둘렀지만, 마지못한 척 신비의 옆에 따라 누웠다.

불을 아예 껐다. 어두운 침묵 속에서 천장을 바라보았다.

신비는 초가삼간에서도 북두칠성을 그릴 줄 알았다. 일곱 개의 별이 이루는 국자 형상을 좇아가면 된다. 그러면 언제나 같은 자리에서 빛나는 붙박이별을 찾을 수 있다.

"하늘의 중앙인 북극성을 둘러싼 자미원紫微垣…."

무심코 신비는 중얼거렸다.

"옥황상제께서 머무시는 집…."

뜻하지 않게 눈물이 흘렀다. 별을 헤아리는 법을 가르쳐주던 손끝이 누구의 것이었는지 떠오른 탓이다.

다름 아닌 큰오라버니의 손이었다.

악몽이 무서워서 이불 속에 기어들 때마다 큰오라비는 응석을 받아주었다.

그리고 열린 창 너머, 밤하늘에서 쏟아져 내릴 것만 같은 별을 헤아리며 누이를 달래주었다.

마지막으로 본 큰오라비 얼굴이 희미했다. 세월이 너무 많이 흘러 인상이 완전히 변해버렸을 수도 있다.

용케 다시 만나더라도 알아볼 수 있을까?

아니, 오라비는 살아있기나 할까?

“왜 그래?”

만덕이 돌아누우며 물었다. 오늘 밤에도 그녀의 얼굴에는 습포가 붙어있었다. 불그스름하게 성난 여드름을 달래기 위해서다.

“피곤해서 눈이 뻑뻑해.”

신비는 되지도 않는 변명으로 흐린 눈을 닦았다.

“그럼 빨리 자.”

아니나 다를까, 만덕은 곧이곧대로 들었다.

올바른 충고였다. 신비는 별을 헤아리던 손을 치웠다.

과거에 골몰해봤자 마음만 아플 뿐 다 부질없다. 여기까지 기어 올라오면서 뼈저리게 익힌 진리였다.

“…자?”

돌아누워서 조용히 있으려니, 빨리 자라고 채근할 땐 언제고 만덕이 쿡 찔렀다. 괜히 눈물 자국을 들킬까 봐 신비는 잠든 척 대꾸하지 않았다.

“사실 우리 둘이 내의원에 봉죽하는 사환의녀로 결정되었을 때부터 난 생각했어.”

그러자 만덕이 속삭였다.

“너의 빛을 알아보는 사람이 나 말고도 있을 거라고….”

착잡한 말투였다.

“설마 태산 위에 계신 분께서 그럴 줄이야 몰랐지만.”

만덕이 초조하게 이불을 말아쥐었다.

“…그게 신비 네 인생을 뒤흔들면 어떡하지?”

마치 그로 인하여 자신의 인생마저도 격변하리라는 불길한 예감 같았다. 어차피 신비가 이해할 수도, 화답할 수도 없는 감정이었다.

이내 두 사람은 보이지 않는 별자리와 막연한 걱정 속에서 잠들었다.

겨우 하루 지났는데 소문은 이미 궁중을 싹 휩쓸었다.

"웬일이야! 신비 너 정말 양인이 되어 주부 나리한테 시집 가?"

호들갑을 떠는 의녀들 때문에 신비는 낯이 화끈거렸다. 투미한 의녀들이 들썩인다면, 이미 의관들의 귀에도 다 들어갔을 터였다.

"박치수 나리는 근사한 용모에 인품까지 뛰어나시던데…. 진짜 부럽다."

대놓고 이렇게 말하는 부류는 괜찮았다.

"저 계집애가 대체 뭐라고?"

반면 질시하는 부류는 좀 위험했다.

"별 대단치도 않은 공을 세웠답시고 우쭐하기는!"

깎아내리려는 졸렬한 감정과 한 쌍이기 때문이다.

"오히려 재 때문에 세자저하께서 위험하셨던 거 아니야? 그냥 가만히 계셨으면 군관들이 편하게 모셨을걸."

"…어디로 편하게 모셨을까? 저승으로?"

못 들은 척하려는 신비와 달리, 만덕은 날카롭게 반문했다.

"그렇게 대단치도 않은 일이라면 너는 왜 못했고?"

맞는 말이기에 듣는 입장에서 더 화가 날 만했다. 오늘도 한 사람을 더 적으로 돌린 만덕을 보고 신비는 아연실색했다.

"그냥 내버려 두라니까. 난 진짜 괜찮대도."

"내버려 두면 뭐?"

만덕은 눈을 흘겼다.

"너만 잘한다고 세상이 곧이곧대로 알아주는 줄 알아?"

"알았어, 알았다고…."

죽자고 달려들까 봐 신비는 황급히 손사래 쳤다.

아무튼 약방에서 입방아를 찧을수록 난처했다. 특히나 의관 박치수를 볼 낯이 없었다.

"…저기, 송구합니다."

침구와 약재를 챙겨 치수를 쫄래쫄래 따라가던 신비가 뒷덜미를 문질렀다. 세자의 재활 치료를 재개한답시고 가는 길이었다.

"저 때문에 공연히 추문에 오르내리게 되셨으니…."

얼굴이 다 화끈거렸다.

"하지만 걱정 마세요. 성은을 단칼에 끊을 수 없어 일단 물러났을 뿐, 다음에 상감마마를 알현하거든 단호히 사양할 생각입니다."

앞서 걷던 치수가 걸음을 멈췄다.

"어째서?"

천천히 그가 돌아서자 얼굴이 보였다. 특유의 선량한 인상에서 낯선 감정이 일렁였다.

"양인이 되어 편히 살고 싶지 않으냐?"

"아…. 양인이라고 다 편하게 사는 것도 아닐 텐데요, 뭐."

뜻밖의 반응에 신비는 더듬거렸다.

"게다가 저는 의녀로서 할 일이 아직 남았습니다. 약방을 떠날 수 없어요."

"할 일이라니?"

"아니, 그냥 비유적인 표현이랄까요…?"

애먼 사람 붙잡고 투도보리가 어쩌고 떠들기도 괴란쩍어서 신비는 얼버무렸다.

"…처음 널 봤을 때부터 참 특이한 사람이라고 여겼다."

치수가 말했다.

“다른 의녀들하고는 달랐거든.”

“어떻게요?”

“단순히 실없고 명랑하다기에는 다소 그늘진 느낌이었어. 하여 의아
해하다가 접때 네 설명을 듣고서야 이해했다.”

그가 고개를 비스듬히 내렸다.

“마주하는 관계마다 걸맞은 처신을 궁리한다고 했지?”

과연 신비가 한 말이었다.

“지금 네가 내린 결정도 나와의 관계에 걸맞은 처신이더냐?”

“…그렇기는 합니다.”

생각지도 못하게 허를 찔렸다.

“나리야말로 다른 의관 나리들과는 다르시거든요.”

“어떻게 말이냐?”

똑같은 질문을 역으로 받아보니, 상대가 왜 다른 사람들하고 다른
지 설명하기란 꽤 부끄러웠다.

“저 같은 의녀도 사람으로 대하시니까요.”

“사람을 사람으로 대하는 건 당연한 노릇이지.”

진실로 어리둥절한 모습을 보려니, 속절없이 더욱 괜찮은 사내로
느껴졌다.

“나라에서는 노비도 사람이라고, 함부로 대하지 말라고 가르칩니
다.”

신비는 쓰게 웃었다.

“…하지만 현실은 그렇지 못할 때가 많지요.”

과연 치수는 반박하지 못했다.

“실상 가축 취급인 경우가 허다합니다.”

그의 침묵을 틈타 신비는 마저 말했다.

"그저 누군가의 재산으로 여겨지지요."

"나는 그렇게 생각하지 않는다."

"압니다. 정녕 의녀도 사람으로 대해주시는 분이라니까요."

신비는 사뭇 부끄러웠던 시작점으로 되돌아갔다.

"그러니까 저는 양인이 되어 나리와 혼인하지 않을 겁니다. 의녀로 서 뒤를 따르며, 다른 의관과는 다른 분이라고 여기겠습니다."

제대로 정리하니 마음이 편해졌다.

"그게 저와 나리의 관계에 걸맞습니다."

한데 치수는 생각이 다른 모양이었다.

"…내가 생각하는 우리의 관계에는 걸맞지 않은데."

실상 정면 부정이나 다름없었다.

"내 부친께서는 지방의 꽤 큰 현(縣)에서 현감(縣監)으로 지내신다."

불쑥 치수가 말했다.

"사실 아버지라고 부를 순 없지. 나는 첩의 자식이니까."

망설이는가 싶더니 그는 조심스레 이어갔다.

"하물며 나는 본디 천첩(賤妾, 천인 출신의 첩)의 소생이다. 다만 내 부 친…. 아니, 원님께서 족보에 몰래 다른 양첩(良妾, 양민 출신의 첩)의 자 식으로 올려주셨을 뿐."

허탈한 웃음이 뒤따랐다.

"서얼이라고 묶여도 서자(庶子, 양첩의 자식)와 얼자(孽子, 천첩의 자식) 사 이에 차별이 꽤 있어 걱정하셨거든."

치수는 주저하다가 덧붙였다.

"…내 친어머니는 외방의녀셨다."

"한양 밖의 고을에서 병자를 돌보는 의녀 말씀이시지요?"

주로 고향으로 돌아가고자 자원하거나, 초학의녀 시절 성적이 하위

권이었던 아이들이 낙점되곤 한다.

"그래서 나도 모르게 곧잘 의녀들에게 눈길이 가더구나."

치수가 끄덕였다.

"내 생모는 사명감을 불태우며 여기저기 들쑤시는 사람이었지."

문득 그가 신비를 물끄러미 응시했다.

"…꼭 너처럼 말이다."

"한참 잘못 보신 것 같은데요."

수긍하자니 양심에 찔렸다.

"저는 어떻게든 게으름을 피우려고 요리조리 빠져나가는 편이라….'

"겉으로 그런 척을 하고 있을 뿐이지."

놀랍게도 치수는 정확하게 해석했다.

"넌 그렇게 보이고 싶어 하니까. 아니더냐?"

신비는 말문이 막혔다.

"한데 그런 어미를 치부처럼 숨겨야만 했어."

그러자 치수가 이어갔다.

"재작년에 병환으로 돌아가시고 나니…. 후회만 남더구나."

그가 미간을 찡그렸다.

"양반 흉내도 아니고, 한낱 서자 행세를 위해서 생모와 내 정체성을
외면하였으니까."

동시에 평소 침을 놓는 오른손을 꽉 쥐었다.

"어미는 나한테 자부심으로 갈고닦은 의술까지 전수했는데 말이다."

껄끄러운 표정을 끝으로 치수는 고개를 저었다.

"후회뿐인 과거를 돌이킬 방법은 없지만, 너와 함께라면 미래를 고
쳐나갈 순 있을 것 같다."

한결 희망적인 낯빛이 비쳤다.

“성은을 받들어 양인이 되어라. 그리고 내 적처가 되도록 해.”

일말의 망설임도 느껴지지 않았다.

“고작 의관 나부랭이지만 지아비로 삼으면 제법 편히 살 것이다.”

치수가 다정하게 말했다.

“난 너를 의녀 출신이랍시고 멸시하지 않을 것이다.”

이미 분에 넘치는 제안인데 한 가지를 더 얹었다.

“정 네가 못다 이룬 일이 있어 앞으로도 쭉 의술을 베풀고 싶다면, 물심양면으로 도와주마.”

안채에 들어 앉힌 내자가 집 밖으로 나가 외인을 접하도록 해주겠다는 말은 아무 사내나 할 수 있는 게 아니다. 그것도 비천한 의술을 말이다.

“…그게 나리께서 고쳐나가고 싶은 미래십니까?”

신비는 싱숭생숭하여 물었다.

“불쌍한 의녀 한 명을 구원해 주고 속죄하고 싶으십니까?”

“아니라고는 못 하겠다.”

그녀가 어미 대용품으로 받아들였다고 여겼는지 치수는 낯을 붉혔다.

“다만 너와 함께라면, 이라고 붙인 단서但書를 잊지 말아다오.”

하지만 곧 옅게 미소 지었다.

“내가 생각하는 우리 관계에서는 그 부분이 꽤 중요하거든.”

그의 다정함은 투박하다는 생각이 들었다. 너무나 솔직하게 털어놓은 속사정과 구색 좋게 치장하지 않은 제안 때문이었다.

번드르르하지는 않으나 위선과는 거리가 멀었다. 올곧게 상처와 기만을 마주하기에 도리어 정직하기까지 했다.

치수는 둥글지 않았다. 네모반듯하지도 않았다. 뾰족한 세모꼴도 아니었다.

그는 직선이었다.

그래서 신비는 그의 투박함이 좋았다.

"결정은 네 몫이니 소중히 여겨라."

더욱이 치수는 마지막까지 그 가치를 고수했다.

"스스로 신분을 정하는 기회는 아무에게나 주어지지 않으니까."

이후로 치수는 한 마디도 더하지 않았다. 과정에 필요한 패만 보여주었을 뿐, 실제 결정에는 간섭하지 않았다.

스스로 공언한 대로, 온전히 신비에게 주어진 몫으로 남겨두었다.

적막 속에서 동궁전에 당도하였다. 불구덩이에서 구사일생한 이후 처음으로 디딘 걸음이었다.

"…두 사람이 함께 오는군."

세자는 새삼스러운 인사로 맞이했다. 그러고는 치수가 진맥하고 시침하는 동안에는 별로 말이 없었다.

용태는 무척 좋았다. 불구덩이에서 빠져나온 것치고, 희고 잘생긴 얼굴에는 피딱지 하나 앉지 않았다.

한번 차도를 보인 오른손은 이제 눈에 띄게 움직였다. 바닥에 눕혀 굴리느라 수난을 겪었을 두 다리도 악화하지는 않았다.

한데도 신비는 뭔가 변했다고 생각했다. 드러내지 않아도 그의 내면으로부터 어떤 변화가 감지되었다.

일부러 피하는 시선. 다시 움직이는 법을 알자 도리어 어디 둘 줄 모르게 된 손. 괜히 탁하게 내뱉는 헛기침…. 사소한 기척이 곧 단서였다.

"저하의 울체가 깨끗하게 풀려 다행이옵니다."

이윽고 치수가 말했다.

"편측 마비는 더 이상 걱정하지 않으셔도 되겠나이다."

"도로 굳을 일은 없겠소?"

시키는 대로 오른손으로 치수의 손을 꽉 쥐어본 세자가 물었다.

"울체가 또 쌓이지만 않으시면요."

치수는 허황한 장담을 앞세우지 않았다.

"차도가 보일 때 여세를 모는 편이 좋겠사옵니다."

"뭘 어떻게 몰자는 뜻이오?"

"슬슬 두 다리로 일어서서 걷는 연습을 하시면 좋겠사옵니다."

세자는 난색을 지었다.

"뼈는 붙었사옵니다."

그래도 치수는 확신하며 밀어붙였다.

"낙마하셨을 때 여러 조각으로 잘게 부러진 게 아니라서 천운이었지요."

"그렇지만 여전히 아프고 불편한데….."

"쭉 누워 지내신 통에 관절이 굳고 근육이 위축한 탓이옵니다."

치수는 눈을 반짝였다.

"벽을 짚고 부목에 기대며 단계적으로 일어서시면 되옵니다."

"…다시 일어선다?"

인생에서 두 다리로 걸었던 시절이 누워지낸 시기보다 훨씬 길 텐데도, 세자는 낯설어했다.

"하실 수 있사옵니다, 저하."

치수가 힘주어 말했다.

"아니, 해내셔야 하옵니다."

그의 설득은 또 직선이었다.

"국본이시옵니다."

일갈마저 단호했다.

"어쩔 수 없이 누워 계시는 것은 괜찮사옵니다. 하오나 일어설 수 있는데도 눕기를 고집하시는 것은 만백성에 대한 태만이옵니다."

징징거리는 꼴로는 훗날 온전히 통치할 수 없다.

체면치레가 중요한 사대부의 세계에서 위신을 세우지 못하는 왕은 군림할 수도 없다. 존경받지 못하기 때문이다.

"맞사옵니다. 말을 타고 싶으시다면서요?"

세자의 흔들리는 동공을 보고 신비도 끼어들었다.

"춤도 잘 추신다고 자랑하셨잖아요."

그녀는 일부러 도발했다.

"눈으로 직접 보기 전까지 소인은 절대 못 믿을 것 같지마요."

"…하여튼 오만불손하다니까."

걸려든 세자가 혀를 끌끌 찼다.

"세자가 무서운 줄은 몰라도, 의관에게는 죽을 잘 맞춰주는구나."

"주부 나리는 옳은 말씀만 하시니까요."

"하면 나는 틀린 말만 한다는 뜻이냐?"

"아니옵니다. 저하께서는 틀린 말씀도 아니 하시옵니다."

신비는 작정하고 받아쳤다.

"항상 불평만 앞세우시지요."

"…뭐, 불평?"

아니나 다를까, 세자는 입을 떡 벌렸다.

"마비된 손을 처치해보자면 이러쿵, 불났으니까 얼른 빠져나가자면 저러쿵, 두 다리로 일어서는 연습을 해보자면 또 이러쿵…. 불평만 한 보따리 아니옵니까."

신비는 무람없이 말했다.

"어허, 동궁마마 안전에서 지나치다."

턱이 떨어진 세자를 보고 치수가 당황해서 끼어들었다.

"송구하옵니다."

신비는 얌전히 수그렸다.

"저거 봐라!"

안타깝게도 그 모습마저도 세자의 속을 박박 긁었다.

"또 내 말은 우습게 듣고 의관의 말은 얌전하게 따르지!"

세자가 삿대질했지만 신비는 못 본 척했다.

"두고 보아라. 조만간 내 걸어 보일 터이니!"

얄궂게도 즉효 처방이었다는 사실만 입증되었다.

"에이, 그렇게 금방 걸으시게요?"

"오냐! 내가 걸어가는 동안 머리를 조아릴 준비나 잘해놓아라!"

목적을 달성한 신비는 알랑거렸다.

"저하께서 걷기만 하신다면야, 소인이 머리만 조아리겠사옵니까? 아주 흙바닥에 엎어져서 갓 태어난 망아지처럼 꿈틀거려 드리지요."

기가 차서 세자는 피식 웃어버렸다.

"도대체 망아지처럼 꿈틀거리는 게 어느 나라 예의범절이라고…?"

"어린 의녀가 저하의 기운을 북돋으려는 모양이니 부디 노여워 마소서."

치수마저 슬쩍 미소 지었다.

"염려 마시오. 이 의녀는 은인이라서 뻔뻔하고 건방져도 용서할 수밖에 없으니까."

한데 어쩌면 치수가 간신히 삼킨 웃음이 도화선이 되었는지도 모르겠다.

"…경은 왜 여태 혼인을 안 했소?"

대뜸 세자가 화살을 돌렸으니 말이다.

"진즉 장가들지 않은 탓에 오늘날 의녀의 짝이 되라는 어명을 받들 지경에 이르지 않았나."

생게망게 날린 화살이었지만 누군가를 해하기에는 충분했다. 생뚱스럽게 던진 질문은 실상 답을 원하지 않았다. 그저 다소 유치한 기색만을 동반하였다.

다만 아무리 유치해도 저사儲嗣의 하문이었다.

신비가 아는데 치수가 그걸 모를 리 없었다.

치수의 시선이 세자와 신비를 조심스레 오갔다. 표면적인 관계 아래를 더듬어 살피는 눈빛이었다.

분명히 그는 진즉 짐작했을 터였다. 뻗대고 고집부리는 세자가 비천한 의녀의 도발에만은 자꾸 넘어간다는 사실을.

심지어 신비는 제 입으로 세자가 그런 식의 미성숙한 감정 교류를 좋아한다고 장담까지 했다.

"들자 하니 양인 처녀들 사이에서 일등 신랑감으로 꼽힌다던데?"

세자가 재촉했다.

"미처 인연을 못 만났사옵니다."

치수는 겸손을 차렸다.

"출신이 서얼이라 취처娶妻하기가 어려운 까닭도 있고요."

한데 마냥 공손하지만은 않았다.

치수는 침구를 거두는 척 손을 뻗었다. 그 바람에 뾰족한 침을 사이에 두고 신비와 손가락이 스쳤다.

지극히 찰나였으나 서로 살갗이 닿았다가 미끄러졌다.

세자 역시 그 찰나를 천 년처럼 느리게 느꼈을 터였다. 순간 맹렬하게 변한 눈빛이 이를 방증하였다.

"그냥 의녀가 아니옵니다."

치수는 보았으면서 굴하지 않았다.

"세자저하의 목숨을 구한 의녀지요."

도리어 온화하게 덧붙였다.

"후일 어떤 어명을 받들지는 몰라도 신은 감읍할 따름이옵니다."

실로 의관 박치수다운 도발이었다. 그마저도 직선이었다.

"이 시건방진 의녀가 한 가지는 맞혔군."

불이 붙었으면서도 세자는 냉정하게 말했다.

"경은 정녕 옳은 말만 한단 말이지."

신비가 아닌 다른 사람의 도발에는 세자의 반응이 달랐다. 펄쩍 뛰지 않았다. 미성숙하지도 않았다. 대신 침착하고 약삭빨랐다. 겉으로는 칭찬 같아도 어쩐지 훨씬 음험하게 다가왔다.

"이만 물러나서 탕약을 달여 올리겠나이다."

신분상 더 끌었다가는 이로울 게 없는 치수는 능숙하게 무마했다.

"차도를 보이시니 처방을 새로 쓸 요량이옵니다."

"그래, 뜻대로 하시오."

세자가 눈을 가늘게 떴다.

"의녀는 좀 두고 가도록. 따로 할 말이 있으니까."

선전포고나 다름없었다. 하물며 이미 승패가 정해진 전쟁이었다.

세자는 의녀를 두고 가라 명할 수 있고, 의관은 이에 복종할 수밖에 없다.

"얼른 물러나서 처방이나 내리래도."

세자가 승리를 확신하며 미소 지었다.

처음으로 치수의 직선이 꺾였다. 분한 기색을 내비칠 사내는 아니었다. 들어올 때처럼 점잖은 몸가짐으로 절을 올리고 그저 물러났다.

"…아바마마의 성은을 받들 생각이냐?"

둘만 남자 세자의 태도가 변했다.

"양인이 되어 저 의관과 혼인하겠느냐?"

치수와 대치할 때는 사내다웠다. 하지만 신비를 대할 때는 심통 난 어린애였다.

"아무래도 그럴까 봐요."

이제 신비는 몸집만 큰 어린애를 다루는 법을 대강 파악했다.

"의녀는 해서 뭐하겠나이까. 목숨 걸고 동궁마마까지 구해봤자 누가 알아주지도 않는데요."

"상감께서 너무 잘 알아주셔서 탈인데 무슨!"

세자는 펄쩍 뛰었다.

"게다가 나도 알아주지 않느냐!"

"뭘 알아주셨는데요?"

"이토록 시건방진 너한테 잘해주잖아!"

"뭘 잘해주셨는데요?"

말꼬리를 잡았을 뿐인데 그는 파르르 떨었다.

"네가 맹랑하게 따지지만 않았으면 차차 생각해봤겠지!"

"목숨을 빚지신 것치고 너무 안이하신데요."

세자는 숨넘어가기 직전에 이르렀다.

"하여튼 고약하다!"

"저하께서 허락하셨으니 마음 놓고 고약하게 구는 것이옵니다."

신비는 의기양양하게 웃었다.

"…무작금이라는 아명을 가르쳐주셨으니까요."

과연 상대를 밀어내며 닫았던 문은 도로 열렸다.

세자는 스스로 닫아놓고도 빗장만은 슬쩍 풀어 놨다. 그녀가 포기하지 않고 열게끔 유도했다. 다시금 못 이기는 척 허락하고 싶어서 유치하게 아우성쳤다.

아무리 뿌리쳐도 다가오라고.

아무도 모르는 피학적인 어린애를 달래달라고.

"소인이 내기에서 이겼지요?"

하여 환한 빛처럼 신비는 또 다가갔다.

어둠에 웅크린 세자는 홀려버린 양 그 빛을 탐닉하였다. 그녀의 웃음을 예상했지만, 어떻게 받아들여야 할지는 별개의 문제인 것처럼.

"…그래."

세자가 맹목적으로 덧붙였다.

"그러니까 혼인하지 마라."

"예에?"

"배롱나무 가지에서 꽃이 피었으니까."

그는 턱으로 용케 불에 타지 않고 살아남은 배롱나무 화분을 가리켰다.

"내 오른손이 움직였으니까."

부자연스럽게 주먹을 쥐어 보였다.

"너한테 진짜 이름을 알려주었으니까."

생떼를 쓰는 입술이 발갛게 물들었다.

"그러니까 너는 선택하지 말라고."

그는 왕이 건네주고 치수가 소중히 여기라고 이른 결정권을 빼앗았다.

"내가 정해주마."

제 뜻만 아는 어린애처럼 손쉬웠다.

"그냥 내 곁에 있어라."

“어째서요?”

덕분에 신비도 특기인 단순한 질문을 던졌다.

“왜 소인이 저하의 곁에 그냥 있어야 하옵니까?”

“그것은….”

세자가 머뭇거렸다. 그녀가 답을 찾을 때마다 어렵게 고쳐주던 전적은 어디 갔는지, 그토록 단순한 질문에 말문이 막혔다.

다만 어쩌면…. 신비도 그의 대답을 원치 않는지도 모르겠다.

“하오면 다른 것을 여쭙겠사옵니다.”

그녀는 확신 없이 말을 돌렸다.

“양인이 되어 좋은 사내에게 시집갈 기회를 앗아가신다면…. 저하의 목숨을 구한 소인은 무엇으로 치하받으오리까?”

과연 어린애는 현실적인 셈을 어떻게 헤아릴지 궁금했다.

“내가 너에게 승은을 입힌다면 어떻겠느냐?”

딴에는 사내답게 건넨 제안이었지만 그는 여전히 어린애처럼 보였다.

그리고 그녀는 본의 아니게도 너무 크게 웃음을 터트렸다.

“…어찌 웃느냐?”

예상하지 못한 반응에 세자는 당황했다.

“아, 송구하옵니다.”

신비는 가까스로 들썩이는 어깨를 멈추었다.

“너무 뻔해서요.”

“뻔하다고?”

“왜 아니겠사옵니까. 저하께서도 주상전하께서 승은을 말씀하실 때 망측하다고 질색하셨으면서요.”

응당 세자는 할 말이 없었다.

“아니, 그거랑 이거는 다르지….”

기껏 중얼거린 반박은 미약하기 짝이 없었다.

"세자궁에는 빈궁도 후궁도 없다."

그래도 용케 세자는 부연했다.

"춘궁에 속한 유일한 여인이라면, 성상께서 거느리신 수많은 후궁 중 한 명보다야 훨씬 영예롭지 않겠느냐?"

"뭐, 좋사옵니다. 그렇다 치고….."

썩 신통치 않았으나 일단 수긍했다.

"하면 어떻게 승은을 주시렵니까?"

"어, 어떡하기는 뭘…?"

지극히 노골적이라 여겼는지 세자가 당황했다.

"음, 저하께서는 거동하기가 불편하시잖아요?"

"다리가 부러졌기로서니 사내 구실도 못 할 줄 아느냐!"

세자가 파르르 성을 냈다.

"정 안 되겠으면 밤에 침전에 널 불렀다가 내보내기만 해도….."

"소인은 이미 밤마다 저하의 침전에 들르는데요."

신비가 말했다.

"몇 날 며칠을 그리하였는데 아무도 저하를 시침(侍寢, 귀한 분을 모시고 동침함)하였겠거니 의심하지 않았사옵니다."

"그야 네가 의녀니까….."

"맞사옵니다."

덕분에 빠르게 요점에 도달할 수 있었다.

"소인이 의녀이기 때문이옵니다."

다만 오늘도 요점은 서글펐다.

"사대부가의 음전한 규수가 아니옵니다. 하다못해 양인 중에서 선발한 궁녀도 못 되지요."

하여 신비는 쓰게 웃었다.

"절개를 지키라고 강요할 가치도 없는 천인일 뿐이옵니다."

비로소 핵심을 파악한 세자가 멈칫했다.

"노비는 소와 닭처럼 주인의 재산이옵니다. 누구도 주인이 소와 닭을 사랑하거나 동침하리라고는…. 생각조차 하지 않사옵니다."

그녀는 그의 반박을 원하지 않았다.

"하여 소인이 기나긴 밤을 저하의 곁에서 보내도 호들갑 떨지 않는 것이옵니다."

단순한 족쇄에 굴복하기까지 진즉 많은 사연을 겪었기 때문이다.

"…애초에 이치상 있을 수 없는 일이니까요."

신비는 눈을 내리깔았다.

"저하께서 어전에서 소인을 옹호해 주셔서 기뻤사옵니다."

적어도 그때만은 그가 골난 어린애처럼 보이지 않았다.

"그렇지만 유학서를 벗어난 현실에서는 주상전하의 말씀이 옳사옵니다."

도리어 의젓하고 근사한 사내처럼 보였다.

"…의녀는 가까이할수록 흠결로 남을 존재일 뿐이옵니다."

하지만 신비는 병자를 사내로 보아선 안 된다고 배웠다. 특히나 장차 종묘와 사직을 떠받칠 대들보가 될 국본이라면 더더욱.

"참 우습지요."

하여 이제는 세자에게 의녀를 여인으로 보아선 안 된다고 재차 가르칠 차례였다.

"저하께서는 소인을 내치고, 망신 주고, 모욕하고, 때리실 순 있사옵니다."

그녀가 말했다.

“하오나 소인을 품으실 수만은 없사옵니다.”

“…할 수 있다.”

세자는 특유의 고집을 부렸다.

“저하께서는 소와 닭을 취하실 수 있사옵니까?”

“어떤 소와 닭인지, 또한 어떻게 취하는지에 따라 다르겠지.”

“잘못 취했다가는 임금의 위상마저 추락시킬 암소이자 암탉이옵니다.”

신비는 그것을 꺾는 법을 알았다.

“예전에 저하께서 말씀하셨습니다. 순종은 싫고, 의지를 관철하는 편이 좋고, 위를 가벼이 여겨 능멸하는 습속은 좌시하지 않으시겠다고요.”

분명 그는 기억하고 있었다. 아니, 옴짝달싹 못 하는 동궁전에 갇혀 종일 그 포부만 곱씹었으리라.

“그러시려면 훗날 강하고 위신 있는 임금이 되어야 할 텐데요.”

밑바닥에 있을지언정 신비는 잘 알았다.

“강한 임금은 계집종을 품지 않사옵니다.”

하여 쐐기를 박았다.

“오로지 폭군만이 천비賤婢를 품는 법이지요.”

순식간에 싸늘한 거리감이 두 사람을 휘감았다.

“지엄한 국본인데도 나는 한낱 의녀를 치하할 수 없느냐?”

세자가 씁쓸하게 물었다.

“네가 양인이 되어 좋은 사내에게 시집가도록 두는 것으로 보은하라고?”

한풀 꺾인 기세가 처량했다.

“아니옵니다.”

신비는 고개를 저었다.

"달리 소인을 치하하실 방도가 있사옵니다."

"무엇이더냐?"

"두 다리로 걸으시옵소서."

그녀는 무력한 세자의 병석을 가리켰다.

"아니, 걷지 못하셔도 되옵니다. 앉아만 계시거나 절뚝이셔도 좋사옵니다."

말을 고치더니 이내 간곡하게 청했다.

"다만 포기한 채 비관하지만은 마소서. 늠름한 국본답게 처신하시고 후일 용상에 오르세요."

신비가 말했다.

"부디 그렇게 소인에게 보은하여 주소서."

"그게 어찌 치하가 된단 말이냐?"

세자는 헛웃음을 쳤다.

"입바른 소리에도 정도가 있지….."

"지나치게 입발라서 도리어 빤하지는 않지요?"

신비는 어깨를 으쓱했다.

"그래, 넌 빤한 여자는 아니지."

가늘게 뜬 세자의 눈에 그녀의 모습이 선연히 비쳤다.

"하지만 아예 세속적인 셈을 버리고 무욕의 충심을 호소할 바보도 아닐 텐데."

"예, 재물이 주는 안락함이야 아주 잘 알지요. 번드르르하게 충언하기에는 밑바닥에서 구른 세월도 길고요."

잠깐 고민하다가 그녀는 덧붙였다.

"…다만 소인은 족적 없이 살다가 홀연히 떠나고 싶사옵니다."

"누구에게도, 아무것도 남기고 싶지 않다는 뜻이냐?"

"그러하옵니다."

세자의 시선이 까닭을 물었다.

"돌로 쌓은 탑 위에 올라 본 적이 있기 때문이옵니다."

신비는 응했다.

"무척 견고하게 쌓았다고 안심하고 꼭대기에 서 있었는데, 돌멩이 한 개가 떨어져 나가자 삽시간에 와르르 무너졌나이다."

허망하기가 처음부터 아무것도 갖지 않은 것과 같았다.

"정상에서 굴러떨어져 진창을 뒹굴었더니…. 인생은 덧없다는 생각밖에 남지 않았사옵니다."

"무엇을 빗대는 것이냐?"

세자가 날카롭게 끼어들었다.

"당연히 신비라는 이름을 얻은 사연을 비유하는 것이지요."

그녀는 여유롭게 받아쳤다.

"내기에서 패배하시는 바람에 저하께서는 그 내막을 영영 알 수 없으시겠지만요."

"기왕 이기고 끝낸 내기인데 알려주면 안 되겠느냐?"

안달하지 않는 척 세자가 보챘다.

"싫사옵니다."

신비는 눈썹 하나 꿈쩍 안 했다.

"아직은 안 될 것 같사옵니다."

"나를 골리는구나."

벌컥 성을 낼 듯 흥분했으나 세자는 문득 깨달았다.

"한데 아직이라 함은…. 차후에는 알려주겠다는 뜻이냐?"

"글쎄요. 어쩔 수 없이 그렇게 될지도 모르겠다는 뜻이옵니다."

신비가 말했다.

"소인의 인생에 저하께서 나타나셨다고 생각했사오나, 저하께서는 소인이 저하의 인생에 나타난 것이라 고치셨사옵니다."

실로 고집스러운 선언이었다.

"하여 소인은 단순히 관찰자로서 저하의 곁에 설 순 없을 것 같사옵니다."

"관찰만 했답시고 내빼기에는 이미 너무 깊게 관여하였지."

세자가 눈썹을 추켜세웠다.

"예, 그렇기에 소인은 저하께 최선을 다해 빚은 한 줄기 빛까지는 약조할 수 있사옵니다."

신비가 말했다.

"하오나 그래봤자 하늘을 가리지 못해 결국 비가 내릴까 봐 두렵사옵니다."

"어째서?"

"처음부터 저하와 소인은 새카만 먹구름 아래에서 만났으니까요."

다시 반문할 듯 세자가 입술을 달싹였으나 그만두었다.

"정녕 비가 내린다면 슈룹(우산)을 씌워다오."

대신 아리송한 수수께끼 그 자체를 즐겼다.

"아니, 한 줄기 빛과 최선을 다하겠다는 맹세에 더해서, 나한테 슈룹을 씌워라."

그는 다시금 결정권을 빼앗았다.

"내가 정해주마."

역시나 제 몫만 아는 어린애처럼 손쉬웠다.

"의녀로 내 곁에 있어라."

덕분에 신비마저 스스로 내민 수수께끼 속에서 길을 잃었다.

"이번만은 소인이 뜬구름을 잡아 저하를 답답하게 만들고 싶었사온데…."

그녀는 속절없이 웃었다.

"어째 또 당한 듯싶사옵니다."

하긴, 어른이 볼 때는 뜬구름이라도 아이에게는 명확한 실체일지 모른다.

그는 몸만 컸지 실상 덜 자란 어린애나 다름없는 사내다. 두둥실 하늘을 떠다니는 하얀 환상마저 손아귀에 붙잡을 터였다.

"어지간해서는 통할 리가 없지."

세자는 냉소를 지었다.

"난 평생 입이 틀어막힌 채 살아서 답답함에는 이골이 났거든."

차가운 웃음 사이로 독선이 비쳤다.

"차라리 답답한 채로 밀어붙이는 편이 낫다는 것까지 알아버렸어."

조심스럽게 신비는 접근했다.

"저하의 답답함은 무작금이라는 아명과 관련이 있사옵니까?"

"그래, 어마마마께서 지어주신 이름이다."

과연 새로운 국면으로 접어들었다.

"지금의 중전마마께서는 내 생모가 아니시다."

세자는 단숨에 인정했다.

"진짜 어마마마는 내가 어려서 사리를 분별하지 못하던 시절, 죄를 짓고 폐위되셨거든."

"…알고 있사옵니다."

신비는 손떨림을 감추기 위해 주먹을 쥐었다.

"아무렴, 궁중에서는 다들 알면서 모르는 척하느라 필사적이지."

다행히 세자는 대수롭지 않게 넘겼다.

"심지어 나조차도 말이야."

"한데 어째서 아명을 진짜 이름이라 이르시옵니까?"

왕업을 물려받을 원량에게는 휘諱가 있는 법이다. 존귀하다는 까닭으로 입에 올리거나, 누군가 불러주기를 기대할 수 없는 명名이지만 말이다.

"내 일부는 아직도 어마마마와 함께였던 시절에 머무르기 때문이다."

세자의 탈을 쓴 어린애가 말했다.

"아무도 그 시절이 왜 사라져야만 했는지 시원하게 설명해 주지 않기에, 역설적으로 떨칠 수 없게 되었달까."

"…알고 싶으시옵니까?"

비로소 신비는 가장 중요한 질문을 던졌다.

"생모에 대해서요."

"여태 그렇다고 믿으며 살아왔다."

망설임 끝에 세자가 답했다.

"하지만 허 숙원의 폭로를 들은 이후로 내 믿음은 깨졌다."

"허 숙원 마마님이라면…."

"그래, 궁중에 존재하는지조차 몰랐던 그 후궁이 어마마마에 대해 알려주었다."

세자가 입술을 깨물었다.

"그러고는 까닭 모를 죄책감을 토로하며 자결했지."

목에 걸린 생선 가시와 같은 의혹에 길이 샐 뻔했다. 하지만 세자는 고개를 내젓고 본래의 궤도로 돌아왔다.

"어마마마의 죄과는 너무나 통탄스러웠다."

첩을 투기하는 마음이 지나쳐 모함하였다. 나라님 계신 궁중에서 누구를 죽이고 싶었는지 독약을 소지했다.

그것만으로도 대죄인데, 뉘우치기는커녕 도리어 임금을 원망하여 대궐에 말뚝을 박고 저주하였다.

"그저 다른 사람으로부터 전해 들은 이야기에 불과하지 않을까요?"

신비는 폭약이 숨은 땅을 밟듯 조심스레 반문했다.

설령 폭발이 예고된 자리를 밟아 터트리더라도 의미가 있을지 회의적이기도 했다. 세자는 이미 숙원 허씨로부터 들은 어미의 모습에 매몰된 듯했다.

"…나는 더 이상 알고 싶지 않다."

그가 고개를 저었다.

"그토록 어리석고 용렬한 여인의 곁에 내 일부를 남겨둘 수밖에 없다는 사실이…. 더욱 끔찍해지지 않았으면 좋겠어."

어쩌면 그 스스로 어른으로 성장하지 않을 이유를 찾는지도 모르겠다.

"난 용서하는 법을 모르니까."

재차 강조하는 저 선언만은 함의와 별개로도 위험천만했다.

"앞으로는 잊을 것이다."

세자가 말했다.

"무작금이라는 이름마저 희미해질 때까지…."

질끈 감는 눈에서는 연약한 회피가 느껴졌다.

"결국에는 아바마마께서 지어주신 이름만을 받아들일 때까지…."

끝내 신비는 아무 말도 할 수 없었다.

다만 비로소 미련과도 같은 잔여를 잊고 결심만은 굳혔다.

이튿날, 신비는 어전에 나아가 엎드렸다.

"…정녕 면천하여 양인이 되기를 사양하겠다고?"

왕은 그녀의 거절을 무표정하게 되짚었다.

"후회하지 않겠느냐?"

"후회는 이미 하고 있사옵니다."

신비는 잠깐이나마 품었던 환상을 돌이켰다.

의관 박치수처럼 존경할 만한 지아비. 상상할 염치조차 없는 자식들. 주걱과 국자. 사랑과 웃음….

충분히 돌이켜 본 다음에야 훅 입김을 불어 민들레 씨앗처럼 날려 보냈다.

"장차 힘들고 괴로운 날이면 그 후회에 지독히도 사로잡히겠지요."

"한데도 의녀로 남겠다고?"

"예. 사양하지 않는다면 더 크게 후회할 테니까요."

그녀는 의연하게 장담했다.

"소인에게는 나눠줘야 할 오얏이 있사옵니다."

오래전에 달게 삼킨 복숭아의 잔향을 맡았다.

"세자저하께 전부 바치지 못하였사옵니다."

"동궁의 곁에 머물겠다는 뜻이냐?"

용안에는 복잡한 시름이 맴돌았다.

"오로지 그 아이를 위해서?"

"세자저하를 위한 일만은 아니옵니다."

신비는 힘주어 말했다.

"소인 스스로를 위해서이기도 하지요."

"네 뜻이 정 그렇다면…."

마음을 돌릴 기회를 재차 주려는 듯 오래 끌었으나, 이내 왕은 매듭지었다. 그리고 신비는 코앞에서 부스러진 물거품을 아주 잠깐만 곱씹었다.

운명은 망가뜨린다. 선택은 미련을 남긴다.
신비의 인생은 원래부터 그런 식이었다.

***

임금 체면상 입을 싹 씻을 순 없었던 모양이다. 면천을 사양한 대가로 쌀과 옷감, 패물 따위를 넉넉하게 하사받았다.

그러고도 만족하지 않았는지, 왕은 그녀를 후궁에게 알선해주었다.

"수빈이 달포 전부터 피부병을 앓고 있다."

왕이 말했다.

"어찌 여태 내의녀에게 보이지 않으셨사옵니까?"

"본인의 저항이 완강하여 차마 강요하지 못했다."

"내의원의 입진을 꺼리신다고요?"

영 미심쩍었다. 임금이 후궁더러 약방과 접하게끔 해준다는 것은 곧 호의다. 입장상 거절하기 어려울 텐데 참 이상하다.

"그래. 아무에게도 보이고 싶지 않다나."

왕이 한숨을 쉬었다.

"가서 들여다보아라. 고쳐주면 더 좋고."

그러더니 목소리를 낮추었다.

"수빈이 대하기 쉬운 사람은 아니다."

임금께서 저렇게 평할 정도면 성깔이 보통은 아니라는 뜻이다. 대뜸 무지막지한 병자를 하나 더 떠맡은 신비는 지레 겁을 먹었다.

"하지만 상대를 한번 제 사람으로 여기면 후하게 베푼단다."

안심하라는 듯 왕이 덧붙였다.

"향후 네가 내의녀로 발돋움하기에 좋은 기회가 될 것이야."

“…성은이 망극하옵니다.”

신비는 공손하게 화답했다.

과연 정말 망극할 노릇인지는 지켜봐야 알겠지만 말이다.

쇠뿔도 단김에 빼라기에 곧장 신비는 수빈궁에 나아갔다.

수빈 엄씨水嬪嚴氏는 궁중의 삼빈三嬪 중 마지막 한 사람이었다. 불미스럽게 소의昭儀로 강등된 감빈 남씨나 지빈 정씨와는 확연히 달랐다.

당장 처소부터 그랬다. 전각 일대를 지나 내실까지 세심하게 고른 가구와 장식물로 즐비했다.

본인 몸에 휘두른 치장 역시 압도적이었다. 그저 화려하기만 했다면 졸부처럼 보였을 터였다. 하지만 그녀는 옷가지와 패물을 잘 조합했다.

얹은머리에 꽂은 떨잠부터 반드럽게 두드린 의복까지, 어느 하나 빠지는 구석이 없었다.

“…음, 병증이 일어난 부위가 정확히 어디이옵니까?”

다만 그게 문제였다. 아픈 사람답지 않게 위풍당당한 행색에 시진(視診, 눈으로 병자를 살펴 진단함)이 불가능했다.

“얼굴이니라.”

수빈 엄씨는 분과 연지를 곱게 바른 낯을 가리켰다.

“송구하오나 도통 보이질 않사온데….”

“당연하지. 솜씨를 부렸거든.”

호언한 대로 신묘한 분칠이었다.

한데 언질을 듣고 보니 좀 감이 잡혔다. 알록달록 칠한 입가와 볼에 언뜻 붉고 오돌토돌한 기운이 보였다.

“씻어내셔야 제대로 살필 수 있겠나이다.”

“나더러 화장을 지우고 외인을 마주하란 말이냐?”

타당한 요구에도 반응이 영 신통찮았다.

"아녀자로서 맨얼굴로 세상에 나설 순 없느니라."

"굳이 세상에 나서실 것까지는 없사옵고요."

비장한 저항에 신비는 혀를 내둘렀다.

"소인에게만 살짝 보여주시면 되옵니다."

옥신각신 실랑이가 길어졌다. 배수진을 친 장수처럼 버티는 수빈 엄씨를 달래느라 진이 다 빠졌다.

"이러다가 분칠로 가려지지 않는 지경에 이르시면 어쩌시려고요?"

질려버린 신비는 비장의 수단을 꺼냈다.

환자를 겁주는 것은 만덕이 같은 의녀나 할 만한 짓이건만, 불가피한 순간이란 있기 마련이다.

"그러면 곤란하지…."

과연 수빈 엄씨는 끔찍하다는 표정을 짓더니, 세숫물을 대령했다.

깨끗하게 씻어낸 맨얼굴은 예상보다 심각했다.

수빈 엄씨의 입가에서부터 왼쪽 볼까지 붉은 기가 짙었다. 군데군데 검게 변색한 자국까지 보였다. 오돌토돌 수포도 두드러졌다.

"가려우시옵니까?"

"심하게 긁을 정도는 아니다."

"언제부터 병증이 보이셨지요?"

"글쎄, 동궁전에 불이 나기 전부터…?"

수빈 엄씨가 불쾌하게 입술을 오므렸다.

"세자궁에 병문안을 가던 날에도 뾰루지 비슷한 걸 보았던 것 같은데…."

"복숭아를 진상하셨을 때 말씀이지요?"

"아! 너 그때 그 의녀로구나."

그녀는 무릎을 탁 쳤다.

"저하께서 젓수시는 탕제와 맞지 않으니 올리지 말라고 했었지."

"아, 예에…. 맞사옵니다."

"소문은 익히 들었다."

자못 내숭스러운 눈빛이 돌아왔다.

"총애하는 나인마저 물리치시는 저하께서 웬 의녀 하나를 가까이 두신다던데?"

"저하께서 두 번 가까이 두셨다가는 소인의 종아리가 남아나지 않을 것이옵니다."

신비는 능숙하게 튕겨냈다.

"싫다는데 자꾸 약을 올린다며 엄청 혼내셨거든요."

속사정을 빼고 전달하려니 세자가 꽤 악랄하게 묘사되었다.

"동궁께서도 참 까탈을 부리신다니까."

수빈 엄씨는 혀를 끌끌 찼다. 동정심의 발로는 아니었다.

"애꿎은 사람들 힘들게 하는 모습만 봐도 누굴 닮으셨는지 알겠으니, 원…."

도리어 질시 섞인 말투였다. 눈빛에서 익숙한 그늘이 스쳤다. 다름 아닌 왕의 눈에서 본 그림자와 같았다.

바로 폐비였다.

"흠흠! 내가 무슨 병을 앓는지 알겠느냐?"

아슬아슬하게 수빈 엄씨는 물러섰다.

"혹 근자에 새롭게 잡수신 음식이나 약재가 있으신지요?"

신비도 얼른 선회하였다.

"요사이 몸이 허해 임자수탕荏子水湯을 며칠 먹었다."

임자수탕이라면 특기할 만한 보양식은 아니다. 차게 식힌 닭국물과

깻국으로 만들어 먹는 별미다. 궁중에서는 여름에 곧잘 먹는다.

"몸이 어떻게 허하셨는지요?"

하여 다른 쪽으로 파고들었다.

"날씨가 더워 그럴까? 곧잘 얼굴이 화끈거리고 벌겋게 열이 오르더구나."

수빈 엄씨가 미간을 찡그렸다.

"예년보다 피곤한데다가 갑자기 가슴이 쿵쾅거리기도 하고…."

"보경(寶經, 월경)은 평소와 같이 치르십니까?"

"내 본방나인의 말로는 전보다 불규칙한데다가 양도 많이 줄었다더구나."

"…혹 주무시다가 식은땀을 흘리시옵니까?"

"요즘 좀 그런다. 어찌 알았느냐?"

신비는 대답을 미루고 수빈 엄씨의 맥脈부터 짚었다. 손목뿐만 아니라 발목과 목덜미, 가슴팍과 복부까지 천천히 헤아렸다.

"일단 옥안의 병변은 습진인 것 같사옵니다."

후궁의 연령대를 미루어보면 아직 이른 것 같지만, 이런저런 증상과 함께 따지자면 짐작 가는 구석이 있었다.

"신허(腎虛, 일종의 호르몬 감소)로 인해 기혈이 약해져 돋아날 수 있나이다."

"내가 생산력을 잃는 중이라는 뜻이냐?"

에둘러 설명했는데도 수빈 엄씨는 대번에 알아들었다.

"아직 그 정도 나이에는 이르지 않았느니라!"

"건강과 기질에 따라 여인들마다 천차만별로…."

"난 겨우 옹주 하나밖에 생산하지 못했다."

수빈이 말을 끊었다.

"도통 왕자 아기씨가 들어서지를 않아 속상해 죽겠는데…. 감히 그런 짐작으로 날 욕보이느냐?"

손으로 바닥을 치더니 눈까지 치떴다.

"캐물어 보니 내의원에서 봉죽하는 한낱 간병의라던데?"

뒷조사를 했다니 좀 이상하다. 신비는 오늘 어명을 받잡자마자 후궁의 안전에 나섰으니 말이다.

"그런 네가 정녕 의술을 알긴 아느냐?"

뭐가 되었든 눈앞의 불부터 끄기로 했다.

"소인은 다른 후궁도 진맥하였사옵니다. 동궁전은 물론이옵고요."

다행히 얼렁뚱땅 쌓은 경력은 증명이 되었다.

"여인이라면 자연스럽게 겪는 섭리이옵니다. 부디 모욕이라 받아들이지 마소서."

으레 병자들에게는 결코 인정하지 못하는 영역이 있다. 이미 여러 차례 겪어 본 신비는 당황하지도 않았다.

"병은 회피하지 않고 직시해야만 다스려집니다."

가로막히기 전에 얼른 말했다.

"젊으시니까 신경 써서 보양하시면 능히 나아질 수 있나이다."

희망을 미끼로 내밀기를 잘했다.

"…하면 어떡하라고?"

수빈 엄씨가 입술을 삐죽이면서도 덥석 물었으니까.

"사나흘 청상방풍탕清上防風湯을 달여 올리겠사옵니다."

신비가 말했다.

"면부의 열감을 내려주고 습진을 다스리는 약이옵니다."

심해지기 전에 얼굴의 질환부터 잡아야 할 성싶었다.

"차도를 보이시거든, 차비대령의녀가 자가의 기혈을 살피도록 조처하겠사옵니다.”

이번에는 내의녀 자희를 미끼로 흔들었다.

“…좋다.”

과연 수빈 엄씨는 어전의 신임을 받는다는 그 명성에 혹했다.

“하온데 왜 여태 내의녀를 접하지 않으셨사옵니까?”

“이 흉측한 꼴을 보이고 싶지 않았으니까.”

수빈 엄씨가 손가락으로 얼굴의 붉은 기를 매만졌다.

“나 자신을 비롯해 그 누구에게도 말이야.”

그녀의 눈빛이 어둡게 내려앉았다.

“…옛날에 궁중에 몹시 어여쁜 사람이 있었어. 아무리 반짝이는 후궁이라도 그 앞에 서면 빛을 잃을 정도로 독보적이었지.”

수빈 엄씨가 중얼거렸다.

“한데 어느 날 그 미색이 울긋불긋 흉하게 망가지더구나.”

신비는 그게 누구였냐고 물을 엄두가 안 났다.

“솔직히 그때 좀 고소했어. 난 평생 발버둥 쳐도 그 여자처럼 아름답지 못했거든.”

경대에 흘끔 비춰보는 수빈 엄씨의 얼굴이 무섭도록 경직되었다.

“한데 지금 내 얼굴을 보면…. 그때 그 여자가 무너지던 꼴이 떠올라.”

이내 그녀는 신경질적으로 경대를 밀쳤다.

“마음을 곱게 쓰지 않아 천벌이라도 받는 걸까?”

땅에 떨어지는 날카로운 마찰음 사이로 수빈 엄씨가 중얼거렸다.

“…그렇다면 나와 같은 심보였던 다른 후궁들은?”

마치 공범이라 일컫는 듯한 말투였다.

＊＊＊

닭이 홰치기도 전에 동궁전에 홍화차를 대령하였다.

"너 얼굴이 또 국수처럼 퉁퉁 불어 터졌구나."

세자는 인성이 드러나는 인사로 반겨주었다.

"요즘 왕실에 돌봐야 하는 분들이 너무 많아서요."

신비는 퉁명스럽게 대답했다.

"뭐가 그렇게 바쁜데?"

우선 약속한 대로 수빈 엄씨에게 청상방풍탕을 달여 올려야 했다. 피부병이 나을 때까지는 단장을 삼가라 강조하였는데 후궁이 따라주질 않아 골치가 아팠다.

어제도 분대(粉黛, 백분과 눈썹먹)로 염장(艶粧, 짙은 화장)한 낯을 보고 실랑이를 벌였다.

"그 정도면 얌전해지신 편이다."

"수빈께서 전에는 더하셨다는 말씀이셔요?"

"그래. 내가 어릴 때만 해도 얼마나 요란하게 치장하시던지…."

세자가 어깨를 으쓱했다.

"아바마마께서 첩은 수수하고 사치하지 않아야 한다고 거듭 가르치셔도 고쳐지질 않던데."

그렇다면야 의녀 따위의 조언을 받아들일 희망도 없겠다.

"다른 후궁들에 비해 아바마마를 덜 두려워하는 점만은 높이 살 만하다만."

문득 그가 의미심장하게 덧붙였다.

"음, 어쨌든, 겨우 수빈궁 한 명 상대한다고 죽는소리하느냐?"

"다른 분들도 있거든요."

신비는 눈을 치떴다.

"지빈께서도 하루에 몇 번씩이나 아기씨를 봐달라고 보채신다고요."

다급한 부름에 허둥지둥 달려갔다가 천진한 옹알이만 족히 댓 번을 봤다.

뭐, 그쪽은 이해라도 갔다. 갓난아기를 잃을 뻔했으니 말이다. 자식의 재채기에도 철렁할 터였다.

"지빈께서는 위의 두 아들도 유난스럽게 키우셨지."

세자는 혀를 끌끌 찼다.

"싸고도는 바람에 안안군과 봉양군의 버르장머리가 없어졌거든."

"지빈방의 왕자님들이신가요?"

"그래."

"저하와도 사이가 가까우십니까?"

"아니, 전혀."

무뚝뚝한 단답이었다.

"답답하고 멍청한 놈들이거든."

"왜요?"

"다 들리는 줄도 모르고, 서리병아리를 국본으로 두는 것은 좀 그렇다는 둥 험담하는 바보들이니까 그렇지."

세자는 대수롭지 않은 척했지만 속으로 필시 신경 쓰고 있을 터였다. 눈칫밥을 많이 먹은 신비는 얼른 화제를 돌렸다.

"항아님들도 자꾸 소인을 찾으니 죽겠사옵니다."

일부러 너스레를 앞세웠다.

"소문이 이상하게 나는 바람에 피곤해졌거든요."

"궁녀들이 너를 찾는다고?"

"그렇다니까요. 의녀 신비가 용하게 후궁의 목숨을 살리고, 갓 태어

난 아기씨도 살리고, 세자저하도 살리고…. 아주 보이는 족족 다 살린
다고 난리랍디다.”

세자가 웃음을 터트렸다.

눈매가 반달처럼 휘어지고 붉은 입술 사이로 반드러운 치아가 빛났
다. 부루퉁한 낯이 씻은 듯이 지워져 다행이었다.

속절없이 신비는 또 그의 웃음을 좋아하고 말았다.

“소인은 성가셔 죽겠는데 왜 웃으시옵니까?”

물색없는 기분을 들킬세라 눈을 흘겼다.

“처음 내 안전에 섰을 때만 해도 하룻강아지였는데….”

틀린 말은 아니었다.

“웬걸, 어느새 범이 되어버렸구나.”

세자의 눈빛이 은근하게 내려앉았다.

“그것도 짧은 팔다리로 뛰며 저도 맹수라고 주장하는 새끼 범으로
말이다.”

참으로 희한했다. 모종의 이유로 두려워하는 눈빛이었다. 동시에 비
슷한 이유로 귀여워하는 눈빛이기도 했다.

한낱 의녀에게 향하기에는 수수께끼와 같았다.

그리고 신비는 그런 그의 눈에 비친 제 모습이 낯설었다.

“돌팔이 약장수가 된 느낌이라서 괴롭다고요.”

하릴없이 또 툴툴거렸다. 아무 말이라도 하지 않으면 얼굴이 달아오
를 것 같았다.

“그게 왜 괴로우냐?”

“일이 많아질 테니까 그렇지요.”

신비는 소매 끝의 보푸라기를 잡아 뜯었다.

“진짜 돌팔이 약장수면 엽전이라도 많이 벌지….”

“그러게 적당히 살지.”

세자가 약을 올렸다.

“소인처럼 적당히 사는 의녀가 또 어디 있다고요?”

행여 누가 일을 시킬세라 몸을 비틀어가며 피한 세월이 어마어마했다.

“절대 포기하지 않는다는 둥 피곤한 길을 자처할 때는 언제고.”

그는 썩 동의하지 않는 눈치였다.

“하긴, 소인을 국수처럼 퉁퉁 불어 터지게 만든 분이 한 명 더 계시옵니다.”

눈을 치뜨며 신비는 떠먹이던 숟갈을 내려놓았다.

“바로 동궁마마시옵니다.”

“내가 뭘?”

“이제 오른손을 쓰실 수 있으시잖아요.”

“그렇지.”

“그럼 좀 혼자 젓수시지, 왜 자꾸 소인을 귀찮게 하시옵니까?”

“먼저 오른손이 되어주겠답시고 들러붙을 때는 언제고…. 이제는 감히 귀찮다고?”

“그러니까 그건 오른손을 못 쓰실 때 이야기라니까요.”

“내 오른손은 이따위 역한 냄새를 뿜는 것이나 떠 마실 정도로 한가하지 않다.”

“떠 마시기 싫으시면 한 방에 들이켜소서.”

기회를 잡은 신비가 홍화차 사발을 들이밀었다. 한데 세자는 건네받지 않고 멀뚱히 쳐다만 봤다.

“…소인이 정신이 나갔던 게지요.”

신비는 탄식했다.

“나라님께서 성은을 베푸실 때 덥석 받았어야 했는데…. 미쳤지,

미쳤어.”

“나는….”

도로 맹렬하게 밀어 넣는 숟갈 난사 사이로 세자가 말했다.

“…설마 네가 정녕 면천을 사양하리라고는 생각지 못했다.”

“아, 사양하고 옆에 있어 달라면서요?”

사뭇 진지해진 그의 기색을 놓치고 무람없이 따졌다.

“미친년이었지, 미친년이었어….”

“그러니까!”

구구절절한 한탄 사이로 세자가 끼어들었다.

“그 미친년한테 지금 고맙다고 말하는 것이다.”

“누가요?”

신비는 기가 막혔다.

“여기에 고마워하는 사람이 도대체 누가 있는데요?”

대놓고 주변을 휘휘 돌아보았다.

“보이는 것이라고는 면천을 사양한 미친년이랑 멀쩡한 두 손 놓고 꾀병을 부리는 가짜 병자뿐인데요.”

“나더러 꾀병을 부리는 가짜 병자라고?”

“그럼 설마 저하께서 면천을 사양한 미친년이겠사옵니까?”

신비가 비꼬았다.

“아무튼 이젠 늦었다!”

양심은 있는지 세자는 말꼬리를 잡지 않았다.

“기왕 사양하였으니 의녀로서 열심히 살아야지.”

“저하께서나 기왕 나으셨으니 세자로서 좀 열심히 사시지요.”

오늘따라 물 만난 고기처럼 술술 핀잔이 나왔다.

“난 열심히 산다.”

세자가 뻔뻔하게 주장했다.

"너의 큰 결정이 갸륵해 내 요즘 걷는 연습에 몰두하는 중이다."

"정말이십니까?"

"그렇대도! 박치수한테 가서 물어봐라."

의심스러운 눈초리에 세자는 으름장을 놨다.

"간밤에도 천장에 매단 천에 다리를 올렸지."

그가 으스댔다.

"그 상태에서 다리를 들었다가 접었다가 반복하며 연습하는데, 잘한다고 한참 칭찬받았다."

의관도 제 목숨 아까운 줄 아는데 당연히 칭찬하겠지. 신비는 뚱하게 생각했다가 마음을 고쳐먹었다.

심약한 불평쟁이가 기껏 노력한다는데 찬물을 끼얹으면 안 된다.

"그거 보십시오. 잘 해내실 거라고 아뢰지 않았사옵니까."

"속으로는 불경한 생각을 하는 것 같은데?"

쓸데없이 눈치만 빠른 세자가 눈을 치떴다.

"정녕 회복하는 속도가 빠르신데요?"

뜨끔해서 알랑방귀를 뀌었다.

"한동안 누워서 둔부부터 움직이는 재활에 매진하실 줄 알았거든요."

"그 단계는 애저녁에 끝났다."

세자가 으쓱거렸다.

"아, 예, 그러시겠지요."

신비는 혀를 내둘렀지만, 대책 없이 상대를 밀치던 때보다는 유치하게 잘난 척하는 지금이 낫다.

"조만간 소인이 아예 필요 없어지시는 날이 오겠나이다."

“내가 다 나으면 다른 병자를 찾아가겠다고 했었지.”

문득 세자가 얼굴을 찌푸렸다.

“…정녕 그럴 테냐?”

“꾀병 부리는 가짜 병자 옆에 평생 있으랍시고 나라에서 의술을 가르친 건 아니니까요.”

신비는 대수롭지 않게 넘겼다.

“면천도 사양할 정도로 미친 너에게는 꾀병 환자만 어울리지 않겠느냐?”

농담처럼 건넸으되 진실로 농담은 아니었다.

세자에게서 간절하게 어른거리는 감정이 보였다. 어미 닭에게 매달리는 병아리 같았다. 더 들여다본다면 다른 것도 있을 것 같았다.

이를테면 여자가 떠나지 않기를 바라는 사내라든가.

신비가 엎드린 밑바닥에서는 보아선 아니 될 것이었다.

정면으로 보았다가는 정녕 그가 소와 닭을 품을 만큼 어리석은 주인이라는 확신만 얻을 것 같았다.

“평생 꾀병 부리며 빈둥거리랍시고 나라에서 저하를 국본으로 삼은 것도 아닐 텐데요.”

어차피 소와 닭에게는 해야 할 일도 있다. 쟁기를 끌어야 한다. 동 트기 전에 울어 새벽을 알리고 달걀도 낳아야 한다.

도통 주인의 어리석은 마음에 고민할 겨를이 없다.

“다들 세자저하께서 정전에 행차하시고, 늠름하게 주상전하를 시좌侍坐하기만 소망하고 있사옵니다.”

그리고 세자는 소와 닭의 사양을 눈치챘다. 임금의 은혜를 사양할 때만큼이나 완고하고 명징하나 후회만은 따라붙지 않을, 그런 거절이었다.

"…너도 내가 낫기를 바라느냐?"

한데도 한 번쯤은 잡아주기를 바라듯 그는 물었다.

"어찌 아니겠사옵니까?"

다 알면서도 신비는 잡지 않았다.

처음 만난 순간부터 그를 붙잡아주려고 손을 뻗었다. 그러나 지금만은 머쓱하게 거둬들이고 모른 척할 수밖에 없었다.

역할이 바뀌었다.

종전까지는 신비가 잡는 쪽이었고, 세자는 방어적으로 물러섰다.

하지만 이 문제에서만큼은 달랐다. 그가 아무리 다가오라고 허락하고, 떼를 쓰고, 화를 내더라도…. 신비는 그럴 수 없었다.

밑바닥에 서서 태양이 떠오르는 산 정상을 바라보다가는 눈이 멀어버릴 테니까.

설령 애초에 일출을 보기 위해 감히 고개를 들었을지라도 말이다.

"…그래."

세자는 씁쓸하게 중얼거렸다. 잠시 침묵이 맴돌았다.

"지금 난 사내가 아니다."

수천 가지 상념이 오간 끝에 세자가 운을 뗐다.

그가 선 정상에서 까마득한 밑바닥을 내려다보았다. 뒤에서 떠오르는 햇살을 등진 채 맹렬한 기세를 드러냈다.

그는 역광 속에서 더욱 빛나는 사람이었다.

"침상에 묶여 떼를 쓰는 어린아이일 뿐이지."

"예?"

"하지만 거의 몸을 일으켰다."

원래의 절반 수준 기량까지 회복한 오른손을 그가 꽉 말아쥐었다.

"다시 사내가 되어가는 중이라고."

그 손으로 잡고 싶은 대상은 따로 있다는 듯한 말투였다.

"조만간 내가 일어서는 날에…."

천천히 눈길이 움직였다.

그의 시선이 뺨에 머물자 따가웠다. 입술로 내려오자 저도 모르게 혀를 깨물었다. 옷깃 사이로 드러난 목덜미까지 훑자 괜히 부끄러웠다.

"너는 내가 어떤 사내인지 비로소 알게 될 것이다."

신비는 낡은 천 쪼가리를 옷가지랍시고 휘감아 맨몸을 감추었다. 한데 활활 타오르는 눈길에 전부 벗겨지고 속살이 드러난 것 같았다.

마른침을 삼켰다. 긴장감으로 가슴이 빳빳이 섰다.

그의 눈은 보지 않는데도 보고 있었다. 그의 손은 닿지 않았는데도 닿아 있었다.

온몸에 기묘한 감촉이 여실했다. 저도 모르게 꿇어앉은 허벅다리를 꼬았다. 여름이라 얇게 입어 그 움직임이 노골적으로 드러났다.

응당 세자의 시선은 그것마저도 따라왔다. 맹목적인 그의 시선은 혀로 핥고 굴릴 만한 붉은 옥춘당(玉春糖, 사탕류 한과)을 찾는 어린아이 같았다.

"저하…."

숨 가쁜 신음처럼 그를 불렀다. 그것만으로도 벅찼다.

"…세자저하, 신 주부 박치수이옵니다."

때마침 훼방꾼이 있어 다행이었다.

날 선 긴장감이 깨졌다. 정욕은 오므라졌다. 설익은 욕망을 집요하게 갈구하던 눈길은 떨어져 나갔다.

신비는 숨을 몰아쉬며 옷매무새를 다듬었다. 한 자락도 흐트러지지 않아 매만질 것도 없는 옷고름을 꽉 쥐어 동여맸다.

"맥후를 짚고자 입진하였사옵니다."

아무것도 모르는 치수의 선량한 음성이 더운 방을 정화했다.

"들라."

세자는 아무 일 없었다는 듯 표정을 바로잡았다.

의구심 없이 들어선 치수는 인사부터 올렸다. 미묘한 분위기를 전혀 알아차리지 못한 채, 챙겨온 도구도 꺼냈다. 천과 밧줄, 부목, 막대, 지팡이 따위였다.

"이제부터는 내가 모실 테니까 너는 얼른 내의원으로 가보아라."

주섬주섬 정리하던 그가 신비에게 말했다.

"자희가 너를 찾는다."

"음, 왜요?"

잠긴 목을 들키지 않으려고 그녀는 일부러 새된 목소리를 냈다.

"대비전에 진맥하러 나아가는데 네가 필요하다더구나."

"…제가 대비전에 간다고요?"

신비는 입을 떡 벌렸다.

"내의녀 중에서도 특출해야만 자전을 배알할 수 있잖아요?"

타다 남은 불씨의 열화마저 싹 식었다.

"아니, 주로 어의녀가 대비마마를 전담하지 않습니까?"

"그렇지."

치수는 애매한 표정을 지었다.

"한데 마마께서 친히 너를 지명하셨다."

"그럴 만도 하지."

불쑥 세자가 맞받았다.

"자전께서도 의녀 신비가 병자라면 보이는 족족 다 살린다는 소문을 들으셨나 본데."

그가 빈정거렸다.

"소문을 들으셨다면 한 번 떠보지 않고는 참지 못할 분이시고."

놀랍게도 조모를 향한 냉소였다.

"하면 가봐야지 어쩌겠느냐."

세자는 어깨를 으쓱했다.

"참, 그런데….'

그래 놓고 그는 또 발목을 잡았다.

"경은 어찌 생각하시오?"

그것도 생뚱맞은 논제를 던지면서 말이다.

"이 의녀가 면천을 사양하고 경과의 혼사도 물리치지 않았소?"

세자의 눈은 또 다른 맹목성으로 빛나고 있었다. 아까보다 훨씬 유치했다.

"신은 추진하던 혼사가 엎어지는 데에 익숙하옵니다."

의외로 치수는 천연덕스러웠다.

"오히려 이번에는 재미있게 깨져서 다행이라고 여기고 있었사옵니다."

"재미있다고?"

함정을 파놓고 저가 걸린 세자는 눈썹을 추켜세웠다.

"잘 진행되다가 아무래도 신의 출신이 마음에 걸려서 안 되겠다며 엎어지는 경우가 많았거든요."

치수가 말했다.

분명 아버지라 부를 수 없는 아버지가 족보 정리를 잘해준 덕에 사회적으로야 서자랍시고 적당히 떳떳할 터였다.

하지만 실제로는 얼자인 그의 출신에 대한 소문이 물밑에서 알음알음 도는 모양이었다.

"한데 이번에는 전혀 다른 이유로 불발되지 않았사옵니까?"

"저 의녀가 뿌리쳤지."

“예, 여인 쪽에서 해야 할 일이 있어 스스로 운명을 결정하겠다며 엎었지요.”

머쓱해서 신비는 뒷덜미를 긁었다.

임금의 성은을 사양한 뒤로 치수를 마주할 엄두를 못 냈다. 저까짓 게 누구를 거절하냐고 노했을까 봐 무서웠다. 며칠째 일부러 피하기까지 했다.

“과연 어느 사내가 이런 거절을 경험해보겠사옵니까?”

한데 공연한 걱정이었나 보다. 치수의 미소진 얼굴이 보였다.

“덕분에 신은 평범한 사내라면 평생 못 겪을 일을 겪었사오니…. 또한 어찌 재미있다고 말하지 않을 수 있사오리까?”

여전히 그는 올곧은 직선이었다.

“그런 엄청난 여인을 만난 것만으로도 신에게는 행운이옵니다.”

더 이상 치수는 세자를 바라보지 않았다.

“비록 부부의 연은 맺지 못해 아쉽더라도요.”

그의 투박한 시선은 신비에게로 향했다. 네 뜻대로 결코 포기하지 말라고 북돋는 눈빛이었다.

얄궂게도 그런 눈빛이기 때문에 신비는 제 결정을 후회할 뻔했다.

“…말도 안 돼.”

세자의 생각은 달랐다.

“경은 정말 조금도 기분이 나쁘지 않소?”

자신과는 거절을 받아들이는 방식이 아예 달라 이해하지 못하는 눈치였다.

과연 비밀을 감춘 출생과 이래저래 답답한 처지라는 공통점에도 불구하고, 이를 다루는 세자와 박치수의 방식은 전혀 달랐다.

“곁에 있지 않겠다는데….”

하긴, 애초에 세자는 거절을 받아들인 적이 없다.

그의 세계관에는 원하는 것이라면 모두 손에 넣을 수 있는 제왕의 미래가 약속되었다.

하여 거절이란 애당초 성립할 수도 없는 개념이었다.

"혼자서 갈 길 찾아 떠나 버리겠다는데….'"

세자가 생떼를 썼다.

"사람마다 주어진 길이 다르옵니다."

치수는 다시금 직선으로 응했다.

"때로는 어렵고 아쉽더라도 헤어져서 혼자 걸어야만 하는 것이 인생이옵니다."

"그렇지만….'"

"헤어졌다가도 나중에 또 길이 겹쳐 만나는 것 또한 인생이고요."

"…영영 다시는 길이 겹치지 않는다면?"

세자의 눈이 공포에 질렸다.

"그대로 영원히 잃는다면?"

익히 아는 두려움을 토로했다.

치수로서는 이해하기 어려운 영역에 진입한 셈이었다. 하긴, 세자 외의 누구도 헤아리지 못할 영역일 터였다.

"됐네. 댓바람부터 공연한 소리를 했군."

천만다행으로 세자는 도리질 쳤다.

"…경은 정말 짜증 나는 인간이오."

대신, 그는 유치한 방식으로 마무리했다. 의관과 의녀 사이의 미묘한 기류를 질시했다.

"너무 싫은데 싫어하기도 싫거든."

"무슨 말씀이신지 모르겠사옵니다만."

치수는 세자의 하찮은 질투에 어리둥절했다.

"알아들으라고 한 소리 아니오."

세자가 삐죽거렸다.

"자, 천장에 천을 매달든, 내가 일어설 때까지 지팡이로 두들겨 패든, 어서 그놈의 재활이나 함세."

비뚤어진 의욕으로 세자는 팔을 걷어붙였다.

"한시바삐 일어서서 사내 구실을 좀 해야지. 이러다가는 속이 터져 죽겠어."

"신이 감히 저하를 해하겠나이까?"

"농담은 좀 알아들으시오."

"농으로 받들기에는 너무나 참담한 말씀이시옵니다."

웃는 시늉이라도 잘하면 좋을 텐데 치수는 영 뻣뻣했다.

"말을 말아야지…."

혼자 싸우던 세자는 질려버렸다.

"너는 속히 물러가거라."

그는 신비에게까지 손을 홱 내저었다.

"나중에 대비마마와 어떤 재미있는 일이 있었는지나 알려다오."

냉소적인 인사에 불편한 기색이 깃들었다. 덕분에 새삼 신비는 제 눈앞에 놓인 새로운 과제를 실감하였다.

하여 도랑에라도 빠질 것만 같은 뒷걸음질로 두 사내를 남겨두고 떠났다.

***

"대비마마 안전에서는 정말로 조심해야 한다."

약방에서 내의녀 자희를 만났다. 그녀는 초조한 기색이었다.

"촉새처럼 굴다간 경을 칠 것이야."

"제가 무슨 촉새입니까?"

"그리 묻는 걸 보니 양심이라곤 아예 없는 게지."

자희가 혀를 끌끌 찼다.

"한데 대비마마께서 왜 저를 찾으신답니까?"

"까닭을 알면 내가 이렇게 초조하지는 않겠지."

한숨 쉬는 자희의 모습이 잠깐 사이에 십 년은 늙은 것 같았다. 사실 그녀는 대비전에 나아갈 때마다 항시 저렇다.

하긴, 일전에 뜻하지 않게 그 안전에 섰을 때 신비 역시 오금이 저렸다. 어지간해서는 눈썹도 꿈쩍 않는 담력이 있는데도 말이다.

임금님보다 더 무서운 궁중의 암호랑이라는 도산대비의 평판이 허언은 아니었다.

"혹 마마께서 너한테 뭔가 하문하실 수도 있겠다."

자희가 말했다.

"잘 모르겠으면 차라리 모른다고 곧장 고해라. 어쭙잖게 설치다가 실수하면 오히려 용서받기 어려우니까."

"알겠습니다."

말장난을 치기에는 자희가 너무 심각해서 신비는 선선히 끄덕였다.

마침내 경춘전景春殿에 당도하자 상궁이 맞이하였다. 앞서 걷는 자희의 발걸음이 천근만근 무거웠다.

"차비대령의녀로구나."

더군다나 내리꽂히는 도산대비의 시선은 칼날과 같았다.

"내, 내의녀 자희가 감히 자전을 뵈옵니다."

웬일로 자희가 버벅거렸다. 산전수전을 다 겪었고, 기상천외한 병자를 상대하느라 이골이 났는데도 맥을 못 추었다.

"…저것은 그 의녀겠지?"

도산대비가 신비를 가리켰다. 필시 일전의 짧은 만남을 기억할 텐데 의뭉스러웠다. 하물며 사람을 대하듯 지칭하지도 않았다.

"예, 하명하신 대로 대령하였사옵니다."

자희는 공손히 대답했다.

"휘하의 나인이 몹시 아파서 불렀다."

도산대비가 턱으로 옆을 가리켰다. 비로소 그녀의 위용에 가려져 보이지 않던 인물이 눈에 들어왔다.

이정이라는 나인이 병풍 옆에 무릎을 꿇고 있었다. 모종의 신경질에 사로잡혔던 이정의 눈빛은 신비를 발견한 순간 호기심이 되었고, 이내 경계심으로 변모했다.

어느새 몇 번 봤다고, 그 얼굴이 익숙했다. 내시의 등에 업혀 나온 세자와 어둠 속에서 밀회하던 광경을 목격한 것까지 쳐서 말이다.

울컥 신비는 졸렬한 감정을 느꼈다.

"궁녀가 약방의 도움을 받으려면 한세월을 기다려야 한다더군."

도산대비가 말했다.

"하여 내가 친히 의녀를 부른 것이다."

본디 이 시각에 반위(反胃, 위암과 유사한 병)로 사경을 헤매는 상궁에 게 시침施鍼하기로 예정되어 있던 자희를 곧장 대령시킬 정도로 막강한 권위였다.

"수양딸처럼 데리고 사는 아이거든."

신분과 인맥은 많은 부분을 결정짓고, 한낱 의녀는 토를 달 수 없다.

"하오시면 곧장 살펴보겠…."

가타부타 없이 자희는 소매를 걷어붙이려다가 가로막혔다.

"아니다."

도산대비는 신비를 가리켰다.

"저 의녀에게 시켜라."

"송구하오나 일개 간병의를 마마의 안전에 앞세울 순 없사옵니다."

자희가 난색을 지었다.

"내의원에서 배우고 익히는 사환의녀에 불과하나이다."

"네가 옆에 있으니 행여 실수하면 바로잡을 수 있겠지."

완고한 도산대비에게 설득은 통하지 않을 것 같았다. 하릴없이 자희는 수그렸다. 찜찜한 표정 너머로 신비에게 경고하는 시선만 던졌다.

신비는 옷고름의 침주머니를 잡았다. 마주 앉은 이정과 눈이 마주쳤다.

놀랍게도 이정에게서도 같은 감정이 읽혔다. 전혀 내키지 않지만, 명령이라서 어쩔 수 없다는 굴종이었다.

"…아!"

부루퉁한 동병상련은 오래가지 않았다. 이정이 이마를 감싸 쥐며 신음한 탓이다.

"난 기질이 예민하여 두통을 달고 산다. 소화가 안 되면 전두통이 생기고, 긴장하면 편두통을 앓지."

높고 가파른 음성이 따라붙었다.

"아침에 과식했더니 바로 이마가 아파."

"어쩌다 많이 드셨습니까?"

신비는 체온과 맥박을 헤아리기 위해 이정의 손을 잡았다. 마른 나뭇가지처럼 앙상했다.

"평소 음식을 즐기지 않는 편인데 오늘따라…."

이정이 머뭇거렸다.

"오늘따라 내가 유독 밀국수를 권했더니 사양하지 못했지."

도산대비가 대신 마무리했다.

웃전이 주는 음식을 거절할 수도 없는 처지라니 어쩐지 가련했다. 하지만 굶주리는 경우가 부지기수인 의녀에 비하면야, 문자 그대로 배부른 고민이었다.

"전두통이 심하니 슬슬 편두통까지 덩달아 오는구나."

재차 이정은 미간을 찡그렸다.

마침 신비의 약재함에 쓸 만한 약재가 있었다. 엊그저께 갈아둔 천궁다조산川芎茶調散이었다.

경춘전 퇴선간(退膳間, 중간 부엌)에서 파만 조금 얻었다. 그러고는 천궁다조산을 파의 밑동과 진액에 걸쭉하게 개었다.

"무얼 하려고?"

흥미롭게 구경하던 도산대비가 하문했다.

"보기에는 좀 그래도 효험만은 탁월하옵니다."

걸쭉하게 갠 약물을 이정의 관자놀이와 이마에 발랐다.

"음식으로 장난치는 느낌인데."

못마땅한 기색이었으나, 이내 이정의 구겨진 얼굴이 좀 펴졌다.

"…이상하게 훨씬 낫다."

그녀는 놀랍다는 듯 중얼거렸다.

"영 시원찮아 보였는데…. 의외로 신통하구나."

그러면서 어색하니 슬쩍 웃는데, 진흙이라도 몽땅 발라놓은 듯한 얼굴과 어우러져 예민한 인상은 어디 가고 그저 우스꽝스러웠다.

"내 꼴이 그렇게 우스워?"

신비의 표정을 보고 이정이 샐쭉하게 물었다.

"아닙니다. 이제야 항아님 나이에 어울리는 얼굴이 된 것 같아서요."

세자의 정인이라는 추문의 주인공이 실상 어린 처녀임을 새삼 깨달
았다. 기껏해야 자신과 또래라는 사실이 참 낯설었는데 말이다.

"넌 나보다 앳되었는데 꼭 늙은이처럼 말하는구나."

이정이 눈썹을 추켜세웠다.

"뭐, 고생한 여자는 제 나이대로 살기가 어렵지요."

"고생한 것치고 손이 곱다."

그녀는 약을 발라준 신비의 손을 흘끔거렸다.

"으레 방자나인(房子內人, 무수리)들은 살갗이 거칠거칠하던데."

"피부 하나는 타고 나서요."

신비는 대충 너스레를 떨었다.

"넌 궐에 드나든 지 얼마나 되었느냐?"

웃는 대신 이정은 뚱하게 물었다.

"기껏해야 일 년 안쪽입니다."

"…가장 힘들 때구나."

무심코 이정이 중얼거렸다.

"일보다는 사람이 항상 더 문제거든. 그래도 참고 견디다 보면 익숙
해진다. 익숙해지면 넘길 수 있게 되고."

"넘기다 보면 한결 나아집니까?"

"아니. 포기하는 법을 익히지."

대수롭지 않게 대답했다가 이정은 사색이 되었다. 뒤늦게 도산대비
의 눈치를 살폈다.

노한 기색은 아니었으나 도산대비는 무표정을 고수했다. 웃전의 무
언이 길어질수록 이정은 바닥으로 푹 꺼질 것만 같았다.

"여자의 인생은 음전하게 포기하는 법을 배워가면서 완성되기 마련
이다."

한참 만에야 도산대비가 말문을 열었다.

"…간혹 포기할 줄 모르는 별종이 있어 문제고."

사방에서 조마조마한 심정이 모여 가시방석이 따로 없었다.

"너는 어떠냐?"

이어진 도산대비의 하문은 전혀 도움이 되지 않았다.

"여인으로서 포기하는 도리를 익혔느냐?"

하필 신비를 지목한 질문은 의미심장했다.

"소인은 여인도, 포기하는 도리를 익힐 만한 사람도 아니옵니다."

"그렇다면?"

"소와 닭이나 다름없는 천비이지요."

뭐가 되었든 회피하기에 적절한 핑계가 있었다.

"하여 의녀로서 포기하지 않는 도리를 따를 뿐이옵니다."

"…또 미꾸라지처럼 빠져나가는군."

도산대비가 피식 웃었다.

한데 주변의 반응이 괴악했다. 이정과 자희가 동시에 기겁했다. 차라리 도산대비가 벌컥 역정을 냈다면 안심했겠다는 기색이었다.

"정녕 특이해."

새삼스레 도산대비가 신비를 물끄러미 응시했다.

"아직도 너에 대해선 감을 못 잡겠단 말이지."

일전에 그녀는 스스로 감을 못 잡는 경우는 흔치 않다고 했었다.

감히 도산대비조차 풀지 못할 수수께끼가 되었다면야, 신비의 지난 세월이 잘못되지는 않은 셈이다.

"…세자의 오른손이라고 했었지."

도산대비가 이어갔다.

"그래, 병자를 위해 포기하지 않는 의녀랍시고 사심 없이 세자에게

다가갔느냐?”

“망극하오나 그렇사옵니다.”

한구석이 꺼림칙한 표현이었으되 신비는 일부러 긍정했다.

“사실 그렇지 않다는 것은 너 스스로 증명했을 텐데.”

한데 불쑥 도산대비가 의표를 찔렀다.

“넌 불길에 뛰어들어 세자를 구했다.”

도산대비가 눈을 가늘게 떴다.

“사심 없이는 다른 사람을 위해 목숨까지 걸 수 없지.”

이윽고 시선은 칼날이 되었다.

“너한테는 세자를 위해 목숨을 걸어야만 했던 이유가 있어. 그게 바로 네가 숨긴 사심이겠지.”

그리하여 가면마저 베어버릴세라 문제였다.

“혹 그 사심이 네 출신과 관련이 있느냐?”

목을 바짝 조이는 밧줄처럼 도산대비가 근접해왔다.

“아무리 수소문하여도 네가 의녀가 되기 전의 기록은 찾을 수 없던데.”

“비천하여 기록을 남길 가치가 없는 과거이기 때문이겠지요.”

“하면 네 입으로 그 가치 없는 과거를 읊어 보아라.”

신비는 마른침만 꿀꺽 삼켰다.

“다시 한번 묻겠다.”

호락호락하지 않은 시선으로 재차 도산대비가 추궁했다.

“너는 도대체 누구지?”

진실로 직설적인 하문이었다.

“네 얼굴을 보면 뭔가가 떠오를 듯 말듯 몹시 거슬려.”

조급하게 도산대비가 덧붙였다.

“널 안다기보다는…. 너와 닮은 누군가를 내가 알고 있는 기분이랄까.”

의문 속에 일말의 불안감이 엿보였다. 이윽고 그녀는 맹렬하게 몰아붙였다.

"네가 누구냐고 물었다. 대답하여라."

"…소인의 아비는 일찍이 죽었사옵니다."

신비는 조심스럽게 문두를 골랐다.

"어미는 관비였으며 마찬가지로 금세 죽었나이다."

막상 골라내자 아뢰기에 주저함이 없었다.

"하여 의탁할 데가 없어 처지가 공교로웠는데, 다행히 나라에서 의술을 가르쳐주고 길러주었사옵니다."

선별적이더라도 진실인 덕분이었다.

"그뿐이옵니다."

안타깝게도 도산대비는 진실을 골라내고 남긴 것들까지 원했다.

"네 아비도 관노였느냐?"

"글쎄요. 같은 관아에 속하지는 않았나이다."

애매하게 비껴갈 겸 미끼를 던졌는데, 요행히 도산대비가 곧장 물었다.

"그래, 어느 관청에 있었기에?"

"장단長湍의 관노청에 머물며 동헌(東軒, 수령의 근무처)과 작청(作廳, 아전의 근무처)의 심부름을 하였사옵니다."

"장단이라면 왕실과 크게 연고가 없는 지방일 텐데."

도산대비가 갸우뚱했다.

"잠깐만…!"

한 가지 불쾌한 짐작을 했는지 그녀의 낯이 새파래졌다.

"이정이와 내의녀는 물러가라."

꿔다 둔 보릿자루처럼 멀뚱히 있던 두 사람에게 돌연 도산대비가 명했다. 이정은 즉시 복종하였지만 자희는 달랐다.

“망극하옵니다만 마마….”

겁먹은 기색으로도 자희는 용감하게 나섰다.

“심중에 미혹이 있으시다면 이 아이의 스승인 소인에게 하문하소서.”

“스승이라도 대신 대답할 수 없는 것을 묻고자 한다.”

단칼에 도산대비는 잘랐다.

“속히 물러가거라.”

차비대령의녀라봤자 한낱 의녀에 불과했다. 하릴없이 자희는 뒷걸음질 쳤다.

둘만 남자 도산대비가 새롭게 운을 뗐다.

“…혹 대궐에서 곡산 연씨의 이름을 지녔던 여자를 아느냐?”

지극히 위험한 질문이었다. 게다가 답을 고민할 여유는 아주 잠시만 허용되었다. 신비는 순식간에 판단을 내렸다.

“폐비에 대해 하문하시는 게 맞다면 알고 있사옵니다.”

예상한 충격이 흘렀다.

“궁중에서 철저히 함구하였는데 어떻게 알지?”

“세자저하를 돕기 위해서는 이해해야 했고, 세자저하를 이해하기 위해서는 폐비에 대해 알아야 했기 때문이옵니다.”

신비는 차분하게 대처했다.

“또한 소인이 관비로서 배속되었던 장단에서는 폐비를 모를 수 없었기 때문이옵니다.”

“그래. 폐비의 마지막 배소였지.”

도산대비가 말했다.

“…거기서 죽었으니까.”

옛 며느리의 죽음을 이르기에는 냉정한 말투였다.

“어떻게 졸하였는지도 아느냐?”

"사가에 내쳐진 뒤로 근심에 시달리다가 돌아가셨다고 들었사옵니다."

신비는 신중하게 아뢰었다. 먼젓번에 자희를 슬쩍 떠본 대로, 궁중에서 다른 사람들이 속닥이는 만큼만 알은체했다.

"주상전하께서 명나라 황제에게 그렇게 전하셨다고…."

"그랬지."

도산대비는 꺼림칙한 표정을 지었다.

"…혹시 너, 사사로이 폐비를 알았느냐?"

"비천한 관비가 감히 아는 사이였다고 아뢸 수 있겠나이까."

살얼음을 디디듯 신비는 대답했다. 한 발자국 내딛더라도 행여 빙판이 깨지면 뒤로 물러날 여지는 남겨둬야 한다.

"다만 사람 사는 바닥이 좁은 고을이라 모를 수는 없었나이다."

도산대비의 눈빛이 탁해졌다.

"…그 연씨 계집, 폐비는 끔찍한 여자였다."

이윽고 도산대비가 낮게 중얼거렸다.

"도통 포기할 줄 몰랐지. 나쁜 쪽으로 말이야."

신비는 주먹만 꽉 쥐었다.

"투기심으로 후궁들을 괴롭히고, 주상을 원망하다 못해 저주했었지. 걸핏하면 난동을 부려 궐 안을 발칵 뒤집었고."

자못 도산대비에게 어울리지 않는 감정마저 뒤따랐다.

"얼마나 행실이 되바라졌는지, 폐비가 있을 적에는 온 왕실이 겁에 질려 숨을 죽였어."

바로 공포심이었다.

"설마 마마께서도 두려우셨사옵니까?"

신비는 믿지 못해 반문하였다.

"모두가 그랬고, 부끄럽지만 나도 예외는 아니었다."

도산대비가 속삭였다.

“…그렇기에 지금도 모두가 두려워하는 중이고.”

“무엇을요?”

“세자는 교태전에서 탄강한 적장자다. 누구도 그토록 정통성이 탄탄한 국본으로부터 절대적인 제왕의 미래를 빼앗을 순 없어.”

도산대비가 말했다.

“다만…. 그 절대적인 미래의 임금이 생모를 닮을 수도 있다는 의심 역시 지울 수 없지.”

자못 위험한 함의였다.

“패악한 왕후는 폐하여 가로막을 수 있다.”

자전의 입술을 빌린 의혹이기에 무엄하다고 꾸짖을 수 없다지만 말이다.

“하지만 그런 왕후를 닮아 왕이 패악하다면, 어떻게 해야 할까?”

“…대비마마.”

경고하기 위해 신비는 나지막이 입을 열었다.

“난 그 의문의 답을 찾기 위해 여염의 계집애를 수양딸로 삼았다.”

하지만 도산대비는 스스로 경고하는 부류였다.

“의도적으로 이정이를 세자에게 붙였지. 그 아이가 폐비를 닮았다는 먹음직스러운 미끼로 꾸며서 말이다.”

“지척에서 살펴보시기 위해서요?”

불쑥 신비는 노골적으로 묻고 말았다.

“그래. 문제가 생길 성싶으면 바로잡기 위해서이기도 하고.”

도산대비는 노엽게 받아들이지 않았다.

“세자는 이정이의 얼굴을 마음에 들어 했어.”

오히려 대수롭지 않게 이어갔다.

"그건 내게 희소식이었지. 물론 이정이에게도 마찬가지고."

"어째서이옵니까?"

"제왕이 될 사내의 정인이라면, 첩지 하나쯤은 따 놓은 당상 아니겠느냐?"

신비는 원전이 푹 삭아버리도록 우려진 이야기를 떠올렸다. 하찮은 여인과 그녀를 사랑하여 육신에 은혜를 입히고 구원해 주는 천자天子 말이다.

글을 익힌 뒤로 종종 그런 시시껄렁한 책을 구해다가 읽었다. 되지도 않는 단꿈을 꿔볼 때도 많았다.

하지만 그런 이야기들 속에는 꿍꿍이를 품고 의도적으로 꼬리를 친 여자 따윈 없었다. 타인의 사주를 받은 꼭두각시도 없었다.

"…한데 세자가 낙마하면서 상황이 완전히 달라졌어."

도산대비는 방향을 틀었다.

"이정이가 사로잡았던 세자의 관심을, 네가 몽땅 빼앗아 갔으니까."

독대는 더더욱 위험한 영역으로 번져나갔다.

"동궁의 병상에서 유일하게 접하시는 말동무일 뿐이옵니다."

"구중궁궐의 수많은 눈은 멀지 않았다. 수많은 귀 역시 먹지 않았고."

온건한 얼버무림은 무참하게 헐렸다.

"혹 네가 세자를 연모하느냐?"

대뜸 도산대비가 의표를 찔렀다.

"아니옵니다."

즉각 대답이 나왔다.

"소인은 감히 국본을 사내로 바라보지 않사옵니다. 병자 또한 사내로 여기지 않사옵니다."

"그래, 천인은 분수를 지키는 법부터 배우지."

도산대비가 날카롭게 맞받았다.

"하지만 귀인은 지켜야 할 분수가 없어 쉽사리 선을 넘기 마련이다."

가늘게 뜬 눈에서 근심이 보였다.

"세자는 한낱 천비를 여인이라 굽어볼 수 있어. 의녀 또한 여인으로 여길 수 있고."

이내 그녀는 하문을 바꿨다.

"혹 세자가 널 소중히 여기더냐?"

"…아니옵니다."

이번 대답은 한 박자 늦었다. 그래서 또 다른 대답이 되고 말았다.

신비는 입술을 깨물었다. 반면에 도산대비는 확신을 얻었다.

"내 사람이 되어라."

노회한 시선이 신비를 옭아맸다.

"세자의 지척에서 근황을 파악하고 제때 알려주기만 하면 된다."

태도가 고압적이라서 달콤한 회유임을 금방 깨닫지 못했다.

"그 사소한 역할만 수행해도 후일 후하게 보상받을 것이다."

도산대비가 나전으로 장식한 연상에서 무언가를 꺼냈다.

"세자가 이정이에게 연정의 증거랍시고 건넨 것이다."

빛깔이 노란 지환이었다.

"일개 나인이 기억도 안 나는 생모를 닮았다고 철석같이 믿고서 말이다."

주름진 도산대비의 손바닥에 놓인 지환은 몹시 기만적이었다.

"…정씨 항아님은 그걸 받들자마자 대비마마께 바친 겁니까?"

"당연하지. 이정이는 세자의 사람이 아니다."

도산대비는 자신만만하게 말했다.

"내 사람이지."

“하온데도 마마께서는 소인을 새 사람으로 구하시는 것이옵니까?”

“이정이가 쓸모없어지기 전에 준비할 필요는 있으니까.”

자못 힐난이었는데도 그녀는 태연했다.

“나는 오로지 충성을 받는 사람이다. 누군가에게 충성할 까닭이 없지.”

덧붙인 신분 의식마저 도도했다.

“박정한 주인이라 여기지는 마라.”

일말의 인정머리는 있는지, 도산대비가 변명했다.

“내 마음도 급할 수밖에 없으니까.”

“어째서이옵니까?”

“요사이 세자가 차도를 보이자, 주상이 간택을 염두에 두고 있거든.”

“간택이라면…?”

“조만간 세자빈을 들일 수도 있다는 뜻이니라.”

무의식적으로 신비는 숨을 몰아쉬었다.

“옛날에 한 차례 엎어진 뒤로 일언반구도 없더니만!”

도산대비는 못마땅한 기색이었다.

“주상의 성심에 어떤 의중이 있든 간에 나와는 별개의 문제다.”

이내 그녀는 도리질 쳤다.

“내 수중에는 세자를 다스릴 만한 도구가 필요하지.”

물밑에서는 너무도 많은 속셈이 오가는 모양이다.

“잘하면 네 것이 될 수도 있다.”

재차 도산대비는 노란 지환을 내밀었다.

“다른 사람의 차지가 되도록 놓아두고 싶으냐?”

과연 그것은 단순한 가락지가 아니었다.

세자의 연정이 담보할 영광이었다. 또한 왕실 최고 어른이 안락한 미래를 보장해주겠다는 약속이었다.

밑바닥에 엎드린 계집에게 태산 꼭대기에 선 사내의 곁에 머물러도 좋다는 허락이기도 했다.

그리하여 신비가 직면한 또 다른 선택의 순간이었다.

"아까 정씨 항아님을 진맥할 때 들었사옵니다."

신비는 메마른 입술을 움직였다.

"체질이 예민해 본디 음식을 즐기지 않는데, 오늘따라 마마께서 유독 권하시는 바람에 사양하지 못하고 과식해 탈이 났다고요."

"…내가 일부러 이정이를 잔뜩 먹였는지 묻고 싶은 것이냐?"

채 여쭙기도 전에 도산대비가 가로챘다. 공손하게 에두를 수고를 덜었으니 신비는 굳이 부정하지 않았다.

"그래."

도산대비는 주저함 없이 인정했다.

"내 앞에서 이정이와 널 대면시킬 구실이 필요했거든."

"어째서이옵니까?"

"둘 중 어느 쪽이 더 쓸모 있을지 가늠하고 싶어서."

냉혹하도록 건조한 본심이었다.

"이정이는 몹시 어릴 때부터 나를 섬기는 법을 배웠다."

도산대비가 말했다.

"다른 투미한 궁녀와는 견줄 바 없이 처신에 능하고 신중하단 말이야."

성마르게 그녀는 연상을 손끝으로 툭툭 쳤다.

"…한데 아까 넌 그런 이정이를 잠시 허물어뜨렸어."

아까 또래의 처녀애로 다가온 이정을 떠올렸다.

"어린아이의 얼굴로 만들고, 속엣말을 뱉도록 이끌었지."

"그건…."

"정작 네 속은 애늙은이처럼 하나도 내비치지 않으면서 말이야."

도산대비는 줄곧 꼿꼿하게 세우고 있던 등을 보료에 기댔다.

"그 순간 내 마음속의 추는 너에게로 기울었다."

너그러운 표정이 뒤따랐다.

"그러니 네 것으로 내어줄 수도 있다는 뜻이다."

애석하게도 여전히, 도산대비의 손바닥에 놓인 노란색 지환은 기만적이었다.

"금방 궁녀는 타인에게 충성을 바쳐야만 하는 사람이라고 말씀하셨사옵니다."

신비가 마른침을 삼켰다.

"소인도 마찬가지이옵니다."

도산대비의 노숙한 낯에 승리감이 비쳤다.

"하온데 마마께서는 타인에게 충성할 까닭이 없으신 분이라고도 하셨나이다."

다만 신비는 그 의기양양한 감정을 오래 좌시하지 않았다.

"…그 또한 소인도 마찬가지이옵니다."

"뭐라?"

"쟁기를 끄는 소나 달걀을 낳는 닭과 다름없는 천비이기 때문이옵니다."

이런 때에도 유효한 핑계였다.

"소인도 병자를 돌보도록 키워진 나라님의 재물이옵니다. 사사로이 충성을 받을 수도, 바칠 수도 없사옵니다."

비로소 도산대비는 거절을 알아차렸다.

"…감히 네가 선택할 입장이라고 여기는 것이냐?"

그리고 세자와 마찬가지로 잘 받아들이지 못했다.

"소인은 주상전하의 은혜를 사양하고 천인으로 남는 길까지 선택해 보았사옵니다."

서슬 퍼런 으름장에도 신비는 동요하지 않았다.

“한데 과연 다른 선택을 두려워하겠나이까?”

도산대비는 말문이 막혔다.

“믿을 수가 없구나.”

한참 만에 그녀는 속삭였다.

“내 안전에서 부리는 저 배짱이 정녕 비천한 계집의 기개란 말인가?”

놀랍게도 모종의 감탄이자 찬사였다.

“모로 보아도 비굴한 천인처럼 보이질 않는다.”

그렇다면야 다행이었다. 아무리 밑바닥에 납작 엎드렸더라도, 신비는 스스로 비굴한 천인이라 정의한 바 없었으니 말이다.

“억지로라도 널 수족으로 부리겠다면?”

기세를 추스른 도산대비가 하문했다.

“억지를 쓴다고 될 일이 있고, 아니 될 일이 있사옵니다.”

일전에 그녀의 손자에게도 비슷한 이야기를 했었다. 도산대비와 세자의 겉은 썩 닮지 않았지만, 속에서는 동질적인 왕가의 피가 흐르는 모양이다.

“마마께서 소인을 억지로 복종시키실지언정 과연 신뢰할 수 있으시겠나이까?”

신비는 회의적으로 미소 지었다.

“오히려 소인이 무언가 아뢸 때마다 참언讒言이 아닐까 의심만 앞설 텐데요.”

예상한 대로 도산대비는 신비의 웃음을 불쾌하게 받아들이지 않았다.

“스스로 비천하기를 선택하는 계집이라서 부귀를 약속하며 회유할 수 없고….”

도산대비가 조용히 곱씹었다.

"벌과 매를 가해 표면적으로 굴복시켜봤자 반동으로 의심만 생길 것이다…?"

그러고는 괴악하게 비틀린 농담쯤으로 치부하듯 덩달아 피식 웃었다.

"이런, 진실로 사면초가가 따로 없구나."

항복을 선언하듯 도산대비가 두 손을 들었다.

"언쟁에서 나를 꺾는 사람은 무척 드물지. 제법이다."

그녀가 중얼거렸다.

"…이래서 주상과 세자가 자꾸만 너를 구중궁궐 한복판으로 끌어들이는 걸까?"

의미심장하게 헤아리는 눈빛이었다.

"한데 왜 그렇게까지, 자칫 무모하도록 버티는 것이냐?"

"소인 자신을 위해서이옵니다."

행여 세자를 위해서냐고 물을세라 신비는 선수 쳤다.

"스스로 이루고자 마음먹은 바가 있어 다른 사연에는 골몰할 겨를이 없사옵니다."

"그게 무엇이지?"

"…세자저하의 병을 고치고 무사히 보위에 오르시는 모습을 지켜보는 것이지요."

신비는 웃음기 없이 아뢰었다.

"허어, 또 구색 좋게 빠져나가는군."

도산대비는 거짓말이라고 생각하는 눈치였다.

"입바른 핑계로 날 부끄럽게 만들고 제 속내는 감추려는 게지."

알아서 저의까지 해석하기에 신비는 굳이 반박하지 않았다.

"…감히 소인이 한 가지 여쭙고 싶사옵니다."

대신 전혀 다른 질문을 던졌다. 도산대비는 고개를 까딱여 허락했다.

"마마께서는 저어하지 않으시옵니까?"

신비가 조심스레 운을 뗐다.

"소인이 오늘 들은 이야기를 전부 세자저하께 고해바칠 수도 있사온데요."

"세자가 폐비를 닮았다는 사탕발림에 속아 곁을 내준 이정이가 사실은 내 꼭두각시라는 진실 말이냐?"

도산대비는 눈썹 하나 꿈쩍 안 했다.

"오늘 내가 널 판단하기로는…. 세자에게 입도 벙긋 못 할걸."

확신에 찬 말투였다.

"그 진실이 세자를 망가뜨릴까 봐 걱정될 테니까."

과연 정곡을 찔렀다.

"솔직히 이정이는 폐비를 전혀 닮지 않았다."

"알고 있사옵니다."

무심코 신비는 동조했다.

"그래, 세자도 알 거다. 아침마다 경대로 제 얼굴만 비춰봐도 당연히 알겠지."

다행히 도산대비는 대수롭지 않게 넘겼다.

"비록 패악한 계집이었어도 폐비가 자색 하나는 빼어났어. 처음 만났을 때는 나조차도 평정심을 잃을 지경이었거든."

지난 세월의 한 단면을 헤아리는 눈빛이 탁했다.

"한데도 세자는 이정이의 보잘것없는 얼굴이 생모를 닮았다는 헛소리를 믿었다."

도산대비가 어깨를 으쓱했다.

"믿고 싶었으니까. 믿지 않고서는 버틸 수 없었으니까."

신비도 대강 짐작이 갔다.

"세자는 몸만 컸지, 마음은 옛날 유약한 어린아이에 머물러 있다."

도산대비는 그녀의 짐작에 확신을 줬다.

"힘들고 외로울 때마다 그 어린아이는 생모를 닮았다는 궁녀를 지푸라기처럼 붙잡으며 거센 물살을 버텨냈어."

잔혹할 정도로 정확한 고찰은 질문으로 마무리되었다.

"한데 세자의 병을 고치겠다는 네가, 과연 그 지푸라기를 불태울 수 있으랴?"

이미 신비도 답을 알았다.

결코 그럴 수 없다. 그는 간신히 오른손이 좀 나아졌을 뿐이다. 게다가 다시 걸어보려고 이제 막 일어섰을 뿐이다.

여기까지도 참 어려운 진전이었다. 재차 세자를 퇴보시킬 진실은 차마 쏘삭일 수 없다.

"그거 봐라."

이번 언쟁에서는 이겼다는 듯 도산대비가 웃었다.

"넌 세자에게 고해바칠 수 없고, 난 저어할 까닭이 없지."

분위기는 냉소적으로 가라앉았다.

"언제든 마음이 바뀌면 날 찾아와라."

도산대비는 내밀었던 노란색 지환, 세자가 지푸라기처럼 붙잡은 궁녀에게 선물로 주었다는 그 가락지를 도로 서랍에 넣었다.

"내 사람이 된다면 이것은 이정이가 아니라 네 몫이 된다. 그러니 찬찬히 생각하거라."

질척하게 남는 음험한 유혹은 곧 작별 인사였다.

내의녀 자희는 경춘전 바깥문에서 기다리고 있었다.

필시 자전을 독대하며 무슨 이야기를 나누었는지 궁금할 텐데도,

자희는 구태여 캐묻지 않았다.

앞서 걷는 자희를 따르면서 신비는 아까 일을 곱씹었다.

"저기…."

그러다가 가장 마음에 걸리는 구석을 깨달았다.

"한 가지 여쭤봐도 되겠습니까?"

"무엇이냐?"

"관비로 지낼 때는 지방 관아에서 제 인적을 관리했을 텐데요."

신비가 생각에 빠져 중얼거렸다.

"지금은 의녀로서 도성에 속하였습니다. 하면 어디서 제 기록을 지니고 있습니까?"

"전의감과 혜민서겠지."

자희가 말했다.

"하면 알아내기가 어렵지는 않겠네요."

신비가 중얼거렸다.

"…특히나 대비마마처럼 높으신 분이라면."

"감추고 싶어서 그러느냐?"

자희가 신중하게 물었다.

"그것도 그렇지만…. 좀 이상해서요."

기묘한 위화감을 짚었다.

"아까 대비마마께서는 제가 의녀가 되기 전의 기록은 도무지 찾을 수가 없다고 하셨잖아요."

"그래, 그건 나도 들었지."

"한데 제 과거가 그렇게 단단하게 봉인되어 있을 리가…?"

솔직히 썩 대단한 사연도 아니다.

아비는 끈 떨어진 두레박이었고, 어미는 관비로 살다가 죽었다. 형제들은 뿔뿔이 흩어졌고, 신비는 용케 품에서 지키던 막내아우까지 떠나보냈다.

딱 천인으로 나가떨어진 사람들 수준의 기구한 사연이었다.

애초에 신비가 감추고 싶은 부분은 그쪽도 아니었다.

"몇몇 인적은 선별하여 승정원이나 내시부에서 따로 관리하는 경우가 있어."

문득 자희가 다른 가능성을 제시했다.

"그렇다면 자전이라도 쉬이 접근하지 못하실걸."

"어떤 경우인데요?"

"…주상전하의 어명이 있는 경우지."

까닭 모르게도, 자희의 대답은 몹시 꺼림칙하게 내려앉았다.

***

탕약을 달이고 뜨겁게 끓인 물과 면포도 챙겼다. 일찍 기침한 세자는 얼굴을 씻고 의대를 갖춘 상태였다.

"그래, 할마마마께서 어떤 재미난 말씀을 하시더냐?"

시중들던 내시가 세숫물을 치우러 나가자 세자가 물었다. 밤새 벼른 눈치였다.

"대비전의 궁인이 아파서 마음이 쓰이셨나 보더라고요."

신비는 탕약에 은수저를 넣어 기미하며 얼버무렸다.

"그 정가 이정이라는 항아님이요."

"이정이가 아프다고?"

세자가 움찔했다.

"하긴, 그 아이는 기질이 예민해서 자주 앓는다더군."

다만 놀라움은 금세 가라앉았다.

"…그뿐이었느냐?"

대신 세자는 당장 꽂힌 부분에 집요하게 파고들었다.

"뭐, 그런 셈이지요."

신비는 어깨를 으쓱했다. 그러고는 오늘도 손 하나 까딱할 의사가 없는 그에게 탕약을 떠먹였다.

무미건조한 반응에도 세자는 호기심으로 눈을 굴렸다. 더 떠보려고 궁리하는 눈치였다.

그가 직설적으로 파고들면 대처가 곤란하다.

"…많이 사랑하시옵니까?"

그래서 신비는 얼른 선수를 쳤다.

"누구를? 이정이 말이냐?"

"하면 달리 누구겠사옵니까."

신비는 시선을 피했다.

"그렇다."

세자는 구구절절 사연을 설명하지 않았다. 부정조차 하지 않았다.

비록 사랑을 논하는 사내치고는 눈빛에 교활한 구석이 있으되 당당하고 간결한 긍정이었다.

"갑자기 왜 묻느냐?"

"뭐, 소인도 귀가 있어 궁중의 소문을 익히 들었으니까요."

신비는 대강 얼버무렸다. 원하는 방향으로 끌고 가려면 마음이 급했다.

"그건 어떤 감정이옵니까?"

알고 보니 이정의 사랑에는 이유가 있었다. 세속의 기준으로는 다소 불순한 의도였다.

하지만 신비는 그녀를 속물이라 비난하지 않기로 했다. 한 명의 궁녀에게 주어진 현실에서는 최선임을 납득했기 때문이다.

다만 세자는 또 어떨지 궁금했다.

"그 아이가 원하는 것쯤은 쉽게 줄 수 있겠다는 감정이지."

일말의 고민도 없이 그가 대답했다.

"또한 내가 원하는 것도 그 아이로부터 쉽게 취할 수 있겠다는 감정이고."

놀랍게도 그의 사랑에도 이유가 있었다.

감정을 맵시 좋게 다듬어 뱉지 않았기 때문일까? 연정이라기보다는 이해타산을 따지는 거래 같다.

"서로 원하는 것을 주고받을 수 있어 사랑이라는 뜻이옵니까?"

좋게 해석해보려 애썼지만 역시 이쪽에서 논하는 사랑도 썩 순수하게 다가오진 않는다.

"그런 게 사랑이라고요?"

저도 모르게 신비는 중얼거렸다.

"여기서는 사랑이다."

세자는 못을 박았다.

"궁중에서 평생 배운 것이 그러할진대 연모하는 마음이라고 다르겠느냐."

다만 자못 허망하게 흩어지는 선언이었다.

"동궁의 연정에 수반되는 것들이야 뭐 빤하지. 그리고 투미한 궁인에게 노림수가 있을지언정 노할 까닭도 없고."

세자가 말했다.

"궁휼히 여기면서 취할 것은 취하면 그만이다."

단단한 척 허세를 부리지만 그는 좀 위태로워 보였다.

이정이 계산적인 속셈으로 다가왔으리라 상정하면서도, 부디 그 가능성이 희박하기를 믿고 싶은 눈치였다.

"저하께선 무얼 원하시는데요?"

신비는 그의 갑주를 비집고 들어갔다.

"그 항아님이 궁인으로서 세자에게 원하는 것이 있다면…. 저하께서 궁인에게 바라는 것은 무엇이옵니까?"

세자는 대답하지 않았다.

"못 들은 셈 치소서."

신비는 곧장 발을 뺐다. 그가 절박하게 붙잡은 지푸라기를 들쑤시자니 아슬아슬하다.

"상투나 틀어드리겠사옵니다."

선신 쓰듯 풀어헤친 세자의 미리카릭을 가리컸다.

"이따가 내시에게 시키면 된다."

"소인이 해보고 싶어서 그럽니다."

신비는 호기롭게 나섰다.

"나중에 약방에 가서 국본의 머리채를 잡아봤다고 자랑하려고요."

"…웬일로 공손한가 싶더니 또 참 불경하군."

세자는 혀를 찼지만 뿌리치지는 않았다.

일단 신비는 그의 머리카락을 참빗으로 빗었다. 선이 고운 얼굴에 비해 머리카락은 결이 거칠었다. 아무리 미남자라도 사내는 사내인 모양이다.

두 손으로 그러모아 올렸다. 그대로 틀어 감아 고정했다. 그의 이마에 망건을 두르고 뒤에서 당줄을 묶었다.

흘러내리지 않도록 매만지다가 무심코 희게 드러난 세자의 목덜미를 발견했다.

그는 분명 넓은 어깨에 단단한 골격, 커다란 키를 지닌 사내였다. 가느다란 허리에 용모가 곱상할 뿐이지, 비실비실한 골샌님은 아니었다.

한데도 그녀의 손아귀 아래 드러난 목덜미는 유난히 연약해 보였다.

손끝으로 그 약하고 무른 부위를 쭉 따라 쓸고 말았다. 뜨거운 피부와 보송보송한 솜털로 부드럽게 미끄러졌다.

“아….”

스스로 저질러놓고도 신비는 뒤늦게 당황했다.

“저기, 송구하옵니다. 저도 모르게….”

세자의 동요가 느껴졌다. 그녀의 손길이 지나간 자리에 오소소 소름이 돋았다.

“…왜 더 묻지 않느냐?”

동시에 그는 동요를 다른 식으로 표현했다. 아까 맥없이 끊어진 화제를 다시 이어간 것이다.

“이정이에 대해서 말이다.”

“사람이라면 누구나 숨기고 싶은 부분이 있는 법이니까요.”

“배려심인가?”

“꼭 그렇지만은 않사옵니다.”

신비는 자조적으로 웃었다.

“소인 또한 숨기고 싶은 게 있고, 다른 사람이 캐묻지 않았으면 하니까요.”

높으신 분들은 묻지 말라면 더 묻는 법이다. 아차 싶어 대충 너스레를 떨어 관심을 돌리려는데, 세자가 한 발 더 빨랐다.

“…혹 투기하느냐?”

“예에?”

“내가 이정이를 가까이 여기는 것을 질투하여 더 묻지 않는 게 아니냐?”

“아니옵니다.”

유치한 추궁에 신비는 어처구니가 없었다.

“원하신다면 투기하는 시늉은 해드릴 수 있사옵니다만, 진실로 그런 마음을 먹을 수는 없사옵니다.”

“어째서?”

“애초에 소인에게는 그럴 자격도 없기 때문이옵니다.”

“소와 닭이나 다름없는 천인이라서?”

그는 신비의 핑계를 기억했다.

“예, 또한 저하와 소인이 서로 그럴 사이도 아니고요.”

실로 동궁과 의녀의 관계에서 쓸 낱말이 아니다.

“…정녕 우리 사이에 아무 일도 없었느냐?”

세자가 고개를 돌렸다. 신비의 시야에서 연약한 목덜미가 사라졌다.

대신, 집요하게 다가오는 사내의 눈빛만 보였다.

단편적인 순간들이 주마등처럼 스쳤다. 이 한정적인 병상에서 쌓은 역사가 제법 유구했다.

속수무책으로 쫓겨난 첫 만남. 간신히 이끈 그의 미소. 생떼와 강짜. 유치한 회피와 불굴의 대응. 불꽃 속에서의 소생. 일절 접촉 없어도 달아오른 열화….

진실로 두 사람만의 역사였다.

돌이켜보는 것만으로도 가슴이 아릿하고 간질거리는 자취였다.

“왜 투기하지 않느냐?”

마치 그러기를 바라는 양 세자가 다시 물었다.

“…그건 여자의 감정을 옭아매는 족쇄이기 때문이옵니다.”

속절없이 신비도 제 답을 다시 고쳤다.

“질시는 인간의 천성이옵니다.”

그녀가 말했다.

“한데도 여인만의 고유한 특성으로 한정될 때가 많사옵니다.”

결코 긍정적인 의미는 아니었다.

“그리고 여인의 분노와 슬픔, 결핍과 갈망, 그리고 사랑과 포기하지 않으려는 의지는…. 너무나 쉽게 투기라는 낱말로 뭉뚱그려집니다.”

형체도 없이 납작하게 짓뭉개진 그 감정이 종국에는 얼마나 쉽게 매도당하는지 안다.

“투기는 죄가 아니라는 뜻이냐?”

세자의 눈빛이 흔들렸다. 평생 믿어온 진리를 부정당한 표정이었다.

“죄가 아닐 수도 있다는 뜻이옵니다.”

신비는 온건한 표현을 잃지 않았다. 세상이 절대 받아들이지 않을 주장임을 알기 때문이다. 아마 세자도 다르지 않을 터였다.

“질투라는 틀에 갇히기 전에 있었던, 그 감정의 원형을 헤아려본다면요.”

“지금 네 감정은 어떻지?”

그는 요점만은 잘 잡았다.

“…잘 모르겠사옵니다.”

신비는 새삼스레 세자를 응시했다.

그의 유치함과 연약함을. 이따금 드러나는 독선을. 실컷 회피하다가도 저돌적으로 다가오는 이중성을.

“그래도 질투라는 단어로 뭉개도록 두고 싶지는 않은 감정이옵니다.”

그의 목덜미를 어루만졌던 손으로 이번에는 제 가슴을 찾았다. 세차게 뛰는 박동이 느껴졌다.

“너무나 생소하고 소중합니다.”

신비가 말했다.

"그러니 소인은 투기하지 않사옵니다."

"…도통 모르겠다."

세자의 시선도 그녀의 가슴으로 향했다. 그는 그 박동을 느낄 수 없기에 어리보기가 되었다.

"다들 여자의 투기는 죄라고 입을 모았다. 하여 첩을 질투하고 지아비를 원망한 내 생모를, 극악무도한 죄인이라 불렀다."

그의 속눈썹이 파르르 떨렸다.

"그런데 지금 넌 그 절대적인 진리에 도전하고 있지 않으냐?"

혼란의 소용돌이에 잠식된 물음이었다.

"…저하를 위해서이옵니다."

지극히 위험한 영역이지만 한 번은 헤쳐 나가야 할 물살이었다.

"더 이상 원망을 습관으로 삼지 마소서."

신비는 뒷걸음질 치는 대신 오히려 다가섰다.

"그러한 습관에 매몰되어 잘못된 상대로부터 구원을 얻으려고 하지도 마소서."

세자는 회피할 틈을 놓쳐 붙잡히고 말았다.

"결국에는 저하 스스로를 해할 뿐이니까요."

덕분에 다시 한번 위태로운 술래잡기가 시작되었다.

"생모를 원망하고 계시지요?"

기왕 엎질러진 물이다.

"그러지 않으면 다른 사람을 원망해야 하실 테니까요."

세자에게 선택지는 많지 않을 터였다.

어미를 폐서인하여 내친 부왕. 성상의 거조에 동조하며 함구를 강요한 조모. 생모의 죄상을 떠올리게 만드는 계모와 서모들. 그리고 이도 저도 못 하는 자기 자신까지….

"어마마마는 어리석게 버림당함으로써 나를 버리셨다."

생모를 원망하는 기저에는 자기 자신을 향한 혐오감이 도사렸다.

이는 부왕의 슬하에 엎드린 국본이라는 지위와 병상에서 옴짝달싹 못 하는 처지와 맞물려 복잡하게 속을 갉았다.

"한데 생모를 원망하시면서도 갈구하시잖아요."

신비는 물러서지 않았다.

"다시 여쭙겠사옵니다."

한 수 접었던 논지에 재도전했다.

"그 항아님은 궁인으로서 세자에게 원하는 것이 있습니다. 하면 저하께서 궁인에게 바라는 것은 무엇이옵니까?"

"…나를 버리지 못하는 사람."

요행히 이번에는 세자가 대답했다.

"변치 않는 집이 되어줄 사람."

멋쩍은지 시선만은 피했다.

"이정이는 내 어미와 닮은 얼굴을 지녔다고 들었다."

정녕 믿는다기보다는, 믿고 싶은 소망이었다.

"거기다가 궁궐에 속박된 궁녀니까."

세자가 중얼거렸다.

"그래, 내가 이정이에게 바라는 건 그런 것이다."

"…송구하옵니다만, 그 항아님은 저하께 그런 위안을 내어드릴 수 없을 겁니다."

신비는 단호하게 일갈했다.

"설령 폐비와 얼굴이 닮았다는 말을 진실이라 칠지라도요."

물론 전혀 진실이 아니지만 말이다.

“소중한 사람을 다른 사람으로 대체하겠다는 욕심은 어리광이기 때문이옵니다.”

신비가 말했다.

“또한 그 항아님은 결코 모친을 대체할 수도 없고요.”

“어째서?”

전적으로 부정당한 세자는 자못 반항적인 표정을 지었다.

“그리할 수 있었다면 진즉 그리하셨을 테니까요.”

그녀는 아랑곳하지 않았다.

“한데 그게 안 되니까, 지금 소인에게 구구절절 설명하며 입에 발린 공감이라도 받고 싶으신 거잖아요.”

세자는 정곡을 찔린 듯 숨을 들이켰다.

“저하를 구원할 사람은 오직 저하 자신뿐이옵니다.”

내친김에 신비는 한발 더 나아갔다.

“다른 사람에게 의탁하여 스스로 가치를 찾아내려 애쓰지 마소서.”

주저 없이 밀어붙였다.

“조만간 소인에게 저하께서 어떤 사내인지 보여주시겠다고 하셨지요?”

찰나에 목석같은 자신마저 열화로 이끌었던 그의 시선을 소환했다.

두 사람이 쌓은 역사 중에서도 가장 노골적이고, 뜨겁고, 팽팽하게 긴장한 순간이었다.

“한데 모로 보아도 사내 구실을 하시려면 한참 먼 듯싶사옵니다.”

세자가 주먹을 쥐었다.

멀쩡하게 일어설 수만 있었다면 그녀를 내려다보았을 터였다. 하지만 지금의 그는 사내가 아니었다. 투정과 어리광에 골몰하는 어린아이였다.

그래서 일어서지 못했다. 밑바닥의 여자가 내려다보도록 좌시할 수밖에 없었다.

"이제는 좀 어른이 되셔야 하옵니다."

덕분에 신비는 그의 자존심에 칼을 꽂을 수 있었다.

"이래서는 소인이 분노하지도, 슬퍼하지도, 갈구하지도, 포기하지도 않을 것이옵니다."

꽂은 김에 비틀어서 치명상까지 가했다.

"저하를 사랑하거나, 그 사랑을 질투로 하찮게 뭉개지도 않을 것이옵니다."

그의 고통을 즐기지는 않았다. 비록 성장통이기를 바라더라도 말이다.

"…이렇게 어리광이나 부리는 아이를 상대로는요."

마지막 일격에 세자의 눈이 활활 타올랐다.

감정이 격해진 그가 벌떡 일어섰다. 스스로 성가신 어린아이의 자아를 봉인했다. 자존심에 죽고 사는 사내로서 순간 회생했다.

부러졌다가 붙었어도 힘없이 휘청거리던 두 다리로 이글이글 불붙은 육체를 지탱했다.

"세자저하!"

신비가 외마디 탄성을 내뱉었지만 가로막혔다.

놀라울 겨를도 없이 그가 손을 뻗었다. 신비의 목덜미를 붙잡았다.

그녀의 목을 감싼 옷깃으로부터 이어지는 옷고름까지 잡아 뜯어버리고 싶은 충동이 넘실거렸다.

"그래, 네가 날 사내로 만들 것이다."

정염으로 왕성한 시선은 곤룡포처럼 붉은색이었다.

"오늘은 네가 내 상투를 틀어 올렸지만…."

목덜미를 떠난 세자의 손이 신비의 머리카락을 훑었다. 처녀의 댕기가 아니었다. 아낙네의 쪽머리도 아니었다. 고귀한 부인의 얹은머리는 더더욱 아니었다.

남에게 의탁하지 않고 스스로 벌어 먹고살 업을 진 여자의 머리였다.

"앞으로 그럴 일은 없을 것이다."

마치 언젠가는 그가 그녀의 머리를 올려주리라는 의미 같았다.

광포한 힘이 잇따랐다. 세자가 신비를 잡아끌었다. 코앞까지 바싹 붙었다.

아까까지 그를 내려 보았던 사실이 무색했다. 이제 신비는 목을 거의 꺾다시피 그를 올려다보았다.

새삼스레 그의 체격이 느껴졌다.

병상에 속박되어 있기에는 너무나 크고 단단한 남자였다.

싸움처럼 시선이 엉켰다. 두 사람을 둘러싼 공기는 팽팽하게 당긴 활시위나 다름없었다.

사소한 언동으로도 깨져버릴 것 같았다.

그리고 한번 깨져버리면 다시는 그 이전으로 돌아갈 수 없을 것도 같았다.

그렇지만 막상 그 긴장감은 전혀 생각지도 못한 방식으로 박살 나고 말았다.

"…아!"

억지로 일으켜 세운 다리에 힘이 빠져 세자가 나동그라진 것이다.

하필 그녀를 붙잡고 있었던 까닭에 물귀신처럼 잡아끌었다. 깜짝 놀란 신비가 버티기 위해 그를 당겼지만 미약한 힘이었다.

두 사람은 함께 바닥으로 고꾸라졌다. 세자의 커다란 몸이 포개지는 바람에 신비는 숨이 막혀 발버둥 쳤다.

"가만히 있어봐라."

세자가 부실한 무릎과 팔로 지탱하며 몸을 슬쩍 일으켰다.

"누가 보면 내가 널 눌러 죽이는 줄 알겠다."

"그 체격으로 깔아뭉개면 아니 죽겠사옵니까?"

"그러기에 누가 조막만 하게 생기랬느냐?"

"소인은 관아에서 주는 조밥에 풀떼기만 먹고 자랐거든요."

궁바가지 신세에도 신비는 한 마디도 안 지고 투덜거렸다.

한데 도통 세자가 몸을 일으키지 않았다. 그는 무릎과 손바닥으로 땅을 짚은 자세 그대로 신비를 내려다보았다.

그의 양 팔 사이에 갇혀 누운 제 몸이 정말로 한없이 작게만 느껴졌다.

팽팽하게 맞서던 아까의 긴장감과는 또 달랐다.

그녀 쪽에서는 한없이 일방적이고 무력한 자세이기 때문이었다. 온전히 올려다볼 수밖에 없는 그의 얼굴마저 낯설었다.

"얼른 마저 일어서시지요…?"

신비는 실없이 촉구했다.

"옛날 생각이 나는구나."

세자는 듣지 않았다.

"네가 날 불길에서 구했을 때 말이다."

"그렇게까지 옛일도 아닌데요."

어색하게 신비는 꼼지락거렸다.

"이상하게 오래전에 있었던 일 같다."

세자가 말했다.

"…너와 있었던 시간은 전부 다 그래."

"빛바랜 추억 같다는 뜻이옵니까?"

"아니, 네가 나타난 뒤로 내 인생이 영겁永劫처럼 느껴진다는 의미다."

잔진 분위기를 희석하고 싶었다.

휩쓸리기 전에.

하지만 신비는 말문이 막혔다. 세자의 낯에 웃음기가 없었다. 고운 입술에서는 특유의 핀잔이 나오지 않았다.

"…그날 너한테서 빛을 보았다고 생각했다."

쓰러지면서 살며시 벌어진 그녀의 옷깃 사이를 그가 발견했다. 속살을 훑는 그의 호흡이 느껴졌다.

"배롱나무처럼 붉은색이었지."

"…왜 하필 배롱나무입니까?"

백일홍의 자줏빛 꽃잎이 떠올랐다. 몇 번이고 피었다 지면서 백 일을 붉게 물든다.

종국에는 유한한 생명으로 스러질지라도 여름의 폭염을 견디고, 가을의 청명함을 만끽하며 영원이라는 환상을 약속하는 꽃나무다.

"자미(紫薇, 백일홍)는 제왕의 집을 상징하니까."

세자의 이상향이 어디에 있는지 짐작할 만했다. 그는 영원한 것, 진실한 가치, 그리고 안락한 집의 울타리를 원했다.

신비는 결코 약속할 수 없는 것들이었다.

"이만하면 모양은 충분히 빠지셨사옵니다."

그래서 무력하고 일방적인 자세에서 벗어났다. 잽싸게 그의 아래에서 빠져나와 매무새를 가다듬었다. 그의 시선이 닿지 않도록 꼭꼭 여미었다.

그러고는 다시, 업을 진 여자의 얼굴로 세자의 안전에 섰다.

"자, 팔을 기대소서."

신비는 그를 부축해 앉혔다.

"기립하실 만큼 차도를 보이셔서 다행이옵니다."

끓여온 물이 식어버렸지만, 온기만은 남아있었다. 면포를 적셨다. 그러고는 세자의 발뒤꿈치 힘줄을 찜질했다.

"걸음을 디딜 때 체중을 크게 버텨내는 부위입니다. 지금 저하의 용태로는 특히나 부담이 많이 갈 테니 자주 찜질하소서."

세자는 대답하지 않았다.

"댓돌에 서서 까치발을 들었다 내리기를 반복하시면 효험이 좋사옵니다."

덕분에 신비는 아무 일도 없었다는 듯 떠들었다.

"나중에는 의관이 한 발로 서서 중심을 잡는 연습을 시킬 것이옵니다."

"…도로 의녀가 되었구나."

세자가 열망에 찬물이 끼얹혔다는 듯 서글프게 말했다.

"소인은 원래부터 줄곧 의녀였사옵니다."

신비는 무지한 척 일갈했다.

다만 저도 모르게 동궁전 바깥에 늘어선 배롱나무, 만개하여 낙화한 그 붉은 꽃잎을 속으로 헤아리고 말았다.

***

"전혀 낫질 않잖아."

수빈 엄씨가 경대에 얼굴을 비추며 탄식했다.

"되려 전보다 더 심해졌지 않으냐?"

쭉 청상방풍탕을 썼는데도 그녀의 병증에는 차도가 없었다. 황금黃芩과 치자의 함량을 조절해도 신통찮았다.

이제는 솜씨 좋게 분을 발라도 얼굴의 흠결이 가려지지 않았다.

입가의 붉은 기운이 뺨과 턱을 범했고, 우둘투둘 솟은 수포의 존재감은 위협적이었다.

"너, 일을 똑바로 하는 게냐?"

수빈 엄씨는 경대를 휙 밀쳤다.

"고작 간병의 따위를 믿는 게 아니었어. 전하의 뜻만 아니었으면…!"

"처방할 때 당연히 의관과 내의녀에게도 여쭈었사옵니다."

신비는 전전긍긍했다.

"본디 차도를 보려면 시일이 필요하오니…."

대개 병자들은 인내심이 없다. 특히나 그 병자의 신분이 고귀하다면 참을성이 쉽게 바닥나기 마련이다.

"더 기다리라고?"

수빈 엄씨가 버럭 성을 냈다.

"됐다! 잘못된 처방부터 당장 바꿔라."

"일단 의관의 의견을 구하고 나서…."

"더 센 약을 대령하란 말이야!"

통하지도 않을 상대, 그것도 존귀한 후궁과 입씨름을 벌여봤자 명만 재촉할 뿐이다. 하릴없이 신비는 어르고 달랬다.

"금일 저녁부터는 당귀음자當歸飮子를 써보겠사옵니다."

"그리고?"

수빈 엄씨가 신비의 옷고름에 매달린 침주머니를 턱으로 가리켰다.

하여튼 침을 한 방 맞으면 다 나을 거라고 맹신하는 부류가 있다. 만병통치약이 아니라고 읍소해봤자 씨알도 안 먹힐 터였다.

어차피 병자를 안심시키는 일이 우선이라서 신비는 마지못해 응했다.

첫 시침을 무려 임금님에게 해본 뒤로 자신감이 꽤 붙었다. 근래 들어 약방에서 경험도 제법 쌓았다.

신비는 수빈 엄씨의 치마를 걷고 무릎뼈를 잡았다. 거기서부터 허벅지 안쪽으로 손가락 마디로 위치를 헤아렸다. 혈해혈血海穴이 깊었다.

뾰족한 끝이 매끄럽게 살점을 뚫었다.

"그래, 탕약이니 뜸이니 깔짝이는 것보단 침이 최고지."

수빈 엄씨는 흡족해했다.

"아무튼 너! 딱 한 번만 더 기회를 줄 것이다."

방금 밀친 경대를 도로 들여다보며 그녀가 으름장을 놨다.

"보름 안에 차도가 안 보이거든 몽둥이찜질이야."

뚝딱 결과를 바라는 병자의 협박이야 곧잘 있는 일이다.

"…정녕 희한하단 말이야."

수빈 엄씨는 불그스름한 환부를 들여다보며 중얼거렸다.

"옛날에 그 여자 얼굴이 상했을 때도 꼭 이랬었는데….."

두 눈에 가득한 감정은 불안감이었다.

"지금에서야 저주라도 하는 걸까?"

망령된 혼잣말이 이어졌다.

"지빈이 군소리를 쏘삭여서 기분만 찜찜하네, 진짜….."

그녀는 입술을 잘근잘근 씹었다. 그 초조한 모습에서 마찬가지로 저주를 운운하며 불안해하던 지빈 정씨의 모습이 떠올랐다.

슬쩍 떠보고 싶었지만 신경질만 돌아올 것 같아 그만두었다.

"황금과 황련으로 청열제淸熱劑를 빚어 올리겠사옵니다."

즉시 신비는 물러섰다.

"옥안의 환부에 얹고 약효가 스며들 때까지 한 식경 정도 누워 계시옵소서."

새삼스레 하얀 분과 붉은 연지를 바른 수빈 엄씨의 얼굴이 거슬렸다.

"…나으실 때까지는 단장을 삼가셔야 한다니까요."

"여인으로서 어찌 맨얼굴로 지내란 말이냐?"

그래봤자 그녀의 고집은 요지부동이었다.

"쾌차하시고 나서 꾸미셔도…."

"분과 연지는 낯빛을 곱고 생기있게 해주는 약이다."

수빈 엄씨가 말허리를 끊었다.

"달걀과 홍화(紅花, 잇꽃)로 만들었다니까. 약으로도 쓰이는 재료 아니냐?"

틀린 소리는 또 아니었다.

"한데 어찌 피부에 나쁘게 작용하겠느냐?"

압수라도 당할세라 그녀는 화장 그릇을 꽉 붙잡았다.

"문제는 단장이 아니고 네 처방이다."

최선의 방어는 공격인지 수빈 엄씨가 매섭게 화살을 돌렸다.

"너만 잘하면 난 쾌차할 것이야."

뻗대는 후궁 앞에서 의녀 나부랭이는 아무런 힘도 없다. 얼굴에 청열제를 얹을 때만이라도 제발 분을 지워주십사 거듭 당부하는 게 최선이었다.

약방으로 갔다. 의관 박치수는 후궁을 진맥한 경과를 진지하게 들었다.

"…혹 제가 잘못 생각하고 있는 걸까요?"

한나절 시달려 자신감을 잃은 신비가 물었다.

"내 생각에는 틀리지 않았다."

잠시 고민하던 치수가 굳게 대답했다.

"제가 입진하였어도 신비와 마찬가지로 진단했을 것 같습니다."

옆에서 내의녀 자희도 동조했다.

"병자에게 인내심을 구하기가 어려운 줄은 안다만…."

치수는 근심 섞인 표정이었다.

"본디 치료란 꾸준한 처치에서 비롯되는 것이다."

다만 그의 마음은 단단했다.

"고생스럽더라도 밀고 나가보자."

덕분에 신비도 덩달아 기운이 났다.

"수빈께서 계속 불안해하시면 주렴을 드리우고 직접 진맥해보마."

치수가 의연하게 덧붙였다.

"…후궁의 안전에 나아가기란 참 부담스럽지만."

남녀가 유별한 세상이라 괴란쩍은 눈치였다. 특히나 나라님의 첩실이라면 외간 사내로서는 그림자 한 자락도 곁눈질해서는 안 되는 존재다.

"일단 저는 청열제를 빚을게요."

신비가 씩씩하게 화답했다.

"동궁전에 나아가기 전까지 얼른 마무리해야…."

"잠깐만."

한데 갑자기 자희가 전혀 다른 화제를 꺼냈다.

"금일 세자저하의 저녁 탕약은 다른 사람한테 맡겨라."

"예에?"

"넌 따로 해야 할 일이 있다."

"뭔데요?"

신비는 어리둥절했다.

"전보다 나아지시긴 했지만, 여전히 세자저하께선 성미가 까다로우십니다. 낯선 외인이 탕약을 올리면 언짢아하실 텐데요."

"오늘은 어쩔 수 없다."

자희는 곤궁한 기색이었다.

"…이따가 유시酉時에 환취정環翠亭에서 작은 연회가 열린다."

환취정이라면 궁중에서도 나무가 우거진 숲속에 자리한 정자다. 임금님이 거기서 종종 종친들과 잔치를 즐기거나 활쏘기를 구경하신다고 들었다.

"주상전하께서 젊은 종친들이 모여 술을 마셔도 좋다고 윤허하셨거든."

자희가 말했다.

"아마 안안군의 탄일이기 때문일 거다."

"음, 지빈궁의 소생이라는 왕자님이요?"

신비는 용케 알아들었다.

"한데 그게 저랑 무슨 상관인데요?"

대뜸 짚이는 구석이 있었다.

"또 의녀가 동원되는 겁니까?"

신비는 진저리를 쳤다.

일상에서 스스럼없이 사내를 접하는 데다가 관비 출신인 의녀들은 술자리에 부지기수로 동원된다.

이래저래 갈등과 마찰을 방지하기 위해서, 몇 년 전부터는 순번대로 젊은 의녀들을 돌리는 중이다.

"저는 저번에 차례를 치렀잖아요."

그날은 운이 좋았다. 수염 덥수룩한 아저씨들이 술잔을 돌리다가 싸움이 붙는 바람에 술자리 자체가 금방 파투 난 덕분이었다.

그러나 운이란 항상 좋을 순 없는 법이다.

"징발한 관기(官妓, 관아의 기생) 중 한 명이 아파서 입궐할 수 없게 되었다."

자희가 말했다.

"급하게 의녀로 빈자리를 충원해야겠단다."

"그래서 제 차례가 또 왔습니까?"

신비는 한숨을 쉬었다.

빼봤자 다음 순번인 만덕이에게로 공이 넘어갈 터였다. 천성이 뻣뻣한 만덕은 일전에도 술자리에서 말썽을 부렸다가 매를 맞았다.

"…알겠습니다."

마지못해 신비는 받아들였다.

"의기醫妓를 부리는 일을 삼가라는 어명이 있지 않았나?"

문득 치수가 분한 기색으로 끼어들었다.

"표면적으로는 그렇지요."

자희가 말했다.

"하오나 실생활을 지배하는 쪽은 언제나 관습입니다."

"그렇지만…."

"애초에 번듯한 양반은 의관이 되지 않습니다. 멀쩡한 양인 여자도 의녀가 되지 않지요."

자희는 냉정하게 일갈했다.

"그토록 천시당하는 의술을, 한낱 관비 출신 계집애들이 펼치고 있습니다."

체념하기 위해 스스로 되새긴 일침인 것도 같았다.

"한데 과연 누가 존중해주겠습니까?"

더 이상 치수는 반박하지 못했다.

"세자저하의 탕약은 걱정하지 마라."

자희가 대신하겠다며 나섰다.

"석수라 지나고서 중궁전에 입진하셔야 하잖아요?"

용케 신비는 그녀의 일정을 기억했다.

"…아, 그래! 이 쓸데없는 일에 정신이 팔려 까먹었다."

자희가 탄식했다.

"괜찮습니다. 만덕이에게 부탁할게요."

신비가 대안을 찾았지만, 자희는 눈썹을 추켜세웠다.

"정말 그게 최선일까?"

만덕의 성격상 세자의 안전에서도 뻣뻣하리라고 짐작하는 눈치였다.

"…하긴, 최선이겠지."

그래도 투미한 다른 의녀들에 비하면야 영특한 만덕이 낫겠다고 단념하는 듯했다.

"세자저하께서 괜히 또 고집부리지 않으셔야 할 텐데…."

먼저 자리를 떠나면서도 자희는 공연히 중얼거렸다.

"면천을 받들고 내 처가 되었다면…."

어색하게 둘만 남자 치수가 말했다.

"적어도 이런 일에서만은 보호해주었을 것이다."

그는 주먹을 꽉 쥐었다.

"분명 그러셨겠지요."

반면에 신비는 미소 지었다. 비록 멍청한 선택으로 저버렸을지언정 박치수의 투박한 직선을 감히, 그리고 여전히, 좋아했다.

"걱정하지 마세요. 저는 언제나 스스로 보호할 방도를 찾아내거든요."

치수의 동정과 분노를 더 마주하다가는 정녕 마음이 약해질 것만 같았다.

업을 진 여자는 마음이 약해선 안 된다.

업을 지기로 선택한 여자라면 더더욱 그렇다.

얼른 돌아서서 약재가 가득 쌓인 곳간으로 갔다. 황금과 황련을 골라내며 신비는 초심만 기억하려고 애썼다.

그것은 누군가의 은혜를 입었으니 더 큰 은혜로 갚는 사람이 되겠다는 결심이었다.

"이따가 저하께서 만덕이를 괴롭히시면 안 되는데…."

약재를 빻다 말고 신비는 중얼거렸다.

"…저하께서 나 말고 다른 의녀한테는 어떻게 하시려나?"

걱정은 곧 자못 시샘 어린 의문으로 번지기까지 했다. 특정한 상대
와 전유한 순간을 잃는다는 것은 어쩐지 이상한 느낌이었다.

신비는 해가 저물 때까지 마음이 영 싱숭생숭했다.

***

신비는 마찬가지로 순번에 걸린 다른 의녀들과 약방 뒤뜰에 섰다.

"너희는 운이 좋은 아이들이다."

금희라고 이름 밝힌 내의녀가 일장 연설을 시작했다.

늙수그레한 얼굴이 넙데데했다. 투실한 뺨에 파묻힌 입술은 옹졸
했다. 또한 살집이 붙은 팔뚝은 퉁퉁했다.

"여자의 젊음은 짧은데, 용케 엄청난 기회를 잡았으니 말이야."

약방에서도 실력이 꽤 좋기로 꼽히는 의녀치고 투미한 격려사였다.

"잘하면 정승댁 첩실로 들어앉겠지."

내의녀 금희가 군침을 흘렸다.

"손목을 덥석 붙잡아주는 나리가 계시거든 냉큼 안겨라."

어린 의녀들을 둘러보는 눈빛이 썩 호의적이지 않았다.

"기회가 왔을 때 낚아채지 않으면, 평생 비루한 의녀로 살아야 할
테니까."

아마 본인이 젊을 때 시집가고 싶어 용쓰다가 망했나보다고 신비는
짐작했다.

만약 만덕이 여기 있었다면, 하여튼 남자 밝히는 여자들은 나이 먹어서까지 추하다고 힐난하고서는 사방으로 또 적을 만들었을 터였다.

신비는 소리죽여 웃었다. 벗의 고약한 말본새는 떠올리는 것만으로도 항상 재미있다.

덕분에 내의녀 금희의 고리타분한 훈화도 끝까지 참을 수 있었다.

"…어린 계집애들은 뭘 몰라도 한참 모르지."

이윽고 내의녀 금희가 뒷짐을 졌다.

"자, 어디 한번 좀 보자."

그녀는 의녀들 사이를 돌며 한 명씩 뜯어보았다.

"넌 의복 꼴이 이게 뭐냐?"

신비 앞에 이르자 금희는 얼굴을 구겼다. 칙칙한 색감의 치마저고리를 흘겨보면서 알록달록 빼입은 다른 아이들과 비교했다.

"없는 형편에 뭘 걸치고 나온 것만으로도 기적인걸요."

신비는 심드렁했다. 사복을 입으라면 선택지가 별로 없다.

"어리석기는! 가난할수록 단장에 힘써야지."

"왜요?"

"의녀에게 술자리는 엽전을 벌 기회란 말이다."

높으신 나리들이 불순한 의도로 좀 쥐여주는 모양이다. 해웃값까지 생각하니 정말 기녀와 다를 바 없는 신세로 느껴졌다.

"노래 부르고 춤출 줄은 아느냐?"

"모릅니다."

신비는 멀뚱하게 대답했다.

"분위기 안 깨려면 누가 대신해주겠지요, 뭐."

내의녀 금희는 절레절레 고개 저으며 다른 아이들 쪽으로 가버렸다.

하지만 대대적인 탐색이 끝나자 그녀는 못마땅한 얼굴로 다시 신비에게 다가왔다.

"넌 태도가 불손하고 행색도 형편없어."

내의녀 금희는 도끼눈을 떴다.

"…그럼에도 불구하고 생김새는 제일 빼어나단 말이지."

귀찮은 예감이 들었다.

"여기서 약방의 체면을 살릴 인물은 너 하나뿐이로구나."

"정말일까요? 제가요?"

신비는 뚱하게 반문했다.

"그래!"

내의녀 금희도 어쩔 수 없다는 기색이었다.

"네가 연향을 대신해서…."

"그게 누군데요?"

"아파서 못 온 관기다."

금희가 혀를 끌끌 찼다.

"네가 그 기생 대신 안안군 곁에 앉아라."

생일 주인공 근처에서 알짱거린다면 정말 성가실 터였다. 하지만 반박할 여지가 없었다. 서두르라는 재촉에 등이 떠밀렸다.

곧 문제의 환취정에 이르렀다.

멋들어지게 꾸민 관기들은 진즉 당도하여 웃음꽃을 피우고 있었다.

닫힌 문 안쪽에서 음식 냄새가 풍겼다. 운이 좋으면 명절에도 먹기 힘든 고기를 한 점 맛볼 터였다.

"…배에 기름칠이나마 하겠네."

신비는 입맛을 다셨다.

"이봐요, 그쪽이 연향이 대신 뽑힌 사람이우?"

들어오라는 명을 기다리는데 누가 등을 쿡 찔렀다.

"안안군 옆에 앉거든 잔이 비기 전에 계속 술을 따르시오."

다래를 하늘 높이 올린 관기였다.

"빨리 뻗게 만들어야 더러운 꼴을 덜 보거든."

"왕자님 술버릇이 고약하오?"

"고약하다마다! 취하면 개가 된다오."

관기는 학을 뗐다.

"그 연향이라는 기녀는 안안군과 사이가 가까워 비위를 잘 맞췄소?"

신비는 호기심에 물었다.

"곱다고 자주 지명되기는 했지."

흘끔 관기가 신비의 얼굴을 곁눈질했다.

"그쪽만큼 예쁘지는 않지만."

"그 기녀는 어디가 아파서 못 왔소?"

시큰둥한 칭찬에 객쩍어서 신비는 말을 돌렸다.

"얼굴이 벌겋게 뒤집혔다오."

관기는 내심 고소한 눈치였다.

"그러기에 주사朱砂가 많이 든 연지는 작작 쓰랬는데."

"주사라면, 붉은 돌 말이오?"

색깔이 영롱하여 주로 장신구로 쓰이지만, 갈아서 약재로도 쓰는 광석이다.

"그렇소. 주사를 갈아 만든 빨간색이 예쁘기는 한데, 오래 쓰다가 피부가 아예 맛이 가버린 기녀들도 많다니까."

관기가 어깨를 으쓱했다.

"전에 알던 다른 애는 눈 밑이 거멓게 썩어버렸지."

하긴, 주사에는 마음을 안정시키고 눈을 맑게 하는 등 좋은 효험이 있다. 다만 배합을 잘못 맞추면 큰일 난다고 배웠다.

특히 불로 가열했을 때 독성이 날아가는지 혹은 더 위험해지는지를
두고 의관들 사이에서는 설왕설래가 일어난다.

"주사로 만든 연지라…?"

문득 신비는 짚이는 구석이 있었다.

한데 미처 깨닫기도 전에 주변의 함성에 정신이 팔렸다. 드디어 본
격적으로 잔치가 시작된 것이다.

"아이고, 초련이 아니냐!"

열린 문 사이로 젊은 종친 한 사람이 호도깝스레 팔을 벌렸다. 그러
자 금방 대화하던 관기가 아양을 떨며 뛰어갔다. 다른 기녀들도 능숙
하게 자리를 잡았다.

의녀들은 쭈뼛거렸다. 신비도 다르지 않았다. 머뭇머뭇 생일을 맞
은 안안군이 앉은 상석으로 향했다.

"너무 말라깽이인데…?"

대번에 안안군이 신비를 품평했다.

"뭐, 초라하지만 얼굴은 아주 예쁘군."

거북스럽게 뜯어보다가 아예 손으로 신비의 턱을 잡고 이리저리 돌
려보았다.

"가만, 너 혹시 그 의녀 아니냐?"

불쑥 안안군이 알은체했다. 그의 생모인 지빈 정씨의 처소에서 두
어 차례 스쳐 지나간 적이 있는데 용케 기억하는 모양이다.

"먼젓번에 내 갓난 누이를 살려줬지?"

"맞사옵니다."

"이야, 탄일에 아주 황송한 객을 맞았구나."

그가 능청을 떨었다.

"자, 한 잔 따라라."

안안군이 술잔을 내밀었다. 아까 들은 충고대로 신비는 넘치게 채
웠다.

참석자들은 다들 왕실의 군君이었다. 제각기 부왕의 특징을 물려받
은 왕자들이 즐비했다. 다만 세자처럼 아름답고도 스산한 풍모는 찾
을 수 없었다.

젊은 종친들이 모여 무척 떠들썩했다. 술잔과 함께 풋내 섞인 목소
리가 오갔다. 잔치의 열기는 후끈 달아올랐다.

"한데 세자저하께선 어찌 아니 오셨답니까?"

슬슬 취기가 돌자 누군가가 볼멘소리를 앞세웠다.

"철성대군도 그렇고⋯."

안안군의 동복아우인 봉양군이었다.

"서자들이 생일 챙기고 노는 잔치에 끼기에는 체모가 상한답디까?"

자못 선동적인 발언에 다른 왕자들도 웅성웅성했다.

"아니, 이 녀석아! 세자저하께서는 다리를 못 쓰는데 어떻게 오시겠
느냐!"

거나하게 취한 안안군이 껄껄 웃었다.

"걷지를 못하시니 기어서 오시랴?"

그러고는 능청스레 엎드려 기는 시늉을 했다.

"불구덩이에서도 계집의 치맛바람에 쫄래쫄래 숨어 나오시던데?"

좌중 사이에 멸시 어린 웃음이 터졌다.

신비는 눈살을 찌푸렸다. 없는 자리에서는 나라님 욕도 한다지만
정도가 심했다. 원색적인 조롱에 익숙한 듯 따라서 깔깔 웃는 관기들
마저 놀라웠다.

"국본이 체면 구겨지게 서리병아리니, 원⋯."

안안군이 빈 잔을 흔들었다. 술을 더 달라는 뜻이었다.

"그 꼴로 사대부 앞에 서서 나라를 이끌 수나 있겠습니까?"

봉양군이 맞장구쳤다.

"아니, 보위를 이을 수나 있답니까?"

암만 치기 어린 젊은이라도 맨정신이라면 못할 위험한 발언이었다.

"정작 사지 멀쩡한 서자들은 첩의 자식이라고 밥주머니 취급을 당하는데….'"

봉양군이 삐죽거렸다.

"뭔가 잘못되지 않았습니까?"

"그러니까 말이다. 우리가 세자저하에 비해 어디가 부족해서?"

안안군이 술잔을 쾅 내리쳤다.

빨리 뻗게 만들어야겠다. 신비는 얼른 그의 빈 잔에 술병을 콸콸 기울였다.

"옳지, 잘됐다. 네가 한번 말해봐라."

한데 그게 화근이었다.

"나와 세자저하 중에서 누구의 키가 더 크냐?"

안안군이 무릎을 들썩이며 바싹 다가왔다.

"너는 동궁전에도 드나드는 의녀라고 들었다. 분명 알지 않느냐?"

"저하께서 더 크시옵니다."

의뭉스러운 재촉에 못 이겨 신비가 대답했다.

"나와 세자저하 중에서 누구의 얼굴이 더 잘생겼느냐?"

방정맞은 질문에 관기들이 까르르 웃었다.

"저하께서 더 잘생기셨사옵니다."

명백한 진실로 대답했다. 덕분에 웃음소리가 더욱 커졌다.

"나와 세자저하 중에서 누가 적자더냐?"

"…세자저하시옵니다."

위험한 낌새에 신비는 긴장했다.

“에잉, 군께서는 뭐 그리 세자저하에 비해 빠지는 구석이 많답니까?”

기녀 한 명이 요사스럽게 장단을 맞췄다.

“거참, 성질 급한 계집일세. 좀 기다려봐라.”

안안군이 허풍스레 손을 내저었다.

“하면…. 나와 세자저하 중에서 병신은 누구냐?”

와그르르 또 웃음이 터졌지만, 신비는 말문이 막혔다.

그녀의 침묵이 길어지자 안안군의 흥이 깨졌다. 점점 그의 얼굴이 구겨졌다. 속절없이 주변의 웃음소리도 잦아들었다.

“묻지 않느냐.”

안안군이 신비의 턱을 콱 잡고 흔들었다.

“둘 중에 누가 병신이냐고?”

“…안안군이시옵니다.”

울컥해서 속으로만 하려던 생각을 뱉어버렸다.

순식간에 분위기가 얼어붙었다. 안안군이 피식 웃었다.

동시에 신비의 뺨이 날아갔다. 거친 손에 철썩 맞아 입술이 터졌다.

“다시 말해봐라. 누가 병신이라고?”

그가 신비의 멱살을 잡았다.

“안안군이시옵니다.”

기왕 엎지른 물이라면 속이라도 시원한 편이 낫다.

“이 상것이 비천하다 못해 미쳐버렸는가?”

안안군이 이번에는 주먹을 쥐었다. 한 대로 끝나지 않을 것 같다.

머리채가 붙잡힌 채 신비는 눈을 질끈 감았다.

그때였다.

"…그 손 놔라."

익숙한 목소리가 들렸다.

***

"…고생하셨사옵니다, 세자저하."

거의 유시酉時가 다 될 무렵에야 재활 치료는 끝났다. 무작금은 이마에 송골송골 맺힌 땀을 손등으로 닦았다.

"발을 디딜 때 정강이가 너무 아프고 움푹 들어가는 느낌인데…. 정녕 괜찮은 것이오?"

진이 빠져 등받이에 기댔다. 부축받아도 주저앉다시피 몸이 무너졌다.

"오랜 자리보전으로 근육이 빠진 탓이옵니다."

의관 박치수가 아뢰었다.

"정석대로 꾸준히 회복하실 수밖에 없사옵니다."

"편법 좀 쓰면 안 되겠소?"

"신체에는 편법이 통하지 않사옵니다."

옆구리를 찔러봤자 치수는 고지식했다.

처음 시작은 쉬웠다. 관절을 천천히 회복시켜야 한답시고 다리를 몸쪽으로 당기거나, 천장에 천을 매달고 다리를 올리는 연습만 반복했었다.

그런데 슬슬 체중 부하를 늘린 뒤로 몹시 힘들어졌다.

평생 써온 다리인데 몇 달 쉬었다고 말을 안 들었다.

극심한 고통보다도 걷다가 풀썩 쓰러질 것만 같은 두려움이 더 꺼림칙했다.

"내가 자꾸 절뚝이지 않던가?"

슬쩍 무작금은 겁에 질린 속내를 내비쳤다.

"한 차례 다리가 부러진 사람들은 완치하여도 그 이전으로는 돌아갈 수 없다던데?"

"제대로 치료받을 기회가 없는 백성들은 대개 그렇사옵니다."

치수가 말했다.

"하오나 세자저하의 경우는 다르옵니다."

특유의 참을성으로 벌써 백 번도 넘게 한 설명을 또 했다.

"천운으로 뼈가 조각조각 부서지지 않으셨으며, 내의원에서 고안한 최선의 치료를 받으셨사옵니다."

그는 신중하게 덧붙였다.

"오늘 보건대, 허벅지부터 발뒤꿈치까지 이르는 움직임도 나쁘지 않사옵니다."

"한데 왜 절뚝인단 말이오?"

"다시 일어서는 데에는 누워계셨던 만큼의 시일이 필요하옵니다. 또한 통증이 두려워 저하께서 무의식적으로 절뚝이시는 걸 수도 있사옵니다."

"그래도….."

"저하께서는 와병하시는 동안 흔한 욕창마저 앓지 않으셨나이다."

치수는 단호하게 응석을 막았다.

"더 빨리 시작하셨다면 훨씬 경과가 좋았겠지만…. 이제 와 어쩌겠사옵니까?"

동궁전을 걸어 잠그고 뻗대느라 너무 오래 누워만 있었다는 뜻이다.

"늦었더라도 이겨내시면 되옵니다."

핀잔마저도 참 박치수다워서 무작금은 기분이 상하지도 않았다. 오히려 어리광을 부린 꼴이라 부끄러웠다.

"그때는 몸의 반쪽까지 마비되어 성질이 뻗칠 만도 했지, 뭐!"

물론 생떼를 쓰는 습관과는 별개다.

삐죽이는 세자에게 치수는 미소 지었다. 아무렴 우울한 병자보다야 나을 터였다.

"의녀 신비가 저하의 마음을 치유해 참 다행이옵니다."

"…뭐요?"

불쑥 소환된 이름에 무작금은 얼이 빠졌다.

"저하께서는 울체(鬱滯, 스트레스)가 깊어 병이 나셨다고 아뢰지 않았 사옵니까."

치수의 눈빛이 묘했다.

"한데 그 의녀를 접하시고서 이겨내셨사옵니다."

확신을 불어넣듯 그가 굳이 덧붙였다.

"…아니 그렇사옵니까?"

무작금은 눈을 감았다. 그러자 숨이 막히도록 강렬한 빛이 떠올랐 다. 하도 곱씹어 더욱 선연해진 잔상이었다.

"마침 곧 의녀가 들 시각인데…."

치수가 창 너머를 흘끔 곁눈질했다. 표정이 썩 좋지 않았다.

"왜 그러시오?"

반지빠른 무작금은 바로 알아차렸다.

"…아무것도 아니옵니다."

어설프게 얼버무리며 치수는 주섬주섬 짐을 챙겼다.

"아, 왜 그러냐니까?"

타고난 신분상 떼를 쓰는 데에 익숙한 무작금은 놔주지 않았다.

"…신은 그 의녀를 지켜주고 싶었사옵니다."

새침을 더 떨 줄 알았는데, 이내 치수가 곧이곧대로 대답했다.

그것도 뜬구름을 헤매듯 애매한 이야기였다.

"하온데 그럴 수 없었사옵니다."

속마음을 골라내듯 치수가 잠깐 말을 끌었다.

"그 의녀는 스스로 지킬 수 있다고 번번이 말하지만…. 솔직히 옆에서 보기에는 위태롭사옵니다."

자못 비관적인 고찰이지만, 틀린 지적은 아니었다.

제 딴에는 처신을 잘한답시고 그 의녀는 활개를 쳤다. 영리하면서 멍청한 척, 다 알면서 모르는 척, 약삭빠르게 머리를 굴리면서 실없는 척….

갖가지 시늉을 앞세워 사람을 현혹하고 능구렁이처럼 빠져나가는 재주가 탁월했다.

다만, 그렇기에 오히려 위험할 수밖에 없다. 한 발만 잘못 디더도 주변에서 위화감을 느끼고, 모든 의혹이 넝쿨째 굴러들 테니까 말이다.

그래서 왕세자의 집착적인 관심마저 사지 않았던가?

"부디 저하께옵서 지켜주시옵소서."

치수는 필시 같은 생각을 하는 눈치였다.

"신은 그 의녀를 지켜주지 못해도, 저하께서는 가능하실 것이옵니다."

"어째서?"

"저하께서는 어린애처럼 막무가내로 밀어붙일 수 있는 분이시니까요."

"…음, 지금 나를 능멸하는가?"

웃음기 하나 없는 치수의 태도에 무작금은 영 헷갈렸다.

"아, 아니옵니다!"

실언이었다는 듯 치수가 멋쩍게 무마했다.

"어른이 된다는 것은 몸을 사리는 법을 배운다는 뜻이니까요."

치수의 눈빛이 흐려졌다.

"신은 그런 졸렬한 어른이 되어버렸지만…. 세자저하께서는 그럴 필요가 없으십니다."

"그런가?"

"예, 하여 참으로 부럽사옵니다."

"세상에 부러울 게 그다지도 없나?"

그 의녀부터 시작해 다들 저를 어린애로 보는 게 못마땅했다. 저보다 훨씬 어른스러운 박치수야말로 부러울 지경이었다.

"…신이 공연한 말씀을 아뢰었사옵니다."

치수는 이마를 바닥에 대고 인사 올렸다. 다시 고개를 들었을 때, 착잡한 기운은 감춰버렸다.

치수가 물러나자 무작금은 백 상궁을 불렀다.

"세숫물 좀 내와라."

물동이와 깨끗한 천, 경대가 들어왔다.

급히 얼굴을 씻고 뽀송하게 닦았다. 흐트러진 옷매무새도 다듬었다. 그리고 마지막으로 찬찬히 경대를 들여다보았다.

하얀 얼굴. 반듯한 이마. 뚜렷한 눈썹. 물기를 머금고 반짝이는 눈동자. 미간에서부터 시원하게 쭉 뻗은 콧대. 앙다물수록 특유의 분위기를 자아내는 붉은 입술….

흐릿하게 남은 어미의 잔상이 보였다.

"완벽하군."

무작금은 불완전한 기억이자 현재를 그렇게 정의하였다.

그렇다면야 그 의녀를 맞이할 준비는 마친 셈이다.

"…꼭 술래잡기라도 하는 것 같단 말이지."

새삼스레 고요한 침전을 둘러보며 무작금이 중얼거렸다.

처음 술래는 그 의녀였다.

붙잡으려고 끈덕지게 들러붙는 그녀를 떨쳐내려고 모든 수단을 총동원했다. 절대 잡을 수 없을 거라고 약 올리면서 높다란 정상으로 달음박질쳤다.

하지만 사실 속으로는 술래가 잡아주길 바랐다.

그래서 높은 산꼭대기까지 도망치면서도 계속 뒤를 돌아봤다. 저를 놓치지 않고 쫓아오도록 단서도 흘렸다.

갈팡질팡하는 승부 끝에, 결국 그 의녀는 무작금을 잡았다.

"덕분에 이번에는….".

그렇다. 속절없이 잡혀버린 까닭에 순식간에 입장이 바뀌었다.

이제는 그가 술래였고, 헐레벌떡 그녀의 뒤꽁무니를 쫓아 달려야만 했다.

하룻밤 은혜를 베풀어 귀하게 만들어 주겠다는 회유는 소용없었다. 안개처럼 흩어진 남성성을 그러모은 희롱도 마찬가지였다.

바닥에 드러누워 부리는 생떼는 낯부끄러운 반성으로만 남았다.

무작금은 도통 그 의녀의 진짜 마음을 알 수 없었다.

그 의녀는 모든 것이 진심인 동시에, 또한 모든 것이 가면이었다.

"왜 나를 붙잡았을까?"

도통 풀리지 않는 수수께끼를 들여다보았다.

"그리고 나는 왜 붙잡고 싶을까?"

또 다른 수수께끼도 짚었다.

"…우리 사이에는 정말 아무 일도 없었나?"

공교롭게도 두 가지 수수께끼에서는 한번 답을 구해버리면 돌이킬 수 없으리라는 공통점이 느껴졌다.

"세자저하."

미로 속에서 허우적대는데 인기척이 있었다.

"의녀가 들었느냐?"

하릴없는 술래인 무작금은 희망에 찼다.

"아, 예, 그렇사옵니다만⋯."

문밖의 백 상궁이 머뭇거렸다.

"철성대군께서도 배알을 청하고 계시옵니다. 어느 쪽을 먼저 들일까요?"

"갑자기 철성대군이 왔다고?"

무작금은 눈썹을 추켜세웠다. 어디 한 구석이 심하게 빠진 아우다. 아랫목에 볼기짝을 붙이면 지치지도 않고 한밤중까지 재잘댈 터였다.

아무래도 상대하기 귀찮다.

"⋯의녀는 들이고, 철성대군은 내일 오라고 돌려보내라."

하물며 지금은 그 의녀만으로도 벅차다.

그런데 무작금이 결정을 내리자마자 어째 바깥이 술렁였다. 수상쩍지만 잠자코 기다렸더니 곧 백 상궁이 재차 고했다.

"망극하옵니다만, 저하⋯."

백 상궁은 내키지 않는 말투였다.

"철성대군께서 당장 만나주지 않으시면 목을 매달고 죽어버리겠다 하십니다."

"뭐라고?"

"그럼 저하께서는 평생 죄책감에 시달리셔야 할 거라고⋯. 꼭 전해 달라 하시옵니다."

하여튼 빌어먹을 놈이다.

"둘 다 안으로 들여라."

무작금은 짜증스럽게 명했다. 철성대군은 적당히 상대하고서 빨리 쫓아버려야겠다.

"밤공기가 좋사옵니다, 저하!"

별 거지 같은 협박으로 밀고 들어온 사람치고, 철성대군은 쾌활하게 인사했다.

"…너는 누구냐?"

한데 무작금은 아우를 바라보지 않았다.

"그 의녀는 어디 가고…?"

철성대군의 뒤를 따라 들어온 여자의 얼굴이 낯설었기 때문이다.

"의녀 만덕이 세자저하를 뵙사옵니다."

문간에 엎드리면서 올리는 인사마저 싸늘했다.

술래 집을 밝히던 따뜻한 붉은색이 사라졌다.

무작금은 익숙한 관계, 한정적인 공간에서 쌓은 둘만의 역사를 침범한 침략자를 혼란스럽게 응시했다.

"역시 그 의녀가 아니지요?"

넋이 빠진 무작금과 만덕을 번갈아 바라보던 철성대군이 끼어들었다.

"아무래도 생김새가 달라 보여서…."

그가 훅 만덕에게 얼굴을 들이밀었다. 만덕은 움찔하지도 않았다. 비록 눈을 내리깔고 있으되 철성대군의 삼백안에 뒤지지 않을 형형한 눈빛만은 숨겨지지 않았다.

"어이쿠, 그 의녀보다 훨씬 무섭네."

과연 철성대군은 죽는시늉으로 물러섰다.

"의녀 신비가 급한 일을 받잡았으므로 소인이 대신 탕약을 올리옵니다."

만덕이 아뢰자 무작금은 곧장 따졌다.

"왕세자를 상대하는 것보다 급한 일이 무엇이기에?"

"소인은 일개 간병의라 잘 모르오니 약방에 하문하소서."

전혀 공손하지 않은 일갈이었다.

"…탕약은 들지 않겠다."

공연히 무작금은 뻗대었다. 술래 집에서 온종일 기다린 끝에 꼭꼭 숨었다는 소식이나 받으려니 심술이 났다.

"당장 물려라."

처음으로 만덕이 고개를 들었다.

살짝 솟은 눈매며 이마와 뺨에 벌겋게 돋아난 여드름, 얇고 완고한 입술이 보였다. 한데 그것들이 하나로 뭉치자 동시에 자못 험악한 기색도 보였다.

시샘과 멸시, 원망과 비난…. 원자로 태어나 왕세자로 낙점된 입장으로서는 낯선 감정이었다.

"내가 너를 아느냐?"

하도 괴악하여 물었다.

"아니, 잠깐만, 만덕이라는 이름은 어디서 들어봤는데?"

그래, 일전에 그 의녀가 만덕이라는 벗이 어쩌고저쩌고, 흰소리를 떠든 적이 있었다.

전혀 관심이 없어 흘려들었으나, 흔치 않게 손에 넣은 그 의녀에 대한 단서였다. 하여 미약하게나마 기억해 두었다.

"하면 소인은 물러나겠사옵니다."

가타부타 대답도 없이 만덕은 탕약을 도로 챙겼다.

친구라면서 그 의녀와는 전혀 달랐다. 친절하기는커녕 노골적으로 찬바람만 쌩 불었다.

설득하지 않았다. 동정하지도 않았다. 단 한 번의 내침에 곧장 포기하였다.

"에이, 물리치셔도 한 번쯤 더 권해야지 않겠느냐?"

철성대군이 끼어들었다.

"의녀 신비가 동궁전에서 번번이 박대당하였음을 잘 알고 있사옵니다."

만덕이 차갑게 대꾸했다.

"하온데 감히 세자저하께 권하겠나이까?"

비로소 무작금은 가닥이 잡혔다.

제 벗을 대중없이 술래로 만들고 도망 다닌 전적 때문에 그를 원망하는 게 틀림없었다.

"…의녀 신비는 약방에 있느냐?"

솔직히 못마땅함을 당해도 싼 입장이라 무작금은 겸연쩍게 물었다.

"저하께서는 이미 탕약을 물리치셨사옵니다."

자못 누그러진 그의 태도에도 만덕은 이랑곳하지 않았다.

"한데도 그 아이를 찾으시는 까닭을 모르겠나이다."

그러고는 더 듣지도 않고 인사를 올렸다. 공손한 절인데도 힐난처럼 느껴졌다. 탕약 한 방울 흘리지 않고 휙 돌아서는 뒷모습마저 앙칼졌다.

"혹 저하께서 저 의녀에게 뭔가 잘못하셨사옵니까?"

철성대군이 멀뚱히 물었다.

"부모를 죽인 원수처럼 대하는데요."

"됐다."

무작금은 뒷덜미만 쓸었다.

"됐기는요, 여태 저하의 안전에서 해롱거리는 궁녀들만 보다가 참 희한하하구만?"

"궁인들은 어떻게든 병상에 오지 않으려고 진즉 싹 다 도망갔다."

"하긴, 저하의 성질머리가 소문나기 전에나 해롱거리기는 했네요."

낄낄거리며 맞장구치던 철성대군은 형님의 표정을 보고 얼른 딴청을 부렸다. 소매의 보푸라기를 잡아 뜯는 척했다.

"안 그래도 내 용모가 예전 같지 않다."

무작금은 혀를 끌끌 찼다.

"누워서 골골대느라 팍 상했단 말이지."

"에이, 여전히 눈 씻고 찾아봐도 세자저하보다 빼어난 미남자는 없
사옵니다."

아우가 비위 맞춰주려고 하는 소리인 줄 알면서도 무작금은 어깨가
으쓱했다.

"젊은 처녀가 보기에도 그럴까?"

더한 찬사까지 얻어내기 위해 그가 슬쩍 떴다.

"왜 아니겠사옵니까."

철성대군이 장담했다.

"요즘 젊은 처자들은 저하처럼 얼굴이 희고 허리가 얄쌍한 총각을
보면 좋아서 죽으려고 한답디다."

"그렇지? 박치수 같은 사내보다는 내가 낫지?"

"그게 누구인데요?"

철성대군이 갸우뚱했다.

"아, 그 젊은 의관이요?"

용케 혼자 깨닫는가 싶더니 그는 고민에 잠겼다.

"글쎄요. 일개 의관이 입소문까지 탈 정도라면 만만치 않지요. 양
인 처녀들 사이에서는 난리도 아니라던데….""

묻지도 않은 소리까지 주절거리던 철성대군이 흠칫했다.

"어이쿠, 그런 소도둑 같은 낯짝을 어찌 저하께 가져다 대겠사옵니
까."

엎드려 절 받기지만 무작금은 흡족했다.

"그래, 아우야. 내가 당장 안 만나주면 목매달아 죽어버리겠다면서?"

귀찮지만 기꺼이 상대할 마음마저 들었다.

"이 야심한 시각에 어쩐 연유로 왔느냐?"

"그리 야심한 밤은 아니지요. 잔치가 한창이라고요."

"잔치라니?"

"모르셨사옵니까?"

철성대군이 어깨춤을 추었다.

"안안군이 탄일이랍시고 다른 아우들을 모아놓고 지화자 좋다며 논다던데요."

"나한테는 연통도 안 넣다니…. 괘씸하군."

분명 어차피 못 걸어올 약두구리라고 무시한 게 틀림없다. 병석에 누우신 형님을 배려했다는 둥 핑곗거리는 번듯하니 말이다.

"세자저하께서 자리하시면 기껏 아우들을 모아놓고도 으스대질 못하잖아요."

철성대군이 코웃음을 쳤다.

"너는 알면서 왜 참석하지 않았느냐?"

"가봤자 애매하다 못해 피곤하니까요."

"어째서?"

"나이는 안안군보다 어리지만, 그쪽은 서자고 저는 적자 아니옵니까."

하긴, 흥겹기는커녕 서로 불편하게 예의 차리다가 파투만 나겠다.

"그리고 아우의 도리가 있지, 저하를 두고 혼자 어떻게 가겠나이까?"

"눈물겹구나."

무작금이 빈정거렸다. 개의치 않고 철성대군이 종알댔다.

"…연향이라고, 평소에 안안군이 총애하는 기녀가 한 명 있거든요."

다만 실없는 말투와 달리 표정은 미묘했다.

"걔가 아파서 오늘 못 왔대요."

"그 멍청한 녀석의 총애를 받아주다가 지쳐 앓는다더냐?"

하등 관심 없는 이야기라 무작금은 무심했다.

"그래서 대신 내의원에서 의녀 한 명을 차출했다던데요."

"약방기생은 옳지 않다고 금해도 참 어쩔 수가 없는…."

순간 짚이는 구석이 있었다. 가슴이 철렁 내려앉는 가능성이었다.

"금방 만덕이라는 저 의녀가 아뢰었지요."

철성대군도 동조했다.

"의녀 신비는 급한 일을 받잡느라 올 수 없었다고…."

무작금은 아무 생각도 할 수 없었다. 머릿속이 온통 하얗게 질려버렸다.

"저하께서 아셔야 할 것 같아서요."

"…내가?"

"예, 그 의녀는 저하께 좋은 영향을 끼치는 사람이니까요."

마치 그러므로 자신에게도 필요한 사람이라는 듯한 말투였다.

"아시다시피 안안군은 술버릇이 나쁜 편이지요."

유의미한 경고까지 덧붙였다.

"아이고, 아뢰었더니 속이 시원하옵니다."

그러고는 아무 일 없었다는 듯 철성대군이 손을 털었다.

"적어도 오늘 밤 목매달고 죽을 걱정은 덜었으니 이만 물러가겠나이다."

더 이상 무작금의 관심을 끌 수 없음을 알아서일까? 아니면 꺼림칙한 가능성에 사로잡힌 왕세자의 곁은 위험하다고 판단해서일까?

철성대군은 만덕이 먼저 찬바람을 일으키며 떠난 그 길을 따라 사라졌다.

"그 의녀는….'

적막 속에서 무작금이 중얼거렸다.

처음 느낀 감정은 질투심이었다.

샅샅이 훑고 음미하였던 그 의녀의 얼굴과 몸에 다른 사내의 시선이 닿을까? 자신이 호흡처럼 들이마신 그녀의 향을 다른 사내도 맡을까?

곧이어 두 번째 감정은 측은함이었다.

고된 팔자를 청산하고자 의기醫妓를 자청하는 사람도 많다지만, 지금까지 겪어보건대 신비는 그런 의녀가 아니었다. 내키지 않는데 억지로 끌려갔을 공산이 컸다.

그리고 마지막 감정은…. 두려움이었다.

"어떻게 되찾지?"

무작금은 자기 자신에게 물었다.

"…아니, 과연 내가 되찾을 수 있을까?"

그는 손상된 두 다리를 매만졌다.

일어설 수는 있다. 그렇지만 오래 버티지는 못한다. 사실, 그마저도 막 걸음마를 뗀 아기처럼 꼴사납고 처량하다.

저를 비웃는 이복아우들 앞에서 치욕스럽게 나자빠질세라 무서웠다.

수치심은 이미 낙마했을 때, 그리고 불구덩이에서 차라리 죽기로 결심했을 때, 뼈저리도록 느낀 것으로 충분했다.

환관한테 업어달라고 할까? 그는 현실적인 방안으로 선회하였다.

"…세상에 내시한테 업힌 채 여자를 구하러 가는 사내가 어디 있단 말인가?"

다만 그마저도 곧 탄식으로 끝나고 말았다.

무작금은 주먹을 쥐었다. 갇혀 버린 공간을 부수고 박살 낼 기세로 휘둘렀다.

하지만 그래봤자 허공이었다. 건조한 공기만 흩어졌다.

"…결국 나는 이 정도인가?"

누군가가 와서 구해주기를 소망했던 염원이 산산조각으로 무너져 내렸다. 익숙한 어린아이가 되어 그는 주저앉았다.

그렇지만….

그 의녀는 어린아이보다도 연약한 여자였다. 한데도 불길에 뛰어들 었다.

장정들마저 두려워서 줄행랑치는데 포기하지 않았다. 그리고 그를 기어이 구해냈다.

나를 구원할 사람은 나 자신뿐이라고 말하면서도, 다른 사람에게 의탁하여 스스로 가치를 찾아내려 애쓰지 말라면서도….

그토록 바르고 옳은 말로 꾸짖으면서도, 언제나 그를 구해주려고 애썼다.

"…이번에는 내가 술래니까."

마침내 무작금은 반드시 일어서야 할 이유를 찾았다.

***

별이 콕콕 박힌 보랏빛 하늘이 보였다. 청아한 가을밤에 섞인 매캐 한 내음도 맡았다. 화재 이후 동궁전을 보수하느라 침전을 옮겼으되 탄 냄새는 여전히 궁중을 맴돌았다.

낙마한 이래 처음으로, 무작금은 침전 바깥의 흙을 밟았다.

댓돌에서부터 이미 굴러떨어질 뻔했다. 말을 듣지 않는 두 다리가 파들파들 떨렸다. 몸에 걸친 용포의 무게조차 견디지 못하는 모양이었다.

그래도 무작금은 억지로 붙잡고 걸었다. 휘청거리다가 비뚤어진 익선관을 거칠게 고쳐 쓰며 전진했다.

"세자저하, 제발 멈추시옵소서!"

뒤에서 읍소가 끊이질 않았다. 내내 누워만 있던 왕세자가 다짜고짜 바깥으로 뛰어나와 걷고 있으니 사색일 만도 했다.

"도대체 어디를 행차하시려는 것이옵니까?"

전전긍긍하며 백 상궁이 물었다.

"부축만이라도 받으소서."

덥석 그녀가 팔을 붙늘었지만, 무작금은 홱 뿌리쳤다. 매정하게 결심한 소매가 밤하늘을 갈랐다. 반동으로 자빠질 뻔했다.

"이러다가 큰일 나시옵니다!"

재차 붙잡지는 못하고 백 상궁이 발을 동동 굴렀다.

"간신히 기립하셨는데 무리하시다가 도루묵이 된다면…. 앞으로 영영 걷지 못하게 되신다면…."

"상관없다."

무작금이 냉정하게 잘랐다.

사실은 백 상궁에게만 하는 말이 아니었다. 고통스러워서 주저앉고 싶은 자기 자신을 꾸짖기 위해서이기도 했다.

"…영영 걷지 못하게 되더라도 오늘은 일어서야만 한다."

가련하게 부러졌다가 가까스로 붙은 두 다리가 비명을 질렀다. 무작금은 그것마저도 무시했다.

오른발. 왼발. 오른발. 왼발…. 고통을 억박지를 주문만 끝없이 되뇌었다.

"신이 모시겠사옵니다!"

이번에는 동궁전의 환관이 나섰다. 굼벵이처럼 느리게 걷는 바람에 자꾸 붙잡히니 귀찮은 노릇이었다.

"제발 멈추고 신의 등에 업히소서, 저하!"

"불이 났을 때는 버리고 가지 않았더냐?"

무작금이 매몰차게 뿌리쳤다.

"그러니 알아서 걷겠다는데 왜 야단이냐?"

동궁전의 화재는 내시와 궁녀들에게 불리한 주제였다.

마지막까지 남았든, 바깥에서 불을 끄려고 애썼든, 세자를 도울 사람을 모았든…. 일단 거동하지 못하는 주인을 버린 셈이라는 공통점으로 묶였다.

"저러다가 탈이라도 나시면 주상전하께서 노하실 텐데…."

결국 내시도 두 손을 들고 한탄했다.

무작금은 계속해서 걸었고, 등 뒤에 딸린 꼬리는 길게 늘어졌다.

점차 심해지는 고통만이 의식을 잠식하였다. 따라붙어 아우성치는 궁인들은 성가시지도 않을 지경에 이르렀다.

오른발. 왼발. 오른발. 왼발….

비로소 무작금은 불타오르는 동궁전에서 그 의녀가 감내한 고통을 온전히 이해했다.

오로지 저한테만 의탁한 병자를 책임진 채, 앞뒤도 분간할 수 없는 화염 속에서 홀로 전진하던 심경이 얼마나 참혹했을까?

메마른 그의 뺨을 타고 눈물이 흘렀다.

몸이 아프고 힘들어서가 아니었다. 천근만근 무거웠을 걸음을 재촉했던 그 의녀의 의지가 범접할 수도 없을 만큼 숭고해서였다.

오른발. 왼발. 오른발. 왼발….

덕분에 지금, 무작금도 굴복하지 않고 나아갈 수 있었다.

혼미해지는 정신과 무너지는 육체를 지탱하는 것은 오로지 앞서 그를 구원한 붉은 빛이었다.

그녀는 정녕 그를 잡아주었다.

하여 이제는 그가 술래였다.

"오른발. 왼발. 오른발. 왼발…."

다만 그의 의지는 그녀만큼 강하지 못했다. 속으로 태우던 불꽃이 잦아들세라 입으로도 외워야만 했다.

이마에 송골송골 맺힌 땀이 망건을 적셨다. 거기에 닿았던 여린 손끝이 떠올랐다.

산발과도 같았던 그의 머리카락을 빗겨주고, 상투를 틀어주고, 망건으로 싸매주었다.

덩치만 큰 어린아이를 어르는 손이었지만, 동시에 그 어린아이를 사내로 만드는 여인의 손이기도 했다.

실로 좋은 추억이었다. 두 사람 사이에는 아무 일도 없지 않았다.

"오른발. 왼발. 오른발. 왼발…."

그렇게 믿기에 무작금은 한 걸음 더, 이어서 한 걸음 더…. 계속해서 버텼다.

인내는 결실이 되었다.

목적지인 환취정이 보였다. 노래와 웃음소리로 떠들썩했다. 공기 중에서 희미하게 술 냄새까지 묻어났다.

마지막 고비는 돌계단이었다. 평지와는 비교도 못 할 난관이었다.

무척 낮은 층계참인데도 무작금의 처지로서는 사활을 걸다시피 넘어야 할 고된 산이었다.

"오른발. 왼발…."

뻣뻣한 다리를 억지로 내딛자, 종전의 주문마저 유효하지 않을 정도로 아팠다.

"망할 놈의 왼발!"

그래도 무작금은 후들거리며 무너지는 왼발이 구실을 하도록 윽박질렀다.

기어이 돌계단을 넘어 댓돌을 딛고 잔치가 열리는 방 앞에 섰다.

"나와 세자저하 중에서 병신은 누구냐?"

닫힌 문 안쪽에서 소리가 들렸다. 안안군의 질시 어린 음성이었다. 동조하며 와그르르 터지는 웃음소리가 뒤따랐다.

저 방자한 질문에 대답이 쉬이 돌아오지 않았다.

무작금은 방 안의 사정이 짐작 가지 않았다. 금방 들린 웃음소리에 그 의녀의 것도 섞여 있었는지 가닥을 잡느라 바빴다.

"묻지 않느냐."

곧 희희낙락한 분위기가 깨지고, 안안군의 음성이 험악해졌다.

"둘 중에 누가 병신이냐고?"

"…안안군이시옵니다."

즉각 무작금은 그 의녀의 목소리를 알아들었다.

인숭무레기들이 터트린 웃음에 섞여 있지 않았다. 평소처럼 주변의 분위기에 교묘하게 젖어 들지도 않았다.

오히려 붉은 나뭇가지처럼 꼿꼿하게 기세를 높이고만 있었다.

철썩, 둔탁한 타격음이 들렸다.

무작금은 손을 뻗어 닫힌 문을 잡았다. 그 의녀 덕분에 움직이게 된 오른손이었다.

"다시 말해봐라. 누가 병신이라고?"

다시 한번 안안군의 만취한 음성이 들렸다.

"안안군이시옵니다."

마찬가지로 다시 한번, 그 의녀의 드레진 대답도 들렸다.

"이 상것이 비천하다 못해 미쳐버렸는가?"

무작금은 벌컥 문을 열어젖혔다.

흥분한 바람에 딛고 선 무게중심이 흔들려 넘어질 뻔했다. 하지만 정녕 넘어지지는 않았다. 더 이상 다리도 아프지 않았다.

분노가 고통을 집어삼켰기 때문이다.

"…그 손 놔라."

흐트러진 매무새 사이로 그의 안광이 흉흉하게 발하였다.

졸지에 모든 시선이 쏟아졌다. 휘둥그레 뜬 안안군이 눈. 비열한 즐거움에 도취하였던 이복아우들의 눈. 비위를 맞추느라 깔깔 웃던 그대로 멈춘 기녀들의 눈.

그리고 물기 어린 그 의녀의 눈.

연약한 물기의 진원지는 붉게 부푼 오른쪽 뺨이었다. 얼음을 문질러 가라앉히더라도 푸르게 멍이 남을 터였다.

"…이런 방자한 놈."

고통마저 흡수한 분노는 곧 폭발로 이어졌다.

"어디서 주제도 모르고 나대기를 감히…!"

성큼성큼 걸어 난입했다. 낯선 공간이었지만 무작금은 주인이 되어 지배했다.

탄강한 순간부터 그에게 약속된 권위이기에 당연했다.

힘으로 안안군을 밀어 쓰러뜨렸다. 겉보기에는 기생오라비처럼 낭창할지언정 무작금은 어려서부터 힘이 셌다. 익위사 관원이나 환관과 장난삼아 팔씨름을 벌여도 져본 적이 없었다.

설령 상대가 일부러 져줬을지언정, 그마저도 무작금의 힘이었다.

"국본을 간병하는 사람을 업신여기다니!"

무작금은 무력하게 나자빠진 안안군을 걷어찼다. 그 바람에 다리가 도로 부러져 버린대도 상관없었다.

"곧 나를 능멸하는 셈이 아닌가?"

"잘못하였사옵니다. 저하, 잘못하였사옵니다…."

만취하여 개가 되었는데도 안안군은 저항하지 않았다.

다시 일어선 무작금의 권위, 장차 임금이 될 왕세자의 위용에 비굴하게 굴복하였다.

"한 아버지를 섬길지언정 나는 교태전에서 탄강한 적장자다."

폐위된 생모마저도 흠결을 낼 수 없는 절대적인 정통성이었다.

"너는 첩이 낳은 서자 나부랭이고."

"오, 옳사옵니다, 저하…."

연이어 날아드는 매에 정신을 못 차리고 안안군이 주억거렸다.

"그래, 하면 네 입으로 다시 말해봐라."

무작금은 이복아우의 상투를 움켜잡았다.

"우리 둘 중에 병신은 누구더냐?"

"접니다!"

안안군이 울먹이며 제 가슴을 팡팡 쳤다.

"이 안안군이 병신이옵니다…."

무작금은 눈물로 번들거리는 아우의 얼굴을 음미하였다.

너무나 오랫동안 잃었던 자기 확신을, 무리에서 우두머리로 군림해야 할 수컷의 정체성을 되찾는 느낌이었다.

"오냐, 이제야 주제 파악을 하는구나."

움켜쥔 상투를 놓자 안안군은 멀찍이 무릎으로 기어갔다.

"…세자저하!"

틈을 본 백 상궁이 끼어들었다.

"아무리 그래도 왕실의 군君이시옵니다! 아랫사람을 대신 벌주어 신칙하셔야지, 이렇게 막무가내로…."

무작금은 무시했다.

"어디, 다른 놈들은 어떠하냐?"

그의 맹렬한 시선은 안안군과 다를 바 없는 종친들에게로 향했다.

"감히 내 안전에서 세자는 병신이랍시고 능멸해 볼 테냐?"

응당 공포심이 좌중을 지배하였다.

짜릿했다. 무력하게 병상에 틀어박힌 뒤로 새카맣게 잊고 있었던 힘을 되찾았다. 기세가 치솟다 못해 하늘을 뚫을 것만 같았다.

"너부터 아뢰어봐라."

대뜸 가까운 봉양군의 멱살을 움켜쥐었다.

"아니옵니다, 당치 않으시옵니다…."

또 다른 이복아우의 두려움이 무작금의 폭력적인 욕망을 부채질했다.

"세자저하!"

하지만 천둥벌거숭이 같은 욕망은 순식간에 꺾였다.

"그만하시옵소서."

그 의녀의 꾸짖음 때문이었다.

그리고 참으로 놀랍게도, 그녀의 호통은 그를 부끄럽게 만들었다.

곧장 무작금은 봉양군의 멱살을 놓았다.

씩씩거림과 훌쩍임이 가라앉았다. 궁인들이 안안군과 봉양군을 부축해 나갔다.

다른 종친들도 어색하게 헛기침하다가 무작금에게 절을 올리고는 황급히 달음박질쳤다.

반면, 기녀와 의녀들은 뭉그적거렸다. 만년 괄시당하는 신세로 살다가 왕자가 죽사발 나는 광경을 보니 재미있는 모양이었다.

뭐가 되었든, 세자와 세자가 구하러 뛰어든 의녀를 흥미롭게 훑는 시선은 끝까지 진득하게 남았다.

"넌 정녕 어리석다."

마침내 둘만 남자 무작금은 버럭 힐난을 앞세웠다.

"스스로 몸을 지키지도 못할 신세 아니냐?"

신비는 눈을 동그랗게 떴다.

"하면 그냥 세자는 병신이라고 맞장구치고 말지, 왜 뻣뻣하게 굴어서 매를 버느냐?"

무작금은 벌겋게 부푼 그녀의 뺨을 바라보았다.

"다른 때는 능구렁이처럼 잘만 빠져나가면서…!"

어루만질 염치조차 없었다.

"분명 몸을 사릴 수도 있었겠지요."

도로 그의 분노가 활활 타오르기 전에 신비가 말했다.

"그렇지만 방금은 세자저하를 위해서 싸워야 할 순간이었사옵니다."

"어째서?"

"다른 사람들은 물론이요, 심지어 세자저하조차도 그러지 않으시니까요."

무작금은 허를 찔렸다.

"하오니 누군가는 대신 싸워야 옳지 않겠나이까?"

과연 처음 만났을 때부터 그는 자기혐오의 늪에 빠져 있었다. 타인이 정의한 낱말들에 밑도 끝도 없이 갉아 먹히면서.

한데 그녀는 자기 자신은 스스로 구해야 한다며 꾸짖었다. 당장 운신이 편치 않아도 다시 일어서면 된다고 격려했다. 종국에는 타인의 악랄한 조롱에마저 싸워주었다.

무작금은 너무나도 큰 빚을 졌음을 깨달았다.

"소인도 하나 여쭈어도 괜찮겠사옵니까?"

정적 끝에 신비가 화제를 뒤집었다.

"…걱정하셨사옵니까?"

그녀가 목소리를 낮추었다.

"하여 구해주기 위해 편찮은 다리를 이끌고 여기까지 오셨나이까?"

요요한 그녀의 얼굴로부터 명확한 감정을 짚을 수 없었다.

"…그래."

무작금은 솔직하게 대답하고 말았다.

"어째서요?"

그 의녀는 솔직함을 넘어서는 감정을 재차 물었다.

"내가 너더러 면천을 사양하고 의녀로 남으라고 했으니까."

무작금은 더듬더듬 대꾸했다.

"내 곁에 있으라고 했으니 당연히 곤궁할 때 구해주어야지."

"그때도 소인은 왜 저하의 곁에 의녀로 머물러야 하느냐고 여쭈었사옵니다."

신비가 말했다.

"하온데 저하께서는 대답하지 않으셨사옵니다."

분명 무작금도 기억했다.

"실은 소인도 저하의 대답을 원하지 않았사옵구요."

불쑥 그녀는 생각지도 못한 말까지 덧붙였다.

"어째서 원하지 않았느냐?"

"저하께오서 먼저 말씀해 주시면 아뢰겠사옵니다."

신비는 차분하게 조건을 걸었다.

"…왜 소인은 저하의 곁에 머물러야 하옵니까?"

답은 오롯이 그의 마음속에 있었다.

무작금은 꽁꽁 닫아두었던 가슴의 문을 열고 주섬주섬 여러 가지를 꺼냈다.

옹졸한 이유가 있었다. 어리광 섞인 이유도 있었다. 반쯤 현실 도피하고 싶은 이유까지 있었다.

갖가지를 헤아리고 나니 가장 주요한 까닭 하나만 남았다.

바로 그 의녀를 연모한다는 이유였다.

"내가….."

마주하기에는 너무나 낯설고도 위험한 감정이었다.

"너를….."

무작금은 도움을 바라는 어린아이처럼 손을 뻗었다. 다만 어디를 잡아야 할지 몰랐다.

작고 여린 어깨. 다시 사내가 되어야 할 목적을 만들어준 손. 모든 면에서 진심이다가도 결정적인 부분에서는 가면을 쓰며 매정하게 떨치는 소매. 우울한 파도처럼 너풀거리는 파란 치맛자락….

무서운 마음 끝에 힘이 빠졌다. 필사적인 격정으로 용케 버텼던 다리가 꺾였다.

무작금은 무너지듯 허물어졌다. 풀린 다리를 따라 육신이 와그르르 무너졌다.

무심코 신비는 그가 내민 손을 붙잡았다. 필시 그녀의 상냥한 천성 때문이었을 터였다.

안락한 산꼭대기에 선 사내가 일으킨 산사태와 함께 무너져 내리기를 선택했으니 말이다.

두 사람은 바닥에 나동그라졌다. 무작금이 먼저 엉덩방아를 찧었다. 신비는 그의 몸 위로 넘어지듯 앉았다.

정신을 차린 그녀는 황급히 그로부터 떨어지려고 했다. 하지만 찰나에 또 다른 격정이 무작금을 사로잡았다.

아까처럼 필사적이지는 않았다. 오히려 위험한 줄 알면서도 감수해야겠다고 마음먹도록 무모했다.

"내가 너를 연모하기 때문이다."

그리고 무작금은 그 의녀에게 입을 맞추었다.

까무룩 이끌려 온 입술은 따뜻했다. 줄곧 생떼나 부려온 그의 마음에 남은 이유마저 흐물흐물 녹여 몽땅 잊도록 만들 만큼 부드럽기도 했다.

한데 흐드러진 접촉은 오래가지 못했다.

신비가 무작금의 가슴팍에 손을 대고 밀어냈기 때문이다.

"…넌 왜 내 대답을 원하지 않았지?"

때문에 아까보다 강한 의구심을 느꼈다.

"저하께서 속으로 저울질하시는 것 같았나이다."

신비가 말했다.

"소인과 정가 이정이라는 그 궁인을 두고서요."

깜짝 놀랄 만큼 직설적이었다.

"마치 둘 중에서 누가 더 원하는 것을 줄 수 있을지 재보시는 것처럼요."

"그렇지 않다."

"저하께서는 일전에 서로 원하는 것을 주고받는 것이 사랑이라고 말씀하셨사옵니다."

그녀는 변명을 원천 봉쇄했다.

"송구하오나 소인은 그렇게 생각하지 않사옵니다."

하물며 단호하게 그를 밀어내고 다섯 걸음 뒤로 물러섰다.

"부디 망극한 말씀은 거두소서."

내가 너를 연모한다는 말은 맥없이 거절당해 도로 무작금에게로 돌아왔다.

그는 다시 일어서려고 했다. 사내답게 내려다보며 그녀를 마주해야 할 순간이었다.

하지만 한계치에 다다른 다리가 또 말을 듣지 않았다. 주저앉은 채로 버둥거릴 뿐이었다.

"…넌 내가 원하는 것은 주지 않는다."

제풀에 지친 무작금이 말했다.

"싫어도 약을 먹어야 한다고, 이대로는 괜찮지 않으니 더 나은 사람처럼 굴라고, 승은을 입혀주겠다는 호의는 어이없을 뿐이라고, 그만 어리광 부리고 사내대장부가 되라고…."

헤아리다 보니 줄줄이 쏟아졌다.

"한데 그러면서도 날 구해주고 잡아주었다."

쏟아질수록 더 모르겠다는 혼란만 가중되었다.

"…그래서 오히려 무서워졌다."

"무서우시다니요?"

"본디 사랑이란 무척 위험한 감정이 아니냐."

무작금이 씁쓸하게 속삭였다.

"…내 어미는 아바마마를 너무나 사랑한 까닭에 투기하였고, 투기하다 못해 죄를 지었으며, 죄를 지은 바람에 파멸하였다."

가만히 듣던 신비의 동공이 흔들렸다.

"난 그런 어미의 아들이다."

개의치 않고 무작금은 말했다.

“그리고 연모하는 마음까지 깨달아버렸다.”

이제는 부정할 수도 없었다.

“…한데 어찌 두렵지 않겠느냐?”

어떤 반응을 기대하고 물었는지 스스로 모르겠다. 다만 그 의녀의 반응이 매우 희한하다는 것만은 알았다.

신비의 표정이 이상했다.

앞으로 넘어야 할 산이 너무 많다는 듯 아찔해 보였다. 동시에 양반님네에 소달구지라도 빼앗긴 양 억울해 보였다.

책장을 덮으려면 한세월이 걸릴 만한 이야기가 있는데, 어디서부터 시작해야 할지 모르겠다는 낯이기도 했다.

“일단은, 연모한다는 마음부터 입증해 주소서.”

미처 묻기 전에 그 의녀가 말했다.

“저울질이나 허상이 아님을 먼저 확신한 다음에야 두려워해야 옳으니까요.”

더욱이 단호하게 덧붙였다.

“앞으로도 소인은 저하께서 원하시는 사탕발림만을 드리지 않을 텐데, 그래도 그것을 사랑이라고 이르실 수 있을지 확신을 보여주소서.”

“어떻게?”

방도는 스스로 찾아야 한다는 듯 그 의녀는 대답하지 않았다. 감히 왕세자를 꾸짖고 어를 때 짓는 특유의 표정이 완고하였다.

“넌 정녕 쉽지 않은 사람이다.”

어쩐지 무작금은 허탈해서 웃어버렸다.

“여태 나한테 여자란 참으로 쉽고 빤한 존재였는데….”

“그런 안이한 자신감에 찬 업보로 소인을 만나셨나 보지요, 뭐.”

설익은 첫 입맞춤의 순간을 또 다른 숙제로 매듭짓는 것은 그녀의 너스레였다.

"…다리는 괜찮으시옵니까?"

신비는 주저앉은 그를 일으키려고 애썼다. 겨드랑이 아래로 팔을 넣고 몸을 지탱하도록 유도했다.

참으로 작고 마른 체구인데도 든든했다. 척박한 땅에도 뿌리를 내리고 백 일 동안 붉은 꽃을 피우는 나무와 같았다.

"아직 혼자서 멀리 걸으실 단계가 아니옵니다."

신비가 짐짓 탓했다.

"그래도 혼자 걸어와야만 했다."

무작금은 고개를 저었다.

"설령 다리가 또 부러져 평생 침상에 눕는 신세가 되더라도 말이다."

"어째서요?"

"이번에는 내가 널 구하고 싶었으니까."

문득 무작금은 그녀 역시 둘만의 암묵적인 술래잡기를 인지하는지 궁금해졌다.

"미련하시옵니다."

역시나 그 의녀는 다른 여인과 같지 않았다. 감동은커녕 대뜸 비난부터 들이댔다.

그래도 무작금은 비난에 잔질게 묻은 물기를 알아차렸다.

"…박차고 들어오실 때는 좀 멋있으셨지만요."

과연 잠깐의 정적 끝에 툭 덧붙인 한 마디로 명료해졌다. 진실로 감수할 만한 가치가 있는 고생이었던 셈이다.

덕분에 무작금은 영락없는 어린아이처럼 기분이 좋아지고 말았다.

＊＊＊

신비는 내심 자책했다. 세자가 연심을 고백하도록 유도해서는 안 되었다.

대강 짐작하면서도 그가 자각하지 못하도록 모른 척했어야만 했다.

하지만 벌컥 문을 열고 들어온 모습이 좋았다.

쭉 아프고 힘들어서 못 하겠다는 둥 한계선을 긋던 사내였다. 한데 오로지 저를 구하겠다는 일념 하나로 앞뒤 가리지 않고 절뚝이며 달려왔다.

그 마음이 못내 고마웠다.

"…정말 입증하실 수 있을까?"

그럼에도 불구하고 신비는 회의적이었다.

전부터 느끼기로 세자는 사랑이라는 감정에 부정적이었다.

이정이라는 궁녀와의 관계에서 얻은 감정이 썩 건강하지는 않았던 모양이다. '서로 원하는 것을 주고받는 것'이라는 정의부터가 탐탁잖았다.

한데 신비를 향한 감정의 실체를 자각하고서도 마찬가지였다. 이번에는 '무서운 것'이라고 일컬었다.

생모의 사랑에 의한 결과라는 암묵적인 족쇄가 그의 유년기를 어떻게 옭아맸는지를 감안하면 이해할 만했다.

다들 세자가 폐비를 닮았을까 봐 두려워했고, 세자 본인 역시 그 공포감을 습득했을 터였다.

그래도 결국에는 그가 넘어야 할 산이다.

신비는 그가 절박하게 붙잡은 지푸라기를 대신 꺾을 수 없다. 구원하기는커녕 반감만 살 것이다.

반감이 들끓다 보면 반동도 강할 터였다. 하여 도산대비와 노란 밀화지환 이야기는 꺼내지도 못했다.

"과연 무엇을 어떻게 입증하실지부터가 문제겠지만….”

사실 먼저 요구했지만, 상황을 무마하기 위한 어깃장에 불과했다. 말을 꺼낸 신비조차도 무엇을 어떻게 증명할지 전혀 몰랐다.

이정을 향한 감정과 신비를 향한 감정이 왜 다른지.

둘 중 어느 쪽을 진실로 사랑이라 인정해야 할지.

그리고 그 감정을 어떻게 해야 긍정적으로 체화할 수 있을지….

그 지난한 의문을 해소하지 못하면 그는 평생 어른이 될 수 없을 터였다.

“…꼭 술래잡기라도 하는 것 같네.”

무심코 신비는 중얼거렸다.

처음 술래는 그녀 자신이었다.

분명 그는 술래가 잡아주길 원했다. 새침 떠는 겉모습 아래 어리광 섞인 속내를 알아주길 바랐다. 하여 비록 도망치더라도 뒤돌아보며 꼬리를 흘렸다.

신비는 아득바득 세자를 붙잡았고, 술래의 감투는 그에게로 넘어갔다.

지금쯤이면 아마 세자도 얼핏 감을 잡았을 터였다. 신비가 완벽하게 감출 수 없어 노출한 모순점과 애매한 행실에 대해서 말이다.

덕분에 응당 신비는 궁금했다.

나도 그가 잡아주길 바라는가?

능청스러운 가면 아래 숨긴 질곡의 사연을 알아주길 바라는가?

그래서 세자의 은혜와 입맞춤을 거절하면서도 여지를 남기고, 입증해달라는 뜬구름 잡는 소리를 앞세웠을까?

“그렇지만 나까지 잡히고 나면 어떻게 되는 거지?”

신비는 막막해졌다. 내디딜수록 길을 잃는 느낌이었다.

기나긴 상념을 밀어냈다. 신비에게는 잔망스러운 술래잡기 외에도
치러야 할 몫이 있었다.

"너! 내가 딱 한 번만 기회를 주겠다고 했지!"

아니나 다를까, 수빈 엄씨가 대뜸 목청을 올렸다.

절을 올리기도 전부터 후궁의 표정은 심상치 않았다. 처방을 바꾸
고 며칠이 지났는데도 호전될 기미가 안 보인답시고 벼르는 눈치였다.

"전혀 효험이 없잖느냐!"

옥안의 붉은 기가 그사이에 더욱 번졌다. 거뭇하게 변색한 자국도
전보다 훨씬 눈에 띄었다. 하얀 분을 떡칠하다시피 발랐는데도 전혀
감춰지지 않았다.

"당장 가서 제대로 된 내의녀를 대령해라."

수빈 엄씨가 씩씩거렸다.

"알겠사옵니다."

신비는 선선히 수긍했다.

"다만 그 전에 한 가지 부탁드리고 싶사옵니다."

"미쳤느냐? 나더러 네 부탁을 들어달라고?"

"소인이 자가의 입술연지를 좀 살펴봐도 괜찮을는지요?"

삐죽대는 말씨에 아랑곳하지 않고 물었다.

"내 입술연지는 왜?"

수빈 엄씨는 눈썹을 추켜세웠다.

"빛깔이 무척 곱고 예뻐서요."

입에 발린 소리를 앞세웠다.

"자가의 하얀 살결을 환하게 밝혀주는 색깔이옵니다."

아첨에 서슬 퍼렇던 기세가 누그러졌다. 수빈 엄씨는 헤벌쭉 새어

나오는 미소를 감추지 못하더니만, 못 이기는 척 화장품 그릇을 꺼내 놓았다.

"그렇지? 요걸 바를 때마다 주상전하께서 어찌나 칭찬하시는지!"

파란 도자기에 붉은 연지가 담겨있었다.

제형이 묽었다. 겉으로는 탈이 없는 것 같았다. 이럴 때면 약방에서 주로 쓰는 방법이 있다. 손으로 찍어 맛을 보는 것이다.

"아니, 그걸 왜 먹느냐?"

혀끝에 살짝 댔을 뿐인데도 수빈 엄씨는 기겁했다. 어의 영감은 임금님의 옥체를 정밀히 살피기 위해 매화梅花까지 맛본다는 걸 알면 까무러치겠다.

첫맛으로는 영 애매해서 한 번 더 음미했다.

"…이 연지는 주사로 만든 것 같사옵니다."

그러고 나서야 신비는 말했다.

"주사가 무엇인데?"

"일종의 붉은 흙이옵니다."

저번 날의 참담한 술자리에서 단서 한 가지는 얻었다. 매일 분과 연지를 짙게 칠할수록 피부에 문제가 생길 수도 있다는 것이었다.

신비는 바다 건너의 의서인 《신농본초경神農本草經》에서 배운 지식을 떠올렸다.

주사는 맛이 달고 성질은 차갑다고 했다. 그 말이 맞는 것 같다.

"주사 자체에도 독성이 있다고 짐작하는 의원이 많사옵니다."

신비가 신중하게 말했다.

"한데 그것으로 분이나 연지를 만들 때, 가루가 얼굴에 잘 달라붙지 않아 다른 광물을 추가로 섞는 경우가 더러 있사옵니다."

"그래서?"

"그렇게 만든 분과 연지로 자주, 진하게 단장하면 피부가 곪을 수 있나이다."

찬찬히 살펴보건대, 오늘도 수빈 엄씨는 옥안에 두텁게 장벽을 쳤다.

"치장에 공을 들이는 기생들한테서 특히 그런 일이 생기옵니다."

"분과 연지 때문에 내 얼굴이 뒤집혔다고?"

수빈 엄씨는 못마땅해했다.

"좋은 약재로 만들었다니까. 한데 어찌 독이 되겠느냐?"

"예, 아마 주사를 달걀노른자며 홍화와 함께 끓여 만들었을 테지요."

분장(粉匠, 화장품을 만들던 장인)으로부터 제조법을 대강 주워듣고 왔다.

"거기다가 발림성과 빛깔, 지속성을 높이기 위해 어떤 광물을 또 섞었을 테고요."

신비가 말했다.

"하면 독성이 강해지고, 자주 접해 피부가 중독되는 것이옵니다."

"다른 후궁들은 발라도 멀쩡한데 나만?"

궁중에서 수빈 엄씨만큼 요란하게 떡칠하는 비빈을 찾기는 어렵다는 반박은 썩 도움 되지 않을 터였다.

"사람마다 타고난 체질이 달라 작용도 상이하겠지요."

신비는 온건하게 얼버무렸다.

"하물며 이 연지는 궁중의 분장이 빚은 게 아닌 것 같사옵니다만…?"

슬쩍 떠봤는데 수빈 엄씨는 대답을 못 하고 머뭇거렸다.

"피부를 회복하시려면 치장을 일절 금하셔야 하옵니다."

"절대 안 된다!"

수빈 엄씨는 펄쩍 뛰었다.

"아름답게 가꾸는 것이 여인의 도리다. 맨얼굴로 세상에 나설 순 없느니라."

"성현께서 여인더러 아름답게 가꾸라고 가르치는 것은 용모가 아닌 심성이옵니다."

신비는 적절하게 또 아첨했다.

"자가의 덕성이 음전하시어 이미 아름다우신데 치장이 무슨 소용이겠나이까?"

"아니야! 화장하지 않은 내 얼굴은…."

안타깝게도 이번에는 통하지 않았다.

"전혀 아름답지 않단 말이야."

수빈 엄씨는 양손으로 두 뺨을 감쌌다.

"안 그래도 까다로운 주상전하께서 밉게 보실 텐데…."

"당치 않으시옵니다."

"아니, 넌 주상전하를 모른다."

문득 수빈 엄씨의 눈에 그림자가 어른거렸다.

"…바깥사람들은 전혀 모르겠지."

사뭇 기괴한 감정이었다.

"분과 연지 때문에 문제가 생기면, 끝내 얼굴이 썩어들 텐데요."

어쨌든 아첨이 통하질 않으니, 겁을 주는 수밖에 없다.

"장안에서 이름난 기생 중에도 갑자기 기적(妓籍, 기생을 등록한 대장)에서 사라지는 경우가 더러 있사옵니다."

과연 수빈 엄씨는 경악했다.

"주상전하께서도 썩은 얼굴보다는 차라리 맨얼굴을 좋아하시겠습니다."

"하지만…."

성가시게도 그녀는 마지막까지 저항했다.

"네 말을 어찌 곧이곧대로 믿느냐?"

수빈 엄씨가 앙칼지게 타박했다.

"줄곧 다른 문제라더니 갑자기 손바닥을 뒤집었잖느냐!"

"여태 올리던 탕제는 피부의 염증을 보하는 약이니 그대로 올릴 것이옵니다."

신비는 밀어붙였다.

"다만 약이 효험을 발하기 위해서는 근원을 잘라야 하옵니다."

후궁의 얼굴을 뒤덮은 하얗고 붉은 칠을 응시했다. 실로 빛 좋은 개살구였다.

"앞으로 보름 동안 단장하지 마소서."

신비는 단호하게 덧붙였다.

"그래도 차도가 보이지 않거든 소인을 벌하소서."

"좋다."

이 지경에 이르자 수빈 엄씨가 한숨을 쉬었다.

"네 말대로 했는데 또 효험이 없다면, 궁인들 앞에서 널 발가벗겨 조리돌릴 것이다. 그래도 자신 있느냐?"

그깟 협박에 신비는 동요하지 않았다.

"물론이옵니다."

"하! 배짱도 좋구나."

수빈 엄씨는 다소 김이 샌 눈치였다.

그렇다고 무르지는 않았다. 그녀는 보란 듯이 무명천을 물에 적셔 얼굴을 닦았다. 색깔로 물든 물이 뚝뚝 떨어졌다.

드러난 후궁의 맨얼굴은 공언한 대로 썩 아름답지 않았다. 젊은 시절에도 미인 소리는 못 들었을 이목구비였다.

"…처소에서 경대를 아예 치워버려야겠군."

수빈 엄씨는 반쯤 체념한 듯 중얼거렸다.

                                    ***

며칠째 미진한 일상이 이어졌다.

크게 무리했지만 세자의 용태는 나빠지지 않았다. 아니, 오히려 한 번 힘겹게 내디뎠기에 그다음부터는 쉬워진 모양이었다.

꾸준히 재활 치료를 처방하는 의원 박치수가 동궁께서 회복하시는 속도가 전보다 빨라졌다는 둥 몹시 기뻐했다.

요 며칠, 신비는 도통 세자의 의중을 짐작할 수 없었다.

한바탕 망신살이나 다름없던 입맞춤 이후로 그는 말이 없었다.

약을 올리면 무표정하게 받았다. 이것저것 물어도 신통찮게 단답으로 일관했다. 신비의 앞에서는 걷는 모습을 보여주지도 않았다. 전처럼 침상에 비스듬히 기대어 있을 뿐이었다.

거기다 대고 먼저 운을 띄우기란 어려웠다.

사실상 세자의 마음을 거절한 셈이니까.

사랑이란 두려운 감정이라면서도 용기를 내어 성큼 다가온 연정의 표현이었는데 말이다.

신비는 그의 입술을 떠올렸다.

겉으로 볼 때는 한 떨기 앵두처럼 아름답다고 생각했었다. 한데 막상 접하자 새콤달콤한 맛은 아니었다.

오히려 비에 젖은 숲의 흙이요, 소금기가 맴도는 바닷가의 공기였다. 아련하게 흩어지는 바람에 혀끝으로 실체를 잡을 수 없었다. 쓰디쓴 뒷맛만 곱씹을 뿐이었다.

"뭐해?"

만덕이 옆구리를 쿡 찌르는 바람에 불순한 단상이 끊겼다.

"멍하게 빈둥대지 말고 따라 와."

"어디 가려고?"

"함께 궐 밖으로 나가봐야 할 것 같아."

만덕이 말했다.

"좌의정 댁에서 납채(納采, 신랑집에서 신부집으로 혼인을 청함)한대서."

무뚝뚝한 말씨에도 신비는 찰떡같이 알아들었다.

흔히 의녀는 온갖 잡일을 도맡는데, 개중에는 부유한 양반님네의 혼수를 검사하는 일도 있다.

부호랍시고 사치하면 풍속이 문란해진다는 까닭에서다. 임금께서 혼가의 납채일에 의녀를 보내 감찰하는 셈이다.

만덕을 따라가니 사가에 나갈 채비를 마친 자희가 보였다.

"오늘은 다른 내의녀께서 맡으실 줄 알았는데요?"

"그래, 금희가 나가기로 했었지."

자희는 탐탁잖은 표정이었다.

"남 소의께서 또 발작을 일으키시는 바람에 발이 묶여서 내가 대신 간다."

"그게 누구인데요?"

성상의 후궁이 하도 많아 신비는 헷갈렸다.

"알잖아, 원래 감빈이셨다가 강등되신…."

만덕이 중얼거렸다.

"아무튼 우리는 맡은 일이나 하면 된다."

불편한 화제가 더 길어지지 않도록 자희가 싹둑 잘랐다.

그럴 만도 했다. 조정에서 공론화되지 않았을 뿐, 궁중에서는 다들 감빈 남씨의 병증과 동궁전의 화재가 관련이 있다는 소문을 속닥였다.

"좌의정과 호조판서가 사돈을 맺다니 어마어마하겠네요."

눈치껏 신비는 동조했다.

"요즘에는 사라능단紗羅綾緞에다가 산호며 유리까지…. 혼수품을 십여 가지가 넘도록 요구하는 집안이 많다는구나."

"오죽하면 사헌부에서 단속하자고 눈을 부릅떴겠습니까."

자희와 만덕이 혀를 끌끌 찼다.

"한데 왜 납채를 감찰해요?"

문득 신비는 궁금해졌다.

"납채 때는 청혼하느라 사주단자만 보내잖아요. 승낙받으면 그때 비로소 신랑 쪽에서 서신과 폐물을 주는 거 아니에요?"

"잔머리 굴리느라 요즘에는 납폐(納幣, 정혼하여 신랑이 예물을 보냄) 때 말고 납채일에 수 쓰는 양반이 많다더라."

하긴, 육례(六禮, 혼인의 여섯 의례)를 본격적으로 진행할 즈음에는 이미 양가 가장들 사이의 합의가 어지간히 끝난 상태일 터였다.

"자, 늦겠다."

마침내 자희가 앞장섰다.

궐 밖으로 나섰다. 궁녀들은 구중궁궐 바깥의 흙만 밟아도 감격한다는데, 출청과 퇴청을 매일 반복하는 의녀들은 큰 감흥이 없었다.

다만, 양반님네가 모여 사는 한양 한복판으로 향하는 것은 전혀 다른 이야기였다.

도린곁을 지났다. 도성에서도 으뜸으로 치는 고을이 보였다. 종친과 고관대작의 기와집이 늘어섰다.

으리으리할 뿐만 아니라 고아한 기품마저 느껴졌다. 천인이 실수로라도 발을 디뎠다간 멍석말이를 당할 공간이었다.

"별나라가 따로 없네…."

생전 처음 보는 광경에 만덕이 감탄했다.

"이번 혼사는 특히 잘 감시하라는구나."

휘둥그레 두리번거리던 자희가 말했다.

"좌의정 댁에서 지나치게 의욕적으로 추진했거든."

"왜요?"

"호조판서의 질녀가 세자빈 간택에 내정되었다는 소문 때문이겠지."

갑작스럽게 일전에 도산대비가 흘린 이야기가 재확인되었다. 신비의 가슴이 쿵 떨어졌다.

"세자저하께서 국혼國婚을 치르시는 겁니까?"

흘끔 신비의 안색을 살피며 만덕이 물었다.

"낌새가 그렇다더라."

자희가 말했다.

"저하께서 많이 회복되셨으니까. 더는 미루기 어려울 만큼 과년하시기도 하고."

"그렇기는 하네요. 왜 여태 납빈(納嬪, 왕세자가 아내를 맞이함)하지 않으셨답니까?"

뚱한 만덕의 물음에 자희의 얼굴에는 그늘이 드리워졌다.

"…저 집 보이느냐?"

그녀의 손끝이 가리킨 곳에는 허물어진 기와집이 있었다.

오랫동안 사람 손을 타지 않았는지 처마 아래에 거미줄이 수북했다. 돌담마저 으스스한 꼴로 무너졌다.

도성 한복판에 자리 잡기에는 사위스러운 광경이었다.

"옛날에 강직하기로 이름난 양반이 저기 사셨단다."

자희가 말했다.

"주상전하의 신임이 돈독해 그 여식을 세자빈으로 낙점하셨다는 이야기가 돌았었지."

"한데 성사되지 않았습니까?"

"그 강직한 양반께서 편전에서 간언하다가 상감마마의 진노를 사 귀양 가셨거든."

"아, 그렇다면야 엎어질 만하네요."

만덕이 무심하게 대꾸했다.

"가산이 몰수되어 저 집도 왕실의 소유로 넘어갔지만…. 어째서인지 주상전하께서는 그대로 방치하셨어."

"후일 용서하고 불러들이려나 봅니다."

"글쎄, 배소(配所, 유배지)에서 사사(賜死, 사약을 내려 죽임)되었다 들었으니 그건 아닐 텐데."

자희가 미간을 찡그렸다. 동정심이 비쳤다.

"옛날에 난 어명을 받들고 저 댁으로 진맥을 나간 적이 있지."

"왜요?"

"저 댁 안방마님이 무슨 대군의 따님이셨거든."

"정말 나라에서 최고로 손꼽히는 명문가였었나 보네요?"

자희가 끄덕이면서 눈을 내리깔았다.

"좋은 분들이셨는데…."

과거가 얼마나 찬란했든 간에 현재는 허망한 잔해에 불과했다. 쇠락한 폐가에는 바람만 스산하게 맴돌았다.

"아무튼 한번 시기를 놓쳐서인지, 그 뒤로 세자저하의 혼사가 번번이 늦춰지더라."

음울한 기분을 떨치려는 듯 자희가 한결 가볍게 말했다.

"동궁전 아래로 줄줄이 딸린 왕자님들도 덩달아 장가를 못 들고 있지."

세자가 노총각으로 죽든 말든, 만덕은 어깨를 으쓱했다. 한데 그러다가 문득 깨달았는지 신비의 옆구리를 쿡 찔렀다.

"웬일로 조용해?"

"아니, 그러고 보니 촉새 같은 아이가 아까부터 말이 없구나."

과연 자희도 미심쩍게 여겼다.

사실 신비의 귀에는 아무것도 들리지 않았다. 그녀는 저 기와집이 무너지기 전의 세상을 상상하느라 바빴다.

주인 양반은 점잔을 떨었다. 몸종들은 종종대며 돌아다녔다. 너나 없이 소일거리로 가꾸는 꽃과 화초가 즐비했다. 물씬 사람 사는 냄새가 풍겼다.

쇠락한 가문의 역사를 반추하는 폐가가 아니었다. 평범한 일상을 그려내는 따뜻한 집이었다.

하지만 상상은 현실 앞에서 힘을 잃었다.

그 세상은 온데간데없이 사라진 시절과 함께 풍파를 맞아 폭삭 무너졌다.

신비는 습관대로 눈물을 삼켰다.

"아무것도 아니야."

북받친 마음을 가다듬었으되 목이 메어 쇳소리가 났다.

"…그냥 옛날 생각이 나서."

"하긴, 초학의 시절 처음 일 년을 딱 저 수준의 돼지우리에서 살았었지."

만덕은 알아서 납득했다.

"귀신 나온답시고 다들 밤마다 측간을 못 갔어. 요강이 넘치고 나면 터지려는 오줌보를 붙잡고 동동거렸었는데."

젖어 들기에도 참 비참한 추억이었다.

"한데 신비 너는 오히려 귀신을 만나고 싶다는 둥 밤마다 몰래 빠져나가다가 빗자루로 얻어맞았지."

"맞아, 그랬어."

신비는 서글프게 미소 지었다.

"…그렇게라도 죽은 사람을 보고 싶었거든."

요즘도 자다가 자시子時만 되면 실없는 소망에 이끌려 슬쩍 마당에 나가본다는 사실을, 만덕은 꿈에도 모를 터였다.

"너희가 그런 시절을 견뎠으니 오늘 같은 날도 온 게지."

자희가 끼어들었다.

"오늘 뭐 대단한 일이라도 한답니까?"

만덕이 퉁명스럽게 대꾸했다.

"그럼, 당연하지."

자희가 하룻강아지에게 코웃음 쳤다.

"혼수 감찰의 백미를 모르는구나."

"예에?"

"기대해라. 고고한 양반님네가 우리 같은 천것들한테 좀 봐달라고 빌빌거리는 모습을 감상할 수 있을 테니까."

자희는 쾌활하게 말했다.

"어서 가서 떵떵거리자꾸나. 궂은 팔자에 날이면 날마다 생기는 재미가 아니니라."

그러고는 신비와 만덕의 등을 떠밀었다.

마지못해 걸으면서도 신비는 마지막으로 뒤를 돌아보았다.

아직은 때가 아니라고 생각했다. 그렇지만 시선이 속절없이 향했다.

그녀는 염원했다.

기울어 버린 달이 도로 차오르기를. 뼈대마저 드러난 기와집에도 한 점이나마 볕이 깃들기를.

그리하여 상상이 현실 앞에서 힘을 잃지 않기를.

반나절 융숭한 대접을 받았다. 자희의 장담이 옳았다. 콧대 높은 양반님네가 버선발로 달려 나와 잘 봐달라고 아우성을 쳤다.

안채에 펼쳐놓은 혼수를 조목조목 짚으며 사치스럽다고 탓하자, 좋은 날이라 기분 좀 냈으니 눈감아 달라며 또 빌빌거렸다.

세 명의 의녀는 떡과 고기를 얻어먹었다. 명박(明珀, 호박의 일종)으로 만든 값비싼 노리개도 하나씩 쥐여주었는데, 자희가 그것만은 끝까지 사양했다.

분명 차비대령의녀라는 평판을 걸 만한 가치의 뇌물은 아니었다.

한낮이 넘어서야 약방으로 돌아왔다. 자희는 곧장 감찰 결과를 서계하러 갔다.

"난 외방의 상궁 두어 명을 더 진맥하고 퇴청할 거야."

만덕이 말했다.

"배불리 먹었더니 저녁은 걸러도 되겠어."

"잘됐네. 마침 쌀 항아리도 바닥났거든."

"벌써?"

"그래, 오늘 새벽에 먹은 밥이 마지막이었어."

만덕이 미간을 찡그리더니 작은 주머니에서 놋쇠 동전을 푼푼이 셌다.

"시장바닥을 돌면서 흥정해야겠네."

"열심히 해봐. 난 오늘 숙직이라서."

신비는 아쉬웠다. 만덕의 끔찍한 말주변에 쌀가게 아저씨가 열받아서 펄펄 뛰는 진풍경을 구경할 수 없으니 말이다.

"…신비 너 괜찮은 거지?"

“내일부터 쫄쫄 굶을 판이라면 괜찮기는 힘들지.”

“아니, 그게 아니라….”

저가 먼저 두서없이 말해놓고 만덕은 눈을 치떴다.

“세자저하께서 장가드신다잖아.”

“나랑은 상관없는 일인데.”

신비는 분주한 척 약재가 담긴 함을 뒤적였다.

“무사히 쾌차하시어 혼사를 치르신다면 오히려 감축드릴 일이지.”

“정말이야?”

만덕은 믿지 않았다.

“저번에 너 대신 동궁전에 탕제를 올렸을 때…. 느낌이 이상했어.”

“뭐가 이상했는데?”

“세자저하께서 널 남다르게 여기시는 것 같았다고.”

신비는 멈칫했다.

“너 대신 온 나를 보고 처음에는 실망하시더니, 곧 화를 내시고, 급기야 넌 어디에 있느냐며 안달하시더라.”

눈치라곤 국 끓일 만큼도 없는 만덕이지만 때로는 유난히 감이 좋았다.

“너랑 세자저하 사이에 무슨 일 있었던 건 아니지?”

무슨 일이라면 있었다.

환영받지 못한 탕약 사발을 사이에 두고 오간 미묘한 감정이 서로를 구하기 위해 무릅쓴 고통으로 폭발하기까지….

도리어 너무 많은 일이 있었기에 대답하기가 어려울 지경이었다.

그러나 동시에 아무 일도 없었다.

미묘한 감정은 연모한다는 말로 정의되었으나 거절당하였고, 서로를 위해 무릅쓴 고통은 지나가는 과정에 불과했다.

너무 많은 일이 있었지만 명징하게 가리킬 수 없기에 다시금 대답하기가 어려운 지경에 이르렀다.

"…아무 일도 없었어."

하여 신비는 편리한 거짓말을, 그리고 애매한 진실을, 나지막이 속삭였다.

"알았어."

만덕은 더 이상 묻지 않았다.

"네가 그렇다면 그렇게 알고 있을게."

사실 그녀는 항상 그랬다. 언제나 신비를 빛이라 믿고 맹목적으로 추종하는 신실한 벗이었다.

"그럼 나 먼저 갈 테니까 내일 아침에 봐."

침주머니를 챙긴 만덕은 곧 총총 떠났다.

신비는 약방 구석에 호롱불을 밝혔다. 자질구레한 일지를 썼다. 약재 곳간의 재고도 확인했다. 초학의를 훈육하기 위해 만든다는 교본서도 필사했다.

해시亥時가 넘어 눈이 뻑뻑했다. 신비는 붓을 끼적이던 연상에 엎드렸다.

그대로 깜빡 잠이 들었다.

얼마나 시간이 흘렀을까, 웅크리고 엎드린 어깨에 얹힌 감촉에 잠이 깼다. 따뜻하고 두툼했다.

이어서 제 머리카락에 조심스럽게 닿는 손길이 느껴졌다. 망설임이 섞인 잠깐의 접촉이었으나 꽤 다정했다.

"…근호 오라버니?"

무심코 신비는 그 손길의 주인을 가장 다정한 사람의 이름으로 불렀다. 어쩌면 오늘 궐 밖에서 영락한 기와집을 마주했기 때문이리라.

그러나 몽롱함이 가시자 후회했다. 세상에서 가장 다정했던 그 이름이 질곡의 과거를 헤치고 현실이 되었을 리 없다.

밤새 아무리 기다려도 나타나지 않던 죽은 사람의 망령만큼이나 부질없는 소망이었다.

하물며 눈을 비비고 다시 보니 제대로 보였다.

"…세자저하?"

깨어나는 기척에 허둥지둥 물러서던 세자의 발목이 붙잡혔다.

"아, 아니, 숙직을 선다기에 궁금해서 왔다가….."

"여기서 뭘 하시옵니까?"

신비가 일어섰다. 그러자 어깨에 덮여있던 묵직한 것이 스르르 바닥으로 떨어졌다. 멋들어진 은사로 장식한 철릭이었다.

"저하께서 덮어주셨사옵니까?"

"나, 날도 쌀쌀한데 왜 엎드려서 자느냐?"

세자가 실없이 투덜거렸다.

"입 돌아간다."

"걱정하셨나이까?"

"…그래."

그는 다소 쭈뼛거렸다.

"걱정 정도는 해도 괜찮겠지."

"진실로 소인을 걱정하셨다면 이렇게 요란한 옷가지를 둘러주시면 안 되지요."

공연히 간지러워 너스레를 떨었다.

"누가 보기라도 했다간 경을 쳤을 것이옵니다."

"그렇지만 네가 깼을 때, 내가 덮어줬다는 사실을 알아야 할 것 아니냐!"

"예에?"

"어정쩡한 모포를 둘러줬다가 웬 의관 나부랭이의 호의라고 착각하면 어떡해?"

세자는 부끄러움도 없이 생색냈다.

"그러면 여기까지 힘들게 절뚝이면서 온 내 고생은 죽 쒀서 개 준 꼴이나 되겠지!"

하여튼 성격 알 만하다.

"…여기까지 어떻게 오셨다고요?"

뒤늦게 경종을 울리기는 했다.

세자는 목다리를 짚었으나 분명 혼자 힘으로 서 있었다. 신비는 그가 여기까지 제 다리로 걸어 왔음을 깨달았다.

"절뚝이면서 왔다니까."

세자는 멋쩍게 중얼거렸다.

"봄에 처음 뵈었을 때만 해도, 동궁전 방구석에 붙박이셔서는 소인더러 나가라고 야단이셨는데…."

흘러간 계절을 돌이켜보려니 싱숭생숭했다.

"가을마저 다 지나가는 지금에 이르러서는, 저하께서 소인이 궁금하다며 약방까지 걸어오셨사옵니다."

"그래, 정녕 많은 게 변했구나."

덩달아 세자도 기분이 묘해진 눈치였다.

"동궁전 그 좁아터진 방구석에서 사연을 참 많이도 쌓았다."

"나중에는 그 사연들이 다 추억이 되겠지요."

신비가 말했다.

"…좋은 추억이겠느냐?"

두려운 듯 세자가 물었다.

“저하께 좋은 추억으로 남는다면, 소인이라고 다르겠사옵니까?”

신비는 질문을 질문으로 받아치며 슬쩍 회피했다.

“다를 수도 있을 것 같다.”

하지만 통하지 않았다. 세자가 말꼬리를 붙잡은 것이다.

“…평범한 여인이 아닌, 너라면.”

“어째서요?”

“넌 세자가 연심을 고백하는데도 진심인지 입증부터 해보라고 우기는 사람 아니냐?”

제법 요점을 잘 이해한 모양이다.

“본디 양손에 여자를 쥐고 저울질하는 사내는 업보를 치르기 마련이지요.”

신비는 능청스럽게 받아쳤다.

“그런 게 아니라니까.”

세자가 투덜거렸다.

“조금만 기다려 봐라. 네 말대로 증명할 테니까.”

공연히 으름장을 놓더니 세자가 가슴팍 안쪽을 뒤적였다.

“…일단은 이것부터 받아라.”

“무엇이옵니까?”

엉겁결에 신비는 그가 불쑥 내민 것을 받았다. 조그마한 주머니였다. 흔들어 보니 덜그럭거렸다.

“도대체 무슨…?”

꽉 묶은 매듭을 풀고서 신비는 경악했다. 주머니 안에는 조그마한 치아들이 잔뜩 들어 있었다.

“내 젖니다.”

"어려서 빠진 유치乳齒라구요?"

"그래, 유모가 잘 모아놨더군."

놀랍게도 그는 거들먹거렸다.

"기왕이면 생니를 뽑아 주는 사내도 있다지만…. 난 그렇게 담대하진 못해서."

신비는 입만 헤 벌렸다.

"설마 무슨 뜻인지 모르나?"

세자는 본인이야말로 황당하다는 반응이었다.

"여염에는 사내가 연모하는 여인에게 제 이를 뽑아 주는 풍습이 있다던데."

"예에?"

"신체발부수지부모身體髮膚受之父母의 도리가 있거늘, 부모에게서 받은 신체의 일부까지 내어줄 만큼의 연정을 맹세하는 뜻이라더라."

"너무 사랑해서 이를 뽑아 준다구요?"

"그렇다니까."

"아니, 주려거든 예쁜 비녀나 가락지를 줄 것이지 웬 생니?"

낭만치곤 감성이 너무 비틀어졌다.

"가락지보다 훨씬 귀하지."

세자가 또 거들먹거렸다. 하도 어이가 없어서 신비는 웃어버렸다.

"…웃는구나."

그의 눈빛이 한결 진지해졌다.

"네 마음이 어떤지는 몰라도…. 내 연심이 널 웃게 했으면 싶었다."

상대방의 의중을 몰라 걱정하고, 혼자 결론 내릴 때도 있고, 울적해지기까지 하는 것은 국본조차 어쩔 수 없는 본능인가 보다.

"그래서 요 며칠 이래도 흥, 저래도 흥, 뚱하셨던 것이옵니까?"

"내가 언제 소인배처럼 흥흥거렸다고!"

세자가 눈을 치떴다.

"남의 속도 모르고 자꾸 네가 태연하게 말을 붙이니까 좀….."

"삐치셨다고요?"

"난 사내대장부라서 안 삐친다!"

그가 골을 냈다. 대장부와는 거리가 멀어 보였다.

"아무튼 이만 간다."

계속 유치하게 주장해봤자 본인만 손해임을 깨달은 모양이다.

"자, 다시 눈 감고 엎드려라."

"왜요?"

"어기적거리면서 돌아가야 한단 말이다."

세자가 중얼거렸다.

"기껏 멋있게 선물까지 줘놓고 마무리가 영 김빠지잖아. 보지 마라."

"솔직히 이게 그렇게 멋진 선물은 아닌 것 같은데요."

신비가 무람없이 주머니를 흔들었다.

"오히려 좀 소름 끼치는….."

"뭐라고?"

"아니, 너무 멋있다고요….."

더러운 신분 앞에서 신비는 수긍하고 도로 연상에 엎드렸다.

세자가 힘겹게 돌아서는 기척이 느껴졌다. 목다리가 바닥을 짚는 소음에 그가 나지막이 흘리는 신음이나마 감춰졌다.

희한하게도 어엿한 사내처럼 보이려고 용쓰는 저 어린아이가 정말로 멋지게 느껴졌다.

"…다음번에는 생니를 뽑아 주시는 것이옵니까?"

그래서 신비는 눈까지 꼭 감은 채로 물었다.

“욕심도 많다.”

세자가 말했다.

“이미 시도해 봤는데 생니는 도저히 못 뽑겠다. 대신 젖니를 스무 개나 줬으니 좀 만족해라.”

그러고는 행여 또 생니를 뽑아달랄세라 쌩 도망쳤다.

신비는 웃음을 터트렸다. 그의 기척이 아예 사라지고서도 어깨를 들썩이면서 웃었다. 삼켜버린 눈물과 속절없이 뒤돌아본 과거를 잊을 때까지 폭소했다.

그렇게 한 번 더, 힘든 날을 이겨냈다.

***

신비는 괴악한 연정의 징표를 제 방에 꼭꼭 숨겨두었다. 그러고는 생각날 때마다 남몰래 덜그럭거렸다.

주머니 속을 빼곡하게 채운 세자의 젖니 하나하나가 억지로 닫아둔 가슴의 창을 때리는 조약돌이 되었다.

점점 약해지는 마음에 고민하다가 마침내 그녀는 결심했다.

“세자저하께서 많이 나아지셨지요?”

신비가 물었다.

“그래, 이제 곧잘 걸으시니까.”

동궁전에 나아갈 채비를 하던 의관 박치수가 선선히 끄덕였다.

“조만간 목다리를 짚을 필요가 없어지시는 날도 오겠지.”

“하면 더 이상 간병도 원치 않으시겠지요?”

“아무래도 그러시겠지.”

“하오면 저는 당분간 활인서에서 봉죽하고 싶습니다.”

대번에 치수는 벙쪘다.

"활인서는 내의원보다 일이 훨씬 고된 줄 모르느냐?"

"압니다."

"여기에 있어야 내의녀 승급에도 유리하다는 것은?"

"그 또한 압니다."

신비는 어깨를 으쓱했다.

"다 알지만…, 접때 만덕이가 그러더라고요. 젊어서 다양하게 배워 두면 후일 큰 책임을 맡았을 때 도움이 된다고요."

"정녕 그게 진짜 이유더냐?"

치수가 날카롭게 물었다.

"달리 또 무슨 이유가 있으려고요."

"…세자저하께서 실망하실 텐데?"

문득 그가 도리질 쳤다.

"아니, 네가 멀리 도망가도록 내버려 두지도 않으실걸."

"저하께서는 오른손과 두 다리를 되찾으셨습니다."

신비가 단조롭게 말했다.

"슬슬 다시 글공부하고, 말을 타고, 세자빈을 맞이하시고, 잃었던 국본의 삶을 되찾아 숨 가쁘게 사시다 보면…."

자못 새어 나오는 쓴웃음만은 막을 길이 없었다.

"굳이 저를 찾지 않으실 겁니다."

본디 어린아이가 다 자라고 나면, 한때 인생의 전부인 양 골몰하던 장난감은 더 이상 찾지 않기 마련이다.

특히나 그 장난감이 얻기 위해 공들일 가치도 없는, 소와 닭이나 다름없이 비천한 소유물이라면 말이다.

"…조만간 세자빈을 간택한다는 소문 때문에 그러느냐?"

감을 잡은 치수가 미간을 찡그렸다.

"치기 때문에 장래를 망치지 마라."

그러고는 엄하게 꾸짖었다.

"넌 재주 있는 의녀다. 기왕 스스로 선택한 길이라면, 내의원에서 뚝심 있게 버텨서 어의녀까지 목표로 해야지."

특유의 투박한 감정 표현이었다.

"그렇지 않으면 네 뜻을 존중하고 물러선 내가 뭐가 되느냐?"

속절없이 부끄러웠다.

"안 된다."

치수는 고개를 저었다.

"절대 허락하지 않을 테니까 허황한 마음을 품지 마라."

"단칼에 자르지 마시고요."

신비가 한숨을 쉬었다.

"일단 오늘 제가 살아서 돌아오면…. 다시 진지하게 의논해보자고요."

"살아서 돌아오다니?"

"오늘이 수빈께 약속드린 지 보름째 되는 날이거든요."

꽤 넉넉한 말미였는데, 갖가지 사건이 일어나는 바람에 쏜살같이 지나가 버렸다.

"단장을 일절 삼가시고도 차도가 없으면 절 조리돌리겠다고 하셨는데…."

신비가 혀를 내둘렀다.

"이렇게 높으신 분들한테 수난을 당해서야, 정녕 활인서보다 낫다고 장담하시겠나이까?"

"걱정하지 마라. 네 처방이 통했을 테니까."

치수는 그녀에게 없는 확신마저 그러모았다.

"늦지 않게 서두르기나 해라."

역시나 투박한 직선이기에 믿고 싶었다.

후궁들은 가까운 권역에 옹기종기 모여 산다. 대개 첩지를 받으면 교태전 너머 아미산 인근에 터를 잡는다.

처음부터 외따로 지내다가 아예 위리안치 신세로 전락한 남씨 같은 경우만 제외하고 말이다.

그래서 신비는 수빈 엄씨에게 가는 길에 지빈 정씨의 궁인들과 마주쳤는데도 놀랍게 여기지 않았다. 하물며 지빈 정씨의 해산방에 드나들 적에 자주 본 사이였다.

"별고 없으셨습니까, 항아님들?"

신비는 반갑게 꾸벅 인사했다. 다만 수빈 엄씨의 일에 골몰하느라 친한 척 잡담할 계제는 아니라서, 얼른 스쳐 지나가려고 했다.

한데 괴이하게도, 지빈 정씨의 궁인들은 길을 가로막고 비켜주지 않았다.

"…혹 지빈방의 아기씨께 또 무슨 일이라도 생겼습니까?"

조심스레 신비가 물었다. 아기가 재채기만 해도 소스라치게 놀라 의녀를 찾은 전적이 있으니 말이다.

"지빈께서 널 찾으신다."

"그러니까 아기씨께 어떤 증상이…?"

"토 달지 말고 서둘러 따라와라."

지빈 정씨의 나인들이 신비의 양팔을 잡았다. 꼭 죄인을 사로잡은 꼴이었다.

"어어, 지금 수빈방으로 가는 길입니다."

신비는 당황했다.

"무슨 까닭이든 간에 일단 선약이 잡힌 분께….."

"입 다물고 따라오라지 않아!"

버럭 다그치는데 오금이 저렸다. 신비는 그대로 나인들에게 질질 끌려가다시피 했다.

문제의 지빈 정씨는 처소 앞마당에 나와 있었다.

단단히 팔짱을 낀 모습이 예사롭지 않았다. 영문도 모른 채 무릎 꿇린 신비를 발견하고서는 인상이 아예 험악해졌다.

"저 의녀가 맞습니까?"

지빈 정씨가 턱으로 신비를 가리켰다.

"…예, 맞사옵니다."

대답한 사람은 얼굴이 시커멓고 얼룩덜룩한 청년이었다.

누구인지 몰랐다가 신비는 뒤늦게 깨달았다. 지빈 정씨의 소생인 안안군이었다. 일전에 한바탕 욕을 본 생일 연회의 주인공 말이다.

격분한 세자한테 두들겨 맞는 바람에 멍이 들어 몰골이 흉했다.

"요사이 안안군께서 내게 문후도 거르고 피하는 눈치시기에 직접 찾아뵈었더니만…."

지빈 정씨가 울분을 토했다.

"용태가 이토록 처참하여 사람의 꼴이 아니었다."

솔직히 그 정도로 심각한 중태는 아닌데, 생모의 사랑이라는 콩깍지가 씐 후궁에게는 빈사 상태로 보이는가 보다.

"대강 사정을 듣고서 기가 막혔지."

지빈 정씨가 섬돌 아래로 내려왔다.

"…한낱 의녀인 너 때문에 세자저하께서 노하셨다고?"

스스로 말하면서도 믿기지 않는 눈치였다.

"왕자가 잘못하면 아랫것을 대신 벌주는 법도까지 잊으시면서?"

지빈 정씨가 벌컥 성을 냈다.

"국본께서 병상에서 일어나자마자 하신다는 게 아우에게 주먹질이라니!"

이성을 잃어 그녀는 선을 넘었다.

"어쩜 그토록 몰상식한 면을 쏙 빼닮았는지!"

비록 빗대는 대상은 없었으나 누구를 뜻하는지 자명했다. 포악한 성품 때문에 내쳐졌다는 세자의 생모, 폐비를 가리켰다.

"하여튼 피는 못 속인다더니…!"

지빈방의 궁인들 사이에서 불길한 쉿소리가 번졌다.

본디 지빈 정씨도 무언의 두려움에 사로잡혀 있었다. 한데 당장은 어미로서 분노한 까닭에 미신적인 공포마저 이겨내는 모양이다.

"응당 세자저하를 바로 잡아주셔야 할 중전마마께서는 난감한 척 가만히만 계시고!"

지빈 정씨가 길길이 날뛰었다.

"내가 원통하여 밤잠을 이룰 수가 없느니라!"

그녀는 안달하듯 안안군의 멍든 얼굴을 어루만졌다.

"탄일을 맞은 아우님을 어쩜 이렇게 무자비하게…."

슬슬 신비는 일이 어떻게 돌아갈지 짐작했다.

일개 후궁이 감히 세자를 나무랄 순 없다. 이미 중궁전에 일러바쳤는데도 요지부동인 상황에서는 말이다.

그렇다고 참고 넘어가자니 원통하여 밤잠을 못 이루겠단다.

하면 화풀이할 다른 대상에게 화살을 돌리면 된다.

마침 훨씬 비천하고 함부로 대해도 되는 존재가 있다.

"몽둥이로 저 의녀를 매우 쳐라."

과연 지빈 정씨가 명했다.

"안안군께서 다치신 만큼 똑같이 망신 주고 매를 때릴 것이니라."

"아이고, 그리하시면 아니 되옵니다…."

천만다행으로 지빈방의 상궁 중에 상식인이 한 명 있었다.

"주상전하로부터 세자저하를 구명한 은인이라고 공언 받은 의녀 아니옵니까!"

"그게 나랑 무슨 상관이란 말이냐?"

"상감마마의 은인을 함부로 대했다가 자칫 지존을 능멸하는 처사라 오해를 살까 두렵사옵니다."

연신 상궁이 설득했다.

"하물며 저 의녀는 지빈방의 아기씨를 살린 은인이기도 하옵니다."

그 지적에만은 지빈 정씨도 흠칫했다. 뒤늦게 떠올렸을 터였다.

신비가 산고를 동반하며 손을 잡아주었음을. 모두가 제 갓난 자식을 포기할 때 오직 신비만은 포기하지 않았음을. 그리고 나를 위해서라고 말해준 점이 고맙다며 먼저 건넸던 인사까지도.

지빈 정씨의 낯이 발갛게 물들었다. 분노 때문만은 아니었다. 빼꼼 튀어나온 부끄러움 때문일 공산이 컸다.

"…그래, 분명 그랬었지."

울컥한 분노가 한풀 꺾였으면 좋겠지만, 나쁜 일은 쉽게 풀리지 않는 법이다.

지빈 정씨는 엉망진창인 아들을 다시 보고 마음을 다잡았다.

"하나 사친私親의 입장에서 군君과 귀주(貴主, 왕의 딸을 이름)는 경중이 다르니라."

그녀가 모질게 말했다.

"갓난 아기씨를 구한 은혜를 입었기로서니 군 자가를 해한 원한을 덮을 순 없지."

신비는 놀랍지도 않았다. 애초에 지빈 정씨가 고맙다고 인사하던 그날에 진즉 회의적으로 짐작했었다.

감정은 결국 가라앉고 진심은 사라진다고. 그녀는 결코 끝까지 함께 할 수 있는 사람이 아니라고.

"저 의녀를 매우 쳐라."

지빈 정씨는 번복하지 않았다.

"규방의 도리로써 안안군의 설움을 설욕할 것이니라."

완고한 후궁의 의지 앞에서 노숙한 상궁도 꼬리를 내렸다. 머뭇거리면서 나인들이 다가왔다.

싸리나무 회초리가 사납게 날아들었다. 속저고리 얇은 천 아래 살갗을 찢었다.

무심코 옛날 생각이 났다. 지금보다 더한 밑바닥에서 굴렀던 관비 시절의 굴욕이었다.

그때 맞은 매가 어머니와 자신, 그리고 아우를 어떻게 파괴했는지 생생하게 떠올랐다.

신비는 속저고리의 고름을 움켜쥐었다. 막무가내로 굴복시키는 힘 앞에서 무력할지라도, 반드시 그때처럼 버텨내야 했다.

"…어머나, 이게 무슨 일이람?"

태연자약한 음성에 날아들던 매가 멎었다.

"아무리 기다려도 의녀가 왜 안 오나 했더니…."

부채를 펼쳐 낯을 가렸지만, 높은 콧소리가 틀림없는 수빈 엄씨였다.

"여기서 욕을 보는 중이었구나."

부채 너머로 엉겨 붙은 나인들과 신비를 응시하더니만, 이내 수빈 엄씨는 재미있다는 듯 깔깔 웃었다.

“내 궁방의 일입니다.”

달갑지 않은 훼방꾼에게 지빈 정씨가 쏘아붙였다.

“수빈께서 신경 쓰실 일이 아니니 물러가시지요.”

“왜 내가 신경 쓸 일이 아닙니까?”

덥석 수빈 엄씨가 말꼬리를 잡았다.

“날 진맥하러 오겠다던 의녀가 여기 붙잡혀 있다니까요.”

신경질적으로 그녀가 부채를 탁 접었다. 그러자 얼굴이 확연히 드러났다.

갑옷처럼 두르던 분칠을 하지 않았다. 민낯이었다.

늙수그레한 안색과 잡티만은 감출 수 없었으되 자연스러웠다. 과하게 단장한 나머지 인위적으로 와닿던 인상보다는 훨씬 나았다.

한데 중요한 부분은 그게 아니었다.

마지막으로 진맥했을 때에 비해 면부의 붉은 기가 많이 가라앉았다. 검게 변색 되던 자국이 흐려졌으며, 오돌토돌 돋았던 수포도 진정세를 탔다.

신비가 장담한 대로 수빈 엄씨의 피부는 차도를 보였다.

“그리고, 지금 나더러 물러나라 했습니까?”

접은 부채로 제 허벅지를 툭툭 치며 수빈 엄씨가 빈정거렸다.

“아니, 그건….”

지빈 정씨가 우물쭈물 꼬리를 내렸다.

같은 빈嬪이더라도 수빈 엄씨는 타고나기를 사대부가의 여식이다. 반면에 지빈 정씨는 출신이 한미하다.

두 후궁 사이에 그어진 보이지 않는 선은 모쪼록 넘지 않는 편이 신상에 이로울 터였다.

“지빈께서는 오히려 나한테 고마워해야 할걸요.”

승세를 잡은 수빈 엄씨가 거들먹거렸다.

"이 의녀를 잘못 건드렸다가는 주상전하와 세자저하, 두 분의 분노를 동시에 살 텐데…."

그녀는 의미심장하게 말을 끌었다.

"내가 끼어든 덕분에 사고를 안 쳤잖아요."

"한낱 후정의 일입니다."

더듬거리면서도 지빈 정씨는 기세를 세우려고 애썼다.

"주상전하나 세자저하께서 굽어살피실 까닭이 없어요."

"장난해요?"

아둔한 미물을 수빈 엄씨가 힐난했다.

"이 의녀 때문에 세자저하께서 아우님을 두들겨 팼고, 주상전하께서는 다 아시면서 탓하지 않고 가만히 계시는데?"

요란하게 뀌는 콧방귀는 덤이었다.

"한데도 두 분께서 주시하실 까닭이 없다고요?"

비로소 지빈 정씨도 의아하게 여기는 눈치였다.

"중전마마께서도 넙죽 엎드려 계시는 마당에 하여튼 경솔하기는!"

수빈 엄씨가 딱딱거렸다.

"허 숙원도 그렇고, 왜 다들 감정에 못 이겨 제 무덤을 파는지 모르겠다니까."

"갑자기 죽은 사람 이야기는 왜 꺼내십니까?"

지빈 정씨가 초조하게 쏘아붙였다.

"후궁이 한 명 또 죽을까 봐 그럽니다."

수빈 엄씨는 거칠게 반격했다. 행간을 읽은 지빈 정씨의 낯이 하얗게 질렸다.

"잘 이해하셨을 테니까 이 의녀는 내가 데려가겠습니다."

승리감으로 수빈 엄씨는 눈을 번뜩였다.

그러고는 마치 앙갚음처럼 지빈방 나인 한 명의 뺨을 철썩 후려쳤다. 아까 신비의 팔을 붙잡아 끌고 온 궁인이었다.

"선약을 잡고 오매불망 기다리는데 중간에서 가로채면 안 되지요."

그녀는 아랫것이 당하는데 항의도 못 하는 지빈 정씨를 비웃었다. 그리고 웃는 낯 그대로 홱 돌아섰다.

앞장서서 걷던 수빈 엄씨는 제 처소에 당도하자 멈추었다. 새삼스럽지만 지빈 정씨의 처소에서 멀지 않은 곳이었다.

"…좋아, 인사는?"

보료에 떡하니 자리 잡으며 수빈 엄씨가 쾌활하게 운을 띄웠다.

"망극하옵니다."

신비는 재깍 응하여 절을 올렸다.

"구명해 주신 덕분에 봉변당하지 않았사옵니다."

"그래, 오늘 그 인사를 꼭 기억해 두렴."

수빈 엄씨가 으쓱거렸다.

"내게 빚을 진 사람이야 많을수록 좋지."

순간 그녀의 얼굴에 어두운 전망이 비쳤다.

"설령 후일 내가 곤궁한 처지에 놓이게 된다면…. 한낱 의녀의 호의라도 절실할 테니까."

"설마 그럴 일이 있겠나이까."

"글쎄, 왕실은 하도 다사다난해서 말이다."

수빈 엄씨가 회의적으로 웃었다.

"지빈도 참 어리석어. 주변에 괜찮은 사람 찾기가 하늘의 별 따기인데, 있는 사람마저 걷어차고 앉았으니, 원…."

그녀가 중얼거렸다.

"…하긴, 옛날부터 자식 사랑은 유난했지."

묘하게 질시 섞인 말투였다.

"떡두꺼비 같은 아들을 둘이나 생산했답시고 으스대는 꼴도 지겨워
죽겠다니까."

덕분에 태생이 양반인 수빈 엄씨와 어깨를 나란히 할 지위까지 얻었
으니, 자부심이 대단할 만도 했다.

"하늘도 무심하시지, 어찌 내게는 아드님을 아니 점지하실까?"

수빈 엄씨가 한탄했다.

"쯧, 됐다!"

뒤늦게나마 자격지심을 너무 드러냈다고 수습하는 눈치였다.

"인정하기는 싫다만…. 네 처방이 옳았다."

이내 수빈 엄씨는 제대로 된 화제를 꺼냈다.

"분과 연지로 단장하지 않으니 얼굴이 나아졌어."

정녕 지난 보름은 값진 시간이었다. 후궁의 옥안을 가까이서 보자
멀리서 곁눈질로 보았을 때보다 차도가 확연히 느껴졌다.

"병의 근원을 찾아내어 실로 다행이옵니다."

끝까지 원인을 찾아내지 못하고 고통에만 시달리는 병자가 얼마나
많은지 잘 아는 신비는 안도감을 표했다.

"그간 쓰시던 분과 연지는 전부 버리시옵소서."

"…참 이상하단 말이지."

수빈 엄씨가 중얼거렸다.

"옛날에 무척 어여쁜 비빈이 한 명 있었단다."

습관처럼 애매모호하게 운을 띄웠지만 이내 그녀는 도리질 쳤다.

"에이, 매번 돌려 말하는 것도 못 할 짓이라니까!"

웃기지도 않는 말장난이 답답해진 모양이다.

"어차피 너도 세자저하의 생모였던 폐비에 대해 알지 않느냐?"

"아, 예, 그야…?"

"궁중에서는 모두가 알아. 처음에는 몰랐어도 결국에는 알게 될 수밖에 없고."

수빈 엄씨가 콧김을 세게 뿜었다.

"생전의 폐비는 미색이 무척 뛰어났다."

"…세자저하의 관옥 같은 용모로 미루어 짐작할 수 있사옵니다."

떠볼 심산으로 신비는 부추겼다.

"그래, 저하께서는 폐비를 쏙 빼닮으셨지."

수빈 엄씨는 약간 불안한 표정을 지었다.

"…내 부족한 용모는 폐비에게 가져다 댈 것도 못 됐어."

지빈 정씨에게 향했던 것과는 다른 자격지심이 뒤따랐다.

"난 그렇게 얼굴이 희지도 않고, 이목구비가 반듯하지도 않고, 여리여리하지도 않고, 우수에 젖은 분위기가 나지도 않고…."

하나씩 꼽다가 끝이 없겠다 싶었는지 그만두었다.

"안 그래도 후궁이 넘쳐나는 마당에 초조해서 미칠 것 같았지."

수빈 엄씨가 말했다.

"그러다가 그 여자는 폐서인이 되어 출궁했어."

중간의 너무 많은 부분을 건너뛴 느낌이지만 신비는 잠자코 들었다.

"주인을 잃은 교태전이 궁금해 들렀다가 난 이것을 발견했고."

수빈 엄씨가 서랍에서 동그랗고 작은 함을 꺼냈다.

"주상전하께서는 늘 폐비의 입술이 가장 아름답다고 칭찬하셨어."

뚜껑을 딸깍 열자 고운 빛깔이 보였다.

"하여 분장에게 천하절색의 미인에게 어울릴 만한 연지를 빚으라

명하셨고, 그렇게 만들어진 단 하나뿐인 이 연지를 폐비에게 하사하셨지.”

일전에 신비가 맛까지 본 붉은 연지였다.

“이걸 칠했을 때 폐비는 꼭 꽃봉오리를 머금은 듯한 자태였어.”

수빈 엄씨가 분한 듯 중얼거렸다.

“한데 출궁하면서 챙겨가지 않았더라.”

“하여 자가께서 취하시어 바르셨사옵니까?”

하릴없이 신비는 경악했다.

“그토록 오래된 연지를 여태 옥안에 바르셨고요?”

“아니야, 오히려 오랫동안 쓰지 않고 밀봉한 채 지니고만 있었다.”

흠칫 수빈 엄씨가 변명했다.

“빛깔이 내 안색에는 어울리지 않았거든.”

그녀가 씁쓸하게 말했다.

“…적어도 폐비처럼 예뻐지고 싶다는 염원을 담은 부적으로 지닐 순 있었지.”

“그렇지만 결국 사용하셨잖아요?”

“십여 년 만에 지빈이 회임하여 자식을 하나 더 생산하였으니까.”

수빈 엄씨가 혈색 없는 입술을 깨물었다.

“옆에서 그 꼴을 보노라니 속이 타서 뭐라도 해야 했어. 그래서 묵혀두었던 이 연지를 열고 바르기 시작했단다.”

자조적인 한숨이 새어 나왔다.

“나도 자식을 하나 더, 기왕이면 왕자를 낳고 싶었어.”

슬하에 하나뿐인 옹주로는 성에 차지 않는 모양이다.

“분과 연지는 묵을수록 독성이 강해지기 마련이옵니다.”

신비는 단호하게 손을 내밀었다.

"주시옵소서. 버리겠나이다."

수빈 엄씨는 망설였지만 이내 백기를 들었다.

"옛날에 폐비도 얼굴이 벌겋게 뒤집힌 적이 있었어. 아마 세자저하를 생산하신 직후였던 것 같은데…."

마지못해 묵을 대로 묵은 연지를 건넸다.

"그때 난 폐비도 어쩔 수 없는 사람이라는 사실에 기분이 좋았어."

그녀는 뒤틀린 심보를 거침없이 드러냈다.

"한데 십여 년이 지난 오늘날, 내 얼굴이 옛날에 그 여자가 그러했던 것처럼 뒤집혔지. 무슨 저주라도 받았나 싶어 미칠 뻔했어."

수빈 엄씨가 말했다.

"한데 그건 저주가 아니었지."

"예에?"

"벌겋게 피부가 뒤집혔어도 그대로 아름답던 폐비와 달리, 약간의 균열이 생기자마자 바로 흉하게 일그러진 내 얼굴…."

그녀는 뒤집어 두었던 경대를 바로 세워 제 얼굴을 비춰보았다.

"그것이야말로 진짜 저주니까."

그러고는 마치 괴물을 보듯 속삭였다.

과연 자기 자신을 미추의 잣대에 가둔 질시의 괴물이라면야 옳은 고찰이었다.

***

첫눈이 내릴 즈음에서야 실랑이가 완전히 끝났다. 수빈 엄씨의 울긋불긋한 홍조가 깨끗하게 가라앉아 완치되었다고 선언하며 시작한 계절이었다.

벌써 겨울이라니…. 새삼스레 신비는 감탄하였다.

사계절을 돌면서 참 많은 일을 겪었다.

봄에 처음 다리가 부러진 세자를 만났다. 여름에는 불길 속에서 그를 구해냈다. 가을은 대강 짐작하면서도 외면하고 싶었던 연심의 고백이 입맞춤과 함께 찾아왔다.

그렇다면 겨울에는 또 무슨 일이 생길까?

미래는 안개 낀 숲과 같다. 눈앞의 광경 너머를 짐작하려 애써도 소용이 없다.

오히려 현실이라 이름을 붙인 한 자리를 빙글빙글 돌면서, 앞으로 나아가는 중이라고 착각하기 십상이다.

어쩌면 지금 걷는 이 길도 사실은 제자리걸음일지 모른다.

세자는 신비가 다가갈수록 멀어졌다. 신비도 세자가 다가올수록 물러났다.

술래는 바뀌고, 술래잡기 아래에는 전혀 다른 숨바꼭질이 숨어있다. 하여 계속 빙글빙글 돌다가 머리만 어지럽고 아픈 꼴이었다.

신비는 생각을 그만두었다. 본디 생각이란 불안으로 변질하는 법이다.

팔팔 끓인 탕기의 뚜껑을 열었다. 오늘도 새벽이슬에 젖은 잇꽃을 따다가 홍화차를 끓였다.

"내일부터는 세자저하의 탕약을 달이지 마라."

한창 용쓰는데 의관 박치수가 다가왔다.

"더 이상 탕제를 처방하지 않을 거다."

"…동궁께서 완벽하게 쾌차하신 겁니까?"

완치라는 단어가 형체를 빚는 순간이었다.

"그래, 다 나으셨다."

치수의 간결한 직선에 의하면 그랬다.

"재활에 힘쓴 덕분에 절뚝이시지도 않으시더라."

결국에는 일어날 일이라고 생각했다. 하지만 막상 실제로 벌어지고 나니 몹시도 현실성이 없었다.

신비는 두 다리로 걷는 세자를 몰랐다. 그저 방구석에 누워 어린아이처럼 떼를 쓰는 병자만 알았다.

그러나 이제 그녀가 알던 그 아이는 완연한 사내가 되어 둥지를 떠날 모양이다.

"…약차藥茶도 금일 저녁으로 마지막이겠네요."

모락모락 피어오른 하얀 김이 덧없이 흩어졌다.

"일전에 올린 청을 기억하십니까?"

"활인서로 보내달라던 이야기 말이냐?"

치수가 미간을 찡그렸다.

"안 된다고 했을 텐데."

"그래도 다시 생각해 주십사 부탁드렸지요."

신비는 말꼬리를 잡았다.

"여기서 다시 생각해 보시라는 의미는 원하는 대로 될 때까지 매달리겠다는 뜻입니다."

"뭐?"

"만덕이한테 물어보십시오. 제가 마음만 먹으면 얼마나 지독한 찰거머리가 되는지를요."

"…그건 이미 안다."

너스레에 치수가 피식 웃었다.

"악착같이 세자저하께 들러붙는 네 모습을 다 봤으니까."

다만 그의 웃음은 씁쓸하게 이지러졌다.

"하나 내가 모르는 것은…."

망설이던 치수가 이내 직설적으로 물었다.

"떠나려는 마음이 너 자신을 위한 것이냐, 아니면 세자저하를 위해서이냐?"

먼젓번에는 세자빈을 간택한다는 소문 때문이냐며 결심의 계기를 짚었다. 한데 이번에는 본질적인 부분을 건드렸다.

집요하게 캐묻지는 않을지언정 핵심을 파악하는 질문이었다.

"저 자신을 위한 것입니다."

신비는 박치수의 고결한 면모 중에서도 그런 점을 가장 높이 샀다. 하여 입에 발린 소리 대신 진실을 골랐다.

"이런 경우에는 빈말로라도 저하를 위해서라고 해야 하지 않겠느냐?"

예상을 벗어난 대답이라 치수는 당황했다.

"넌 정녕 특이한 사람이다."

"하여 싫으십니까?"

"차라리 그랬으면 나았을 텐데."

그가 한숨 쉬었다.

"오히려 두려울 뿐이다."

"어째서요?"

"너한테는 전혀 의도하지 않았더라도 다른 이의 호감을 얻고 사로잡는 재주가 있으니까. 음지에까지 스며드는 따뜻한 볕과 같지."

속삭임은 탄식처럼 의미심장하게 잦아들었다.

"필시 세자저하께서도 너의 그러한 면모를 알아보실 거다."

그는 뱉은 말을 고쳤다.

"…아니, 이미 알아보셨겠지."

"그게 나쁜 일은 아니잖아요?"

신비는 긍정적으로 받아들였다.

“글쎄. 인간은 이성적인 존재가 아니거든.”

치수는 영 달갑지 않은 눈치였다.

“차라리 상대를 원망하거나 잊기 쉬울 때가 더 낫다고 믿기도 하지.”

“원망하거나 잊기가 어려우면 어떻게 되는데요?”

“끊임없이 매달릴 수밖에 없겠지.”

그의 목소리가 낮게 내려앉았다.

“…아니면 아예 망가뜨려 버리던가.”

명백하게도 경고 섞인 시선이 동반하였다.

“세상에는 망가진 부류가 있어. 그들은 심신이 건강한 사람들과는 생각하는 양상이 아예 달라. 용서하거나 깨끗하게 물러서는 법을 모르지. 조심해야 한다.”

불쑥 일선에 만덕이 한 말이 떠올랐다.

한 군데 망가진 사람일수록 너무 환한 빛에 속절없이 끌리기 마련이라고 했다.

그것은 진즉 망가져 본 입장이라 잘 안다는 예언이었다. 동시에 마치 신비의 빛이 너무 환해 걱정이라는 염려이기도 했다.

“그래서 나는 또 너한테 안 된다고 대답할 수밖에 없어.”

치수가 어둡게 말했다.

“어떻게든 동궁전의 지척에 있는 편이 너한테 더 안전할 것 같거든.”

신비는 토를 달 수 없었다. 그랬다가는 모종의 함의가 섞인 경고를 온전히 이해해 버릴 것만 같기 때문이다.

세상에는 모르는 게 나을 때도 있는 법이다.

***

"또 홍화차냐?"

세자는 인사는커녕 질색으로 반겨주었다.

"고약한 냄새가 백 리 밖에서부터 풍기는구나."

"걱정 붙들어 매소서."

문지방에서 절을 올린 신비가 말했다.

"…금일이 마지막이옵니다."

"내일부터는 더 고약한 것으로 대령할 셈이냐?"

"아니옵니다. 의관이 처방하기를, 이제 탕제와 약차를 젓수실 까닭이 없답니다."

순식간에 세자의 잘생긴 얼굴에서 웃음꽃이 피었다.

"지겨워서 죽기 직전이었는데 잘 되었다."

꽤 의연하게 완치 판정을 받아들였다. 철딱서니 없이 까불고 으스댈 줄 알았는데 의외로 점잖았다.

"소인이 문후를 여쭙는 것도 금일로써 마지막이옵니다."

조용히 신비가 덧붙였다.

"그동안 고생 많으셨사옵니다."

"이제 난 더 이상 네 병자가 아니라는 뜻이냐?"

"그러하옵니다."

세자가 약대접을 받았다. 그릇을 빙그르르 돌리며 주황색 고운 홍화차가 한쪽으로 쏠리는 모습을 구경하는가 싶더니, 이내 단숨에 들이켰다. 한 방울도 남기지 않았다.

그러고는 말이 없기에 신비는 빈 그릇을 챙기고 일어섰다.

"넌 병자를 사내로 여기지 않는다고 하였지?"

하지만 세자가 놓아주지 않았다.

냉큼 따라 일어서더니 물러서기도 전에 바투 다가왔다.

치수가 옳았다. 세자는 더 이상 절뚝이지도 않았다. 코앞에 바짝 선 존재감은 태산처럼 거대했다.

"이제 네 눈앞에는 오로지 사내만 있을 뿐이다."

"아니옵니다."

신비는 눈을 내리깔았다.

"소인의 눈앞에는 땅바닥이 있을 뿐이옵니다. 감히 고개를 들고 국본을 바라볼 순 없으니까요."

세자는 손쉽게 대처했다. 검지로 신비의 턱을 들어 올렸다.

"이제는 한 사람의 사내가 보이느냐?"

"…예, 그러하옵니다."

마지못해 신비는 수긍했다.

"하오나 저하께서 병자가 아닌 사내이실지언정 소인은 여전히 의녀이옵니다."

다만 아직은 저항할 수단이 남아있다.

"주인의 품에 감히 안길 수 없는 소이자 닭이옵니다."

"어떤 소와 닭인지, 또한 어떻게 취하는지에 따라 달라진다고 하였다."

고집스러운 주장에도 신비는 마음을 다잡았다.

"저하께서는 정 나인이며, 사랑이라는 감정에 대해 갈피를 못 잡고 계시옵니다."

"그것은….”

"조만간 세자빈을 간택하신다는 소문도 들었나이다."

세자의 낯이 창백해졌지만 반박할 틈을 주지 않았다.

"그렇다면 더더욱 소와 닭이 설 자리는 없사옵니다."

에두른 거절을 더 이어가려는데, 세자가 조급하게 가로막았다.

"곧 섣달그믐이다."

"그게 뭐요?"

뜬금없어서 신비는 어리둥절했다.

"올해도 궁중에서 나례儺禮를 벌일 거다."

나례란 잡귀를 쫓아 묵은해를 씻어낸 후 정갈하게 새해를 맞이하는 의례다.

"그날 너한테 할 말이 있다."

세자가 간곡히 속삭였다.

"아니, 더 정확히는…. 보여주고 싶은 게 있다."

"무엇이옵니까?"

"입증이다."

그가 힘주어 덧붙였다.

"네가 나한테 요구한 연심의 증명 말이다."

어깃장이나 다름없이 가리킨 뜬구름이 어떻게 세자의 손에는 잡혔나 보다.

시키는 대로 입증해 보이겠다는 그의 눈동자에선 결연한 의지만 어른거렸다. 망설임이나 잔꾀가 보이지 않았다.

"…이번에는 내가 술래다."

하물며 그는 이 관계에 놓인 무언의 쟁점을 정확히 알고 있었다.

"반드시 널 잡을 거다."

세자의 인생에 신비가 나타났다.

덕분에 고통을 견뎌내는 법과 억지로 닫아둔 마음의 벽을 허물고 다른 사람을 받아들이는 법을 배웠다.

진즉 스스로 정의 내린 사랑이라는 낱말을 곱씹어 재정의하려는 노력마저 마다하지 않았다.

하여 그는 점점 어른이 되어갔다.

신비의 인생에도 세자가 나타났다.

때문에 타인의 어리광을 받아주다가 마찬가지로 응석 부리는 법을 배웠다.

더 나아가 술래잡기라는 보이지 않는 승부에 사로잡혀 물색없이 도망치고, 상황을 모면하기 위해 뜬구름으로 어깃장을 놓는 습관이 생겼다.

하여 그녀는 점점 어린아이가 되어갔다.

"저번에는 소인이 술래였고, 이번에는 저하께서 술래시라면…."

그래서일까, 신비는 두려워졌다.

"…그다음에는요?"

여전히 미래는 안개 낀 숲과 같아서, 그녀는 현재 속에서만 빙글빙글 돌고 있었다.

앞날을 못 짚기로는 세자 역시 다를 바 없었다. 그 역시 제 몫의 현재 속에서 빙글빙글 도느라 분주했다.

한 사람이 잡히고, 다른 사람이 또 잡히고 나서, 그다음의 일에 대해서는 그저 침묵하였다.

"알겠사옵니다."

그래서 신비는 일단 약조하였다.

"…섣달그믐날, 나례 때 뵙겠사옵니다."

다만 속으로는 부디 또 다른 술래잡기가 벌어지지 않기만을 바랐다.

〈2권에서 계속〉